1915

1915

초판 1쇄 인쇄 2019년 12월 05일
초판 1쇄 발행 2019년 12월 14일

지은이 이준태

펴낸이 권우석
펴낸곳 도서출판 도토리

주소 (06242) 서울시성북구 보문로47 동남빌딩 401호
전화 02-929-4547
팩스 02-929-4548
이메일 dotorimedia@naver.com

ISBN 979-11-965889-2-2 03810

정가 26,000원

이 도서의 국립중앙도서관 출판예정도서목록(CIP)은 서지정보유통지원시스템 홈페이지(http://seoji.nl.go.kr)
와 국가자료종합목록 구축시스템(http://kolis-net.nl.go.kr)에서 이용하실 수 있습니다.
(CIP제어번호 : CIP2019048884)

1915

이 책은 실존 인물의 삶을
재구성한 소설입니다.

도토리

70여 년 전 요절한 열혈청년의 족적을 찾아다니며 그의 삶을 복원하는데 꼬박 4년이 걸렸다. 그 시절에 대한 증언을 해줄만한 어른들은 다 서거하셨거나, 살아 계신다 해도 정상적인 의사소통을 할 수 없는 분들이셨다. 만시지탄으로 후회한 것은 아버님 어머님 살아계실 때에 더 많은 이야기를 듣고 정리해두지 못한 점이었다. 그 여백을 일제 강점기의 신문과 그 시절에 출간되었던 잡지들 그리고 소설들을 읽으면서 이야기를 조각조각 맞추어 가기 시작하여 4년이 걸렸다.

조악한 이야기를 다듬는데 1년 반이라는 시간이 지났다. 주입식 이야기 전개나 지식 나열에 대한 부분은 절제하고 절삭하여 당초 초고 분량의 3분의 1을 잘라냈다. 1년 반 동안 속담, 격언 우리말 공부를 해서 가필 정정한 부분이 백여 군데가 넘는다. 읽을 때마다 허술한 표현이 눈에 들어오고, 엉성한 구성이 마음에 걸려 다시 고쳐 쓰곤 했다. 이제는 스스로의 한계를 인정할 때가 된 것 같다.

젊은 시절 문학청년도 아니었고, 살아오면서 한 번도 글재주를 겨루는

데에서 공인을 받지 못한 일천한 실력으로 장년의 나이에 장편소설에 무모하게 도전하여 수많은 고뇌의 밤을 보냈지만 한 번도 후회한 적은 없다.

이제는 빨리 이 이야기를 세상에 내놓고, 지난 세월 5년이 넘게 밤낮 매달려 왔던 이 이야기로부터 벗어나고 싶다.

끝으로 일제 강점기시절 지하조직으로 국내에 남아 끝까지 싸우다가 사라져갔던 우리들의 선조, 민초 애국자 분들의 영전에 작은 공양이라도 되었으면 하는 마음으로 이 책을 올린다.

2019년 여름
이준태

/차례/

역사가 외면한 현성이라는 젊은이에 대한 기록인 '1915'는 실존 인물을 모델로 했다는 점에서 팩션faction의 성격이 짙다. 잊혀지고 묻혀버린 일제강점기 인테리겐치아지식인의 삶을 발굴하고 아린 역사의 현장을 충실하게 재현해낸 작가의 끈기와 상상력에 성원의 박수를 보낸다.

문화적-정신적 고고학자의 모습을 연상케 하는 작가의 집념에 의하여 주동인물의 일대기와 더불어 일제강점기의 민중사적 생활상이 활동사진의 그것처럼 생생하고 박진감 넘치게 이 소설에 펼쳐져 있다. 작가 이준태의 열정에 경의를 표하면서 '1915'의 출간을 축하한다.

전정구/문학평론가·전북대 명예교수

몰랐었다. 그때 우리 산과 강, 들녘과 마을이 그리도 아름다웠고, 가족과 이웃, 나아가 공동체를 사랑하는 마음이 그리도 뜨거웠는지.

일제강점기란 그저 슬프고 어두운 줄만 알았는데 그 시대에도 아름답고 뜨거운 삶이 요동치고 있었다는 것도 알게 되었다.

뜨겁고 뜨겁게 타오르다 못해 안타깝게도 너무 빨리 스러져간 아름다운 청년 현성의 삶, 우리 역사 속에 우리가 일일이 기억하지 못하는 수많은 현성들이 있었을 것임을 깨닫고 새삼 벅찼다. 그들을 꼭 기억하며 살아가야겠다.

박상미/40대 직장인

8

모든 순간은 지나간다. 저자는 지난 흔적을 기어코 기록으로 남겼다. 그것이 작가의 숙명이다. 우리의 오늘은 지난 이들의 희생의 발로다. 어제를 잊지 않는 자가 내일을 희망하고 지금을 기억하는 자가 어제를 기록할 수 있다.

한 번쯤 이런 책이 나오길 내심 바랐다. 어쩌면 짧은 글이 쏟아지는 시대에 나의 눈길을 잡아줄 책을 기대했는지도 모른다. 그래서 그의 책이 더 반갑다.

오랜 집필 후 세상에 꺼내 놓은 1915년 현성의 이야기. 그의 숨결을 통해 지금 이 시대를 살아가는 이들의 방향키가 되길 기대한다. 글로 남겨준 저자에게 깊은 감사의 말을 전한다.

김태한/출판기획자

겁 없는 도전이다. 대하소설을 처음 써보는 신예작가가 전혀 체험해보지 않은 일제강점기라는 반인륜적 시대를 살아가는, 그것도 사회주의와 같은 특수한 이념적 성향을 지닌 주인공의 삶을 그려낸다는 것이 그리 녹록한 일이랴. 작가는 마치 그 시대를 살고 그런 역정을 걸어온 것처럼 흥미진진한 이야기를 입심 좋게 펼쳐 보인다. 마침 뜻깊은 3·1운동과 대한민국임시정부 수립 100주년을 맞아, 장렬하고 슬기로운 독립항쟁의 역사를 되돌아보게 되는 시기에 이 소설을 만난 것은 불현듯 가슴이 달아오르는 첫사랑이라도 본 듯하다.

김용균/시인, 법무법인 바른 대표변호사, 전 서울행정법원 법원장

윤희와의 밀고 당기는 연애사, 여자의 마음을 얻으려 노력하는 현성의 노력과 기민함이 웃음을 짓게 만들었으며, 내 고향 전라도의 아름다움도 글을 통해 느꼈고, 남원이 유서 깊은 역사의 고장이었다는 것을 알게 되었습니다. 브나로드 운동에 참여하면서 농촌을 개혁 하려고 했던 현성의 총명함, 애국심과 리더쉽은 현성을 그 시대 참 미더운 젊은이로 생각하게 만드는 내용이었습니다. 현성이 본격적으로 조선의 독립운동에 개입이 되면서 겪는 고문의 광경과 묘사들은, 마치 영화를 보는 것과 같은 사실감에 고통이 느껴졌습니다. 조선에도 광복이 찾아오지만, 그 빛을 보기까지 현성을 포함하여 얼마나 많은 열사들의 희생과 노력이 있었을까. 하는 생각이 들기도 했습니다.

현성은 참으로 멋진 젊은이였습니다. 심성이 착하지만, 뜻을 가지면 굽히지 않는 성격이며 나라를 사랑하는 그의 모습에서 지금의 나를 살게 해준 조상에게 감사하게 되었습니다. 자랑스럽습니다. 더 많은 사람들이 저처럼 감동과 따뜻한 마음을 얻어 가면 더욱 더 좋겠다는 생각을 합니다.

이서영/30대 직장인

일제강점의 역사를 책으로만 배워온 세대에게 지난 아픔의 세월은 아득한 옛이야기로 남아있을지 모르겠습니다. 그러나 2019년 일본이 자행한 경제보복으로 인해 일제의 역사가 여전히 우리의 삶을 옭아매고 있음을 확인하였습니다. 여전히 현재진행형입니다. 일본의 경제보복이 시작된 이후 젊은 세대가 일제강점기를 이해할 만한 책들이 많지 않다는 것을 알게 되었습니다. 이런 현실에 마음이 서늘하던 차에 1915를 읽어보게 되었습니다. 영화 동주를 보고 느꼈던 복잡한 감정들이 되살아났습니다. 많은 분들이 이 책을 통해 일제강점의 역사가 오늘날까지 이어지는
우리 자신의 역사임을 확인하는 계기가 되었으면 합니다.

이정훈/책과강연 대표

이준태 문학의 정신적 뿌리는 첫째는 역사요, 둘째는 민족이다.

호남나주 평야를 감싸 안고 흐르는 섬진영산강 물줄기에 그 정신이 면면히 녹아 흐른다.

그 묵직한 서사를 읊어내는 데는 투박한 문체가 오히려 잘 어울린다.

우린 서로 청년 때 해군해병 사관후보생 때 동기생으로 마주쳤다.

임관 후 그는 최일선 연평도 해병대 소대장으로 갔고, 난 진해 한국함대에 배를 타러 갔다.

우린 사회에서도 사뭇 성격이 다른 각자의 길을 열심히 걸었다.

오랜 시간이 흐른 후 우린 다시 공통의 장소로 돌아와 만나게 되었다.

기왕의 모든 것을 뒤로 하고 일약 소설가로 나선 것이다.

그가 나보다 한 발 앞서 내놓은 작품 '1915'를 읽고서 난 고개를 끄덕였다.

오랜 밤을 묵히며 속으로 영근 그의 문학세계가 찬란한 동을 틔웠다는 확인이었다.

더욱 휘황하게 떠오를 태양의 본체를 기다린다.

기다림은 결코 길지 않을 것이다.

신기남/소설가(필명 신영), 대통령소속 도서관정보정책위원장, 전 국회의원

주인공 현성과 현철의 실제 모습

1장

꿈에 그리던 유학

현성이 학교 진학을 놓고 '서울로 갈 것이냐, 전주로 갈 것이냐' 고민하던 문제는 뜻밖에 서울 사는 이모네에 의해 해결되었다. 서울로 이사를 하여 이모부가 혜화동에서 미곡상으로 터를 잡았고 살림이 안정되었다. 이모부가 나서서 서울로 유학할 것을 권했다.

혜화동에서 가까운 남자학교는 중앙고보현 중앙고등학교였다. 중앙고보는 관립 제일고보와 제이고보 다음가는 사립 최고명문이었다. 호남의 대지주 김성수가 인수하여 교세를 키워가고 있었으며, 특히 다른 관립학교에 비해 일본인 교사 수보다 한국인 교사 수가 압도적으로 많았다. 교사의 자질 또한 뛰어나 당시 어떤 학교보다 민족의식이 강하고 학생들 자긍심도 강한 학교였다. 문제는 '어떻게 중앙고보 입학시험 관문을 통과하느냐'였다. 남원에서는 보통학교를 졸업하고 소수의 여유 있는 집 자녀들이 전주로 진학하는 경우는 있었지만 서울로 진학하는 경우는 극히 드물었다. 2년 전 남원읍내의 교회 목사 아들이 미션스쿨인 배재고보에 진학한 일이 있었다. 몇 년 만에 손에 꼽을 정도였다.

유학을 위해서는 시험문제의 난이도나 경향을 파악하는 것이 시급했다. 담임선생을 만나 상담해보니 매년 고보 이상의 시험문제와 합격자는 신문에 게재된다는 것이었다. 동아일보 남원지국에 가서 신문지철을 뒤져 전년도 시험문제를 찾아냈다. 풀어보니 학교에서 치르던 시험과는 딴판이었고 특히 산수가 어려웠다. 보통학교 1학년부터 학교 일등을 도맡아온 현성이었지만 산수에는 약점을 보였다.

아버지 상옥은 재력이 튼튼했을 뿐 아니라 대외적으로 발이 넓어 경찰서장이나 군수와 돈독한 관계를 유지하고 있었고, 학교에도 적지 않은 영향력을 가지고 있었다. 상옥은 일본인 담임선생에게 특별히 부탁하여 시험을 3개월 앞둔 12월부터 현성이 특별지도를 받게 하였다. 아마도 별도의 사례가 있었을 것이다. 특히 취약한 산수는 중점적으로 보완하여 처음 시험문제를 풀어보았을 때보다는 실력이 많이 향상되었다.

드디어 입학시험을 치르는 3월이 왔다. 현성은 아버지 상옥과 함께 남원에서 출발하는 저녁 6시 서울행 열차를 탔다. 최근 몇 년 전 개통되어 운행되기 시작하였지만 처음 타보는 열차였다. 지축을 흔들며 움직이는 기세도 대단했지만 기적소리 또한 그 못지않게 우렁찼다. 하얀 김을 뿜어내며 왕복운동으로 차축을 움직이는 거대한 기계가 말로만 듣던 증기기관차였다. 기차는 석탄 타는 냄새가 심하게 났고, 차량 높이보다 훨씬 높은 급수파이프에서 물을 보충하느라 남원역에서 한참을 머물렀다. 많은 기대와 설렘을 가지고 기차에 올랐는데 움직이지 않으니 좀 지루함을 느낄 때였다. '덜커덩'하면서 기차가 움직이더니 미끄러지듯 궤도 위로 굴러가기 시작했다. 현성은 낯익은 정경들이 멀어져 가자 갑자기 밀려오는 외로움을 느꼈다. 산 그림자가 늘어지는 산성의 산허리를 돌아 기차는 갔다.

남원 사람들은 남원의 주산인 교룡산을 산성이라 불렀다. 정유재란을 겪으면서 지내왔던 역사적인 회한이 이 산성에 서려있어, 산성이 마치 고유지명처럼 된 것이다. 캄캄해지면서 기차의 소음이 커졌다. 석탄 타는 매캐한 냄새가 창틈으로 밀려들어와 코를 찔렀다. 기차가 굴을 지나는 순간이었다. 굴을 지나니 다시 환해지기는 했지만 해가 많이 기울었다. 서도를 지나 오수에 이르렀다. 여기까지는 낯익은 지명이었다. 완전히 어두워졌다. 상옥은 앞자리에 앉은 낯선 사람들과 이야기를 주고받았지만, 현성은 앞으로 전개될 새로운 생활에 대한 막연한 두려움 때문에 차츰 고독한 성으로 움츠러들고 있었다.

아침이 밝아오고 있었다. 축 늘어져 잠을 자던 사람들이 하나둘씩 깨어났다. 몸이 찌뿌둥하고 몸놀림이 시원치 않았다. 서울에 가는 것이 큰 자랑이었기 때문에 새로 지은 옷을 깨끗하고 차려입고 품격을 갖추어 출발했지만, 하룻밤을 기차에서 보내고 나니 얼굴도 까칠해지고 옷도 구겨져서 헌옷이나 별반 다름이 없었다.

영등포역을 지나갔다. 생전 처음 대하는 지명이지만 역사의 입간판을 보면 알 수 있었다. 역내의 철로가 치밀하게 구성되어 있고 구내에 많은 기차들이 오가고 있었다. 창문이 하나도 보이지 않는 시커먼 화물차와 외형이 훨씬 깨끗하고 실내 장식이 안정되어 보이는 특급열차가 매끄럽게 스쳐지나갔다. 갑자기 아래쪽으로 소리가 요란해지며 강물이 보였다. 한강 다리였다. 철교를 지나고 있었다.

경성역에 들어서니 화물차와 객차가 훨씬 많아졌고 아침 햇빛에 반짝이는 은빛 철로가 끝없이 아득한 저쪽으로 갈라져 가고 있었다. 수많은 증기기관차가 수증기와 석탄연기를 날렸고 기적을 울리며 오가고 있었다. 거대한 도시에 들어왔다는 위압감에 아연 털이 쭈뼛하게 섰다. 본능적 긴장감이 엄습해 왔다.

막 열차에서 내려선 현성의 눈에 자신들과 차림새나 행색이 비슷한 아버지와 아들이 눈에 들어왔다. 학생으로 보이는 아들은 현성과 나이가 엇비슷하게 보였고, 아버지로 보이는 어른은 상옥과는 달리 양복 차림에 도수가 없는 평경을 끼었고 중절모를 쓰고 있었다. 경성역 대합실을 나서면서 말은 없었지만 비슷한 처지를 직감한 듯 눈길을 주고받았다. 그 아이도 역시 시험을 치르러 올라온 시골 학생이었을 것이다. 같은 차에서 내렸다면 전라도 어디에서 왔을 것이라는 막연한 추측을 하는 사이에 번잡한 인파에 섞여 어느새 사라졌다.

경성역 출구를 나서자 인력거가 줄지어 있었고 인력거꾼들의 호객 행위가 부산했다. 그 사이로 마중 나온 사람들이 줄을 서서 서로의 친지를 찾고 있었다. 키가 컸던 이모부 박 서방은 쉽게 찾을 수 있었다. 인사를 나누는 사이에도 인력거꾼이 자기 인력거를 타라고 집요하게 따라다녔다. 쭈그러든 이마의 주름 탓에 나이 들어 보이는, 헐벗은 옷차림의 불쌍하고 궁상스럽게 보이는 인력거꾼이 멀어졌다.

"형님, 밤차 타고 오시느라 수고 많으셨지요?

반가이 손을 잡으며, 박 서방은 얼른 현성의 손에든 보따리를 달라해서 받아 들었다. 정육면체의 석작을 묶은 보자기였다. 제법 묵직했다. 현성이 공손하게 인사를 했다.

"그 사이 키는 더 컸고, 눈에는 총기가 여전하구나."

현성의 머리를 쓰다듬었다. 전차를 기다리면서 불쌍하게 보였던 인력거꾼들에 대해 박 서방이 이야기를 해주었다. "경성에 인력거가 점점 줄어들고 있지요. 하이야타꾸시대절택시가 나오는 바람에 인력거꾼들이 타격이 큽니다. 타꾸시가 나오기 전에는 하루 일 원 오십 전에서 이 원 벌이는 되었는데, 요즘은 팔구십 전 벌기도 힘들다 합니다." 인력거의 쇠퇴도 근대화의 물결로 빠르게 변화해 가는 서울의 한 단면이라는 것을 느낄 수 있었다.

전차를 탔다. 남대문을 지나 종로5가에 내려 큰 길을 따라 두어 마장 올라가 좁은 골목으로 들어섰다. 작은 기와집 서너 채를 지나 판자대문 앞에 서서 문을 두드렸다.

"석현이 엄마!"

대문이 돌쩌귀 삐걱대는 소리를 내더니 열렸다. 이모 안골댁이 얼굴을 내밀며 반가이 맞이했다.

"형부, 안녕하셨어요?

행주치마를 두르고 앞으로 두 손을 모은 얌전한 자세였다.

"현성이, 어서 와라. 이제 청년이 다 되었네."

얼굴을 쓰다듬으며 품에 안았다. 현성이 어릴 적 등에 업고 돌보았던 기억이 삼삼한 듯 대견스러움을 감추지 못했다. 안방으로 올라갔다. 자그마한 아이들 셋이 있었다. 첫째, 셋째가 아들, 둘째가 딸이었다. 큰 아이 석현이 아홉 살로 그해 보통학교에 입학할 예정이었고, 둘째가 선희 일곱 살, 막내가 석훈이 다섯 살이었다. 아이들이 차림새가 단정하였고 생김새가 말쑥했다. 다복한 분위기였다. 현성 이후로 후사가 없었던 상옥에게는 아이들이 올망졸망하게 잘 커가고 있는 동서 박 서방네의 살아가는 모습이 퍽 부럽기도 했다.

현성의 손에 들고 왔던 꿀단지와 박 서방이 받아들고 왔던 보자기를 이모 안골댁에게 넘겨주었다. 꿀단지는 짚으로 잘 둘러 싸매져 있었다. 끝부분을 새끼를 꼬아 한 묶음으로 묶여있던 꿀단지는 시렁 위에 얹어놓고, 석작을 싼 보자기를 풀어보았다. 대나무 석작이었다. 맨 위에 잘 말린 표고버섯이 네 겹쯤 포개져 있었고, 그 아래에 소고기 육포, 맨 아래에 건조가 잘 된 굵직한 조기 여섯 마리가 백지에 포장되어 가지런히 놓여 있었다. 얌전하고 정성스레 마련한 언니의 정을 느꼈다. 다시 원래대로 뚜껑을 덮고 보자기를 묶었다. 안골댁 마음 같아서는 언니의 정이 그대로 살아 있는 것 같아 건드리지 않고 그 상태로 놓아두고 싶었다.

남원에서 온 두 부자가 쉴 수 있도록 문간방에 불을 때 방을 덥혀 놓았고, 이부자리를 깔아 놓아 방바닥이 뜨뜻했다.

잠시 눕는 듯 쉬었다가 다시 일어났다. 오후에 예비소집이 있어 시간에 맞추어 가야만 했다. 박 서방이 길 안내를 했다. 큰길을 건너 돌담으로 둘러싸인 커다란 정원을 가리키며 창경원이라고 소개하였다. 동물원과 식물원이 있어 날씨가 포근하면 아이들을 데리고 가끔 나들이를 간다는 곳이었다. 북쪽으로 올라가니 창덕궁 돌담길에 이르렀고 뒤쪽으로 돌아가니 산중턱에 자리 잡은 중앙고보가 보였다.

교정에 들어서니 적지 않은 수험생들이 여기저기 서 있었다. 운동장이 한 가운데 있고 좌우로 경사진 길을 따라 소나무가 심어져 있다. 교사는 좌우가 같은 모양으로 대칭이 되도록 돌출되어 있고, 본관은 안으로 들어가 있어 안정감을 유지하고 있었다. 건물은 19세기 말부터 20세기 초에 유행하던 국제주의 건축양식이었다. 이 양식은 대규모 공회당이나 학교, 관공서로 사용되는 건물에 채택되었다. 외관은 화려하고 장엄하면서 실내 공간은 최대한 활용하여 쓸 수 있도록 설계된 건축양식이었다. 붉은 벽돌 이층 건물이었고, 교사에 들어가니 현관과 복도가 아치형의 통로로 연결되어 있었다. 외형과 내부에 품격을 갖춘 건물이었다. 아치형의 통로는 마치 서양의 궁전을 연상케 하는 독특한 구조였다.

교정 전면에는 노송이 심어져 있고 외관의 붉은 벽돌이 고색창연했다. 학교의 연륜을 말해주었다. 넓은 운동장과 웅장한 교사, 그리고 체육관과 강당 건물, 아름드리나무들, 시골 촌뜨기의 눈에는 대단한 감동이었다. 오래 되었고, 넓고, 거대하다는 것만으로도 위압감을 안겨주기에 충분하였다. 현성은 이 학교 학생이 되어 저 운동장에서 뛰어놀며, 저 체육관에서 땀을 흘리고, 저 교사에서 배움을 얻어 새로운 지식을 습득하고, 새로운 깨달음을 얻어 성장한다면 얼마나 희열에 넘치는 삶이 될 것인가 생각하며 가슴이 벅차올랐다. 기필코 시험에 들어야겠다는 각오를 한층 다졌다. 상옥과 박 서방은 학교를 둘러보고 나섰다. 나중에 집을 찾을 때 혜화동 주재소를 찾아오면 된다고 일렀다.

우연일까 아니면 필연이었을까. 저 쪽 구석에 아침 열차를 내리면서 경성역에서 보았던 학생이 눈에 띄었다. 같은 학교를 지원한 학생이었던 것이다. 그도 역시 낯이 익다는 표정이었지만, 두 사람 모두 서울이라는 거대도시에 가위 눌려 있는 상태여서 인사를 나눌 정도의 마음의 여유가 없었다. 서로 데면데면 하면서 그냥 스쳐 지나갔다. 그러나 관심까지 없는 것은 아니었다. 전라도에서 왔을까, 아니면 대전이나 충청도 어디쯤에서 올라왔을까, 다시 생각을 해봤다. 선한 인상에 호감이 가는 얼굴이었다. 같이 시험을 통과해서 친구로 사귀었으면 하는 마음이 일었다.

예비소집에 모여든 인원이 800명 정도였다. 200명 모집 정원에 4대 1의 경쟁률이었다. 만만치 않았다. 경향 각지에서 내로라하는 인재들이 모여든 고사장의 분위기에 눌려, 떨리는 긴장감을 감추기 힘들었다. 수험생들은 한결같이 용모가 말쑥하고 야무지게 보였다. 어디를 봐도 현성보다 못한 학생은 없어보였다. 긴장된 기분으로 이모집에 돌아와 그동안 공부해왔던 공책을 복습하며 내일의 시험에 대비하였다. 저녁을 먹고 나서 이런저런 이야기를 나눴는데, 특히 이모네 아이들이 듬직한 형에 대해 관심이 많았다. 형이 경성으로 유학을 와 한 집에서 같이 지냈으면 좋겠다고 몇 번이나 말했다.

저녁상을 물리고 다시 술상이 차려지는 것을 보고 현성은 문간방으로 내려왔다. 마냥 어른들을 쳐다보며 무슨 이야기를 주고받을까, 하는 호기심도 사라진 나이였다. 무엇보다 내일 시험에 마음을 놓을 수가 없었다. 아버지와 이모부는 늦게까지 본채 안방에서 술을 주고받으며 이야기를 나눴다. 이모는 쉴 새 없이 부엌을 드나들었고, 박 서방의 거침

없는 호걸풍 웃음과 말투, 상옥은 거기에 맞추어 손바닥을 치며 즐거워했다.

상을 놓고, 그 위에 산술 책을 펴놓고 문제를 풀다가 깜박 잠이 들었다. 밤새 기차를 타고 오면서 숙면을 취하지 못하였던 탓에 많이 피곤했던 것이다. 어찌 잠에 들었는지도 기억에 없는데 아침에 눈을 떠보니 옆자리에서 아버지가 코를 골고 있었다. 늦게까지 술을 마셨던 것으로 생각되었다. 아버지의 손목시계를 보니 벌써 일곱 시가 다 되어가고 있었다. 이모의 손놀림이 아주 부산했다. 아버지와 이모부는 언제 일어날지 몰라 혼자 아침을 먹고 시험 치를 준비를 하고 집을 나섰다.

학교까지 오 리가 안 되는 거리였다. 어제 어른들과 같이 걸어갔던 돌담길을 따라 넓은 길과 마주쳤고, 그 길을 따라가니 학교 정문에 이르렀다. 학교 정문에 이르니 경개가 시원했다. 시내의 주택가, 안국동, 가회동의 기와집이 올망졸망 정겹게 보였다. 북쪽으로 손에 잡힐 듯 가까이, 북악산의 웅혼한 산세가 펼쳐진 산자락에 학교가 자리 잡고 있었다. 수수만 년 세월을 지켜오면서 연한 잿빛으로 풍화되어온 화강암 암반이 서울을 둘러싸고 있는 산들의 독특한 풍경을 이루고 있었다.

삼월 초, 음력으로도 이월이 지났고 경칩이 바로 엊그제였다. 바람은 아직 산뜻산뜻하나 추위는 가신 듯하여 봄기운이 완연했다. 산 계곡에는 버들개지가 솜털을 피우고 개구리가 동면에서 깨어 활짝 기지개를 펴는 때였다. 옛 이야기에, 새해 들어 처음으로 천신이 지신에게 번개를 내려, 땅속에서 자고 있는 모든 생물들을 깜짝 놀라게 해 깨운다는 경칩이었다.

남쪽 고향을 나설 때, 논밭에 파랗게 보리가 싹을 틔우며 봄이 옴을 알리는 대자연의 전령사들이 혹독한 겨울을 견디어 왔음을 보여주었다.

이틀 밖에 안 지났는데 벌써 고향이 그리워졌다.

운동장에 도착하니 수험생들이 소집을 기다리고 있었다. 시험 시작 십 분 전에 소집하여 각기 고사장에 들어갔다. 현성이 배치되어 시험을 치르는 교사는 동관 일층이었다. 국어, 산술 두 과목을 60분씩 두 시간에 치르고, 중간에 20분 쉬는 시간이 있었다.

종소리와 함께 시험이 시작되었다. 첫째 시간은 국어, 물론 일본어였다. 한자를 쓰는 것과 한자어에 일본식 가나의 토를 다는 것이었다. 여러 한자 단어를 나열하고 틀린 것을 고쳐 쓰는 단답형 문제와 작문 문제가 출제되었다. 작문 문제가 어려웠지만 지면은 채웠다.

두 번째 시간은 산술이었다. 소수점 아래 나누기 계산과 가감승제를 동시에 푸는 복합계산, 그리고 도형에서 이등변 삼각형 문제와 사다리꼴 면적을 계산하는 문제였다. 응용문제는 일인당 노임과 날짜수를 제시하여 노임총액을 계산하는 문제였다. 금액과 이율을 제시하고 주어진 기간의 원리금을 산출하는 방법을 물었다. 응용문제는 반드시 계산방법을 같이 써야 했다.

현성은 학교에서도 담임선생의 지적을 가끔 받았다. 문제를 풀어가는 방식은 정확하고 체계적인데 계산에서 착오가 생겨 답을 틀리곤 했었다. 이번 시험에서도 계산착오로 틀린 문제가 있었다. 시험을 치르고 마음이 편치 않았다. 전혀 경향이 다른 시험문제들이었다. 그리고 뚜렷한 주제가 없었던 작문도 꺼림칙했다.

이모집에 돌아오니 오늘의 주인공이 어떻게 시험을 치렀는지가 초미의 관심사였다. 상옥이 물었다. "어찌, 시험 잘 보았냐?", "시험문제가 풀만 하더냐?", "서울 아이들 실력은 어떻더냐?" 처음에는 선뜻 대꾸할 말이 없어 머뭇거리다가 겨우 대답했다.

"제 실력을 다하지는 못하였습니다. 아는 것도 두어 문제 틀렸구요.

작년 시험문제와도 영 다르게 출제되어 다들 당황하는 것 같았습니다."

"어떻게 시험문제가 출제 되었는데?"

상옥이 바짝 다가서며 물었다.

"국어 시험에 작문문제가 출제되었는데 좀 엉뚱했지요. 아침 조朝자 덜렁 하나 써놓고 작문을 하라 했습니다. 다른 문제는 몰라도 작문문제 는 상당히 당황스러웠어요."

"음! 그래……."

상옥이 신음 소리를 냈다.

"기대할 정도는 아니지만, 제가 답안지를 제출하면서 보니 다른 경 쟁자들보다 그렇게 뒤지는 편은 아닌 것 같았습니다."

"하여튼 수고했다. 네 말을 들어보니 긴가민가하구나. 최선을 다했 다니 기다려 보자."

상옥은 말없이 담배만 뻐끔뻐끔 피워댔다. 하는 일이 잘 안 풀리고 마음이 답답할 때 무심히 담배를 빨아대는 버릇이 있었다.

닷새 후 토요일 오전, 합격자가 중앙고보 게시판에 공고되면 이모부 박 서방이 확인하여 남원에 연락을 주기로 했다. 남원읍내에서 상옥의 동생 용옥이 객주를 하고 있었는데, 사업이 번창해 팔도를 왕래하였고 드물게 일본에도 왕래가 있었다. 전화가 중요한 사업수단이 되어 남원 읍에서 몇 대 안되는 전화를 가지고 있었다. 상옥은 박 서방에게 동생의 전화번호를 가르쳐 주고는 경성역으로 향하였다. 전날 현성의 이야기를 주고받을 때보다 많이 위축되어 있었다.

일주일 후였다. 남원객주 석봉상회로 전화가 왔다.

"모시모시, 요꼬조 산뱅?여보세요. 63번입니까?"

교환의 목소리였다. 경성에서 온 시외전화라 했다.

"예, 남원 석봉상회입니다."

"여보세요, 여기 경성입니다. 거기 석봉상회 주인 되세요?"

"예, 제가 석봉상회 주인 이용옥입니다."

"아 사돈, 오랜만입니다. 저 비안쟁이 현성이 이모분디요. 현성이 이번 시험에 합격했다고 전해주세요. 그리고요 3월 말까지 등록금 내고, 4월초 입학식이 있다 전해주세요."

"예 그래요, 큰 경사입니다. 고맙습니다. 큰집에 바로 연락 하도록 하겠습니다."

용옥은 득의만만한 웃음을 지었다. 사동아이를 시켜 비안쟁이 큰집에 합격소식을 전했다.

춘분이 지난, 봄이었다. 강남 갔던 제비가 돌아왔다. 담장 위에 그리고 기와 용마루에 앉아있더니만 드디어 궁리를 끝냈는지 처마 밑에 집을 짓기 시작했다. 지푸라기와 진흙을 쉴 새 없이 물어 나르기 시작하더니 눈 깜짝할 사이에 튼튼한 둥주리가 만들어졌다. 제비는 사람과 가장 가까운 조류였다. 오래 전 우리 선조가 한반도에 정착하면서부터 인연을 맺어왔을 것이다. 우리 생활과 문화에서 가장 가깝게 지내면서 상상과 영감의 길조로 자리를 잡은 새였다. 서로에게 유익하지는 않지만 적어도 해를 끼치지 않는 우호적인 관계를 유지하면서 가장 좋은 이웃이 된 것이다. 철새라고는 하지만 제비의 고향은 엄연히 조선 땅이었다. 집을 짓고 새끼를 낳아 길렀으니. 겨울철 추위를 피해 다녀오는 중국 강남은 추위를 피해 일시적으로 옮겨간 별장에 지나지 않았다.

이제 찬바람은 완전히 가셨다. 남쪽에서 바람이 불어올 때마다 대지는 온화한 입김을 불어내어 세상 만물이 기지개를 켜도록 깨워주었다.

논두렁 보리는 혹심한 겨울 추위를 이겨내더니 이제 본격적으로 발돋움하여 푸른빛 대궁을 키워가고 있다. 울안 텃밭에는 마늘이 덮어 놓았던 지푸라기 사이로 연녹색 이파리를 내밀었고 봄의 축제에 나설 차비를 하고 있었다. 매화는 진작 피어 벌써 시들어 가고 있었고, 먼 산의 진달래는 울긋불긋 산천을 물들이고 있었다. 뒤란에는 연분홍빛 복사꽃 향연이 시작되고 있었다. 집터서리에는 꽃다지, 지칭개, 자배기, 벼룩나물, 냉이, 쑥 등이 자리를 잡아 조금씩 버렁을 넓혀가고 있었다.

도저히 방안에서는 견딜 수 없는 계절이었다. 다른 때 같았으면 노암리 동생 현철을 불러 산천유람이라도 했을 것이다. 내일 저녁 서울 갈 준비를 해야 하는 현성은 마음이 조급했다. 우선 집안 어른들 찾아뵙기 위해 집을 나섰다. 노암리 작은아버지와 성안 막내 숙부, 동문 고시암감 나무집 할아버지와 물레방앗간집 어른들에게 인사를 드리고 돌아오니 오후 시간이 다 지나갔다. 누구나 닥치면 해낼 수 있는 일이고, 더구나 어릴 적부터 늘 가까이 지내던 이모댁에서 다니는 것이기 때문에 크게 걱정할 일이 아니었건만, 밀려오는 불안감은 어쩔 수 없다. 이튿날 짐을 싸는데 노암리 동생 현철이 왔다. 아마 현성이 서울로 올라가면 가장 보고 싶은 아우일 것이고 현철의 입장에서도 가장 서운할 사람이었다.

이불짐과 옷가지를 커다란 보자기에 같이 묶었고 네모진 가죽가방에 책과 일상용품을 넣었다. 가죽가방은 유서 깊은 가방이었다. 상옥이 일본 세계박람회에 다녀올 때 사온 것이며, 거의 사용하지 않고 귀중품 모시듯 벽장에 간직해 오던 것을 오늘 서울로 가는 현성에게 내어준 것이다.

오후 네 시가 좀 넘었다. 저녁 여섯 시 차였기 때문에 이른 저녁을 먹고 출발했다. 새참 같은 저녁을 먹고, 먼 길 떠나기 전 후원에 있는 사당에 들러 선조들께 고하고 할아버지 계시는 안방에 들어갔다. 할아버지 형묵은 손자의 먼 길 장도를 축원하기 위하여 의관 정제하고 기다리고 있었다. 손자를 애지중지하시던 할머니도 옆에 같이 있다. 넙적 엎드려 큰절 올리니 형묵은 고개를 끄덕이며 말했다.

"현성이가 이제 경성으로 가는구나. 이 할애비도 나이가 들어, 좀 더 의지하고 싶고 피붙이를 가까이 두고 살고픈 마음이 간절하다. 네가 멀리 간다하니 서운하고 섭섭한 마음 금할 길 없다. 하지만 마냥 품고 살 수는 없는 것이고, 젊은이는 먼 곳으로 떠나야만 한다. 많은 경험을 쌓고, 많은 사람을 만나고, 넓은 세상에서 견문을 넓히어 큰 사람이 되어야지. 네가 잘 알다시피 너로부터 고조 되시는 할아버지는 국경을 넘나들며 큰일을 해내어 오늘날 우리 집안을 일으키신 것이다. 네가 좋은 학교를 선택하였으니 훌륭한 스승이 많을 것이다. 배움에 게으름이 있어서는 아니 될 것이고, 좋은 벗을 사귀는 데 주저하지 말고, 어디 가서나 고향이 남원임을 자랑스럽게 생각하고, 가문에 대한 긍지를 항상 가슴 깊이 품고 살도록 해라."

"예, 할아버님 명심하겠습니다."

할머니는 섭섭한 마음이 더했다.

"아이고 내 새끼야, 가서 삼시 세끼 잘 챙겨 먹고잉."

남원 사람들은 특유의 강조 어투와 정겨운 감탄조사로 말끝에 잉을 붙인다.

"항상 따뜻하게 옷 잘 챙겨 입고잉. 불편한 것 있으면 금리 작은집으로 전화해라잉. 모르는 사람들하고 싸우지 말고 양보하고잉. 몸 실한 것이 제일이여, 몸 다치지 않고 실한 것이."

잉 소리가 붙을 때마다 "예, 예" 대답하고는 일어섰다. 사랑채에 상옥이 와 있다. 아버지에게도 인사를 하고 집을 나섰다. 할머니와 할아버지 그리고 아버지, 어머니가 동네를 벗어나는 큰길까지 배웅하였다. 머슴 한 센이 이불짐을 지게에 지고 앞서 가고 현성과 현철이 그 뒤를 따라갔다.

진안댁은 가장 마음이 아팠지만 층층시하 법도라는 게 있어, 어른들 앞에서 말도 못하고 속으로만 가슴이 아렸다. 아들 하나만 보고 후사가 없어 항상 가슴 졸이며 살아왔다. 어쩌면 경성으로 가는 것을 처음부터 원하지 않았건만, 남편과 아들의 뜻이 확고하고 어른들이 선뜻 보내라 하는데 어찌 거스를 수 있겠는가. 남편과 어른들은 먼저 집으로 돌아갔지만 진안댁은 멀어져 가는 아들을 망연히 바라보고 있었다. 착하고 여리기만 한 것이 경성 가서 어찌 잘 이겨내고 살 수 있겠는지. 물론 동생이 잘 보살피겠지만 어찌 어미 맘 같겠는가. 망연히 바라보고 있었다. 아들은 어미 맘을 아는지 모르는지 동구 밖에 돌아서 나갈 때까지 뒤 한 번 돌아보지 않고 사라져 갔다.

노암리 작은집 앞을 지나 쑥고개를 지나 요천수를 건넜다. 생활에 늘 같이 하던 산과 강이었지만 느낌이 유난했다. 여름에 요천수에서 미역을 감고 놀던 기억이 생생하였다. 물장구를 치다가 지치면 금수정 가장자리 난간에 팔을 얹고 자던 낮잠은 얼마나 달콤했던가. 몇 년 전 수해에 다리가 떠내려가 다시 세웠다. 굵은 통나무로 다섯 자 간격으로 교각을 세우고, 그 위에 한 뼘 반이나 되는 각목으로 교각 사이를 연결하고, 그 위에 두꺼운 널을 얹어 널다리를 만들었다. 물이 흐르는 부분만 이렇게 널다리를 놓아 건너게 하였다. 강변 자갈길을 지나면서 현철에게 말을 건넸다.

"올 여름 방학 때는 요천수에서 천렵을 하자. 꺽저구, 은어가 8월이면 올라올 거야. 2학기 시작 전에 은어 맛을 볼 수 있을 거다."

금수정 아래, 강물이 바위에 부딪쳐 휘돌아가는 가마소에는 물고기가 많았다.

"으응 그래!"

현철은 무슨 말을 들었는지 아니 들었는지, 건성으로 대답한다. 커다란 것이 빠져나가는 상실감을 곧 감당해야 될 시간이 다가오고 있었다. 요천수 건너 광한루를 거쳐 관서당을 지나 남원보통학교를 지나쳐 갔다. 관서당과 보통학교는 현성의 모교였다. 고향의 학교를 뒤로 하고 새로운 배움을 향하여 서울로 가는 길이었다. 남원역에 도착하였다. 머슴 한센은 남원역까지 바래다주고 먼저 돌아갔다. 이제 현성과 현철만 남았다.

"혀엉!"

곧 헤어져야한다는 아쉬움에 현철은 부러 길게 불러본다.

"서울 가면 좋겠네. 시골 사람들은 평생소원이 서울 가보는 것인데."

현성의 얼굴에 설렘보다는 막연한 두려움과 내색할 수 없는 초조함이 어려 있다.

"음, 글쎄 아직은 걱정이 앞선다. 시간이 걸리겠지. 세상에 영리하고 눈치 빠르고 잘난 사람들이 모여 사는 곳이 서울이니, 나 같은 시골뜨기 촌놈은 적응하기가 수월치 않겠지. 새로운 하숙생활, 새로운 교과과정, 새로운 환경에 적응하려면 시간이 걸릴 것이다. 먹고 자고 지낼 곳이 이모집이라 걱정이 덜 되긴 하네. 가서 적응이 되고나면 편지하지."

남원에서는 하루 두 편씩 서울 가는 상행열차가 운행되었는데 저녁 시간 열차는 여행객들이 많았다. 대부분이 가까운 전주에 가는 사람들이지만 멀리 가는 행장을 한 사람들도 있었다. 개찰이 시작되어 플랫홈으로 나가기 시작했다.

"형, 건강하고 씩씩해야 해. 안정되면 안부 편지 주고."

"그래 잘 지내고, 방학 되면 내려와 재미있는 시간 보내자."

기차가 하얀 김을 내뿜으며 서서히 이동하기 시작하였다. 차창으로 손을 흔들며 눈물로 전송하는 인파를 뒤로 하고 기차는 멀어져 갔다. 돌아오는 현철의 발걸음은 한없이 무거웠고, 도저히 메울 수 없는 공허함이 엄습해왔다. 매일 형을 기다려 학교에 함께 갔고, 쉬는 날이거나 방학이거나 거의 매일 만나다시피 하며 살아오던 터였다. 말이 사촌이지 친형제 이상으로 가까이 지냈고 학교생활에 절대적인 지표가 형이었다. 시험 기간에는 항상 옆에서 공부하게끔 하며 학습지도를 해줬다. 현성은 어떤 것을 물어도 막힘이 없는 척척박사였다. 완력도 만만치 않아 학교의 어깨들도 이현성의 동생이라면 함부로 하지 않았다. 애꿎게 발끝에 걸리는 돌멩이만 걷어차며 집까지 왔다. 그 뒤로도 일주일 가까이 현철은 상실감에서 벗어나질 못했다.

서울 이모집에 도착한 현성은 행랑채에 짐을 풀고 학교에 먼저 들렀다. 혜화동 골목길을 따라 올라가는 길 돌담 너머로 목련꽃이 꽃망울을 터트리고 있었다. 교정에 들어서니 앙상한 가지의 벚나무들이 가지 끝에 꽃망울을 맺어가고 있었다. 북악산 기슭 중앙학교 정문에 올라오니 시야가 훤하게 트여 서울의 시가지가 한눈에 들어왔다. 언제 봐도 상쾌하고 시원한 기분이 드는 곳이었다. 곧이어 북악산 골짜기에 진달래가 피기 시작할 것이고, 봄의 화신이 서울 산천에도 찾아올 것이다.

처음 보자마자 압도되었던 웅장한 동관, 서관 건물은 외벽이 붉은 벽돌로 조적되어, 그 외형이 조선에서는 보기 드문 형상이었다. 마치 화보 속 서양 건물을 보는 듯한 느낌이었다. 벽돌 색깔이 한결 부드러워 연조가 있어 보였으며 그것이 건물의 중후함을 더했다. 너른 운동장 교문 좌우에는 벚나무가 있고, 교사로 올라가는 길 양쪽에 가이즈카 향나무가 원추형으로 너른 영역을 잡아가고 있었다. 교정을 한 바퀴 돌아 동관, 서관 그리고 뒤에 있는 본관까지 둘러보았다. 본관 후원에 북악산으로 연결되는 고샅길이 보였다. 훗날 올라가 보기로 하고 학교를 돌아 내려왔다. 내일부터 이 교정에서 학창생활을 시작한다고 생각하니 가슴이 벅차올랐다.

아버지 말씀대로 어느 자리에서나 어느 조직에 가서나 쓸모 있는 사람이 되어야 할 것인데, 연부역강한 서울의 토박이들과 어떻게 해야 조화롭게 생활할 수 있을까, 어떻게 해야 닥쳐올 모든 경쟁을 이겨낼 것인가를 생각하니 설렘과 두려움이 재차 밀려왔다.

다음날 등교하여 일학년을 담당하는 교사들을 소개 받았고 선배들과 상견례가 있었다. 갑, 을, 병 세 반으로 나뉘어 교실을 지정 받았는데 현성은 을반이었다. 반배치를 받아 왔다갔다 하던 중 지난번 경성역에서 보았던 그 아이의 얼굴을 발견하였다. 병반이었고 그 사이 낯이 익어 임의로움이 느껴졌다.

담임은 체육선생이었다. 첫눈에 압도되리만큼 체격이 좋았고 목소리는 카랑카랑하였으며, 호연지기가 넘치고 의지가 굳세어 보였다. 앞은 번호 순서대로 자기소개를 하였다. 고향과 이름과 고보에 입학하게 된 소감들을 발표하였다. 나이는 대부분 열다섯에서 열입곱 사이였지만 훨씬 더 나이가 들어 보이는 친구도 있었다.

대부분, 단순하게 이름과 출신고향과 '여러분들을 만나서 반갑습니다.' 혹은 좀 더 나이가 들어 보이는 친구들은 '앞으로 학업을 정진하는데 여러 학우들의 지도편달을 바랍니다.'라는 등 의례적인 인사를 하였다. 하지만 현성은 자기소개를 남다르게 했다. 먼저 이름과 고향을 밝히고 남원을 소개했다.

"제 이름은 이현성이고 제 고향은 남원입니다. 남원은 전라북도 내륙 산악지방에 있는 고을입니다. 신라시대에는 조선 5소경 중 하나였고 인근 산악지방의 교역중심지입니다. 구례, 곡성, 경상도 함양까지 남원에 와 장을 보고 갑니다. 물자가 풍부하고 삶이 윤택한 고을입니다. 정유재란 때에는 온 고을 사람들이 나서서 일본군과 대항하여 죽음으로 사수하였습니다. 그때 산화한 영령들을 모신 무덤이 '만인의총'입니다. 천하 열녀 춘향이의 고향이라면 더 이해가 쉽겠습니다. 남원 사람들은 진솔하고 삶의 열의가 대단하여 자존심이 강합니다. 전북 도청이 전주에 있지만 전주 사람들에게 뒤지지 않는 자존심을 가지고 삽니다. 앞으로 5년 심신을 단련하여 여러 동무들과 함께 조선의 동량이 되고 싶습니다."

박수가 터져 나왔다. 담임선생이 소개를 아주 잘했다고 칭찬하면서 자기소개는 이렇게 하는 것이라는 칭찬을 덧붙였다. 현성이 정확하게 설명을 하지 않았다면 서울과 경기도 일원에 사는 학우들은 남원이 경상도에 있는지, 충청도에 있는지도 몰랐을 것이다. 처음 만나 소개하는 시간에 급우들에게 자신의 인상과 고향 남원에 대해 확실한 인상을 심어주었다. 들어보니 조선 팔도에서 다 모였다. 함경도 원산, 함흥에서 평양, 그리고 개성, 황해도 사리원, 경상도 안동, 전라도 고창, 광주. 서울과 경기가 절반 가까이 되었다. 소개가 끝나고 담임선생이 칠판에 커다란 글귀를 영문과 한문으로 써 내렸다.

'Sound Body, Sound Mind. 健全한 肉體에, 健全한 精神.'

본인의 담당 과목이 체육이라 소개하면서 지금이 평생을 지탱하는 건강한 육체를 마련하는 중요한 시기이고, 튼튼한 육체가 있어야 어떤 일도 해쳐 나갈 수 있음을 강조했다. 조 선생은 여러분의 체력을 체계적으로 단련시켜 갈 것이니, 가르침에 잘 따라주어 튼튼한 조선건아가 되어 이 교정을 나가야 한다고 역설하였다. 말미에 조선의 독립을 이루기 위해서는 여러분들이 더욱 튼튼해야 된다고 강조하였다. 물론 그 목소리는 작고 은밀했다.

'조선의 독립! 독백이라면 몰라도, 꿈에서나 가능한……'

아, 정말 쉽지 않은 말이었다. 일본인이 교장이고 절반 이상의 교사들이 일본인들인 보통학교 강단에서는 도저히 들을 수 없는 단어였다.

같은 고보일지라도 관립학교에서는 상상도 할 수 없는 일이었다. 명문 사립학교에 들어왔다는 것이 얼마나 자랑스러운 일인가. 가슴이 뜨거워지고 긍지가 불쑥 일어나는 순간이었다. 체육을 담당했던 조 선생은 이후에도 중앙고보 학생들에게 좋은 사표가 되어주었다.

중앙학교는 일본어 선생을 제외하고는 전부가 조선인 선생이었다. 그래서 민족적인 분위기가 유별했다. 당시 시대상황을 살펴보자면 1919년 삼일 운동이 일어나면서 사이또가 조선총독으로 취임하였다. 그 동안의 통치방법을 대폭 수정하여 유화정책으로 전환하였다. 1930년대 초반까지만 하여도 조선총독부에서 신문이나 잡지 등 출판물에 대한 감시가 심하지 않았으며 문화와 예술을 적극 장려하는 편이었다. 그래서 쉽지 않은 언행이었지만 '조선의 독립'이라는 말도 가능했다. 1940년 경 중일전쟁이 터지고 미국과의 선전포고를 하면서부터는 전시체제로 바뀌었다. 사상범 보호관찰법이 만들어지면서 불온서적을 소지한 사실만으로도 사상범으로 잡혀가는 일제 말기, 극심한 탄압이 자행될 때는 상상할 수 조차도 없는 일이었다.

서울 생활이 안정되면서 현성은 자신이 속한 을반 학우들과도 교우관계를 넓혀가기 시작했다. 옆자리에 앉은 김인수는 서울토박이로 학교에서 멀지 않은 가회동이 집이었다. 서울에서 잘 사는 부유층의 후손인 듯했다. 책가방이나 학용품이 값비싼 것이었다. 고급 금장 손목시계를 찼고 가끔 시계를 보는 태도가 여유 있어 보이고 자신감이 넘쳤다. 다른 학우들은 첫 시간 자기소개를 멋지게 한 현성의 고향에 대해 호기심을 갖고 여러 가지를 묻곤 했지만 김인수는 그런 촌스럽고 하찮은 것에 대해서는 당초 관심조차 없다는 듯 아랑곳하지 않았다. 대개 번잡한 도시에 사는 사람들이 한적한 시골에 대해 호기심이 많고 전원생활에 대해 동경도 가지고 있는 것이다. 그런데 김인수는 타고난 도시인이었다. 전혀 무관심한 듯하다가, 오히려 은근히 동정심을 보이며 무시하려는 듯한 오만함을 가지고 있었다.

한 번은, 현성이 뒷자리에 앉았던 함경남도 원산의 한복동이라는 친구와 고향 이야기를 나누고 있었다. 그는 원산의 대표적 경승인 명사십리에 대해 자랑을 늘어놓았다. 원산의 명사십리에는 조선에 진출한 선교사들의 휴양지가 있고, 안변의 석왕사까지 다녀오는 길은 최고의 여행길이었다. 부유층 자녀들이 결혼하면 이 명사십리와 석왕사에 다녀오는 것이 정해진 신혼여행 길이었다. 한복동은 신이 나서 이야기를 이어갔다.

"조선의 지도 중 동해에서 가장 안쪽으로 들어간 부분이 원산항이다. 원산만 앞바다에는 20여 개의 섬이 있어 자연 방파제가 되어줄 뿐 아니라 풍광도 아름다워 그 유명한 명사십리 해수욕장이 있지. 안변의 석왕사에서 원산의 명사십리까지의 해안길은 아주 멋진 열차 여행길이다."

현성이 서울에 와 석왕사 길을 들은 기억이 있었다.

"나는 고향이 산악지방이어서 산세에는 익숙하지만 바다 풍경은 한번도 본적이 없다. 언제 그 일망무제한 동해의 푸른바다를 보고 싶다."

그 나이 마음이란 어떤 것이라도 남과 비교하게 되면 조금이라도 내 것이 크고 좋았으면 하는 마음이 있다. 티끌만한 것이라도 자랑거리를 찾아 내세우고 싶던 나이라, 뒤지지 않고 현성도 자랑에 나섰다.

"우리 고향은 지리산 자락에 위치하고 있다. 거대한 지리산 자락에 있어 계곡이 깊고 물이 좋다. 우리 고향을 가로지르는 큰 내가 있지. 요천수라고 하는데 그 강물이 주위 남원분지를 적셔주고 흘러 내려간다. 사방이 산지로 둘러싸여 있지만 분지에 들이 넓어 자족할만한 식량이 생산된다. 인근 산악지방의 교역 중심지가 되어 물산이 풍부하고, 넉넉한 삶에 인심이 좋고 문화가 발달되어 사람들이 풍류를 즐길 줄 알지. 내 고향은 산수가 빼어나게 아름답다."

두 사람이 서로 고향 자랑을 늘어놓자, 김인수는 하찮은 것을 과장되게 떠벌린다는 듯 한마디 했다.

"야, 산수가 빼어나기로 치면 경성보다 나은 곳이 어디에 있겠나? 너희들이 한강에 한 번을 나가 봤냐? 북악산을 올라가 봤냐? 경성은 조선의 모든 인재들이 모인 곳이고 조선의 물산이 다 모이는 곳이다. 경성에서의 삶은 편리하고 경성의 거리는 화려하고 경성 사람들은 깔끔하다. 나는 억만금을 주어도 시골에 가서는 못 살 것이다."

한참 신이 나서 떠들어대던 두 사람에게 찬물을 끼얹어 버리는 오만한 언행이었다.

서울이라는 지명조차도 촌스럽다는 듯했다. 촌놈들이 사용하는 단어를 쓰기 싫다는 듯, 처음부터 끝까지 경성이라는 단어를 강조하여 사용했다. 서울이 조선시절에는 한성이라 했고, 경성이란 지명은 한일합방 이후 일본이 통치하게 되면서 쓰게 된 지명이었다. 예나 지금이나 모든 시골사람들의 선망이었던 서울은 그저 서울이었을 따름이다. 김인수는 이런 일상적인 단어 하나로도 남과는 구별 짓고 남보다 뛰어나고 싶어 했다. 두 사람은 엉겁결에 당하여 대꾸하지 못하였고, 틀린 말은 아니었기 때문에 수그러들 수밖에 없었지만 아주 불쾌했다.

김인수는 서울에 와 처음 알게 된 옆자리 친구인데, 가깝게 지낼 수 없는 이웃이라 그를 볼 때마다 항상 불편했다. 그는 너희들과 감히 비교도 싫다는 듯, 사람은 태생에 의해 빈천이 구별된다는 듯, 선민의식에 젖어 있었고 나만 잘났다는 듯한 방자한 처신을 했다.

중앙학교에 진학한 학생들 중 상당수가 지방의 부유층 자제였다. 학업성적도 뛰어나지 않았다면 치열한 경쟁을 뚫고 입학할 수 없었을 것이다. 나름대로 자부심을 갖고 서울에 유학 온 지방의 수재들이었던 것이다. 그런 급우들에게 가끔 신세타령 하듯이 중얼거리며 촌놈들과 차별화 하려 했다. '나는 재수가 없어 이 학교에 들어왔다. 재동보통학교 6년 내내 상위권을 달리다가 6학년 말에 성적이 좀 떨어져 이 학교에 왔거든. 그래도 내 성적이라면 제일고보에 충분히 들었을 것이다.'하면서 엉뚱하게도 진학지도를 했던 보통학교 담임을 원망하기도 했다. 처음에는 서울 물정에 어두운 시골뜨기라서 서울 부잣집 자제의 위세에 눌려 그럴 듯하게 보였지만 갈수록 정나미가 떨어지고 그를 볼 때마다 굴욕감을 지울 수 없었다.

학과 과목은 교사들에게서 배웠지만 그 밖에 다른 학창생활은 선배들로부터의 가르침이 엄정하였다. 입학하여 첫 번째 주가 지나고 쉬는 시간에 간부들을 주축으로 한 선배들이 1학년 각반을 순회하였다. 학생장이었던 선배는 날카로운 눈빛에 재기가 있어 보였고 그 외 운동부 선배들은 체격이 당당하였다. 세 명씩 교단 좌우에 서고 학생장이 올라가 일장 훈시를 하였다.

"사학의 명문, 조선에서 제일가는 고보 중앙학교에 입학하게된 것을 축하하는 바이다. 우리 학교는 경성 어느 학교에 비해도 시설이 좋고, 훌륭한 스승들이 훈도하시어 많은 인재를 배출하였다. 앞으로 여러분 중에서도 선배들 못지않은 인재들이 배출될 것이다. 경성 어느 학교에 뒤지지 않는 명문 고보생이라는 자부심을 한시라도 잊어서는 안 될 것이다. 첫째, 배움을 게을리 하면 안 되고, 둘째, 어느 학교 학생들에게도 힘에서 밀려서는 안 된다. 체력 단련에 소홀히 해서는 안 된다는 것이다. 셋째, 우리학교는 선후배 기강이 엄격하다. 고학년은 물론, 한 해위 선배들에게 인사 잘하도록 한다. 이상!"

반대표가 인사를 하자 우레와 같은 박수가 터져 나왔다. 박수소리를 뒤로하고 교실을 빠져 나가는 선배들의 모습이 그렇게 미덥고 멋져 보일 수가 없었다.

이모집 아이들 석현이, 선희, 석훈과도 한 집안 식구로 가까워졌다. 석현이 보통학교 1학년에 입학하였고 선희와 석훈은 아직 학교에 입학하기 전이었다. 아이들에게는 집안에 큰형이 한 사람 새로이 나타난 것이다. 처음에는 호기심으로 시골에 대해 이것저것 묻더니만 나중에는 현성이 이야기꾼이 되어버렸다. 큰 녀석 석현이는 여동생과 차별하여, 으레 저녁을 먹고 나면 한 시간 가까이 현성의 방에 와 이야기를 해 달라 졸라댔다.

아이들에게 서양 위인들 이야기와 중국 위인들 이야기도 들려주었지만 조선의 훌륭한 임금, 장수와 충신들과 역사 이야기를 빼놓지 않고 들려주었다. 서양 이야기와 조선 이야기를 한 번씩 돌아가며 들려주었다. 단군신화와 고구려 광개토대왕, 을지문덕 장군, 신라의 김유신과 김춘추, 백제를 세웠던 비류와 온조, 그리고 계백장군과 삼천궁녀, 고려의 왕건, 강감찬 장군, 최영 장군, 조선의 이성계와 세종대왕, 그리고 이순신, 사육신의 이야기와 고려시대 노예 만적의 난과 근세의 동학난까지. 특히 이순신 장군의 이야기를 신나게 들려주었다. 수많은 해전을 승전으로 이끌었지만 그 중 괴멸상태에 있던 조선 수군의 남은 배 열두 척을 수습하여 백삼십 척 왜선을 물리쳤던 명량대첩 이야기를 들려주었다. 울돌목 좁은 해협을 그림으로 그려 자세히 설명하였다. 밀물 때 사력을 다하여 버티다가 썰물 때 빠져나가는 바닷물의 힘에 가세하여 왜놈들의 배를 짓이겨 쳐부수는 장면을 이야기할 때는 동생들이 박수를 치며 좋아했다.

학교나 공공장소에서는 왜적들이나 왜놈들이란 단어를 쓸 수 없었다. 연재소설이나 신문사설에 임진란을 묘사할 때 등장하는 왜적이나 왜놈들은 일본군이나 일본인으로 바꿔 써야만 하는 시대였다. 비록, 집안 동생들 앞에서지만 시원하게 애국심을 발휘해보는 순간이었다. 처음에는 석현만 드나들다가 한 해가 지나니 선희도 이야기 마당에 끼어

들었고, 곧 막둥이 석훈도 합류했다. 동생들이 이렇게 이야기에 빠져드니 무절제하게 아무 때나 들려줘서는 안 되겠다 싶어, 일주일에 두 번이나 세 번 정도 약속하여 시간을 정했다. 허물이 없으니 동생들이 치근대면 엄하게 이르는 말이 있었다. '옛말에 이야기 좋아하면 가난하게 산다고 했다. 가난하게 살지 않으려면 형 말을 잘 들어야 한다. 그렇지 않으면 이야기를 안 해 줄 것이다.' 예습복습을 챙기고 나서야 이야기를 들려주었다. 아이들이 좋아하는 이야기를 통해 학습능력을 높여주는 것이었다. 현성은 작은 성취였지만 동생들이 나날이 향상되는 것을 보고, 나중에 교육자가 되면 어떨까 하는 포부도 가져 보았다. 학습동기를 유발하니 동생들 학업성적도 쑥쑥 늘었다. 이모 내외도 무척 고맙고 다행스럽게 생각하였다.

현성은 보통학교 시절, 이전 한학 수업을 정리하고 한글을 익히고 나서부터 책을 읽기 시작하였다. 한글 책이나 일본어 책을 닥치는 대로 읽었다. 새로운 사조나 문화에 눈이 뜨였던 아버지 상옥의 절대적인 후원이 있었다. 현성이 원하는 책은 어떻게든 구해주었다. 책을 손에 잡으면 반드시 마지막장을 덮어야 잠을 이룰 수 있었다. 해가 뜨면 일어나고 해가 지면 잠자리에 드는, 모든 일상이 자연의 섭리에 맞추어 이뤄지던 농촌 생활이었다. 섣달 그믐날이나 정월 대보름이 아니면 자정이 넘게 불을 켜고 일을 하는 경우란 극히 드물었다. 현성의 방에는 가끔 자정이 넘도록 불이 켜져 있을 때가 있었다. 현성이 책을 읽는 날이었다.

보통학교 시절에 읽었던 책은 주로 위인전이나 역사소설이었고 고학년으로 올라가면서 서양소설을 한 권씩 읽기 시작했다. 아동용으로 축약된 유명 소설류였다. 일본어로 번역되었던 것을 조선어로 번역한 소설, 아니면 일본어로 번역된 소설, '장발장', '암굴왕몽테 크리스토 백작', '보물섬', '삼총사', '십자군의 기사', '대장 부리바' 등 무용담이나 활극이었다. 그리고 모험심을 소재로 소설에 흥미를 붙여가면서 새로운 세상에 눈을 떠가던 즈음, 서울로 올라왔던 것이다. 동생들에게 이야기 해주기 전에 옛날에 읽었던 책들을 학교 도서관에 가서 다시 읽어보고 정리하여 들려주었다.

동생들에게 이야기 해주면서 그 동안 축적되었던 독서력을 다시 정리해 놓았던 것이 나중에 고보 고학년이 되어 브나로드운동農村啓蒙運動을 할 때 큰 보탬이 되었다. 고향에서 책을 읽을 때는 누가 독서를 지도해 주지도 않았고 특별히 어떤 책을 권한 사람도 없어 마구잡이로 책을 읽었다. 또래의 동무들 중에는 현성만큼 책을 읽은 사람이 없어서 책에 대한 적당한 대화 상대가 없었다. 그런데 고보에 진학하여 몇 년 후 독서회에 가입을 하게 되는데, 그 모임에서 엄청난 독서량을 가진 친구들과 선배들을 만났다. 현성은 그야말로 우물 안 개구리였음을 이때 알았다.

서울의 독서가들은 이미 모험을 하고 적을 물리치고 복수하고 하는 흥미 위주의 책에서 벗어나 있었다. '어떻게 하면 가치 있는 삶을 살 수 있을 것인가? 인간의 내면은? 본질은 무엇인가? 내 젊음을 불태울 만한 뜻있는 일은 무엇인가?'를 생각했다. 도스트예쁘스키와 톨스토이와 니체와 헤세와 러셀과 다눈치오와 노자, 장자의 책을 읽고 있었다. 인생이라는 것이, 삶이라는 것이 그렇게 단순하고 재미있는 것만이 아니라는 것도 그즈음 깨우쳐 가고 있었다.

2장

첫 방학

여름방학이 시작되었다. 고학년 선배들은 각자 친구들의 고향 방문 계획을 세우기도 했고 소년군이나 하계봉사활동에 동참할 준비로 바빴지만, 신출내기 1학년 학생들에게는 그럴 여유가 없었다. 고향에 가고 싶은 마음밖에는 없었다. 처음 서울에 와 얼마나 고향생각이 간절했던가. 남쪽 하늘 저 산 넘고 넘어 하도 멀어 가늠조차 할 수 없는 고향은, 무심한 구름이 흘러가는 그 어디 정도에 있으리라 미루어 짐작할 뿐이었다. 따뜻한 봄날, 남녘에서 포근한 바람이 불어오면 고향 남원에서 올라오는 봄기운이 아닌가 하며 아련한 향수에 젖어들곤 했다.

가끔 휴일 오후 학교 뒷산에 올라가 '봉선화', '고향생각', '동무생각' 등 슬픈 곡조의 노래를 홀로 불렀다. 특히 '봉선화'의 2절 '어언 간에 여름 가고 가을바람 솔솔 불어 아름다운 꽃송이를 모질게도 침노하니.'하는 대목이라든가, '고향생각'의 '내 동무 어디 두고 이 홀로 앉아서 이 일 저 일을 생각하니 눈물만 흐른다.'하는 대목을 부를 때면 감정이 격해져 절로 눈물이 흘렀다. 그렇게 눈물을 한참 흘리고 나면 한결 마음이 가벼웠다.

꿈속에서는 늘 고향에서 지냈다. 비안쟁이 뒷산 공터에서는 동네 아이들과 패를 갈라 칼싸움 하면서 놀았고, 노암리 넘어가는 쑥고개는 여전히 현철과 함께 걷는 등굣길이었다. 광한루에서는 금리에 사는 친척들과 어울려 숨바꼭질을 하였고, 남원의 젖줄 요천수는 상반된 모습으로 그려졌다. 기분 좋은 날은 아주 여유 있게 헤엄을 치고 놀았고, 어떤 날은 물이 범람하여 어떻게 건너야 할 줄 몰라 안절부절 못하다가 잠이 깨기도 하였다. 꿈에서는 아직 상경하지 못한 채로 남아 있었다. 기차를 놓쳐 발을 동동 구르며 안타까워하는 장면이 두세 번이나 있었다.

오줌 갈기는 버릇은 이제 고쳐졌다. 어릴 적에는 요강을 항상 옆에 두고 잤다. 하지만 보통학교 고학년이 되어 코밑에 수염이 곰실곰실 생기고, 목소리가 쉬어 어른 목소리가 나오고, 아래에 거웃이 시커멓게 자리를 잡아가면서부터는 건넌방에 혼자 자며 요강이 없어졌다. 보통 아침에 일어나 측간에 가 소피를 보았지만 가끔 캄캄한 새벽에 오줌이 마려워 일어날 때가 있었다. 그때는 측간까지 갈 수 없어 측면 텃밭이 내다보이는 툇마루에 서서 토방에 오줌을 싸곤 했다. 물론 어머니한테서 토방에서 지린내가 난다고 잔소리를 많이 들었다. 서울에 와서도 집 토방인 줄 알고 몇 번 갈겨대다가 측간으로 뛰어간 적이 있었다. 지금에 와서야 자다 일어나도 서울의 이모집인 줄 알고 측간으로 갔다.

이제 꿈에 그리던 고향으로 가는 것이다. 한 달 가까이 지낼 짐을 꾸리고 방학 중 과제물을 챙기는데 동생들이 방으로 들어왔다. 상당 기간 떨어져 지내야 한다는 것이 서운했던가, 석현이 물었다.

"형, 지금 가면 언제 와?"

"응, 한 달은 있어야 되겠다."

"한 달이면 몇 밤이나 되는데?"

"서른 밤이지. 열 손가락으로 세 번 해야 서른이지."

손가락을 쥐었다 폈다 세 번 해보이면서 놀랐다.

"이렇게나 많이! 그러다가 형 안 오는 것은 아니지?"

괜히 놀리고 싶어졌다.

"가면 다시 안 올 거다. 너희들이 이야기 해 달라 졸라대서 안 올 것이다."

그렇지 않아도 서운하던 참이었는데 안 온다 하니 선희가 빼, 하고 울었다.

"오빠, 이야기 해 달라고 안 할 테니 가지 마."

선희를 안아서 다독거렸다.

"우리 이쁜 선희가 벌써 오빠하고 정이 들었어? 놀래 줄려고 그런 것이고 꼭 올 거야. 왜냐하면 오빠는 학교를 다녀야 하거든. 방학 끝나고 오면 더 재미있는 이야기 준비해 올 거다."

"오빠, 꼭 올 거지? 다른 데로 안 가고 우리 집으로 올 거지?"

"아암, 오고말고."

"그럼, 약속."

새끼손가락을 내밀었다.

석현은 한 술 더 떴다.

"형, 나 형 따라 가면 안 돼?"

"음, 이번에는 안 되겠고, 다음에 꼭 같이 한 번 가자."

"형, 남원 이모네집은 어떻게 생겼어?"

"큰 기와집이다. 남원에 가면 큰이모가 맛있는 것도 많이 주실 것이고 구경할 것도 많다."

"얼마나 큰 기와집인데?"

"석현네 집보다 큰 기와집이 한 채 있고, 또 사랑채, 문간채도 있지."

"와, 우리집보다 큰 기와집이 세 채. 정말 가보고 싶어. 그럼 나도 약속."

석현과도 새끼손가락을 걸었다. 짐을 다 꾸리고 나니 이모가 도시락

꾸러미를 가져와 가방에 넣어주었다.

"현성아, 주먹밥 두 뭉치하고, 계란 삶은 것이다. 주먹밥은 김가루에 깨소금 뿌려서 참기름에 비벼 간을 맞춰 놨다. 먹을 만할 것이다. 여름이라 밥이 쉬 상할 것 같아 여태 우물 안에 넣어 두었다가 이제 꺼내온 것이다. 될 수 있으면 빨리 먹도록 해라. 계란은 쉬이 상하지 않는 음식이니 조금 나중에 먹어도 괜찮다만."

이모부는 이른 시간에 출근했고, 이모가 아이들과 같이 종로 전차 타는 곳까지 배웅을 나왔다.

"한 달 후에 건강한 모습으로 만나자. 그리고 어머니더러 언제 경성한 번 오시라 해라."

"이모, 한 달 후에 올라오도록 하겠습니다. 석현이, 선희도 잘 있어."

전차에 올라타자 서로 손을 흔들며 멀어져 갔다. 경성역에 아홉시 반에 도착하여 기차표를 구입하고 플랫홈에서 십여 분 기다려 기차를 탔다. 역시 석탄 타는 냄새가 역 구내에 깔려 있었다. 교실에서 쓰던 조개탄 냄새와 비슷했지만 대기에 흩어져 밀도가 높지 않아서인지 그리 역하지는 않았다.

열차는 외벽에 페인트로 여기저기 땜빵한 흔적이 있었고 철판위에 페인트를 덧칠하여 두껍게 층이 형성되어 있었다. 차내에 들어가면 입구의 변소간 지린내가 코를 찔렀다. 기차의 석탄 타는 냄새가 훨씬 좋았다. 마침 기차 연기가 객차 연결부에 날려와 지린내가 상쇄되어 인상을 덜 찡그려도 되었다.

문을 여닫을 때마다 냄새가 코를 찌르니 중간쯤 자리를 정하는 것도 장거리 여행의 지혜였다. 좌석은 마치 칸막이를 지른 것 같이 의자 등받침으로 나누어져 있었다. 앞사람과는 마주보며 앉고 칸막이 너머 뒷좌석과는 등을 대고 앉았다. 처음에는 의자 한 칸에 두 명씩 앉아 있다가 차츰 사람이 차오기 시작하면 세 명이 앉게 되었다. 만원이 되어 앉을 자리가 없을 때에는 통로 쪽 팔걸이에 걸터앉기도 하여 의자 하나에 네 명씩 앉기도 했다. 입추의 여지없이 꽉 차는 명절 전 귀성차량에서는 짐 얹는 선반 위에 올라가 누워가는 사람들도 종종 있었다.

경성역을 출발할 때는 의자 한 칸에 한 사람씩 앉아도 남은 의자가 있었는데 용산, 영등포를 지나니 객실이 가득 찼다. 세 명 씩 여섯 명이 마주 보고 앉아 가다가 천안, 조치원 지나 두 명이 내리고 네 명이 앉아 가게 되었다. 이제 멀리 가는 사람만 앉아 있는 것 같았다. 두 시간 이상을 같이 앉아 오니 자연스럽게 이야기가 오가기 시작했다. 앞자리에는 서른 중반이나 되어 보이는 아주머니가 딸로 보이는 어린 계집아이와 같이 앉아 있고 그 옆자리에 어수룩해 보이는 청년이 앉아 있다. 현성보다 대여섯 살 위로 보였다. 옆자리에는 노련해 보이는 중년의 신사가 앉았다. 파나마모자를 쓰고 양복차림인데 머리에 포마드를 발라 뒤로 넘겼다. 양복 윗도리와 모자를 옷걸이에 걸었다. 청년은 도시인 흉내를 냈지만 어설프게 보였다. 머리에 포마드를 잔뜩 발랐지만 간간이 비듬이 허옇게 붙어 있었고 니코틴이 손가락에 누렇게 절어 있었다. 중년신사와 청년이 이야기를 이끌어갔고 현성은 듣기만 했다.

차는 대전을 지난 지가 제법 되었고 강경을 지나 전라북도로 접어들었다. 전주를 지나면서 같이 동행했던 여행객들은 거의 내렸고 전주에서 많은 사람들이 다시 차에 올랐다.

기차가 논산, 이리, 삼례를 지나 전주까지 올 때는 너른 들녘을 달리다가 전주를 지나니 산악지방으로 접어들었다. 한벽당을 지나면서 작은 굴을 통과하고, 상관 신리 등 노령산 자락에서 흘러 내려오는 물을 담아 만경강으로 흘려보내는 전주천변을 따라 올라갔다. 언덕으로 올라가는 듯 속도가 느려지며, 짐바리에 가득 싣고 언덕을 오르는 우마처럼, 스팀

뿜어대는 소리가 가팔라졌다. '칙칙폭폭' 하던 열차가 '치이익치이익, 포오옥포오옥' 하고 느려졌다.

상관역을 지나 기차는 더욱 힘들게 올라갔다. 전라선에서 가장 가파른 길이 노령산맥 턱을 넘어야 하는 상관과 관촌 구간의 철로였다. 상관을 지나는 열차의 피스톤 움직이는 소리가 점점 더 거칠어졌고 연소 되지 않은 석탄 냄새는 더 역겨워지기 시작했다. 그러더니 순간, 피스톤 움직이는 소리가 멈췄다. 열차가 갑자기 뒤로 밀리기 시작했다. 마치 팽팽하게 묶어 놓았던 끈이 풀어져 줄줄 뒤로 밀려나는 기분이었다. 현성은 이렇게 뒤로 밀려 내려가다가는 필시 큰 사고가 날 듯하여 당황하였지만, 다른 사람들은 전혀 관심이 없다는 듯 태연하였다. 조금도 요동이 없었다. 잠시 후 뒤로 밀리던 열차가 뒤쪽으로 올라가는 느낌이 들더니, 속도가 느려지면서 다시 올라가기 시작하였다. 이제는 탄력을 받아 힘차게 노령산맥의 턱을 넘었다. 경사가 가파른 언덕을 올라갈 때 열차가 후진하여, 오던 선로가 아닌 경사가 높아지는 선로로 바꿔 탔다가 다시 차고 올라가는 방식을 스위치 백후진 선로 교체 선로라 했다. 전 조선에 서너 군데 있었다. 함경도에 두어 군데 있고, 강원도 태백산맥을 넘어가는 곳에 있고, 여기 전라선 노령산맥을 넘어가는 데 있었다. 관촌을 지나 임실에 이르렀다.

긴 시간이었다. 서울을 떠난 지 일곱 시간이 지났다. 오래 앉아 있으니 궁둥이에 쥐가 나고 머리가 지끈지끈하여 하품이 나왔다. 팔월의 달궈진 복사열이 오후 되니 더욱 후덥지근하였다. 임실에서 장시간 쉬었다가 가는 것을 아는 듯, 사람들이 역 구내를 넘어 시냇가에 하얀 수건을 들고 가서 손과 얼굴을 씻고 돌아왔다. 현성도 밖으로 나가 플랫홈에서 기지개를 켜고, 손발을 돌려보고 심호흡을 하고 다시 올라탔다. 앞으로 한 시간 내에 고향에 도착할 것이다. 얼마나 그리던 고향이었던가.

태어나 처음 타향에서 지내면서 얼마나 고향을 그렸던가. 잠시만 참아내면 고향에 도착한다고 생각하니 모든 피로가 풀리는 듯했다.

현성은 고향생각이 날 때면 습관적으로 서울에서 남원에 이르는 수십 개의 역 이름을 외워가면서 고향 가는 길을 그리곤 하였다. 천안, 조치원, 대전, 논산, 강경, 이리, 전주, 임실은 지났고 다음부터 하나씩 역 이름을 채워가며 남원에 가까워지고 있는 것이었다. 봉천, 오수, 서도, 산성, 열차는 교룡산 기슭을 돌아 내려가고 있었다. 해가 길어 일곱 시가 지났지만 아직도 서산에 머물러 있었다. 교룡산 기슭으로 들어섰다. 산그늘이 길어 어둑하지만 아직도 여름해의 잔영이 남아 있었다. 밤재를 넘어 전주로 가는 자동차 길은 훤하였다. 도통리를 지나 내리막길에 접어들었다. 남원 읍내가 차창 밖으로 들어왔다. 차창을 더 높이 올리고, 고향의 바람을 느껴보고 싶어 상체를 창밖으로 내밀고 심호흡을 하였다. 고향의 들녘 바람은 상쾌하고 온화하였으며 감미로웠다.

아, 이 포근함이여!

드디어 남원역에 도착하였다. 가죽가방을 들고 내렸다. 박음질이 튼튼한 장거리 여행용으로, 견고한 손잡이 위아래로 작은 구멍이 있어 열쇠로 여닫게 되어 있었다. 방학 중 과제물과 읽을 책 몇 권과 서울에서 사 입은 여름옷 한 벌과 속옷 두어 벌이 들어 있다. 철판으로 만들어진 계단을 타고 승강장 보도블록을 밟고 내려섰다. 플랫홈 바닥에 깔린 흙이 촉촉했다. 낮에 비가 내렸나보다. 열차 화부들의 손길이 바빴다. 급수대에서 물을 받아 기차에 담고 있었다. 열차 맨 앞쪽 객차에 있었기 때문에 출구까지는 제법 시간이 걸렸다. 땅거미가 짙어가고 있었다.

역사 지붕으로 능소화 줄기가 무성한 잎과 탐스러운 꽃을 피우며 올라가고 있고, 화단에는 작약 꽃이 활짝 피어 어둠 속에 희미하게 자태를 보여주고 있었다. 역무원에게 열차표를 넘겨주고 개찰구를 나서는데 좌우로 사람들이 늘어서 있다. 가족과 친지들을 마중 나온 사람들이었다. 현성은 일부러 집에 연락하지 않았다. 오랫동안 객지를 떠돌며 향수에 절어있는 나그네의 고독한 귀향을 맛보고 싶어서였다.

남원역에 내려 운봉이나 인월, 산내, 함양, 구례, 산동 등 여기서 사오십 리를 더 가야할 사람들은 읍내에 있는 친척집을 찾거나 근처 여인숙에서 묵었다. 역전에 밥집과 과자점, 과일가게, 잡화점 등이 늘어서 있다. 밥집에 가 곰탕으로 허기를 채우고 집으로 걸음을 옮겼다. 가방이 제법 묵직했다. 역에서 집으로 가는 길이 제법 멀었다. 십리는 안 되었지만 오리는 더 되었다.

육년 동안 다녔던 모교 남원보통학교를 지나 중앙로를 따라갔다. 좌우 상가에서 비추는 전기 불빛이 있어 거리가 어둡지는 않았다. 꿈에 그리던 고향 풍경들을 느긋한 마음으로 즐겼다. 그것은 마치, 맛있게 먹으려고 배를 골렸다가 음식이 나오면 허겁지겁 먹어대지 않고 평소보다 더 느긋이 조금씩 베어 먹으며 음미하는 기분일 것이다. 잠재의식의 아주 깊은 곳에 자리 잡고 있는 고향의 낯익고 임의로운 상세함을 확인하며 걷고 있는 것이다.

천거리의 남밖^{남문밖} 가장 번화한 사거리에 양과자점 중앙빵집이 있다. 서울에서 제과기술을 배워왔다 하는데 그 집에서 제일 맛있는 빵은 우유빵이었다. 우유빛깔처럼 하얗고 솥에서 바로 익혀 나오면 김이 모락모락 나며 윗부분이 십자로 보기 좋게 갈라졌다. 팥고물이나 크림이 들어 있지 않은, 밀가루와 우유만으로 반죽하여 만든 빵인데 그렇게 맛있을 수가 없었다. 진열장에 진열되어 있는 빵들을 보니 군침이 돌았다. 친구들이나 동생들 데리고 두세 번은 와야겠다고 생각했다.

광한루를 돌아가는데 칠푼이 만복이가 어정어정 걸어가고 있었다. 나이는 스무 살이 넘었는데 태어날 때부터 백치로 태어나, 여기가나 저기가나 어린아이들 놀림감이 되었다. 측은한 생각이 들어 여러 번 아이들이 돌 던지고 놀리는 것을 말렸다. 광한루 옆 금리를 지나갔다. 작은아버지 가게는 문을 닫았고 당숙집을 지나 요천수에 이르렀다. 여름이라 물이 많이 불어나 다리발에 부딪치는 물소리가 요란했다. 익숙한 지형이라 무사히 건널 수 있었지만 처음 건너는 사람이라면 어둠 속 물소리에 쉽게 건너지는 못했을 것이다.

다리를 건너니, 강변 모래사장에 더위를 식히러 나와 모기를 쫓으며 앉아 있는 사람들이 있었다. 부채질하며 도란도란 이야기하는 모습이 정겨웠다. 쑥고개를 넘어섰다. 작은집이 보였다. 현철이 반색을 하며 반길 것이다. '내일 보자.' 속으로 현철을 불러 보았다. 앞 냇가를 지나자 비안쟁이 몇 집, 불이 희미하게 켜져 있다. 저 불빛 중 우리 집 불빛도 있을 것이고 예고없이 집에 들어서면 식구들이 많이 놀랄 것이다. 부랑자로 객지를 떠돌다가 밤에 집으로 들어가는 외국소설 주인공처럼, 조용히 사람들의 이목을 피해 들어가고 싶었다. 사뭇 달라진 청년으로 커가는 모습을 보여주고 싶었다.

느티나무 아래 사람들이 모깃불을 피우고 앉아 있다. 느티나무를 피해 동네로 들어섰다. 개울을 따라 내려가다가 좌측으로 돌아서니 대문이 보였다. 안으로 들어서니 누렁이가 꼬리를 흔들며 뛰어나왔다.

"아버지, 현성이 왔습니다."

저녁상을 물리고 한가하게 평상에 앉아 있던 할머니와 어머니가 깜짝 놀라 뛰어나온다.

"아니, 이게 현성이 아니냐? 아이고 내 새끼, 내 새끼구나."

할머니가 얼굴을 쓰다듬으며 반가워 어쩔 줄 몰라 했다.

얼마나 보고 싶었을까마는 어른들 앞이라 표현은 못하고, 어머니는 눈물을 글썽였다.

"오면 오겠다고 연락이나 하지 그랬어. 작은집에 전화를 해도 되었을 것이고."

가방을 받아들고 토방에 올라섰다.

"아버님, 현성이 왔습니다."

어머니가 안방 할아버지에게 고하였다. 형묵은 밖의 소동에 이미 기침한 듯하였다. 모기장을 걷고 정좌하고 앉아 있었다. 할아버지에게 서울에서 지내온 생활을 말씀 올리고서야 아버지는 구례에 출타 중인 것을 알았다. 한밤중에 갑자기 소동이 일었다. 아랫방 머슴들도 다 일어났고, 침모는 여기저기 방안에 촛불을 켜고, 머슴 한센은 람포등을 꺼내어 손질한 후 안채와 사랑채 추녀에 걸었다. 대낮같이 밝았다.

3장

그 해 가을

김인수와는 가깝게 지내보려 하였지만 근본적 괴리를 극복하지 못하여 반감이 깊어갔다. 처음에는 서울서 자란 부잣집 아들이고 개화된 문명에 밝은 서울 출신이라는 것 때문에 호기심도 있었고, 굳이 불편하게 지낼 생각은 없었다. 김인수와 가까이 지내는 급우들도 있었다. 김인수의 안하무인적인 발언에 무조건 긍정하고 충성심을 보이는 부류들이었다. 본인들이야 아니라고 하겠지만 현성이 보기에는 과다한 충성심에 아첨하는 것으로 보였다.

김인수에게는 상습적으로 조선민족을 비하하는 말투가 있었다. 식민지 지배자로 온 일본인들 중 자기들의 힘을 과시하거나 민족의 우월성을 강조하기 위해 내뱉는 말을 흉내 내는 것이었다. 스스로 흉내 내어 말하면서 자신도 우월하다는 망상에 빠져있는 것 같았다. 조선인을 엽전이라 비하했다. 엽전의 유래는 조선시대 화폐로 유통되었던 상평통보에 있었다. 조선조 말에는 당오전이나 당백전 등의 엽전들이 주요 화폐로 쓰였다. 이렇게 유지되었던 조선경제가 일본놈들이 통치를 하게 되면서 일본식 동전이나 화폐로 바뀌었다. 그래서 그 동안 유통되었던 엽전들은 전혀 쓸모가 없게 되었다. 그렇게 귀하고 소중했던 돈이 전혀 쓸

모가 없게 된 것이다. 애물단지 취급을 받는 처량한 신세가 된 것을 '엽전'이라 빗대어 불렀다. 이런 상황을 반영한 듯, 당시 조선인을 함부로 비하하여 부르는 가장 흔한 말이 '엽전'이었다.

'엽전은 거짓말을 잘하고 게으른데다 억세어서 두들겨 패야 말을 듣는다. 엽전은 노예근성을 가지고 있다', '조선놈은 질서를 잘 안 지킨다', '조선놈은 더러워도 씻을 줄을 모른다', '조선놈은 배움이 없어 무식하다', '조선놈은 이간질하기를 좋아하고, 편싸움하기를 좋아해 이씨조선 내내 사색당파로 나라를 망해먹었다', 현성이 보통학교를 다닐 때에도 이런 말을 공공연히 내뱉은 조선인 선생들이 있었다.

현성은 이렇게 생각했다. 거짓말을 잘하고 게으른 것은 그 사람의 성격이고, 질서를 지키는 것은 훈도로써 가능한 것이고, 무식한 것은 배우면 되는 것이고, 불결한 것은 가난해서 그런 것이니 여유 있게 산다면 청결하게 될 것이다. 사색당파는 세계 어느 나라건 파당 없이 일치단결 혼연일치로 산 국민은 없다. 어느 사회이든지 어느 집단이든지 이해관계로 모였다가 흩어지는 게 예사인 것이다. 사람이 부대끼며 살아가는데 있어 파생되는 파열음과 악덕을 모두 조선인의 민족성이라 비하하고 부정하는 것은 영원히 구제될 수 없다는 것을 의미했다. 영원히 식민 지배를 받아야 한다는 말과도 상통하는 것이다.

그들이 상습적으로 쓰는 용어는 조선놈, 엽전들, 노예근성, 조센징까지 다양했다. 일본놈들은 그렇다 치고, 조선 사람들조차 스스로 민족성을 비하하는 것이 만연하였다. '조선놈, 조센징, 노예근성'을 말하는 그들은 조선민족이 아니란 말인가. 그렇다. 그들은 조선민족이기를 싫어하지만 어쩔 수 없이 조선인이 된 것이다. 그들이 서슴없이 내뱉는 말투에는 나는 깨우친 사람이고, 질서를 잘 지키는 문화인이고, 국가 정책에 적극적으로 호응하는 애국자이고, 조선인과는 다른 조선인이라는 열외

의식이 깔려 있었다. 그렇게 말하는 자들은 유식한 체하면서 그런 말투를 많이 썼다. 이런 생각이 사회 전체에 깔리게 되니 배움 없는 무식한 것들도 그런 말투를 흉내 내곤 하였다. 참으로 어이없는 세태였다.

현성은 그런 말투를 싫어했다. 가족이나 친지들, 그리고 이웃들이나 그 동안 생활하면서 만난 사람들이 그렇게 스스로 한탄할 만큼 저열하지는 않았다. '내가 내 근본을 부정한다면 누가 나를 올바르게 인정해줄 것인가.' 그런 대화에 끼어 인정받고 싶지도 않았다. 그리고 어떤 상황에 닥쳤을 지라도, 어떤 사람에게 터무니없는 꼴을 당했어도 조선놈이니, 조센징이니, 노예근성이니, 하는 말은 삼갔다.

김인수는 얼굴이 수려했다. 인상은 좋으나 날카로워 보였고, 참을성 없어 권태를 쉽게 느낄 것 같은 얼굴이었다. 항상 깨끗한 몸가짐을 유지하고 서울 상류의 고급스러운 생활에 익숙해 있었고 그 사치스러움을 즐기는 축에 속하였다. 그의 몸에서 은근한 향기가 풍기곤 해서 처음엔 향수를 뿌리는가 했었는데, 머리를 감을 때 샴푸를 사용한다는 것을 나중에 알게 되었다. 신문광고에 샴푸와 린스가 막 등장하였으나 샴푸라는 것이 무엇에 쓰이는지 사람들은 아직 모를 때였다. 보통은 양잿물이라고 하는 가성소다를 물에 풀어 쌀겨를 넣고 응고시켜 만든 빨래비누로 일주일에 한 번 정도 머리를 감았다. 얼굴을 씻는 비누가 나왔지만 널리 사용되지 않았다. 양치질을 소금으로 하였고 가루치약이 보급되기 시작하였지만 널리 쓰이지 않았다.

입 냄새가 나는 급우들이 있었다. 현성은 그러한 것으로 무시당하기 싫어 아침에 일어나면 가루치약으로 양치질을 하였다. 뒷자리에 고양군에서 온 정원덕이라는 급우가 있었는데 복장이 허술하고 몸가짐이 단정치 못했다. 그러나 인성이 좋아 곧잘 무렴을 당하고도 잘 참아내는 성격이었다. 빠릿빠릿하지 못해 가끔 말을 더듬었는데, 이 친구가 입 냄새가 좀 심했다.

김인수는 정원덕이 가까이 오는 것을 질색하였다. 어쩌다 스쳐 지나
가기라도 할라치면 경멸의 눈빛으로 내려 보았다. 왜 그렇게 천하게 생
겨먹었느냐는 눈빛이었다. 처음에는 질색을 하더니 점점 행동이 직접적
으로 나왔다. 가루치약의 상표와 금액이 적힌 쪽지를 건네주며 이빨을
닦으라 권했다. 구취라는 것이 양치질 열심히 한다고 해서 바로 사라지
는 것은 아니어서, 본인이 창피하지 않으려 노력해도 쉽지 않았다. 김인
수가 정원덕의 별명을 '쿠사이'로 지어줬다. 입 냄새를 일본어로 제대로
쓰면 '구찌 쿠사이'다. 처음에는 '구찌 쿠사이'라 부르다가 줄여 '쿠사이'
로 불렀다. 한 번도 그 친구의 이름을 제대로 불러 본적이 없다. 항상 '쿠
사이'였다.

키가 작아 맨 앞줄에 앉았던 고주석은 대표적인 김인수 추종자였다.
그는 고향이 전북 정읍이라고만 했지 고향 이야기를 거의 하지 않았다.
본인의 인적 사항이나 가족에 대한 것은 의도적으로 삼가는 것이었다.
어쩌다 동무들끼리 고향 이야기를 나눌 적에도 이야기에 말려들지 않았
다. 물론 현성은 정읍이라 하면 전라북도에서도 어디쯤에 있는지 가늠
할 수 없었다. 하지만 동향이라는 동지의식이 있어 말을 붙여보려 했으
나 한사코 피하는 것이었다. 다른 일에는 눈치가 빨랐다. 제 잇속을 위
해서는 남의 비위를 잘 맞추었고 남의 일에 참견하기도 좋아해서 약방
의 감초처럼 매사에 빠지는 일이 없었다. 속담에 '논 열 마지기 짓는 놈
보다 비위 좋은 놈이 더 잘 산다' 했다. 이 말은 고주석을 두고 이른 말이
었다. 녀석은 넉살이 좋고 잇속에 밝았다.

그는 김인수가 서울의 부호 아들이라는 냄새를 맡고 눈치 빠르게 접
근하여 알랑거리며 능숙하게 비나리쳤다. 김인수는 그가 아첨하는 것을
알았지만 그것을 누리고 있었다. 고주석을 포함하여 두어 명이 어울려
다니다가 방학 전에 김인수네 다녀왔다. 그 자랑이 요란하였다. 쉬는 시

간에 서너 명이 앉아 시답지 않은 이야기를 하고 있는데 고주석이 끼어들었다.

"야, 지난 토요일 인수네 집에 갔는데 말야, 서울에 그렇게 큰 집이 있는 줄은 몰랐다. 대문과 중문을 거쳐 안채에 들어갔는데 그야말로 고래 등 같은 기와집이었어. 안채 건넌방이 인수 방이었는데 인수 방이 우리 집 다섯 식구 사는 방보다 컸다."

마치 새롭고 위대한 것을 보기나 한 것처럼 신이 나서 떠들어댔다. 자랑하고자 하는 대상이 마냥 부풀어져야만 했고 커져야만 했다. 자신이 초라해지거나 왜소해져도 상관이 없다. 다른 사람들이 듣고 싶거나 말거나 관계가 없었다.

"인수 방에 유성기가 있었거든. 빅토리아 유성기인데, 크기가 장롱만이나 해. 포따불비나스포터블비너스 유성기하고는 비교할 수가 없어."

급우들 시선이 집중되기 시작했다. 녀석은 신이 나 있었고, 장황하게 부풀려 이야기하는 것이었지만 호기심에 흥미가 진진해졌다. 현성은 노래 부르기를 좋아해서 유성기에는 관심이 남달랐다.

"그래? 유성기 소리는 어땠는데?"

그가 이제는 분위기를 이끌어갈 수 있다는 자신감이 생겨 확신에 넘치는 목소리로 말했다.

"웅장해. 유성기 안에 사람이 들어앉아 노래하는 것 같아."

호기심은 점점 더 커져만 갔다. 장롱만한 유성기 안에 사람이 들어있다고 상상이 되는 것이었다.

"한참 유성기를 듣고 있으려니 안잠자기식모가 간식을 가져왔는데 서양식 과자 쿠키와 얼음이 둥둥 떠 있는 화채였어."

말만 들어도 군침이 돌았다. 주석은 두어 번 주워들었을 것이 분명한데 유성기에서 들었다는 '그리운 추억 찾아'라는 노래를 되새김질했다.

베니스의 강 언덕에 밤새가 울면

노 젓든 그 날이 더욱 새로워.

맑은 바람 내 가슴에 숨여드노니 내가슴에 스며드노니

곤도라의 노래가 그리웁고나.

한바탕 신파조로 흥감스럽게 떠들어대는 양을 조금 떨어진 거리에서 김인수는 지긋히 바라보며 야릇한 미소를 짓고 있었다. 마치 먹이를 던져주면 잽싸게 받아먹고는 그 다음을 기다리는 개새끼를 바라보는 것 같았다. 현성은 김인수가 싫었지만 녀석의 위세에 짓눌리지 않을 수 없었다. 김인수의 하수인이자 대변인인 고주석의 신파극 이후 현성의 뇌리에서 떠나지 않는 단어들이 생겼다. 장롱만한 전축, 얼음 둥둥 떠 있는 화채, 서양식 쿠키, 그리고 '베니스의 강 언덕'

현성은 고향에서 궁핍한 것 없이 학업에 정진했고 바르게 성장해 왔다. 하지만 서울의 부호 자식과는 감히 견줄 수 없었다. 시골뜨기라고 무시당하며 서울 상류층의 위세에 눌려 지내야 하는 처지가 된 것이다. 그러나 비굴하고 싶지는 않았다. 그렇게 주위 사람들을 비하하면서 거들먹거리는 모습이 몹시도 꼴사납게 보였다.

이광수의 '민족개조론'이 '개벽'지에 실리게 되면서 무얼 좀 안다 하는 사람들은 민족개조를 입에 달고 살았다. 특히 친일하는 부류들은 민족개조를 전가의 보도처럼 써먹었다. 1920년대 실렸던 논설로 처음 발표되었을 적에는 많은 호응을 받았다. 하지만 이광수가 1930년대 친일로 돌아서니 많은 사람들로부터 '민족개조론'이 친일하자는 뜻이냐며 빈축을 사기도 했다. 현성에게 김인수는 열렬한 민족개조론자 중 하나로 보였다.

그 해 가을, 전북 전주군 삼례면에서 큰 소작쟁의가 있었다. 삼례면은 들이 넓고 고산천의 물이 좋아 농사짓기가 좋은 땅이었다. 소출이 좋다는 것을 아는 지주들은 해마다 소작료를 올렸고 소작인들의 부담이 턱에 받쳐 오르는 상황이었다. 그 해 늦봄까지 흉년이 들어 하천이 바닥을 드러낼 정도여서 피해가 극심했다. 수확하게 되면 수확물을 다 털어야 소작료도 나오지 않을 것이 예상되자, 소작인들은 소작료를 감해달라고 지주에게 사정하였다. 급기야는 올해에 한해 타작하는 현장에서 반분하여 나누어 갖자는 제안을 했다. 원래 소작료는 지주와 경작인이 절반씩 나눠가지는 기준으로 출발되었다.

　　그러나 지주 측이 즉각 거부했다. 그들의 대답은 간단했다. 풍년이 들었다고 해서 반분하자는 적이 있었느냐는 것이었다. 그것은 소작인들의 실상을 전혀 모르고 하는 처사였다. 소작인들은 해마다 가난해져 갔다. 소작료 외에도, 적지 않았던 수리조합비와 비료대, 농지세 등 고정비용은 풍년이 들면 더 부담이 되었다. 돈을 만드는 수단이 쌀을 파는 것 외에는 없었던 농민들은 풍년이 들어 쌀값이 내려가면 비용부담이 더 커졌기 때문이다. 이러한 어려움을 전혀 헤아리지 못했던 지주들은 소작인들이 불평불만만 늘어놓고 게으르기 때문에 가난하게 사는 족속이라고 무시해버렸다. 그들은 해마다 그들의 곳간을 가득 채워주는 소작인들이 굶어죽거나 거렁뱅이가 되어도 상관없다고 생각했다. 절대적으로 농토는 적고 농사지을 사람은 남아도니 소작할 사람은 줄 서 있었다. 집단으로 소작료 납부 거부를 하는 수밖에 없다고 하면 지주 측은 소작권을 이동하겠다고 맞섰다. 소작인들은 진정 사항이 받아들여지지 않는다면 이판사판이었다. 길거리에 나앉기는 어찌해도 마찬가지였다.

　　막다른 골목에 내몰린 소작인들은 집단 난동을 부리기에 이르렀다. 먼저 지주를 대신하여 모든 권한을 행사하는 사음, 마름의 집을 찾아갔다. 소작권을 빌미로 사음들이 사악한 짓을 많이 저질렀다. 수확기에 소작인 집에서 기르는 닭은 마름 것이었다. 소작권을 빼앗겠다고 으름장을 놓아 소작인의 처를 겁탈하는 일도 예사였다. 가장 악랄한 착취계급이었다. 낌새를 알아차린 사음은 이미 도망가고 없었다. 애꿎은 처자식들만 오들오들 떨고 있었다. 마당에는 지주의 창고가 있었고 작년에 거둬들였지만 아직 타작하지 않은 낟가리 세 동이 그대로 남아 있었다. 첫 번째 낟가리에 불을 지르는데 총칼을 찬 순사들이 들이닥쳤다. 이십 명의 순사들이지만 수백 명의 성난 군중을 쉽게 제어할 수가 없었다. 겨우 공포를 쏘고 위협하여 진정시킬 수 있었다.

수십 명이 경찰서에 잡혀갔고 주모자 다섯 사람은 고발되어 5년이나 실형을 살게 되었다. 소작문제는 전주 군수가 지주들을 간곡히 설득하여 소작인들의 제안을 받아들였다. 그해 소출을 반분하는 것으로 합의하였다. 연일 신문에 대대적으로 보도되었고 나중에는 공판하는 장면까지 소개될 정도였다.

조선 총독부에서도 해마다 반복되는 소작문제로 골머리를 앓고 있었다. 그들은 쌀을 효과적으로 수탈하기 위해 일본인 대지주를 양성해 왔다. 전국적으로 토지 조사를 하여 그 동안 관행적으로 토지대장에 등재되지 않고 농사를 지어오던 영세한 자작농들의 경작권을 압수하여 이민 온 일본인들에게 넘겨주었다. 토지대장에 그들이 소유주로 되어 있지 않다는 이유였다. 하루아침에 소작농으로 전락한 자작농이 수없이 생겨났고 일본인들은 식산은행을 통해 장기 저리로 거금을 대출 받아 땅을 사들였다. 간척지 사업을 하여 대규모의 농지를 확보한 뒤 소작인들에게 농토 소작을 주었고 소작제도를 통해 쌀을 싸게 구매하여 일본으로 수출하게 된 것이다. 거대자본 앞에서 조선의 자작농은 해마다 줄어들어 소작농으로 전락되어 갔다. 전에 없었던 수리조합비나 농지세,

각종 비료대금의 부담은 해마다 늘었다. 하지만 농민들의 수입은 늘지 않게 되니 가진 농토를 팔 수 밖에 없었다. 식민지 농민들에게서 농토를 빼앗는 기막힌 수탈 방법이었다.

조선의 곡창지대는 훗날 만주전쟁과 중일전쟁에서 중요한 병참기지 역할을 하게 되었다. 조선총독부는 식민지 정책을 훌륭하게 달성했지만 해마다 빈발하는 소작분쟁은 또 다른 민중봉기나 소요를 일으킬 수 있는 잠재적인 요인이었다. 그래서 무조건 소작인들을 압제하고 지주들만을 옹호할 수는 없었다. 조선총독부에서는 각 도에 지침을 하달하여 소작문제가 발생되지 않도록 각별히 유념하고 필요시에는 관청이 나서서 조정하여 문제가 발생하지 않도록 하였다. 당시 삼례 소작농 폭동사건은 상당히 유명한 사건이었다.

사회의 전반적인 흐름과 역사적인 사건에 관심이 많던 청년 시절이었고 의기가 충만한 시절이었기 때문에 시사적인 문제에 대해 서로의 의견을 주고받았다. 김인수가 현성에게 말을 걸었다.

"야, 이현성. 네 고향 삼례에서 농민폭동이 있었다면서."

서울 아이들은 같은 도에 있으면 다 같은 이웃 고을이라고 생각했다. 현성이 서울로 유학하기 위해 기차를 타기 전에는 삼례라는 곳이 있는지도 몰랐다. 기차를 타고 올라오면서 보니 전주 옆에 삼례가 있었다. 고산천에서 시작하여 이리를 거쳐 서해안으로 흘러가는 만경강이 삼례를 가로질러 흘렀다. 들이 넓은 고을이었다.

"내 고향은 아니다. 내 고향 남원은 산골이고 삼례는 들이 넓은 고장이다. 기차를 타고 지나치기만 했을 뿐, 잘 모른다."

"삼례 사는 소작인들이 지주의 낟가리에다 불을 놓고 난동을 부려 사음들이 다 도망가고 수천 석 되는 창고를 털어가려는 것을 순경이 동원되어 막았다고 하던데, 그 놈들이 도둑놈들이고 화적 떼지 농사짓는 양민이라고 할 수 있겠나? 그런 놈들은 잡아서 아주 없애 버려야 하는데, 다 방면하고 몇 놈만 감옥으로 보냈다는데 이게 말이 되나. 우리 조선 놈들은 맞아야 돼. 맞아도 되게 맞아야 정신을 차리지. 안 돼. 썩어빠진 정신을 어떻게 해야 뜯어 고치나."

"나는 상황을 잘 모르니 뭐라 못하겠다만, 농사짓는 사람들이 가난하고 불쌍한 사람들이라는 생각은 하고 있다."

"아니, 농사짓고 불쌍한 사람들이라 해서 남의 물건을 훔쳐도 좋다는 말이냐?"

"물론 그렇다는 것은 아니다만, 그 사람들이 힘없고 의지할 데 없는 사람들 아니냐. 오죽하면 그랬을까 하는 생각이 들었다."

고주석이 거들고 나섰다.

"조선놈들은 무식한데다가 시키면 시키는 대로 안 하지. 이번 봄에 우리 고향 동네에서는 관에서 정조식으로 모를 심으라 했는데 그냥 심어 난리가 났다."

김인수가 물었다. 현성도 잘 모르는 용어였다.

"정조식이 무언데?"

"일본에서 건너온 모심는 방식인데, 모를 심을 때 줄을 대서 바르게 심는 방법이다. 좌우로 반듯하게 심어 놓으면 좋은 점이 많다 하여 나라에서 권장하고 있다. 김매기도 좋고 나중에 수확할 때에도 편하고."

김인수는 그 다음이 궁금했다.

"그래서, 어떻게 했는데."

"우리 동네 몇 사람이 정조식으로 심지 않고 그냥 심었는데, 작년에도 그냥 심었던 사람들이지. 몇 번이나 같은 지적을 받은 거야. 농사감독관이 다시 삐뚤삐뚤 심어져 있는 것을 보고 화가 나서, 수업을 마치고 나오는 소학교 학생들을 데려다가 심어 놓은 모를 다 뽑아 버렸다. 그러니 그 농부가 모를 뽑는 아이들을 논에 밀어버렸고, 이에 화가 난 감독관이 순사를 불렀지. 순사에게 뒈질 정도로 얻어터졌다. 조선놈들은 좀 얻어터져야 돼."

고주석은 김인수의 뜻에 동조한다는 뜻으로 힘을 주어 조선놈을 강조했다. 현성은 그동안 김인수의 선민의식과 안하무인인 오만함에 누적되었던 굴욕감이 한꺼번에 터져 나왔다. 애꿎은 김인수의 꼬스까이졸개 고주석에게 다 쏟아 부었다.

"야, 임마. 고주석, 말끝마다 조선놈 조선놈 하는데 너는 진고개에서 주어온 일본놈 2세냐? 그리고 힘들게 사는 사람이 애써 모를 심었는데 그것을 다 뽑아 버리면 일 년 농사 다 망쳐버리는 것 아니냐. 그런 무도한 짓을 하는 놈을 욕해야지, 힘없어 당하고 망연자실한 가난한 농민을 비웃는 것이 인지상정이냐? 그것이 이광수가 말하는 민족개조론이냐? 너 고주석, 네놈의 고향이 어디냐? 고향 사람을 욕하는 네 놈의 고향을 좀 알아봐야겠다."

그는 알랑거리는 버릇으로 김인수에게 잘 보이려고 몇 마디 했다가 된통 당하니 머쓱한 모양이었다. 더구나 고주석은 고향 이야기만 나오면 꼬리를 확실히 내렸다. 그렇게 반죽이 좋고 뻔뻔했지만 고향 이야기만 나오면 푹 수그러들었다. 출신 성분에 대해 약점이 있거나 고향에 대해 무언가를 숨기고 있음이 확실했다. 그 다음 말을 못하고 머뭇거리고 있었다. 이때 김인수가 엉뚱한 말로 선을 그어버렸다.

"너는 아까부터 화적 떼나 도둑놈들을 옹호하더니 급기야는 우리들을 일본놈으로 몰아버리는구나. 너하고 더 이야기하고 싶지 않다. 앞으로 나에게 말 걸지 마라. 나는 너의 친구가 될 수 없으니, 그렇게 알아라. 너하고 같은 학교, 같은 반 옆자리에 앉았다고 해서 친구가 되라는 법은 없지 않겠니?"

제법 정중하게 말을 맺었다.

"그래, 네 친구가 되지 못해 황송하고 부끄럽구나. 그 동안이나마 친구로 생각해주어 고맙다. 그 고마움 평생 잊지 않을 것이다."

밸이 꼴리는 대로 비꼬아서 내뱉었다. 논란을 지켜보던 급우들은 현성에게 동조하는 분위기였다. 속에 담아왔던 말을 뱉어버리니 속이 후련했다. 현성은 이렇게 독백하였다. '그 동안 서울놈의 위세에 눌려 눈치 살펴가며 나쁘지 않은 관계를 유지해 왔는데, 나에게는 돈보다도 소중히 지켜야할 가치가 있다. 내가 지켜가는 자존심이 있고 내가 살고 싶은 삶이 있다.' 그 사건 이후 냉랭하게 말 한마디 않고 지냈다. 현성은 그 후로 속이 편했다. 어설피 가깝게 지내려고 눈치 살피는 것보다 그렇게 지내는 것이 나았다.

시계 분실 사건은 2학기 후반에 벌어졌다. 김인수의 비열함이 고스란히 드러나면서 현성은 뜻하지 않은 시련을 맛보아야 했다. 시계가 발명되어 보급되기 시작하면서 필수품이 되어가고 있었다. 회중시계가 주류를 이루었다. 부유층에게 시계는 시간을 알려주는 것 이상의 의미와 가치가 있는 소장품이 되어 있었다. 은장, 금장을 하면서 시계 값은 올라갔고 양복 바지는 물론 한복 바지에도 회중시계를 넣는 작은 주머니를 달아 성인들에게는 필수품으로 인식되어 갔다. 시계와 클립을 금줄 혹은 은줄로 연결하여 바지 윗부분에 채워 고정시켰다. 가끔 허리춤에서 시계를 꺼내어 금장 뚜껑을 열고 시계를 보는 것은 정장의 품위와 격을 더해주는 즐거움이었다. 물론 정장을 한다는 것은 어느 자리에 가서도 자세를 흩뜨려서는 안 되며 단정하고 근엄함을 유지해야 한다는 의미가 있었다. 부자연스러움이 있기는 했지만 보는 사람으로 하여금 정돈과 조화를 느끼게 하며 안정감과 신뢰를 풍겨주는 것이었다.

1900년대 초 손목시계가 발명되어 보급되기 시작했다. 처음에는 손목에 걸리적거리는 느낌도 있고 회중시계에 익숙해져 있었기 때문에 거부감이 없지 않았지만 차차 일반화 되어 갔다. 회중시계에서 채택한 은장과 금장이 고가품으로 팔리기 시작했고 한둘 씩 손목시계를 찬 학생이 늘어가기 시작했다. 집에는 괘종시계가 있고 학교에는 매 시간마다 시작과 끝을 알리는 종소리가 있어 꼭 절대적인 필수품은 아니었다.

현성도 서울에 올 때 아버지가 옛날에 쓰던 회중시계를 물려받았다. 금장, 은장의 덮개가 있는 시계는 아니고 줄은 달려 있었으나 덮개가 없어 꺼내어 바로 시간을 볼 수 있는 값싼 회중시계였다. 물건을 잘 간수하는 성격이 아닌데다가 간간이 태엽을 감아주는 꼼꼼한 성격이 못 되었다. 괴춤에서 수시로 꺼내 봐야하는 불편함이 있어 회중시계를 잘 지니고 다니지 않았다. 멀리 여행갈 때나 집에 갈 때는 필수품으로 챙겼지만 평소에는 앉은뱅이 책상의 서랍 속에 늘 두고 지냈다.

김인수는 금장 손목시계를 차고 다녔다. 샤코샤 손목시계였다. 이 샤코샤가 나중에 시티즌이 되었다. 2백5십 원이나 하는 고급 시계였다. 소한 마리 값이 2백 원 남짓했으니 대단한 귀중품이었다. 학생 신분으로는 누가 봐도 과한 사치품이었다. 처음에는 샤코샤 금장 시계에 호기심을 갖고 한 번 보고 싶어 하는 급우들도 있었다. 도대체 얼마나 잘 살면 그런 고가의 시계를 차고 다닐까 하는 선망도 있었다. 하지만 시간이 지나면서 샤코샤 금장 시계에 대해 관심이 수그러들 무렵이었다.

1학년 2학기가 거의 끝나가던 11월말 쯤, 체육시간이 끝나고 교실에 들어오니 난리가 나 있었다. 현성은 운동장 구석에 있는 잡초를 뽑고 교실에 좀 늦게 들어왔다. 김인수가 시계를 잃어버렸다는 것이다.

체육시간에 시계를 풀어서 가방 속에 넣어두었는데 감쪽같이 사라져버렸다는 것이었다.

2학기 시작하면서 체육담당 조철호 선생은 사직하였고 일본인 이시이 선생이 새로운 체육선생으로 부임하여 일학년 을반 담임을 맡게 되었다. 덩치가 컸고 위압적으로 학생들을 다뤄 학생들이 꺼려하는 선생이었다. 그날 체육시간이 오후 6교시 마지막 시간이었다. 종례를 하고 청소가 끝나면 집으로 돌아갈 것인데, 종례를 하면서 을반 학생 전원의 책가방과 소지품 검사를 했다. 하지만 없었다. 누가 시계를 노려서 훔쳐갔다면 이미 교실 안에는 없다고 봐야할 것이다. 이런 소란을 예상치 않고 훔쳐갔다면 어리석은 자이고, 어리석은 자라면 훔칠 수도 없었을 것이다. 사태가 심각해지자 담임은 학생 전원을 귀가 시키지 않고 자수할 것을 종용하였다. 이제 모든 학생이 범죄자가 되는 것이었다. 이시이 선생이 화가 난 목소리로 제식훈련 때 구령처럼 소리쳤다.

"전원, 책상 위로 올라가 무릎 꿇어."

여기저기서 의자와 책상 부딪치는 소리가 나며 책상 위로 올라가 무릎을 꿇었다. 훈련을 받아도 단체로 받고 기합을 받아도 단체로 받는 군대식 집체훈련에 익숙한 군국주의적 사고방식이었다. 이렇게 반 학생 전체를 용의자 취급한 것이 잘못된 일처리 방법의 단초였다. 여기에는 김인수가 서울의 영향력 있는 세도가의 자식이었다는 것이 한 몫 했다.

"전부 눈 감아. 만약 이 중 눈을 뜨는 자가 있다면 그 자가 시계를 훔쳐간 것으로 간주하겠다."

한참 시간이 흐른 뒤 이시이 선생이 다시 말을 이었다.

"전원이 눈을 감고 있을 때 명예를 더럽히지 않고 자수할 기회를 주겠다. 사람이라는 것이 잠시 눈이 어두워 훔칠 수도 있다. 하지만 순간의 실수로 인정하고 지금이라도 고백한다면 극비에 부치고 없었던 것으로 내 명예를 걸고 약속하겠다. 아니, 나의 약속으로 무덤까지 비밀로 부치겠다. 조용히 손을 들기만 해라. 그 다음은 내가 알아서 처리하겠다. 김인수, 너도 책상에 올라가 무릎을 꿇어."

김인수도 책상에 올라가 무릎을 꿇었다. 녀석은 내가 무슨 잘못을 했기에 이렇게 똑같이 죄인 취급을 받아야 하는가 하는 태도였다. 억지로 책상에 올라가 무릎을 꿇었다. 절대 익명으로 한다고 하였지만 익명은 쉽지 않을 것이라 예견되는 상황이었다. 전혀 움직임이 없었다. 가끔 마른기침을 하는 소리며, 침을 삼키는 소리가 들렸지만 학생들과 제법 넓은 교실은 쥐 죽은 듯이 적막하였다. 무릎 꿇은 상태로 삼십 분이 지나자 점점 한계가 오기 시작했다. 발이 저리고 허벅지와 종아리가 땡기기 시작하였다. 한쪽으로 몸이 기울거나 뒤틀리면서 삐거덕거리는 소리가 들리기 시작했다.

"움직이지 마. 친구의 시계를 훔쳐간 놈은 움직일 자격도 없다. 더 심한 고통을 당해야 한다."

담임의 짜증스러운 고함소리였다. 시간이 흐를수록 아이들의 인상은 일그러져 갔고, 고통스러운 표정이 역력했지만 자수자는 나오지 않았다. 이미 자수할 시간도 놓쳤을 것이다. 이시이 선생도 난감해졌다. 무릎 꿇고 눈감은 상태로 한 시간 가까이 되어가자 상당수 아이들이 견디지 못하고 있었다. 앞자리 아이들은 선생의 눈치를 보면서 시늉으로라도 눈감은 체 하고 있었지만 뒷자리 아이들은 눈을 뜬 지 오래 되었다. 서로 작은 목소리로 소곤거리기도 하였고 양쪽 팔로 지탱하며 다리를 은근히 풀기도 하였다. 뒤에 앉은 아이들이 체격도 더 굵어 크기도 하지만 나이도 서너 살씩 더 먹어 어른이 다된 학생들이라 항상 고분고분하지는 않았다. 마냥 이렇게 놔둘 수는 없는 지경에 이르렀다. 한 시간이 넘자 책상에서 내려와 앉게 한 후에 이시이 선생이 김인수를 데리고 나갔다. 이시이 선생이 학교 훈도를 맡고 있어서 훈도실로 김인수를 데려간 것이다.

김인수와 대담이 있은 후, 이현성만 남으라 하고 나머지 학생들은 하교 시켰다. 다들 낌새를 알아차렸다. 이현성이 훔친 놈으로 지목된 것이다. 다른 아이들이야 이현성과 김인수의 관계가 좋고 나쁨을 잘 모르겠지만 옆자리 아이들은 사정을 잘 알 것이라 생각하였다. 이현성이 훔치지는 않았을 것이라고 생각하면서도, 사람 속은 모르는 것이라며 놀랍다는 표정으로 웅성거리면서 돌아갔다.

훈도실로 향하는 현성은 가슴이 갑갑해져오며 묵직한 것이 어깨를 짓누르는 듯했다. 어떤 잘못도 없었지만 훈도실을 들어서는 순간 가슴이 철렁했다. 그래도 결백하니 두려워하지 말자고 다짐하고 이시이 선생에게 고개 숙여 인사했다. 그는 고갯짓으로 의자에 앉으라 했다. 상기된 표정이었으며 입가에 거품이 끼어 있어 불결해 보였다. 김인수와의 면담에서 어떤 정황을 전해 들었을 것이지만 이시이 선생이 적지 아니 흥분하였음을 짐작케 했다.

"길게 이야기할 것 없다. 손목시계 어디다 감춰 두었나?"

기가 막혔다. 숫제 도둑놈이 된 것이었다.

"제가 손목시계를 훔쳤다는 말입니까?"

"고라 빠가야로, 이 더러운 조센징 놈아! 네가 아니면 누가 가져갔단 말이냐. 내가 좋게 설득하여 실토할 시간을 주었는데도 꼼짝 않고 있었지. 여러 사람 벌 받게 만들고 네가 학생이냐 도둑놈이냐?"

입가에 거품이 더 늘어났다. 게거품이라는 표현이 아주 실감났다. 흥분이 넘쳐 폭발 직전이었다.

"기가 막힙니다. 저를 왜 도둑으로 모는 겁니까?"

그는 더 이상 화를 못 참겠다는 듯 따귀를 사정없이 좌우로 돌아가며 갈겼다. 그는 완력이 좋은 이십대 후반이었고 현성은 열여섯의 홍안이었다. 뺨에 붉은 손자국이 선명하게 돋아났다. 얼굴을 감싸쥐고 감당할 수 없는 억울함에 울음을 터뜨렸다.

"네 놈이 옆자리에 앉아 잘 알았을 것이다. 누구보다 쉽게 시계에 접근할 수 있다는 것은 누가 보아도 뻔한 사실이다. 네 놈이 진고개 운운하면서 일본사람 욕을 공공연하게 했고 도적놈들을 공공연하게 옹호했다고 들었다. 네 놈이 아니면 누가 이 짓을 하겠나?"

김인수가 어떤 식으로 모함을 했는지 짐작이 갔다. 그렇지만 도둑놈을 옹호했다는 것은 이해가 가지 않았다. 세상에 도둑질을 옹호하는 사람이 어디 있겠는가. 임꺽정이라도 일지매라도 도둑질은 미화해서는 안 되는 것이다. 울음을 가라앉히고 목소리를 가다듬어 물었다.

"제가 언제 도적놈들을 옹호했다는 말입니까?"

일본 사람을 욕했다는 것은 고주석에게 퍼부었던 것을 말하는 것이겠고 도적을 옹호했다는 것은 기억이 없었다.

"네 놈이 삼례 소작 난동자들을 옹호했다면서. 그 놈들이 도둑놈이 아니면 남의 창고를 털려고 했겠어. 화적 떼나 같은 놈들이지."

이시이는 현성이 일본놈들 운운하였다는데 격분했을 것이고 그의 논리는 삼례 소작사건에 대해서도 김인수의 논리와 흡사했다.

"제가 제 언동에 대해 답변하겠습니다. 진고개 일본인 운운했던 것은 김인수의 패거리 고주석이가 하도 조선놈이니 노예근성이니 조센징이니 하여, 너는 조선사람 욕을 그렇게 하는데 조선사람이 아니고 일본사람 서자나 되냐고 물었습니다. 삼례 소작인의 난동은 그 사람들이 도적질을 할 의도가 아니라 소작조건을 관철하기 위해 싸우다 보니 그렇게 된 것이고, 천하에 의지할 데 없고 힘없는 사람들이라고 두둔했을 따름입니다. 저를 이렇게 참담하게 모함한 김인수를 만나게 해주십시오. 김인수를 대질시켜 주십시오."

현성은 울먹이면서 말을 마쳤고 이시이 선생은 김인수를 보호하겠다는 방침이 확실하였다. 김인수가 피해자였기 때문에 명분도 있었다.

"네 놈이 자백만 하면 되는 건데, 김인수는 만나서 뭘 하겠다는 거야. 이 불한당 같은 놈아."

구둣발로 정강이를 걷어찼다. 통증이 심해 그 자리에서 꼬꾸라져 마루바닥에 뒹굴었다. 현성은 악에 받쳤다. 그리고 나이 어린 학생에게 이럴 수도 있나 하는 생각이 들었다. 이시이는 선생이 아니라 악랄한 폭군이었고 잔인한 압제자였다. 그 정도면 알아들을 수도 있었을 텐데 막무가내로 자백만 강요하고 있었다. 그 다음부터는 말대꾸를 하지 않고 아주 간단히 답변만 하였다.

"왜 훔쳤나?"

"훔치지 않았습니다."

"어디다 숨겨두었나?"

"시계에 대해 아는 것이 없습니다."

"이놈, 내가 호락호락하게 보이는가 본데 그렇다면 내일 경찰에 넘기겠다. 그래도 모르겠다고 잡아뗄 것이냐?"

가슴이 철렁했다. 이것도 모자라 경찰서에 보낸단 말인가. 저 인간 하는 짓이 충분히 그러고도 남겠다는 생각이 들었다.

"제가 모르는 것을 대답할 수가 없습니다."

그렇게 실랑이를 하다가 사방이 어두워질 때쯤 훈도실에서 풀려났다. 한숨을 돌릴 수도 없었다. '오늘로 고비가 넘어간 것이 아니다. 얼마나 더 해명이 통하지 않는 상황에 피를 말려야 할 것인가.'라고 생각하니 아득하기만 했다. 어두운 교실에 들어가 가방을 챙겨 학교를 나서니 완전히 어둑해졌다. 정강이의 통증이 심해 다리를 절다시피 해서 이모 집에 도착했다.

이모가 놀라 왜 이리 늦었냐고 물었지만 학교에서 일이 있었다고만 말했다. 같은 방에서 공부도 시키고 데리고 자던 석현이 이야기해 달라고 졸라대는 것을 몸이 좀 불편하다면서 거절했다. 저녁을 먹는 둥 마는 둥 하고 일찌감치 잠자리에 들었다. 피곤이 밀려왔지만 원채 놀라서 잠을 편하게 이룰 수가 없었다. 비몽사몽이었다. 자다가 몸을 뒤척이면 턱이 아팠고 정강이가 땅겨왔다. 새벽에 잠을 깼다. 날이 밝는 것이 두려웠다. 동이 트면 평소와 같이 밖에 나가 체조를 하고 세수를 하고 아침을 먹고 학교에 가야할 것이다. 학교에 가기가 싫었다.

김인수와 이시이 선생의 얼굴이 떠올랐다. 복수심과 무력감이 번갈아 밀려왔다. 참으로 고통스럽고 참담한 생각이 들어 이대로 고향으로 내려갈까 하는 생각도 들었다. 그러나 이대로 내려간다면 스스로 죄를 인정하고 도망치는 꼴이니 절대 있을 수 없는 일이었다.

어찌해야 이 난관을 돌파할까 궁리해 봐도 수많은 생각만 오고가 갈피를 잡을 수 없었다. 얼마 전 총독부의 강압에 강단에서 떠난 조철호 선생이 계셨다면 이런 일은 일어날 수 없었을 것이다. 조 선생이 계셔서 이 일을 상의한다면 무슨 해답이 나왔을 것이라는 엉뚱한 생각도 들면서 만감이 오고 갔다. 희끄무레하게 어둠이 가시고 있었다. 어떻게든 돌파구를 찾아야 한다는 생각에 여러 생각을 단순화해서 분석해보고 결론을 내려 보기로 했다. 앉은뱅이 의자에 앉아 메모장을 꺼내고는 떠오르는 생각들을 하나씩 적어가며 정리해 봤다.

첫 번째, 이시이 선생을 만나 결백을 이야기하며 하소연해 보자. 만약 이야기가 통한다면 가장 소란이 없는 손쉬운 방법이지만 이시이의 나에 대한 편견이 너무 완고하다. 더구나 그 인간은 자기가 무슨 정의의 사도나 되는 것처럼 나를 불온한 범죄자 취급을 하고 있다. 두 번째, 아버지에게 연락하여 김인수와 이시이와 전면전을 벌이는 것이다. 그러나 이 방법은 시간이 많이 걸린다. 게다가 나를 금이야 옥이야 애지중지

하시던 할아버지, 할머니는 얼마나 걱정하실 것인가. 세 번째, 이모부와 상의해 본다. 이모부는 보통학교만 나온 학력이지만 눈치가 빨라 일본 말을 수월하게 익혔고 장사수완이 뛰어나 어려운 일을 해결하는 능력이 탁월하다. 그리고 나에 대한 믿음이 무한하고 무척 좋아하니 만사를 제쳐놓고 나를 도와주실 것이다.

일을 돌파하는 방법에 대한 결론을 내리고 비망록 맨 밑에 짤막하게 적었다. '이모부와 상의하고, 그래도 힘이 들면 고향 아버지에게 연락을 드리자.' 어제는 막막하기만 하였는데 아침에 행동방침을 정리하고 나니 마음이 한결 가벼워졌다. 오늘 어떤 어려운 일이 있어도 이겨내리라는 다짐도 생겼다. 날이 환하게 밝아오니 안방에서 거동하는 소리가 들렸다. 이모가 부엌과 우물을 왔다갔다 하며 아침을 준비하는 소리다. 평소처럼 체조를 하고 이모에게 아침 인사를 건네며 물었다.

"이모부 일어나셨는가요?"

"응, 일어났을 것이다. 왜?"

"드릴 말씀이 있어서요."

이모도 어젯밤 느낌이 좀 이상했다는 것을 생각했다.

"여보, 현성이가 드릴 말씀 있대요."

"그래, 올라오라 해."

현성은 안방 미닫이문을 열고 들어서는 기분이 새로웠다. 안방에 들어서니 아직 식전이라 이불을 한편에 재껴놓고 치우지 않았으며 이모부는 방바닥에 조간신문을 늘어놓고 보고 있었다.

"오, 든든한 조선 남아 현성이. 아침부터 무슨 일이냐."

이모부는 사람들을 기분 좋게 추켜 주는 성품을 타고났다. 조심스럽게 윗목에 앉으며 이야기를 꺼냈다.

"실은 어제 학교에서 좋지 않은 일이 있었습니다."

"무슨 안 좋은 일?"

"제 옆자리에 앉은 아이가 시계를 잃어버렸습니다."

"그런데?"

"제가 도둑으로 지목을 받고 일본인 훈도선생에게 끌려가 혹독하게 당했습니다."

"참 어이없고 기막힐 일이다. 너를 완전히 가난뱅이 거지 취급을 하는구나. 우리 현성이 어떻게 자라왔는데 그런 터무니없는 소릴 한단 말이냐. 그래서?"

신문을 치우고 자세를 곧추세우며 앉았다.

"결백을 주장하니 오늘은 경찰서로 이송하겠다 합니다."

"허참, 일본인 선생이라는 작자가 한심하구나. 설사 확증이 있더라도 학생을 그렇게 다뤄서는 안 되는 일이지. 너에게 겁이라도 주려는 뜻이겠지. 그러지는 못할 것이다."

"아닙니다. 그렇게 쉽게 생각되지는 않습니다. 그 선생이 평소에도 학생들을 함부로 대하고 작은 일에도 포악하기로 소문나 있습니다. 그리고 엉뚱한 고집도 있습니다."

"그러면 내가 학교에 한 번 가봐야 되겠구나. 내가 오늘 좀 바쁜 일이 있거든. 오전에 인천으로 쌀을 실어내야 되는데, 아침에 가서 상차하는 것을 지켜보고 바로 학교로 가겠다. 걱정하지 마라."

이모부의 대답이 명쾌했다. 안방을 나서는 현성의 마음이 가벼워졌다. 교실에 들어서니 김인수는 보이지 않았고 급우들이 현성의 눈치를 보며 수근거렸다. 아침 첫 수업을 기다리고 있으려니 김인수가 나타나 현성에게 훈도실로 가보라며 자리에 앉았다. 이시이와 김인수 사이에 무슨 말이 오고갔다는 것을 알 수 있었다. 크게 한숨을 쉬며 김인수를 노려보았다. 무슨 말을 내뱉으려다 말고 일어서서 어깨가 축 처져 훈도실로 향하였다. 오늘 하루도 녹녹치 않겠구나하는 낙담과 함께 훈도실로 들어가니 이시이가 기다리고 있었다.

"너, 오늘 이 자리에서 자백하고 학교 처분을 기다릴래. 그렇지 않으면 경찰서에 가 취조를 받을래."

"저는 자백할 것이 없습니다. 왜 아무 잘못이 없는 저를 죄인으로 몰아붙이십니까? 다른 급우들의 행적은 조사하지도 않고 저를 단정적으로 죄인 취급을 하십니까? 저는 경찰서도 가기 싫고 자백할 것도 없습니다."

아침에 이모부와 한 말도 있어 자신 있게 결백을 주장하였다. 여기까지 불려 다니는 것도 말할 수 없는 고통이고 무지무지한 압박이었다.

"더 이상 아니 되겠다. 종로서에 취조를 의뢰해야겠다."

이시이는 일어나 어디론가 다녀왔다. 설마 경찰서에 보내지는 않을 것이라고 생각했다. 그러나 일이 꼬이는 날은 경치고 포도청 간다고 했다. 삼십 분 정도 지나니 정복의 일본인 순사가 훈도실에 나타났다. 이시이의 입술이 미묘하게 일그러졌다. 학대하는 것을 즐기는 표정이었다. 순사와 이시이가 귓속 일본말로 주고받는 것을 보니 평소에 잘 아는 사이인 것 같았다. 이시이는 몸집이 커서 억세고 약간 둔하게 보이는데, 그 일본인 순사는 호리호리한 몸매에 키는 그리 크지 않았으나 날카로운 인상이었다. 순간 오싹하는 기분이 들고 몸이 덜덜 떨리기 시작했다. 순사는 차갑게 사무적으로 말했다.

"가자. 학교에서 조사하지 못할 것이 있으니 경찰서로 가서 조사하자."

"순사님, 저는 잘못이 없으니 제발 경찰서만은 데려가지 말아 주세요."

울면서 못가겠다고 하소연하였다.

"절대 괴롭히지 않을 것이니 있는 그대로 이야기만 하라."

좋게 타일렀다.

"경찰서에 가서도 더 이상 할 말이 없습니다. 저는 시계를 절대로 훔치지 않았습니다."

"훔친 것 외에도 조사할 것이 있으니 가자. 가서 있는 대로 말하면 된다."

못가겠다고 몸을 뒤로 빼며 발버둥을 치니 순사나 이시이나 난감한 표정이었다. 더구나 엉엉 울어대니 볼썽도 사나웠다. 순사가 허리춤에서 수갑을 꺼내 책상 위에 쾅, 하고 찍다시피 내려놓았다. 조용히 설득하던 태도가 일변했다.

"바가야로, 안 되겠구만. 네놈이 이렇게 말을 안 듣겠다면 수갑을 채워서 데려가겠다. 순순히 따라갈 것이냐, 아니면 수갑이 채워져 끌려갈 것이냐."

정황과 심리 파악이 정확하여 상대방을 압도하는 세련된 솜씨였다. 더구나 어린 청소년을 다루는 것쯤이야 식은 죽 먹기나 다름없었을 것이다. 수갑을 보니 어쩔 수 없는 체념의 한숨이 나왔다. 눈물로 얼룩진 얼굴을 옷소매로 닦고 순순히 따라나섰다. 이모부는 언제 나타날 것인가. 이런 때 이모부가 와준다면 얼마나 좋겠는가. 망상이 헛되이 스쳐갔다.

학교를 나서는데 자꾸 교정이 되돌아 봐지고 교실 쪽으로 눈길이 갔다. 날씨가 싸늘하여 프라타너스 낙엽이 바람에 굴러가고 있었다. 멀리 북악산 단풍도 시들었고, 11월말 초겨울의 스산한 기운에 모든 것이 온기가 없고 쓸쓸해 보였다. 의지와 관계없이 관성적으로 끌려간다는 표현이 적절했을 것이다. 한 십여 분 걸어 종로경찰서에 들어서면서 또 한 번 가슴이 철렁했다. '아 이제 제대로 시작이구나. 숨이 턱에 찰 정도로 무겁게 억눌렀던 악마의 손이 나를 이끌고 여기까지 왔구나.' 빨간 벽돌 이층건물이었다. 일층 구석방으로 데려갔다. 철문이 열리고 들어가니 책상과 마주보는 걸상이 두 개 있었다. 창이 없고 벽으로만 되어 있어 햇빛 한 점 들어오지 않는 먹방이었다.

"여기서 기다리고 있어."

순사는 등을 끄고 나가더니 문을 잠가버렸다. 처음에는 아무것도 보이지 않는 칠흑이었으나 문틈 사이로 가느다란 빛이 있어 아스라한 윤곽은 알아볼 수 있었다. 참담한 심정으로 앞으로 닥쳐올 공포를 느끼며 어둠 속에서 문이 열리기를 기다리고 있었다. 수많은 생각이 오갔다. 공기가 탁하여 답답하고 머리가 혼미해지면서 고향생각이 났다.

요천수를 건너 읍내로 가려는데 다리가 없었다. 얕은 곳을 찾아 자갈밭 사이를 헤매는데 점점 물이 불어났다. 안 되겠다는 생각이 들어 평탄한 곳을 찾아가려는데 물이 점점 불어 올랐다. 헤엄쳐 건너려는데 물살이 거세어 떠내려갔다. 물속으로 빠졌다가 다시 얼굴을 내밀며 숨이 콱콱 막혔다. 이제 끝이려니 포기하고 있는데 누가 손을 잡아당겨 주었다. 끌려나와 보니 머슴 한샌이 웃고 서있다. 깨어보니 꿈이었다. 책상에 기대어 깜박 졸았던 것이다.

상당한 시간이 흐른 것 같았다. 시장기도 들고 몸이 으슬으슬 추웠다. 추위를 이겨내기 위해 일어나 체조를 하고 몸을 좌우로 흔들어보았다. 아무리 절망적인 상황일지라도 모든 살아있는 생명은 동물이건 식물이건 간에 살아남기 위해 몸부림친다. 어둠 속에서 얼마나 시간이 흘렀는지 몰랐다. 허기가 졌다. 동물적인 감각으로 한 끼를 거른 공복 정도를 느낄 수 있었다. 아침에 비치던 빛이 사라진 것으로 보아 해가 중천을 넘어간 시간으로 추측할 수 있었다.

이모부는 언제 나타날 것인가. 아니면 나타나지 않을 것인가. 참기 어려운 순간이 닥치면 사람들은 영원히 고통의 늪에서 벗어날 수 없을 것이라는 공포감에 침몰되어 버린다. 현성은 평화로운 일상적 생활이나 사소한 즐거움을 다시는 맛볼 수 없을 것이라는 두려움과 함께 그 짧은 사이 멀어져간 삶의 조각들이 떠올랐다. 아침에 체조하고, 학교에 가 급우들과 인사 나누고, 점심시간에 운동장에서 축구를 하고, 집에 돌아올 때 콧노래를 부르며 언덕길을 내려오고, 라디오 퀴즈시간을 듣고, 동생들에게 이야기를 해주고…….

삐그덕 덜커덩, 하면서 철문이 열렸다. 종로경찰서 경부가 나타났다. 나중에 그 형사 이름이 요시라라는 것을 알았다. 얼굴에 차갑고 표독스러움이 돋아있었다.

"그 동안 많이 반성했나? 요즈음 학생놈들이 말야, 하라는 공부는 않고 수업거부 동맹파업을 밥 먹듯이 하고 있지. 학교마다 이런 불순한 놈들 때문에 골치를 앓고 있어. 네 놈은 물건을 훔친데다가 생각까지 불손한 놈이니 용서할 수 없다. 이시이가 내 친구지. 그 학교에 부임하여 학생들의 썩어빠진 사고방식을 뜯어고쳐 보겠다는 의지로 도움을 청하여 너를 데려온 것이다. 앞으로 대 일본제국을 비난하거나 터무니없이 조선독립을 시부렁거리는 후테이센징^{불령선인}은 가차 없이 혹독하게 다룰 것이다. 시계는 어디에 숨겨 두었나? 그리고 네놈이 대일본제국을 모독하는 언동을 했다고 들었다. 좋게 자백하고 인정할 것 인정하여 빨리 끝내자."

진심이 안 먹혀 들어가겠다는 느낌이 들었다. 기어들어가는 목소리로 대꾸했다.

"시계는 모릅니다. 그리고 제가 대일본제국을 모독한 기억이 전혀 없습니다."

"요시, 이놈이 아직도 정신을 못 차렸구나. 일어서서 바지 걷어 올려. 돌아서서 벽에 손을 버티고 서."

벽에 손을 대고 돌아섰다. 두 뼘 정도나 되는 반질반질한 작은 봉이 정확히 아킬레스 건 10센티 위 정도를 가격하였다. 그렇게 세게 가격하는 것도 아닌데 무지무지한 통증이었다. 역시 요시라는 프로였다. 거칠게 걷어차고 주먹질을 하는 것이 아니고, 두어 대 맞으니 그 자리에서 거꾸러져 뒹굴며 자지러지는 비명소리를 지를 수밖에 없었다. 열 대 정도 맞은 기억이 있는데 나중에 보니 맞은 흔적도 남아 있지 않았다. 하지만 엄청난 통증을 주어 기절할 정도가 되었다. 다시 자백을 강요하였다.

"모릅니다."

현성은 거의 죽어가는 목소리였다. 다시 2차 고문이 시작되었다. 옆방으로 데려가 철봉에 오르라 하더니 몸을 뒤집어 다리를 위로 하고 천정에서 내려온 줄에 다리에 묶었다. 그 쇠줄을 잡아당기니 차르륵차르륵, 다리에 묶은 줄이 올라가는 소리가 들렸다. 허공에 매달린 것이다. 몇 분 안 가 사달이 났다.

피가 아래로 쏠리니 눈알이 튀어나올 것 같았고 머리에 핏줄이 터지는 듯하여 곧 죽을 것만 같았다. 살려달라고 애원했다. 소용이 없었다. 거꾸로 매달린 채 수십 분이 지났고 귀가 윙윙거리고 정신이 가물가물했다. 거의 사점에 달했을 때였다. 툭, 바닥에 떨어지는 느낌이 있어 정신이 깨었다. 요시라 경부가 옆에 있고 젊은 순사가 현성을 붙들고 있었다. 다시 책상에 앉혔다. 이제는 더 이상 버틸 자신이 없었다. 거짓 자백이라도 해서 이 고통을 벗어나고 싶었다. 그래, 내가 욕심이 나서 시계를 훔쳤다. 그렇게도 생각이 들었다. 그런데 시계를 어디다 두었지. 하숙집에? 학교에? 머릿속이 뒤죽박죽이 되었다.

"그래, 이제 바른말을 하겠나?"

요시라가 추궁했다.

"예."

"시계 훔쳤지."

"예."

"어디다 숨겼나?"

"예?"

갑자기 대답이 나오지 않았다.

"기억이 잘 안 납니다."

"이놈 덜 혼났구만. 다시 한 번 매달리고 싶나?"

결과야 어떻든 이 생지옥을 벗어나고 싶었다. 그래, 거짓말이라도 둘러대자. 이 고문실만 벗어나면 되는 것이다.

"예, 생각이 났습니다. 우리 하숙집에 있습니다."

"이제야 술술 부는구만."

본인의 고문기술에 득의만만하며 다음 질문을 이어갔다.

"왜 대일본제국을 모독하였나?"

현성이 경위를 설명하였다. 요시라는 가만히 듣더니 말했다.

"특별히 제국 모독을 한 것은 아니구만. 알았어. 여태껏 네가 말한 것 여기 백지 위에 그대로 쓰도록."

현성은 요시라가 쓰라는 대로 자술서를 썼다. 그제야 고문실에서 데리고 나와 유치장에 넣었다.

"너는 아직 어리니 보호자가 올 때까지 기다리고 있다가 신병을 인도할 것이다."

유치장에 앉아 있으니 한심하기 그지없었다. 고향에서 뭇 사람들의 부러움을 받고 큰 사람이 되어갈 것이라는 포부를 안고 서울에 왔는데, 도둑이 되어 경찰서 유치장에 묶여있다. 암울하고 참담할 뿐이었다. '아! 고향에 가고 싶다. 내가 전주나 이리에서 학교를 다녔다면 이런 꼴을 당하지 않았을 텐데' 하는 생각을 하며, 만감이 교차하였다.

그때 이모부가 유치장에 나타났다. 그리 반갑지도 않았다. 이제는 모든 것이 끝났다는 생각이 들었고 스스로 자술서까지 쓴 상태여서 무슨 말도 꺼내고 싶지 않았다. 현성은 자포자기에 빠졌던 것이다. 유치장에 갇혀있는 현성의 초라한 몰골을 보고 박 서방은 미안한 생각이 들었다. 조금만 더 일찍 왔더라면 이런 꼴까지 보지는 않았을 것이라는 생각도 들어 변명 비슷한 말을 늘어놓았다.

"아침에 차가 늦게 도착하여 상차를 점심시간 다 되어 시작했다. 학교에 가보니 이미 네가 자리에 없고, 경찰서를 찾아오려면 아무래도 변호사와 같이 오는 것이 유리하다 해서 변호사를 모시고 오느라 늦었다. 김 변호사라고 남원 옆 순창이라고 있지, 순창 분이시다. 아주 고명한 분이시지. 경찰 간부와 이야기를 나누고 있어 내가 먼저 왔다. 그런데 어떻게 유치장에 들어왔냐?"

"저 도둑질 했다고 자술서 썼어요."

"아니, 네가 훔치지도 않았는데 무슨 자술서냐?"

그때서야 억울하게 속수무책으로 당했던 서러움이 일시에 몰려왔다. 철창을 붙들고 엉엉 울었다. 울먹이면서 말을 이어갔다.

"죽일 것 같아서요. 죽고 싶지 않아서요. 쓰라는 대로 썼습니다."

"저런 죽일 놈들. 시퍼렇게 어린 학생을 학대하고 고문해! 조금만 기다려 보자. 변호사님이 곧 오실 거다. 지금 담당 형사가 누구인지 일의 경위를 묻고 오겠다고 형사실로 갔다."

한복을 단정하게 입은 중절모를 쓴 중년신사가 걸어오고 있었다. 이모부가 김 변호사라는 분과 그 간의 경위를 주고받으며 사정을 전하고 있었다. 유치장에 있는 현성을 보더니만 몇 마디 짧막하게 위로의 말과 안심되는 말을 전했다.

"어린 학생에게 무지막지하게 고문을 가하고 학대를 하다니 있을 수 없는 일이 벌어졌구먼. 강박에 의한 자술서는 법적 효력이 없으니 안심하시게. 담당형사가 인권 유린과 직권 남용한 책임을 엄중히 묻도록 하겠네. 지금 바로 유치장에서 나오도록 하지."

비록 어린 아이일지라도 반 존대어를 사용함으로써 한마디 한마디에 믿음을 주는 인품의 어른이었다. 오늘 요시라는 도저히 해서는 아니 될 학대행위를 하였다는 것을 알게 되었다. 치가 떨리고 이가 갈리는 일이었다. 바로 유치장에서 풀려 나왔고 김 변호사와 이모부가 요시라 경부를 만나고 왔다. 그 사이 무슨 일이 있었는지 풀이 많이 죽어 있었고 굉장히 면구스럽게 대하며 언뜻 횡설수설하였다고 했다. 그 시간에 학교에서 연락이 왔던 것이다. 문제의 시계를 훔친 범인이 잡혔다는 것이었다. 짧은 시간이었지만 엄청난 경험을 하였다. 하늘이 뒤집히면서 지옥과 천당을 오고간 하루였다. 집으로 왔다. 이모부를 따라 집에 오는데 이모부가 그렇게 미더울 수가 없었다. 이모부의 일처리 능력이 돋보인 순간이었다.

평범한 일상으로 돌아올 수 있다는 것이 얼마나 다행스러운 일인가. 그 어두운 먹방에 거꾸로 매달렸을 때에는 내일이 있다는 것이 상상이나 할 수 있었던가. 집에 돌아오자 긴장이 풀려서인지 아무것도 하기 싫고 그저 눕고만 싶었다. 이럴수록 곡기를 섭취해야 된다며 이모가 준비해온 식사를 억지로 반 그릇 비우고 자리에 누웠다. 편하게 쉬라고 석현은 안방으로 들어갔다. 초저녁부터 열이 나고 온몸에 식은땀이 나며 가슴이 방망이질 쳤다. 좀 견디면 나아질 거라고 그냥 버티고 있었는데 몸 전체, 모든 기관이 망가진 듯했다. 시간이 흐르니 속이 미식거리면서 급기야는 토하고 말았다. 구토하기 직전의 고통은 말할 수 없이 괴로웠다. 한 번 토하고 숨을 돌릴 만하다 싶으면 다시 속이 뒤집어지고 또 다시 토하고 세 번이나 토했다. 이제는 더 나올 것도 없이 쓸개에서 노랗고 묽은 소화액까지 넘어왔다. 우물가를 그렇게 들락거리니 안방에서 이모 내외가 건너왔다. 머리를 짚어보더니 깜짝 놀라는 기색이었다.

"머리가 지글지글 끓는구나. 자정이 다 되어 가는데 어떡하지? 안 되겠다. 가까운 병원에라도 가보자."

"아니에요. 조금만 더 견디면 나아질 것 같아요."

"여보, 집에 소화제나 해열제 같은 약이라도 있나?"

이모부가 걱정스런 표정으로 이모에게 물었다.

"무슨 해열제가 있겠어요. 시골에서 지어 보낸 환약은 있어요. 소화에 좋다고 하기는 했는데 현성이 같은 증상에 소용이 있을지 모르겠네요."

이모부가 결심한 듯 일어섰다.

"안되겠다. 내가 종로약국에 가서 해열제를 사와야겠다."

걱정스런 눈빛이었다.

"이 시간에 약국 문 열어 놓은 데가 있겠어요?"

"열어 놓은 데가 없으면 문을 두들겨서라도 약을 사와야지. 사람이 저렇게 곤죽이 되어 가는데 방법을 취해야지. 그냥 지켜보고만 있을 수는 없잖아?"

이모부가 옷을 입고 나서기 전에 다시 증상을 확인했다.

"토하고, 온몸에 열이 나고, 식은땀이 나고?"

"토하는 증상은 좀 가라앉은 것 같아요."

"온몸이 쑤시고 열이 나고 머리가 아프다 이거지?"

"예, 열만 좀 가라앉으면 잠들 수 있을 것 같아요."

한참을 경기에 깜짝깜짝 놀라면서 몸의 열은 내려가지 않았다. 비몽사몽을 헤매고 있는데 이모부가 약을 사왔다.

"세 곳 문을 두드려 간신히 약을 사왔다. 이것이 요즘 새로 개발된 신약이라고 한다. 몸이 쑤시고 열이 나는데 신통하게 잘 든다는구나. 아스피린이라고 한다더라. 정신 차리고 약을 먹자. 여보, 더운 물 좀 가져와."

간신히 몸을 일으키고 약을 털어 넣으려 손에 받아 쥐는데 갑자기 눈물이 쏟아졌다. 그냥 엉엉 울었다. 어제 당했던 비참한 꼴에 슬퍼서보다는 이모 내외의 따뜻함에 감동이 되어 걷잡을 수 없는 눈물이 흘러내렸다.

"착한 너에게 어찌 이런 일이 있단 말이냐."

현성의 어깨를 토닥거렸다. 이모도 같이 울었다.

"그냥 놓아둬. 사내라도 울고 싶을 때는 실컷 울게끔 놔두어야 해. 세상 살다보면 어디 기막힌 꼴이 한두 번이냐. 이번에 액땜을 해서 앞으로는 이런 일이 없을 것이다. 촌놈들이 서울에 올라와 살다보면 이렇게 볼거리를 한 번씩 앓는단다. 적응통이라 생각하면 된다. 볼거리치고는 심한 볼거리였다만."

약을 먹고 십여 분 지나니 몸이 안정되고 스르르 나른해지며 잠이 왔다. 다음날 오전까지 일어나지 못하고 자리에 누웠다. 점심을 조금 들고 오후부터 거동하여 저녁에는 기운을 회복한 후 다음다음날 학교에 등교할 수 있었다. 학교에 가니 모든 사실을 명백하게 알 수 있었다. 범인은 고주석이었고 이미 정학을 당하여 자리에 없었다.

일이 확대되기 전 김인수가 시계를 잃어버렸다고 할 때부터 쿠사이라 놀림을 당하던 정원덕은 고주석의 거동을 수상하게 생각하고 있었다. 평소에 고주석이 김인수에게 알랑거리며 환심을 사 여우가 호랑이를 등에 업고 위세 부리듯 하여 눈에 거슬렸던 터였다. 그날 체육시간 교실에서 고주석이 가장 늦게 나온 것을 알고 있었고, 다음날 고주석이 학교 변소 뒤를 자주 왔다 갔다 하는 것도 의심스러웠다. 학생들 공동변소가 두 군데 있었는데 산자락에 있었다.

곧 범인이 밝혀지리라 생각했지만 일이 엉뚱한 방향으로 흘러갈 수도 있다고 생각했다. 이시이 선생에게 이야기하고 싶었지만 김인수가 어떤 협잡을 하여 몰아가 버릴지도 모르니 지켜보아야 했다. 평소 김인수 일당의 거드름과 오만에 공동의 피해의식을 느끼던 박성현과 우재택에게 고주석의 행적을 좇는데 도움을 요청해 지켜보고 있었다. 첫날은 단체기합이 끝나고 시간이 늦었기 때문에 집으로 돌아갔다. 다음날도 고주석이 변소 주위를 쉬는 시간마다 맴도는 행동이 유별나서 더욱 주의 깊게 관찰하고 있었다. 학교를 파하고 보니 또 변소 주위를 맴도는 것이 멀리서 보였다.

고주석의 눈에 띄지 않게 관찰하고 있었는데 고주석이 변소 뒤로 돌아가더니 잠시 후 손을 털며 산 쪽으로 올라가고 있었다. 산을 넘어 가면 삼청동으로 내려오는 길이 있다. 방향이 확실하고 거의 심증이 굳어졌으니 잡아서 확인만 하면 된다는 생각이 들었다. 한 사람은 고주석을 따라 산으로 올라가고, 두 사람은 삼청동 내려오는 길에서 기다리기로 했다.

잠시 후 고주석이 산등성을 넘는 것이 보였으므로 삼청동에서 기다리는 것이 빠르겠다는 판단이 섰다. 세 사람은 가방을 교실에 놔두고 움직였기 때문에 이동이 훨씬 빨랐다. 우재택이 잽싸게 산을 올라 보니 놈이 저 아래 골목길을 내려가고 있었다. 놈은 뒤에 따라오는 것은 상상도 못한 것 같았다. 아래로 돌아갔던 정원덕과 박성현은 담배 가게 앞을 지나 거슬러 올라가는데 고주석과 마주쳤다. 놈이 어색한 웃음을 지으며 눈을 마주치지 않고 지나치려하는 것을 정원덕이 가로막았다.

"고주석, 너 지금 뭐하고 산에서 내려오는 길이냐."

녀석의 손에는 흙이 묻어 있었다.

"오줌 좀 싸고 내려왔어."

말도 안 되는 궁색한 변명이었다.

"왜 손톱 사이에 흙이 묻어 있냔 말이야. 이 도둑놈아, 호주머니 좀 뒤져보자."

팔을 뿌리치더니 가방을 버리고 산 쪽으로 도망갔으나 얼마 가지 못해 우재택에게 붙잡혔다. 정원덕이 놈의 주머니를 털어보니 속주머니에서 금빛 찬란한 금장시계가 나왔다. 이렇게 해서 고주석은 학교 훈도부에 넘겨졌고 이시이 선생은 당황하여 얼굴이 흙빛이 되었다. 식민지 학생들이 다루기 어렵다는 사전 정보가 있어 처음 학생을 본보기로 혼을 내 기선을 제압해보겠다는 엉뚱한 생각을 가지고 일을 벌였으나 사태가 이 지경에 이르렀던 것이다.

현성이 교실에 앉아있으려니 만감이 교차했다. 불과 사나흘 전인데 수십 일이 지난 것처럼 까마득하게 느껴졌다. 지금 자리에 앉아 있는 것이 꿈인가도 생각되었다. 옆자리의 김인수가 고개를 반대방향으로 돌리고 애써 태연한 척하고 있었다. 이놈을 벌떡 일어나 밟아주고도 싶었지만 어설피 건드려 소란을 피우면 놈에게 도피할 구실을 주고 말막음을 줄 수 있다. 끓어오르는 분노와 충동을 참고 두 시간째 수업이 끝나기를 기다렸다. 급우들도 쉬는 시간에 안쓰러운 표정을 지으며 수군수군하고 있었다. 2교시가 끝나고 쉬는 시간에 두어 명의 급우들이 밖으로 나가자 자리에서 일어나 교단에 올랐다.

"급우 여러분, 이 이현성이 여러분들에게 할 말이 있습니다."

순간 교실이 조용해졌다. 자리에서 일어나 돌아다니던 아이들도 제 자리를 찾아가 앉았다.

"제가 지난 이틀 엄청난 일을 겪었습니다. 무도한 선생을 만나 적지 않은 구타를 당하고 경찰서에 끌려갔습니다. 고문대 위에 올라 고문을 당할 땐 죽음이 눈앞에서 어른거렸습니다. 고통의 구렁텅이에 빠져 다시는 여러분들 얼굴을 보지 못할 것이라는 절망에서 허우적거렸습니다.

다행이 몇몇 급우가 범인을 색출하여 누명을 벗을 수 있었으며 악마의 구렁텅이에서 빠져 나올 수 있었습니다. 제가 지금 여러분 앞에 서있을 수 있다는 이 사실만으로도 저는 가슴이 무한히 벅차오르고 있습니다. 제가 누명을 뒤집어 쓴 사유를 여러분들에게 말씀드리겠습니다.

저와 김인수는 아시다시피 옆자리에 앉아 공부하고 있습니다. 옆자리인 관계로 서로 좋아하지 않아도 대화를 하지 않을 수 없습니다. 지난 초가을 저의 고향 근처에서 소작쟁의가 있었습니다. 다 흉년이 원인이었지요. 소작인들이 가을 추수를 하고 나도 쌀 한 톨 손에 쥘 수 없게 되자 지주를 찾아가 말썽을 부린 일이 있었습니다. 김인수가 소작인들을 화적 떼니 불한당이니 하길래, 그 사람들은 의지할 데 없는 불쌍한 사람들이라 하였습니다. 김인수는 제게 도둑놈, 화적 떼를 감싸고도는 놈으로 그 자리에서 저를 질타하였습니다.

김인수의 꼬스까이였던 고주석이 김인수의 비위를 맞추기 위해 조선놈이니, 엽전이니, 노예근성이니, 하여 내가 고주석이더러 네놈은 조선놈이 아니고 무어냐, 진고개에서 주어온 일본놈 서자라도 되느냐 하였더니 이것이 대일본제국을 모독한 후떼이센징불령선인이 되고 말았습니다. 그렇게 제가 모략을 당하여 졸지에 도둑질한 놈이 되어 경찰서에 끌려가게 되었고 극한의 고통을 당하게 되었습니다.

제 집은 시골에 있습니다. 큰 부자는 아닐지라도 논마지기가 있어 소작도 주고 머슴도 부려 인근에서는 별로 부족한 것 없이 살고 있습니다. 손목시계가 아무리 비싸고 귀할지라도 제가 그런 것 욕심낼 정도로 구차하게 살지는 않습니다. 그리고 저도 시계가 있습니다. 싸구려지만 아버지가 주신 회중시계를 하숙집 책상서랍에 두고 필요한 때만 사용하고 있습니다. 학생신분에 어울리지 않을 정도의 고가품 시계를 차고 다니면서 거들먹거리고 안하무인으로 처신하다가 결국 잃어버리고는 급우를 지옥의 구렁텅에 빠지게 하였습니다. 저였다면 설사 애장품 시계를 잊어버렸다 하더라고 급우를 지옥에 밀어 넣지는 않았을 겁니다."

갑자기 말투를 바꾸어 고함을 질렀다.

"김인수, 내 말이 한 자라도 틀렸다면 지적하고, 당당하고 떳떳하게 답변해라.”

얼굴을 붉히고 고개를 푹 숙이고 있던 김인수가 더 이상 참아내기 힘들다는 듯 교실을 나가버렸다. 다시 말을 이었다.

“제가 저 녀석을 생각하면 치가 떨리고 분노가 치밀어 올라 견딜 수가 없습니다. 지금 진실을 말씀드리기 위해 저는 자신을 억눌러가며 이야기하고 있습니다. 다음은 담임이자 훈도선생이신 이시이 선생에 대해 말씀드리겠습니다. 그날 체육시간이 끝나고 단체기합을 받던 날 훈도실에 불려갔을 때 저는 이미 범인이 되어 있었습니다. 거기에다 후떼이센징까지 되어 있었지요. 저는 아니라고 했습니다만 다짜고짜 구타하고 그것도 모자라 다음날 경찰서에 넘기게 된 것입니다. 그것이 저희를 가르치고 훈도하는 스승의 모습입니까? 설사 제가 진범이었다 할지라도 저를 경찰서에 넘겨서는 아니 되는 것 아닙니까? 학생들을 타도의 대상으로 생각하는지, 범죄자 집단으로 생각하는지, 기가 막힙니다. 제가 이 참담한 곤욕을 치른 것은 다 이시이 선생의 과도한 행동 때문이었음을 말씀드립니다.”

말이 끝나자마자 여기저기서 웅성웅성하기 시작했다. 반장으로 있던 최필성이 일어났다.

“친구의 이야기를 듣고 참을 수 없는 분노가 일었습니다. 더구나 현성은 성실하고 모범적인 학생이었습니다. 향학열에 불타는 한 학생의 학창생활을 짓밟아버린 겁니다. 다음에 또 어떤 우리 친구가 어떻게 당할지 모릅니다. 이참에 우리 단결하여 이시이 선생이 우리 앞에 나타나지 않을 때까지 수업거부를 합시다. 우리 일학년 전체가 단결 동맹하여 수업거부로 나아갑시다.”

“옳소! 옳소!”

동조하는 소리가 여기저기서 터져 나왔다. 그리하여 수업거부 동맹휴교가 시작되었다. 을반 반장 최필성은 갑반 반장 정은식과 병반 반장 박대하를 불렀다. 그리고 이시이 선생에 의하여 자행된 폭행과 교권남용을 전교에 알리고 그런 무도한 인사가 교단에 서지 못하도록 동맹하여 수업거부에 들어가기로 합의했다. 내일 2교시 병반 체육시간에 수업을 거부하고 일학년 갑, 을, 병 세 반 전체가 유도장에 모여 규탄 성토하고 교내외에 격문을 살포하고 나서 등교거부를 하기로 했다.

작년에 있었던 광주학생운동의 영향으로 전국적으로 학생운동이 유행처럼 번지고 있었다. 수업을 거부하고 동맹휴교를 결행하고 대규모 시위를 벌였는데, 식민지 체제에서 기성세대들이 입 다물고 차마하지 못하는 일들이었다. 학생들은 언론, 출판, 집회, 결사 등 기본권에 대한 요구와 조선인 본위의 교육제도의 확립과 식민지 노예교육 철폐 등을 내세우면서 시위를 벌였다. 학생들의 젊은 의기 아니면 상상할 수도 없는 봉기였다.

수백 명의 학생들이 체포되고 구금되었지만 그 요원의 불길은 서울로 이어지더니 전국으로 확산되었다. 평양, 원산, 신의주, 정주, 함흥 등 북에서부터 개성, 부산, 진주, 청주, 공주, 대전, 전주, 정읍, 이리 등 남쪽까지 번졌다. 이런 거대한 불길이 좀 잡힐까 하는 시점에 중앙학교 저학년에서 시위가 일어난 것이다. 수업을 거부하고 유도장으로 몰려가 일본인 이시이 선생의 성토를 시작하였다.

을반 반장 최필성이 이 자리에 모이게 된 경위를 먼저 설명하였고 이 사건의 피해자인 이현성이 단상에 올라갔다. 보통학교 시절 학교의 크고 작은 행사에 학생대표로 연단에 나서서 연설을 많이 해보았는데, 이런 상기된 분위기 속 연설은 처음이었다. 짤막하게 준비하였다.

"제가 지난 사나흘 전 종로경찰서에서 두들겨 맞고 거꾸로 매달려 허위자백을 강요당했습니다. 저는 다시 여러분의 얼굴을 보지 못하리라 생각하였습니다. 짧은 시간이었지만 몇 해의 겨울을 보낸 듯한 아득한 시간이었습니다. 옆자리 학우가 고가의 시계를 분실하였고 분실물의 범인으로 저를 지목하였던 것입니다. 이시이 선생에게 불려가 두들겨 맞았고 무죄를 호소하니 다음날 종로경찰서로 저를 넘겨 평생 씻을 수 없는 변을 당하게 하였습니다. 여러분에게 묻겠습니다. 제가 일본인 학생이었다면 이런 무도한 일을 저지를 수가 있겠습니까? 그가 저를 제자로 생각했다면 경찰에 넘길 수 있었겠습니까? 여기까지만 말씀드리겠습니다."

단상에서 내려왔다. 최필성이 올라가 사건의 진범이 밝혀진 경위를 소상히 밝히면서 김인수의 터무니없는 처신도 질타하였다.

각반 간부들이 일학년 학생들의 총궐기를 촉구하는 격문을 등사하여 준비해 왔고 유도관에 모인 일학년 학생들에게 격문을 배포하기 시작하였다. 폭력과 고문을 당한 이현성의 참담한 처지를 알리는 내용과 '폭력선생 이시이를 몰아내자.'는 구호, '종로경찰서는 권한 남용을 한 요시라 순사를 파직하라.'는 구호가 전단 아래쪽에 큰 글씨로 쓰여 있었다. 대회장 격인 최필성이 성토대회 종료를 선언하고 가두시위를 위해 5열종대로 대열을 갖추었다. 교문 밖으로 나서려는데 2, 3, 4, 5학년 선배들이 배포된 격문을 보고 잘 한다고 박수를 보냈다. 스승들은 제자들의 안위를 생각하여 교문 밖으로 나서는 것을 말렸다.

학생대표들이 스승들을 한쪽으로 모셔 학생들의 뜻을 전하는 사이에 대열은 물밀듯이 교문을 나서고 있었다. 학생들의 일차 목표는 종로서로 가서 요시라를 파면하라는 뜻을 전하려는 것이었다. 교문을 나서니 이미 어디서 연락하였는지 정복 입은 순사들 수십 명이 대오를 갖추어 기다리고 있었다. 앞 열은 긴 곤봉을 들고 있었고 뒷 열은 총을 들고 위협적인 자세로 서 있었다. 앞 열에 있는 순사들이 구호에 따라 일제히 데모 대열로 뛰어 들어가 곤봉을 좌우로 흔들었다. 여기서 퍽 저기서 퍽 얻어터지는 소리가 들렸고 순식간에 대열은 와해되어 뿔뿔이 흩어져 도 망가기에 바빴다.

앞 대열에 서서 선두로 나갔던 몇몇은 순사들에 잡혀 연행되었으나 이 궐기의 단초가 되었던 현성은 친구들의 보호를 받으며 안전하게 대피하여 집으로 돌아왔다. 그 날 무기한 동맹휴교를 결의하여 학교에 가지 않고 하숙집에 눌러 앉아 지냈다. 급우들끼리 비상연락망을 유지하고 있었는데, 반장 최필성의 하숙집에 형사들이 밀어닥쳐 경찰서로 연행되었고 다른 반 반장들도 마찬가지라는 소식이 있었다. 동맹휴교 나흘 되는 날 학교에서 학생들과 학부모에게 보내는 서신이 도착하였다.

친애하는 학부모님들께,
금번 저희 학교에서 불미스러운 일이 있어 학생들이 동맹휴교를 하고 학교에 등교하지 않고 있습니다. 학사 일정에 차질이 생겨 일학년 학생 전원이 유급 당할 처지에 놓여 있습니다. 저희 학교 당국자들은 어떤 일이 있어도 그런 불미스러운 사태를 막고자 최선을 다하고 있습니다. 부모님들께서 적극 협조하시어 즉시 학생들의 등교를 재촉하시옵기를 부탁드리오며, 이번 일을 계기로 학생들에게는 앞으로 어떤 일이 있어도 면학분위기를 해치는 없도록 다짐을 받아두시기 바랍니다. 학생 여러분은 앞으로 해야 할 일이 무궁무진하고 전도가 양양합니다. 조속히 등교하여 학업에 정진하기를 부탁드립니다.

다음날 등교하여 보니 동맹휴교 주동자였던 반장들은 학교에 나오지 않았다. 퇴학을 당했다는 것이다. 갑반, 병반 반장은 시골학교에 재입학했다는 소식을 들었지만 을반 반장 최필성은 그 뒤로 소식이 묘연했다. 이시이는 다시 수업시간에 들어오지 못했다. 학교에서 수업을 배정받지 못해 대기하다가 사표를 냈고 요시라는 지방경찰서로 좌천되었다.

김인수는 동급생들의 따가운 눈총을 견디지 못해 자퇴하였고 뻔뻔한 고주석만 정학기간이 지나자 다시 등교하였다. 보통사람 같았으면 고개를 들지 못하였을 것이나, 그는 언제 그런 일이 있었냐는 듯 당당하고 명랑 쾌활했다. 뻔뻔함과 유들유들함은 고주석의 생존 방법이었다. 학우들은 고주석이 쥐새끼 같이 약다고 해서 쥐새끼라 불렀다. 그의 이름을 반복해서 불러보면 주석이 주석이 하다가 쥐새끼 같이 들리기도 했다. 그 사건 이후로 주석이라는 이름대신 쥐새끼로 통했다.

그렇게 일학년 말 중앙고보 교정을 휩쓸었던 시계분실 사건은 동맹휴교로 번졌다가 적지 않은 후유증을 남기고 매듭지어졌다.

/4장/

어머니와 누이

현성의 어머니 진안댁은 곱고 음식솜씨도 뛰어났다. 시부모 잘 모시고 살림 잘하고 나무랄 데가 없는 아낙이었다. 하지만 정성과 열의로도 어찌하지 못하는 숙명적인 가슴 아림이 있었다. 슬하에 자식이 귀했다. 현성을 낳은 3년 후 딸을 낳고는 그 뒤로 아이가 없었다. 딸아이를 낳고는 산후조리를 시원찮게 했다. 현성을 낳았을 때 난산이어서 오래 자리에 누워 지냈지만 둘째를 수월케 낳고는 대수롭지 않게 생각했던 것이다. 부지런한 사람이고 진득하게 앉아있거나 누워있는 것을 참아내지 못하는 성격이어서, 출산한지 사흘만에 주위 만류에도 불구하고 부엌에 나섰다. 원래 수더분하지 못하여 일을 남에게 맡기고 편하게 지내지 못하는 성격이었다. 밥은 식모에게 맡겨 좀 수월하지만 손이 많이 가는 반찬을 만들고 며칠 사이 먼지 낀 찬장도 청소하고 바지런을 떨고 있는데 아랫도리가 뜨끈해오며 하혈이 시작되었다. 속곳이 축축하게 젖어오자 하던 일을 멈추고 점옥이네를 불렀다.

"점옥엄마, 나 몸이 이상해서 방에 가서 쉬어야겠네."

찬장문을 밀어 닫고 부엌을 나섰다.

"예, 마님. 어디 편찮으세요. 며칠 더 쉬셨으면 하였는데. 이렇게 나오시고."

　말꼬리를 흐렸고, 진안댁은 아무것도 아니라는 듯 손사래를 치며 갓 난아이가 있는 건넌방으로 들어가 누웠다. 자리에 누우니 천정이 좌우로 오락가락했다. 하혈은 심해져 장판이 질펀하게 젖어오고 있었다. 얼굴이 백지장 같이 하얘지는 것을 보며 아이를 돌보던 점옥이가 화들짝 놀라 어른들을 불렀다. 그러곤 진안댁은 의식을 잃었다. 얼마간 지나 눈을 떠보니 시어머니와 남편 상옥, 점옥이네와 점옥이 걱정스러운 얼굴로 지켜보고 있었다. 방안에는 부산을 떨었던 흔적이 남아 있었다. 머리맡에는 놋대야가 놓여 있었고, 얼마나 하혈을 하였는지 피비린내가 진동하였다.

　"어찌 이제 정신이 좀 드냐?"

　시어머니 죽실부인이 딱하고 안쓰러운 표정으로 물었다. 이마에 얹혀있는 물수건을 내려 대야에 적시며 조금은 안도하는 표정이었다.

　"예."

　짧게 대답하고 송구스러운 생각이 들어 일어서려니 몸이 말을 듣지 않는다.

　"아가, 움직일 생각 말고 그대로 누워 있거라."

　죽실부인이 혀를 찼다.

　"어찌 그리 생각이 짧은지, 제 몸을 천금같이 아껴야지. 이레도 지나지 않은 것이 집에 일할 사람이 없는 것도 아닌데 팔랑거리고 다니다가 이런 꼴을 당하는지 모르겠다. 이렇게 피를 많이 쏟고도 탈이 없을지 모르겠다. 어린것에게 먹일 젖을 알아봐야겠다."

　점옥이네게 진안댁을 맡기고 밖으로 나갔다. 죽실부인은 서릿발같이 차가운 성격이었다. 시집살이를 만만치 않게 시켰지만 사소한 일에 화를 내고 트집을 잡는 성격은 아니었다. 부잣집 광의 열쇠고리를 넘겨받는다는 것이 어디 수월한 일이겠는가. 시집오기 전 친정어머니로부터 열심히 배웠던 부덕과 음식 법도 등 모든 것을 새롭게 익혀야만 했다. 진안댁은 눈치가 빠르고 솜씨가 좋아 일을 맵시 있게 잘 처리했지만 처신이 진득하지 못하다고 가끔 시어머니로부터 꾸중을 들었다. 그 날 일도 진득하지 못한 성품 탓이 되었다.

산후조리에는 미역국만한 것이 없었다. 사정이 급하게 되니 선대에 약방을 한 경험이 있어 긴급 단방약 처방이 나왔다. 마침 음력으로 유월이라 수박이 막 나오기 시작할 때였다. 수박 속을 긁어내고 조청을 넣어 달인 수박청이 자정이 다 되어 점옥이네 손에 들려왔다. 속이 좋지 아니하여 몇 숟갈 못 뜨고 게다리 소반을 물렸다. 다음날 하혈은 멈추었으나 분비물이 계속 흘러나왔다. 한이레 지나고서야 간신히 거동할 수 있었고 세이레 지나면서 젖이 나오기 시작하여 수유를 할 수 있었다. 그 동안은 마을에 두 돌이 지나 젖을 뗀 아낙이 있어 그 집에 젖동냥 하여 갓난아이 배를 채웠다. 하혈은 멈추었지만 가끔 검붉은 핏덩이가 쏟아져 나오곤 했다. 속에 무엇이 뭉개진 듯 농이 흘러나왔고 악취가 심했다. 가을이 되어 석류가 생산되자 자정수에 하루 정도 담갔다가 속기를 빼고 껍질을 볶아 환을 만들어 먹기 시작하였다. 그 다음 봄이 되면서 농이 가셨다. 산후 후유증이 일 년 가까이 걸린 것이다. 그런 우여곡절에도 딸아이는 예쁘게 잘 자랐다. 시아버지 형묵이 상옥 내외를 부르더니 딸아이의 이름을 내려주었다.

"桂花, 계수나무 꽃이라는 뜻이다. 여자 이름에 꽃 화花자를 넣으면 바람이 든다 해서 삼가는데 계수나무 꽃은 다르다. 너희들도 알다시피 수정과에 들어가는 계피가 계수나무 껍질이고, 계화도 또한 약재로 쓰인다. 어혈을 줄이고 담을 삭이는데 좋다고 하지. 꽃이 노란색으로 화려하지도 않고 수수하고 은은하다. 사람에게 도움이 되는 좋은 꽃이고 수수하고 은은하니 우리 아이가 그 정도만 될 수 있다면 얼마나 좋겠느냐?"

"알겠습니다."

하고 두 사람은 물러갔다. 일곱이레가 지나면서 딸아이 이름은 계화라 불리었고, 계화는 태어날 때부터 몸이 약해 잔병치레가 많았지만 착하고 예쁘게 컸다.

하지만 진안댁과 남편 상옥의 금실에는 문제가 생겼다. 산후조리가 길어지면서 잠자리에 들어서도 가까이 하기가 어려웠고 둘째 딸아이를 낳고나서부터는 아이가 들어서지 않았다. 터를 팔지 못했던 것이다. 큰 아이가 아들이건 딸이건 간에 다음 아들을 낳게 되면 터를 잘 팔았다 해서 귀여움을 받곤 했다. 터를 판다는 말은 아이가 자라온 어미뱃속의 탯자리를 넘겨주었다는 상징적인 의미였다. 으레 뒷집 아이가 태어났는데 남자아이면 그 전에 난 아이가 터를 잘 팔았다 했고 그렇지 않으면 터를 잘 못 팔았다 했다. 부정적인 의미보다도 긍정적인 의미로 득남을 축하하는 뜻으로 많이 썼다. 계화는 터를 팔지 못했다. 어찌 터를 팔지 못하는 것이 계화의 탓인가. 진안댁은 둘째 산후조리를 생각할 때마다 가슴이 저렸다. 그리고 평생 되돌릴 수 없는 아픔이었다. 현성은 계화를 지극히 사랑했다. 계화 또한 오빠를 많이 따랐다.

태어날 때부터 허약하게 태어나서 잔병치레를 많이 했던 계화가 다섯 살 나던 이른 봄이었다. 일기가 불순하여 낮에는 포근해 추위가 가셨나 싶다가도 밤에는 바람이 매섭게 불어 바깥출입이 움츠려들던 환절기의 변덕스런 날씨였다. 계화가 감기에 걸렸다. 첫날 기침을 심하게 하더니 다음날은 열이 심하게 올랐다. 머리에 손을 얹으면 지글지글 끓었다. 열을 다스리는 데에는 갈근칡뿌리이 손쉽게 구할 수 있고 효과가 좋았다. 칡뿌리에 계피와 감초를 넣고 작약뿌리에 생강과 대추를 넣어 한식경 숯불에 달였다. 삼베수건으로 발끈 짜서 사발에 담아 놓으니 갈근탕이 되었다. 어른들 같았으면 사발로 들어 마셨겠지만 수저에 떠서 먹이니 효과도 훨씬 덜한 기분이었다. 억지로 반 사발 정도 떠먹이고 그릇을 내려놓았다. 얼굴에 땀이 흠씬 나더니 잠에 빠지는 듯했다. 한 시간도 안 되어 다시 잠에서 깨어, 머리를 짚어보니 여전히 머리가 지글지글하였다. 엄마엄마 하면서 손을 잡고 울어댔다. 어린것이 입에 백태가 끼면서 숨을 가쁘게 쉬고 있었다. 죽음의 그림자가 계화의 얼굴에 나타나고 있었다. 간호를 했던 진안댁과 상옥은 도저히 돌파할 수 없는 벽에 부딪친 기분이었다. 소름이 돋았다. 아이에게 더 이상 손을 쓸 수 없는 상황이었다. 진안댁이 울면서 말했다.

"여보, 어찌 해야 좋단 말이요? 어린 것의 운명이 경각에 달린 것 같으니 큰 방에 다녀오세요. 어른들은 우리보다 훨씬 더 오래 사시고 만고 풍상을 겪어 오신 분들이니 무슨 방도가 있을지 모르잖아요."

"어른들이라 해서 무슨 뾰쪽한 수가 있겠소. 더구나 이 야심한 밤에."

"그런다고 이대로 보고 있을 수만은 없잖아요. 저것만 나을 수 있다면 무슨 짓을 못하겠어요. 제발 큰방에 다녀오세요."

상옥이 하는 수 없이 큰방으로 향하였다. 초저녁부터 심상치 않음을 느꼈던지 큰방 어른들도 깊은 잠을 이루지 못했다. 상옥이 큰방의 댓돌에 올라서니 벌써 형묵이 기침소리를 하였다.

"아버님, 주무시고 계신가요?"

"아니다. 나도 걱정이 되어 비몽사몽하고 있다."

"아이가 갈근탕을 먹고 몸이 좀 나아지는가 했으나 다시 몸이 끓듯이 뜨거워지고 있습니다. 입에 백태가 끼어 닦아내고 있습니다. 목이 그렁그렁하여 숨 쉬기가 몹시 힘이 드는가 봅니다. 한 번 와 보셨으면 합니다."

"알았다. 내려가 볼 것이니 기다리고 있거라."

잠시 후 안채에서 내외가 내려왔다. 형묵은 선대에 성안에서 유명한 의원을 지내어 각종 질병에 대한 지식이 있었다. 진맥을 하고 머리를 짚어보고 입을 벌려 보았는데 혓바닥에 좁쌀같이 불그스레한 작은 돌기가 촘촘하게 솟아있다. 얼마나 아파서 울었든지 눈에는 눈곱이 끼어있고 눈썹에는 눈물자국이 말라비틀어져 있었다. 병명을 파악한 듯 아들을 한쪽으로 불렀다.

　　"당동역成紅熱이다. 어른들은 이 역질에 잘 걸리지 않는데 아이들은 약하다. 절대로 이 방에 현성이 드나들지 못하게 해라."

　　"예, 현성이는 어제부터 건넌방으로 보냈습니다."

　　"갈근탕이 아직 남아 있느냐?"

　　"예, 좀 남아 있습니다."

　　"마지막 희망이다. 다른 뾰족한 수가 없다. 갈근탕을 뎁혀 먹여 보아라."

　　점옥이네를 시켜 갈근탕을 데우러 보냈다. 어른들은 안채로 들어가고 따스하게 데워둔 갈근탕을 억지로 떠먹이는데 두 어 숟갈을 넘기지 못하고 토해버렸다. 숨이 막히는 듯 얼굴이 백지장같이 하얘졌다. 무릎에 엎혀놓고 등을 두드리니 조금 숨이 트이는 듯 화색이 돌아왔다. 엎드린 상태가 숨을 가누기가 수월한 듯해서 무릎에 엎드려 안고 있다가 내려달라 해서 자리에 눕혔다. 등잔불 심지가 오래 타서 그을음이 불꼬리를 타고 길어지고 있었다. 진안댁이 머리에 꽂혀있던 바늘로 심지 똥을 긁어내니 불빛이 다시 밝아졌다. 남편은 옆에서 하품을 하고 있어 자리를 펴주며 잠시 쉬라 하고, 점옥이네 또한 지쳐있는 듯해 가서 눈을 붙이라 했다. 이대로 계화를 안고 날을 새울 생각이었다. 나을 수 있다는 기대는 접어두고 조금이라도 좋아질 수만 있다면 무슨 일을 못하겠느냐는 다짐이었다. 옛날 어떤 열녀는 죽어가는 남편을 위해 공동묘지를 파헤쳤다는 이야기가 있다. 죽어가는 자식을 위해 무엇을 못하겠느냐는 생각이 새삼 밀려오는 피로를 물리치게 했다. 길쌈을 하면서 날을 새본 적은 있어도 병구완하면서 날 샌 적은 처음이었다. 가쁘게 숨을 쉬던 계화는 그 사이 숨소리가 거칠기는 했어도 조금 고른 편이었다. 품안에서 내려 요 위에 뉘어 놓고 불을 끄고 밖에 나왔다. 뒷간에 다녀와 아궁이의 불을 보니 아직 밑불이 남아있었다. 솥에 물을 더 붓고 장작개비 대여섯 개를 아궁이에 넣은 후 방으로 향했다. 박명이 다가오고 있어 사물의 윤곽을 알아볼 수 있을 정도가 되었다.

경칩 전 새벽 공기는 겨울 추위 못지않게 날카로웠다. 방안에 들어오니 온몸이 물먹은 솜처럼 뻐근하고 나른했다. 아이 옆에 잠시 누워있으려니 아이가 다시 깨어 숨 가쁜 목소리로 엄마를 찾았다. 손을 잡아주고 머리를 짚어보니 불덩이 같이 뜨거웠다. 그 사이 아침 해는 솟아오르고 있었다. 밤사이 수많은 가슴 아림을 견뎌 내어 심신이 지쳐있었다. 어린 자식의 목숨이 경각에 달려있는 데에도 언제나처럼 변함없이 무심한 아침 해는 삼라만상을 평화롭게 비춰주고 있었다. 침모 점옥이네가 부엌에 들어가 부스럭거리는 소리가 들렸고, 머슴들 방에서도 한센과 우금이 일어나 텃밭에 거름 낼 준비를 하고 있었다. 상옥도 눈을 비비고 일어나 걱정스럽게 계화를 지켜보고 있었다. 계화가 그렁그렁하며 아주 들릴 듯 말 듯 기어가는 목소리를 냈다.

"엄마, 엄마, 오빠, 오빠."

오빠를 불러달라는 소리였다. 시아버지가 이른 말이 떠올랐다.

"응, 그래. 오빠 노암리 작은집에 갔다."

둘러댔더니 더 보채면서 단말마적으로 오빠를 찾았다.

"엄마, 엄마, 오빠, 오빠, 오빠를 데려와. 오빠는 알고 있어."

진안댁이 남편을 바라보며 말했다.

"여보, 계화가 계속 찾는데. 현성이를 데려와야겠어요. 무슨 뜻인지는 모르겠지만 오빠는 알고 있다 그래요."

이제 거의 숨이 꺼져가는 듯 백척간두에 서 있었다.

"그래, 현성이를 데려옵시다."

상옥이 대청을 지나 현성이 방으로 들어갔다. 현성은 아직 자고 있었다. 현성을 깨워 정신이 들게 한 후에 안방으로 데려가기 전 상황설명을 했다.

"현성아, 계화가 많이 아프다. 아주 나쁜 병에 걸려서 자리에서 못 일어날지도 모르겠다."

어제 그제부터 심각한 상황이 벌어지고 있다는 것은 어렴풋이 짐작했지만 아직 생로병사를 잘 모르는 어린 아이가 무엇을 알겠는가.

"아버지, 자리에서 못 일어나면 어떻게 되는디요?"

"오늘 지나면 계화를 영영 볼 수 없다는 것이지. 우리 식구들을 다시 볼 수 없는 머나먼 하늘나라로 간다는 거다."

"아버지, 그럼 계화가 죽는다는 거예요."

"그렇다. 계화가 몹쓸 병에 걸려서."

현성은 침통한 분위기를 견디지 못하고 엉엉 울어버렸다.

"자, 현성이는 언제나 동생을 잘 보살피고 사랑해주는 의젓한 오빠였지. 울음을 그치고 방으로 들어가자."

의식이 거의 가물가물하던 계화가 현성을 보자 잠시 화색이 돌았다.

"오빠, 지팽이, 붉은 지팽이 찾아와. 금암봉에 가서."

금방 숨이 넘어갈 듯 하면서 힘들게 말했지만 현성은 바로 알아들었다. 계화의 손을 잡고 엉엉 울음을 터뜨렸다.

"그리어, 그려, 지팽이를 찾아오께."

계화의 숨이 가빠졌다. 상옥은 여기서 격리를 시켜야겠다는 생각에 무슨 이야기인 줄도 모르고 계화를 달랬다.

"그래, 오빠랑 금암봉에 가서 지팡이를 가져오마."

현성을 데리고 밖으로 나갔다. 마루 구석으로 가서 물었다.

"현성아, 금암봉 붉은 지팡이가 무슨 이야기야?"

현성은 참을 수 없다는 듯 큰 소리로 울면서 말했다.

"아빠, 내가 거짓말장이에요. 내가 나쁜 놈이에요. 내가 계화에게 거짓말을 했어요."

"무슨 거짓말인데."

"내가 옛날이야기를 하면서 수염이 하얀 산신령이 금암봉에 붉은 지팡이를 묻어 두었는데, 그 지팡이만 갖고 있으면 무엇이든지 할 수 있다고 거짓말을 했어요. 그래서 계화가 가끔 금암봉에 가자고 졸랐어요. 계화는 그 지팡이만 가져오면 자기를 살릴 수 있다고 생각하는 거예요. 아빠 저는 거짓말쟁이고 나쁜 놈이에요. 나쁜 놈!"

현성이 더 큰 소리로 울었다.

"아니다. 너는 좋은 오빠다, 동생을 지극히도 사랑했고 옛날이야기를 잘해주던 좋은 오빠다."

아들을 달래면서 상옥도 목이 메었다. '참 기가 막힌다. 어린 것이 얼마나 살고 싶을까. 그러나 이 애비는 아무런 힘이 없구나. 자식이 죽어가는데도... 잠시 후 안방에서 진안댁의 흐느끼는 소리가 들렸다. 계화는 그렇게 갔다.

무심한 것이 세상사라 송암공파 종가에서는 그렇게 한 생명이 몸부림치며 사그라져 갔지만 살아있는 사람들은 살아야 했다. 침모는 밥을 짓고 머슴들은 텃밭을 파고했지만 매일 박명에 울렸던 형묵의 경 읽는 소리는 잠잠했다. 가슴 아렸지만 상옥은 침통한 집안 분위기를 수습해야 했다. 넋을 잃고 있는 아내를 달래 기운을 차리게 하고 이미 식어가고 있는 계화의 얼굴을 하얀 수건으로 덮고는 머슴과 침모를 불러 간단히 장례식을 준비시켰다. 우선 장독대에 가서 적당한 크기의 빈 옹기단지를 찾아 대기 시켜놓고 산에 갈 준비를 하도록 했다. 그 사이 계화는 지난 설날에 입었던 색동옷으로 바꿔 입혔다. 앙증맞은 색동옷을 입고 얼마나 집 안팎에서 사랑을 받았던가. 그 꼬까옷을 입고 먼 길 떠날 채비를 마쳤다.

옹기 단지에 들어가 대지의 품속으로 다시 돌아가는 것이었다. 단지는 지게 위에 얹혀있고 집안 식구들과 간단한 이별식이 치러졌다. 상옥이 머슴 우금에게 눈짓하며 떠날 것을 지시했다. 진안댁과 현성의 통곡이 집안 식구들을 사무치게 만들었다. 이별식은 문간채 대문을 나서면서 끝이 났다. 어린 아이는 선산에 들어갈 수가 없다. 송동으로 가는 길을 따라 옥녀봉 자락에 매장했다. 매장 장소에 대해서는 간단히 옥녀봉 자락이라고만 했다. 상옥을 빼놓고는 아는 사람이 아무도 없었다. 막연히 남쪽의 어느 산자락이라고만 알고 있었다. 집안 식구들은 가끔 남쪽 하늘을 쳐다보며 색동옷 입고 하늘나라로 간 계화공주를 그리곤 했다.

진안댁이 남매를 보았으나 딸아이를 먼저 보내고 후사가 없어 현성이 집안의 외로운 종손이 되었다. 상옥은 아이를 잃고 나서는 따뜻하게 보살피고 위로하는 것을 마다하지 않았지만, 시간이 흘러 아픔이 희미해져가는 어느 순간부터는 매사에 건성건성하고 데면데면하기 시작했다. 조금씩 멀어져가는 느낌이었다. 집안일이나 대외적인 행사를 핑계대며 외박이 잦았다. 어떤 날은 며칠씩 집에 들어오지 않으니 어느 순간부터 공방살이 들었다는 것을 알 수 있었다. 오랜만에 집에 들어와도 안방에는 들어올 생각도 하지 않고 건넌방에 혼자 자고 나갔다. 산장이 있고 소작을 준 전답이 많은 구례에 자주 드나든다 하여, 산장 아랫마을 방광리 쇠골에 시앗을 두었다는 소문이 있었다.

침모 점옥이네가 어렵게 입을 열었다. 방광리에 자주 심부름을 다녔던 머슴 또쇠는 진즉부터 알고 있었고 시부모도 이미 알고 있는 사실이었다. 몇 년이 지나도록 사실을 모르고 있던 사람은 집안에 진안댁 뿐이었다. 기가 막혔다. '남편은 그렇다치고 어찌 모든 사람들이 나를 속이고 이렇게 살아왔단 말인가.' 치가 떨리고 분이 나 견딜 수가 없었다. 층층시하 어른들 안전이라 소리 내어 울지도 못하고 눈물로 밤을 여러 날 지새웠다. 아무리 칠거지악이라 하여도 시앗은 견딜 수 없는 배신이고 굴욕이었다. 투기나 질투보다도 더 큰 수치심이었다. 아무리 수백 번 참고 견뎌온 시집살이지만 이렇게 근본을 무너뜨리는 배신감에는 참을 수가 없었다. 더 이상 아기를 못 갖는 병신이고 게다가 아이를 잃어버린 못난 어미라는 자책감에 죽어버리고 싶은 마음도 굴뚝같았다. 하지만 영민하고 건강하게 잘 자라는 현성을 생각하면 그럴 수는 없는 일이었다. 영문도 모르는 현성을 부둥켜안고 울었다. 어린 현성은 왜 그렇게 어머니가 울었던가를 나중에 청년이 되어서야 알게 되었다.

시집와서 한 번도 시어머니 말을 거슬렸다거나 눈밖에 벗어나는 행동을 한 적이 없었다. 하지만 진안댁은 이번만은 따져 물어야겠다는 당돌함이 생겼다. '그래 언제나 법도를 지키시고 항상 여일하게 엄정하신 당신님은 여자로서 당신의 아드님이 저지른 참람한 행동에 대해 어떻게 생각하십니까? 아니 당신님이 이런 꼴을 당하셨다면 어찌하셨겠습니까?' 묻고 싶었다.

시어머니 죽실부인은 행복이 넘치는 분이었다. 임실 죽실마을 큰 부잣집 둘째 따님으로 태어나 외모가 수려할 뿐 아니라 친정 부모님 사랑도 듬뿍 받고 자랐다. 시집 올 때 논을 이십여 두락을 가지고 왔고 슬하에 4남 1녀를 두어 다남하였다. 시아버지인 남편으로부터 지극히 위함을 받고 사는 귀한 부인이었다. 시아버지가 경성에 다녀오면 가장 귀한 선물은 시어머니 것이었다. 당시 남원 같은 향리에서 보기 드물게 화사한 귀부인이었다. 밖에 출입할 때는 언제나 양산을 쓰고 다니고 함부로 신발에 흙 묻히지 않고 가려 다니는 귀부인이었다. 평소에 당신 부군의 처신으로 보아 시앗은 있을 수 없는 일이고 도도한 당신의 자존심에 도저히 허락할 수 없는 일이었다. 시아버지가 남원읍내에 일이 있어 오랜만에 출타를 했고, 안방에 시어머니 혼자 있는 것을 알고 몇 번 망설이다가 안방문 앞에 섰다.

"현성어미 입니다."

"그래, 들어와라."

조심스럽게 미닫이문을 열고 윗목에 앉았다.

"외람되게도 제가 어머님께 말씀드릴 게 있어 왔습니다."

죽실부인도 며느리가 전에 없이 단호한 어조로 나오는 것에 심상치 않은 분위기를 느꼈다.

"그래, 무슨 일이냐?"

"현성애비가 구례에 시앗을 두었다는 소문을 며칠 전에 들었습니다."

"……."

"제가 그 소문을 듣고 며칠 밤잠을 이루지 못하고 뜬눈으로 세웠습니다. 저는 속 좁고 옹졸한 아녀자입니다. 아무리 칠거지악이라 제 자신을 달래보려 해도 제 마음을 이길 수가 없었습니다. 이 집안에서 저만 모르고 모든 사람들이 다 알고 있는 사실이었습니다. 느낌으로는 노암리 작은집에서도 알고 있다고 믿어집니다. 기막힌 사실입니다만 제가 참으로 못나고 어리석은 여자입니다. 제가 불민하여 여자로서 이런 꼴을 당하게 되었다고 수없이 자책을 하였지만 부부의 연을 맺고 아들딸 낳고 십년 넘게 살아온 그이가 참으로 원망스럽습니다. 현성이 저토록 건강하고 영민하게 자라고 있고 집안의 혈통과 내력으로 따져도 아버님은 당연히 맑고 곱게 사신 분이십니다. 선대 어른들도 법도에 어긋나게 처신하신 분이 없습니다. 어머니, 제 심정이 참담합니다."

"네 심정이 그렇다니 내가 내 자식의 이야기를 꺼내기가 부끄럽구나. 내가 같은 여자의 심정을 어찌 헤아리지 못하겠느냐만 네가 둘째 아이 낳고 그 뒤로 아이가 없으니……."

시어머니 말꼬리가 흐렸다. 진안댁은 마치 이 말이 나오기를 기다렸다는 듯 바로 대꾸하였다.

"어머니, 현성이 저렇게 씩씩하고 총기 있게 자라고 있고 아버님 어머님도 누구보다도 현성을 아끼고 계시지 않습니까. 있어서도 아니 되는 것이고 있을 수도 없는 일이지만, 설사 현성에게 무슨 일이 있더라도 후사는 적자 계승하는 것이지 첩 자식들이 적통을 이을 수는 없는 게 아닙니까? 지금 작은집에도 정출한 사내아이들이 셋이나 있습니다."

당차게 따지고 나서는 며느리의 모습에 안쓰러웠던 마음이 사라지고 노기가 일었다.

"그래서 나더러 어쩌란 말이냐? 나도 시앗이나 보는 내 자식 꼴 보기가 좋은 줄 아느냐? 네 아버님도 자식 놈 그런 행투머리가 보기 좋았을 것이냐? 네 말대로 대대로 이 집안이 여자문제로 속을 썩인 적이 없는지라 나도 내 자식이 부끄럽기 짝이 없다. 내가 애비에게 단단히 일렀다. 무슨 일이 있어도 우리 집 문간에 그 여자나 그 아이들 어른거리는 일이 없도록 하라고."

"어머니 죄송합니다."

울음을 터뜨렸다. 시어머니에게 심려를 끼쳐 죄송한 것이 아니고 자신의 처지가 기가 막혀서 울음보가 터진 것이었다. 시어머니의 말투가 다시 부드러워졌다.

"사내들이 다 본시 그런 것이지. 젊을 적에 잠시 외도를 하였다가도 나이가 들면 다시 조강지처를 찾게 된단다. 옛말에 여자는 철이 들어 시집을 가지만 남자들은 철이 들면 죽는다고 하였지. 세상 모든 남자들이 그러하겠냐만 현성애비 같은 철없는 남자들을 두고 한 말일 것이다. 좀 더 참고 기다려 보자. 그리고 현성이 보면 볼수록 영특하더라. 잘 키워라. 네가 큰살림 맡아서 해내느라 애쓰는 것을 이 시어미 잘 알고 있다."

언제나 흐트러짐 없이 지엄하고 당당하기만 하였던 죽실부인의 말투가 전에 없이 부드러웠다. 차갑기로는 얼음장같이 냉랭하게 며느리를 대했지만 오늘은 얼음장을 녹이고도 남을 것 같았다. 하지만 이런 살가움이 진안댁에게는 전혀 위로가 되지 않았다.

5장

독서회

이학년이 되자 반 편성을 새로이 하였다. 현성은 갑반으로 가게 되어 새로운 급우들과 만나 새로운 관계를 맺게 되었다. 옆자리에 앉게 되는 것도 대단한 인연이 있어야 만나게 되는 것이다. 대개 평생 좋은 벗으로 지내지만 일학년 때와 같은 지독한 악연을 만날 수도 있다.

일 년 동안 내내 궁금했던 아이가 있었다. 병반의 학우였는데 교내에서 가끔 얼굴을 마주치기도 하였고 등하교 시에 앞뒤에서 서로 얼굴을 볼 때가 있었다. 하지만 아는 척을 하거나 인사를 주고받을 사이는 아니었다. 앞 줄 두어 칸 옆으로, 맨 처음 시험 보러 올라왔을 때 경성역에서 봤던 아이였다. 그 동안 낯가림이 있어 서로 호기심은 있었지만 그냥 지나치고 말았는데 같은 반에 배정되어 자연스럽게 가까워질 수 있었다. 현성이 먼저 낯가림을 터야 했다. 현성은 작년에 그 일로 인해 동급생들 사이에서는 유명인사가 되어 있었다. 현성이 말을 걸었다.

"38번 김경식, 기억나나? 입학시험 치르러 서울 올라왔을 때 역에서 마주쳤던 것."

관심을 많이 가지고 있다는 것을 보여주고 싶어 일부러 번호까지 챙겨 불렀다. 그는 약간 계면쩍은 듯한 표정을 지었다.

"그래, 맞아."

말투가 낯설지 않았다. 현성의 남원 말씨도 느린 데가 있어 비슷했다.

"그때 옆에 계셨던 어른이 춘부장 되시고?"

어른스럽게 춘부장이라 호칭했다.

"그래, 자네 옆에 계셨던 분도 맞지. 자네 부친이셨지."

"맞아, 우리는 촌놈이라 어디 가나 표시가 난다. 내가 그 때 너를 보고 저 녀석도 나처럼 촌놈이구나 하는 생각이 들더라. 너도 시험 치르는데 어른들이 서울까지 따라 오셨지?"

"그렇지."

고개를 끄덕였다.

"당시만 해도 나는 서울이라는 낯선 곳에 겁을 잔뜩 먹고 있었어. 지금은 서울생활에 적응이 되었지만 그래도 서울 친구들에게 지적을 많이 받는 말투를 고치기는 쉽지 않더라."

"나도 그리어."

현성이 대답하였다. 대화를 현성이 끌고 갔고 거기에 맞추어 경식이 응대하였다.

"그 때 같은 기차를 내렸으니 고향이 전라도이것다. 맞지?"

"응, 맞아. 전라남도 광양이어."

"나는 남원이다. 남원에서 열차를 타고 남쪽으로 더 내려가야 광양이 나올 것인디 어딘가는 잘 모르것다."

서로 촌놈이라는 것을 알고 말을 편하게 주고받았다. 다른 친구들과 말할 때는 표내지 않으려고 토씨나 억양에 신경을 써서 말했었다.

"열차로 종착지인 곡성까지 가고, 거기서 버스를 타고 순천으로 가서 한 시간 반이나 더 들어가야 광양까지 갈 수 있어."

"햐, 그래. 내가 서울서 남원까지 가는데 아홉 시간 걸리는데, 남원에서 곡성까지 한 시간 걸릴 것이고, 거기서 버스를 타고 순천까지, 순천에서 한 시간 반 버스를 타고 들어가야 하겠지. 그러면 하루 종일 차를 타야 집에 도착하겠다. 차타는 시간이 열두 시간도 넘겠다."

"그렇지, 그런데 대개는 순천 차부에 내리면 늦어서 광양 가는 버스가 없어. 주변 여관에서 자고 아침에 버스를 타고 집에 가면 점심때가 다 되어부러."

몇 마디 주고받으니 금세 가까워졌다.

"광양이 어디쯤일까, 그려지지 않는다. 순천 근방에 여수라는 곳이 있다고 알고 있는디."

"여수는 순천에서 남쪽으로 더 내려가야 하고 광양은 순천에서 동쪽으로 가는디, 가다보면 섬진강이 나오고 섬진강 너머가 경상남도 하동이지. 그러니 섬진강을 경계로 동쪽이 경상남도 하동이고 서쪽이 전라남도 광양이다. 우리집에서 섬진강 하구까지는 한 십리 떨어져 있어."

현성은 고개만 끄덕였다. 섬진강, 산을 넘고 물을 건너가야만 하는 아주 먼 낯선 지방의 강으로만 들렸다. 그 해 여름방학 때에서야 알았다. 현성이 고향자랑 할 때마다 꼭 빠지지 않는 남원의 젖줄 요천수가 흘러 섬진강이 된다는 것을. 섬진강은 진안에서 시작하여 임실과 순창을 거쳐 내려오다가 남원을 흐르는 요천수와 합류하여 곡성, 구례, 광양을 거쳐 남해안으로 흘러들어간다. 어찌 보면 아주 단순한 강의 흐름이었다. 산맥이 멈춘 자리를 헤집고 낮은 곳으로 흘러가는 산수의 이치를 철이 훨씬 든 후에서야 알게 되었다. 한 번 이야기가 터지니 끝이 없다. 수업이 다가와 대화를 마무리했다.

"경식아, 우리 앞으로 동무로 지내자. 그리고 편하게 말을 놓았으면 한다."

"그래, 좋다. 우리 앞으로 동무로 지내자."

이렇게 해서 김경식과 첫 대면은 이루어졌다. 경식의 하숙집은 성북정이었다. 같은 길로 하교를 하다가 큰 길에서 갈라져 현성은 작은 골목길로 들어가고 경식은 큰 길을 따라 더 올라갔다. 한마장이 안 되는 거리여서 서로의 하숙집을 오고가며 지냈다. 성격이 활달하고 적극적인 현성이 주로 경식의 집을 찾았다. 주말에는 창경원에도 가고 북악산에도 여러 번 함께 올랐다. 서로 고향이야기도 하며 가족 상황과 장래 포부에 대해서도 이야기를 나누었다.

경식의 고향집은 광양 군청 소재지 광양에서 이십오 리 정도 떨어진 옥곡에 있고, 광양에는 백운산이라는 높은 산이 있고, 섬진강 물길이 오백리를 흘러내려 남해에 이르는 망덕포구가 경치가 아주 좋다고 고향 소개를 했다. 현성은 광한루와 요천수, 금암봉의 금수정을 남원의 자랑거리로 늘어놓았다. 둘은 여름 방학 때 서로의 집을 방문하기로 약속했다.

서로의 우정이 돈독해져가는 일요일이었다. 곡우가 지나 입하에 접어드는 봄날 초목이 무성하고 아지랑이 아른거리는 날씨였다. 완연히 포근해져 나른함이 밀려왔다. 방안에 있으면 갇혀 있는 기분이 들어 나가지 않고는 못 배기는 날씨였다. 봄을 즐기고 싶은 마음에 들떠 경식의 집을 찾았다. 경식 또한 마찬가지였다. 북악산에 오르기로 하고 길을 나섰다. 현성이 집에 나설 때 니쿠사쿠룩색에다 주먹밥을 넣어가지고 왔다. 현성은 이모집이라 부탁하기에 임의로웠지만 경식은 하숙집이라 부탁할 수가 없었다. 근래 들어 공부하러 서울로 상경하는 학생들이 늘어감에 따라 하숙하는 집도 늘어나기 시작했다. 처음에는 한 식구처럼 챙겨주고 보살펴주다가 학생들이 많아지니 점점 인심이 야박해져 요즘은 하숙집 주인들이 깍쟁이들이 많아졌다.

두 사람은 북악산에 올라 호연지기를 길러보겠다는 생각으로 장도에 올랐다. 북악산 기슭에는 여러 차례 오른 적이 있다. 일학년 초 잠시 체육을 맡았던 조철호 선생의 인도로 몇 차례 올라 체력 단련도 하였다. 민족혼을 일깨우는 노래를 부르곤 했던 조 선생에 대한 추억이 어려 있는 산길이었다.

가회동 완만한 골목길을 따라 올라가니 중앙고보 교정이 나왔다. 교정을 가로질러 올라갔다. 담장 너머로 살구꽃 앵두꽃이 활짝 피어 있었다. 산록에 오르니 여기저기 나물 캐는 모습이 정겨웠다. 바구니를 가운데 두고 열심히 캐 담고 있는 소녀와 삼십 넘어 보이는 젊은 여인이 있었고 건너편 밭두렁에는 말만한 처자들 서너 명도 나물 캐는 데 여념이 없었다. 대자연은 일 년 중 가장 화사한 계절의 축제를 준비하고 있었다.

찔레꽃 향기가 좋았다. 고향에서는 찔레꽃이 피기 전 새순으로 올라온 대궁 껍질을 벗겨 그 속깡을 먹었던 기억이 있다. 찔레꽃 대궁은 달짝지근한 맛이 있었다. 바야흐로 녹음방초의 계절이었다. 소나무는 송홧가루를 이미 털어냈고 연한 새 솔잎을 내고 있었다. 떡갈나무 굴참나무 등 활엽 교목들의 연한 녹색 이파리들은 푸른색으로 짙어져 가고 있었다. 가끔 바람이 불 때면 달콤한 풀 향기가 코끝을 스쳐갔다. 바야흐로 대자연의 축제에 발맞추어 계곡 시냇물 소리는 더욱 우렁차게 흘러가고 있었다.

쉽게 생각하고 산길을 올랐지만 만만치 않았다. 가까운 친구이지만 사내들에게는 호승심이기고자 하는 마음이 있었다. 대상이 누구든 지고 싶지 않은 것이다. 친구가 아니라 더 가까운 형제간에도 말이다. 어떤 때는 부자간에도 지고 싶지 않은 승부욕이 있다. 둘 사이에도 팽팽한 긴장감이 돌았다. 서로 먼저 쉬자는 소리를 하지 않고 걸었다. 경사가 완만한 곳을 지나 급경사 암반길이 이어졌다. 온몸에 땀이 흐르고 숨이 턱에 차올랐다. 다시 완만한 오솔길을 따라가니 햇빛이 덜한 응달진 곳에 옹달샘이 있었다. 나무가 우거져 적당히 앉아 쉴 자리도 있었다. 현성이 먼저 길섶에 앉으며 둘 사이 보이지 않았던 팽팽한 긴장의 끈을 풀었다.

"경식아, 좀 쉬었다 가자."

물이 솟아 넘쳐흘러 작은 고랑을 타고 흘러갔다. 누가 만들었는지 석축을 쌓았고 안쪽으로 돌을 쪼아내어 물이 고이게 만들었다. 조롱박 하나가 놓여 있었다. 이 길은 신작로가 만들어지기 전 고양군 사람들이 종로에 장보러 오던 길이었다. 얼마나 많은 사람들의 애환이 이 길에 서려 있었을 것인가? 수많은 장꾼들의 목을 축여주고 휴식터를 제공했던 옹달샘에는 등짐을 지고 넘어가던 봇짐장수들의 거친 입김도 서려있는 듯 세월의 흔적을 담고 있었다.

집에서 출발한지 벌써 두 시간이 넘었다. 사람들은 간간히 스쳐 지나가지만 호젓함을 방해 받지 않을 정도였다. 우물가에서 싸온 주먹밥을 먹었다. 네 덩이를 싸왔는데 식욕이 한창 왕성할 나이고 모처럼 운동을 하고 나니 밥맛이 꿀맛이어서 마파람에 게 눈 감추듯 치워버렸다. 다시 길을 타고 올랐다. 산등성이에 오르니 정상으로 오르는 길과 고양으로 가는 길이 갈리었다. 고양 가는 길은 그대로 등성이를 넘어 곧바로 내려갔고 정상으로 올라가는 길은 가파르게 경사가 졌다. 점심을 먹고 난 후라 식곤증도 밀려왔고 오전에 걸었던 피로도 밀려와 한 걸음 한 걸음 옮겨 떼는 것이 팍팍했다. 걸음 속도도 더디고 쉬는 시간도 잦아졌다. 힘들게 이십여 분을 올라 드디어 정상에 도착했다.

서울에 와 처음으로 등산을 한 기분이 통쾌하기도 하였거니와 어디에 견줄 수 없는 으쓱함도 있었다. 정상에 올라 아래를 내려다보니 서울 시내가 한눈에 들어왔다. 가슴을 내밀어 심호흡을 하며 포근한 봄기운을 마음껏 들이마셨다. 멀리 남쪽으로 보이는 산이 남산이다. 경복궁과 조선총독부 건물과 창경원이 실제로는 상당한 거리였을 것인데 지척으로 보였다. 좌측으로 그들이 다니는 중앙고보는 더욱 가까이 보였다.

정상에 올라와보니 제법 여러 사람이 서울을 내려다보며 봄날을 즐기고 있었다. 파나마모자에 니쿠사쿠를 메고 무릎 바로 아래를 묶어 하체를 풍성하게 해주는 니커버커 바지에, 곡괭이 모양 손잡이에 은빛 크롬도금을 한 철제 피켈을 들었고 목이 긴 장화를 신은 어른들이 곳곳에서 휴식을 취하고 있었다. 멋들어지게 보였다. 다음에 산에 오를 때는 신발과 바지를 준비해야겠다고 생각했다. 운동화에 학생복을 입고 올라온 자신들의 모습이 마치 초대받지 않은 자리에 온 기분도 들고 초라하게 보였다. 그렇지만 마음은 천하를 손에 넣은 것처럼 후련하기 그지없었다.

내려오는 길에 현성과 경식은 종로 양과점에 가 모찌를 사먹기로 하고 내기를 하였다. 이십 보 쯤 떨어진 거리에서 돌팔매로 나무를 맞추는 것이었다. 다섯 개씩 두 번을 던져 많이 맞히는 사람이 이기는 것으로 하고 돌을 골랐다. 너무 크지 않고 한 주먹에 쥐일 정도 둥글둥글한 것이 가장 좋다. 그 다음은 둥글납작한 것이 좋은데 먼저 다섯 개씩을 골라 던졌다. 현성이 두 개, 경식이 세 개를 맞추었다. 그 다음 회전에 쓸 돌 다섯 개를 고르려고 풀숲을 뒤적일 때 검정 표지 수첩이 현성의 눈에 들어왔다.

"경식아, 여기 무슨 수첩이 있다."

수첩을 들고 와 보여 주었다. 두툼한 수첩을 보여주고 내기를 계속하였다. 호기심에 내기는 이미 뒷전이었다. 다음 회전에는 두 개 두 개씩을 맞추어 경식이 이겼다. 종로로 내려가는 길을 걸어가면서 수첩을 열어 보았다. 처음에는 남의 비밀수첩을 열어본다는 것에 비신사적 행위라고 생각하고 주춤거렸다. 그러나 수첩의 주인을 찾아주어야 한다는 당위성에 합의하고 열어보니 잡다한 생활사가 적혀 있었다.

월별로 따로 정리가 되었다. 5월 13일 25원 위체수령_{집에서 부쳐온 수표}를 바꾸었을 때 위체수령했다고 했다, 항목별로 연필 값, 공책 두 권 값, 구두 수 선대, 반찬 값, 테니스 공 한 개 값, 방값, 정군에게서 꾸운 돈 등 몇 십 전씩 항목별로 세목을 적어 놓았다. 그 아래에는 도서목록이 적혀 있었다. 톨스토이 '부활', 다눈치오 '죽음의 승리', 고골리 '어머니', 이광수의 '무정'.

시골에서 유학 온 학생이며 기록을 성실히 하는 꼼꼼한 학생으로 보였다. 매달 책을 사 읽는 문학청년이었고 책 목록을 보니 현성과 경식 또래보다는 위로 생각이 되었다. 기록한 정성을 보아 꼭 주인을 찾아 주어야겠다는 도의심이 생겨 앞뒤로 찾아봐도 주인의 신원을 알 수 없었다. 그런데 표지 껍질을 벗겨보니 주인의 신상이 드러났다. 본적은 평양이었고 놀랍게도 중앙고 5학년에 재학 중인 학생이었다. 1912년생이었고 이름은 박종욱이었다.

박종욱이면 중앙고보에서 운동을 아주 잘하고 활동을 활발하게 하는 선배였다. 축구시합 할 때 단단한 체구로 날렵하게 볼을 몰고 상대편 진영으로 질주하는 모습이 마치 표범 같았다. 아뿔싸, 하는 생각이 들었다. 막강한 선배의 비밀 기록을 훑어본 것이다.

월요일 점심시간. 점심을 먹고 난 후 둘이서 5학년 교실을 찾았다. 평소에는 5학년을 접할 기회가 거의 없었다. 5학년이라면 하늘 같이 높은 선배였다. 학교생활 중 가끔 훈도하는 선배는 1, 2년 위의 선배들이었다. 자리에 없었다. 그 사이 운동을 하러 갔을 것이라 했다. 점심시간이 거의 끝나갈 무렵에서야 만날 수 있었다. 수첩을 주운 경위를 이야기하고 건네니 반가워하는 모습이었다. 대수롭지 않은 수첩을 찾아주는 성의가 고마웠던지 반과 이름을 적었다.

"고맙다. 그렇지 않아도 수첩을 잃어버려 생활이 불편했다. 항상 마음 한 구석이 빈 것처럼 허전하기 그지없었지. 아우들에게 사례를 해야겠다."

"아닙니다. 사례는 하지 않으셔도 됩니다."

이구동성으로 사양했다.

"내 뜻이니 그렇게 알아. 오늘은 약속이 있으니 내일 수업 끝나고 만나자. 이학년 수업이 몇 시까지 하나."

"내일 오후 수업이 두 시간 있습니다."

"우리가 오후 수업을 세 시간 하니 한 시간 더 기다려야 되겠다. 이학년 갑반이라 했지? 내가 수업 끝나고 찾아갈 테니 내일 보자."

굵은 목소리며 진중한 처신이며 가까이 보니 더 멋있는 선배였다. 다른 일이라도 핑계를 대어 만나고 싶고 가까이 하고 싶은 선배인데 더 말할 나위가 있겠는가.

"예, 기다리겠습니다."

이튿날 수업이 끝나고 교실에 있는데 박종욱이 나타났다.

"우리 정식으로 인사를 나누자. 나 박종욱이다."

서양식 악수 문화에 아직은 익숙하지 않아 엉거주춤 손을 내밀었다. 악력이 세고 힘이 넘쳤다.

"이현성입니다."

"김경식입니다."

"그래, 가자."

박종욱이 앞장 서 학교를 벗어나 중국집 취영루에 자리를 정하고 앉았다. 만두를 시킨 후 이야기를 시작했다.

"그래, 수첩을 어디서 주웠지?"

"가회동 내려오는 숲길에서 주웠습니다."

"가회동이면 북악산 다녀오는 길이었겠구만."

"예, 그렇습니다."

다소 긴장하였지만 목소리가 다감하고 표정이 온화하여 쉽게 친근감을 느꼈다.

"북악산에 자주 가나?"

"아닙니다. 그날 우리 둘이 처음으로 북악산을 올라가봤습니다."

"나는 매주 일요일은 북악산에 올라가지. 주로 아침 일찍 올라가서 사람들이 없을 때 내려오곤 해. 봄 여름 가을 겨울 빠지지 않고 다닌다. 수건을 가지고 가 냉수마찰을 하고 있다. 냉수마찰 덕인지 북악산에 오른 이후 한 번도 감기에 걸린 적이 없다. 그리고 산에 다닌 후로 축구시합 할 때 한 시간씩 운동장에서 뛰어도 쉬이 지치지 않는다."

속으로 와아, 하고 외쳤다. 추운 겨울에도 냉수마찰을 하고 매주 일요일 아침 북악산을 올라가고. 멋지다.

"너희들 수첩에 쓰인 내용 다 읽어 알고 있지?"

"예, 송구스럽습니다. 하지만 주인의 주소를 알아내기 위해 샅샅이 살펴보지 않을 수 없었습니다."

"괘념치 않아도 된다. 내 수첩에 부끄러울 내용이 없으니 읽어도 무방하다. 한 달 생활비를 항목별로 상세하게 적는 것은 그렇게 함으로써 낭비 없이 절약하는 생활을 할 수 있다는 것이지. 독서 목록은 매달 내가 읽어가고 있는 책 목록이다."

주문한 만두가 나와 이야기가 잠시 끊어졌다. 먼저 김이 모락모락 나는 만두를 젓가락으로 집어 들고 두 사람에게 권했다. 평소 두 사람이 빵집에 갔다면 마파람에 게눈 감추듯이 먹어치웠겠지만 눈치를 보면서 두어 개 먹는 둥 마는 둥 했다. 취영루의 만두는 유명했다. 원래 중국집 주인이 산동 사람이라는데 만두가 그리 크지 않고 만두 속이 고소하고 부드러워 입에 넣으면 살살 녹았다. 남은 두 개를 박종욱이 강권하여 하나씩 먹고 나니 하고 싶은 이야기를 끄집어냈다.

"어제 수첩을 돌려받고 두 사람의 소속을 확인하고 두 사람에 대해 알아보았다. 두 사람 공히 학교 성적이 우수하고 성실하다고 들었다. 특히 이현성은 이학년에서는 유명인사가 되었더구먼. 본인이 원하였던 것은 아니었겠지만 그 어려움 견디어낸 것이 대견하다."

현성은 다시 생각하기도 싫었고 특별히 할 말도 없었다.

"실은 내가 중앙의 독서회를 이끌고 있다. 우리가 이학년부터 회원을 뽑는데 공개 모집을 하지 않고 자체 회원 추천에 의해 사전심사를 하여 뽑는다. 두 사람은 내가 추천하고 심사를 한 것이니 본인이 원한다면 입회가 가능하다."

독서회라, 두 사람의 정신이 번쩍 들었다. 뜻있는 열혈남아라면 가입해 쟁쟁한 선배들의 지도도 받고 동료들과 의기를 겨루어보고 싶은 학생들이 선망하는 모임이었다. 학생의 동맹수업거부나 총독부의 부당한 지시를 거부하는 단체행동에서 주축이 되는 학생들이 독서회 출신들이었다. 그리고 두어 해 전 광주에서 있었던 광주학생운동도 각 학교의 독서회 출신들이 주축이 되어 거대한 봉기를 일으켰던 것이다. 박종욱이 계속 말을 이어갔다.

"우리 중앙의 독서회 출신 선배들이 이런저런 학생시위를 주도하여 중앙의 학생정신을 이끌어 왔다. 훌륭한 분들이지. 나는 학생운동에 관여하는 것보다는 독서회를 순수하게 글을 읽고 토론하고 서로의 앎을 익혀가는 데 도움이 되는 배움의 장으로 이끌어가고 싶다. 우리가 일본인들의 부당한 처사에 대해 항거하는 것도 배움이 있는 젊은 학도가 지향하여야 하는 의로운 일이지만 우리는 너무 무지하다는 것을 절실히 느낀다. 어쩌면 우리 민족이 무지하기 때문에 부당한 처사에 당하고 사는지도 모른다. 우리는 더 많이 읽어야 하고 더 많이 배우고 깨우쳐야 한다.

학교에서 배우는 것만으로는 한계가 있다. 왜냐하면 일본사람들이 원하는 만큼만 알아야 하니까. 한 번 독서회 모임에 나와 느껴보고 활동 여부를 결정해도 된다. 독서회의 의식수준이 어떤가, 독서회의 분위기가 어떤가, 독서회에서는 어떤 책을 읽고 어떤 대화를 나누는가, 지켜보고 결정해라. 우리 독서회는 한 달에 두 번 만나는데 이번 토요일에 만난다. 전에는 조철호 선생이 우리 독서회를 이끌어 주셨는데 지금은 지도교사 없이 이끌어 가고 있다. 우리 독서회는 졸업한 선배들도 가끔 나와 격려도 해주고 지도도 해준다. 이러한 점이 독서회의 특징이고 선배들의 우리 중앙독서회에 대한 애착이기도 하다. 이번 주 토요일 수업 끝나고 도서관 앞으로 나오면 된다. 내가 데려갈 것이다. 우리 모임 장소는 공개적으로 알려지는 않는다. 이것으로 내 이야기를 끝내고 다음은 독서회에서 만나 나누기로 하자."

박종욱과 헤어지고 돌아오는 길에 현성과 경식은 들뜬 기분이었다. 독서회는 동경과 두려움이 공존하는 단체였다. 나라가 합병되고 난 후 애국 계몽가들과 지식인들은 '아는 것이 힘이다.' 혹은 '배워야 산다.', '교육이 일어나지 않으면 생존할 수 없다.'는 자각을 하고 문맹퇴치를 위한 범사회적인 운동을 벌여 나갔다. 이런 영향으로 각급학교에는 독서회가 만들어졌고 방학을 이용한 대대적인 계몽운동이 전개되었다.

책이 귀하고 책값이 비싸던 시절이었다. 이런 사회적 분위기에 자연발생적으로 공동으로 책을 구입하기도 하고, 서로 산 책을 돌려보기도 하는 모임에서 독서회가 발전되었다. 처음 단순히 책을 돌려보고 월간지나 잡지 등을 공동구매하여 읽다가, 더 진전하여 좋은 책을 선정하여 주고 바람직한 독서 방향을 제시해 주는 독서 길잡이가 있어 지도하여 주게 되었다. 다음 단계는 특정한 책을 같이 읽고 그 책에 대한 독후감과 소견을 발표하여 서로 의견을 나누는 토론회를 갖게 되고 독서의 길잡이는 그 토론에 대한 총평을 하게 된다. 이런 토론회를 거쳐 그 집단은 공통의 견해를 갖게 되었던 것이다. 대개 독서회의 길잡이는 책을 많이 읽고 삶에 대한 경험이 많은 교사나 나이가 지긋한 연장자들이 맡았다. 이렇게 계몽이나 문맹퇴치의 범사회적 독서운동이 학생들 사이에 인기가 높아지고 독서회 출신들이 학생들의 지도자로 나서게 됨에 따라 학생운동단체로 진화 또는 변질되기 시작했던 것이다.

그 대표적인 사례가 광주학생운동이었다. 일제는 이 운동을 단순한 사회주의 선동으로 격하하고자 광주학생사건이라 불렀다. 처음에는 나주, 광주 통학열차 안에서 일본인 남학생이 한국인 여학생을 희롱하던 것을 보고 격분하였던 조선학생들과의 다툼으로 시작되었다. 그러나 나중에는 일본인 학생들과 조선인 학생들의 싸움으로 번지다가 광주에 있는 모든 조선인 학생들이 궐기하였으며 시민까지 가세하게 된 항일운동 성격으로 번지게 되었다. 그 거대한 힘을 모을 수 있었던 것은 각 학교에 조직되어 있던 독서회가 바탕이 되었고 그 독서회 간의 긴밀한 유대와 연락체계가 있었기에 가능했던 것이다. 만약 이런 조직이 없었다면 몇몇 학생이 당한 인권유린 정도로 끝날 사건이었다.

일제는 사회주의자들의 책동이라 대대적으로 선전했다. 물론 전혀 근거가 없는 이야기는 아니었다. 당시 사회주의는 신학문을 배웠던 인텔리들에게나 학생들에게 가장 높은 이상과 삶의 목표를 제시했던 철학이고 이념이었다. 반면에 일제의 비호 아래 부를 축적한 졸부들이나 일제의 식민지 정책에 적극적으로 동조하여 일신의 안락함을 도모하던 친일파들에게는 사회주의는 역적이었고 강도나 다름없는 도둑이나 불한당 집단이었다.

광주학생운동의 주축이 되었던 학생들은 시민들의 호응을 얻어 대대적인 항일운동을 전개하였다. 그들에게 사회주의적인 이념이 전혀 없다고는 할 수 없었다. 독서회는 혈기가 방장하고 의기 넘치는 젊은 학도들에게는 학교 내 선망의 집단이었다. 기꺼이 가입하여 활동하고 싶어했다.

하지만 한편으로는 이념이나 사상과 전혀 관계없는 일상적 사람들이 볼 때나 일본의 압제 정치에 순치되어 사는 학부모들의 입장에서 독서회는 과격하게 젊은이들을 선동하여 범죄자를 양산하는 불온한 집단으로 인식되었다. 연일 체포 또는 구금되어 취조를 받고 있다고 신문지상에 보도되는 학생들은 독서회 관련 학생이 대부분이었다.

3.1운동과 6.10만세 사건 이후로 국내에서 기성세대들의 항일 저항운동은 거의 없었다. 종교계나 학계, 문학계는 일제의 강압에 무릎을 꿇어 스스로 조선독립의 소망을 접어갈 수밖에 없는 상황이었다. 일본은 군사적으로 초강대국이 되어 아시아에서 패권국가로 자리잡아가고 있었다. 이미 오래 전 조선이나 대만 등을 합병하여 식민지화 했으며 중국 본토를 공략하기 위한 전초전으로 만주사변을 일으켜 만주의 실질적인 지배력을 행사하고 있었다. 한때 약소민족에게 희망을 주었던 미국 대통령 윌슨의 '한 민족의 운명은 그 민족 스스로 결정해야 한다'는 민족자결주의도 독일, 오스트리아 등 일차대전 패전국의 식민지에만 해당하는 것이었고 전승국의 식민지에는 적용되지 않던 헛된 구호에 지나지 않았다. 아시아의 패권국가 일본은 국제 여론이 불리해지자 국제연맹을 탈퇴하고 말았다. 현실적으로 제재방법이 전무했다. 무력으로는 도저히 일본을 극복할 수가 없었고 약소민족의 국권이 유린되는 데 대하여 국제적으로 동정심을 유발하는 것 이상의 도움은 기대할 수 없었다.

소수 친일파를 제외하고 누구인들 독립을 원하지 않는 조선 사람이 있겠는가. 하지만 현실적으로 극일의 기치를 내려놓을 수밖에 없었다. 이런 절망적 상황에서도 끊임없이 분출되는 항일의 소리는 젊은 학도들에게서 터져 나왔다. 식을 줄 모르는 용광로였다. 수많은 젊은이들이 일경에 끌려가 고문을 당했고, 수년씩 수감생활을 했고, 수감 도중 고문으로 옥사했고, 감옥살이 후유증으로 불구가 되었어도 젊은이들의 저항은 끊이지 않았다. 일제의 가혹한 탄압에도 불구하고 젊은이들에게 조국독립의 불멸의 영웅으로 가슴에 새겨진 사회주의자들이 있었다. 박헌영, 김원봉, 이현상, 이재유, 김삼룡 등이었다. 그 중 김원봉과 이현상은 중앙고보 출신이었다. 후배들에게는 큰 자랑거리였다.

토요일 오후 하숙집에 와 점심을 서둘러 먹고 다시 학교에 나갔다. 학교 도서관 앞에서 경식이와 같이 기다리고 있으니 박종욱이 나타나 어디론가 데리고 갔다. 안국동 누군가의 하숙집인 것 같았다. 안채와 떨어져 있어 독립된 공간으로 아래채 툇마루 토방에는 구두 두 켤레와 운동화가 여러 켤레 놓여 있었다. 앞자리에는 선배들이 앉고 현성과 경식은 제일 뒷자리에 앉았다. 각 학년 별로 대여섯 명씩 되었고 이학년이 가장 저학년이었다. 두 사람을 제외하고 이학년이 네 명 더 있었다.

박종욱이 진행하였다. 오늘 처음 온 새내기 두 사람을 먼저 인사시키고 그 다음 순서를 진행했다. 3학년 김영기가 본인 소개를 하고 발표를 하였는데 오늘 발표할 작가와 소설제목은 톨스토이의 '안나 카레니나'였다. 지난 번 모임에서 이번 주 과제로 지정된 책을 모든 회원이 읽고, 그날 발표할 학생을 선정하면 그 학생이 당일 발표를 하고 발표한 내용에 대해 서로 질문하고 응답하는 형식으로 진행했다.

당시 최고의 인기작가이자 사상가로서 전 세계적으로 추앙받았던 톨스토이의 삶과 작품에 대해 듣는다는 것은 흥분되고 신나는 일이었다. 현성과 경식은 열심히 잡기장에 발표 내용을 적어가면서 토론을 들었다. 김영기는 키가 작은 편이었다. 진지한 표정이었으나 교복은 구겨졌고 단정한 차림은 아니었다. 그는 차분하게 읽어내려 가며 작가의 삶과 그 대표작인 안나 카레니나에 대해서 발표를 했다.

"레프 니콜라예비치 톨스토이. 러시아에서 귀족의 아들로 태어남. 어린 나이에 부모를 잃고 후견인인 친척에 의해 양육됨. 특히 숙모를 어머니처럼 따르고 존경함. 부유한 가정에서 부족함이 없이 성장함. 카잔 대학에 진학하였으나 학업을 중도에 포기함. 젊은 시절 혈기 방장하여 술과 도박과 매음 등 인간의 말초적 쾌락에 빠져 지냄. 이런 밑바닥 경험이 그의 소설을 써나가는 데 밑거름이 됨. 형을 따라 군에 입대하여 크림전쟁에 종군함. 종군기록 '세바스토폴 이야기'를 발표하여 소설가로서 국가적인 영예를 얻게 됨. 34세에 자신보다 16세 아래인 소피아와 결혼함. 자신이 물려받은 영지로 돌아와 작품 활동을 하며 끊임없이 농촌 계몽활동을 하고 자신의 토지를 직접 농사짓는 농노들에게 무상으로 돌려주는 개혁을 시도함. 가까운 이웃이 굶주림으로 죽어 가는데, 전혀 무관심하고 오직 세속적인 쾌락에만 빠져 사는 러시아 귀족들의 사치스럽고 방탕한 생활을 질타함. 그의 구도자적인 삶에 전 세계의 수많은 명사들이 찬사를 보내고 성원을 보냄. 러시아에 기근이 발생하여 구호에 나섬. 톨스토이를 보기 위하여 야스나야폴랴나를 방문하는 사람이 줄을 섬. '전쟁과 평화', '안나 카레니나', '부활' 등 세계적인 명저를 계속 발표함. 말년에는 모든 재산을 사회에 환원하고 자신의 저서에 대한 저작권마저 포기하려 함. 부인 소피아의 강력한 반대로 일부만 환원하고 지속되는 극심한 갈등으로 가출함. 가출한 후 기차역의 역장 숙소에서 생을 마침. 고향 야스나야폴랴나에 묻힘.

'안나 카레니나'. 톨스토이 40대 후반에 쓴 작품으로 러시아 상류층 미모의 유부녀 안나의 부정한 사랑을 통하여 향락과 즐거움만을 추구하는 도시인의 삶과 레빈과 키치라는 건실한 젊은이들이 결합하여 농촌을 부흥시키는 삶. 도시와 농촌의 삶과 쾌락을 쫓는 삶과 경건한 종교적인 삶을 대비시켜 러시아인들의 삶을 사실감 있게 보여준다. 안나는 카레닌이라는 페테르부르크의 고위층 관리와 결혼하여 행복한 생활을 한다. 그런데 그것도 잠시, 너무도 이성적이고 틀에 박힌 답답하고 고루한 삶에 염증을 느끼는데 핸섬한 청년장교 브론스키 백작을 만나게 되어 첫눈에 반하게 된다. 브론스키 또한 아름답고 농염한 안나에 반하여 사랑에 빠지게 된다. 안나는 사랑에 눈이 어두워 남편과 자식을 버리고 만다. 이런 불놀이 같은 애정행각에 페테르부르크의 사교계에서도 따돌림 받고 애인과 외국으로 도피여행을 떠나게 된다. 그런데 브론스키의 애정이 식어감을 느끼고 절망에 빠져 안나는 열차에 뛰어든다."

김영기가 이십여 분에 걸쳐 발표하고 이 책을 읽은 본인의 소감을 발표했다.

"이 책을 읽고 줄거리를 정리하는데 적지 않은 시간이 걸렸습니다. 인물 구성이 다양하고 분량이 많아 간신히 정리는 해보았지만 다음에 기회를 만들어 몇 번을 더 보고 싶은 마음입니다. 여러 인물이 등장하지만 책의 제목처럼 주인공은 안나였습니다. 안나라는 여인이 유부녀로서 부정한 사랑에 빠지고 그 결과 가정을 버리게 되는 과정을 읽어 내려가면서 전혀 부정하다는 생각이 들지 않았습니다. 자연스러운 사랑의 전개 정도로 읽어 내려왔습니다. 종말 부분에 가서야 파국에 이르는 엄청난 애정행각을 벌였구나 하는 생각이 들었습니다. 이것은 톨스토이의 뛰어난 문학성이라고 생각합니다. 작가의 의도를 배제하면서 될 수 있으면 객관적으로 묘사하여 독자 스스로 판단할 수 있게 하는 것입니다. 부정한 여인의 자살로 이 소설은 마감을 하게 되는데요, 아름다운 여인의 죽음이 너무나 안타까웠어요."

좌중에서 폭소가 터졌다.

"사필귀정을 보는 듯해서 뒷맛이 씁쓸했습니다만 간통녀에게 주어진 운명이 정해진 것 아니겠습니까? 우리나라에서는 더 용서받을 수 없는 죄악이지요. 이상입니다."

3학년 이종백이라는 학생이 손을 들어 발언을 신청하였다. 날카로운 표정에 대단히 신념이 넘치는 감격스러운 어투로 의견을 피력했다.

"김영기 군이 '안나 카레니나'를 읽고 간과한 부분이 있어 지적을 하고자 일어섰습니다. 저는 저자인 톨스토이가 기독교 신앙을 바탕으로 한 기독교적 구원이 이 소설의 기저에 깔려있다는 것을 지적하고 싶습니다. 여기에 안나의 생활에 대비되는 레빈과 키치라는 건실한 부부가 있습니다. 이 부부는 기독교 신앙으로 하나님 아래 굳게 뭉쳐 사는 사람들입니다. 이에 반해 페테르부르크 귀족들의 삶은 마치 멸망 이전의 소돔과 고모라 성에 사는 사람들처럼 쾌락의 삶을 쫓아 살며 성 윤리가 난잡하기 그지없습니다. 레빈과 키치 부부의 삶을 통해 구원의 역사를 보여주고자 톨스토이는 '안나 카레니나'를 썼다고 생각합니다. 실제로 톨스토이는 말년에 '신약성서'를 책상 가운데에 놓고 성서에 의한 삶을 매일 다짐하면서 살았다고 합니다. 모든 생명은 하나님의 부르심에 의해서만 구원을 받을 수 있기 때문입니다."

김영기는 전혀 생각지도 않았던 기독교 구원논리가 전개되자 당황하였지만 이내 반론을 펼쳤다.

"톨스토이가 성서를 가까이하고 경건한 삶을 살았던 것은 사실입니다만, 이 소설에 종교적인 의미를 부여하여 인류의 타락과 기독교적 구원을 들먹이는 것은 지나친 비약이라 생각합니다. 톨스토이가 중요하게 생각한 것은 귀족이었든지 아니면 농노이었든지, 도시인이었든지 시골사람이었든지 간에 러시아인의 삶이었지 종교는 아니었다고 생각합니다. 종교는 삶을 진지하고 경건하게 꾸며줄 수는 있는 것이지만 종교 자체가 우리의 삶일 수는 없는 것입니다."

종교 논쟁이 깊어지면 듣는 사람이 지루해질 수밖에 없다. 실증되지 않았고 검증될 수도 없는 신화적 요소를 믿음의 바탕으로 시작하는 것이 신앙이기 때문이었다. 증명되지 않은 오래 전 말씀으로만 증거를 삼고, 철학이나 논리학이나 과학의 이치를 전혀 인정하지 않고 오직 그들의 경전에 의해서만 논리의 준거를 세우고 설파하려 들었다. 의견 대립이 명백하고 서로 상대방의 논조에 대해 이해가 없이 자기의 주장만 옳다고 하는 분위기가 될 참이었다. 소모적 논쟁에 모든 회원이 지루함을 느낄 즈음 이쯤에서 모임을 끝내고 다음 모임의 주제를 정해야겠다고 생각한 박종욱이 마무리를 지었다.

"오늘 발표자 김영기 군 준비하느라 애썼습니다. 톨스토이의 생애를 간단히 요약하여 보여준 것은 좋은 시도입니다. 어떤 작가의 작품이 그의 삶을 떠나서는 있을 수가 없는 것입니다. 그러니 작가의 생애를 일별하고 그의 작품을 읽는다면 작품을 이해하는 데 큰 도움이 될 것입니다. 김 군이 이 소설에 대하여 내린 마지막 결론은 주인공 안나가 열차에 뛰어드는 것을 사필귀정이라고 한 것입니다. 이런 결론에는 동의하지 않습니다. 작가는 독자로 하여금 어떤 직접적인 행동으로 결행하여 주기를 바라고 작품을 쓰지는 않습니다. 더구나 이 소설은 재정러시아 시절의 이야기입니다. 시대적 분위기나 상황이 전혀 다른 우리나라의 여성관이나 정조관으로 논단해서는 안 되는 겁니다. 그리고 이종백 군이 주장한 기독교적 구원 의미에 대해 이야기하고 오늘 모임을 끝내도록 하겠습니다. 작가가 어떤 의도를 가지고 선동할 목적을 가지고 이 책을 썼다면 그는 사회주의자가 되었든지 아니면 러시아 정교의 성직자가 되었어야 할 것입니다. 톨스토이는 성서에 의한 경건한 삶을 실천하려 했고 그러한 삶을 강조했습니다. 하지만 오만과 독선에 빠진 교회를 지탄하여 러시아 교회로부터 축출 당하기까지 하였습니다. 작가는 선도 악도 아닌 한 시대의 상황을 정확히 독자들에게 보여주고자 한 것이지, 책을 덮자마자 바로 행동으로 취해지는 성급한 결론을 원한 것은 아니라고 생각합니다. 시대와 상황에 따라 여러 가지 해설이 있을 수는 있습니다만 제가 드리고 싶은 말씀은 '안나 카레니나'는 앞으로도 오래 읽혀지는 불후의 명작이 될 것입니다. 오늘 독서회 토론은 이렇게 끝내고 다음 모임까지 읽을 책을 정하도록 합시다. 좋은 의견 있으면 주시기 바랍니다."

서로 별 말없이 눈치만 보고 있었다. 특히 오늘 처음 나왔고 저학년이었던 현성과 경식은 처분만 기다리는 심정으로 기다리고 있었다. 이때 삼학년 학생이 손을 들었다.

"삼학년 황보성수 군 말씀해 보세요."

"다음에는 불란서 작가 스탕달이 쓴 '적과흑'을 추천하고 싶습니다."

"그러면 다음에는 스탕달의 '적과흑'을 읽고 토론하도록 하겠습니다. 다른 의견 없나요?"

특별한 의견이 없는 듯 조용했다.

"그러면 발표자를 황보 군으로 하고 다음다음 주 토요일 만나기로 하고 오늘은 파하겠습니다."

모임 장소를 나서는데 박종욱이 두 사람에게 다가섰다.

"오늘 독서회 모임 어땠어?"

이구동성으로 대답했다.

"아주 훌륭했습니다."

오늘 토론회에 대해 현성이 먼저 한마디 했다.

"처음부터 끝까지 선배님들 말씀하시는 것 열심히 기록하느라 정신이 없었습니다. 제가 가지고 있는 잡기장이 메모로 빽빽이 채워졌습니다."

경식도 한마디 소감을 피력했다.

"마지막 선배님의 맺음말이 아주 좋았습니다. 작가는 독자로 하여금 어떤 결정을 강요하는 것이 아니고 그 시절 시대 상황이나 사건을 정확하게 보여줌으로서 그 다음은 독자의 상상력에 맡긴다는 소설에 대한 정의가 마음에 닿았습니다. 오늘 선배님들의 이런저런 면모를 보면서 무한한 존경심이 우러났습니다만 한편으로는 아무리 노력해도 선배님들 옆에도 가지 못할 것이라는 자괴감도 생겼습니다."

"어허, 그래. 경식이가 욕심이 많구나. 그런 걱정 하지 말고 차근차근 선배들 지도를 따라가면 언젠가 부쩍 달라진 자신의 모습을 볼 수 있을 것이다. 우리도 처음 입회해서는 그랬거든. 그럼 입회양식에 인적사항을 기록해 제출하여 정식으로 입회하고 다음 모임부터 준비를 하고 나오도록 한다. 책을 도서관에 가서도 볼 수 있겠지만 될 수 있으면 사서 보는 것이 좋겠다. 좋은 책은 여러 번 반복해서 볼수록 깊은 맛이 나는 것이니까. 그리고 독후감이나 글을 쓸 때 참고해야 되는 경우가 있거든. 그럴 때는 집에 책을 소장하는 것이 편리하지. 학생이기 때문에 책값 부담이 있으면 중고서점을 이용해도 좋다. 우리 회원들이 거래하는 중고서적을 취급하는 서점이 있다. 종로3가에 있는데 '부민서점'이다. 그럼 열심히 해보자."

현성과 경식은 바로 헌책방 '부민서점'을 찾아갔다. 헌책을 사야하는 이유가 있는 것은 아니지만 독서회가 단골로 거래하는 서점을 알고 싶었다. 종로3가 단성사에서 큰길을 따라가다 두 번째 골목으로 들어서니 '부민서점'이 있었다. 아래쪽은 판자를 대고 위쪽은 유리를 댄 미닫이문을 열고 들어서니 돋보기를 코끝에 걸친 중년남자가 앉아 있었다. 머리는 벗겨졌고 후덕하게 보이는 인상이었다. 이십여 평 되는 널찍한 공간에 책이 가득 차 있었다. 가게 안에 들어서니 책의 향기, 좀 더 정확히 표현하자면 종이에 곰팡이 스는 듯한 냄새가 가득했다. 책을 얹는 시렁에 책이 가득하고 통로에도 쌓아놓아 두 사람 비껴가기에도 불편할 정도였다.

스탕달의 '적과흑'이라고 말했더니 구석에서 수북이 쌓인 먼지를 털어내며 책을 찾아왔다. 보존상태가 양호하였고 새 책의 절반 값에 살 수 있었다. 현성은 책 욕심이 있어 톨스토이의 '안나 카레니나'도 요청하였더니 금방 찾아주었다. 하숙집으로 돌아오는 길에 마음은 마냥 흐뭇했다.

학교 정규수업 외에 서울에서 경험한 모임 중 가장 격 있고 깊이 있는 모임이었다. 이제 제대로 서울유학의 차별화되고 정제된 지식을 받아들일 절호의 기회가 주어진 것이다. 스스로 가슴 벅차고 자랑스러워지는 순간이었다. 일요일 서로 연락하지 않고 책 읽기에 전념하기로 하고 경식과 헤어졌다.

토요일 오후와 일요일 진종일 책을 손에서 놓지 않았다. 시종 긴장감을 유지하면서 흥미진진함과 궁금증이 책을 덮은 후에서야 가실 수가 있었다. 불란서 사교계의 분위기와 그 사교계에서 최고의 남녀가 벌이는 팽팽한 사랑의 게임이 이채로웠다. 사랑의 게임에는 승자와 패자가 없다. 하지만 이 소설의 주인공은 패자가 되지 않기 위해 마지막까지 긴장의 끈을 늦추지 않았다. '그래 나도 저런 사랑을 해보고 싶다. 그러나 줄리앙 같이 인정 받을만한 재주도 없고 그렇게 자존심을 지킬 자신도 없다. 그렇지만 그렇게 온몸을 다 태워 정열을 불사르는 사랑을 해보고 싶다. 멋진 사랑 이야기다.'

박종욱은 독서회의 훌륭한 지도자였다. 지적이고 정의감이 강하고 어떤 주제나 역사적인 사실에 탁월한 통찰력을 가지고 있었다. 상대방이 생각에 미치지 못하고 알음이 부족해도 절대로 우월감을 드러내 보이지 않았고 차분히 논리적으로 설득하여 깨우치도록 하였다. 주어진 주제나 작가에 대해 충분히 공부를 했고 지루함이 느껴지지 않도록 독서회를 이끌어 갔다.

현성은 독서회에서 과제로 주는 도서를 구입하여 읽다가 궁금증이 생기는 것이 있으면 독서회 선배들에게 물어보았다. 다시 추천해 주는 책이 있으면 책을 구입하였고 집에서 보내는 용돈 중 대부분 책 구입하는 데 쓰는 것이 퍽 만족스러웠다. 차츰 세상일에 대해 옳고 그른 것을 구별하여 가치판단의 기준으로 삼았고 좋아하고 싫어하는 것으로만 평가기준으로 삼아왔던 단순한 이분법적 사고를 넘어 다양한 삶의 틀을 인정하고 다원화된 시각을 갖게 되었다.

소년기에는 위인들의 이야기와 영웅들의 이야기로만 세상사가 이루어지는 것으로 알았다. 그런데 세상을 꾸려가는 다수는 장마철 텃밭에 절어버린 쇠비름처럼, 밟고 밟아도 문드러지지 않고 다시 일어서서 꽃을 피우고 열매를 맺어 씨앗을 퍼뜨리는 질경이처럼 살다간 민초들이라는 것을 깨닫게 되었다. 이들 민초들의 삶 또한 영웅들이나 위인들 못지않게 중요하다는 것을 알게 되었다.

2학기 중반이 지난 늦가을이었다. 전번 모임에 예고되어 있던 위당 정인보 선생의 강연을 듣는 날이었다. 장소는 '부민서점' 2층이었다. 서점으로 들어가 작은 쪽문을 열고 나가니 2층으로 올라가는 나무계단이 있었다. 외벽은 비가 들이치는 것을 막아주기 위하여 콜타르 칠한 판자를 포개 나무비늘을 달아 주었고 윗부분은 회벽으로 마감한 일본식 가옥이었다. 계단 난간은 못 박은 자리가 썩기 시작하여 조금씩 흔들렸고 계단의 나무판자가 삐그덕거렸다.

이층으로 올라가니 양면이 유리창으로 된 작은 공간이 나왔다. 의자가 열대여섯 개 놓여있고 가운데 입식으로 흑판이 놓여 있었다. 정인보 선생에 대한 명성은 익히 들어 알고 있었다. 연희전문 교수였고, 애국지사의 삶을 사는 분이었고, 우리 민족의 얼을 잃지 말아야 한다며 얼 사상을 주창했던 분이었다. 설레는 마음으로 20여분 전 도착하여 강의를 기다리고 있는데 정확한 시간에 계단 삐그덕거리는 소리가 났다. 박종욱이 밀창을 열며 들어왔고 뒤따라 중년의 노신사가 들어왔다. 검정 뿔테 안경을 썼고 이마가 훤칠하게 벗겨진 온화하고 인자한 인상을 주는 중년 신사였다. 복장이 독특했다. 하얀 동정에 검정 두루마기를 걸쳤고, 속에 입은 저고리나 바지도 검정색이었고 검정 고무신을 신었다. 온통 검정색이었다. 나중에 들었다. 그가 검정 옷을 입고 다니는 것은 국가를 잃어버린 아픔을 잊지 않겠다는 다짐에서였다는 것을.

박종욱이 나서서 정인보 선생을 소개했다.

"여러분, 제가 모시기 쉽지 않은 훌륭한 스승을 여러분 앞에 모시게 되었습니다. 인원이 몇 명 되지도 않고 장소도 협소하여 송구스러웠습니다만, 저희 독서회 사정을 말씀드리고 한 말씀 주십사 하니 주저 없이 오셨습니다. 황금 같은 시간 내주시어 이 자리에 오신 것이니 여러분도 황금보다 더 귀한 삶의 지식 얻어가는 시간되시길 바랍니다. 정인보 교수님께 뜨거운 박수 부탁드립니다."

우레와 같은 박수소리가 터져 나왔다.

"안녕하세요."

정인보 선생은 낭랑하고 힘 있는 목소리로 강론을 시작했다.

"민족의식이 남다른 명문학교 중앙고보 학생들 앞에 서게 된 것을 자랑스럽게 생각합니다. 조선어 사랑에 앞장섰던 유길준 교장선생님이 계셨고, 한글 전용을 주창하신 주시경 선생님은 이 학교 교사이셨지요. 한민족의 문화가 다른 민족의 문화에 예속되어 있다가 독창성을 발휘하여 새로운 문화를 꽃 피우는 시점이 그 민족의 언어가 꽃을 피우는 시점입니다. 서양에서는 옛날 로마에서 쓰던 라틴어가 모든 서양언어의 모태가 되었지만 지금은 영어, 독일어, 스페인어, 프랑스어로 나뉘어져 독특한 언어 문화권을 형성하고 있지요. 지금은 세계적인 문호가 다수 배출되어 오히려 선진문화를 압도하고 있지만, 두 세기 전만 해도 러시아 궁정의 공식용어가 프랑스어였습니다. 러시아 귀족들은 러시아어를 잘 모르는 것을 전혀 부끄럽게 생각하지 않았습니다. 러시아의 작가들은 불어로 작품을 썼습니다.

이런 시대의 흐름에 역행하여 러시아어의 아름다움과 소중함을 일깨운 시인이 푸시킨이었습니다. 그는 연적과의 결투로 일찍 세상을 하직하게 되지만 그의 시는 대중들에게 널리 애송되어 러시아 국민의 사랑을 받는 국민시인이 됩니다. 그로부터 러시아는 세계적인 대문호들이 배출되기 시작합니다. 고골리, 톨스토이, 도스트예프스키, 투르게네프, 체호프 등 러시아문학의 무궁한 잠재력은 앞으로도 더 많은 문호들을 배출할 겁니다. 조선어, 즉 한글이 이제 꽃피울 때가 왔습니다. 중국의 한문에 예속되어 왔던 우리나라는 우리 고유의 글이 있습니다. 이제 앞으로 우리나라를 이끌어갈 여러 젊은이들이 우리말을 잘 갈고 닦아 한글의 전성시대를 이룰 수 있도록 하시고 여러분들 중 세계적인 문호가 탄생하기를 기원합니다.

오늘 중앙독서회에서 제가 권하고 싶은 책과 인물은 서양의 고명한 철학자도 아니요 중국의 공자와 맹자를 논했던 유학자도 아닌, 우리나라의 머지않은 선조이셨던 다산 정약용 선생과 그분의 저서 '목민심서' 입니다. 다산 선생은 생전에 높은 벼슬을 한 분도 아니었습니다. 학문의 경지는 높았고 따르는 제자들은 많았지만 그가 가지고 있던 정치적인 질곡 때문에 학파를 이룰 정도의 명망을 누렸던 것도 아니었습니다. 생존해 계실 때 심오하고 방대한 저술을 편찬하였지만 그의 책을 읽은 사람은 극히 소수에 불과했습니다. 점점 살기 힘들어 가는 세상과 자신의 비운을 한탄하며 이승을 하직했던 분입니다. 스스로 가장 안타깝게 생각했던 것은 자신이 필생의 사업으로 이룩해왔던 저술이 세상에 알려지지 않고 묻혀지는 것이었습니다. 오랜 세월이 흘렀지만 근자에 다행히도 몇몇 뜻있는 학자와 다산의 후손이 만나 뜻을 함께 하여 선생이 저술했던 책을 모아 '여유당전서'를 발간하게 되었습니다. 여유당은 양주군에 있는 고향집의 당호입니다.

그의 학문의 특징은 몇 가지로 나누어서 분류할 수 있습니다. 최근에 학자들이 조선말 실사구시를 추구한 학자들을 '실학파'로 구분하기로 했는데요. 그런 분류로 치면 다산은 실학자입니다. 실학이라는 것은 조선시대 전반에 걸쳐 정치문화를 주도했던 성리학, 즉 주자학이 실체가 없는 관념과 허랑한 이론에 치우친 것에 대조적으로 실제 삶에 유용함을 추구하는 학문이라 하여 실학이라 하게 되었습니다.

둘째, 다산 선생은 우리나라 역사와 문화 지리를 공부하자는 뜻으로 여러 지리서와 역사서를 냅니다. 조선의 학자들은 우리나라 역사, 우리나라 지리에 대해 몰라도 부끄러움이 없었지요. 반면 중국의 역사와 중국의 지리에 대해서는 줄줄 외워댑니다. 이런 형태의 사대주의를 '모화사상'이라 했습니다. 비록 중국의 동쪽 끝에 있는 작은 나라이지만 주체성을 가지고 스스로 자존을 하자는 것입니다. 나를 먼저 알고 나서 주위의 사물에 대해 배워가는 것이 모든 세상의 이치를 알아가고 깨우쳐가는 학문의 기본자세일 겁니다.

셋째, 과학적인 학문을 연구하는 것입니다. 직관이나 육감보다 경험을 중시하고 실증적이고 체계적인 학문을 연구하는 것입니다. '여유당전서'를 일별하여 보면 그의 경계가 없는 학문과 방대한 지식에 놀라게 됩니다. 당시 선비들이 당연히 읽었던 '논어', '대학', '중용' 등 해설서뿐만 아니라, 의서, 역사서, 지리서, 수천편이 넘는 시와 5백 권이 넘는 책을 총망라한 것입니다. 오늘 소개하고자 하는 '목민심서'는 '여유당전서' 중 '경세유표', '흠흠신서'와 함께 일표이서로서 그의 저술을 대표하는 삼대 저서입니다. '흠흠신서'는 형법서인데요, 사람의 목숨이 달려 있는 형사사건을 다룸에 있어 많은 율법을 배우고 익혀 조금도 허술함이 없도록 법을 집행하라는 의미가 담겨 있습니다. '경세유표'는 부유하고 강한 나라를 만들기 위해 대대적인 제도개혁과 조직개편을 논한 국가 경영서입니다. '목민심서'는 중앙에서 임명되는 현감, 군수, 부사 등 지방 수령들이 처음 부임해 마지막 해관까지 어떤 일을 어떤 마음의 자세로 수행해야 하는지 상세하게 기록되어 있지요.

다산 선생은 전라도 남쪽 해안의 한 고을 강진에서 18년 동안 유배생활을 하게 됩니다. 이 유배기간은 가족과 생이별을 하는 것이지요. 학문적 정신적 지주였던 형님은 더 먼 곳 흑산도로 유배를 갔다가 필경 거기서 죽었습니다. 가정적으로는 참담한 기간이었지만 학문적으로는 최전성기를 구가할 수 있었던 시기입니다. 이렇듯 우리의 선조였던 다산선생은 참담했던 18년의 유배생활을 이렇게 승화시켜 천고에 남을 명저를 우리 후손에게 주고 간 것입니다. '목민심서'는 다산이 강진에 내려가 있으면서 지방의 수령이나 아전들이 백성들에 대한 탐학이 얼마나 극심한가를 몸소 느끼고, 백성들의 처참한 생활을 지켜보면서 수령이 지켜야할 덕목들을 12조로 나누어 찬찬하게 나열한 것입니다.

당시 지방 수령은 지방행정조직을 총괄할 뿐만 아니라 그 지역 군 통솔권과 송사에 대한 판결을 하고 법을 집행하는 사법권까지 다 주어져 있었습니다. 실로 일반 백성들의 삶에 막대한 영향을 줄 수 있는 자리였습니다. 다산 선생은 정조 제위 시에 암행어사로 지방 고을을 감찰한 경험도 있고 곡산부사나 금정찰방 등 지방수령을 지내어 수령들이 수행해야할 업무와 수령이 갖추어야할 마음가짐에 대해 충분히 가다듬어져 있었지요. 이 '목민심서'에서 시작부터 끝까지 일관되게 강조하는 것은 천하에 의지할 데 없고 불쌍하기 그지없는 백성에 대한 사랑이었습니다.

백성이 없다면 벼슬아치도 필요치 않고 왕 또한 무슨 필요가 있겠느냐고 서슴없이 말합니다. 백성이 주인이라는 뜻입니다. 마치 근대 서양사상가들이 주장하여 민중혁명을 일깨우는 중요한 역할을 하였던 루소의 '민약론'이나 별반 다름이 없는 거지요. 그러나 아쉬운 것은 이러한 위대한 저서가 외세에 의해 조선이 지배되고 난 후에야 세상에 알려지게 된 것입니다.

여러분은 조선의 청년들 중 최고 정예로 선발된 집단입니다. 여러분이 졸업 후 전문학교에 진학하는 청년도 있고, 일본의 대학에 유학 가는 청년도 있고, 아니면 바로 사회로 진출하는 청년도 있을 겁니다. 여러분들이 어느 사회에 진출을 할지라도 여러분들은 많은 사람들을 통솔하고 지도해야 하는 지도자 위치에 설 겁니다. 여러분들이 많은 사람들의 운명을 결정할 위치에 있을 때, 많은 사람들을 끌어가는 위치에 있을 때, 과연 어떤 마음가짐과 자세로 여러분들의 책무에 임해야 하는가를 '목민심서'는 가르쳐 주고 있습니다. '목민심서'의 전문이 한문으로 되어있습니다. 다행히도 여러분은 한문공부를 충분히 하고 학교에 입학하였으므로 '목민심서'를 읽어 내려가는 데는 큰 어려움은 없을 겁니다. 정독하시고 깊은 감동 느끼시기를 바랍니다. 언젠가는 한글 번역서가 출간될 것입니다. 고대하시기 바랍니다. 우리 선조 중 다산선생 같은 위대한 분이 계시다는 것을 자각하시고 무궁한 자긍심을 갖고 우리 조국의 창창한 대계를 설계하시기를 바랍니다. 이상 다산 선생의 '목민심서'에 대해 강의를 마치겠습니다. 여러분 궁금한 게 있으면 질문해 주세요."

열정적인 위당 선생의 강의에 모든 학생들은 감격했고 상기된 얼굴이었다. 모두가 무엇에 몰입되어 빠져 나오지 못하고 멍한 순간이었다. 마치 집단 최면에 빠진 듯했다. 무슨 말을 끄집어내어 질문을 주고받고 할 정신이 없었다. 그런 침묵 상태로 3분여 시간이 흘렀다. 마치 대장장이가 쇠를 담금질할 때처럼 잠시 냉각의 시간이 흘렀다. 이날 모임을 주재하였던 박종욱이 모임을 끝내려고 했다.

"별다른 질문이 없으면 정인보 선생님의 강의를 이것으로 끝내도록 하겠습니다."

그때서야 정신이 들었는지 여기저기서 질문이 터져 나왔다. 3학년 김영기가 일어서서 질문하였다.

"다산 선생이 18년 동안 유배를 당하였다 하셨는데 무슨 죄목으로 유배를 당하였는지 알고 싶습니다."

"다산을 총애하던 정조가 승하하고 나니 11살의 어린 순조가 등극합니다. 당연히 대왕대비가 수렴청정하게 되었고 외척들이 정권을 잡게 됩니다. 이 외척들이 세도를 부리게 되면서 조선의 국력은 극도로 쇠약해지기 시작하고 결국은 식민지로 일본에 합병되는 쓰라림을 겪게 되는 겁니다. 정권을 손에 쥔 벽파들이 남인 계열의 시파 공신들을 무자비하게 숙청하게 됩니다. 제사를 지내지 않고 신위를 불사르는 사교를 믿는다는 죄목이었습니다. 천주학쟁이는 당시에 가장 큰 죄목이었지요. 당시 남인 계열에 천주교 신자가 많았는데요. 천주교 신자였던 바로 위 형 약종은 참수를 당하였고 둘째 형 약전과 약용은 가까스로 목숨을 건지어 귀양을 가게 된 것입니다.

약용은 한때 천주교 서적을 읽고 교리를 접한 적이 있었지만 천주교 신자가 되는 것을 거부했습니다. 위패를 불사르고 조상숭배를 거부하는 그들의 교리에 동참할 수 없었던 것입니다. 정약용의 정적들은 한때 천주교 서적을 읽었다는 것을 빌미로 천주학쟁이로 모함하여 극형에 몰아붙이려 하였습니다. 하지만 몇몇 기개 있는 인사들의 간언으로 가까스로 생명을 구하여 유배길에 오르게 된 것입니다. 그 후로도 벽파 간신 모리배들은 정약용의 뛰어난 능력을 간파하고 있었고 민심이 정약용에 있다는 것을 알고 집요하게 복권을 반대하게 됩니다. 유배 중간에도 여러 차례 상소가 올라갔고 복권 직전까지 갔지만 정적들의 완강한 반대에 부딪쳐 무산되고 말았습니다. 참으로 안타까운 역사입니다."

현성이 일어나 질문을 던졌다.

"저희들은 선생님 덕에 감동의 시간을 가졌습니다. 우리 선조들이 못나서 우리가 왜국에 의해 국권이 유린된 것으로만 알았는데, 오늘 위대한 선조 한 어른이 가까운 옛날에 계셨다는 것을 알고 새로운 자긍심을 갖게 되었습니다. 감사합니다. 다산 선생이 유배시절 학문의 금자탑을 이룩했다고 말씀하셨는데 유배라 하면 저희가 아는 귀양살이인데요, 귀양살이에 그렇게 학문에 전념하고 수백 권의 책을 집필 할 수 있는 여유가 있었겠습니까?"

"아주 예리한 질문입니다. 대부분 유배생활은 질병과 배고픔에 시달리고 향수병에 찌들어 보내기 마련이었지요. 그렇지 않다면 징벌로서 유배생활의 의미가 없는 것이지요. 가장 쉬운 비교로 다산과 같이 유배의 형을 받고 서울서 같이 출발하여 나주 율정점에서 헤어진 다산의 둘째 형님 약전은 흑산도로 가서는 다시 고향땅을 밟지 못하고 죽었습니다. 다산이 강진으로 유배를 올 수 있었던 것은 형벌을 주자고 모략하였던 조무래기들이 의도하는 바와는 달리 천행이었습니다.

다산 선생이 처음 강진의 동문 밖 주막집에 거처를 정했을 때, 사람들은 국가에 중대한 죄를 범한 중죄인이 지내는 집이라 하여 돌을 던지고 담을 허물고 달아나기도 했습니다. 하지만 잠시 시간이 흐르고 생활이 안정되니 학문을 익히겠다는 젊은이들이 구름 같이 몰려듭니다. 뿐만 아니라 다산의 외가인 해남 윤 씨들이 가까운 곳에 살아 도움을 많이 받았습니다. 외가 쪽으로 선조였던 윤선도가 살았던 해남의 녹우당에 방대한 양의 책이 있었습니다. 저술에 필요한 참고 서적을 찾아 읽기가 쉬웠지요. 다산이 유배 말년에 보냈던 귤동리 다산의 초당도 해남 윤 씨 소유였습니다. 이렇듯 다산의 유배지 강진은 다산의 가르침을 받겠다는 제자들도 많았고, 학문을 교류할 수 있는 벗들도 있었고, 저서를 집필할 수 있는 여건과 집필을 도와줄 수 있는 제자들도 있어 다산학의 금자탑을 이룩할 수 있었던 것입니다. 물론 다산 선생의 학문에 대한 열정과 좌절되어 이루지 못했던 꿈을 글로 남겨 후대에라도 좋은 세상을 만들어 보겠다는 굳은 의지가 선행되지 않았다면 생각할 수 없는 위업이었지요. 선생이 학문을 꽃피울 수 있던 여건이 유배지 강진에는 주어져 있었습니다. 질문했던 학생, 질문에 대한 답변이 되었습니까?"

"네, 좋은 말씀 주셔서 감사합니다."

위당 선생은 풍기는 인품처럼 진지하게 정성을 다하여 학생들의 질문에 대한 답변을 마쳤다. 질의응답 시간이 끝나자 박종욱은 그 날 독서회 모임을 파하였다.

"오늘 우리에게 귀한 말씀을 주신 위당 정인보 선생님께 뜨거운 박수로 우리의 감사함을 전했으면 합니다."

전원이 일어서서 뜨거운 박수를 보냈다. 위당 선생은 박수 소리를 뒤로 하고 박종욱 등 선배들이 배웅하여 이층 계단을 내려가고 있었다. 그 날의 감동은 오래도록 기억에 남았다.

6장

미래의 진로

3학년이 되면서 부쩍 어른이 된 느낌이었다. 일학년 때 생각을 하면 층층시하 선배들이 버티고 있어 교내에서는 선배들에게 인사하느라 바빴다. 그런데 까마득하게만 생각되었던 고학년 반열에 들게 된 것이다. 독서회 후배 모집에도 관여를 해야 했고 후배들 앞에서 특정 책을 읽고 주제발표를 하고 토론해야 하는 위치에 서게 되었다. 선배들이 고교 졸업 후 이리저리 진로를 찾아가는 것을 보고 진로에 대해서도 깊이 생각해볼 때가 왔다는 긴장감도 들었다.

4월 초 청명이 지나 추위가 가시고 봄기운이 일기 시작했다. 고향의 청명은 기억이 생생했다. 논밭 흙을 고르는 가래질을 시작하는 시점이라 머슴들 손길이 무척 바빴고 묘목을 사다가 뒤안에 나무를 심기도 했다. 집안의 종중 대제를 모시는 시제가 한식날에 있었다. 청명과 한식은 매해 하루 사이로 겹치기도 하고 비껴가기도 하여 보통 청명 한식을 같은 날로 치기도 했다.

청명을 전후해서 이모부가 날을 잡아 화단을 가꾸자고 제안했다. 안채와 현성이 지내는 행랑채 사이로 마당을 제외한 열 평 정도의 공간이 있었다. 화단 주위에는 해당화나 향나무, 모란, 목련 등 다년생 화초가 심어져 있고 마당 쪽으로는 화단과 마당의 경계에 수선화가 심어져 있었다. 수선화가 아직은 잎만 키우고 있었고 봄의 전령 매화와 목련은 벌써 꽃망울을 터뜨리고 있었다. 몇 년 전부터 심어져 있던 개나리는 그동안 무성하게 커서 가지를 잘라 주었다. 꽃망울이 맺어 갔는데 전체적인 화단의 조화를 위해 어쩔 수 없었다. 우선 다년생 정원수 주위에 고랑을 파고 부엌에서 나오는 재를 뿌리고 그 위에 퇴비를 덮었다. 여름과 가을에 필 구근류 다알리아, 칸나, 튤립 등을 깻묵과 골분을 섞어 밑거름으로 같이 심었고 채송화 맨드라미 씨를 뿌렸다. 그리고 가을꽃 코스모스 씨를 뿌렸고 국화는 뿌리를 담장 아래 심었다. 화단이 일 년 지낼 준비를 마친 것이다. 오전 나절이 지났다. 점심을 먹으면서 올 가을에 필 국화에 대한 이야기를 하며 이모부는 고향집 측백나무 울타리 밑으로 핀 국화꽃과 국화꽃을 따 담은 국화주를 이야기하며 고향을 그리고 있었다. 가을에 가지가 처질 정도로 탐스럽게 달렸던 감나무 자랑을 하며 서울은 추워 감나무가 자라지 않는다고 아쉬워했다.

봄날 햇빛이 아주 좋았다. 오전에 일을 하여 피곤하였고 식곤증이 밀려와 자고 있는데 경식이 찾아와 낮잠에서 깨어났다.

"이현성, 이 좋은 봄날에 구들장이나 메고 있냐? 어디 봄나들이나 가자."

눈을 비비며 일어나 멋쩍게 변명했다.

"오전에 화단 일을 했거든. 피곤해서 잠시 눈을 붙이고 있었다. 저 봐라 화단이 내 솜씨로 저렇게 말쑥해졌잖니? 물론 이모부가 주관해서 작업을 하긴 했지만."

"그럼 그렇지. 네 솜씨로 저렇게 말끔하게 해 놓기는 어려웠겠지. 하여튼 나가자."

윗도리 걸치고 모자를 쓰고 집을 나섰다. 경식이 제안했다.

"오늘 한 번 걸어보자. 학교에서 경성 주위 원족을 갔던 것처럼 말이다."

"오우 케이! 그럼 어디를 어떻게 걷는데?"

"명동을 지나 회현동을 거쳐 남산에 오르는 것이다. 그리고 장충단 공원까지 간다. 장충단공원이 최종 목표다. 거기에서 집에 오는 것은 전차를 타든지 인력거를 타든지 다시 생각해 보자."

오전에는 바람이 차가웠지만 오후가 되니 햇볕이 나서 기온이 온화해졌다. 발걸음에 힘이 넘쳤다. 신나게 남산을 향해 갔다. 화신백화점과 종각을 지나 소공동에 위치한 4층 건물 조선호텔을 지나 남산 산록에 도착했다. 봄이 오는 기색이 완연했다. 회현동으로 내려가는 개울가는 비록 물은 말랐지만 버들개지가 하얀 솜털을 뽑아내며 꽃피울 준비를 하고 있었다. 밭두렁이나 양지바른 산기슭에는 처녀들이 바구니를 들고 나물 캐기에 여념이 없었다. 보기 좋은 정경이었다. 혹독한 추위를 지내 오면서 숱한 고초를 겪었겠지만 봄은 또 어느새 이렇게 와서 대지를 풍성하게 했고 사람들에게 새로운 희망과 꿈을 가지게 했다.

남산이 북악산에 비해 높지는 않은데 정상으로 올라가는 길은 가팔랐다. 중간에 옹달샘이 있어 목을 축이고 나서 삼십 분여를 등에 땀이 축축하게 젖을 정도로 걸어 정상에 올랐다. 정상에는 서울 시내가 한눈에 들어오고 경복궁을 내려다보는 자리에 신사가 위치하고 있었다. 조선의 방방곡곡 어디를 가나 도심 주위에 경개가 좋고 산기운이 좋아 보이는 곳에는 신사가 위치하고 있었다. 현성은 고향 남원의 금암봉을 생각했다. 금암봉도 남원이 한눈에 들어오는 좋은 자리다. 거기에도 신사가 차지하고 있었다. 일본의 지배를 현실로 받아들이고 있지만 기분이 유쾌하지는 않았다. 사람들 눈에 띄지 않는 곳으로 돌아가 가래침이라도 뱉어주고 싶었다. 신사 옆길 측백나무 울타리를 따라 올라가 남산 정상에 이르렀다. 정상에 이르니 조금 전의 께름하던 것들이 일시에 사라지고 기분이 활연하여 사방으로 거칠 것이 없었다.

남쪽으로는 멀리 한강에 황포돛을 단 배가 한가로이 떠다니고 있었고 북쪽으로는 계동 중앙학교와 조선총독부, 경복궁이 한눈에 알아볼 수 있을 정도로 뚜렷하게 보였다. 봄날 대기의 기운을 마음껏 들이마시고 호연지기를 가슴에 가득 담았다. 경식이 강상의 돛단배를 보더니 불현듯 생각났다는 듯 말했다.

"현성아, 우리 고향 광양에 언제 한 번 놀러오지 않을래?"

"그래, 한 번 가야지 그 전에 네가 먼저 우리 집에 와야 하지 않겠나."

"그건 그렇고, 왜 여기서 고향이야기를 끄집어내게 되었지?"

"돛단배를 보니 불현듯 고향생각이 나서다. 고향집에서 한 십리 정도 가면 망덕포구가 나오는데 바로 섬진강이 끝나고 바닷물과 만나는 지점이다. 앞에 작은 섬들이 있고 육지로 깊숙이 들어와 있는 내해의 만인데 마치 호수같이 잔잔하다. 나는 망덕포구의 바다를 보면서 바다로 생각한 적은 한 번도 없다. 호수라고 생각했지. 경치가 아주 좋다. 언제 현성이가 우리 고향에 놀러오게 되면 망덕포구에 가 뱃놀이를 한 번 해보고 싶다. 기왕이면 달이 뜨는 보름 전후해서 오면 더욱 좋겠지."

"야, 상상만 해도 멋지다. 달뜨는 남해안의 포구. 언제일지 몰라도 그날을 상상 속에 그려 놓고 있겠다. 망덕포구의 뱃놀이."

"자, 그럼 땀도 식고 하였으니 장충단공원으로 내려가 보자. 아주 기분이 좋은 봄날이다."

둘이 터덜터덜 내려가고 있었다.

"현성아, 우리가 벌써 고급학년이 되었다. 3학년에 올라와 부쩍 그런 느낌을 많이 갖게 되는데 너는 졸업하게 되면 무엇을 해보고 싶냐? 가장 해보고 싶은 것이 어떤 일이야?"

의외라는 듯 잠시 머뭇거리다가 조심스레 이야기를 꺼냈다.

"나는 일학년 때 이시이 선생과 요시라 형사에게 무지무지한 고문과 폭력을 당한 것이 아직도 내 가슴속에 공포로 남아 있다. 그때 학교에서 조차도 손을 쓰지 못한 일을 고향 근처 출신인 김 변호사님이 나서서 구원해 주었다. 그 때의 아슬아슬한 순간 결정적인 도움을 준 고마운 마음을 잊을 수 없다. 대부분 우리 조선 사람들은 일본놈들의 강압과 폭력과 학대에 꼼짝 못하고 당하고 만다. 법을 모르기 때문이지. 직권을 남용하고 무자비하게 폭력을 행사하는 인간들은 그들에게 피해를 당하는 사람들이 직권 남용이라는 것을 알고 인권유린이라는 것을 알고 있다면 그렇게 할 수는 없을 것이다. 무식한 것이 죄여서 속수무책으로 당하는 것이지. 나는 법 공부를 하여 변호사가 되고 싶다. 변호사가 되어 불쌍한 조선 사람들을 위해 변론도 하고 봉사도 하고 싶다. 생각할수록 그 때 나를 구해준 김 변호사는 훌륭한 분이시다. 최근에 동아일보를 보니 보성전문 육성기금을 모금하러 광주에 가셨다고 하더라. 광주학생운동 변론도 맡아 하시고 훌륭한 분이신 것 같아. 그분 같이 되는 것이 결코 수월치 않은 길이겠지만 내 장래 직업을 변호사로 목표 삼고 정진하겠다."

"그럼 대학을 일본으로 가야겠네?"

"아니, 변호사가 꼭 대학을 나와야 하는 학력 제한이 있는 것은 아니니 보성전문 법과에 진학하려 마음먹고 있지."

"그래, 뜻이 좋다. 변호사 시험에 든다는 것은 정말 쉽지 않은 일이다. 하지만 현성이는 재주가 좋으니 열심히 정진하면 꼭 이룰 수 있으리라고 생각한다."

"어려운 목표지. 하지만 내가 새파란 젊은 놈인데 무슨 일을 도모하지 못하겠나. 최선을 다해 보려 한다."

잠시 걸어가다 산책로 나무의자에 앉아 현성이 그 다음 화제를 이어갔다.

"너의 제안에 두서없이 내 포부를 늘어놨다. 이제 네 이야기를 듣고 싶다."

"나는 경성에 와 많은 사람들을 만나게 되었고 훌륭한 스승도 만났다. 좋은 친구도 만나게 되었고 독서회에서 의기 넘치는 선배들도 만나게 되어 많은 것을 배우고 깨닫게 되었다. 너나 나 마찬가지로 지방의 부호 아들로 태어나 경성에 아무 걱정 없이 유학할 수 있다는 것만으로도 조선의 특권층이라 해도 무방할 것이다. 그렇지만 우리가 편하게 사는 것만으로 스스로 자족하고 살 수는 없지 않은가. 독서회 선배들로부터 영향을 많이 받아 그런 사회의식도 생겼고, 또 한 시대를 살아가는 지식인으로서 당연한 고민이라고 생각한다. 현성이 너는 혁명가 기질이 나에 비해 다분하다고 해야 할 것이다. 정의의 기치를 높이 들고 변호사가 되겠다는 것부터 나하고는 차이가 있지. 그런다고 해서 내가 이런 시대적 소명에 등 돌려 살고 싶다는 말은 아니다. 자네나 나나 부모님이 직접 농사를 지어 먹고 사는 소작농이나 자작농이 아니기 때문에 그런 어려움은 전혀 느끼지 못하고 살지만 해마다 사람들은 가난해지고 있다. 열차를 타고 집에 갈 때나 올 때 한두 번은 봤을 것이다. 역 대합실에 남부여대하고 보따리보따리 싸들고 어디론가 유랑의 길을 떠나는 사람들을. 그 사람들이 다 우리들의 이웃이고 친척이고 친구의 가족들 아니냐. 이 모든 것이 일본놈들의 식민지 수탈에서 생기는 비극이라고 생각한다. 하지만 나는 용렬해서 이렇게 잘못된 것을 뒤엎을 생각은 하지 못한다. 나는 그럴만한 힘이 없고 그 놈들이 겁나기 때문이다. 하지만 내가 겁쟁이라 해서 아무것도 하지 않겠다는 것은 아니다. 작금에 우리 조선 사람들이 벗어나야할 가장 큰 과제는 굶주림과 질병이다. 굶주림은 내가 해결할 수 없고 질병만은 내가 구축할 수 있는 부분이 있을 것 같아 의사가 되기로 마음먹었다."

"의사가 되기로 결심했다 이거지?"

현성은 속으로 놀랐다. 자신의 결심을 이야기하기 위해 이렇게 뜸을 들였구나 하는 생각도 들었다. 역시 경식은 언제나 생각이 깊고 차분했다. 잠시 생각을 정리한 뒤 다시 대화를 이어갔다.

"의사가 되는 것도 변호사가 되는 것 못지않게 경쟁이 치열하다. 노력이 필요하지만 너라면 충분히 해낼 수 있을 것이다."

"만만치 않아. 작년 우리 중앙에서 5등 안에 들던 선배가 경성의전에 떨어졌지. 내가 기독교도가 아니니 세브란스의전에는 갈 뜻이 없고 평양의전이 있지만 평양은 너무 멀어. 나머지가 대구의전인데 어딜 가나 일본 학생이 3분의 2를 차지하고 남은 자리를 조선 학생들이 나누어 갖는 현실이니 더욱 쉽지 않은 선택이지. 내가 의전을 가겠다고 결심했을 땐 몇 번이고 떨어질 각오가 되어 있기 때문이다. 기필코 이뤄내겠다는 각오 말이다."

"경식아, 기필코 꿈을 실현할 수 있기를 바란다. 우리 서로의 꿈에 대해 서로 깊은 뜻을 나누는 날이 되었으니, 앞으로 서로의 꿈이 실현될 때까지 무한한 성원과 믿음과 격려를 잊지 말기로 하자."

꽃이 피려거든 아직 더 기다려야 했지만 벌써 봄이 다가온 기분이었다. 하늘에 뭉게구름 가끔 일었지만 날씨는 맑았으며 햇살은 따갑지 않았다. 바람은 아직 차가웠지만 옷깃을 여미지 않아도 될 만큼 부드러워졌다. 오늘은 신나는 봄노래를 불러도 좋을 활기 넘치는 봄나들이였다. 벌써 장충단공원에 이르렀다. 대지의 풍요로운 기운에 들떠 있다가 장충단공원에 내려오니 선계에서 속계로 내려온 기분이었다. 그래도 기분은 좋았다. 친구와 더 같이 하고 싶었다.

"현성아, 우리가 이십 리 정도 걸어왔는데 앞으로 집에까지 가려면 십 리 정도를 더 걸어야 한다. 힘들고 지치기도 하니 여기서 전차를 타고 갈까, 아니면 기분 좋게 인력거를 타고 갈까?"

두 사람 모두 모처럼 취해버린 봄기운에 들떠 있었다.

"내 속을 떠보는 것이지. 설마 우리 육신을 옮겨줄 차나 수레에 즐거움을 맡겨버리자는 뜻은 아니겠지. 오늘은 다리가 아플 때까지 걷고 또 걷는 것이다."

"하하하, 이심전심이구나. 좋아, 가자."

서로의 마음을 알고는 박장대소하며 길을 내려갔다.

"오늘은 진고개에 가서 가장 맛있는 야끼만두를 먹자. 가장 비싼 우동을 내가 살 것이다. 사나흘 전 집에서 보내준 돈을 입체해서 찾아 놨다. 경식이 너와 쓸려고."

"내가 살 것이다. 나에게도 풍부한 자금이 확보되어 있다."

두 젊은이들의 호기가 넘쳐흘렀다. 어두워져 가는 장충단공원을 지나 진고개로 기운차게 걸어가고 있었다.

7장

여름방학

8월초에 방학이 시작되었다. 같이 출발하기로 하고 아침 일찍 경성 역에서 만났다. 경성역이 출발역이기 때문에 자리 여유가 있어 두 사람 은 햇빛이 비치지 않는 서쪽으로 얼굴을 마주보고 앉아 귀향여행이 시 작되었다. 귀향이 벌써 세 번째라 마음의 여유가 생겼다. 대전역에는 점 심때 쯤 정차했다. 객차의 방향을 돌려 바꾸고 선로를 바꾸느라 삼십 분 이나 쉬기 때문에 내려서 우동을 먹었다. 같이 내려오면서 수많은 이야 기를 주고받았다. 그 동안 간간히 만나 했던 이야기보다 훨씬 많은 이야 기를 나눌 수 있었다. 점심을 먹고 식곤증에 서로 잠이 들었는데 그 사 이에 두어 시간이 흘러 차는 이리역으로 들어가고 있었다. 앞으로 세 시 간을 더 가야 남원에 도착할 수 있다. 경식은 곡성까지 가 버스를 타고 순천으로 가야 하는데 오늘은 늦어 곡성의 여관에서 자야할 것이라고 했다. 현성은 어차피 오늘 집에 도착할 수 없으니 현성의 집에서 자고 내일 가라고 설득했으나 마음을 바꾸지 않는다. 조금이라도 일찍 집에 도착해야 한다며 그냥 내려갔다. 정확히 닷새 후 경식이 다시 남원에 오 기로 하고 그대로 내려갔다. 현성은 남원의 연락처인 작은집 전화번호 를 가르쳐주고 플랫홈에 내려 작별인사를 하고 경식과 헤어졌다.

정확히 닷새 후 저녁 여섯시 차로 남원에 도착한다는 전갈이 금리 작은집으로부터 왔다. 현성은 여섯시 30분 전에 남원역에 나가 기다렸다. 곡성역에서 출발하는 기차라 많이 늦지는 않았고 십여 분 넘어 남원역에 도착했다. 현성은 경식을 반갑게 맞이했다. 현성이 남원역 광장을 나서면서 오른쪽 길을 가리켰다.

"경식아 저쪽으로 가자. 남원에 오면 먼저 보여주고 싶은 것이 있다."

"무언데?"

"가서 보며 이야기 하자."

큰길을 한 마장 정도 내려와 다시 오른쪽으로 좁은 신작로에 들어섰다. 철도 건널목을 넘어 이백여 걸음 가서 멈췄다. 논 가운데 기와를 얹힌 사당이 있었다. 그리고 솟을 대문에 충열사忠烈祠라고 써진 현판이 보였다. 충열사 뒤에 커다란 무덤이 있다. 쉽게 볼 수 없는 커다란 무덤이었다. 무덤을 두른 석축이 있고 무덤위엔 잡풀이 무성하게 자라 있었다. 현성이 사당의 문을 열고 들어가 묵도를 올리고 말문을 열었다.

"내가 고향 남원을 이야기 할 때 한두 번 가볍게 이야기 한 기억이 있을 것이다. 여기 충열사와 뒤에 있는 만인의총은 남원 역사에서 빼놓을 수 없는 역사의 현장이다. 임진란 이후 왜군이 물러갔다가 정유년에 재침을 했다.

정유재란 때 왜군 수뇌부에서 곡창지대인 호남을 공략하기 위해 십만의 대병력을 남원으로 집결시켰다. 남원은 호남평야로 가는 길목이었다. 그때 남원에는 명군 삼천 명, 조선인 병졸 천여 명, 백성들 육천여 명이 방어하고 있었다. 지금은 흔적이 없지만 남원부청 주위로 성이 있었다. 토성이었고 그리 견고하지 않았다. 여기 남원성에서 군관민이 왜군을 맞아 결사항전을 벌였는데 만 명이 전원 옥쇄나라를 지키기 위해 죽음를 했다. 왜놈들은 노인과 여자들은 물론 어린아이들까지 사그리 참살했다. 처절한 도륙의 현장이었다.

시체를 쌓아놓으니 산이 되었고 핏물은 고여서 내가 되었다. 충열사는 그 때 산화한 조선인 장수들을 기리는 사당이고 뒤에 만인의총은 같이 순국했던 남원사람들의 무덤이다.”

경식은 숙연해졌다.

“아! 가슴 아린 역사의 현장이구나. 자네가 언젠가 고향이야기를 할 때 정유재란과 남원성 이야기를 들은 기억이 있다.”

“그랬을 것이다. 여기 남원성 싸움에 더 기막히고 분통터지는 일이 있었다. 저기 서쪽으로 보이는 산이 남원의 진산 교룡산이다. 교룡산에 성이 있었다. 남원을 방어하는데 천혜의 요새였다. 지금도 그 흔적이 남아 있고 남원 사람들은 그때의 회한이 남아 있다. 교룡산 보다는 산성이라는 지명이 남원사람들에게 익숙해있다. 조선의 장수들은 교룡산성에 군량미를 비축해놓고 만반의 전투태세를 갖추고 있었다. 그러나 군령권을 쥐고 있었던 명나라 장수 양원이 병력 및 군량미를 철수하라 했다. 조선의 장수들이 여러 차례 건의를 했지만 불통이었다. 양원은 자신이 있으니 나를 믿고 따르라는 것이었다. 전술을 공부한 사람들의 견해에 의하면 평지의 성은 세 배의 병력이 있어야 하고 산성은 아홉 배의 병력이 있어야 공략이 가능하다고 했다. 공성전에 익숙해있던 왜구들은 공격개시 사흘 만에 성을 넘었고 허무하게 성은 함락이 되었다.

매일 여염집 여자를 겁탈했고 술과 고기에 절어 지냈던 명나라 장수 양원이란 놈은 성이 함락되자 도망을 쳤다. 명나라 병졸과 조선의 백성들을 사지에 몰아넣고는 비호같이 도망을 간 것이다. 내가 어릴 적에 어른들에게 이 이야기를 듣고는 얼마나 분통이 터졌는지 울어버렸던 기억이 있다. 우리 남원사람들을 도륙했던 왜놈들보다도 우리 선조들을 사지에 몰아넣고 도망간 양원이란 놈에 더 치가 떨렸던 것이지“

"참 기가 막히는 구나. 그래서 그 양원이란 놈은 그 뒤로 잘 먹고 잘 살았을까?"

"아니다 그 놈이 명나라에 가서 줄행랑을 친 죄로 참형을 당했다고 하더라. 그나마 좀 위안이 되었지. 나로 14대조 되시는 할아버지가 만인의총에 계신다. 우리 집안이 남원에 뿌리 깊이 내린 가문인 것은 확실하다. 그 때 어떻게 살아남아서 지금까지 대를 이어왔을까는 아슬아슬하지. 남원 사람의 후손으로서 내 조상이 그 사지에서 비겁하게 도망가지 않고 끝까지 싸우다 돌아가셨다는 것은 작은 긍지이기도 하다."

경식은 고개를 끄덕였다.

만인의총을 나와 남쪽으로 한 참을 걸었다.

"너무 분위기를 숙연하게 몰아갔구나. 기분 전환 좀 하자. 저곳이 정문인데 저 문 안으로 들어가면 춘향이와 이도령이 만났다는 광한루가 나온다. 멋진 이층 누각이 광한루이고 연못에는 잉어가 아주 많지."

경식이 약간은 의외라는 듯 말했다.

"남원역에서 내려 지금까지 걸어오면서 느낀 인상이 사뭇 잘 사는 고을 같다. 도로 정비가 잘되어 있고 시가지 주위에는 거의 기와집이다. 특히 여기 금리에 오니 초가집은 구경할 수가 없다. 우리 광양은 물론 순천에 가도 남원과 같이 기와집이 많지 않은데 놀랍다. 기와집 추녀 밑을 계속 걸어가니 서울의 안국동에나 온 기분이 든다."

"나는 늘 봐왔던 고향의 모습이라 잘 모르고 지내왔다. 대체 그렇기도 하겠다. 조선시대에는 구례, 순창, 곡성, 옥과, 창평, 장수, 운봉 등이 남원부의 속현이었다. 남원이 전라도 산간 내륙지방의 교역중심지가 되다 보니 다른 고을보다 살기가 좀 더 윤택하였을 것이다. 이 근방 구례, 곡성, 운봉, 좀 더 멀리는 경상도 함양 사람들도 여기서 장을 보고 가거든."

"아, 그래."

처음 와보는 낯선 지방, 낯선 풍경에 경식은 연신 고개를 끄덕였다. 금리를 지나가니 제방이 나오고 제법 커다란 냇가에 이르렀다. 여름이라 물이 아주 풍부했다.

"여기가 남원의 젖줄인 요천수다. 멀리 장수의 장안산에서 발원해 지리산 정령치에서 내려오는 물과 합쳐져 여기까지 내려와 곡성으로 흘러간다. 물이 깨끗하고 맑다. 내일 낮 더운 시간에 명경지수 요천수에 몸을 담가보자. 이 앞에 보이는 작은 봉우리가 금암봉이고 저 냇물 굽이쳐 흘러가는 벼랑 위 정자가 바로 금수정이다. 경치 좋은 곳에 있고 이름 또한 멋지다."

"아하! 경치 좋은 곳에 정자가 자리잡고 있구나."

"조금 보태어 말하자면 독일 위대한 시인 하이네의 시에 나오는 로렐라이 언덕 정도 되지 않겠나. 강물이 소용돌이쳐 흘러가고 언덕이 있지. 로렐라이 언덕에는 여신이 있지만 우리 남원 금암봉에는 바둑 두는 신선들이 있다는 차이다."

"처음 보는 정경이라 신비스럽기도 하지만 저 정자에서 바둑을 두는 어른들의 모습이 마치 그림 속 신선畵中仙같구나."

"비단 금錦, 물 수水 자를 써서 금수정이라 한다. 내일 미역 감고 나서 올라가보자. 저 봉우리 위치가 아주 좋다. 봉우리 꼭대기에 올라가면 남원 읍내가 한눈에 다 보인다. 금암봉 제일 높은 자리에 신사가 있지."

"일본놈들 하는 짓이 늘 그러지. 서울 남산 가장 좋은 자리에도 신사가 있었잖아."

그 사이 요천수 널다리를 벌써 건넜다. 쑥고개를 올라가면서 우측으로 보이는 금암봉 오르는 돌계단이 아득하게 높아 보였다.

"여기가 신사 올라가는 계단이다."

그리 가파르지 않은 고개를 넘어섰다. 노암리 도로변 올망졸망한 초가집을 지나 신작로를 따라가니 솟을대문집이 눈에 띄었다.

"저 집이 아버지 바로 아래 숙부님 댁이고 그 너머 집이 그 아래 숙부님 댁이다. 이 동네는 노암리인데 옛날에 이 근방에 새들이 많이 살았던가 봐. 노암의 노鷺 자는 해오라기 노 자이지. 왜가리가 바위 위에 앉았다는 뜻이다. 이 동네가 좌향이 좋다. 우리 동네는 북향인데 여기 노암리는 남향으로 금암봉을 뒤로 하고 동네 앞에는 작은 개울이 흐르고 있지. 우리 동네는 비안정飛鴈亭인데 한자를 우리말로 풀어쓰면 기러기 날아간 정자라는 뜻이다. 노암리나 우리 동네나 새들과 관련된 지명이다. 우리 동네는 사람들이 쉽게 비안쟁이라고 한다."

금방 설명한 작은 개울이 나왔다. 사람 건너다니는 징검다리가 있고 우마차가 냇물을 가로질러 다니는 듯 바퀴 흔적이 있었다. 노암리를 지나 한 마장이나 가니 현성의 동네가 나왔다. 신작로에서 우측으로 작은 도랑을 따라 내려가니 마을로 들어서는 골목길이 나왔다. 골목길의 마지막 집 솟을대문 좌측으로 행랑채가 있고 사랑채와 안채가 있는 규모를 갖춘 기와집이었다. 안채에 가 할아버지 할머니에게 먼저 인사를 했다. 상투를 틀고 앉아있던 할아버지는 인상이 후하게 보이는 귀골의 노인이었으며 할머니는 얼굴이 아주 고왔다.

"그래, 이름이 뭐라 했지."

"성은 김가고, 이름은 경식이라 합니다."

"광양에 산다 했지? 본관이 어딘고?"

"예, 김해입니다."

"그럼 조상들께서 광양에 터를 잡은 지는 얼마나 되는가?"

"한 삼백여 년 된다고 들었습니다."

고개를 끄덕끄덕했다. 할머니가 곁에서 한마디 거들었다.

"현성이 동무가 이렇게 건장한 사람이니 더욱 안심이 되네. 우리 현성이 다른 길로 빠지지 않도록 잘 챙기고 서로 위해주고 그렇게 지내라잉."

"네, 현성이가 저보다 슬기롭고 뛰어나서 제가 현성이 덕을 보고 있습니다."

"무슨 현성이가 슬기로워? 고맙다잉. 그래 내려가서 저녁 먹도록 해라."

무릎을 꿇고 있다가 마루를 내려오니 입학시험에서 2차 구술시험을 마친 기분이었다. 사랑채에 가 어머니에게 인사를 했고 저녁 식사를 했다. 교자상에 음식과 반찬이 그득하였다. 소고기 너비아니구이에다 여름철에 보기 힘든 조기구이와 삶은 닭에다 장아찌만 해도 네 가지였다. 고추장아찌, 마늘장아찌, 깻잎장아찌, 얼큰한 애호박에다 민물 새우탕, 묵은 김치가 두 종류, 배추김치와 갓김치에다, 여름에 담는 열무김치가 나왔다. 경식은 태어나 이런 상은 처음 받아 보았다. 상다리가 휘어지도록 음식이 많아서가 아니고 음식상에 집안의 내력이 느껴지는 깊은 맛이 있었다. 한창 식욕이 왕성한 17세의 두 청년이 마치 넉 잠자러 들어가는 누에처럼 엄청나게 먹어 치웠다.

안채는 5칸의 겹집인데 정지가 한 칸, 안방이 두 칸, 대청이 한 칸, 끝에 장방이 한 칸으로 되어 있었다. 장방이 현성의 방이었다. 문을 활짝 열고 모기장을 쳐놓으니 시원하고 좋았다. 두 청년은 무엇이 그렇게 좋은지 낄낄거리며 밤이 이슥하도록 쏘곤쏘곤했다. 한여름 대청에서 지내는 할아버지가 옆에서 쏘곤거리는 소리에 잠 못 이루었던지 헛기침을 했다.

"현성이, 안자냐?"

"예, 자겠습니다."

잠시 후, 또 쏘근거리는 소리에 할아버지의 밭은 기침소리가 들렸다.

"현성이 그만 자라."

드디어 이야기를 끝내고 잠잠해졌다.

새벽 할아버지의 경 읽는 소리가 낭랑했다. 한 식경이나 새벽 공간을 맑게 울리더니 경 읽는 소리가 그치고 대문 열리는 소리가 났다. 할아버지 새벽 산책 시간이었다. 아침 식사를 마치고 성안으로 가는 행장을 차렸다. 본격적으로 남원 구경을 시켜줄 작정이었다. 남원 사람들은 읍내에 가는 것을 성안에 간다고 했다. 광한루 근처에 가는 것이다.

요천수를 넘어 성안으로 들어섰다. 어제 보았던 광한루 정문으로 들어섰다. 광한루에 올라서니 바로 눈에 들어오는 커다란 연못이 있었다. 연못에는 여러 상징적인 조형물이 있다. 연못은 은하수를 상징하고 옥황상제가 사는 월궁의 광한청허부과 같다 하여 광한루라 부르게 되었다. 아치형 홍교로 되어 있는 다리는 오작교였다. 견우직녀의 전설에 칠월칠석날 일 년에 한 번씩 까마귀가 다리를 놓아 주어 만나게 된다는 눈물의 다리였다. 매란송죽을 심어 사군자의 절조를 느끼게끔 하였으며 연못의 물은 요천수에서 수로를 통해 끌어왔다. 그 물이 그대로 수로를 따라 내려가 가방들로 흘러들어갔다.

광한루는 당시의 물난리와 가뭄의 아픔을 동시에 품고 있는 곳이기도 했다. 요천수에 물난리가 나서 수재민들이 집을 잃고 갈 곳이 없으면 이 광한루에 와서 지냈다. 한발이 심했던 해에는 요천수에서 물 보충이 되지 않아 연못의 물고기가 떼죽음을 당하기도 했다. 광한루에 들어서자 현성의 설명이 시작되었다.

"우리나라 고래로부터 전해오는 설화를 집대성하여 판소리 여섯 마당의 체계를 확립한 사람이 고창의 신재효라는 분이다. 여기까지는 너도 알고 있을 것이다. 그런데 판소리 여섯 마당 중 '적벽가'와 '별주부전'을 빼놓고는 그 배경이 다 남원 근방이라는 사실에 유의하여야 한다. '춘향전'은 말할 것도 없고 '흥부놀부전'의 배경은 남원 인월면이다. '심청전'은 곡성이고 '변강쇠 타령' 역시 남원의 지리산이 배경이다. 이 사실은 남원이 그만큼 문화와 예술이 풍성하게 가꾸어질 토양을 갖추고 있다는 것을 말해주는 것이겠지. 문화와 예술은 역시 삶이 윤택해야 꽃이 피어나는 것이지.

전에도 몇 차례 남원에 대해 말한 적이 있지만 남원은 근방 산악지방의 교역중심지가 되어 많은 물산과 많은 재화가 오고 가니 다른 곳보다 살기가 좀 여유로웠을 것이다. 판소리 설화를 읽어보면 실제로 일어났을 만한 일은 하나도 없다. 다 허황되기 그지없는 이야기들이지. 이런 이야기들이 만들어지게 된 것은 사람들이 원래 이야기를 좋아해서이지. 왜냐하면 그 이야기 속에 꿈에 그리는 환상의 세계가 있고 그 속에서 도저히 실현 불가능한 소망들이 쉽게 이루어지기도 하지. 나는 이런 사람들의 소망과 꿈이 하나씩 모여 작은 이야기를 만들고 작은 이야기들이 다시 모여 하나의 설화를 이룬다고 생각한다. 남원의 대표적인 설화 '춘향전'도 세월이 흐르면서 수많은 재담꾼들의 이야기가 붙여지고 덧붙여져서 오늘의 '춘향전'이 되었다. 실은 남원 사람들의 민담에는 춘향이가 아주 못생겼다는 이야기가 있다."

"춘향이가 못생겼다고?"

"그래 춘향이가 아주 작고 못생겼는데 어느 날 요천수에 빨래하러 나갔다가 멀리 말을 타고 돌아오는 남원부사 아들 이몽룡을 보고는 한눈에 반해버린 거야. 마음조차 먹어서도 안 되는 어림없는 일이었지. 천한 기생의 딸에다가 어디 한 군데 봐줄 곳이 없을 정도로 못생겼지. 춘향이가 상사병에 걸렸지만 어찌 방법이 없었던 것이지. 결국은 시름시름 앓다가 죽었는데 그 후 얼마 되지 않아 남원부사가 임기를 마치고 서울로 돌아가게 되었다. 이몽룡도 애비를 따라 한양으로 돌아가는 길이었어. 그런데 남원을 넘어가는 밤재에서 가마가 움직이질 않았던 거야. 그래서 전임 남원부사가 이유를 알아보니 죽은 춘향이 원혼이 가마를 붙들어 갈 수 없다고 하는 거야. 죽은 춘향이의 넋을 달래는 제를 지내고서야 한양으로 갈 수 있었다는 이야기가 있다. '박색 춘향전'이라고 하지. 두 이야기 모두 황당한 데가 있지만 나는 박색 춘향이가 더 현실성이 있다고 생각한다."

"햐, 그래? 이것 처음 듣는 이야기다. 그런데 저 변강쇠는 유명한 난봉꾼 아닌가? 어떻게 남원사람이 되었어?"

"정확히 변강쇠가 남원사람이라는 언급은 없다. 하지만 전라도 출신인데다가 남남북녀라고 함경도의 색골녀 옹녀를 만나서 살게 되었지. 옹녀에게 온갖 강짜를 다하고 포학한 짓을 하다가 강짜 없는 세상인 지리산으로 들어가자 하여 함께 지리산에 들어가게 되었어. 그런데 맨날 빈둥빈둥하니 옹녀가 사정을 하여 나무를 좀 해오라 하였다지. 게으른 강쇠 놈이 하라는 나무는 아니 해오고 멀쩡한 장승을 베어왔다가 동티가 나 죽게 되었어. 여기 나오는 지리산이 경상도 쪽이 아니라 남원에 가까운 지리산일 것 같아 남원이 배경이라는 것이다."

"변강쇠 일대기를 줄줄 꾀고 있구나. 그런 기분으로 판소리 한 가락 읊어 보시지?"

"야, 김경식 너 남원에 얼마나 명창이 많은지 모르지? 내가 그 동안 들어왔던 귀동냥으로도 한 가락은 뽑을 수 있다."

"그래, 그럼 한 번 뽑아 봐라."

"네가 옆에서 추임새를 넣어야 해."

"어떻게 하는데."

"네가 내키는 대로 하면 돼. 얼씨구 하거나, 조오타 하거나, 자 그러면 나간다."

벌써 광한루 연못을 두 번째 돌고 있었다.

"거 중년에 맹랑한 일이 하나 있었던 것이었다. 함경도 월경촌에 한 여인이 살았는데 얼굴은 춘이월에 반개 도화가 옥빈에 서리었고, 초승에 지는 달빛이 아미 간에 찡그린 듯. 말하며 걷는 태도는 양귀비도 따를 수 없었으며, 또한 세류같이 가는 허리가 하늘하늘하니 어이 아니 좋을 소냐. 그런디 이 여자가 팔자를 어찌나 더럽게 타고 났던지 남자를 잡아먹기 시작하는디, 지긋지긋하고 징글징글하게 잡아 처먹었던 것이었다. 열다섯 살에 얻은 서방놈을 첫날밤 잠자리에서 잡아먹기 시작하여 손 한 번 잡아본 놈, 눈 한 번 꿈쩍한 놈. 젖 한 번 만져본 놈, 허리 한 번 안아본 놈, 먼눈으로 힐끗 쳐다 본 놈까지 쏵, 하고 잡아먹어 놓으니, 동네 처녀가 밭을 갈고 여자가 집을 짓게 되어 저 여자를 가만히 놔두었다가는 십리 안팎에 사내라고 생긴 것은 씨알맹이 하나도 없이 다 뒈져 버릴 것이고, 이 여자도 그 좋은 사내 맛 한 번 제대로 보지 못하고 속절없이 늙어 가버릴 것이니, 저 여인을 내 쫓을 밖에 수가 없다 생각하여 함경도하고 황해도하고 공론하여 이 여인을 내몰아 놓으니, 이 여인 하릴 없이 쫓겨 나오는디, 머리에는 동백기름 발라서 반들반들하고 산호 비녀를 꼽았것다. 파랑봇짐 옆에 끼고 헤뚱헤뚱 하면서 나오면서 악을 바락바락 쓰고 나왔다."

아니리에 이어 소리가 이어진다.

"황해도 함경도 아니면 남자가 없다더냐. 삼남의 사나이들은 더 크고 좋다더라."

다시 아니리다.

"이 때 마침 전라도땅에 변강쇠란 놈이 살았는데, 이놈이 물건이 좋을 뿐만 아니라 어찌나 놀음놀이를 잘하는지 여자가 이 놈 맛 한 번 보면 미쳐 환장해 죽는단 말이어. 이놈이 삼남에서 여러 여자를 조지고 빌어 처먹고 돌아다니다가 북쪽의 여자들은 얼굴이 예쁘고 음이 쎄다는 소리 듣고 지금 북쪽으로다 양서로 올라가는 판인디, 하필이면 개성이라 청석골 청석골 그 좁은 골짜기에서 두 년 놈이 딱하고 마주쳤네 그려. 간흉스런 저 여자가 힐끗 보고 생끗 웃고 지나가니 으뭉한 강쇠놈이 말을 걸었겄다."

다시 소리다.

"여보시오 마누라님 어디를 가시오. 숫처녀 같거들랑 핀잔을 주더라도 아니면 나랑 같이 갑시다."

다시 아니리다.

"하니 여자가 화답하기를,"

소리가 이어진다.

"이 몸이 박복하여 상부를 많이 하고 나와 같이 갈 사람은 그림자뿐이라오."

다시 아니리다.

"허허 년놈들이 잘 놀고 있네, 그려. 두 년놈이 손을 잡고 널찍한 바위에서 신방을 치르려 하고 있는데."

현성이 갑자기 판소리 가락으로 바꾼다.

"네 이놈 경식아, 침 좀 그만 흘려라. 그 다음은 못 들려준다. 네 놈이 나중에 장가들면 들려주마."

경식이 배꼽을 잡고 웃는다. 웃다가 현성의 흉내를 냈다.

"야 이놈, 현성아 끝까지 들려주라. 나를 약 올리는 거냐?"

"안 된다, 이놈아. 우리 할아버지 들으시면 나는 집에서 쫓겨난다."

둘이서 정신없이 웃고 나서 경식이 말을 건넸다.

"너무 즐거웠다. 이현성, 역시 머리 좋다는 것은 전 조선백성이 다 아는 사실이지. 그 긴 사설을 줄줄 외워대다니. 너 '변강쇠타령' 어떤 못된 어른한테 배웠어?"

능청을 떨며 대답했다.

"배우기는 누구한테 배우냐. 남원 살면 이 정도는 다 할 수 있당게. 남원은 한 집 건너 한 집마다 명창이 있단 말이여. 그 정도야 아무나 할 수 있어."

"현성아, 그 다음에 한 소절만 더 해주라. 딱 한 소절만 더."

짐짓 젠 체를 했다.

"그래, 네놈이 그리 딱하게 사정을 해오니 한 소절만 더해주마. 더 이상은 없다. '천하 양골 강쇠놈이 여자 두 다리 버쩍 치켜들고 여자 옥문관을 바라보며 이상하게도 생겼구나. 맹랑하게도 생기었다. 도끼날을 맞았는지 금바르게 터졌구나. 콩밭, 팥밭을 지났는지 돔부꽃이 피었구나.' 여기까지다, 그 다음은 나도 모른다. 그 다음은 배워서 우리 조선이 독립되면 그때 들려주겠다."

"그래, 그럼 독립운동 열심히 해야겠네."

"알았다. 다음엔 보트를 타러 가자."

구석에 보트가 대여섯 척 매어 있었다. 서너 척은 연못 구석구석을 노 저어 다니고 있었다. 한 시간을 타기로 하고 오십 전을 냈다. 두 사람이 마주보고 앉았다. 세 사람까지 탈 수 있는 소형보트였다. 가운데 노 걸이가 있어 양손으로 노를 잡고 좌우 동시에 저어 나가는데 노 젓는 사람과 반대방향으로 갔다. 좌우 노 젓는 힘의 균형이 맞아야 바르게 갔다. 그렇지 않으면 방향이 틀어졌다. 현성이 능숙하게 노를 저어갔다.

"자, 우리는 지금 은하수를 노 저어 가는 것이다. 저 홍교가 견우직녀 만나는 오작교이고 저 위로 작은 섬들이 삼신산을 뜻하는 영주 봉래 방장섬이다."

오작교를 돌아와 봉래 방장을 연결하는 작은 다리를 지나면서 고개를 뱃바닥에 납작 엎드려 다리를 지났다. 다리를 지나니 사뭇 연못 정원

의 풍경이 달라졌다. 대나무 숲이 잘 조성되어 있고 속세와 떨어진 둘만
의 세계에 온 듯 아늑했다.

"현성아, 여기에 오니 별천지에 온 기분이다. 옛날 중국에 어떤 어부
가 물을 따라 올라가다 보니 복사꽃 만개한 별세계에 들어갔다더니 꼭
그런 기분이다."

"무릉도원을 말하는구나. 나도 묘한 몽환적인 기분이 든다."

대나무 숲을 지나니 솔나무 숲이 나오고 그렇게 작은 수로를 따라 한
바퀴 돌고나니 다시 큰 연못으로 나왔다. 속세로 나온 것이다. 그럭저럭
한 시간이 지났다. 광한루에서 나와 빙과점에 가 하얀 김이 모락모락 나
는 아이스케키를 하나씩 물고 집으로 돌아갔다.

점심을 먹고 나니 한낮의 더위에 숨이 턱턱 막혔다. 현성이 어른들에
게 요천수 물놀이를 허락 받은 후 속옷과 수건 한 장씩 들고 집을 나섰
다. 금수정 아래에 있는 보 가까이에 족히 수백 명은 될 것 같은 아이들
이 물놀이를 즐기고 있었다. 어른들은 저녁녘에나 잠시 몸을 씻고 가는
정도였고 한낮의 땡볕이 내리쬐는 강심에는 아이들 놀이 잔치 마당이었
다. 금수정 아래 가마소에서는 바위에서 물웅덩이로 뛰어드는 아이, 여
유 있는 자세로 물을 가르며 수영을 하는 아이, 잠수 후 고개를 내밀고
숨을 들이쉬며 숨바꼭질하는 아이, 아이들 천지였다. 수영에 자신 없는
아이들은 얕은 강바닥 너른 바위에 누워 목만 내놓고 흘러가는 물에 몸
을 맡기고 있었다. 물살이 좀 더 센 곳에는 누워 손을 뒤로 집고 있으면
자동으로 물 따라 내려갔다. 반복하여 오르내리면서 물싸움 하는 아이
들과 물장구 치는 아이들의 영글지 않은, 싱싱하고 깨끗한 목소리가 쉬
지 않고 들려왔다. 환호성을 지르는 소리, 무엇이라고 티격태격하는 소
리, 누구를 부르는 소리, 무엇이 그렇게 통쾌한지 웃어대는 소리, 수많

은 아이들의 소리가 불볕더위 강상에서 소란한 자유로움과 즐거움으로 익어가고 있었다.

현성과 경식은 아이들의 물놀이 향연에 같이하여 물장구를 치고 놀다가 물이 흘러 내려가는 암반에 누워 여름 오후의 강물을 즐겼다. 팔월의 태양에 강물이 익어 미적지근했고 물살은 거세지 않았다. 물길이 얼굴을 덮을락 말락 했다. 이때 양손으로 몸을 물에 띄워주면 그대로 흐름을 따라 내려갔다. 그렇게 오르락내리락 하며 물놀이를 즐겼다. 물에서 한 시간 정도 놀다가 아이들 없는 강변 잡풀 우거진 곳에 가 중의를 벗고 수건으로 물을 닦아냈다. 중의를 갈아입고 금수정으로 갔다. 신사 올라가는 돌계단 중간쯤서 우측 오솔길을 따라가니 금수정이었다. 금수정은 금암봉 북쪽 그늘이 좋은 벼랑 위에 자리 잡고 있었다. 주위에 나무가 우거져 하루 종일 해가 들지 않았다. 요천수를 바로 내려다볼 수 있었고 남원읍내가 한눈에 들어왔다. 서쪽 교룡산과 북쪽 고죽봉까지 남원의 지형과 산세가 한눈에 보이는 곳이었다.

그늘이 좋고 바람이 시원했다. 요천수가 어린 아이들 세상이라면 금수정은 어른들 차지였다. 벌써 오후 새참시간이 되었다. 극성을 떨던 한낮의 더위가 시들하니 정자가 한가해졌다. 어른들 서넛이 부채를 바닥에 놓고 한담을 나누고 있고 한쪽에서는 대여섯이 모여 장기를 두고 있었다. 현성은 면식이 있는 듯 공손히 인사를 했고 전망이 좋은 곳에서 경식에게 남원읍내의 지형설명을 했다. 정자에 현판이 예닐곱 개 걸려 있었다. 그 중 두 개는 금수정을 건립한 내력과 건립 헌액자의 명단과 중수한 내력이 걸려있고 나머지는 이 근방 문사들이 쓴 시였다. 현성이 현판을 둘러보더니 구석에 있는 현판을 가리킨다.

"경식아, 여기 아호를 소산素山이라고 쓰신 분이 우리 할아버지시다. 내 한문 실력이 일천하지만 할아버지로부터 해설을 들은 기억이 있거든. 저 시를 우리말로 풀이해 볼까?"

"그래, 들어보자."

卜此名區起此亭　이 명승지에 정자를 세우게 되니
山精水氣入眸靈　산정기 물기운에 영감이 샘솟는다.
詠來花木香生席　꽃과 나무를 노래하니 향기가 자리에 피어오르고
瀉盡烟霞翠滿汀　풍경 다 읊고나니 푸른 기운 물가에 가득하다.
槐下灘聲千古咽　괴목 아래 여울물 소리 천고토록 들려오고
簾前仙髻四時靑　주렴 앞 신선의 머리는 사시사철 푸르구나.
登臨暇日朗襟爽　틈을 내어 올라와 보니 마음마저 상쾌하여
却忘庶愁故久停　모든 근심을 망각하고 그저 오래 머무노라.

집으로 돌아오는 길이었다.

"경식아, 너하고 같이 지내니 시간 가는 줄 모르겠다. 며칠 더 머물다 가지. 앞으로 4학년 올라가면 이런 기회가 쉽게 주어지지 않을 것이다. 이번에 지리산에 한 번 다녀오는 것은 어때?"

놀라는 표정으로 말했다.

"지리산? 좋기는 한데 너무 널뛰는 기분이다. 그 거대한 지리산을 말하는 거지?"

"그래, 지리산 말이다. 왜 겁이 나는가? 천하의 남아 김경식이 지리산에 주눅이 들어버렸구나. 조철호 선생님께 배웠던 호연지기는 어디로 갔어?"

"야, 이현성. 당초 남원에 올 때는 전혀 계획이 없었던 지리산이 느닷없이 튀어나오니 당황하지. 하루 이틀에 다녀올 수 있는 곳도 아니다. 어떻게 준비 없이 지리산을 간다냐?"

"하루로는 힘들고 이틀이면 다녀올 수 있는 곳이지. 그렇게 엄청난 준비를 하지 않아도 된다. 배낭이니, 피켈이니, 등산장비 없어도 되고 야영준비 없어도 된다. 시간은 걸리는데 북악산 올라가는 것보다 수월해."

"야, 어딜 말하는 건데. 약 올리지 말고 똑바로 이야기해. 어디야?"

"그래, 속 시원히 말하마. 지리산은 지리산인데 이틀 사흘씩 걸어가는 깊은 산속은 아니고 구례의 노고단과 성삼재에서 내려오는 지리산 자락이다. 구례에는 화엄사와 천은사라는 절이 있다. 화엄사는 노고단 올라가는 계곡에 위치해 있고 천은사는 성삼재 올라가는 계곡에 위치하고 있지. 천은사 서쪽산 중턱에 우리집 별장이 있다. 지금 아버지는 거기에 계신다. 여름에 지내기는 아주 좋은 곳이지. 오늘 같이 더운 날씨에도 별장에서는 밤에 이불을 덮어야할 정도로 시원하다. 모기 한 마리 없고 거기에 가면 속세를 잊어버리지. 매년 여름방학 때는 사촌동생들하고 같이 다녀왔다. 올해는 특별손님으로 경식이와 같이 가자는 것이다. 어때 이 정도 이야기 했으면 회가 동할 때도 되었지. 갈까? 말까?"

"알았다. 진즉 그렇게 이야기할 것이지. 그럼 언제 갈꺼냐?"

"내일 아침 일찍 떠나야 한다. 여기서 천은사까지 한 오십 리 되고 밤재라는 큰 재를 넘어야 한다. 밤재는 산을 넘는 길이지만 행길이나 마찬가지다. 구례사람들이 주로 남원장을 보러 오는 길이 이 길 밖에 없다. 사람들의 왕래가 잦은 길이지. 아침 일찍 출발하면 오후 네 시나 다섯 시쯤 도착하게 된다."

"야! 별장을 말로만 들었지, 어떻게 생겼는지 한 번도 본적은 없다. 가슴 설렌다. 지리산 중턱에 있는 별장에 꼭 가보고 싶다."

"우리 아버지가 나 낳던 해에 지었다는데 아주 잘 지었어. 가볼 만하다."

그날 밤 피곤해서 일찍 잠이 들었고 다음날 아침 일찍 먼 길 떠날 행장을 꾸리고 밥을 먹었다. 주먹밥 네 개를 백지에 싸서 짚 걸망에 넣었고 집을 나서기 전 할아버지에게 고하는 인사를 올렸다. 산길에 늑대라도 나올 수 있으니 대나무 지팡이를 두 개 챙겨주며 다녀오라 하였다. 다른 집은 아직 아침을 먹기도 이른 시간에 집을 떠났다.

남원과 구례의 경계인 견두산 앞 밤재를 넘어가고 있었다. 온몸이 땀 벌창이 되어 흠뻑 젖었다. 고갯마루에 올라서니 언덕배기가 바람길이 되어 시원하기 그지없었다. 후줄근하게 젖었던 땀을 일시에 식혀주었다. 아래에서 방울소리 울리고 나귀들이 거친 숨소리를 내쉬며 올라오고 있었다. 구례장을 보고 남원장으로 이동하는 장꾼들의 행렬이었다. 나귀들의 방울소리가 사라져갈 무렵 고개 중턱에 내려서니 옹달샘이 있어 물이 흘러내리고 있다. 갈증을 달래고 허리에 꿰찬 무명 수건을 풀어 흐르는 물에 소금기를 씻어내고 다시 내리막길을 터덜터덜 내려가고 있다. 현성의 목소리가 나직해졌다.

"경식아, 우리 집안 이야기를 해주어야겠다. 아버지는 구례에서 절반 남원에서 절반 그렇게 지내신다. 정확히 말하자면 구례에 아버지 작은이가 있다."

"그랬구나. 나도 뭔가 부자연스럽다는 느낌이 있었다."

"내가 우리 집안의 종손인데 알다시피 독자다. 주위에서 우리 집이 손이 귀하다고 하지. 어머니가 나하고 내 밑으로 세 살 아래 여동생을 낳았으나 여동생은 다섯 살 되던 해에 홍역을 앓다가 죽었다. 그 뒤로 아이가 생기지 않는 것이 늘 걱정이었다. 그런 이유로 아버지가 공공연히 첩을 두게 된 것이다. 나는 어떤 명분을 내세운다 할지라도 아버지의 취첩에는 동의하지 않는다."

"어머니가 속이 많이 상하셨겠다."

"혼자 우시는 것도 여러 번 보았고 아버지와 다투는 것도 보았다. 어머니가 살림 잘 하고 얌전하신 분인데 자식 복이 없으신 분이지."

"꼭 아들을 많이 두어야 하나. 현성이 같이 정출한 아들 하나 있으면 충분하지."

"어디 사람 욕심이 그렇게 되나? 노암리 작은집은 아들 다섯에 딸 하나 두었으니 비교가 될 만도 하겠지. 지금 아버지와 함께 지내는 작은어머니는 어찌 생각하면 불쌍한 여인이다. 나를 그렇게 어렵게 생각한다. 작은어머니 사이에도 딸만 둘 있다. 그 아이들도 서녀로 태어나서 눈치꾸러기이지. 내가 서얼 차별을 하지 않으려 해도 쉽지 않다. 쉽게 말하면 생각은 있지만 따뜻한 손길이 가질 않는다."

"세상에 만복을 누리는 사람은 없구나. 내가 현성을 친구로 알게 되면서 보기 드물게 두루 갖춘 친구라 마냥 부럽게만 생각했는데."

"내가 갖추기는 무엇을 갖추어. 자네가 친구니까 좋게 생각한 것이지. 지금 가는 우리 집안의 별장이 있는 서암산 내력에 대해 이야기할까?"

"그래."

"아버지의 작은이 이야기는 어둡지만 서암산 이야기는 집안의 자랑이다. 이야기를 좀 차근히 해야겠다. 우리 집안은 양반은 아니다. 중인 정도의 계급이라면 적당할 것이다. 오래 전으로 올라가면 고려조에 문하시중을 지내신 분이 우리 집안의 중시조이신데 문하시중이면 이조로 치면 영의정이지. 그 분의 손자 되시는 분이 한림학사를 지내셨고 그 때가 고려의 멸망기였지. 이성계 왕조에 불복하는 고려조의 귀족층들이 대거 두문동으로 숨었는데 알다시피 이성계의 아들 방원이 두문동에 불을 질렀다. 그 때 돌아가셨는데 그 어른 유지에 이조에서는 벼슬하지 말라 하셨다. 그런 연유로 과거를 보지 않고 벼슬하지 않아 이조에 와서는 한천한 가문으로 전락하고 말았다. 세월이 흘러감에 따라 자손이 늘어나니 문중이 갈라져 어떤 문중은 그대로 벼슬하지 않고 농사를 지으며 살아온 지조파가 있고, 우리 문중은 변절하여 남원에서 구슬아치를 하며 살아왔다. 결과적으로 말하면 농사를 지으며 살아온 문중보다는 아전이라도 지냈던 우리 문중의 삶이 훨씬 윤택했지.

우리 집안을 남원에서 벌족으로 중흥시킨 5대조 할아버지에 대해 이야기 해야겠다. 그 분 아호가 소산이어서 소산할아버지라 칭한다. 어제 편액에 시를 쓰셨던 할아버지다. 어릴 적부터 남다르게 영민하여 경서에 통달하였고 시부에 능하여 이십 세를 넘어서부터는 남원 인근에서 필적한 만한 사람이 없었어. 주위에서 서울로 올라가 보라는 격려가 끊이지 않았다. 그 때가 중인에서 양반으로 신분상승의 길이 조금씩 트여갈 때였지. 몇 사람이 중용되어 쓰이곤 할 때였으니 가느다란 희망을 가지고 서울에 올라가셨다. 처음엔 서울 유생들과는 읽는 책이 다르고 스승이 달랐으니 당연히 밀렸지만, 명석한 두뇌와 치열한 집중력으로 차츰 경쟁 상대자들을 차례로 이겨내고 그 무리들 중에 두각을 나타내기 시작했다. 누가 보아도 손색이 없는 나라의 동량이 될 만한 재주를 가지고 있었지만 과거에는 낙방을 연거푸 했지. 이미 합격자가 결정된 시험이었어. 한계를 느끼고 중인이고 하대를 받는 직업이었지만 실속 있는 역관을 택하여 역량을 집중하였지. 역관이 되어서 뛰어난 역량을 발휘하여 십년 만에 최고 역관이 된 것이다.

역관이라는 직업이 당시 대국인 청국과의 무역에서 가장 많은 정보를 확보하고 있었고 청국의 영향력 있는 기관과 접촉하기 위해서는 반드시 역관을 거쳐야만 했다. 사신으로 청나라에 가는 고관들이나 상인들도 마찬가지였지. 역관들이 통상적인 통역이나 교역보다는 특수한 물품교역에 관여해 상인들의 교역에 지분참여를 했다. 구전을 받아 챙기는 일이 통역업무보다는 역관의 본업이다시피 했는데 여기에 발군의 능력을 발휘한 것이지. 소산할아버지는 좋은 정보와 만주어 통역에도 뛰어났지만 신의와 사업 비밀을 지켜주는데 철저했다고 해. 그렇게 스물다섯에 역관이 되어 마흔다섯까지 역관을 하여 거부가 되었고 마흔 다섯에 역관을 그만두고 향리인 남원으로 낙향하셨다. 금의환향 한 것이지.

여기에 그분의 과단성이 있다. 더 재물을 모을 수 있고 아직 건강한 나이였지만 나이가 자식 같은 관료들에게 하대를 받는 것도 주니가 났을 것이다. 더 늙기 전 고향에서 하고 싶은 일을 하고 싶어서였겠지. 왕조가 무너지기 전 얼마나 부패가 심했는지 말해주는 교지가 우리 집에 내려오고 있다. 안동 김 씨 세도가 판을 치던 세상에, 소산할아버지가 관직을 돈으로 산 것이지. 정 5품의 관직인데 실제로 관직을 수행하지는 않은 것 같고 명예직 같은, 말하자면 임금의 도장 값이라고나 할까. 척신들의 농간으로 국고가 텅텅 비게 되니 그렇게 나라의 재정을 충당한 것이었다. 이러니 나라가 망할 수밖에 없다고 생각한다. 참 한심한 일이지. 관직이라는 것이나 양반으로 신분 상승하는 것이 얼마나 우스꽝스러운 일이었는지를 단적으로 보여주는 것이다.

고향에 내려와서 남원의 옥답인 가방들에 수백 두락의 논을 매입하고 광한루 옆에 서당인 관서당을 남원 유지 몇 분과 함께 세웠다. 지금으로 치면 사립학교인 셈인데 넓은 정원에 잘 지은 건물이 두 채 있다. 서당 본채는 팔작지붕에 5칸의 기와집이고 문간채는 훈장이 기거하는 건물이다.

세 번째, 우리가 가는 별장 산이다. 원래 이 산은 천은사 서쪽 암자가 있던 산이라 해서 서암산이라 부른다. 오래 전에 있었던 암자 터에 우리 별장을 지은 것이다. 이 산이 천은사에서 우리 집안의 소유로 넘어온 내력이 있다. 어느 극심한 가뭄이 있었던 그 다음해 봄이었다. 춘궁기가 되어 절에 시주가 끊어진 지가 몇 달이 되어 밥 지을 식량조차 없으니 천은사 주지가 궁여지책으로 서암에 딸린 산을 매각하기로 한 거야. 인근 고을에 산과 암자 터를 매각하겠다는 방을 붙여 인근의 부자들이 다 모여들었는데 예상가의 두 배 정도 높은 가격에 낙찰을 받았어. 입찰에 참여한 사람들이 고개를 흔들 정도의 가격이었지. 그 후로 천은사의 서암산이 우리 산이 되었다. 우리 집안의 큰 자랑이고 긍지가 숨 쉬고 있는 땅이다.

소산할아버지는 당신이 젊은 시절 그리셨던 푸르른 꿈과 무릉도원을 서암산에 묻으셨어. 당신이 보아 놓으신 양지 바른 자리에 누워계신다. 생전에 산장을 지으려고 여러 차례 검토를 했는데 시행에 옮기지 못했다. 왜냐하면 그 시절이 동학도가 패퇴하여 산지사방으로 흩어졌던 시절이다. 입산하였던 동학의 무리들이 많았고 자연 그들에게 패악질을 당하지 않을 수 없는 것이었지. 산장은 그들의 좋은 먹잇감이 되었다. 약탈 정도면 견딜 수 있겠지만 흉악한 화적패들을 만나면 사람을 죽이고 집에 불을 질러대니 조심하지 않을 수가 있겠는가. 말하자면 일본놈들이 들어와 치안이 안정되었다고 할 수 있겠지. 그래서 우리 할아버지가 나 낳던 해에 지으셨어. 보통 공사가 아니었다. 공사비가 배로 들었지. 그 높은 산중에 목재나 기와를 실어 나르는 일이 어디 수월한 일인가. 자재도 고급으로 귀한 집을 지었다. 가서 보면 알겠지만 남원 우리 본가보다 훨씬 잘 지었다. 그리고 집안에서는 내가 서울에 유학한 것을 소산할아버지의 상경과 비교하면서 나에 대한 기대감을 드러내 보이는데 어림없는 일이다. 나는 그 할아버지와 같이 명민하지도 않고 당찬 면도 없다."

"왜? 속단할 것은 아니야. 현성도 뛰어난 사람이고 주위 신망에 어그러지지 않게 성장하고 있으니 나중에 어떻게 될지는 아무도 모르는 것이지. 그러나 너의 할아버지는 대단히 영웅적인 삶을 사신 분이구나. 젊은 사람들에게 귀감이 될 만한 분이다."

팔월 중순 넘어가는 오후 햇살이 조금 누그러져 있다. 천은사 가는 길을 두 청년이 올라가고 있다. 소나무 그늘에서 더위를 피하다가 원두막을 보고는 원두막으로 직행했다. 사십대나 되어 보이는 중년 남자가 원두막을 지키고 있다. 얼굴에는 주름이 졌고 체구는 왜소하였지만 성실하게 보였다. 담배를 많이 피워서인지 입에서는 심한 구취가 났다. 길게 흥정을 하고 싶지 않아 참외 열 개에 20전을 주기로 하고 참외밭 주인은 걸망을 지고 밭으로 내려갔다.

맛보기로 개구리참외와 노란참외를 먹어보았다. 노란참외는 수확기가 지나 맛이 넘어버렸으나 개구리참외는 속이 싱싱하여 먹을 만하였다. 참외를 하나씩 먹고 여덟 개를 망태기에 담고는 산길을 올라갔다. 팔월 중순이 지나니 극성을 부리던 더위도 한풀 꺾인 듯하고 여름 잔치가 끝나가고 있었다. 파릇하고 싱싱했던 참외 줄기도 익어서 쇠어가고 있었다. 여기저기 뽑아놓은 여름철 잡초들이 꾸준히 인간의 영역과 참외 줄기의 영역을 집요하게 침입해 왔다. 제지를 당해 뽑혀져 나갔던 쇠비름, 바랭이, 방동사니들이 두렁에 쌓여있었다. 그것들이 땡볕에 마르면서 속에서는 발효가 되어 건초 익는 냄새가 거북스럽지 않게 풍겼다. 인간에게 선택되지 못한 잡초로 생명력은 참으로 끈질겼다. 언제 그것들이 밭에 씨를 숨겨 놓았던지 해마다 봄부터 가을까지 집요하게 영역을 넓히기 위해 애를 썼다. 쇠비름은 밭에서 뽑았다 하면 흙에서 격리를 시켜야 했다. 일부분이라도 흙에 닿으면 거기서 다시 뿌리가 내렸다.

그것들도 봄 여름 가을을 다른 작물들과 함께 지내야 하는 한해살이 초본이었다. 초대 받지 못한 성찬에 끼어 눈칫밥을 먹고 구박을 당하며 수없이 쫓겨나기를 반복하면서 한여름을 같이 지내야만 했다. 그 초대 받지 못한 불청객 중 가장 생명력이 질긴 놈은 바랭이었다. 만약 인간의 손으로 산야를 개간하여 경작을 하지 않았다면 대지의 주인은 바랭이였을 것이다. 땅을 기어가면서 줄기에서 뿌리를 내리고 그 위에 대궁을 키워 올렸다. 여름철 장마에 빈터를 남기지 않고 무성한 풀숲을 이루는 것은 바랭이의 위업이었다. 뽑아도 뽑아도 지치지 않고 줄기차게 다시 자라나는 끈질긴 생명력을 가지고 있었다. 바랭이는 뽑아내면 그 자리에서 다시 자라나는데 뿌리에서 분리되어진 명주실 같은 잔뿌리에서 다시 줄기가 올라왔다. 어쩌면 아직도 대지의 주인은 바랭이인지도 모르겠다. 아무리 인간의 영역에서 몰아내고자 하지만 다시 비집고 들어오는 당당함이 있었다. 자기들의 영역을 침범해서 독차지하려고 기를 쓰는 인간들에게 일만 년 전 신석기 농경시대에 빼앗긴 영토회복을 위하여 식민지 해방전쟁을 펼치고 있을지도 모르기 때문이었다.

참외밭은 줄기가 조금씩 걷혀져 빈 공간이 늘어나고 있었다. 원두막도 초여름 지을 때 만들었던 짚 차양막과 기둥을 묶었던 새끼와 상판바닥을 엮어 묶은 새끼가 느슨해져가고 있었다. 그대로 고칠 생각을 하지 않고 용도 폐기 처분을 기다리고 있는 중이었다. 극성을 부렸던 더위와 함께 참외밭도 전성기가 지났고 얼마 안 있으면 그 풍성하고 행복했던 여름축제의 막을 내리게 될 것이었다. 이제 밭에서 제거된 건초가 자연발효되어 익어가는 냄새가 참외 수박이 지나가버린 늦여름 절기의 향훈이 되었다.

언덕으로 올라가니 멀지 않은 곳에서 지축을 울리는 듯 웅장한 폭포 소리가 들렸다. 점점 가까워질수록 웅장한 폭포의 모습이 나타났다. 사람의 키로 열 길 정도 되어 보이는 장대한 폭포였다. 물은 떨어지는 윗부분에서 투명한 색깔로 내려오면서 점점 넓게 펼쳐지다가 하얀 포말과 커다란 와류를 일으키며 뒤섞여진다. 폭포에서 작은 물방울들이 날리면서 무지개를 만들곤 했다.

"저 폭포수 떨어지는 소를 간장소라 한다. 물 색깔이 시퍼렇다 못해

검어 간장 색깔이 난다 해서 간장소라 하는데 하도 깊어 끝이 없다고 하지. 아래 마을 사는 사람이 명주실에 돌을 매달아 내려 보았는데 명주실 한 타래를 풀어도 끝이 닿지 않았다 한다. 용이 못된 이무기가 산다고 하였고 비갠 어느 날 용이 승천하는 것을 보았다는 사람도 있다."

폭포수 위쪽으로 난 개울을 넘어 산길로 들어섰다. 산길에는 떡갈나무, 오리나무, 참나무의 활엽수와 침엽수의 주종인 소나무가 조화롭게 터를 잡고 있었다. 여름철 무성하게 자랐던 산 풀들이 사람들이 다니던 길까지 예리한 이파리를 내밀며 자유로움을 뽐내고 있었다. 팔뚝에 잎이 스쳐 지나가면 선뜩선뜩 미세하게 피부가 갈라짐을 느꼈다. 그리고 잠시 후면 가는 핏자국이 돋아났다. 산풀은 들풀에 비해 억세고 날카롭다. 들길을 걸으면서 강아지풀 대궁을 뽑아 입에 문다든지, 망초꽃을 따 향기를 맡아본다든지, 편하고 친근하게 풀들과 벗이 되어 가지만 산풀은 만만치 않았다. 억세고 날카로워 꺾으려 대들었다가 쉬이 꺾어지지도 않고 손을 베이는 경험도 있었다. 생존하는 것이 들보다 산이 팍팍해서일까. 아니면 인간들이 산풀의 영역에 뛰어들어 거칠다고 억지를 쓰는 것일까?

장마에 무성하게 자란 풀잎 사이를 헤치고 개울을 넘어 오솔길을 따라 올라갔다. 종일 걸어 피곤이 누적되었고 허기도 지고 하루 중 가장 힘든 시간이었다. 몸이 천근만근 무거워지고 교대로 메고 가는 걸망도, 하루 종일 의지해 왔던 지팡이도 집어 던지고 싶을 정도로 발걸음이 팍팍했다. 산에 오르면 금방 무엇인가 보일 것으로 기대하였던 경식은 더욱 힘이 들었다. 앞에 가는 현성은 가늠하고 있을 것이다. 얼마나 더 가면 산장에 닿을지. 하지만 말없이 걷기만 하고 있었다. 하루 종일 도란도란 이야기를 하고 왔지만 여기는 길이 좁고 가파러 이야기 나누기도 쉽지 않았다.

"현성아, 앞으로 얼마나 남았어?"

"응, 거의 다 와간다. 조금만 더 가면 된다. 좀 쉬었다 갈까? 많이 피곤하다. 내가 항상 산장에 올 때마다 느끼는 것인데 하루 일정 중 이 시간이 가장 힘든 시간이다."

가파른 길을 올라 전망 좋은 중턱에 자리를 잡았다. 짐을 벗고 개울에 내려가 얼굴을 씻고 두 손에 물을 담아 마시고 앉아 숨을 돌렸다. 앞에 보이는 산이 노고단까지 이어지는 능선이었다. 산 능선 고목의 형상이 고산지대에 발을 딛었음을 느끼게 한다. 사람의 발길이 한 번도 닿지 않았을 전인미답의 산등성이가 눈앞에 전개되었다. 절로 터져 나오는 감탄과 무슨 두려움에 스스로 고개가 숙여지고 경외감에 압도되었다. 대자연의 품안에 들어온 것이다.

"현성아, 우리가 드디어 지리산에 들어왔구나. 형언하기 힘든 벅차오름을 느낀다."

"그래, 나는 이 산에 들어올 때마다 거부할 수 없는 무서운 힘 같은 것을 느낀다. 이런 두려움이 인간으로 하여금 무엇을 숭배하지 않으면 못 배기게 만들었고. 이런 두려움으로부터 종교가 시작되었겠지."

더 이상 말없이 무엇에 홀린 듯 눈앞에 펼쳐지는 경치에 젖어 있다. 고요하다. 이따금 산새가 바스락거리며 날아다니는 소리만 미세한 흔들림을 줄 뿐이었다. 현성이 먼저 자리를 털고 일어났다.

"가자. 이제 조금만 더 올라가면 대나무 숲이 보일 것이다. 우거진 대나무 숲 안에 우리 산장이 있다. 그 죽림에 현자이신 우리 아버지가 계신다."

산세가 완만해졌다. 산허리를 돌아가니 대나무 숲이 건너 산 능선에 나타났다. 조금 내려갔다가 다시 올라가는 길이었다. 금방 손에 잡힐 듯한데도 시간이 많이 걸렸다. 피로와 허기가 겹쳐서 더욱 멀게 느껴졌다.

드디어 대나무 숲에 이르렀다. 인기척을 느꼈던지 개 짖는 소리가 들렸고 이어 개목걸이 방울소리가 들렸다. 뛰어나오는 소리였다. 황구였다. 털갈이를 하였는지 주황빛을 띤 노랑털이 선명했다. 두 귀는 쫑긋하고 앞다리는 실팍하게 벌어져 몸을 지탱하고 있었다. 뒷다리는 넙적살이 부채꼴모양으로 활발하게 움직이는 거친 산야에 단련된 맹견이었다.

"누렁아."

쏜살같이 달려왔다. 안아주고 등을 토닥거려주니 현성의 주위를 뺑뺑 돌며 좋아했다.

"누렁이가 작년까지 남원에 있었거든. 이놈하고 정이 많이 들었지. 고향 뒷동산에 올라갈 때는 꼭 이 녀석을 데리고 올라갔었다. 아주 영리한 녀석이야. 사람 말을 제법 알아듣는다. 쥐도 잘 잡고 사나워서 우리 동네에서는 이 녀석을 당해낼 놈이 없었지. 우리 누렁이의 충성심을 한번 보여줄까? 물어라 쉭. 쉭, 쉭."

하자마자 바로 털을 세우고 흰 이를 드러내며 으르렁거렸다. 경식이 질색을 했다.

"현성아, 놀리지 말고 개 좀 잡아. 나는 개를 되게 무서워하거든."

"그만, 그만."

조용해졌다.

"우리 누렁이와 친해보렴, 내가 안고 있을 것이니 목털을 쓰다듬어봐. 금세 가까워진다."

억지로 경식의 손을 잡아당겼다.

"그러지 말고 여기 턱 아래를 쓰다듬어 봐. 이 녀석이 아주 좋아한다."

부드럽게 만져주니 꼬리를 흔들며 친근해졌다. 산으로 올라가는 길과 산장으로 들어가는 길이 나누어졌다. 갈라지는 지점에 다다르니 집식구들이 울 밖에 나와 지켜보고 있다. 삼십대 초반 여인과 어린 계집아이들 둘, 그리고 젊은 내외가 서 있었다. 삼십대 여인은 현성의 서모로 보였고 그 옆에 서 있는 여자아이들은 현성의 배다른 누이동생들이었다. 젊은 부부는 머슴 내외였다. 서모는 작은 키에 얼굴이 둥글납작하고 주근깨가 많았다. 현성이 어려워 말을 제대로 하지 못하고 존댓말을 쓰거나 말끝을 흐렸다. 머슴은 박 서방이었고 아내 택호는 절골네였다. 어설프게 인사를 나눴고 경식을 소개했다. 박 서방은 현성과 나이 차이가 많아 보이지 않았다. 현성이 말을 낮추지는 않고 '하소'를 하였다.

걸망에 지고 온 참외를 건네주었다. 널찍하게 놓여있는 돌계단을 편안하게 올라서니 사립문 좌우로 대나무 울타리가 둘러졌다. 사립문에 들어서니 비질이 잘 된 마당이 빗물에 흙이 쓸려 내려가면서 마당 한가운데에 골이 파였다. 우측으로 작은 띠집이 한 채 있고 본채가 눈에 들어온다. 산중에 있을 것이라 믿어지지 않는 고대광실의 기와집이었다. 기단부에서 돌계단을 올라가면 다시 두 번째 기단에 오른 후 댓돌을 디디고 마루에 오르게 되어 있었다. 사방에 난간이 둘러져 있어 집의 품격을 높여주고 있었다. 집은 원래 산세를 따라 동향이었으나 일각문에서 가까운 남쪽으로 누대를 만들어 남창으로 햇빛을 받을 수 있게 하였다. 삼면이 창으로 되어 있어 문을 열어 걸대에 걸어놓으면 바람이 정자처럼 통하는 누대가 되었다. 여름에는 문을 걸어 놓고 지내는데 그 누대에 아버지 상옥이 정좌를 하고 있었다.

누대에 올라가 무릎 꿇고 아버지에게 인사를 올렸다. 상옥은 서울에서 공부하는 아들의 모습을 무척 자랑스럽게 생각했다. 그 깊은 신뢰를 아들의 친구에게도 아낌없이 드러내 보여주었다.

"편히 앉아라."

꿇어앉은 다리를 펴 책상다리로 편하게 앉았다.

"지금 사는 곳은 어딘가."

"광양입니다."

"전라남도 광양 말인가."

"예, 그렇습니다."

"성씨가 어떻게 되지."

"김 가입니다."

"본은 어디신데."

"김해입니다."

"친구란 평생 길을 함께 가는 도반인 것인데 어떻게 알게 되었지?"

현성이 대답했다.

"아버지는 기억 못하실지 모르겠습니다. 저는 이 친구를 고보에 시험 보러 올라가던 날 경성역에서 본 기억이 있습니다. 저하고 여러 조건이 비슷했었지요. 이 친구도 아버지와 같이 서울에 왔었습니다. 그때 서울이라는 곳에 전혀 익숙하여 보이지 않고 촌스러운 것이 저하고 처지가 같아 보이더라구요. 유심히 지켜봤는데 나중에 학교에 진학을 하고 나서 이 친구가 같은 학교에 입학하였다는 것을 알았습니다. 2학년이 되자 같은 반이 되어 알고 보니 품성이 좋은 동무여서 가까이 지내게 되었습니다. 이 친구 성실하고 아주 공부를 잘 합니다."

"젊은 시절 여행을 많이 하고 견문을 넓혀야 세상 보는 시야가 넓어지는 것이지. 이렇게 먼데까지 걸어오느라 애 많이 썼네. 여기가 여름 한철 지내기에는 아주 좋지. 현성아, 한 이틀 쉬었다 가도록 해라."

"예, 알겠습니다."

"피곤할 것이니 물러가 씻고 저녁 먹을 준비를 해라."

누대는 본체에 달아내었고 누대에 딸린 방이 따로 있었다. 가운데 방이 있고 안방과 부엌이 있는 5칸 겹집의 구조였다. 이 집 구조의 특징은 무엇보다 누대와 난간이었다. 은은한 달빛이 비치는 누대에 앉아 있으면 시 한 구절이 저절로 떠오를 풍경이었다. 뒤안에는 대밭이 있어 댓잎 스치는 소리가 들렸다. 댓돌에 올라서서 마루에 올라가는 공간 이외에는 견고하고 모양이 날씬한 난간이 둘러져 있다. 가운데 방 앞에 속옷이 준비되어 있었다. 옷을 챙겨가지고 쪽문을 열고 오십 보쯤 계곡으로 내려가니 선녀탕이라 부르는 물웅덩이가 있다. 물이 시원하기 그지없었다. 하루의 노곤함이 일시에 가시는 것 같았다. 목욕 하고 올라오니 저녁상이 차려져 있었다. 삶은 닭 한 마리와 지리산 고유의 계절 미각을 맛볼 수 있는 특별음식 송이가 올라왔다.

"김 군, 이런 음식은 처음이겠지? 그 동안 송이버섯 맛본 적이 있나?"

"처음입니다."

"표고버섯이나 싸리버섯은 쉽게 맛볼 수 있지만 송이버섯은 아주 귀한 음식이지. 지리산 같이 심산에서만 만날 수 있어. 다른 버섯은 딴다고 하는데 송이버섯은 귀해서 만난다고 한다네. 마치 불가에서 인연이 있어야 만난다고 하듯이 말이네. 송이버섯은 깊은 산속에 오래된 소나무 밑에서 자라는데 아무나 찾을 수 없어. 올 여름에 비가 적당히 내려주어 송이가 많이 나온다고 하던데. 현성아 내일 박 서방과 함께 산에 가서 송이를 만나고 와라. 박 서방이 잘 가르쳐 줄 것이다."

넓게 썰어놓은 송이를 기름소금에 찍어 먹으니 소나무 향기가 입안에 가득했고 연한 섬유질이 입에 살살 녹았다. 저녁식사가 끝나자 식곤증이 밀려왔다. 상옥이 눈치를 채고 말했다.

"피곤할 텐데 잠자리에 들도록 해라. 가운데 방에 자리를 마련해놨을 것이다."

가운데 방에 들어가니 촛불이 켜져 있고 이부자리가 곱게 깔려 있었다.

"여기는 내가 말했듯이 여름에도 이불을 덮지 않고는 추워서 잘 수가 없다. 그리고 여름이지만 모기도 없다. 별천지이지. 들어오는 대나무

숲을 지나 복사꽃만 피어있다면 무릉도원이 될 것이다. 자 그럼 자리에 들자."

"현성아, 이 집에 들어와서 이 방 저 방 생전 처음 보는 것이 있는데 물어봐도 되나?"

"응, 뭔데?"

"벽에 나란히 세워져있는 홍두깨도 아니고 방망이도 아닌 끝이 뾰족한 창 같은 것 말이다. 우리 저녁 먹었던 누대에도 있었잖아?"

"아, 그것은 박달나무를 깎아 만든 일종의 창 같은 것이다. 목창이라 할 수 있지. 화적 떼가 몰려오면 물리칠 때 쓰려고 만들었는데 실제로 쓸모가 있는지는 모르겠다. 화적패들이 몰려오면 단단히 무장을 하고 올 것인데 저런 목창으로 감당할 수 있겠어? 늑대나 호랑이가 나타난다면 써먹을 수 있을지 몰라도."

"여기 호랑이는 나타나지 않을까? 지난 번 신문에 보니 전주 황방산 아래에 호랑이가 나타나 돼지를 잡아먹었다는 기사가 있던데."

"천은사 주지의 말에 의하면 여기는 오래도록 호환이 없는 곳이래. 그런 것 다 알아보고 산장을 지었겠지."

"내일 낮에 산에 가 호랑이를 잡도록 하고 잠에 들자. 졸립다."

하루 일정이 주마등같이 스쳐 지나갔다. 비지땀을 흘리며 재를 넘고 용소를 지나 원두막에서 쉬었다가 간장소를 지나왔던 일정을 그려보았다. 그 사이 잠이 들었다.

무려 열 시간 가까이를 자고 자리에서 일어나니 현성은 이미 자리에 없었다. 묘시아침 다섯시에서 일곱시가 되었는지 동쪽산 능선이 붉게 달아오르고 있었다. 마당에 내려서서 집안을 둘러봐도 현성의 모습이 보이지 않아 사립문을 밀고 나가 산길에 접어드니 멀리 인기척이 들렸다. 누렁이와 함께 오고 있다.

"언제 일어나 산책길에 나섰어?"

"나도 금방 일어났어. 어때 잘 잤어?"

"몸이 아주 가벼워. 피로가 완전히 가신 것 같아."

"여기 서암산장이 땅기운이 좋다. 누구든지 여기에서 잠을 자본 사람은 그런 이야기를 한다. 지형적으로 약간 볼록하게 솟아 있는 곳에 터를 잡았거든. 그래서 바로 여기가 땅기운이 뭉쳐있는 곳이라고 해."

"아, 그래 또 그런 것이 있었구나."

"몸이 불편한 사람들이 요양하기엔 아주 좋은 곳이지. 오늘 오전에 박 서방을 따라 송이버섯을 따러 가자. 우리 아버지는 송이 만나러 간다고 표현하셨지만 양력 팔월 중순이 넘어가면서 따기 시작하여 시월까지 딴다. 박 서방에게는 연 중 중요한 수입원이기도 하다. 물론 우리 산에서 나오는 소출물이지만 집에서 먹는 것 빼놓고는 박 서방 수입으로 인정을 해주지. 오후에는 간미봉에 올라가 보자. 한 시간 쯤 더 올라가면 봉우리에 오르게 되는데 오늘 날씨가 맑으니 노고단, 정령치, 반야봉 등을 다 볼 수 있어. 지리산에 왔으니 지리산을 제대로 보고 가야지."

"현성이 꼬임에 넘어가서 여기까지 왔다가 아주 지리산에 푹 빠져버리겠다. 좋다. 언제 다시 오겠냐, 이 먼 길을. 좋다! 가는 데까지 가보자."

"아, 그러세요. 그러면 세수하러 가시지요."

은근슬쩍 비꼬아 응대를 했다.

부엌 옆 쪽문 쪽으로 세수간이 있었다. 보통 우물이 아니고 위쪽 경사지를 내려오는 참나무 홈통을 따라 커다란 사각 돌항에 물이 흘러내렸다. 물이 넘쳐 돌로 만든 수로를 따라 계속 흘러내려 갔다. 현성이 먼저 바가지로 물을 떠 마셨다.

"아침에 일어나 공복에 마시는 물이 건강에 좋다고 한다. 물맛 한 번 봐라 어떤지."

바가지의 물을 경식에게 건넸다.

"물맛이 아주 좋다."

경식은 처음 보는 우물이었다. 땅을 깊이 파서 지하수가 고이게끔 웅덩이를 만들고 그 물을 퍼 올려 쓰는 우물이 보통의 우물이다. 그런데 여기 우물은 멀리 산 위에서 흐르는 물의 물줄기를 돌려 참나무 홈통으로 흘러내리게끔 하여 끌어 쓰는 독특한 우물이었다. 얼마나 멀리에서 이 물을 끌어올까. 이 물의 수원水原은 어디일까 하는 호기심이 생겼다. 놋대야에 물을 담아 세수하고 소금으로 양치질하고 헹구어 내면서 경식은 문득 이런 생각을 했다. '앞으로 얼마나 더 놀라야 할 것인가. 누대, 목창, 송이, 우물.'

아침 식사가 끝나자 박 서방이 바삐 움직였다. 연장을 준비하고 구럭을 챙기고 겨울에 신는 버선을 챙겨 신었다. 그리고는 바지 안에 버선목을 넣고 함께 고무줄로 묶었다. 박 서방이 일렀다.

"가을 독사가 독이 가장 심한 것인디 물리면 약도 없당게요. 조심해야 된당게요."

박 서방을 따라 길을 나섰다. 누렁이가 따라 나서고 현성의 어린 여동생들도 따라 갔으면 하고 졸랐지만 제 엄마가 심하게 꾸짖었다. 경식은 길을 따라가면서 자꾸 그 여자아이들이 생각났다. 제 아버지나 어머니한테도 귀여움을 받지 못하는 천덕꾸러기이고 의복도 남루하였다. 같은 아버지의 자식이지만 현성과 여자아이들은 대접이 하늘과 땅이었다. 그리고 이 산속에서 얼마나 외로울 것인가. 현성의 옆에 가까이 오지도 못했고 말 한마디 부치지 못했다. 경식은 집에 있는 여동생이 생각나 자꾸 돌아봐졌다.

산길로 계속 올라가며 현성이 박 서방과 이야기를 나눴다. 나이가 두 살 밖에 차이가 나지 않아 박 형이라 부르며 반 존댓말을 썼다. 박 서방은 깎듯이 존대했다.

"박 형, 결혼 언제 하셨수? 작년 여름에 왔을 때만 하여도 혼자였는데."

"올봄에 했지라우."

"얼마 되지 않았구만. 부인이 아주 부지런하고 성실해 보이더구만. 박 형 아주 장가 잘 갔어요. 아들 낳고 딸 낳고 행복하게 살거그만. 누가 중매를 했어요?"

"쥔 어르신이 이웃동네 착한 큰 애기를 선보라 해서 만난 겁니다. 제 처 되는 사람을 안방마님이 알고 있어 인연이 된 것 같구만이라우"

"참, 우리 아버지는 당신 아들 장가보낼 생각은 안 하시고 박 형 먼저 챙기셨그만."

괜시리 박 서방 기분 좋으라고 없는 강짜를 부려보는 것이었다.

"그럼 여름 내내 여기 지내는 거요?"

"쇠골에 있다가 며칠 전에 송이 따러 올라왔구만이라우. 쇠골댁에 저 말고 머슴이 한 사람 더 있어서 교대로 생활하는데 필요한 물품을 지어 나르는디요. 봄철 모내기 할 때나 가을철 수확할 때는 거의 산에 올라오지 못합니다. 주인 어르신도 여름에는 여기에 계시지만 쇠골에서 주로 지내시는 구만요"

"얼마나 더 가야 송이가 나오나?"

"이제 거의 다 왔당게요. 저 옆길을 따라 가지라우."

산등성이 올라가는 길보다 더 작은 길이 옆으로 나 있었다. 그 길을 따라 갔다. 길이 있나 할 정도로 사람의 발자국이 거의 없는 길이었다. 무성히 자란 풀 때문에 길은 더욱 보이지 않았다.

"우리 눈에는 길이 없어 보이는데 어떻게 찾아가는 거요?"

"일 년에 한 차례 송이 날 때 지나다니는 길이니 길을 찾기가 어렵거들랑요. 저는 이런 길에 익숙한디요. 손금 보듯 훤하게 보입니다. 이 산에 이렇게 옆으로 나있는 길이 여섯인디요. 송이 따는 길이지요. 그리고 겨울에 사냥하러 다닐 때나 올가미 놓을 때 이 길을 이용하거들랑요"

박 서방은 풀숲을 헤치고 늙은 소나무 뿌리 밑을 호미로 파헤쳐 송이를 서너 개 캐냈다. 솔잎이 붙어 있고 흙이 덜 떨어진 송이를 건네는데 향이 아주 진했다. 송이 밭에 오니 박 서방이 자신감이 생기는 모양이었다. 걸망에 들어있던 호미를 나누어 주며 송이 채취에 대해 설명했다.

"송이가 모든 산에서 다 나오는 것은 아니고요. 저지대에는 송이가 없거들랑요. 너무 양지 바른 곳에도 송이가 없구요. 해가 비치지만 그늘이 있는 곳으로 서남쪽에 송이가 있구요. 서암산에도 저쪽 양지쪽이나 우측 음지에는 송이가 없습니다. 오래된 소나무 밑에서 자라는데 우리나라 적송이 있는 곳에 송이가 있어요. 일본놈들이 가져온 리기다소나무 밑에는 송이가 없고요. 송이가 찾기 힘든 것은 송이버섯이 우산을 피어버리기 전에 캐내야 되기 때문이거들랑요 그래야 향이 좋고 먹기가 부드러워요. 피어버린 송이를 따는 것은 어렵지 않지요. 밖에 드러나니까요. 송이가 피어버리면 향이 거의 없고 질겨서 값을 반에 반도 쳐주지 않거들랑요. 이쪽은 송이가 나오는 곳이니 소나무 밑 낙엽이 수북한 곳을 호미로 살살 파헤쳐 보세요. 머리가 둥글고 몸체가 뭉뚝한 놈이 불쑥불쑥 나옵니다. 그것을 하나씩 캐내는 재미가 삼삼합니다. 여기서 방향을 나누어 캐보게요. 현성 도련님부터 제일 송이가 많을 것 같은 장소를 선택하셔요."

각자 방향을 정하여 호미를 들고 갔다. 현성은 그늘이 있고 소나무가 우거진 쪽을 선택하였고 경식이 그 옆으로 따라 나섰다. 박 서방이 맨 나중에 햇빛이 잘 드는 곳을 향했다. 세 사람이 흩어져 열심히 호미로 뒤적거렸다. 누렁이만 할 일이 없어 왔다갔다 했다. 박 서방은 걸망에 계속 송이를 캐 담고 있는데 두 사람은 계속 헛손질만 했다. 나중에는 캐는 것을 포기하고 박 서방 손이 부지런히 움직이는 것을 구경하였다. 거의 헛손질이 없었다. 백발백중이었다.

"박 형, 우리는 계속 헛손질만 하는데 어찌 그렇게 백발백중이요."

"저는 어려서부터 송이를 캐고 살아왔으니 잘 알아요. 송이는 나왔던 자리에서 또 나오는데 작년에 캤으면 올해는 안 되지만 내년에는 틀림없이 그 자리에 송이가 나오거들랑요. 경험이 저에게는 있지요. 제가 두 분 캔 자리를 봐드릴까요. 저기 파헤친 곳 바로 옆을 파보십시오."

현성이 파보니 달걀 같이 하얗고 둥그런 송이 몸체가 드러났다. 뽑아들며 환희에 넘치는 목소리로 떠들었다.

"햐, 이놈이 나를 그렇게 애를 태웠구나."

박 서방이 경식이 있는 쪽을 가리키며 말했다.

"서울서 오신 도련님, 저기 진달래 줄기 뻗어나간 그 아래 있지요. 거기 파보세요."

경식이 그 아래를 파헤쳐보니 송이가 두 개나 나왔다.

"그러면 요령을 어느 정도 깨우쳤을 것이니 이제는 두 분이 같이 가세요. 올해는 비가 적당히 와 주어 소출이 좋은 편입니다. 조금만 요령을 익히시면 많이 캘 수 있을 거요"

하나씩 캐기 시작하니 요령이 늘어 제법 망태에 송이가 쌓여갔다. 송이 캐는 재미에 빠져 소나무가 뿌리를 내리는 곳이면 급한 경사지도 마다 않고 오르내리며 삼매경에 빠졌다. 박 서방은 산 전체를 자신의 밭같이 파악하고 있었다. 두 사람이 지나간 자리를 훑어보고는 딱 짚어 파보면 그 자리에서 반드시 송이가 나왔다. 그렇게 송이 길을 거의 더투어나가니 오전 시간이 훌쩍 지나갔다. 박 서방의 걸망이 송이가 넘쳐 나머지 두 사람의 걸망에 덜어 나누어서 메고 왔다.

"박 형 덕에 오늘 즐거운 시간 보내게 되었어요. 엄청나게 재미있었어. 보물찾기보다 더 좋았지. 보물찾기는 못 찾는 사람이 태반인데 요놈들은 여기 불쑥, 저기 불쑥, 하고 올라오네. 오늘 수확은 어땠어요."

"충분합니다."

"이렇게 한 번 따고 나면 그 자리는 내년까지 기다려야 되는 건가?"

"그렇지 않구요. 시월 말까지 세 번 땁니다. 이렇게 일찍 나오는 것도 있고 늦게 나오는 것도 있을게요. 보름 간격으로 세 번은 땁니다. 아무래도 처음 따는 것이 수확이 제일 많거들랑요."

"박 형, 오후에 간미봉에 저 친구하고 같이 올라가볼까 생각하는데, 박 형이 산길을 잘 알 테니까 별일 없으면 같이 갑시다. 여기서 간미봉까지 얼마나 걸리나?"

"여기서는 좀 가깝고 산장에서는 두어 식경이나 걸리거들랑요."

"두 식경이라면 한 시간 정도 말하는 거요?"

"예, 그리 먼 거리는 아니고요."

산장에 도착한 뒤 박 서방은 바빴다. 송이를 선별하여 모양이 빠진 것은 골라내고 물에 조심스럽게 씻어 그늘에 말렸다. 점심을 먹고 간미봉으로 세 사람이 출발하였다. 박 서방이 손에 목창을 들고 앞장섰다. 간미봉으로 가는 길이 나 있지는 않았지만 박 서방은 겨울 나무꾼들 다니는 길과 약초 캐러 다니는 길을 활용하여 잘 헤쳐 나갔다. 박서방이 겨울 사냥에 대해서 말해주었다. 올가미를 사용하여 오소리나 노루, 고라니 등을 사냥하는 데 눈이 쌓여 짐승들 발자국 드러나는 날은 두세 마리씩 잡아간다 하였다. 인근에서 사냥솜씨가 가장 뛰어나다 하며 겨울에 오면 솜씨 한 번 보여드리겠다고 하며 은근히 자랑을 하였다. 드물게 발자국이 큰 짐승의 흔적을 보는 경우가 있는데 무조건 피한다고 했다. 지리산 인근 마을에서 가끔 호랑이가 내려와 돼지를 잡아간다거나 곰이나 늑대를 만나 피해를 입는 사람이 적지 않았다.

간미봉은 중간에 작은 봉우리를 하나 넘고 내려갔다가 다시 올라가는 쉽지 않은 산길이었다. 말이 한 시간이지 한 시간이 훨씬 넘게 걸렸다. 간미봉 정상에 가까워지면서 노고단이나 만복대, 반야봉의 윤곽이 점점 뚜렷하게 드러나기 시작했다. 온몸이 땀에 흠뻑 젖었다. 현성과 경식은 좀 쉬었다 갔으면 했지만 박 서방이 뒤도 보지 않고 앞장을 서는 바람에 어쩔 수 없이 끌려가는 형편이었다. 박 서방은 작달막한 키에 어깨는 쫙 벌어졌고 걸음걸이가 날렵하였다. 목창으로 풀숲을 헤치고 나뭇가지들을 꺾어가면서 가기 때문에 뒤에서 편안하게 따라가는 처지에 힘들다고 엄살을 부릴 수도 없었다.

드디어 정상의 바윗돌이 나왔다. 그 근방에서 더 높은 산은 없었다. 가을의 초입이라 날씨가 좋았다. 구름 한 점 없고 하늘은 맑고 높았다. 동쪽에는 노고단, 북쪽으로는 반야봉, 그 좌측에는 정령치가, 서쪽에는 어제 넘어왔던 밤재, 견두산이 보였다. 깊은 산속에 들어왔음을 실감했다. 북쪽으로는 산의 능선이 마치 물결치듯 끝없이 펼쳐졌다. 산너울이었다. 뒤돌아 남쪽을 보면 산으로 둘러싸인 구례분지가 보이고 작은 강을 따라 넓지 않은 경작지와 사람 사는 인가가 올망졸망했다.

높은 산에 올라 사방이 트여진 경관을 둘러보면 거대한 자연 앞에 인간은 얼마나 하찮은 존재인가를 깨닫게 된다. 대자연에 대한 경외심으로 스스로를 돌아보게 되는 것이었다. 누구든지 대범하게 살겠다거나 작은 명리에 연연하지 않겠다거나 항상 너그러운 마음으로 살리라 하는 다짐을 한다. 하지만 막상 내려가 일상에 젖어 지내다보면 그런 호연지기는 사라지고 시시하고 쩨쩨한 삶을 사는 것이 장삼이사의 삶이었다. 그래도 이런 장대한 대자연 속에 들어서면 조금이라도 자연을 닮고 싶어지는 호연지기를 누구나 갖게 되었다.

"박 형, 노고단은 가봤을 것이고 반야봉은 가 보셨수?"

"노고단에 올랐을 때 구경만 했지 가보진 못했그만이라오."

"우리 남원 어른들은 반야봉을 지리산의 주봉으로 숭상하는 마음이 있어 한 번 다녀오는 것을 평생의 소망으로 생각하고 있지. 물론 여러 번 다녀오신 분도 계시겠지만. 몇 년 전 집안 어른들 몇 분이 반야봉에 다녀오셨는데 다녀오신 후 의기가 대단하시더라구. 주천 고기리를 거쳐 정령치를 넘어 달궁이라는 곳에서 하루 묵고 달궁에서 반야봉까지 다녀오는데 하루, 달궁에서 하룻밤을 더 자고 내려오는데 하루, 합쳐 사흘 걸려 다녀오셨다 하지. 나도 한 번 다녀오고 싶은 곳이야. 반야봉을 어머니의 품 같이 포근한 산이라고 하던데 멀리서 봐도 산세가 부드럽게 보이는구만."

경식이 옆에서 관심을 보였다.

"반야봉처럼 깊은 산을 다녀오려면 등반대를 조직을 해야 되겠다. 사흘 동안 걸어야 한다면 준비할 것도 많을 것이고. 깊은 산이니 안내자도 있어야할 것이고."

"언제 기회가 되면 우리 학우들과 등반대를 조직하여 반야봉에 오르는 것도 괜찮은 생각이다. 쉽지 않은 계획이겠지만 서울에서 다녀가려면 일주일은 잡아야겠다."

"어른들 말씀에 지리산은 풍년도 흉년도 모른다고 한다. 지리산 자락은 땅이 넓지 않아 그리 풍성하지도 않지만, 땅이 기름지고 물이 좋아 가뭄 걱정이 없으니 흉년도 없다는 것이지. 그래서 지리산 부근에 무릉도원이 있다 해서 많은 사람들이 이상향을 찾아다닌다는데 아직 찾지 못했다고 하지. 어떤 선비가 기필코 그 이상향을 찾겠다고 단단히 준비하고 길을 나섰단다. 소 세 필에 식량을 가득 싣고 몇 달을 헤맸으나 찾지 못하고 집으로 다시 돌아가게 되었어. 결국 그 선비 '어디에 이상향이 따로 있겠는가. 바로 우리가 사는 곳이 이상향이지' 했다는데, 지금도 지리산 주위에 그 전설의 이상향을 찾는 사람들이 있어. 그들이 찾는 곳이 푸른 학이 사는 곳이라 해서 청학동이라고 한다."

"현성아, 혹시 너의 산장이 푸른 학이 사는 곳이 아닌지 모르겠다."

"어림없지. 우리 산장은 자급자족할 경작지가 없어서 이상향으로서 조건은 갖추지 못했다. 모든 것을 아래에서 날라다 생활하니 오래 살기에 적합한 곳은 아니다. 박 형은 어떻게 생각해요? 이런 산장은 거저 준다 해도 불편하지 않겠소?"

박 서방은 대답 없이 빙긋이 웃기만 할 따름이었다. 이렇게 경식의 기억에 오래 남을 지리산 서암산장의 일정이 끝났다.

다음날 남원으로 귀가하는 여정을 서둘렀다. 어제 딴 송이 중 가장 좋은 것으로 골라 다섯 근을 담은 걸망을 메고 산장 일각문을 나섰다. 모두 나와 배웅했다. 현성의 어린 동생들도 어른들을 따라 같이 나왔다. 사람 얼굴을 보기 쉽지 않은 산속 생활이기 때문에 금방 이렇게 다녀가는 사람들에게도 그 사이 무슨 정이 들어 서운함이 얼굴에 가득했다. 아버지에게 먼저 인사를 했고 박 서방에게 어제 고마웠다는 감사의 말을 전했다. 두 여인들에게 간단히 목도하고 경식이 현성의 누이동생들에게 다가가 눈높이를 맞춰 앉았다.

"꼬마 아가씨들, 잘 지내. 내가 누구지?"

그 중 큰 아이가 얼굴 표정이 낫낫하다.

"아저씨."

"아저씨 말고, 오빠라고 불러."

"그럼, 오빠."

호주머니에서 꼬깃꼬깃한 지폐를 꺼내어 한 장씩 나누어준다. 얼굴을 감싸 안아 주며 말했다.

"다음에 오빠하고 다시 또 만나자."

"안녕."

손을 흔들며 멀어져 갔다. 이렇게 만나고 헤어지고 하는 의사 표시에 익숙하지 않은 아이들이라 바라만 보고 있다가 조금 멀어지니 으앙 하고 울어버린다. 어린아이들에게 울음은 전염성이 있어 큰 아이도 작은 아이 따라 엉엉 울음보를 터뜨린다. 황급히 아이들을 챙겨 들어가는 모습이 멀리서 보인다.

산 아래까지 내려오는 동안 내내 아이들의 우는 소리가 귓전을 떠나지 않았다. 현성도 무슨 생각을 하는지 아무 말이 없었다. 경식은 자꾸 현성의 어린 누이동생들 얼굴이 떠오르면서 안쓰러운 생각을 지울 수 없었다. '옛날 현자의 말씀 중 만난 사람은 헤어지고 떠나간 사람은 다시 온다會者定離, 去者必反고 했다. 하지만 내가 저 아이들을 언제 다시 만날 수 있을 것인가. 두려워하고 자신이 없고 하고 싶은 말을 안에 담고만 사는 저 흐릿한 표정들. 현성은 어머니와 원하지 않는 또 다른 어머니와의 관계가 싫을 것이고 그 아이들 또한 그렇게 선택되지 못한 운명에서 평생 살아갈 것이다. 만나고 헤어지고 사람은 원하든 원하지 않든 끊임없이 인연을 맺고 또 지우며 살아간다. 삶은 즐거운 것일까? 아니면 슬픈 것일까? 오늘 서암산장에서의 이별 장면은 오래도록 기억에서 지워지지 않고 남아 있을 것이다.'

/8장/
광양의 뱃놀이

서암산장에서 내려온 이튿날 현성과 경식은 남원역으로 향했다. 경식은 현성의 집에서 지낸 닷새가 마치 몇 개월이나 된 듯한 기분이었다. 무엇보다 지루하지 않았으며 다양한 변화가 있었고 많은 것을 경험했고 느꼈던 순간들이었다.

그 동안 친구로서 전혀 격의 없이 지내왔지만 남원에서 현성의 모습은 충분히 압도적이었다. 그의 집안 역시 향리에서 위세가 당당하였다. 그런다고 해서 현성이 어떤 아상에 잡혀있는 모습을 보여주고자 한 것은 아니었으나 은근히 비교가 되지 않을 수 없었다. 당초 한 이틀 쉬었다가 바로 현성을 광양에 데리고 갈까 생각을 했지만 생각지도 않은 지리산 산장 때문에 며칠 늦어졌다. 그 때문에 자못 초라해 보일 것 같아 며칠 후에 오라하고 집에 가 손님 맞을 준비를 할 작정이었다. 현성이 다혈질이고 충동적인 반면 경식은 이성적이고 차분한 성격이었다. 무엇을 감추고 과장되게 보여주려 하지는 않았지만 어떤 것을 하찮게 생각하거나 허점을 쉽게 드러내 보이는 성격이 아니었다.

남원에서 곡성까지 가는 열차가 아침 일찍이 한 편 있었다. 곡성에서 순천까지는 열차 선로가 연결되지 않아 곡성에서 열차를 내려 순천 가는 버스를 타고 광양까지 가는 버스를 다시 옮겨 타야 했다.

남원역에 나와 경식을 배웅했다. 서울에서 내려오는 열차라 한 시간이나 늦게 도착했다. 한 시간 연착은 흔한 일이었다. 대합실에 같이 앉아 있다가 개찰구에서 작별인사를 하였다.

"마음 같아서는 오늘 너의 집에 같이 갔으면 했다만."

"멀리서 오는 귀한 손님인데 어찌 허투루 맞을 수 있겠는가?"

"에이, 무슨 귀한 손님, 친구끼리 편하게 생각하면 되는 것 아니겠어?"

"며칠 후 전보를 칠 것이니 순천차부에서 만나자. 광양 우리 집 찾기가 쉽지 않으니 내가 순천까지 나올 것이다."

"그래, 알았다. 주지육림으로 준비해 봐라. 상다리 부러질 정도로. 이 몸은 목이 빠지게 전보를 기다릴 것이다. 잘 가라."

"5일 동안 즐거웠고, 고마웠다. 곧 만나자."

경식은 손을 흔들며 열차 승강장으로 멀어져갔다.

사흘 후 전보가 왔다. 다음날 정오 순천 차부에서 보자는 내용이었다. 순천에 가자면 곡성까지 열차로 가서 곡성에서 순천 가는 버스를 갈아타야 했다. 서울에서 오는 열차가 남원을 거쳐 곡성까지 운행했다. 곡성이 종착역이었다.

곡성역에 내리니 가까운 거리에 순천으로 가는 버스 정류장이 있었다. 한 시간 정도 기다려 순천행 버스를 타고 섬진강을 따라 내려갔다. 곡성谷城은 계곡이 아름다운 고을이다. 대나무가 많아 죽곡, 바위가 많아 석곡, 오동나무가 많아 오곡 등 곡谷자 이름을 가진 삼 개면이 있다. 진안에서 시작하여 임실 순창을 거쳐 내려오는 섬진강이 곡성 남원에서 흘러내려오는 요천수와 합강이 되었다. 여기서부터 순자강이라 불렀다. 이 강물이 내려가면서 보성강과 만나는데 만나는 지점이 압록이라는 마을이다. 섬진강의 본류가 흘러가는데 보성강이 떠밀고 들어오는 격이었다. 합류하는 지점에 와류가 거세다.

강을 따라 내려가는 차창으로 현성은 강물에서 눈길을 돌릴 수가 없었다. 시퍼런 강물이 산과 산 사이를 용트림하면서 흘러 내려가고 있었다. 더위가 완전히 가시어 남쪽에서 불어오는 초가을 바람이 뺨에 스치고 강물은 여울을 지어 거세게 흐르다가 암벽을 만나 소용돌이를 이뤘다. 돌서덜을 흐르다가 넓은 강심을 만나 완만하게 흘렀다. 담숙했다. 파란 물비늘이 마치 호수 같은 느낌이었다. 낚시하는 촌노들도 간간이 보였고 강심에는 해오라기 한 쌍이 물고기의 움직임을 지켜보고 있었다. 물살이 급한 여울에는 청동오리가 떼를 지어 물고기를 기다리고 있었다. 강 건너 대숲이 울창했다. 아래로 내려갈수록 모래사장이 넓어지고 있다. 낯선 지방의 처음 보는 아름다운 강변 풍경이었다.

대차게 흘러가던 강물이 방향을 돌려 멀어졌다. 강물이 멀어지는 것이 못내 아쉬워 돌아보고 또 돌아보았다. 차는 산길을 굽이굽이 돌아갔다.

버스가 예상보다 삼십분 정도 늦었다. 중간에 타이어 펑크 때문에 늦어진 것이다. 정오를 약간 지나 순천에 도착했다. 차에서 내리자 배웅을 나온 경식을 만났다. 헤어진지가 불과 엊그제인데 상당히 오랜만에 보는 기분이었다.

"중간에 펑크가 나서 늦었다. 많이 기다렸나?"

"좀 일찍 순천에 나왔는데 기다리면서도 정시에 도착하리라는 생각은 안 했다. 내가 버스를 타고 다닐 때 한 번도 고장이 없었던 기억이 없다. 으레 늦을 것이라 생각했지. 광양 가는 버스가 지금 막 출발했거든. 앞으로 두어 시간 기다려야 다음차를 탈 수 있을 것이다. 우선 어디 가서 점심을 먹자."

허름한 초가집에 들어가 국밥 두 그릇을 시켰다.

"곡성역에서 열차를 내려 순천까지 버스를 타고 오는데 강변길이 너무 아름다웠다. 지금도 눈에 삼삼하네. 거의 한식경이나 강변을 따라 내려왔는데 그렇게 아름다운 길은 처음 봤다."

"곡성에서 압록을 따라 내려오는 길 말이지. 환상적인 강변길이지. 곡성, 순천 구간 철도공사를 하고 있어. 이삼년 내에 개통이 된다 하니 그렇게 되면 전남 동부지역 사람들의 숙원이 하나 해결되는 것이겠지."

"그렇게 되면 너의 집 광양과 우리 집 남원이 많이 가까워지겠다."

"그렇게 되겠지. 다음 차 시간이 여유가 있으니 가까운 죽도봉에나 올라가 볼까?"

"거 좋지."

식사를 마치고 죽도봉으로 향했다. 경식이 죽도봉에 올라 순천의 지형을 설명해 주었다.

"순천이라는 고을의 형세를 대표하는 산수가 삼산이수다. 건너편에 보이는 산이 비봉산, 인제산이고 지금 우리가 서 있는 봉화산이 삼산이지. 바로 앞을 흐르는 내가 동천이고 저기 비봉산과 인제산 사이를 가로질러 동천에 이르는 내가 옥천인데 이렇게 이수가 된다. 삼산 자락에서 순천 사람들은 살아가고 있으며 이수가 흘러내려가며 순천 들을 적셔주어 순천 사람들은 넉넉하게 산다. 이런 지세를 봉황이 둥주리를 찾아 날아드는 형국이라 해서 비봉귀소형이라 한다. 아름다운 지형이지. 그래서 순천에 미인이 많이 난다고 한다."

죽도봉에서 순천의 산수를 한 번 돌아보고 내려오니 다음 차가 기다리고 있었다. 새로이 전개되는 낯선 지방의 풍경에 현성의 호기심은 끝이 없었다.

순천을 출발했던 버스가 광양에 들어섰다. 차로 변에 초가집들이 덕지덕지 처마를 연이어 줄 서 있고 사람들의 왕래가 잦지 않은 한적한 시골 풍경이었다. 차부 주위에만 사람들이 오락가락하고 있었다. 잠시 차부에서 기다렸다가 차는 다시 출발했다. 군청 청사 앞을 지났다. 일본식 청사였다. 면소재지 중 가장 크고 깔끔한 현대식 건물이었다. 버스가 면소재지를 벗어났다. 경식이 차창으로 멀리 보이는 산을 가리켰다.

"저 산 능선에 가장 높아 보이는 산이 백운산의 정상이고 우측에 돌출된 하얗게 보이는 바위산이 억불봉이다. 광양팔경 중 백운 청풍과 억불 단풍이 있다. 백운산의 맑은 바람과 억불봉의 단풍이 으뜸이라는 것이지. 우리 동네는 백운산의 줄기 따라 내려온 가야산 자락에 있다. 조금만 더 가면 가야산이 보일 것이다. 광양 사람들은 항상 가슴에 백운산을 품고 산다. 광양에 있는 한 백운산은 일상에서 떠나지 않는다. 광양 사람들은 백운산 자락에서 태어나, 백운산 기슭에서 땅을 붙여먹고 살다가, 죽어서 백운산에 묻히는 삶을 산다. 그런 윤회의 바퀴가 백운산 자락에서 수없이 돌고 돌아 오늘까지 온 것이다. 광양은 섬진강을 경계로 경상남도인 하동과 이웃하고 있다. 그래서 광양에서만 느낄 수 있는 독특한 접경지역의 풍경이 있다."

"어떤 풍경인데?"

"광양은 외면 세 개, 내면 네 개로 내외면을 구분한다. 이렇게 구분하는 것은 같은 지역이고 가까운 곳은 불과 십리도 떨어지지 않은데 말투가 확연이 다르다는 것이다. 외면이라 함은 다압, 진월, 진상 등 섬진강에 접해있는 면으로 강 건너가 경상도 하동이다. 내면은 옥곡, 골약, 옥룡, 광양, 봉강 등이다. 외면 진월, 진상과 다압은 섬진강 건너 하동사람들과 말씨가 같아 경상도 말투이고 골약은 그 중간으로 경상도 전라도 말투가 혼용이 된다. 나머지 세 개면은 순천사람들과 같은 전라도 말투이다."

"아, 그래. 그런 독특한 풍경을 광양에 와 접할 수 있게 되었구나. 내가 직접 와서 체험하고 느껴보지 않는다면 접경지역의 이런 문화를 어찌 알 수 있겠어? 옛날 어른들의 말씀에 장부가 만 권의 책을 읽고 만 리를 가라 했는데 여행은 이렇게 우리의 견문을 넓혀주는구나."

버스가 힘들게 고개를 올라가고 있었다. 언덕의 막바지 턱에 올라가기가 힘에 부치는지 엔진소리 더욱 요란했다. 한순간 긴 숨을 토해내듯 엔진소리가 숨고르기에 들어갔다. 드디어 고개를 넘어 편안하게 작은 개울을 따라 내려갔다.

잠시 후 큰 마을이 나왔다. 시골의 간이차부가 있는 마을이다. 버스가 먼지를 가득 몰고 와 삼거리에 멈췄다. 팔월 오후의 땡볕에 도로변 초가집들이 축 늘어져 보였다. 경식은 차를 내리며 차 안에서 마주친 어른들과 차에서 내려 만난 어른들에게 바쁘게 인사를 했다. 이 지방 장래가 촉망되는 젊은이로서 어른들의 기대와 선망을 한 몸에 받는다는 것을 알 수 있었다. 같이 있는 현성에게도 푸짐한 눈길을 주었다. 남쪽으로 난 길을 따라 마을로 들어서고 있다. 언뜻 보아도 사오십 호 되는 적지 않은 마을이었다.

"너희 동네는 농사를 주업으로 하는 거냐. 아니면 어업이 주업이냐?"

"반농반어라 할 수 있지. 동네 앞이 바로 바다라면 사정이 다르겠지만, 갈대밭이니 어업에 종사하는 사람은 많지 않고 농사를 짓는 사람이 많다고 할 수 있다. 그 동안 바닷일을 하던 사람들도 갈대밭에 둑을 쌓고 간척지를 논으로 만드는 형편이어서 점점 농업으로 생업이 바뀌어가고 있다. 우리 집은 전적으로 농업에 종사하고 있다."

마을 안길로 들어가고 있었다. 우마차의 바퀴 자국이 있고 바퀴자국으로 물길이 나 장마에 움푹 파여진 곳을 자갈로 메꾸어 평평하게 길을 고쳐 놓았다. 마을 가운데 터를 잡은 집이었다. 돌담으로 둘러 싸였고 좌우로 행랑채가 있고 가운데가 대문인 집으로 들어갔다. 행랑채는 한

쪽은 광으로 쓰고 한쪽은 머슴들이 쓰는 방이었다. 집의 구조는 크고 단단하게 보였지만 초가였다. 마당이 널찍하였다. 남쪽 담장으로 대추나무 한 그루가 실하게 열매를 맺었고 감나무 두 그루가 서로 영역 다툼을 하며 가지를 드리우고 있었다. 농사를 짓고 사는 집이라 하기에는 너무나 깔끔하게 정돈되어 있었다. 초가집 치고는 기단을 높게 쌓았다. 돌계단을 다섯 개 올라 댓돌로 올라서니 마을과 갯벌이 한눈에 들어왔다. 경식이 아버지에게 다녀왔다고 말했다. 발이 드리워져 있었다.

"들어오너라."

경식의 부친은 잘 손질된 삼베옷을 입고 있었다. 현성의 아버지보다는 나이가 더 들어보였고 수염이 희끗희끗하였다. 경식이 위로 형이 둘 있다는 것은 들어 알고 있었다. 큰 절을 올리고 무릎을 꿇고 앉았다.

"편하게 앉도록 해라."

"예."

무릎을 폈다.

"경식이가 남원에 가 크게 대접을 받았다는 이야기 들었다. 여기는 촌이라 대접할 것도 없다. 이렇게 먼 길을 친구집이라고 찾아줘 고맙고, 옛말에 부모 팔아 친구 산다는 말이 있다. 부모는 자식과 오래도록 살 수 없는 것이지만 친구는 죽을 때까지 같이하는 것이다. 서로 집을 방문하여 집안 내력을 알고 우정을 깊이 해가는 것이 애비의 눈에는 참 좋아 보인다. 앞으로도 좋은 친구로 지내도록 하여라."

"예, 알겠습니다."

안채에 할머니가 있어 인사를 했고 부엌 어머니에게 인사하고 별채에 왔다. 별채 경식의 방에 와보니 청소가 말끔히 되어 있을 뿐 아니라 책상 위 화병에 장미꽃과 도라지꽃이 빨강과 자주의 조화를 이루어 곱게 꽂혀 있었다. 여자의 손길이 느껴지는 방안 분위기였다. 별채는 두 칸의 초가였는데 마루가 있고 방이 두 개였다. 처마를 달아냈고 아궁이를 만들었다.

"별채는 나와 형이 같이 쓰고 있다. 오늘 손님이 온다 해서 동네에 나가 보이지 않는구나. 식사는 안방에서 할 것이고 늦게 건넌방으로 잠자러 올 것이다. 서로 마주치게 되면 인사를 시킬 것이니 신경 쓰지 않아도 된다. 그리고 우리 집안 내력과 형제들과의 관계나 내 여동생 옥선에 대해서는 시간이 되면 이야기하마. 여동생 이름이 옥선이다. 필요한 것 있으면 옥선이를 불러 일을 시켜도 된다."

곧이어 저녁 식사 상을 옥선이가 들고 왔다. 오빠 친구라 인사를 시키니 수줍게 고개 숙여 목도를 하고는 어색한 듯 눈길을 피하였다. 경식보다 두 살 아래라면 열여섯인데 제법 성숙하였다. 키는 적당히 컸고 이제 숨길 수 없을 만큼 가슴이 부풀어 올랐다. 곱게 딴 머리채 끝에 붉은 댕기를 달았는데 움직일 때마다 치렁치렁 흔들렸다. 새 각시는 신랑 자랑, 어머니는 자식자랑, 큰 애기는 댕기자랑이라고 하더니 댕기가 탐스러웠다. 얼굴을 곧바로 바라보지는 않았지만 이목구비가 잘 갖추어진 얼굴이었다. 호말만한 큰 애기였다.

경식이 심부름을 자주 시켰다. 물을 가져 와라, 꼭 필요치도 않은데 양념을 가져 와라, 밥을 물리고 밥자리를 훔치라는 등 현성에게 여동생의 인상을 새겨주려는 경식의 의도가 빤히 보였다. 여동생은 처음에는 어색한 듯 하였으나 오빠의 말을 잘 따랐다. 일을 마치고 다소곳이 앉아 오빠와 오빠친구가 나누는 이야기를 귀담아 듣곤 하였다. 그 사이 방바닥의 먼지를 걸레로 한 번 더 훔치기도 하였고 화채를 밤참으로 내오기도 하였다. 팔월 말이 되어 더위는 많이 수그러들었다. 모기장을 치지 않아도 될 만큼 밤공기가 시원해졌다. 밤이 이슥해지자 달빛이 휘황찬란하게 비쳤다. 내일이 보름날 이었다. 달빛이 창으로 밀려들었다. 경식은 무슨 말을 더하고 싶어 했지만 현성은 졸음이 밀려왔다. 일찍 잠자리에 들었다. 촛불을 끄자 달빛이 이부자리에 닿아 앉았다. 달빛을 안고 스르르 잠에 빠져 들었다.

아침 식사를 물리고 경식이 하루 일정을 설명했다.

"내 보통학교 친구 중 광포에 배를 가지고 있는 친구가 있는데 저녁에는 그 친구 배를 타고 광포에서 태인도를 지나 망덕까지 뱃놀이를 계획했다. 내가 부러 보름날을 잡아 너를 오라 한 것은 뱃놀이를 해볼까 하는 마음에서다."

현성이 놀라는 표정으로 말했다.

"히야, 보름날 뱃놀이라. 말만 들어도 기가 막히겠는데, 이것 너무 무리하는 것 아니야?"

"아다시피 우리 동네는 시골 아니냐? 너를 우리 집에 데려오고 싶은데 보여줄 것이 있어야지. 그래서 어른들 흉내 좀 냈다. 근방 여유 있는 어른들이 배를 빌려 가끔 유람을 다녀오곤 한다. 광포에서 태인도를 지나 망덕포구에 다녀오는 뱃길은 아름다운 유람길로 소문이 나있다. 망덕포구는 오백리를 흘러내려온 섬진강물이 바로 바다에 닿는 하구이다. 모래톱이 발달되어 있고 갈대밭이 넓게 펼쳐져 있으며 주위에 크고 작은 섬들이 많아 경치가 좋다. 내가 너희 고향 남원에 가 하도 기가 질려서 네가 오면 꼭 보여주고 싶은 곳이었다. 우리 고향에서 내세워 구경시켜줄 만한 곳이다. 망덕포구에는 일본사람들이 제법 살고 있다. 김과 해산물이 근방에서 많이 나오기 때문에 일본사람들이 모여들게 되었을 것이다. 뱃놀이는 밤에 하는 것이고 오전 오후에 할일이 마땅치 않은데, 오늘이 진상 장날이거든. 여기서 시오리 되는 길인데 진상 장에나 다녀왔으면 한다. 어떻게 생각해?"

"그것 좋지."

"지금 바로 출발하자. 장 구경하고 국밥이라도 한 그릇 먹고 오자면 시간이 제법 걸릴 것이다."

별채를 나와 안채 마당을 지나가면서 경식의 바로 위 형을 만났다. 체격은 경식보다 왜소하고 착한 얼굴이었다. 경식이 무엇인가 내키지 않는다는 표정으로 현성에게 인사를 시켰다.

"현성아, 내 바로 위 순식이 형이야."

"안녕하세요. 경식이 친구 현성이라고 합니다."

흔연스럽게 인사를 건넸는데 그는 무엇인가 자신 없는 표정이었다. 머리는 부스스하고 입가에 김칫국물 자국이 발그레 남아있었다.

"어제 왔다고 이야기는 들었어."

이미 주눅이 들어 있었다. 그가 할 수 있는 말의 전부였다. 그 이상은 말을 할 수가 없다는 표정이었다. 현성이 의도적으로 살갑게 말을 건넸다.

"형님, 우리 진상 장에 다녀올까 합니다. 별일 없으면 같이 가시죠."

따라 오고 싶은 표정이 역력했다. 머뭇거리며 경식의 눈치를 보았다.

"별일은 없는데."

경식은 현성이 무안할 정도로 냉정하게 잘라서 말했다.

"형, 아랫뜸 갑수랑 같이 가잉. 나는 친구와 볼 일이 있으니. 현성아, 가자."

현성의 팔목을 잡아끌어 집을 나왔다. 이성적이고 사리판단이 정확한 경식의 평소 모습이 아니었다. 숨겨놓은 성적표를 들켰을 때의 소학교 아이처럼, 보여주고 싶지 않은 모습을 들켜버린 것 같은 어쭙잖은 행동이었다. 한참이나 말없이 걷다가 경식이 무겁게 입을 열었다.

"우리 집안 내력과 부모님, 형제들에 대해 이야기 해야겠다. 아까 내가 우리 형에게 함부로 한 것에 대해 네가 나를 어떻게 생각했을까 하는 마음이 있어 못내 불편하다. 어설프게 도회지에 나가 글 몇 자 배운다고 집안 형제들 업신여기는 얼치기 학도로 보였겠지."

"아니다. 물론 평소 자네 모습은 아니었지만 자네의 행동을 원체 깊게 신뢰를 해왔기 때문에 사유가 있을 것이라고 생각했다. 경식이 너는 언제나 나보다 이성적이고 사려 깊었잖아."

"우리 아버지는 당신이 젊을 때는 열심히 일하시어 살림을 크게 늘리셨고 나이가 들어가면서 주위에 인심을 얻을 만큼 후덕하게 사셨다. 당신 뜻대로 되지 않은 것이 자식 교육이었다. 형 이야기를 해야겠다. 큰 형이 정식이 형, 둘째형이 순식이 형이다. 큰 형이 나보다 여섯 살 위이고 둘째 형이 두 살 위이다. 정식이 형이 집안에 맏이기 때문에 아버지가 얼마나 정성을 들였을 것인가는 미루어 짐작하고도 남을 것이다. 보통학교 들어가기 전 서당에 다닐 때부터 정식이 형은 사고뭉치였다. 다른 집 아이들은 책거리를 여러 번 했지만 우리 형은 책거리를 한 번도 못했다. 그리고 서당 훈장의 말을 듣지 않아 쫓겨나기 여러 번, 그 때마다 아버지가 훈장 선생을 찾아가 사정하였다. 훈장 선생도 애로가 많았을 것이다. 부잣집 아들이라 함부로 할 수도 없었을 것이고, 해 오라는 공부는 하나도 해 오지 않고 매일 같은 책만 뒤적이고 있었을 것인데 얼마나 답답했을 것인가. 그리고 걸핏하면 서당을 도망가 버렸으니.

보통학교에 진학하고 나서의 일이다. 학교가 멀기도 했지만 학교에 가는 날이 가지 않는 날보다 적었다. 수업 중간에 도망 나오는 수법이 유명했지. 책가방을 수업 전에 밖에다 내놓고 출석을 부르고 나면 소변 보러 다녀오겠다 하고 나와서는 도망와 버리는 것이었다. 그리고는 동네 망나니 패거리들과 어울려 다니면서 못된 짓만 골라가면서 하고 다녔다. 담배를 열다섯 살부터 피우기 시작하였고 주제 모르고 돈 쓰기는 좋아하는 활수였다. 아버지에게 맞기도 많이 맞았지. 광에 가두어 놓고 밤을 새우게도 해봤지만 소용이 없었다. 학교 성적이 항상 꼴찌에서 맴돌았으니 상급학교 진학은 꿈도 꾸지 못했다. 소학교 졸업하고 집에서 놀게 되니 일을 더 저지르게 되었다. 아버지가 친구들과 가끔 다니는 광양이나 순천 술집에서 형이 외상을 달고 술을 먹고는 해서 아버지가 거래하는 객줏집에서 가끔 엉뚱한 청구서가 들어오곤 했다. 다 형의 소행이었지. 그러자 아버지가 술집 출입을 끊게 되었고 돌아다니면서 잘난 아들에게 돈 빌려주지 말라고 사정하는 처지가 되어버렸다. 순천에서 우리 동네까지 하이야다쿠시대절택시를 타고 다니는 사람은 옥곡에서 우리 형밖에 없다. 우리 아버지도 평생 어떤 바쁜 일이 있어도 다쿠시 한번 타본 적이 없으시거든. 우리 아버지는 근면 성실하신 분이다. 그렇지 않았다면 오늘의 부를 이룰 수가 없었지. 우리 아버지 어머니 사이에 생겨난 자식이라고 할 수 없는 별종이었지. 무책임하고 게으르고 돈 쓰기 좋아하고. 하지만 누구를 원망할 수도 없었다. 숙부가 한 분 계셨다. 할아버지, 아버지 속 엄청 썩였고 결국은 제 명에 못 살고 가셨지. 참 집안의 내력이라는 것은 어디에 속일래야 속일 수가 없는 것이더라.

그 형이 결혼까지 기막히게 하였다. 그렇게 주변머리 없이 살다가 광포에서 막걸리 장사하는 과부집 딸냄이와 정분이 나 배가 불러오니 어쩔 수 없이 결혼하였지. 그 집에서는 제대로 물은 것이지. 내가 좀 배웠다는 놈이 직업의 귀천 따지고 대단치 않은 신분 따져서 이야기 하고 싶지는 않다만 천박한 것들이 따로 있더라. 형을 교묘하게 꼬드겨서 얼마나 추악한 짓거리를 하던지. 아버지 어머니가 꼴 보기 싫어서 논 이십 두락 떼어서 제금을 내 보냈다. 그래도 항상 골칫거리지.”

경식이 말을 끊고 잠시 숨을 돌렸다.

“다음은 나보다 두 살 위인 순식이 형 이야기다. 어렸을 적에는 나보다 훨씬 영민하였다고 한다. 서당 다닐 때는 당해낼 아이가 없었다고 하지. 보통학교 들어가기 전 여덟 살 때에 학질을 심하게 앓아 바보가 되었지. 겉으로는 말짱한데 지능이 좀 모자란 편이야. 말을 하기는 하지만 어눌하고, 완전히 바보는 아니어서 학교는 다녔는데 아이들한테 놀림을 많이 당하였다. 동네에 나가면 내 또래보다 더 어린놈들에게도 놀림감이 된다. 그래도 놀아줄 놈들이 없으니 그 놈들과 어울리지 않을 수 없고, 우리 부모님도 형을 하루 종일 집에만 처박혀 있으라고 할 수도 없잖아. 속상할 때가 한두 번이 아니었다.

진상으로 학교를 다니다가 옥곡에 보통학교가 생겨 학교 다니는 거리가 좀 가까워졌을 때였다. 신금1구 아이들이 멀리서 학교 다니던 아이들을 많이 괴롭혔다. 광포나 태인도에서 다니던 아이들은 속수무책으로 당했지. 우리 동네 아이들도 마찬가지고. 신금1구가 광양으로 나가는 길목이고, 옥곡장을 보러 가자면 신금1구를 꼭 지나가야 했고, 학교에 가자면 어김없이 그 동네를 지나야 했다. 그 동네에서 학교에 다니지 않는 놈들이 꼭 나서서 아이들을 괴롭히곤 했다. 나보다 나이가 다섯 살 위였던 금철이라고 하는 녀석이 있었다. 아주 교활하고 간악한 놈이었다. 체격이 나이에 비해 왜소한 편이라서 저보다 등치 큰 놈은 절대로 건드리지 않았다.

보통학교 4학년 가을날이었다. 앞에 가던 우리 동네 형들이 금철이 놈한테 걸려 두들겨 맞고 마지막으로 순식이 형이 놀림을 당하고 있었다. 말똥 말린 것을 나뭇가지로 집어 순식이 형 코앞에 들이대며 맛보라 하고 있었다. 이것을 보고 내 눈이 확 뒤집혔다. 핏줄이라는 것이 참 이상한 것이지. 이성의 판단으로는 있을 수 없는 일이 벌어진 것이다. 도저히 상대가 되지 않는 것을 빤히 알면서도 엉겨 붙은 것이다. '야이 나쁜 놈아! 우리 형 놀리지 말아.' 하면서 달라 들었다. 내가 상대가 되겠나. 두어 번 허우적거리다가 콧등을 맞아 쌍코피가 터진 것이다. 검붉은 선지피가 흘러나왔다. 코피를 보니 내가 더 돌아 버렸다. 죽이라고 더 악을 쓰며 달려들었다. 다른 녀석들이 금철이 놈 말리고 나를 달래면서 쑥을 뜯어다 코피를 지혈시키고는 옷에 핏자국이 낭자한 것을 물로 씻어내고 집으로 왔다. 그 날 집에 와서 아버지에게 일러바쳤더니 집안이 난리가 났다. 우리 집에서 힘센 머슴 두 사람이 핏자국이 남아 있는 내 옷을 들고 그 놈 집구석을 찾아가서 그 놈의 애비 어미로부터 단단히 사과를 받았고 그 놈은 무릎을 꿇고 싹싹 빌었다.

훗날 내가 생각해보니 기가 막혔던 것은, 그 날 현장에 있던 순식이 형은 동생이 저 때문에 피를 흘리고 악을 쓰는데도 그냥 멍청히 서 있었다는 것이다. 나와 순식이 형과의 관계이다. 아까 이야기했던 갑수라는 친구는 그래도 인간성이 좋은 사람이다. 고맙게 생각하지. 갑수가 우리 형에게 잘해주니 갑수에게 형 대접을 해준다. 만날 때마다 고맙다 하고. 요즈음 들어 부모님이 순식이 형 걱정이 많아졌다. 결혼할 나이가 되었는데 사내구실이나 제대로 할까 걱정이다. 어떤 착한 사람이 우리 형을 잘 건사하여 살 수 있을 것인가 고민에 고민을 거듭하시지."

"야, 경식에게 그런 저돌적인 면이 있었구나. 항상 차분하고 이성적인 줄만 알았는데."

"계란으로 바위 치기였지. 금철이란 놈 그 뒤로도 아이들 괴롭혔다는 이야길 들었다. 아주 질이 낮은 놈이지. 지금 나를 만나면 옆에 오지도 못하고 실실 피한다."

"이제 그런 류의 인간들하고 상대나 되겠는가. 이야기꺼리도 되지 않겠지. 네 얼굴에는 그때 그 놈한테 당했던 분함이 아직도 남아 있다. 나는 형제가 없고 단신이어서 외롭게 컸다고 생각했는데 형제가 많아도 그런 문제가 있구나."

"형제가 많아서 문제가 있는 것이 아니고 우리 집안 형제 관계가 독특한 것이지."

마을을 나와 행길로 나서니 장으로 향하는 행렬이 꼬리를 이어가고 있었다. 갓에 망건을 쓰고 풀 먹여 잘 다려진 하얀 옷을 입고 가는 노인이 있었고 머리에 큰 대바구니를 여러 개 겹쳐 이고 양손에 작은 대바구니를 들고 총총 걸어가는 덩치 큰 아주머니도 있었다. 벌써 땔감을 장만해서 지게에 지고 가는 나무꾼이 있었고 함지박에 물고기를 가득 담아 이고 가는 어부의 아내도 있었다. 한 쪽 어깨 짚 걸망에는 닭 두 마리가 고개를 이리저리 돌리며 겁에 질린 눈을 하고 있고 다른 한 손에는 대여섯 개 새끼줄로 묶은 달걀꾸러미를 들고 가는 촌부가 있었고 빈손으로 가는 한량들도 있는 장날 행렬에 경식과 현성도 끼어 걸어가고 있었다.

광양에서 옥곡을 거쳐 진상으로 가는 3급 도로에 접어들었다. 일제는 도로를 1, 2, 3급으로 나누어 도로를 정비하고 확장해갔다. 지방의 면 단위를 연결하는 도로는 3급 도로였다. 십 리는 더 걸어야 진상 장에 도착할 수 있다. 경식이 말을 계속 이어갔다.

"그래서 아버지는 집안의 모든 장래를 나에게 걸고 나를 전적으로 신뢰하시지. 내 의견을 적극 수용해주시고 서울에서 생활하는데 전혀 지장이 없도록 잘 지원해 주신다. 내 동생 옥선이 이야길 해줄까?"

현성이 멋쩍은 듯 고개만 끄덕였다.

"옥선이는 생각하면 할수록 아까운 아이다. 산술을 뛰어나게 잘하고 글쓰기도 잘해서 서울에 있을 때 고향소식은 늘 옥선이가 보내주는 편지를 통해서다. 무엇보다도 배우고자 하는 욕심이 대단한 아이였지. 이런 기억이 있다. 내가 소학교 3학년이고 옥선이 1학년 때, 겨울방학 전 한파가 밀려와 무지무지하게 추웠던 겨울이었지. 그 때는 학교도 진상으로 다녔으니 멀기도 했다. 집을 나서 두어 마장이나 갔나. 오빠인 나도 견딜 수 없을 정도였고 순식이 형은 아예 학교에 못가겠다고 집에서 나오지도 않았다. 하도 발이 시려 발등이 깨지는 듯 아팠다. 추우니 엉엉 울기 시작하는 거야. 어린 것이 얼마나 추웠으면 그렇게 울었겠어. 그 땐 나도 울고 싶을 정도로 추웠다. 여러 번 집으로 돌아가라고 종용했지만 절대 집으로 가지 않고 울면서 따라오는 것이었어.

그렇게 독하게 공부를 하니 소학교 6년 동안 한 번도 일등을 놓쳐 본 적이 없어. 소학교를 졸업하고 여보고를 진학하려 했지만 아버지의 강력한 반대로 좌절되고 말았지. 형들이 고보를 나왔으면 수월했을지도 모른다. 그러나 아들들도 둘이나 진학을 못했는데 딸이 무슨 학교냐고 단호하게 거부하셨다. 여기서 가장 가까운 여고보가 진주에 있는 일신 여고보인데 진주에 일가친척이 한 집도 없다. 그렇지 않다면 광주나 부산으로 가야 하는데 여아를 하숙시키며 학교 보내기를 못내 껄끄럽게 생각하셨을 것이다. 배움에 대한 열의가 있는 아이라 와세다 강의록을 신청하여 공부를 하였지만 독학으로 가능한 과목이 몇 과목이나 되겠는가. 우리가 생각해 봐도 영어나 산술이나 음악이나 스승 없이 스스로 해나가긴 어려운 과목들이다. 한 해 정도 해보더니 포기한 것 같더라. 지금은 내가 읽은 책들이나 내가 서울에서 보내주는 잡지나 읽고 지낸다.

옥선이 진학이 좌절되었을 때 내가 3학년이 되어 서울로 올라가던 봄날이었지. 옥곡 차부까지 나와 손을 잡으며 오빠 공부 열심히 해 훌륭한 사람 되라고 울면서 배웅했던 기억이 삼삼하다. 옥선이는 배움에 대한 끝없는 갈망을 가지고 사는 아이다. 내가 방학 때 집에 오면 나한테 무슨 이야기라도 듣고 싶어 애를 쓴다. 그리고 어제 너와 같이 있을 때 밥상을 차려주고 잔심부름 하며 우리 방에 머뭇거리고 나가지 않은 이유를 나는 잘 안다. 서울에서 명문고보를 다니는 오빠와 오빠 친구는 무슨 이야기를 나누는지 듣고 싶었을 것이다. 지식인들은 어떤 격조 높은 이야기를 주고받는지 알고 싶어서 호기심이 가득한 것 같더라."

"아, 그래."

더 이상 말을 하지 않고 고개만 끄덕였다. 상금리를 지나 고팽이를 돌아서니 제법 큰 마을이 눈앞에 전개된다.

"저 곳이 진상의 섬거라는 마을이다. 광양에 자연부락으로 형성된 마을 중 큰 마을이 셋 있다. 옥룡의 추동과 골약의 하포마을과 진상의 섬거마을이지. 저 앞에 보이는 마을이 섬거마을이지. 섬거에 진상장이 있다."

곧이어 장에 도착했다. 오전 열시가 넘어 날씨가 더워지기 시작했는데에도 사람들로 붐비기 시작했다. 백운산 억불봉 자락의 산촌이라 나무꾼들이 장에 들어서기 전 길가에 나뭇짐이나 장작 짐을 받쳐 놓고 손님을 기다리고 있다. 경식이 나무꾼들 중 아는 얼굴을 보았는지 반갑게 인사를 주고받는다.

"이게 누구야? 수평리 사는 영수 아닌가? 오랜만이야. 얼마만인가? 보통학교 졸업하고 처음 보는 것 같은데."

반갑게 손잡고 인사를 했다. 장에 말끔한 두 젊은이가 나타나 아는 사람을 만난 듯 서로 인사를 나누니 사람들의 시선이 쏠렸다. 도시물을 먹은 듯한 느낌이 의복에서나 외모에서 확연하게 드러나는 두 젊은이였다. 영수라는 나무꾼은 두 사람보다 나이가 더 들어 보였고 남루한 무명옷에 꾀죄죄한 모습이 산골 사는 나무꾼이었다. 모처럼 얼굴을 보는 친구에게 부끄러운 듯 무슨 말을 머뭇거리며 수줍어했다. 머리를 긁적이며 말했다.

"경성으로 학교 갔다는 소문은 들었어."

"영수가 나보다 몇 살 더 위지?"

"내가 임자생이어."

"그러면 세살 위가 되겠네. 장가는 들었어?"

"장가야 들었지. 벌써 두어해 되는가벼. 아들놈이 벌써 돌이 지났으니."

"살기는 어쩌?"

"나무장수 해가지고 어떻게 살것어? 목구녕이 웬수라서 할 수 없이 이러고 나와 있는 것이지. 논 열두어 두락 소작을 붙여먹고 사는디 아버지 어머니와 동생들이 셋이고 입에 풀칠하기도 힘들어. 남은 시간에 이렇게 나무라도 해다 팔지 않으면 굶을 수밖에 없어. 그 동안 한 더위에 계속 놀다가 보리 몇 됫박 바꾸어 갈까 하고 이렇게 장작짐을 가지고 내려왔제. 나무 살 사람이나 있을랑가 모르것네."

땀에 쩔고 몸에서 쉰내가 났다.

"내가 멀리서 손님이 와 장 구경 좀 하려구 왔는데 우선 먼저 장 한번 돌아보고 올 것잉게 나 꼭 만나고 가야 히어잉. 막걸리는 내가 살 것잉게."

"그려, 장 구경하고 와. 여기서 기다리고 있을 것잉게."

경식이 말투를 바꾸어 의도적으로 사투리를 쓰고 있었다.

"현성아, 인사해라. 나하고 보통학교 같이 다닌 동무다."

현성은 쑥스러워하는 그에게 서슴없이 대해 주었다. 간단히 인사를 나누고 장터 안으로 들어갔다. 다니기가 불편할 정도로 사람이 많았다. 산골 촌장이라서 더덕, 도라지, 하수오 등 산 약재와 고사리, 곰취 등 나물들이 난장에 널려 있고 고무신 파는 신발가게와 광목, 인조견 파는 포목점, 온갖 생활용품 잡화상이 있다.

"오늘 아침 식전에 섬진강에서 잡아온 제첩 사려."

열심히 외쳐대는 억척 아줌마와 엿장수의 쨍그랑거리는 가위소리, 여기저기서 물건을 들어보고 흥정하고 몇 전만 더 깎아 달라 실랑이 하고, 그렇게는 본전도 안 된다고 물건을 내 놓으라 하는 깍쟁이 아줌마

의 실랑이 하는 소리 등이 어울려 시끌시끌하다. 마치 만물상에 온갖 잡
동사니가 다 모여 있듯이 장날 장터에 모여든 사람들도 각각, 표정도 각
각, 생김생김도 각각, 욕심도 각각이었다. 푸줏간에 들러 소고기 두 근
을 사고 나오는 길바닥 울긋불긋한 책표지에 걸음을 멈췄다. '심청전',
'춘향전', '장화홍련전', '류충렬전', '숙영낭자전' 등 고전소설과 이수일
과 심순애의 '장한몽' 같은 현대소설들이 난장에 펼쳐져 있었다. 경식도
끼어들어 책을 뒤적였다. 책값은 4전에서 10전, 15전짜리까지 있었다.
경식이 10전짜리 '장한몽'을 집어 들고 계산했다.

"웬일이야? 삼류 저급 눈물 짜는 통속 소설을 사다니."

경식이 빙긋이 웃었다.

"옥선이가 사다 달라는 것이다. 이야기책을 사다 주면 동네 큰 애기
들과 아주머니들이 새로운 이야기를 들으러 몰려든다. 옥선이가 이 이
야기책을 읽어주는데 인기가 좋지. 이제는 제법 이력이 나서 악극단 배
우 못지않게 낭랑한 목소리로 구성지게 읽어준다. 처음에는 할머니, 어
머니에게만 읽어드렸는데 이웃에 소문이 나서 이제 동네 사람들이 다
모여들게 되었지. 원래 여자들이 남자들보다 이야기를 좋아하잖아. 수
다 떠는 것도 좋아하고. 슬픈 대목에서는 눈물도 찍어가며 주인공이 행
복하게 되는 절정의 대목에서는 박수도 치곤하지. 시골에 글 읽을 줄 아
는 여인이 없으니 우리 옥선이가 짧은 배움으로 이렇게 쓸 만한 이야기
꾼이 되었다. 지금은 여름밤이라 그리 사람들이 많이 모여들지는 않지
만 겨울밤에는 이야기책 읽어주는 것을 들으며 모두가 이야기 속 주인
공이 되어 긴긴밤 심심파적을 푼다."

장 구경을 대충 끝냈다. 경식이 나무꾼 동무를 찾았다. 그 사이 나뭇
짐이 팔렸는지 홀가분하게 앉아있었다. 장터 국수집에서 국수를 시키고
막걸리 가져오라 하여 한 주발씩 들이켰다. 수평리 산다는 영식은 막걸

리를 잘 마셨다. 막걸리가 두어 잔 들어가니 머뭇거리던 말이 술술 풀려 나왔다.

"나 같은 것을 동무라고 챙겨주니 고맙네. 사는 것이 팍팍하니 어디 가서 사람 구실도 못하고."

"그런 소리 마소. 자네하고 나는 소학교 6년 동안 동문수학했는데 내가 그냥 지나친다면 내가 못난 사람이 되고 나쁜 사람이 되는 것이지. 내가 자네보다 특별히 뛰어나고 잘나서 경성으로 학교 간 것이 아니고 아버님이 가르칠 만한 여유가 있으셔서 간 것이지. 어찌 오늘 지고 온 나무는 좋은 가격에 팔았는가?"

"좋은 가격을 받을 수 있겠능가? 겨울철이라면 좀 나앗겠지만 아직은 더위가 덜 가셔서. 그래도 쉽게 팔아 넘겼다네. 작년 겨울은 장작이 한 짐에 80전, 송엽소나무 잎이 한 짐에 50전씩 했는데 지금은 시세가 안 좋아 장작 한 짐에 70전도 못 받았네. 보리쌀 반말 값이지. 겨울에 장작을 패놓은 것이 있어 가져왔는데 장작 두 짐 정도 하려면 하루 종일 걸려야 하고 이십 리 길 장에까지 지고 와서 파는 것이 하루 품이 들지 않는가. 이틀 품으로 보리쌀 반말 정도 지게에 실고 가네. 막걸리 한 잔 마실 여유가 없지."

"고생하네. 열심히 살다보면 좋은 날이 있지 않것어?"

"무신 좋은 날. 이렇게 세혀가 빠지게 고생하다 가는 것이지. 살기가 날이 갈수록 힘들어지네. 다랑이 논 열두어 두락 소작 부쳐 먹고 사는디 마름하는 사람이 얼마나 괴롭히는지 몰라. 걸핏하면 소작인 바꾸겠다고 공갈치니 소작료 안 올려줄 수 없네. 집에서 키우는 닭은 마름에게 삶아 바치고 닭장에 살이 오른 놈 있으면 제 것 마냥 잡아가기도 하지. 몇 년 전에는 가을 추수 하고 나면 그래도 일 년 먹을 식량은 되었지. 지금은 소작료 떼고 비료 값, 수리조합비 빼고 나면 남는 것도 거의 없어. 그래도 우리 집은 밭이라도 좀 있어서 고구마, 감자, 옥수수 등으로 일 년은 겨우 넘기고 있지. 그렇게 알량한 밭조차도 없는 사람은 어찌 살것능가. 목구멍이 포도청이라고 춘궁기에 장리 빚 얻어 쓰고 가을에 타작하여 빚 갚고 나면 지푸라기만 남지. 그렇게 몇 년 지나다 보면 살 방도가 없어 만주로 보따리 싸가지고 가는 것이지. 우리 같이 나무꾼들에게는 호랭이가 또 있어. 산감이지. 우리 마을에 산감이 뜨면 그저 눈치 보느라 벌벌 떨지. 그 작자들에게도 닭을 삶아 바쳐야 하고 감 나올 땐 좋은 것으로 한 접씩 바쳐야 하네. 그렇지 않으면 집에 싸놓은 장작 가져다가 불에 태워버리고 산에서 나무 하다 걸리면 지게, 낫 다 뺏어가 버리고 벌금 물린다고 공갈 치제. 세상에 힘 있고 돈 많은 놈들은 다 나쁜 놈이라고 생각하네. 내가 알고 있는 돈 있고 힘 있는 사람들은 왜 그렇게 욕심이 많고 지 배아지만 채울라고 하는지 모르겠더만."

"세상에 힘 있고 돈 있는 사람들이 다 나쁜 사람들만 있다면 세상이 제대로 굴러가겠는가. 갑오년 같이 난리가 나겠제. 자네가 모르는 곳에 좋은 사람들이 있을 것이네."

"하기야 자네 아버지를 생각하면 참 좋은 분이시지. 그런 분이 없지. 참으로 드문 분이시지."

"우리 아버지를 이야기 하고자 했던 것은 아니고. 세상에는 우리 모르게 좋은 세상을 만들고자 애쓰는 사람들이 있다네."

"사는 것이 왜 이렇게 힘든 건지 가끔 생각하는디 우리 아버지 고생했던 것처럼 나도 뼈골 빠지게 일만 하다 가겠지. 우리 같이 태생이 천한 것들은 이렇게 고생만 하다 가는 것 아니겠는가?"

"무신 말을 그렇게 함부로 하는가. 자네는 젊고 건강하고 더구나 돌지난 아들까지 둔 사람이니 희망을 가져야지. 자네 말을 들으니 얼마나 어려울 것인가 하는 생각이 드네만 오랜만에 만난 친구에게 너무 어둡게만 이야기 하네 그려. 막걸리 한 잔 자네 맘대로 못 사먹는다면서. 그 정도로 아껴 쓰고 성실하게 살면 반드시 좋은 날이 올 것이네."

"미안하네. 오랜만에 만난 자네에게 힘들다는 이야기만 해서. 자네 말대로 나는 건강하고 젊으니 열심히 살면 좋은 날이 언젠가는 올 것으로 믿고 살아야지."

"자네는 우리보다 나이가 훨씬 많지만 착하고 좋은 친구네. 그래서 자네가 항상 어찌 사는 가 궁금했는데 그러던 차에 우연히 만나니 이렇게 반갑지 그려. 자네는 착하고 성실한 사람이라 좋은 날이 반드시 올 것이네."

"나한테도 잘 살 날이 올랑가?"

"아먼, 올 것이네. 기필코 오고야 말지."

그 사이 국수가 나왔다.

"자, 우리 국수 먹고 일어나서 길을 나서야겠네. 오후에 할일이 있으니."

국수를 먹고 나서 세 사람이 같이 장을 나섰다가 중간에 묵백리로 넘어가는 산길에서 헤어졌다. 영수의 얼굴에는 서운함이 가득하였다. 열심히 살라고 격려를 해주고는 작별하였다. 저만큼 멀어져 가는데 현성도 무언가 아쉽고 안타까웠는지, 경식의 손에 들고 있던 소고기를 영수에게 주라고 손짓한다. 그때서야 느낌이 왔던지 황급하게 영수를 불렀다.

"어이, 영수! 오영수! 이리 와. 내가 자네한테 전할 것이 있으니 이리 와 봐."

웬일인가 하고 다시 돌아오고 있었다.

"이것 오늘 장 본 소고기인데 가지고 가서 두어 끼 소고기국이나 끓여 자시게. 오랜만에 만난 자네에게 국수 한 그릇 나누고 헤어지기가 못내 서운해서 그러네."

오영수는 펄쩍 뛰면서 안 받겠다고 뒤로 물러섰다.

"그러지 말게. 자네 그냥 가면 내가 서운해서 견딜 수 없을 것이네. 그리고 옆에 있는 친구도 자네에게 주었으면 하였네. 자네에게 할 이야기는 아니지만 이 친구나 나나 늘 고깃국을 먹고 사니 불편하게 생각할 것은 없네."

"그려도 우리 집은 소고기를 어떻게 해 먹는지도 몰라. 아니어, 안 가져갈 것이어. 집에서 쓸라고 샀을 것 아닝가."

"그것은 내가 알아서 할 것이고, 자네가 안 받는다면 내가 이것 들고 자네 집 수평리까지 간다. 여기서 수평리까지 시오리는 충분히 될 것이다만."

그때서야 못 이긴 듯 받았다.

"어려운 여건에 장남으로 아버지 어머니 모시고 동생들 잘 건사하고 열심히 사는 자네가 대견스럽네. 지금같이 열심히 살다보면 좋은 세상이 꼭 올 것이네. 용기 잃지 말고 사시게나."

영수의 눈에 눈물이 그렁그렁했다.

"고마워. 나 같이 못난 놈 동무로 생각해 줘서."

"자네가 어째서 그래. 세상에 잘난 놈이 얼마나 된다고. 그런 소리 하면 나 화낸다. 그럼 잘 가시게."

다시 작별하고 멀어졌다. 영수는 상금리 마을 뒤로 재 넘어가는 길에 몇 번씩이나 이쪽을 쳐다보면서 멀어져 갔다. 그렇게 영수를 보내놓고 나서야 두 사람 얼굴빛이 조금 펴진 듯했다.

"현성아, 집에 가 어머니에겐 뭐라 말씀드리지? 시오리 길 장에 소고기 사러 간 녀석들이 빈손으로 왔으니."

"장에 가서 막걸리 한 잔 먹고 돌아오는 길에 깜박 놓고 왔다고 둘러부쳐라."

"그러면 손에 있는 책은 뭐라 하고."

"그것까지 내가 어떻게 대답을 준비하겠냐. 그 다음은 네가 알아서 해야지."

"그러면 네 녀석이 동무에게 주자고 해서 줬다고 해야겠다. 실은 나는 전혀 생각을 못했는데 네가 눈짓을 해 그때서야 생각났어. 어차피 네입으로 들어갈 것인데 네가 주자고 하니 나도 선뜻 응한 것이다. 그렇게라도 해서 보내니 마음이 한결 낫다."

"그 친구 얼굴이 선하기 이를 데 없고 또한 부지런해 보이더라. 아무리 열심히 일해도 가난을 벗어날 수 없다는 하소연을 들으니 안타까운 마음뿐이고."

"가난하게 태어난 사람이 평생 가난에서 벗어나지 못하고 대물림하여 자식 대에 가서도 가난하게 산다는 것은 안타까운 일이지."

"부잣집에서는 음식이 썩어나도 가난한 사람들은 먹을 것이 없어 굶어죽는 것이 자본주의 현실 아니냐. 우리 주위에 있는 부잣집 자식들 봐라. 공부한다고 핑계 대고 일본 삼류대학이나 전문학교에 학적을 걸어놓고 온갖 호화 방탕한 생활 다 누린다. 조금도 부끄러워하는 기색이 없이 마치 하늘로부터 물려받은 권세 누리듯이 행세하고 다니지. 가난한 사람은 아무리 애써도 가난을 벗어나지 못하는 이런 현실을 극복하고 부의 쏠림을 막아 골고루 잘살자는 것이 사회주의 아니겠는가. 물론 우리 민족에게는 이런 이념보다 더욱 절실한 당면과제가 일본놈들의 압제에서 벗어나는 것이겠지만. 아까 영수라는 친구 이야기 들으니 일본놈들 때문에 더욱 살기 힘들어졌다고 하더구만."

"현성아, 주제가 너무 무겁다. 다만 너나 나나 항상 못된 부잣집 아들이라는 소리 듣지 않도록 검소하고 근면하고 주위 사람들 배려하는 모습으로 살았으면 한다."

"좋다. 결론이 멋지다. 오늘 그 영수라는 동무에게 소고기 몽땅 내준 것은 잘한 일이다."

집에 도착하였다. 먼저 옥선을 불러 책을 주고 잔뜩 기다리고 있던 어머니에게는 할 말이 없었다. 머뭇거리고 있으니 빈손으로 온 아들에게 어머니가 먼저 물었다.

"경식아, 소고기는 어찌 했어?"

"장에 가서 소학교 동무 만나 막걸리 한 잔 하고 오다가 중간에 잠시 쉬었는데 거기 빠뜨리고 온 것을 집에 다 와서 알았네요."

"그러면 옥선이 사다준 책은 어떻게 챙겨 왔다냐?"

계속해서 둘러 부치자면 이야기가 어려울 것 같아 이쯤해서 나서야 할 때라는 생각이 들어 현성이 솔직히 말을 했다.

"어머니, 실은 오늘 장터에서 경식이 소학교 동창을 만났습니다. 그 동무가 장작을 팔러 장에 왔는데 많이 어렵게 사는 것 같았어요. 같이 오다가 갈림길에서 그 동무에게 주고 헤어졌습니다. 저도 경식이의 따뜻한 정리에 좋다고 동의했습니다."

그때서야 이해를 하겠다는 듯, 어머니도 과히 싫은 표정은 아니었다.

"다 큰 총각들이 심부름을 그렇게 밖에 못해? 알았다. 그러면 손님 대접을 어떻게 하지."

"어머님이 해주시는 음식이면 어떤 것이든 맛있게 잘 먹을 겁니다. 걱정 마세요."

이렇게 해서 소고기 사건은 마무리 지었다.

저녁을 먹고 나서도 아직 해가 남아 있다. 무더위는 가시고 제법 시원한 바람이 부는 저녁녘이었다. 두어 마장 거리에 광포가 있었다. 육지로 깊숙이 들어와 있는 포구 안에는 작은 배들이 오밀조밀하게 접안이 되어 있다. 미리 약속이 되었던 듯 중키에다 다부진 체구를 가진 젊은 사람이 배 앞에서 기다리고 있었다. 경식과 반가이 인사를 나누더니 현성에게 소개시켜 주었다.

"오늘밤 우리를 데리고 망덕포구까지 배를 태워줄 동무 최복석이다. 나하고 소학교를 같이 다녔고 고기잡이와 김 양식을 주업으로 하는데, 이 근방 바다에 대해 손바닥 같이 잘 알고 있는 바다의 사나이지. 여기는 나하고 서울에서 고보를 같이 다니는 친구 이현성이다. 남원이 고향이고 바다는 처음 보는 바다 숙맥이지."

"금방 소개한 대로 나는 바다에 숙맥입니다. 겁이 나는데요. 잘 부탁합니다."

"여기는 안바다라 걱정할 것 없어요. 먼 바다로 나가서 바람 불고 파도가 치면 나도 겁이 날 겁니다만."

간단히 인사를 주고받은 후 바로 배에 올랐다. 두 사람이 양쪽 난간에 기대어 앉도록 하더니 버릿줄을 풀고 출항을 서둘렀다. 선미에 있는 노를 밀어 배를 뭍에서 떨어지게 한 후, 노를 좌우로 흔들어 저어가니 삐그덕 소리를 내며 배는 깊은 물로 나아갔다. 배는 무동력선으로 제법 널찍했다. 사람만 태운다면 칠팔 명도 너끈히 태울 수 있을 정도였다. 한쪽에는 어망이 차곡차곡 포개져 있는 날렵한 유선형 나무배였다. 해수에 썩지 않게끔 콜타르를 발라 냄새가 아직 남아 있었다. 배 주인이 부지런하고 깔끔한 사람임을 알 수 있었다. 수부는 고물에서 노를 젓고 있고 두 사람은 이물에서 좌우로 난간에 기대어 앉았다. 육지의 나룻배와 다른 것은 이물에 갑판을 만들어 덮은 것이다. 갑판이 있으니 몸 기대기가 훨씬 수월했다.

한강 뱃사장 이나 창경원, 광한루 연못에서 보트를 타본 경험 이외에는 바다에서는 처음으로 배를 타보는 현성이었다. 처음에는 약간 불안한 빛이 있었으나 바다가 잔잔하고 흔들리지 않게 배를 저어가는 수부의 노련함에 마음이 차분히 가라앉으면서 주위 풍광이 비로소 눈에 들어오기 시작했다. 경식의 지형설명이 시작되었다.

"좌측 산 너머가 우리가 다녀올 망덕이고 좌측에 보이는 섬이 우리 선조의 고향인 태인도다. 아버지는 집안 행사로 자주 태인도에 나들이를 다니시지. 그 아래 보이는 곳이 금호도이고."

"경식아, 나는 바다를 거대한 파도가 일렁이고 확 트여 끝이 안 보이는 일망무제한 수평선을 볼 수 있는 곳이라 생각했다. 그런데 좌우로 산만 보이는구나. 물론 내려 보면 물이지만."

"광양만은 바닷물이 깊숙이 육지로 밀려들어와 만든 만이다. 바다라기보다는 호수 같은 곳이지. 여기는 갯벌이라 좀 다르지만 여기서 조금더 가면 하포라는 포구가 있다. 하포에 가보면 수심은 얕고 잔물결 일렁이는 것이 마치 내륙 호수 같은 느낌이 든다. 여기서 일망무제한 곳까지 가려면 여수 돌산도를 지나야 하는데 이 배로는 서너 시간을 가야 할 것이다. 광양만은 천연 방파제가 있어 풍랑이 밀려와도 크게 요동치지 않는 안온한 내륙의 만이다. 광양만의 포구는 파도의 피해가 적기 때문에 방파제가 거의 없다. 일망무제한 바다도 있지만 이렇게 올망졸망하여 호수 같이 잔잔한 운치가 있는 곳이 이곳 광양만 바다이다. 남해를 다도해라 그러잖아. 다도해의 그윽한 멋을 느낄 수 있는 곳이다. 그리고 물 건너 저편 동쪽에 보이는 산, 그 곳은 하동이다."

마침 동쪽 산에서 달이 떠오르고 있었다. 반만 보였던 달이 어느 새 떠올라 둥근 달이 되었다. 이제 햇빛의 으스름한 잔영조차도 완전히 사라져버리고 은은한 달빛 세상이 되었다. 뱃전에 부딪치는 바람이 더욱 서늘했다. 뱃사공 최복석이 가스등을 켜고 무엇을 찾는 듯했다.

"복석이, 뭐해. 내가 뭐 도와줄 일 없어?"

"내가 오늘 싱싱한 고기 잡아 손님 대접하겠다고 했지. 여기 근방에 내가 쳐 놓은 어망이 있거든. 거기에 굵은 나무토막을 매달아 놨는데 그 보굿을 찾고 있어. 저기 있다."

보굿을 들어 올리니 굵은 아마로 된 동아줄이 나오고 동아줄을 잡아 당기면서 앞으로 나가니 어망이 들려나왔다. 묵직하게 뱃전에 걸리는 것이 있었다. 그것을 배 위로 잡아 올리니 수백 마리의 물고기들이 파닥 거리고 있었다. 어망의 매듭을 찾아 풀어 굵은 고기 대여섯 마리를 선미 의 갑판을 열고 물 칸에 집어넣었다. 매듭을 찾아 묶고는 다시 어망을 바닷물 속으로 내려놓았다. 현성으로서는 너무 생소한 일이고 흥미진진 한 일이 눈앞에서 벌어지고 있었다. 어망 속 파닥거리는 고기나 한 마리 잡아봤으면 했는데 금방 아무 일 없다는 듯 물속에 다시 집어 넣어버렸 다. 능숙한 솜씨가 마치 어항에 잡아놓은 붕어 몇 마리 잡는 듯 날렵하 고 군더더기가 없었다. 현성이 궁금증을 견딜 수 없었다.

"최 형, 나도 고기 한 번 잡아볼 기회를 주시지, 그만 내려버리고 말 았어요. 그런데. 어떻게 저기다 고기를 잡아넣고 필요할 때마다 빼가는 거요? 도저히 믿을 수 없는 일이 내 앞에서 벌어져 입을 다물 수 없구료."

"아, 그것 말이요. 그것이 무슨 대수라고. 설명 드리리다. 나는 우리 아버님 때부터 고기를 잡아 바닷물 흐름을 잘 알고 있거들랑요. 바닷 물 흐름을 따라 고기가 어디에서 어디로 이동한다는 것을 잘 알고 있지 요. 고기가 이동하는 길목에 굵고 튼튼한 대형 어망을 설치합니다. 우리 는 대형어망을 설치해 놓은 자리를 어장이라고 합니다. 바다 물고기는 주인이 없지만 어장의 주인은 다 있어요. 여름이 시작될 때 쳐서 늦가을 에 철수를 하지요. 지금부터 보름이나 지나면 전어철이고 그 뒤로 보름 이나 더 있으면 숭어철이 되는데, 전어철 숭어철에는 그물을 들어 올릴 수가 없을 정도로 고기가 많이 잡힙니다. 금방 들어 올렸던 것은 고기가 어망 끝에 가두어져 있는 어망의 중요부분으로 우리 바다사람들은 무식한 말로 붕알_{불알}이라고 합니다."

웃음을 지었다.

"아, 그래요. 그러면 금방 물칸에 넣은 고기는 뭡니까?"

"농어라고 하지요. 이 근방에서 잡는 고기 중 가장 고급 어족입니다. 나중에 망덕에서 돌아오는 길에 회를 쳐드릴 것이니. 잡숴보세요. 맛이 그만입니다."

"회를 친다는 것은 살아있는 바닷고기를 회를 뜬다는 것인가요?"

"그렇지요."

"아, 그래요. 내륙 지방에 살아 회라고 하면 오징어를 물에 살짝 데친 것 정도로 알고 있습니다만, 회를 처음 맛보게 되겠군요. 궁금합니다. 살아있는 물고기를 포를 뜬다니 약간 꺼려지기도 하구요."

경식이 끼어들었다.

"야, 이현성. 좋은 잔치에 초 치지 마라. 바다에서 막 잡은 생선회를 먹는 맛이 얼마나 기막힌데. 그리고 먹기 좋게 썰어서 주는 것인데 그렇게 우거지상을 하고 있어. 살아있는 물고기 꼬랑지가 네 입으로 들어가는 것이 아니야. 회자膾炙라는 말도 못 들어봤냐? 고기 중 회로 먹는 것과 구워 먹는 것이 제일 맛있다는 말 있잖아? 너 나중에 맛있다고 더 내놓으라고 하면 안 된다. 알았지?"

"허어, 내가 바닷가에 와 촌놈이 되어 버렸네. 산골 촌놈. 그래 알았다. 네 처분에 맡기겠다. 굿이나 보고 떡이나 얻어먹어야 되겠다."

배는 바닷가 산자락을 돌아 넓은 바다로 나아갔다. 시야가 확 트였다. 남해의 넓은 바다로 나가는 바닷길이었다. 봉싯하게 솟은 작은 섬이 눈에 들어왔다. 경식의 지형 설명이 이어졌다.

"앞에 보이는 작은 섬이 배알도, 저쪽에 솟아있는 산이 망덕산 그리고 지금은 밤이라 보이지 않지만 망덕산의 정상 부근에 바위가 층을 이루어 차곡차곡 쌓여있다. 그 바위를 책바위라 한다. 배알도라는 섬 이름이 독특하지. 섬의 이름이 지어진 유래를 설명할까 한다. 망덕산에 삼남에서 알아주는 소문난 명당이 있다. 근방의 지관들은 모르는 사람이 없다. 천자봉조혈이라 하는데 즉 군왕을 도우는 인물이 나온다는 것이다. 만인이 찾아가 배알하는 인물이라 해서 바로 전 우리가 지나왔던 섬이 배알도가 된 것이다."

"알겠다. 천자봉조혈과 그 앞 바다에 솟아있는 배알도, 나도 집에 가면 우리 아버지에게 여기에 지관 대동하고 오셔서 좋은 묘자리나 구해보시라 해야겠다. 허허허."

"현성아, 여기가 망덕이라는 동네이고 이 배가 닿는 곳이다. 여기가 광양 팔경 중 두 가지 절경이 어우러진 곳이다. 유식한 체를 해야겠다. 섬진추월蟾津秋月과 선포귀범船浦歸帆인데 즉 섬진강 가을 달과 선포로 돌아가는 돛단배를 말한다. 오늘은 두 가지 절경이 기막히게 조화된 가운데에 우리 배가 들어가고 있다. 여기가 섬진강 오백리길의 종착지 망덕포구이다. 전라도 산골의 물이 모이고 모여 여기까지 이르지. 강물의 고단한 여정을 편안하게 내려놓는 섬진강 하구이다. 민물과 바닷물이 어우러지는 곳이지."

그 사이 달이 둥실 떠올라 강 하구에 달빛이 늘어져 잘게 부스러지고 있었다. 아스라이 보이는 강 양안에 산들이 달그림자를 길게 늘어뜨리고 있다. 망덕포구에 내려서니 옥곡과는 야경이 확연히 달랐다. 민물이 내려오는 갯가에는 갈대가 우거져 있고 선착장을 내려 뭍으로 들어서는 제방 언덕에는 능수버들이 늘어져 있다. 인근에서 일본인들이 가장 많이 사는 곳이었다. 망덕이 근방에서 생산되는 김의 집하장인데다가 숭어나 농어, 재첩, 벚굴, 피조개 등 수산물도 많이 생산되는 곳이라 일찍

이 일본인들이 많이 진출했었다. 양지쪽의 외벽은 흰색 회벽에 기와를 얹었고 햇빛이 닿지 않는 쪽 외벽에 나무판자를 대어 비늘 판벽으로 마감한 일본식 집이 도로 좌우에 늘어서 있었다. 중간 중간에 가스등이 켜져 있다.

경식은 현성을 데리고 일본식 선술집에 들어가 다찌노미나 한 잔 할까 하다가 술에 취한 일본 사람들과 부딪치면 볼썽사나울 것 같아 포기했다. 가게에 들러 기쿠마사무네의 다루사케를 한 병에 오십 전 씩 세 병을 사가지고 배로 돌아왔다. 그 사이 복석은 카바이트등 아래에서 열심히 고기 손질을 하고 있었다. 고기를 물칸에서 꺼내어 머리를 칼등으로 때려 기절 시킨 후 비늘을 벗겨내고 포를 떠 한 점 한 점 저미면서 썰어내는데 솜씨가 날렵하고 손속이 빨랐다. 곧이어 작업이 끝나고 다시 출항준비를 완료하여 배를 바다로 저어나갔다. 배가 포구에서 멀어졌다. 바다 한가운데에 떠있는 것이다. 경식이 복석이더러 노 젓는 것을 멈추게 하니 삐그덕거리는 소리가 멈춰지고 요동이 거의 없는 배에 세 사람이 자리를 잡고 앉았다.

복석이 회를 내놓고 경식이 먼저 한 점을 고추장에 찍어 입에 넣는다. 복석에게 권하니 따라서 먹고 현성이 눈치를 보고 있으니 경식이 된장을 찍어 한 점 건넸다.

"회맛을 봐라. 구워먹는 육지의 고기와 다른 맛이 있다. 광주나 나주 같은 데서는 소고기도 회로 먹는다 하더라. 한 번 맛보고 소감을 말해보시게나. 산골 촌놈 내 친구 현성이."

입에 넣고 오물오물하더니 현성이 소감을 말했다.

"연하다. 쫀득쫀득하게 씹히고 고소한 맛이 먹을 만하다."

"야 이 사람아, 먹을 만한 것이 아니라 아주 맛있지. 이 좋은 달밤에 어찌 술 한 잔 없을소냐. 이 사케는 기쿠마사무네라는 양조장에서 나오는데 일본에서 아주 오래된 양조장이지. 여기에서 나오는 다루사케인데 삼나무통에서 숙성이 되어 다루사케라 한다. 은은한 향기가 나는데 이 향기가 삼나무 향기다. 고급술이지. 현성이는 어때?"

"야, 학생 신분에 술 마시면 안 되지. 아버지로부터 술을 한두 잔 마시는 것은 배웠지만 통음은 해본 적이 없다. 하지만 오늘은 파계를 해야겠다. 천하의 풍류남아인 내가 이런 때 술 안마시면 언제 마시겠나? 내가 혹시 술에 취하여 실수를 하면 경식이 네 탓이다. 그리고 내 나이 열여덟인데 이제 술 마셔도 될 나이 되지 않았나? 옛날 같았으면 호패를 찰 나이인데."

짐짓 호기를 부렸다. 술을 따라 마시면서 목에 넘기기 전 입안에 머금고 음미해보았다. 깊고 상쾌한 향기가 그윽했다. 눈을 들어 사방을 둘러보았다. 아! 저 달빛, 저 하늘, 저 바다, 저 산의 능선들, 멀리 가물가물하게 보이는 저 불빛들. 멀어질수록 밤바다와 밤하늘의 경계가 모호하게 보였다. 낮에는 뚜렷하게 구분되어 보였던 하늘과 바다와 산들이 몽환적인 달빛아래에서 하나로 보였다. 밤바다의 모든 것들이 신비스러움과 오묘함에 빠져들게 했다. 어떤 간절한 삶이 저 밤배의 불빛 아래 살아 생동하고 있을까. 아니면 사람의 자취가 아닌 어떤 신령스러움이 저 불빛 주위를 맴돌고 있을까. 샘솟는 영감과 무한한 상상력을 키워가는 만월의 밤바다였다.

배는 바다에 맡겨져 그대로 멈춰있고 달기둥이 물 위에 길게 늘어졌다. 망덕산 쪽에서 가느다랗게 서투른 피리소리가 끊어질 듯 이어질 듯 들렸다. 소리가 구슬프고 예리한 것이 단소소리였다. 만월의 정한을 이기지 못한 어떤 총각이 동네 뒷산에 올랐을 것이다. 여기에 화답이라도 하듯 현성이 뒷 호주머니에서 하모니카를 꺼내 불었다. 당시 노래가 만들어져 보급되기 시작한 조선 아동들이 불렀던 창가들이었다. '반달',

'오빠생각', '따오기' 같은 노래들이 하심河深에 울려 퍼졌다. 경식이 하모니카 소리에 맞추어 작은 소리로 노래를 부른다.

"돛대도 아니 달고 삿대도 없이 가기도 잘도 간다. 서어쪽 나라로. 서울 가신 오빠는 소식도 없이 나뭇잎만 우수수 떨어집니다. 날아가면 가는 곳이 어디이더뇨. 내 어머니 가신 나라 해 돋는 나라."

구슬픈 가락이었다. 야심해가는 달밤 하모니카 소리는 수면 위에 맑게 퉁겨져 미끄러지듯이 간데없이 울려 퍼지고 있었다.

"경식아, 너무 좋은 밤이다. 최 형, 수고에 고맙고 감사합니다. 술맛이 이렇게 달콤한 것은 처음이고 달빛이 이렇게 황홀하게 느껴진 적도 처음이다. 저 교교한 달빛으로 걷잡을 수 없이 일어나는 감흥에 절로 신명이 나는데 견딜 수가 없다. 자, 경식이 노래 한 곡해라."

경식도 취흥이 도도해져 노래가 술술 풀려 나온다. 오늘 밤 분위기와 너무 어울리는 노래였다. 리듬이 경쾌하고 밝았다. 이애리수가 불렀던 '베니스의 노래'이다. 현성에게는 귀에 익은 노래 가락이었다. 일학년 때 장안의 귀족 김인수네 집에 가서 고주석이 유성기에서 들었다고 자랑했던 노래였다.

베니스의 고요한 밤 맑은 강 위에
길을 찾던 갈매기는 꿈을 꾸느냐.
멀리서 기타소리 들려오는데
곤도라의 옛노래가 그리웁고나.

"이 분위기에 너무 잘 어울리는 노래구나. 역시 김경식 멋있어. 곤도라에, 강 언덕에, 사공님에, 멀리서 반짝이는 고깃배 불에. 자, 그 다음은 오늘의 사공님 최 형 차례입니다."

최복석도 기다렸다는 듯이 나섰다. '희망가'였다.

이 풍진 세상을 만났으니 너의 희망이 무엇이냐.
부귀와 영화를 누렸으면 희망이 족할까.
푸른 하늘 밝은 달 아래 곰곰이 생각하니,
세상만사가 춘몽 중에 또 다시 꿈 같도다.

"자, 다음은 하모니카 악사 이현성이 한 곡 부를 차례다."

"알았다. 이제 술도 비어가고 밤이 이슥하니 돌아가지."

최복석이 알았다는 듯 일어서서 노를 잡는다.

"최 형, 괜찮아요? 배 저어갈만 하겠어요?"

"괜찮습니다. 배 위에서는 어지간히 술을 마셔도 취하지 않습니다."

"글쎄요. 나도 취하지 않습니다. 하여튼 좋은 밤입니다."

"경식아, 내가 요즈음 새로 나온 가요를 한 곡 배웠는데 부를까 한다. 이 노래에 얽힌 사연이 기막히다. 사회주의자 박헌영에 얽힌 이야기인데 한 번 들어볼래?"

"박헌영! 귀가 솔깃한데 들어볼까?"

"지금으로부터 오륙년 전 이야기다. 박헌영이 치안유지법 위반으로 체포되어 감옥살이를 하다가 정신병자가 되어 병보석으로 풀려나게 되었다. 혹독한 고문 때문이었을 것이다. 원산의 처갓집에서 요양 중에 모스크바 공산대학에 입학하라는 밀명이 떨어졌다. 일경의 눈을 피해 함경선 개통에 동원되었던 조선 연예단에 끼어 두만강을 넘게 되었는데 그때 박헌영의 부인 주세죽이 만삭의 몸으로 도피를 따라 나섰다. 그 열차 안에서 그만 양수가 터져 화장실에서 아이를 받게 되는데 가누기조차 힘든 몸을 이끌고 핏덩이를 안고 작은 조각배에 의지하여 박헌영 부부는 두만강을 건넜다. 그 혁명가의 모습을 바라봤던 연예단장이 이 노래를 지었다고 한다."

"아, 그런 사연이 얽힌 노래가 있다니. 한 번 들어보자."

"제목이 '눈물 젖은 두만강'이다."

두만강 푸른 물에 노 젓는 뱃사공
흘러간 그 옛날에 내 님을 싣고서
떠나간 그 배는 어디로 갔소.
그리운 내 님이여 그리운 내 님이여.
언제나 오려나.

노래에 취했고, 달빛에 취했고, 삼나무 향에 취했고, 저 멀리 가물거리는 고깃배들의 어화고기잡이 불에 혼몽하여 포구에 내리니 완전히 다른 세상에 내린 기분이었다. 불과 두어 시간 전 배에 올랐던 포구가 아니고 어떤 낯선 세상에 다시 발을 내딛는 기분이었다. 최복석과 헤어져 돌아오는 길에는 논가에 개구리 울음소리 정겨웠고 산등성이의 윤곽을 그려주던 달빛이 더 파리해졌다. 동네 초입에 들어서는데 초저녁부터 시작한 다듬이질 소리가 아직도 들려오고 있었다.

9장

예배당

4학년 여름방학이 지나고 가을이 왔다. 어느 날 선배 이종백이 현성의 교실로 찾아왔다. 토요일 저녁에 특별한 일이 없으면 교회에 같이 가자는 것이었다. 방학 전에 두 번 같이 가자했는데 그때마다 일이 있어 같이 하지 못했고 경식에게 같이 갈 것을 종용했지만 그는 싫다고 했다. 경식은 매사에 맺고 끊음이 확실했다.

이런 면에서 경식과 성격이 확연하게 구별 되었다. 실은 현성도 역시 가고 싶은 마음은 별로 없었다. 고향 남원에서도 두어 군데 교회가 자리를 잡아가고 있었는데 남원 사람들은 배타적이고 전통에 대한 애착이 완고하였다. 보수적인 남원사람들의 의식의 장벽을 뚫고 민중 속으로 파고들기는 쉽지 않았다. 특히 조상의 묘에 절하는 것을 금하고 조상의 위패를 태워버리라 하고 제사 모시는 것을 금한다 하니 어느 누군들 교회에 발걸음 하기가 쉽지 않았다.

사람들에게는 근본적으로 변화를 꺼리는 보수적인 면이 있다. 스스로 변화를 도모하는 사람들이 소수 있기도 하고 변화를 도모하는 사람들의 모험에 의해 인류는 발전되고 진화되어 왔다. 하지만 현 상태가 그대로 유지되기를 바라는 심리가 대부분인데 교회 같이 과도하게 믿음체계를 흔들어버리는 경우는 신분의 고하를 막론하고 거부감이 심했다. 뉘 집에서 교회를 다닌다 하면 긍정적으로 받아들이는 사람이 드물었다. 이상한 눈초리로 바라보며 수군댔다. 일 년에 제사만 열 번을 지내고 철마다 조상묘소를 찾아뵙는 것이 가장 큰 의무이고 무슨 일이 있으면 선영에 가 참배하고 고하는 것이 의례화 되어 있는 삶이었다. 조상숭배를 대신하여 야소교의 하나님이 끼어들기는 쉽지 않았고 고향에 있었다면 교회 옆에도 갈 일이 없었을 것이었다.

그해는 가을이 빨리 왔다. 9월초 개학 전까지 노염이 극성을 부리더니만 금세 비가 오고 바람이 불어 기온이 급락해짐을 느낄 수 있었다. 비가 온 후 나뭇잎들은 푸른새이 더욱 진해졌고 하늘이 청명하고 날씨가 쾌청했지만 햇살이 많이 누그러져 있었다.

학생부 예배가 저녁에 있다고 했다. 저녁을 먹고 집을 나서는데 날씨가 서늘해서 교복 안에 긴 팔 셔츠를 입고 집을 나섰다. 하숙집에서 얼마 떨어지지 않은 이화정 언덕길을 올라가니 전망이 시원하게 트인 곳에 예배당이 있었다. 외벽은 붉은 벽돌로 되어 있고 실내로 들어서니 신발장이 있었다. 미닫이문을 열고 실내로 들어갔다. 바닥은 마루바닥이고 천정은 높았다. 정면에 높은 연단이 있고 그 아래 작은 연단이 있어 복층으로 만들어져 있었다.

마루에는 5열로 된 의자가 중앙 좌우 세 줄로 놓여 있었다. 우측과 중앙에는 남학생들이 20여 명 앉아 있고 좌측에는 여학생들이 열대여섯 명 정도 앉아 있었다. 먼저 와 자리를 잡은 몇몇 학생들이 고개 숙이고 기도를 하고 있고 기도가 끝난 학생들은 조용히 앉아 두꺼운 성경책을 넘기면서 예배시작을 기다리고 있었다. 절로 경건함이 우러나는 분위기였다. 아직 아무것도 모르는 상태로 처음 예배소에 간 신출내기였지만 경건한 분위기는 거부할 수 없을 정도로 압도적이었다.

　이종백이 앞에서 세 번째 자리에 앉으면서 고개를 숙이라 하여 그대로 따라 했다. 잠시 후 고개를 들고 일어나는 기적이 있어 늦게 눈을 뜨고 조심스레 주위를 둘러보았다. 앞에 작은 연단을 왔다갔다 하면서 무엇을 준비하는 나이 들어 보이는 청년이 있었다. 고보생은 아닌 듯했다. 이종백이 현성을 앞으로 데리고 가 인사를 시켰다. 학생부를 지도하는 박인수 전도사였다. 일본에서 신학교를 마치고 목사가 되기 위한 예비수업을 하는 전도사였다. 호리호리한 몸매에 부드럽고 선한 인상을 가진 청년이었다. 이종백의 소개로 현성이 조심스럽게 목도를 하자 웃는 모습으로 반갑게 두 손을 잡아주며 맞아주었다.

　"아, 중앙의 훌륭한 일꾼을 데려오셨구면. 아주 잘 오셨어요. 우리 교우님을 천국으로 인도할 생명의 말씀을 공부합시다. 그리고 이 귀한 말씀을 교우님만 알아서는 안 되겠지요. 부모님에게도 형제에게도 이웃에게도 전도하여 우리 모두 하나님의 나라, 천국에 가야 합니다."

　조용히 이종백을 따라 자리에 앉으며 다음 예배순서를 기다리고 있었다. 박인수 전도사가 찬송가 페이지와 제목을 불러주니 대기하고 있던 여학생의 피아노 전주가 흘러나왔고 그 피아노 반주에 전도사가 힘찬 목소리로 선창하니 나머지는 자연스럽게 따라 불렀다.

　"내 주를 가까이 하려함은 십자가 짐 같은 고난이라, 내 일생 소원이 늘 찬송하면서 주께 더 나가기 원합니다."

　그 후로 일 년여를 교회에 다니면서 이 찬송가는 귀에 익도록 들어 저절로 따라 부를 정도가 되었다.

　전도사가 예배시작 기도를 드렸다. 일상적인 기도문에 다음과 같은 구절이 처음 교회에 나온 현성을 위한 축도라는 것을 알 수 있었다.

　"오늘 귀한 일꾼 하나를 데려왔습니다. 그가 하나님의 훌륭한 일꾼

되어 하나님의 말씀으로 충만하게 하시고, 그의 가정과 그의 이웃에게
도 하나님의 기름 부음 받은 자 되어 그와 같이하는 모든 이에게 천국의
기쁨을 누리게 하소서."

기도가 끝나고 설교를 시작하였다.

"다음은 마태복음 16장 19절을 봉독하겠습니다. 이종백 교우가 봉독
하겠습니다."

이종백이 현성과 같이 보던 성경을 들고 일어서서 읽어 나갔다.

"내가 천국의 열쇠를 네게 주리니 네가 땅에서 무엇이든지 매면 하
늘에서도 매일 것이요. 네가 땅에서 무엇이든지 풀면 하늘에서도 풀리
리라 히셨다."

전도사의 설교가 시작되었다.

"이 말씀의 뜻은 천국의 열쇠를 하나님이 여러분들에게 주시는데 여
러분들이 잘못하면 천국에 이르는 길을 잃고 헤맬 것이고 여러분이 잘
하면 천국에 이르는 길을 바로 찾을 것이라는 뜻입니다. 그러면 그 길을
찾는 방법이 스핑크스의 수수께끼처럼 어렵습니까? 절대로 어렵지 않습
니다. 자 여러분 내가 수수께끼를 하나 낼 것이니 풀어보세요. 아침에는
네 발, 낮에는 두 발, 밤에는 세 발이 되는 것이 무엇입니까?"

현성은 그리스 신화에서 읽은 기억이 있는데 다른 학생들은 답을 모
르는 듯 조용했다. 조심스럽게 눈치를 살피며 현성이 대답했다.

"사람입니다."

"예, 맞습니다. 잘 맞추었습니다. 오늘 처음 온 학생인데 여러분 격려
의 박수를 쳐주세요."

자연스럽게 시선이 집중되고 박수가 터져 나온다. 현성은 속으로 독
서회 덕을 톡톡히 봤다고 생각했다.

"그리스 신화를 읽으셨군요. 옛날 그리스에 테베라는 왕국이 있었

지요. 이 나라의 해안가 길목에 스핑크스라는 반인반수의 괴물이 나타나 지나가는 행인에게 수수께끼를 내어 못 맞히면 그 행인을 잡아먹었지요. 그 때 오이디프스라는 영웅이 나타나 이 수수께끼를 맞힙니다. 여러분 왜 사람인가를 알 수 있겠지요? 어려서는 기어다니니 네 발이고, 성인이 되어서는 두 발로, 늙어서는 지팡이를 짚고 다니니 세 발이 되는 것입니다. 이 수수께끼를 오이디프스가 맞히자 스핑크스는 바다에 빠져 죽고 말았다는 그리스의 신화입니다. 이 수수께끼가 바로 스핑크스의 수수께끼입니다. 하나님은 그렇게 어려운 문제를 주지 않습니다. 여러분 열쇠를 잘 알고 있을 겁니다. 집에 가면 광과 곳간의 열쇠를 여러분의 어머니가 가지고 있을 겁니다. 광은 무엇인가요?"

대답이 없으니 전도사가 그대로 말을 이어갔다.

"광은 세간이나 그 밖의 여러 가지 물건을 넣어 두는 곳입니다. 그러면 곳간은 무엇입니까?"

저쪽에 있는 남자학생이 응수했다.

"곡식을 저장하는 곳입니다."

"맞습니다. 한 곳은 살림에 없어서는 안 될 도구를 보관하는 장소이고 한 곳은 삼시세 때 먹을 것을 보관하는 장소입니다. 우리는 식량이 없으면 살 수가 없습니다. 그리고 살림도구는 우리가 일상생활 하는데 있어 정말 꼭 필요한 물건들입니다. 이런 소중한 것들을 아무렇게나 길거리나 마당 한 구석에 내팽개쳐 둘 순 없지요. 생활도구들은 잘 정비하여 필요한 때 쓸 수 있도록 챙겨 두고 식량은 쥐가 드나들지 않고 서늘한 곳에 잘 간수하고 보관하여 필요할 때 꺼내다 씁니다. 이런 양식을 성경에서는 일용할 양식이라 합니다. 이때에 열쇠를 가진 사람만이 광이나 곳간에 드나들 수 있는 겁니다. 여러분의 집에서는 곳간의 열쇠는 어머니가 가지고 있습니다. 그리고 금고의 열쇠는 아버지가 가지고 있습니다. 금고는 무엇입니까? 옛날에는 물물교환을 하니 큰 창고나 곳간이 필요했지만 요즘은 화폐가 유통수단의 중요한 매개체가 되어 화폐를 보관하기 위한 금고가 필요합니다. 작은 가게에서 쓰는 소형금고에서 점포가 커지면 커질수록 금고가 커집니다. 큰 점포의 금고는 어른 키만큼이나 크지요. 그리고 대형금고는 열쇠만으로 열 수가 없습니다. 좌우로 돌리는 다이알 번호를 맞추어 놓고 열쇠로 열어야 합니다.

여러분, 가장 값 비싼 보석이 무엇입니까? 루비, 사파이어, 에메랄드, 아닙니다. 가장 값 비싼 보석은 금강석 즉 다이아몬드입니다. 세계적으로 값 비싼 다이아몬드는 100캐럿트가 넘는 물방울 다이아몬드나 핑크빛이 도는 핑크 다이아몬드가 있습니다. 이런 다이아몬드는 가격이 백만 원이 넘습니다. 이런 귀금속을 보관하는 금고는 대형 금고문을 두세 개 통과한 후 마지막 금고에 보관되어집니다. 값이 비싸면 비쌀수록, 귀하면 귀할수록 복잡한 장치를 거친 다음에야 열 수 있습니다. 여러분, 여러분의 생명과 저런 귀금속과 바꿀 수 있겠습니까? 물론 없습니다. 여러분의 생명은 세상의 그 어떤 보물과도 바꿀 수 없는 소중한 것이기 때문입니다. 여러분이 영원히 사는 소중한 길, 그 영원한 나라에 이르는 열쇠를 하나님이 갖고 계십니다. 수백만 원짜리 다이아몬드보다 더 귀한 여러분의 생명을 구하는 열쇠를 하나님이 갖고 계신 겁니다. 그런데 그 소중한 열쇠를 아무런 제약이나 절차 없이 여러분에게 그냥 주시는 거지요. 여러분은 하나님을 믿고 따르기만 하면 천국의 열쇠를 거저 손에 쥘 수 있는 겁니다. 이 마태복음 16장 19절 '땅에서 풀리면 하늘에서도 풀리리라' 하는 말씀은 무조건 전지전능하신 하나님의 말씀을 믿고 따르면 땅이나 하늘에서 모든 것이 풀리어 천국에 이른다는 것입니다. 오늘 하나님의 말씀 강독 여기에서 끝내고 기도드리겠습니다."

곧이어 기도에 들어갔다.

"아버지 하나님, 오늘 저희에게 주신 천국의 열쇠를 가지고 말씀을 나누었습니다. 우리 조선 방방곡곡에는 하나님의 참 진리를 모르고 하나님의 말씀을 모르고 방황하는 어린 양들이 많습니다. 천국에 이르는 열쇠가 바로 앞에 주어졌는데도 그 고귀함을 모르고 지나칩니다. 또 어리석은 자들은 전능하신 하나님의 위엄을 모르고 하나님의 말씀을 거역하고 조롱하는 자들도 있습니다. 하나님의 말씀을 모르고 지나치는 자들에게는 성령으로 인도하시어 발걸음을 예배당으로 돌리게 하시고 조롱하는 자들은 뉘우침과 깨우침으로 거듭 나게 하사, 그들에게도 천국의 열쇠를 얻을 수 있게 하소서. 그리하여 삼천리 금수강산이 우리 아버지 하나님의 말씀으로 빛나게 하여 주소서. 이 모든 뜻함과 소망함과 그리고 앞으로 전개될 그 모든 것을 우리 주 예수 그리스도의 이름으로 기도드리옵니다."

"아멘."

찬송가와 주기도문을 외우고 그날 학생예배가 끝났다. 예배가 끝나자 이리저리 학생들끼리 인사를 나누며 안부를 교환하였다. 현성은 이종백의 움직임만 쫓아가며 인사가 끝나기를 기다렸다. 배제학당에 다니는 학생들이 주류를 이루었으나 제일고보 학생들이 너덧 명 눈에 띄었다. 특별한 느낌은 없었고 집에서 제사를 지낼 때 느꼈던 여러 단계의 예식과 약간은 지루한 설교와 아직은 익숙하지 않은 찬송가 부르기가 좀 달리 느껴졌다. 이종백은 오래 전 교회에 나오기 시작하여 교회에서 하는 모든 행동이 익숙해 보였다. 남학생들과 인사를 나누고 나서 여학생 석으로 다가가 목도로 인사를 나눴다.

전통적 사고방식과 유교 생활방식에 젖어 있는 현성에게 서양의 신앙이라는 것이 멀게 느껴졌고 선배 이종백이 없었다면 완전히 모르는 사람들 사이에 끼어있는 존재감 없는 이방인이었다. 교회 한 구석 자리에 앉아 있는 것이 부자연스러웠고 앞으로도 크게 달라질 것이라는 기대감 같은 것은 없었다. 상급생 권유에 의하여 체면치레하는 정도로 첫날은 다녀왔다. 돌아오는 길에 이종백이 자랑스럽다는 듯 웃으며 물었다.

"오늘 스핑크스의 수수께끼는 어디서 들었지?"

"독서회 추천도서 목록에 나와 있는 그리스 신화에서 읽었습니다. 수많은 신화 중 기억에 남았던 것은 주인공인 오이디프스가 아버지를 살해하고 친모를 아내로 삼았다는 독특한 내용 때문에 기억하고 있었습니다."

"그래, 현성이 특히 책을 많이 읽고 아는 것이 많다는 것을 알 수 있었지. 오늘 예배 어땠어?"

"오늘 특별한 무엇을 느끼진 못했습니다."

"처음 교회에 오자마자 성령을 느끼는 경우는 극히 드물지. 여러 번 다니다보면 어느 날 불현듯 반가운 손님 찾아오듯이 전혀 예상치 않은 날 찾아오시는 것이지. 우리 나약한 인간들이야 어찌 하나님의 뜻을 알 수 있겠냐만 하나님은 다 알고 계시고 그 하나님의 뜻에 따라 성령이 오시는 것이지. 이미 하나님께서는 현성을 훌륭한 일꾼으로 점지해 놓으셨을 거야. 이런 것을 교회에서는 예정론이라 하지. 나와 함께 계속 교회를 다니자."

"저 같은 하찮은 존재가 설마 그렇게 예정되기야 했겠습니까? 선배님 따라 몇 번 더 가보도록 하겠습니다."

태도는 겸손하였지만 몇 번 더 가보겠다고 하면서 이종백의 교회 전도에 무작정 말려들지 않겠다고 어느 정도 선을 그었다. 그렇게 그 뒤로 한 번을 더 따라가고 이제 그만 나갈까 하던 참이었는데 이종백이 오늘은 좀 빨리 가보자 했다. 학생부에 속해있는 여학생들이 노래 연습을 하는데 같이 한 번 들어보자 하였다. 적당히 핑계를 대고 다음으로 미룰까

하던 차였는데 여학생이 노래한다는 말에 호기심이 발동하였다. 다른 때보다 삼십분 앞서 교회에 도착했는데 이미 노래 소리가 흘러나오고 있었다. 선교사들을 통해 소개되어 서울에서 불리기 시작하던 미국인 앨리스 호손이 작곡한 '희망의 속삭임'이었다. 예배당에 들어서니 1절의 절정으로 노래가 올라가고 있었다.

"속삭이는 앞날의 보금자리."

맑고 고운 고음 소프라노와 노래의 중심을 잡아주는 부드러운 저음 알토가 조화되어 시원하게 트여져, 울림통이 된 고딕식 천정에 부딪치며 예배당 전체에 공명을 해주고 있었다. 노래를 듣는 순간, 신비로움에 빠져들었다. 갑자기 다른 세상에 온 기분이었다. 영혼의 저 아래 심연에서 울려오는 소리인가, 하늘에서 들려오는 소리인가. 사람의 목소리가 저렇게 맑고 고울 수가 있단 말인가. 천사가 있어 노래를 부른다면 저런 목소리일 것이다. 노래는 내려와서 마지막절로 들어가고 있었다. 이제 하늘의 황홀함에서 지상의 충만함으로 내려온 것이다.

"즐거움이 눈앞에 어린다."

현성은 분위기에 젖어 이종백을 따라 절로 고개를 숙이고 묵도를 올렸다. 중간에 피아노 반주가 있었고 다시 노래는 2절로 들어가고 있다.

"저녁 놀 서산에 끼어 황혼이 찾아오면, 청천에 빛나는 뭇별 이 밤도 명랑하다."

정신을 차리고서야 노래하는 여학생들의 표정을 볼 수 있었다. 검정 치마에 옥양목 저고리를 단정하게 입은 여학생 둘이 노래를 부르고 있다. 두 여학생의 키 차이가 뚜렷했다. 크고 늘씬한 학생과 작고 탄탄하게 보이는 두 학생이었다. 그 동안 몇 차례 교회를 나와 스쳐지나갔지만 한 번도 정면으로 얼굴을 마주칠 기회가 없었으나 오늘은 제대로 얼굴을 볼 수 있었다.

큰 여학생이 윗 학년인 듯 노래 연습을 주도해 갔다. 늘씬한 체격에 얼굴이 달처럼 고왔다. 중창이 끝나고 키 큰 여학생의 독창이 계속되었다. 맑고 호소력 있는 소프라노였다. 중저음에서 일정한 궤를 따라 오르내리다가 고음으로 올라갈수록 음색은 투명해지고 맑아졌다. 윤심덕이 불렀다는 '사의 찬미'가 애잔한 목소리로 시작된다.

"광막한 사막을 달리는 인생아, 너는 무엇을 찾으려 왔느냐. 이래도 한 평생 저래도 한 평생, 돈도 명예도 사랑도 다 싫다."

윤심덕의 애인인 와세다 영문과의 문학도 김우진이 작사하였다는 '사의 찬미'. '푸른 도나우강'이라는 요한스트라우스의 오케스트라곡 중 일부를 발췌하여 가사를 붙인 왈츠곡이다. 원래 빠르고 경쾌한 곡이었지만 원곡보다 더 느리게 만들어 애조를 띤 가락으로 변조하였다. 당시 일제의 압제에 도무지 희망이 보이지 않아 염세적이었던 조선의 젊은이들 마음을 대변하는 듯 가사가 구슬프고 애처로웠다. 불과 수년 전 그들이 현해탄에서 몸을 던져 정사情死하고 난 후 조선의 젊은 남녀들은 얼마나 가슴이 아렸던가. 그 후 그들과 같이 맺지 못할 사랑을 나누던 조선의 수많은 젊은 남녀들이 그들을 따라 저 세상으로 하직하였다.

엉뚱한 결과였지만 윤심덕이 죽기 직전 일본에 가 취입하였던 이 노래는 두 연인의 정사로 공전의 히트를 쳤고 노래를 부른 사람은 가고 없는데 레코드사만 떼돈을 벌게 되었다. 그렇게 맺지 못할 사랑이 되어 마지막으로 택한 비련의 정사, 현해탄의 정사가 수많은 조선 젊은이들의 가슴을 아리게 했다. 많은 사람들이 이 비극적 운명을 예고하는 듯한 노래를 부르며 마음을 순결하게 하였고 그들의 사랑을 기리게 되었다.

그리고 마지막 노래는 이은상 시, 현제명 곡 '그 집 앞'이었다. 느리고 찬찬한 템포로 옛날을 회상하는 노래였다. 1절은 '오늘도 그 집 앞을 지나노라면 그리워 나도 몰래 발이 머물고', 2절은 '오늘도 비 내리던 가을 저녁을 외로이 그 집 앞을 지나는 마음' 느리고 잔잔한 템포로 옛날을 회상하는 노래였다. 애조를 띈 노래로서 잃어버린 옛사랑은 기억에서 지워버릴 수 없지만 가버린 옛사랑은 가슴에 감춰두고 지금 주어진 삶을 찬찬하게 살아가는 느낌의 노래이다. 보통학교시절 배웠던 일본노래나 라디오에서 듣는 유행가나 엔카하고는 비교가 되지 않을 정도로 격이 있고 느낌이 깊은 노래였다.

두 여학생의 노래가 끝나고 이십여 명 되는 학생들의 우레와 같은 박수가 있었다. 그녀들이 단을 내려와 여학생들이 앉아 있는 우측 열 의자에 조심스레 앉았다. 현성은 두 여학생의 아름다운 노래를 들으며 교회에 새롭게 이끌렸다. 숨길 수 없는 호기심이 일었다. 이종백에게 묻고 싶은 말이 있었으나 그 동안 억지로 끌려오듯이 교회에 따라 나왔다는 것을 서로 알고 있는 처지라서 참았다. 갑자기 관심을 보이면 속이 보일 것 같아 차마 무슨 말을 꺼내지 못하고 눈치를 보면서 침만 두어 차례 삼켰다. 애매한 분위기를 눈치 챈 이종백이 말문을 터뜨려 준다.

"노래 어땠어? 꽤나 잘하지?"

"예, 아주 훌륭합니다. 저는 여자들이 저렇게 합창하는 것은 처음 들어봅니다."

한껏 고조된 분위기에 어울리지 않는 무식한 말을 내뱉었다는 것을 순간 느꼈다. 여자보다는 여학생이라는 단어가 훨씬 어울린다는 것을 말을 하고 나서야 깨닫고 후회했다. 긴장하면 말이 헛 나오는 것이었다.

"앞으로 교회에 나오면 노래를 부르고 들을 기회가 많을 것이니 내가 용어 정리를 해주어야겠다. 많은 사람들이 높고 낮은 파트를 나누어서 부르면 합창이라 하고 저렇게 두 사람 혹은 세 사람이 각자 노래 파트를 나누어 부르는 것은 중창이라 하지. 이렇게 두 사람이 나누어 부르면 이중창이고 세 사람이 나누어 부르면 삼중창이고 사중창까지 있다.

남녀가 같이 부르면 혼성 중창이라 부르고 오늘 같은 경우는 여성 이중창이라 하지. 그리고 기미가요 같이 집단의 많은 사람들이 동시에 노래를 부르는 것을 제창이라고 한다."

이종백과는 선후배로서 스스럼을 터버린 관계도 아니고 이제 교회에 나오면서 조금씩 임의로워지는 사이였다. 일방적으로 무식이 드러나면서 완전히 위축되어 무슨 말을 물어보려다 말고 입을 다물고 말았다. 그렇게 학생예배가 끝나고 토요일이 그렇게 지나갔다.

그 다음 토요일부터는 이종백이 챙기지 않아도 학생예배에 빠지지 않고 나갔다. 그 여학생들의 노래를 들었던 2주 후에서야 그 여학생들의 신상에 대해 알 수 있었다. 현성으로서는 첫눈에 반해버린 상대였지만 속이 보일까봐 물어보지 못하고 냉가슴을 앓다가 몇 주가 지나버렸다.

4주 째 예배가 끝나고 찬양특송이 있었다. 그 날은 키 큰 소프라노 여학생 혼자 피아노 반주에 맞추어 부르는 독창이었다. 두 곡을 불렀는데 첫 번째 곡은 '천부여 의지 없어서 손 들고 옵니다', 두 번째 곡 '멀리 멀리 갔더니 처량하고 곤하여 슬프고도 외로워'를 불렀다. 첫 번째 곡은 스코틀랜드 민요 '올드랭사인'에 찬송 가사를 붙인 곡이다. 두 곡 모두 구슬픈 가락이다. 특송이 끝나고 내려가는 것을 보며 현성이 어렵게 말을 꺼냈다. 실은 4주 동안 매주 토요일 교회에 나와 이종백을 볼 때마다 물어보고 싶었지만 입안에서 맴돌고 말았던 말이었다.

"선배님, 금방 부른 찬송가는 두 곡 모두 곡조가 구슬픕니다."

"그렇지. 찬송가가 다 그런 것은 아니지만 오늘 곡은 애조가 있네. 저렇게 애조가 있는 곡은 단조라고 하고 곡이 힘차고 밝은 것은 장조라 하지."

이종백은 지난번에도 그랬지만 이번에도 음악에 상당한 지식을 피력했다. 현성은 슬그머니 얼굴이 붉어지는 것을 느끼며 말을 꺼냈다. 본론에 들어가자니 가슴이 쿵쾅거리고 입에 침이 마르고 목소리가 안으로 들어가는 듯 쪼그라들어 간신히 모기소리로 물었다.

"저 여학생 다니는 학교가 어디에요?"

이종백 눈초리가 네 놈이 군소리 없이 교회에 따라 나오는 이유를 간파했다는 듯 여유 있게 대답했다.

"배화여고보에 다니지."

"몇 학년입니까?"

"사 학년."

순간 속으로 '학년이 나하고 맞는구나' 하는 엉뚱한 합을 생각했다. 사람의 심리가 무엇에 몰두를 하면 별별스런 것을 가지고 구색을 맞추려 한다. 특히 남녀관계에 있어서는 합이라는 것을 중요시하기 때문에 되지 않는 옹색한 것으로도 합을 맞추어보려는 것이다. 고향이 같다든지. 내가 아는 누구누구의 친척이라면 말할 것도 없이 좋은 호재이겠지만 하다못해 같은 연필을 쓴다든지 같은 공책을 쓰는 것에조차 공통점을 찾아내려 궁리를 하는 것이다. 같은 학년이라면 서울에만 하여도 천 명이 넘는 남학생이 있을 것이고 조선 천지를 따진다면 수천 명의 남학생이 있을 것이었다. 이것이 맞아 떨어지는 것에 의미를 부여했고 그 무엇이 우호적으로 전개되기를 기대하는 것이었다.

"저 여학생 노래를 아주 잘합니다. 목소리가 꾀꼬리 같아요."

목소리가 달라졌다. 조금 여유가 생긴 것이다. 단답형의 질문에서 칭찬하는 수식어까지 보탰다.

"지난 번 불렀던 노래는 배화여고보 학예발표회에 불렀던 노래라지. 발표회 전에 먼저 연습을 교회에서 한 것이고 이렇게 특송이나 리허설을 하게끔 분위기를 만들고 격려하는 것은 박인수 전도사님의 뜻이지. 일본에서 신학공부를 해서인지 개방적이고 진취적인 기상이 있고 합리적인 사고방식을 가지고 있지."

그 꾀꼬리 같은 목소리의 여성 이중창을 불렀던 여학생이 자매간이며 언니는 배화여고보 4학년이었고 동생은 동덕여고보 2학년 재학 중이었다. 서울에서 사업으로 성공한 부호의 따님이라는 것과 신윤희, 윤경 자매라고 이름까지 알게 되었다.

　　교회 학생회 분위기는 남학생은 제1고보 학생들이 7, 8명 있었고 2고보 학생이 4명, 기독교 계통 미션스쿨 배재고보 학생이 14, 5명 있었고 네 명이 중앙고보 학생이었다. 1고보 학생들은 조선의 최고 엘리트 집단이라는 자부심으로 타 학교 학생들과의 교류에 폐쇄적이었다. 배재 학생들은 학교가 미션스쿨이라서 기독교 종교의식에 능하고 찬송가도 잘 부르고 가끔 학생대표로 기도를 올릴 때 호명되면 준비되어 있는 것처럼 5분 이상의 기도를 막힘없이 술술 해내기도 했다.

　　중앙학생은 이종백, 이현성과 2학년과 1학년 학생이 각각 한 명씩 있었다. 배재학생들과 중앙학생들은 격의 없이 지냈다. 여학생들은 이화, 배화, 동덕 등 너덧 명씩 구성되어 학교 간 차별 없이 잘 지내고 있었다. 현성이 교회에 나가는 목표가 정해졌다. 현성의 수첩 깊은 곳에 '신윤희'라는 이름이 깊이 새겨졌다. 언감생심 터무니없는 망상이 될지도 몰랐다. 오르지 못할 나무 쳐다보지도 말라 했지만 짝사랑일지라도 시작해 보겠다는 마음을 먹었다. 생각만 해도 가슴 떨리는 일이었다.

　　현성은 경식과 교회에 대한 이야기를 거의 나누지 않았는데 몇 주 후 경식이 교회에 대해 물었다.

　　"이현성, 교회에 계속 다니고 있나?"

　　현성의 성격상 몇 번 다니다가 그만둘 것으로 예상하고 던진 질문이었는데 의외의 대답이 나왔다.

　　"계속 나가고 있다. 이종백 선배의 인도가 집요하다."

　　심경에 대해서는 숨기고 이종백 핑계를 대면서 변명을 했다.

"그래서 계속 나갈 것이냐?"

"당분간 나갈 계획이다. 토요일 저녁 특별히 해야 할 일도 없고 해서."

그 동안 서로를 샅샅이 알 정도로 친해졌고 성격까지 파악하고 있는 상태에서 놀라운 변화였고 아니 약간은 신뢰에 어긋났다는 의미도 축약되어 있었다. 비꼬는 투로 경식이 말을 이었다.

"교회에 가서 감화를 받은 거구나. 성경 읽고 찬송하면서 대단한 감화를 받은 거구나."

"그것은 아니고, 너도 알다시피 내가 설교 몇 번에 바로 넘어갈 사람은 아니잖냐? 그리고 나는 성경책도 가지고 있지 않다. 교회에서 옆 사람 성경을 빌려 본다. 교회에 나가보니 배울 것도 좀 있고 해서 좀 더 나가볼 생각이다."

경식은 심보가 틀어졌는지 배알이 꼬인 소리를 계속했다.

"친구 덕에 천당 가게 생겼구나. 그나저나 나를 교회에 데려갈 생각은 말아라."

"엉뚱한 소리 좀 그만 해라."

현성은 웃으며 대꾸했으나 가슴 깊은 곳에서는 알 수 없는 반짝거림이 일렁였다.

/10장/
학생 사회주의 동맹

독서회에 입회한 후 2년이 지나 현성은 4학년이 되었고 김영기가 5학년이 되어 독서회를 이끌어가게 되었다. 그 해도 역시 2학년 중 신입회원을 뽑았고 신입회원들 입회하는 날 독서 토론회의 주제를 젊은이들에게 인기가 높았던 이탈리아 작가 다눈치오의 '죽음의 승리'를 주제로 진행하였다. 당시 세계1차대전이 끝나고 전쟁의 상흔이 채 가시지 않아 세계경제는 피폐하여 서구 열강들도 만성적인 물자부족과 실업으로 허덕이고 있었다. 젊은이들은 일자리가 없어 거리를 방황하며 세상을 비관적이고 염세적으로 바라보게 되었다. 다눈치오의 '죽음의 승리'는 유미주의적이고 염세적인 시대분위기를 조영하였다. 자연 젊은이들에게 '죽음의 승리'가 많이 읽혀지게 되었고 이런 서구의 자조적이고 퇴폐적인 문화가 조선의 젊은이들에게도 유행처럼 번졌다. 이런 무력하고 염세적인 분위기에 반동적으로 진취적이고 역동적이며 사회과학적인 이념이 사회주의였다.

신학기가 되어 2학년에서 신입회원을 모집하고 독서회의 모임은 일상적으로 진행되어 갔다. 그 해 가을 현성이 교회에 나가기 시작한 지 얼마 되지 않은 어느 날 독서회 특강이 있었다. 독서회 출신으로 지금은 보성전문 문과 3학년에 다니는 윤자혁의 독서회 후배들을 위한 특강이었다. 그는 평양이 고향으로 고보 다닐 때 웅변을 잘하여 인기가 아주 좋았다. 탄탄한 체격에 키는 컸고 울림이 좋은 낭낭한 목소리에 눈빛이 날카롭게 번뜩였다. 차분히 담화를 주고받는 형식으로 특강을 이끌어갔다.

"오늘 여러분들과 같이 나누고 싶은 대화의 주제는 사회주의입니다. 인류가 먼 옛날 선사시대부터 지금까지 끊임없이 진화하면서 직립보행을 하게 되었고, 채집과 수렵생활을 하다가 한 곳에 정착하고 나서부터 작물을 경작하고 가축을 기르면서 재화 축적이 되고 잉여 생산물이 생기게 됩니다. 여기에 타인 혹은 타부족의 축적된 재화를 탐하여 분쟁이 생기고 싸움이 일어나기 시작합니다. 이런 분쟁이 전쟁의 초기 형태였지요. 제가 오늘 말씀드리고자 하는 것은 전쟁에 대한 것이 아니고 이렇게 재화가 축적 되고 잉여생산물이 생기면서 사람들 사이에 서열이 생기고 집단 간 계급이 만들어지게 되었다는 것입니다. 재화가 축적된 사람이 가진 것 없는 사람들을 지배하게 되는 사회구조가 만들어진 것이지요.

원시 공동체에서는 모든 구성원이 합심하여야 자연재해의 극복이나 대처가 가능했고 맹수들과의 생존경쟁에서 살아남을 수 있었습니다. 그리고 채집이나, 수확물, 수렵물은 정확히 공동 배분했습니다. 그러나 정착하면서 토지를 소유하고 경작지를 넓혀가면서 개인 수확물에 대한 개인의 소유제도가 확립되어가고 차츰 구성원 간 격차가 벌어지기 시작합니다. 이렇게 빈부격차가 벌어지기 시작하여 자연스럽게 가진 자와 못 가진 자 사이에 계급이 형성됩니다. 사람의 힘으로 만들어진 재화가 어느새 사람을 지배하기 시작합니다. 우리 생활에 흔히 볼 수 있는 사례를 들어보겠습니다. 이 자리에 있는 여러분들 중에도 시골에서 토지를 넉넉히 소유하고 있는 부모님 덕에 서울에 유학을 다니고 있는 학우들이 있을 겁니다. 여러분들께 개인적인 질문을 하겠습니다. 시골에서 온 학우들 손을 들어보세요."

두세 명을 빼놓고는 다 손을 들었다. 앞에 두 사람을 지명하여 물었다.

"집에 머슴이 있지요? 몇 명?"

여기저기 손으로 지목하면서 물어본다.

"두 명."

"세 명."

"농촌에서 머슴을 고용하는데 세경이라 해서 일 년치 일 삯을 쌀로 줍니다. 일 잘하는 상 꾼은 일곱 가마, 보통일꾼은 여섯 가마를 줍니다. 그런데 이런 거래를 우리가 냉철하게 분석하여 봅시다. 머슴들이 받는 세경을 누가 생산해 줍니까?"

선뜻 대답하지 않으니 현성이 나서서 대답했다.

"수확까지는 여러 사람의 도움이 필요하지만 머슴들이 쌀 생산에 주된 역할을 한다고 생각합니다."

윤자혁은 자기가 듣고 싶은 대답을 해주니 신이 났다.

"정확하게 파악을 하고 있군요. 비록 남의 땅에서 땅 주인의 비용으로 쌀을 생산해 내지만 생산자는 엄연히 머슴입니다. 쌀을 생산해 낸 농부가 쌀의 주인이 되지 못하고 오히려 쌀의 통제를 받게 되는 것이죠. 여기서 머슴이 갑자기 쌀의 주인으로 비약이 되는데요. 역으로 생각해 봅시다. 쌀이라는 것은 인간의 입장에서 보면 객체인데요, 만약 사람이 없었다면 쌀이 독자적으로 하는 기능이 있습니까? 없지요?"

다들 고개를 끄덕였다.

"인류의 손을 거치지 않았다면 쌀은 기껏해야 원산지인 동인도쯤에서 잡초로 무성하게 번식하고 있었을 겁니다. 그 쌀을 중국, 조선, 일본, 멀리는 미국까지 보급하고 재배하여 인류의 식생활에 중요한 곡식이 되게 만든 것은 사람이었습니다. 여기서 인간의 존엄성을 다시 생각해봅시다. 동물과 비교를 해 보면 동물들은 벼를 보고 그냥 지나치겠지요. 기껏해야 초식동물들은 어린싹을 뜯어먹는 정도나 될 겁니다. 벼는 실상 초식동물들에게는 인기가 있는 풀도 아닙니다. 콩대나 무, 배추 등이 더 인기가 좋지요. 이 벼를 사람들은 정성들여 볍씨를 모판에 가꾸어 모내기를 하고 논에 물이 마르지 않도록 물을 대주고 비료를 주고 김을 매주고 가을에 수확합니다. 즉 인간은 스스로 변화를 추구하여 들에 자생하는 식물을 인간 자신의 목적에 부합하도록 만들어 갑니다. 여기에 노동의 신성함이 있는 겁니다. 다같이 따라 합니다. 노동의 신성함."

"노동의 신성함."

"노동은 사용가치를 생산하기 위한 합목적적 활동이고 인간의 욕구를 충족시키기 위한 자연물을 획득하는 것이고 또한 자연물을 조작하는 것이며 인간과 자연 사이에 신진대사가 이루어지는 일반적인 조건인 겁니다. 우리가 노동을 인간의 본질로 파악하는 것은 노동이 인간으로 하여금 사회적, 의식적으로 존재하는 근거가 되기 때문입니다. 인간은 노동에 의해 인간을 지배해왔던 인간 주변의 생활 조건 일체가 인간의 지배와 통제 아래 놓이게 되고 지구상에 최초로 자연의 의식적, 현실적인 주인이 된 것입니다. 이 의식적이고 현실적인 주인이 인간이 만든 재화에 의해 지배를 받게 되는 것이 현실의 경제체제인 것입니다.

즉 여러분 아버지는 세경지불에 대한 통제권, 도구와 원료, 생산수단에 대한 소유권을 통해 노동자와 노동생산물을 지배합니다. 이것이 현재 경제체제의 고유한 소유관계 핵심입니다. 우리의 현재 경제체제를 자본주의라 하고 여러분의 아버지처럼 노동자와 노동생산물을 지배하는 계층을 자본가 계급이라 합니다. 이렇게 자본가 계급은 끊임없는 자본 축적과 부의 재생산을 통하여 생산의 주체인 인간 즉 노동자들과 노동을 자본이나 토지와 같은 생산의 일개 요소로 전락시키어 구분합니다.

그렇지만 역으로 생각해 봅시다. 만약 사람이 없고 노동자가 없다면 토지나 자본이 전혀 무용한 것입니다. 여기에 생산물의 주체인 노동자가 스스로 주체성을 자각하고 생산물의 지배를 과감하게 배격하고 자본가에 대항하여 정당한 생산자로서의 권리를 회복하여 자본가가 송두리째 가져가는 잉여생산물을 노동자에게 더 할당하여 노동자도 인간다운 삶을 누려보자는 것이 사회주의 기본이념입니다. 그 동안 자본가들은 노동자들의 노동력을 최대한 착취하고 기껏 그들에게 보상으로 돌려주는 노임은 내일 다시 나와 일할 정도의 기본적인 빵만을 제공하는 것으로 모든 것을 다해주었다고 생각하는 겁니다. 대부분 자본가들은 악랄하게 수탈합니다. 왜냐하면 일할 사람은 많지만 일자리는 터무니없이 부족하기 때문입니다.

일례를 들어 말하자면 최근 평양에서 고무신을 만드는 고무공장에서 공원들을 대량으로 해고했습니다. 그들은 하루에 40전씩 받고 일을 했는데 어느 날 공장주인 사장이 간부사원을 시켜 일당 임금을 35전으로 깎으라고 지시합니다. 공장 근로자들은 당연히 반발했지요. 여러분, 아시다시피 40전이라 해도 세 홉 들어가는 봉지쌀 한 봉 값도 안 되는 돈입니다. 다섯 식구 한 끼 양식도 안 되는 분량이지요. 가혹한 자본주들은 한 끼 양식도 안 되는 일당을 깎으려고 합니다. 여기에 공장 직원 전체가 반발합니다. 당연하지요. 최저생계 유지비도 안 되는 일당을 양보할 수 있겠습니까? 그러자 회사의 가혹한 임금조건을 거부하는 노동자들을 해고해 버리고 다시 직원을 채용합니다.

오백 명이 넘는 해고된 직원들이 회사를 떠나지 않고 공장에 새로 채용된 사람을 못 들어오게 하고 농성을 하고 있습니다. 조만간 경찰들이 투입되어 해고된 직원들을 연행할 것이라 보도되고 있습니다. 이러한 현실에 노동자들은 어떻게 대처를 해야 하겠습니까? 자본가인 공장주의 처분에 따라 임금 삭감을 당하고 공장주의 뜻대로 전보다 더 열심히 일해 야겠습니까? 아니면 임금삭감을 거부하고 불이익을 당해야겠습니까?"

갑작스런 질문에 아무도 대답을 하지 못하고 있었다. 강연자가 제시한 두 가지 방안 중 어떤 것도 대답이 될 수 없었기 때문이다.

"여러분이 직접 당하지 않았던 문제이고 미리 생각해볼 여지가 없었던 문제이기 때문에 제가 답을 제시하겠습니다. 지금 제가 말씀드린 사례를 가지고 분석하겠습니다. 일당 35전을 받고 새로 고용된 노동자들도 해고된 노동자들과 입장은 다를 바 없습니다. 우선 입에 풀칠도 힘든 돈을 받고 일을 하게 되겠지만 그들의 운명 또한 보장할 길이 없습니다. 언제 공장주가 더 작은 임금으로 즉 30전 아니면 25전으로 깎자고 할지 모르기 때문입니다. 그리고 그 적은 임금에도 일할 사람은 있을 겁니다. 물론 오래 견디지는 못하겠지요.

여기에 모든 노동자들이 단결해야 된다고 세계 노동자들에게 선언한 사람이 카를 마르크스입니다. 노동자들이 단결하여 그런 부당한 요구를 거절하는 것은 물론 그런 터무니없는 채용에도 응하지 말라는 겁니다. 새로 고용에 응해야 하는 노동자들에게도 정상적인 노동조건으로 언젠가 기회가 올 거라는 거지요. 오히려 그 동안 자본가들이 송두리째 가져갔던 잉여가치 즉 자본가들이 투자한 자본과 토지에 들어가는 비용을 제하고 남는 잉여가치를 노동자들이 단결하여 나누어 갖자고 요구하자는 것입니다. 노동자들도 인간다운 삶을 영위할 수 있도록 살인적인 노동시간을 줄여 휴식을 취하고 또 충분한 영양 보충을 하고 나중에 노동력이 상실되었을 때를 대비하여 저축도 해야 할 것입니다. 이런 노동자들의 인간다운 삶을 위해 전 세계의 노동자들이 단결해야 된다는 겁니다. 유사 이래 자본이라는 것, 즉 돈이라는 속성은 돈이 없는 무산자에게 한 번도 너그럽고 관대하고 포용하는 적이 없었습니다. 자, 다같이 따라 합니다. 돈은 절대 너그럽지 않다."

"돈은 절대로 너그럽지 않다."

"어떠한 권리, 어떠한 생존 조건이든 간에 순리와 타협에 의해 노동자에게 주어지는 것은 하나도 없었습니다. 수많은 노동자의 희생을 대가로 수많은 선각자들의 피와 땀으로 얻어진 것입니다. 제가 오늘 여러분들에게 전해드리고자 하는 사회주의는 자본주의나 개인주의에 대칭되는 개념입니다. 작금 서구 자본주의는 공황과 자본의 집중에 따른 빈곤이 필수적으로 따른다는 것입니다. 몇 년 전 미국에서 있었던 대공황을 여러분은 알고 있을 겁니다. 끝없는 생산경쟁이 결국은 파국을 불러와 모든 공장을 도산하게 만든 겁니다. 그 결과 노동자들은 일자리를 잃고 길거리에 나서게 되고 모든 신용경제는 파국을 맞아 경제가 마비가 되는 현상이 일어나게 된 것입니다. 사회주의는 혁명에 의하여 정치권력을 장악하고 그 권력에 의해 사회적 소유를 실현하는 정치체제입니다. 토지, 공장 등 생산에 필요한 모든 것이 공동소유이고 노동 또한 공동으로 하며 직업과 지역에 따른 사회 모든 계층 간 차이, 즉 도시와 농촌의 차이, 육체노동과 정신노동의 차이가 없어지고 모든 사람은 능력에 따라 일하고 노동에 따라 분배하는 사회가 사회주의 사회가 되는 것입니다. 다시 따라합니다. 능력에 따라 일하고 노동에 따라 분배한다."

"능력에 따라 일하고 노동에 따라 분배한다."

"자본주의처럼 노동자의 노동을 착취하지도 않고 끝없는 경쟁을 하여 과잉생산을 하지도 않고 능력에 따라 일하고 필요에 따라 분배하는, 모든 사람이 잘 사는 이상적인 사회를 만들어가는 것이 사회주의의 이념입니다. 여러분, 여러분은 여태껏 누대에 걸쳐 내려온 계급의식에 젖어 이렇게 불평등한 사회에 대해 한 번도 근본적으로 생각해 본 적이 없으실 겁니다. 하지만 인지상정으로 여러분 주위에 있는 가난한 사람들이 헐벗고 굶주리고 질병에 시달리는 것을 보고 불쌍하다는 마음을 갖게 됩니다. 즉 여러분이 참다운 행복을 누리고자 하면 여러분의 이웃이 불쌍하게 살아서는 결코 여러분이 행복해질 수 없다는 겁니다. 여러 사람이 잘 사는 사회, 모두가 잘 사는 사회가 사회주의가 추구하는 사회입니다. 그리고 잘사는 사람들 즉 자본가와 귀족층들의 불쌍히 여김과 자선심에 의지하는 것만으로는 빈곤에 허덕이는 사람들이 그들의 굶주림에서 절대로 벗어날 수 없다는 것이죠. 노동자들이 자본가들로부터 위탁받은 생산수단을 장악하고, 노동자들이 단결하여 자본가들과 당당히 동등한 조건에서 협상하고, 자본가들의 배만 불리고 자본가들의 호사스런 생활에 쓰여질 잉여가치를 노동자와 동등하게 나누고, 노동자의 삶을 윤택하게 하고, 노동자의 인간다운 삶을 찾아가자는 것입니다.

그러한 전제 조건으로 첫째, 노동자들이 스스로 경제활동의 주체라는 것을 자각하여야 된다는 것입니다. 근세 경제학자들의 분류로 생산의 3요소를 토지, 자본, 노동으로 나누어 말합니다. 사회주의는 이러한 분류를 가차 없이 거부합니다. 토지나 자본은 이미 부르주아에 의해 장악되어 있고 노동은 나머지 두 요소와 같이 돈만 있다면 언제든지 쉽게 구입할 수 있다는 수월함과 간교함이 내포되어 있습니다. 노동은 사람에 의해 공급되는 것입니다. 오감의 감각기관이 발달되어 있고 정의와 도덕심과 옳고 그르고 하는 사리분별을 할 줄 아는 그리고 때때로 분노를 느낄 줄 아는 사람들에 의해 공급되는 것입니다. 부르주아나 부르주아 편인 경제학자들은 이것을 간과하고 있지요. 사람은 네 발로 기어 다니다가 두 발로 직립보행을 하게 된 이후부터 끊임없이 삶의 조건을 개선하기 위해 분투해 왔습니다. 자본가들의 자본을 늘려주는데 노동자들이 무한정으로 바보같이 당하고 있지만은 않을 거라는 것입니다. 마르크스는 노동자들이 스스로의 위치를 자각하고 존엄성을 갖기 위해서는 교육이 필요하다고 했습니다. 여기에서 사회주의 지도자들의 역할이 절실하게 필요한 것입니다. 노동자들에게 주어진 시대적 사명과 그들이 충분히 누려야 할 잉여가치와 인간다운 삶과 단합된 힘의 중요성에 대해 끊임없이 교육시키고 세뇌시켜 그들 계급이 지배하는 세상이 반드시 오고야 만다는 희망과 미래를 그들의 뇌수에 심어주어야 합니다. 민중은 항상 정치에 있어서 자기기만에 의한 어리석은 희생물이었고 앞으로도 모든 종교적, 도덕적, 정치적, 사회적 문구, 선언, 전제의 배후에 숨어 있는 특정계급의 이해관계를 찾아내기 전에는 항상 기존질서의 옹호자들에게 놀림감이 될 것입니다.

그러나 우리가 살고 있는 이 사회에서 낡은 것을 제거하고 새것을 창조하는 힘이 될 수 있는 세력이 프롤레타리아 집단이고 이들 세력을 일깨워 투쟁으로 조직하는 방법을 추구하도록 하는 것이 사회주의 지도자들이 맡아서 해야 할 역할입니다. 마르크스는 이 자각된 집단 즉 낡은 것을 제거하고 새것을 창조할 수 있는 새로운 세력을 향하여 '만국의 노동자여 단결하라'고 외쳤던 것입니다. 오늘 세계적으로 새로운 사회풍조 그리고 식민지 국가가 지향해야 할 새로운 체제 사회주의에 대해 설명했습니다. 질문이 있으면 질문하시길 바랍니다."

현성의 긴장된 얼굴에 비상한 각오가 엿보였다. 어려운 질문을 했다.

"상당히 이해하기 어려운 이론을 논리 정연하게 설명해주셔서 감사합니다. 사회주의, 모든 사람이 잘사는 세상, 아주 좋은 이야기입니다. 그런데 우리 국권이 없는 식민지 국가 조선에서 우리 조선 민중들은 부르주아지가 타도의 대상이 아니고 제일 두려운 것이 일본의 순사입니다. 이런 식민지 국가에서 사회주의 꿈이나 꾸어 볼 수 있겠습니까?"

아주 예민한 부분, 누가 나서지 못할 고양이 목에 방울을 다는 어려운 이야기를 현성이 끄집어낸 것이다. 현성의 독특한 특성이기도 했다.

말을 에둘러 하지 않고 핵심을 찔러가는 냉철함이랄까. 이런 직선적인 과단성 때문에 때로는 피해를 입기도 했지만 사람들에게 신뢰도 얻을 수 있던 강점이기도 했다. 나이 어린 후배의 이런 질문에 답변하는 사람의 입장에서는 건방지게 보일 수도 있었지만 윤자혁은 도량이 넓고 앎이 깊은 사람이었다. 그리고 지식에 대해서는 언제나 겸손하였다. 하나라도 더 알아 깨우치는 것이 중요한 것이지 내가 누구보다 많이 아는 것, 현학적인 것은 그리 중요하지 않았다.

"어렵지만 좋은 질문을 하셨습니다. 앞으로 우리가 나아갈 방향에 대해 깊이 성찰해야 할 부분이기도 합니다. 사실 우리 조선은 격한 노동과 굶주림에 지친 노동자 농민들은 있을지 모르지만 프롤레타리아 혁명의 전제 조건인 대도시 주변 대단위 공장시설이 세워진 것도 아니고 대도시 주변에 구름 같이 많은 노동자들이 모여 있지도 않습니다. 아직은 프롤레타리아 계급이 형성될 정도로 우리 경제가 성숙되어 있지도 않습니다. 가장 큰 이유는 우리 조선의 경제가 일본에 예속되어 있는 식민지 경제이기 때문입니다. 일본에는 오사카나 나고야 등 공업도시에 수많은 생산시설과 노동자들이 있습니다.

그러나 우리나라에는 영세성을 벗어나지 못한 생필품이나 가내 수공업 정도의 공장이 있을 뿐입니다. 심지어 철광석이 산출되는 함경도 무산이나 덕성 같은 곳에서도 철강 제조 공장시설은 전무합니다. 기껏해야 일본에 실어 나르기 위해 철광석을 채취하는 광산시설이나 있을 따름입니다. 산업기반 시설이 전무합니다. 이것이 식민지 경제의 한계입니다. 일본경제에 우리나라가 예속되어 있는 것을 적나라하게 보여주는 조선 산업시설의 단면이기도 합니다. 우리나라는 굶주림과 소작, 착취에 시달리는 노동자 농민은 있어도 프롤레타리아 계급은 형성될 수가 없습니다. 노동자를 양산할 생산 시설마저 빈약하기 그지없기 때문입니다. 그러면 우리 동포는 영원히 이런 압제의 쇠사슬을 벗어버리지 못하고 영원히 빈곤과 노동착취에 시달리고 살아야 합니까?

여러분, 여러분들의 입에 뱅뱅 돌고 마는 그 단어, 그리고 백 사람이면 백 사람, 천 사람이면 천 사람, 그 어느 누구인들 바라지 않는 조선인들이 누가 있겠습니까? 그것은 우리 조국 대한민국의 독립일 겁니다. 가혹한 치안유지법의 감시 속에 숨을 죽이고 눈치만 보고 감히 입 밖에 꺼내기를 두려워하여 침만 삼키고 차마 내뱉지 못하는 그 말, 독립이 되지 않는다면 영원히 해결될 수 없는 문제입니다. 우리의 많은 선배들과 우국지사들이 자주독립을 외치다가 감옥에 잡혀가 옥살이를 하고 고문에 육체가 망가져 불구가 되고 어떤 분들은 불귀의 객이 되고 말았습니다. 지금도 적지 않은 젊은이들이 잡혀가 고문을 당하고 감옥에 갇혀 있습니다. 고문이 무섭고 감옥에 들어가기 싫으니 우리는 망연히 지켜보고만 있어야 합니까? 더구나 일본제국주의의 위세는 점점 더 강성해지고 있습니다. 그러면 이런 위세에 눌려 우리 손자에 손자들까지도 이렇게 살아야 한단 말입니까? 아니지요. 당연히 아닙니다. 우리가 못난 선조가 되지 않으려면 분연히 나서야 합니다. 노동자 농민들이 무산자들이 알아야 합니다. 왜 우리가 이처럼 당하고 사는지, 왜 이렇게 잘못된 사회구조 속에서 허덕이면서 사는지, 우리 조선의 지식인들이 나서서 교육하고 계도하여 깨닫게 만들어야 합니다."

이때 경식이 나섰다. 잘못하면 이상주의에 빠져 환상에 들떠 밀려가는 것을 강력히 막아서며 차가운 현실을 설파하였다.

"선배님 말씀을 잘 알아듣겠습니다. 하지만 총칼을 든 막강한 전비를 갖춘 일제에 어떻게 맞서겠습니까? 실로 바위에 계란 치는 격 아니겠습니까? 무모하게 나서서 꽃다운 젊은이들만 희생당하는 것은 아니겠습니까?"

"우리 민족이 처해있는 곤궁함을 벗어날 수 있는 가느다란 희망의 길이 우리에게 없는 것은 아닙니다. 실은 오늘, 아직은 미약하지만 희망적인 이야기를 나누고 싶어서 제가 여러분을 찾게 된 것입니다. 1차대전이 종료된 직후 승전국 중 한 국가인 미국 대통령 윌슨은 민족자결주의를 만세계에 공표하였습니다. 즉 모든 민족은 스스로 결정할 권리를 갖는다는 뜻으로 피지배민족식민지나 점령지역에게 자유롭고 공평하고 동등하게 자신들의 정치적 미래를 결정할 수 있는 자결권을 인정해야 한다는 것이었습니다. 1차대전의 승전국으로 바야흐로 세계 신흥강국으로 부상하고 있는 미국 대통령이 민족자결권을 천명함으로서 우리나라와 비슷한 처지에 있는 식민지 민족들은 자결권에 대한 기대를 상당히 가졌습니다. 사실은 기미독립선언3.1운동을 주도했던 우리나라 지도자들도 민족자결주의에 영향을 받지 않았다고 할 수는 없을 것입니다.

하지만 결과는 여러분들이 알고 있는 대로 참담하였습니다. 선언을 주도하였던 지도자들은 속속 구속되었고 만세운동에 뛰어들었던 민중들은 잔인하게 제압당하였습니다. 민족자결을 주장하였던 미국으로부터 어떤 정치적, 군사적 도움이나 응원은 없었습니다. 만세계에 공표하였던 민족자결주의는 승전국들이 군사적 결사나 웅거를 와해시키기 위하여 패전국의 식민지 국가에게만 자결권을 인정한 것입니다. 결국은 민족자결주의가 강대국의 이익만을 위한 표어에 그치고 말았다는 것을 깨닫게 되었지요. 우리는 민족자결주의 같은 허망한 구호에 다시는 넘어가지 않을 것입니다. 오히려 민족자결주의 선언이 있은 후로 날이 갈수록 일본군국주의는 위세를 더해가고 있으며 일본은 조선반도 뿐만 아니라 중국대륙을 집어삼키려 만주사변을 일으켜 파죽지세로 중국대륙 중심부를 향하여 진격하고 있습니다. 이런 절망적인 상황에 가느다란 희망이 남아 있습니다. 제가 오늘 말씀드리고자 하는 것은 제3인터내셔널, 즉 코민테른에 관한 것입니다.

아시다시피 코민테른은 공산주의 국제연합으로 러시아 레닌이 주도하여 만든 세계적인 조직입니다. 코민테른에서 레닌은 파격적인 제안을 합니다. 식민지 대중들에게 주목하여, 후진국은 선진국 프롤레타리아의 원조를 받아 자본주의적 발전 단계를 뛰어넘어 공산주의로 이행할 수 있다고 주장하였습니다. 즉, 세계 각국에 레닌주의당의 결성을 원조하고 노동운동, 공산주의 운동, 식민지 해방투쟁의 발전을 지지하는, 기존의 제1, 제2 인터내셔널과는 다른 강령을 세워 식민지 압제에 허덕이는 노동자, 농민들에게 뜨거운 지원을 하고 있습니다. 코민테른은 세계 각국 공산당의 연계를 강화하고 통합적으로 활동을 지도함으로써 식민자본주의 체제를 타도하고 사회주의와 공산주의를 건설하기 위해 모스크바에 공산대학을 설립하였습니다. 여기에 입학하게 되면 일체의 학비나 비용을 공산당으로부터 지원 받게 됩니다. 이론 및 사상교육과 병행하여 공산당 조직건설과 선전, 노조 건설에 관한 실무교육을 실시합니다.

우리 조선에서 모스크바 공산대학을 졸업한 지도자로는 박헌영, 조봉암, 고광수 등이 있고 중국에서는 주은래, 유소기, 등소평 등 유력한 공산주의 지도자들이 있습니다. 우리가 처해있는 일본제국주의 식민지 체제를 벗어나 독립국이 되기 위해서 기댈 수 있는 세계적인 조직은 코민테른이 유일합니다."

여기까지 잠자코 듣고 있던 경식이 다시 질문을 던졌다.

"선배님, 말씀 중 죄송합니다. 서두에 미국 윌슨대통령의 민족자결주의를 말씀하시고 또 코민테른의 유용한 점을 설파하셨는데요, 결국은 미국이나 러시아나 자국의 이익과 관계가 있을 경우에 대외적으로 명분을 내세우는 것 아니겠습니까? 정확히 말씀드리면 러시아도 자국의 이익이 없다면 많은 노력과 비용을 들여가면서 이런 수고를 감당하겠습니까?"

"날카로운 질문을 해주셨는데요. 러시아가 공산주의 혁명을 일으키고 나서 서방의 지본주의 국가들에게 에워싸여 고립될 수 있다는 위기의식을 느낀 것도 사실입니다. 자본주의 국가에 예속되어 있는 식민지 국가와 민족들에게 독립의 메시지를 주고 지속적으로 도움을 주고 교육을 시키고 있습니다. 이것은 경식 군이 지적한 것처럼 러시아에게 우호적인 세력을 확보하자는 심모원려한 계획이 있을 겁니다. 하지만 우리가 주목하는 것은 그들은 지배세력으로 군림하는 것이 아니라 동지적 입장과 맹방으로서 식민착취와 압제에 허덕이는 후진 국가들에게 공산주의 희망의 메시지를 주고 있습니다. 지금 우리에게 절실한 것은 어떤 때깔 좋은 이념이나 포장 잘 된 구호보다는 우리 민족에게 유리한 실질적 도움입니다. 우리는 어떻게 하든 식민지 쇠사슬을 벗어나야 합니다. 일본 군국주의자들을 이 땅에서 몰아내야 합니다.

그러면 우리는 어떻게 해야 되겠습니까? 당장 손에 총칼을 들고 일본경찰과 헌병에 맞서야 됩니까? 이것은 현실적인 한계가 있지 않겠습니까? 작은 것부터 실천해야 합니다. 일본인 선생들의 터무니없는 일본우월의식을 거부해야 하고, 조선인 학생이나 일본인 학생이나 동등하게 교육받을 권리를 주장해야 하고, 조선어로 교육받을 수 있도록 투쟁해야 하며, 조선학생의 인권유린에 강하게 맞서야 합니다. 그리고 여러분들이 조선 준총들입니다. 앞으로 이 나라 이 겨레의 운명이 여러분들의 어깨에 달려 있습니다. 여러분들이 나서서 헐벗고 굶주린 노동자, 농민들의 삶을 이해하고 어떻게 하면 그들의 삶이 개선될 수 있을까 고민에 고민을 해야 합니다. 그리고 반복된 교육과 지치지 않는 인내로써 그들의 삶을 깨우쳐야 합니다. 왜냐하면 역사는 그들이 결국 주인이 되는 시대가 올 것을 예견하고 있습니다. 결코 소수인 자본가와 지주가 영속적으로 지배할 수가 없다고 분석하고 있습니다. 다수인 프롤레탈리아가

지배하는 시대가 반드시 올 것입니다.

그렇다면 우리는 가만히 그런 시대가 오기를 지켜보면서 기다리면 되겠습니까? 아닙니다. 나가서 맞아야 합니다. 고운 님 오시길 기다리듯이 몸치장하고 앉아 있으면 안 됩니다. 우리 젊은이들이 나서서 투쟁도 하고, 무지한 사람들 교화도 시켜야 하고, 군중 속으로 들어가 그들의 삶을 직접 체험하기도 해야 합니다. 지금까지 교양독서회로 이끌어왔던 우리 독서회가 앞으로는 변신을 해야겠습니다. 동맹체제로 바꾸어 험난하지만 조국과 민족을 위해 뜻을 같이할 사람은 계속 활동을 같이할 것이고 그렇지 못할 사람은 여기서 우리와 절연을 하시고 다음 모임부터는 삼가주시길 바랍니다. 설혹 우리가 뜻을 같이하지 아니한다고 해서 그동안 우리 독서회에 나와 주었던 동지들에 대해 추호도 섭섭함이나 배신감 같은 것은 없을 것입니다. 그만큼 여러분들도 우리 조직에 대해 숨겨줄 것은 숨겨주어야겠습니다. 오늘 제 말씀은 이것으로 매듭짓겠습니다."

서로의 얼굴을 쳐다보며 올 것이 오고 말았다는 표정이 역력했다. 결심을 해야 할 순간이 온 것이다. 3.1운동, 6.10만세 운동, 그리고 몇 년 전 광주학생운동에서 수많은 젊은이들이 잡혀 감옥에 들어가서 만기출옥은 거의 없었다. 지독한 고문을 당하여 반신불수가 되고 폐병환자가 되어 병보석으로 풀려나와 가까스로 연명을 하거나 불귀의 객이 되고 말았던 것이 학생운동의 현 실상이었다. 어떻게든 경찰의 수배를 피해서 도피를 해야지 잡혔다면 무지막지한 고문이 기다리고 있었다. 잡히지 않는다면 집안 식구들을 들볶아서 살 수 없게 만드는 왕조시대의 연좌제가 그대로 유물로 남아 있었다. 현성의 중앙고보 선배들 중에서도 이선호, 이현상 등 인재들이 그렇게 종적을 감췄거나 아까운 나이에 스러져 갔다.

무척 상기된 분위기였다. 윤자혁의 일장 연설이 끝나고 박수를 치고 모임을 파하였지만 그 여진은 그대로 남아 있었다. 현성과 경식은 부민 서림 2층을 내려오면서 마음을 정하지 못해 아무 말도 없이 걷고 있었다. 혜화정 현성의 하숙집으로 발걸음을 같이 하였다. 서로 말은 없었지만 여기서 헤어져 각자 집으로 갈 수는 없었다. 서로가 갈 방향을 놓고 흉금을 털어놔야 할 시간이 온 것이다. 깊은 한숨을 내쉬면서 격렬하게 일어나는 마음의 요동을 감지할 수 있었다. 현성이 먼저 말문을 열었다.

"처음에 박종욱 선배의 수첩을 주웠을 때부터 독서회와의 인연이 시작되었다. 이제 와 그런 인연에 대해 추호도 후회는 없다. 독서회에 입회하여 상급학년 중에서는 알아주는 쟁쟁한 선배들 사이에서 나날이 새로운 앎을 익혀가는 것도, 서양의 새로운 문학과 이성과 논리와 과학을 배워가는 것도, 어디에 비할 것 없는 자랑이었고 내가 서울로 적지 않은 돈을 들여가며 유학을 온 긍지를 독서회에서 찾을 수 있었다. 물론 학교에 훌륭한 선생님들도 계셨지만 강단에서 배울 수 없는 그 무엇이 있었지. 나는 그것을 독서회의 정신이라고 할 것이다. 독서회에서는 어떤 권위도 우상도 진리를 앞세워 거부하였다. 어떤 허위도 용납하지 않았다. 항상 옳고 정의로움만 배웠다. 그래서 나는 앞으로 나에게 새로이 전개될 삶에 무한한 자신감과 용기를 얻을 수 있었다. 그릇됨에 당당할 수는 없을 것이다. 나는 그릇됨이 없었으니 당당할 수 있었다. 어떤 상황이 주어져도 나는 독서회를 떠나고 싶지 않다."

경식이 이어갔다.

"그래, 현성이와 친구로서 인연을 맺은 지가 3년이 되어가는 구나. 거의 같이 붙어 다니다시피 했지. 서로에 대해 알 것은 거의 알고 있다고 해야겠지. 그런 덕에 독서회에도 같이 다녔고 나도 독서회에서 많은 것을 배웠다. 나도 독서회 일원이 된 것에 대해 항상 자부심을 갖고 살아왔지. 물론 식민지 조선의 현실이야 참담하고 암울하지만 내선일체니 대동아공영이니 하는 터무니없는 구호에 한 번도 현혹되어 본적은 없다. 그런다고 해서 내 손으로 이 세상을 뒤엎겠다는 생각을 한 적도 없다. 실제로 현실적으로 불가능한 일이다. 안타깝지만 그것이 현실이 아니냐. 일본놈들은 때려죽이고 싶을 정도로 밉지만 현실적으로는 내가 어느 곳으로 망명하거나 모든 것을 내팽개치고 줄행랑을 치지 않으면 그들을 어찌할 수가 없다. 지금 우리가 처해있는 상황으로는. 일본놈들의 선전구호대로 욱일승천하여 만주 대륙을 집어삼키고 중국 본토를 넘겨보고 있는 상황에서 우리나라의 독립은 아주 요원하다고 생각한다. 앞으로 십 년 아니 오십 년 백 년도 넘어야 될지 모른다는 자괴감에 빠져있다. 나는 현성이 알다시피 지극히 현실적인 사람이고 냉철하게 사는 사람이다. 그 어떤 것에 쉽게 감동되지도 않고 그 어떤 위협에 쉽게 순치 되지도 않는다. 아까 윤자혁 선배에게 질의했듯이 애꿎은 젊은이들만 희생하는 것은 아닌지 모르겠다. 나는 이 정도에서 독서회와 인연을 정리해야겠다."

현성이 발끈했다.

"이런 노예보다 못한 생활을 스스로 포기하여 백년도 넘게 우리의 손자에 손자까지 이렇게 살아가야 한다는 것이냐?"

"꼭 노예보다 못한 생활이라고까지 비하할 것은 없지 않나?"

"너는 해마다 굶어죽는 사람이 속출하는 조선의 농민들, 영양실조에 차차 죽어가는 도시 노동자의 현실을 알면서 그런 말을 하는 거냐? 내가 왜 노예보다 못한 삶이라고 하냐면 노예들은 신분이 주인에 예속되어서 그렇지, 그들은 주인이 먹고 살게는 해준다. 최소한 아들딸 낳고 살게는 해주는 것이다. 어떤 경우도 노예를 굶겨 죽였다는 주인은 없었다. 우리 조선의 노동자, 농민은 그보다도 못한 사람들이 많다. 너와 나는 조선 사람들 중에서는 선택된 사람들이다. 조선의 백성을 말할 때 너와 내가 기준이 되어서는 안 된다는 것을 누구보다도 잘 알고 있는 네가 이런 말을 하면 안 된다. 오늘 우리가 나누고자 하는 논지에 벗어나는 이야기겠지만 우리나라의 비참한 현실을 그렇게 호도해서는 안 된다."

경식이 약간 무렴한 표정을 지으며 말했다.

"그래, 내가 말실수를 했다. 요즈음 변절한 친일 인사들처럼 어떤 경우도 일본의 식민지 지배를 정당화하지는 않겠다. 하지만 현실은 너도 알다시피 고단하기 그지없다. 기약 없고 가망 없는 일에 내 젊음을 바치고 싶지는 않다."

"왜 기약 없고 가망이 없다고만 생각하는가? 러시아의 예를 들어보자. 수백 년의 짜르 지배를 뒤엎고 소비에트 공화국을 세운 러시아는 애초에 혁명의 가능성이 조금이라도 있다고 생각했겠는가? 그들은 노동자, 농민들이 단결하고 총칼을 가진 군인들을 설득하여 자기편으로 끌어들여 짜르 체제를 전복하고 노동자, 농민의 나라를 세운 것이다. 아무리 어렵다 할지라도 뜻만 있다면 그리고 레닌과 같은 위대한 지도자가 있다면 우리에게도 얼마든지 가능성은 있다고 생각한다."

"우리는 설득하여 우리 혁명에 동참시킬 힘을 가진 사람도 없다. 총칼을 든 놈들이 다 일본놈들이니 결국은 외세를 빌려야 하는데 우리에게 도움을 주었던 중국 사람들이 저런 식으로 일본에 밀려나고 있다. 러시아는 저렇게 멀리 있으니 어느 세월에 하늘이 맑아지겠나? 그리고 현성이 너는 대학에 들어가 고등문관 시험에 합격해 변호사가 되고 싶다고 했지. 지금 같이 사회주의 활동에 전념하게 되고 학생 운동에 매달리게 된다면 언제 공부하여 변호사가 되겠는가? 법을 몰라 무지하게 당하는 불쌍한 조선 백성들을 위하여 변론해주는 변호사가 되겠는가?"

"현실의 아픔을 외면하는 변호사가 되어서 무얼 하겠는가? 옳고 그름을 모르는 변호사가 되어서 무얼 하겠는가? 나는 이 모든 것을 경험한 후라도 충분히 기회는 있을 것이라 생각한다. 모든 일은 시기가 있다. 내가 젊은 시절 아니면 이런 경험을 하겠는가? 내가 의지가 있고 열의 만 있다면 언제고 고등문관 시험은 치를 수 있다고 생각한다. 그리고 지금 우리가 섶을 들고 불 속에 뛰어드는 찰나의 선택을 해야 되는 상황은 아니지 않는가? 더 이상 너에게 진로를 강요하고 싶지 않고 다투고 싶지 않다. 다만 앞으로 상황에 대해 이 자리에서 속단하지 말자."

현성의 얼굴 표정이 다소 굳어졌다. 잠시 침묵이 흐른 뒤 경식이 차분한 표정으로 여태껏 주고받았던 방식과는 사뭇 다르게 나직하게 이야기를 시작한다. 목소리에 간절함이 배어있다.

"현성아, 너와 나는 평생의 동지적 삶을 살기로 다짐했다. 그리고 정의감에 불타고 매사에 열정적인 너를 친구로 둔 나는 무척 자랑스럽다. 그리 길지 않은 삶이지만 내 삶을 돌아볼 때 너만큼 나와 깊은 교감을 나눈 지기知己는 없다. 고향친구, 형제간, 고보에 와서 만난 친구들 중 어느 누구도 그 깊이를 비교할 수는 없다. 그렇다고 해서 우리가 평생 같은 길을 갈 수는 없는 것 아니냐. 벌써 너와 나는 장래 희망 직업부터가 다르다. 그리고 동지적인 우리 삶을 생각할 때에 우리 두 사람이 같이 위험한 일에 뛰어든다는 것은 현명한 선택이 아니라고 생각한다. 이런 비유가 맞을지 모르겠다. 우리 일상생활에 가장 깨지기 쉬운 것이 계란이다. 계란을 장날 내다 팔려면 짚으로 꾸러미를 만들어 각각 분리시켜 시장으로 가지고 간다. 집에 보관할 때도 수량이 많아지면 절대로 한 망태에 보관하지 않는다. 그 이유는 계란이 깨지기 쉬운 것이기 때문에 나누어서 보관하는 것이다. 즉 한꺼번에 깨지는 위험을 분산하는 것이지. 설혹 무엇에 부딪쳐 깨질지라도 몽땅 깨지는 것을 피하자는 생활의 지혜라고 할 수 있다. 너와 나 두 사람을 생각할 때에 한 사람이라도 위험을 벗어나 있어야 한다고 생각한다. 그래야 남은 한 사람이 위험에 처해 있는 사람을 돌볼 수 있지 않겠는가? 뜨거운 가슴과 차가운 두뇌, 즉 이성을 가지고 있는 내 동무 현성에게 묻는다. 내가 제시한 선택이 치사한 도피라고만 생각이 되는가? 아니면 조그만 현실성이라도 보이는 대안이라고 생각되는가?"

대화의 분위기는 조금 가라앉아 있었다. 차분히 전개해가는 경식의 논리에 빈틈이 없었다. 현성이 웃음을 띠며 말했다.

"그래서 나한테 무슨 대답을 원하느냐. 경식이 너는 나보다 항상 이성적이었어. 확실하게 현실성 있는 대안을 마련했다. 속이 시원하냐? 이 수정주의자야."

이제 서로 뜻이 통한 것을 알고 농담이 터져 나왔다.

"그래, 아주 장하고 훌륭하다. 이 교조주의자야."

그 후 두 사람의 별명은 수정주의자와 교조주의자가 되었다. 서로의 어깨를 토닥이며 융화하는 분위기로 이야기를 매듭지어 가고 있었다.

"네 뜻 충분히 알겠다. 우리 독서회가 동맹체제로 움직여가는 상황이 되어 소수의 탈락자가 있을 거라고 생각은 했지만 내 친구 경식이라고는 추호도 생각해본 적이 없었다. 다음 모임부터는 나 혼자 나갈 것을 생각하니 어쩐지 쓸쓸한 생각이 든다. 더 이상 강요할 생각은 없고 어딜 가더라도 독서회에서 가르쳐 준 정신과 기백, 의기는 잊지 말기로 하자."

"그래 알았다. 뭐 그리 서운하게 생각할 것 있겠냐. 우리 늘 만나고 살 것인데. 내가 독서회에 나가지 않는다고 독서회에 대한 관심마저 사라질 수 있겠냐? 지금 내 마음의 갈등이 아주 심하다. 차라리 독서회에 머무는 것이 더 편할지도 모르겠다. 마음으로는 독서회를 깊이 후원할 것이다. 앞으로 날 만나면 독서회 소식 꼭 전해주라."

그렇게 독서회의 최초 이탈자가 바로 옆에서 생겼다. 다음 모임에 가

보니 저학년에서도 몇 명이 있었고 5학년에서는 이종백이 독서회에 얼굴을 보이지 아니하였다. 이 지점이 순수한 교양독서 모임과 사회주의가 엇갈려 가는 순간이었다.

조국의 운명은 아무도 예측할 수 없었다.

/11장/
연 모

독서회 모임이 지적인 성장을 도왔다면 교회에 나가게 되면서 새로운 서양문화에 접할 기회가 주어졌고 정서함양에 적지 않은 도움을 받을 수 있었다. 박인수 전도사의 설교는 인용되는 수많은 서양 인물들과 동서양 역사적 사건에 대해 학생들에게 관심을 높이고 참여를 유도하기 위하여 질의 응답식으로 진행되었다. 현성은 박인수 선생의 좋은 파트너가 되었다. 구약 한 구절을 봉독하고 인용하는데 이런 질문을 던졌다.

"근세에 나폴레옹은 알프스를 넘어 오스트리아군을 물리쳤습니다. 알프스의 산세는 워낙 험해서 그 험산을 대군을 이끌고 넘어오리라는 것은 상상도 못했기 때문에 방비를 하지 못해 대패했습니다. 그러면 역사상 최초로 알프스 산맥을 넘은 장군은 누구입니까?"

아무런 대답이 없다.

"그러면 나폴레옹이 처음으로 알프스를 넘었을까요?"

현성이 나섰다.

"카르타고의 한니발입니다."

"예, 맞습니다."

고대 지중해의 패권을 둘러싸고 일어났던 포에니 전쟁과 로마와 카르타고의 역학관계를 설명하면서 설교가 시작되었다. 근세 영국 식민지 정치를 설명하는 도중 인도의 전 국민적 지도자이며 위대한 사티그라하 무저항 운동를 주도하여 전 세계의 주목과 존경을 받았던 간디에 대해 물었다.

"간디의 직업은 무엇입니까?"

"변호사입니다."

이런 식으로 질의응답을 서두에 주고받으면서 설교를 전개하였다. 현성이 그 답변을 주로 맡아서 했다. 처음에는 나설까 말까 했는데 시원스레 대답하는 학생이 없으니 자연히 현성의 몫이 되었다. 나중에는 이런 역할이 당연시 되어 박인수 선생의 질문이 나오면 으레 학생들은 이번에는 어떤 대답이 나올까 하고 현성을 쳐다보았다.

현성은 박인수 선생과 개인적인 대화는 별로 없었지만 이런 공적인 대화로 유대와 신뢰를 갖게 되었다. 그러면서 교회 학생들 사이에 존재감도 넓혀가기 시작했다. 그리고 조선 제일이라는 자부심으로 거만하고 배타적인 제일고보 생들에게도 당당하고 떳떳할 수 있었다. 학교 성적으로는 우수했겠지만 삶의 지식에 있어서는 너희들에게 뒤지지 않겠다는 팽팽한 호승심도 생겼다.

그해 가을부터 예배가 끝나고 학생들에게 20분 정도 더 시간을 내어 박인수 전도사는 외국 가곡을 가르치기 시작했다. 기도나 설교는 재미가 없지만 노래 배우는 것은 신이 났다. 흑판을 준비하여 백묵으로 독일 가곡 '로렐라이 언덕', 작곡가 질예르, 작사 하이네, 라고 써놓고 노래에 얽힌 사연을 소개하였다.

"오늘 배울 노래는 독일가곡입니다. 작사가가 하이네인데 여러분들이 잘 알다시피 하이네는 유명한 독일 시인입니다. 하이네가 지금은 전 세계적으로 사랑받는 시인이 되었지만 그의 젊은 시절은 암울했고 불행하였습니다. 그가 불행했던 이유는 그가 바로 유태인의 피를 이어받았기 때문입니다. 그 당시 독일에서는 유태인에 대한 차별이 아주 극심했습니다. 어느 정도 차별이 심했냐 하면 유태인들은 독일 사람이 다니는 인도로 같이 다닐 수가 없었지요.

그가 젊은 시절 베를린에 있을 때의 일입니다. 그가 베를린에서 명성이 높았던 조각가의 딸 메레와 사랑을 속삭이게 되었습니다. 둘은 사랑에 빠졌고 결혼하기를 원했지만 메레의 부모가 이 사실을 알게 되었습니다. 독일 사회에서 도저히 용납되지 않는 사랑에 불벼락이 내린 겁니다. 메레에게 금족령이 내리고 하이네에게는 다시 앞에 나타나지 말라는 엄명이 떨어진 것입니다. 사랑하는 사람과 다시 만날 수 없는 운명에 처한 하이네는 우수와 번민에 빠져 지내다가 베를린을 떠날 것을 결심하고 보불전쟁의 전쟁터에 자원입대하여 버립니다. 차라리 죽어버리고 싶었을 겁니다. 전선에서 수없이 사선을 넘어 간신히 목숨을 건져 귀환하여 프랑스, 영국 등지를 전전하다가 베를린에 10년 후 나타나게 됩니다. 그는 이미 유명시인으로 유럽에서 명사가 되어 있었습니다. 금의환향하였지만 고향에는 씻을 수 없는 사랑의 상흔만 남아 있었습니다. 그는 옛사랑의 그림자를 찾아 라인강을 찾았습니다. 잔잔히 흐르는 강물, 우거진 숲, 그리고 낙조의 황홀한 광경까지, 어느 것 하나 추억이 서리지 않은 것이 없었습니다. 사랑은 떠나고 아픔만 남았지만 시상은 샘솟듯 솟아나기 시작했습니다. 이때 지은 시가 '로렐라이 언덕'입니다.

로렐라이 언덕은 독일의 젖줄 라인강의 상류에 있는 암벽이 있는 언덕입니다. 오랜 옛날 여신이 저녁녘 강 언덕에 올라 노래를 불렀다 합니다. 이때 이곳을 지나던 뱃사공이 그 아름다움에 취하여 넋을 잃고 쳐다보다가 그만 바위에 배가 부딪쳐 파선되어 죽고 말았다 하지요. 이것이 로렐라이의 전설입니다."

옛날부터 전해오는 쓸쓸한 이 말이

가슴속에 그립게도 끝없이 떠오른다.

구름 걷힌 하늘 아래 고요한 라인강

저녁 빛이 찬란하다 로렐라이 언덕.

가을부터 이렇게 외국가곡을 하나씩 배워갔다. 독일가곡 '보리수', 영국가곡 '즐거운 나의 집', 아일랜드 민요 '아 목동아', 미국민요 '매기의 추억', '클레멘타인', '산골짝의 등불' 등을 배웠다. 곡조가 보통학교에서 배웠던 장조 일색과는 달랐다. 심정을 순정케 하고 덕성을 함양하겠다는 일제의 정책 의지로 단순하고 평이한 단음으로 구성되었던 창가와는 그 노래의 정조와 가사, 노래가 주는 감동에 있어 비할 바가 아니었다.

조선의 젊은 음악가들이 작곡한 가곡도 배웠다. '고향생각', '오빠생각', '동무생각', '옛 동산에 올라', '그리운 강남' 등. 제사보다 젯밥에 관심이 더 많아진 것이다. 예배와 기도, 설교시간에는 지루하였지만 노래 배우는 시간은 어떻게 지나가는지 모를 정도였다. 매번 노래 부르는 시간이 끝날 때마다 조금 더 했으면 하는 아쉬움이 있었다. 노래를 부를 때는 그 자리 모든 사람이 같은 정서와 같은 감동을 나누는 것이다. 서로의 자질구레한 감정을 감추고 노래에 몰입하여 있을 때 그려지는 환상의 세계는 그 어떤 즐거움과도 견줄 수가 없었다. 아일랜드 고산지대 목장의 목부가 되기도 했고 고향의 들과 시냇물과 산을 넘어 가는 전원이 그려지기도 하고 사랑하는 여인을 떠나보낸 비련의 주인공이 되기도 했다. 혼자서 산길을 걸을 때라든지 어두운 밤길 걸을 때 나직한 목소리로 때로는 메아리쳐 오는 맑은 목소리로 노래를 부를 때의 즐거움이란 단조로운 일상에 더할 나위 없이 청량감을 주는 몰입이었다.

신윤희의 일거수일투족은 관심사항이었지만 그냥 지켜볼 수밖에 없었다. 현성이 아니더라도 모든 남학생들의 관심의 대상이었던 것은 말할 필요조차 없었다. 그녀는 학생부 여학생들 중 단연 돋보이는 재원이었다. 늘씬한 체형, 달걀형의 갸름한 얼굴에 이마는 반듯하고 아미는 가늘고 길게 초승달처럼 굽어졌고 눈망울은 깊은 산속에 감춰져 있는 호수처럼 맑았다. 그녀의 시선이 머무는 곳에는 따뜻함과 포근함이 일었다. 콧날은 반듯하여 이지적이었고 입술은 붉고 이는 희고 언제나 단아한 표정으로 말수가 적었다. 윤희가 입을 열어 말을 한다면 반드시 로고스만을 이야기할 것 같은 준절한 품격이 느껴졌다. 성처녀 같은 순결함과 정숙함이 항상 그녀의 주위를 맴돌고 있었다.

교회에 있는 순간만이라도 가까운 곳에 있다는 즐거움이 있었다. 바로 열 발자국 거리 안에서 성처녀의 숨결을 느낀다는 것은 짝사랑의 애틋한 연민을 가지고 있는 현성에게는 즐거움이었다. 결혼 전 남녀관계가 워낙 폐쇄되었던 사회인지라 말을 붙이는 것은 상상 속에서만 가능하였다. 왜놈들은 길거리에서 공공연하게 팔짱을 끼고 다녔다. 여성의 혼전 남녀관계가 난잡하다면서 왜놈들의 영향으로 조선의 풍속도 변해간다고 한탄하는 것이 어른들의 걱정스런 도덕관이었다. 미성년의 남녀가 같이 교류하는 것은 사회적으로 용인되지 않았다.

보통학교에서도 남녀구별이 확실하게 반 편성을 했고 고보, 전문학교는 남녀학교로 구별하여 인가를 하였으니 성인이 되기 전에는 남녀가 같이 지내는 일은 극히 드물었다. 교회에서만 남녀가 같이 예배를 드릴 수 있었다. 교회 예배도 처음 선교가 시작되었을 무렵에는 남녀가 칸막이를 하여 따로 예배를 보다가 그 인습의 벽을 허물기 시작하여 이제는 열린 공간에서 예배를 보기 시작하였다. 그것도 남녀학생이 유별하게 별도의 자리를 잡고 엄격한 거리 유지를 해야만 했다.

이런 상황에서 학생부 지도 선생인 전도사를 빼놓고는 여학생과 말을 건넬 수 있는 통로는 없었다. 이렇게 먼발치에서라도 바라볼 수 있던 것은 조선 문물 변화의 중심에 있는 서울이나 되니 가능한 일이었다. 현성의 고향 남원에서만 하여도 결혼 전에 결혼할 여인을 만나는 일은 없었다. 부모들끼리 배필을 정하고 첫날밤에야 백년해로할 배필의 얼굴을 볼 수 있었다. 이런 사회적 분위기에 교회에 다니는 딸을 둔 부모들은 각별히 처신에 유의토록 당부에 당부를 하였을 것이다.

토요일 한 번씩 먼발치에서 보는 것만으로 자족하면서 세월은 덧없이 흘러갔다. 성경에 대한 알음을 하나씩 익혀갔다. 특별히 열정을 쏟지 않아도 설교 시에 반복되는 성경 이야기에 점차 익숙해져갔다. 천지창조, 원죄, 인류 최초의 부부 아담과 이브, 노아의 방주, 이스라엘 민족을 거느리고 홍해를 건넜던 모세, 다윗과 골리앗, 소돔과 고모라, 삼손과 데릴라, 동정녀 마리아, 동방박사 세 사람, 말구유에서 태어난 예수, 오병이어, 골고다 언덕으로 십자가를 지고 가는 예수, 부활과 재림. 설교 중 박인수 선생과의 현성의 지적인 교류는 설교의 횟수가 많아지면서 더 깊어졌다.

박인수 선생은 성경에 국한된 지식뿐만 아니라 동서양 역사에 대해서도 조예가 깊었다. 그런 지적인 교감을 설교 듣는 학생과 나눈다는 것에 대해 즐거움을 공유하고 있었다. 현성을 이 박사라는 별칭으로 부르며 남다른 두남을 주었다.

"이 박사, 다모클레스의 칼이라는 말을 들어본 적이 있는가?"

"예, 기억이 있습니다."

"그럼, 설명을 좀 해보게나."

"왕좌 바로 위 천정에 달아놓은 말꼬리 털에 매달린 칼을 말합니다. 사람의 영화와 권세라는 것이 무상하여 항상 경계하지 않으면 언제 권좌가 뒤바뀔 줄 모른다는 의미가 내포되어 있는 경구입니다."

"이 박사, 아주 설명을 잘했어요. 부연해서 설명하자면 기원전 4세기전 쯤 지금의 시칠리아 섬에 시라쿠사라는 왕국이 있었습니다. 그 왕국의 왕은 디오니소스 1세였는데 시라쿠사 왕국이 한참 번성하고 그 위세가 자못 높았을 때 신하들을 데리고 연회를 엽니다. 그 연회의 절정 중제왕 디오니소스는 부하 다모클레스에게 왕좌에 한 번 앉아 보라고 합니다. 그런데 그 왕좌의 바로 위 천정, 매달아 놓은 말총^{말꼬리 머리털}에 아슬아슬하게 칼이 매달려 있습니다. 그야말로 무시무시한 상황이 연출되었지요. 그러면서 디오니소스는 권좌에 대하여 설명합니다. 권력이라는 것은 무상한 것이라서 언제 위협을 받을지 모른다며 부하들로 하여금 스스로 항상 비상한 경계심을 갖도록 합니다. 인간은 정치적인 동물입니다. 정치적이란 무엇을 의미합니까? 인간이 모여서 사회를 만들었고 개인으로서 그 사회와 끊임없는 관계를 유지하면서 살아갈 수밖에 없습니다. 그런 사회가 유지되어가기 위해서 유기체가 형성되었고 그 유기체가 유지되기 위해서는 필연적으로 통치를 하는 자와 통치를 받는 자로 나누어질 수밖에 없습니다. 사회가 만들어지면 필연적으로 그 사회를 유지하기 위한 어떤 목표가 만들어집니다. 원시적인 사회집단의 예를 들자면 외적으로부터 침입을 막아낸다든지, 자연 재해 즉 홍수나 가뭄을 대비한다든지, 하는 공동목표가 만들어집니다. 여기에 일을 꾸려가고 집단을 통솔하여 주어지는 상황에 효율적으로 대처하는 통치하는 자와 통치자를 믿고 통치자의 뜻에 따라 일하고 협동하여 집단이 목적하는 일에 참여하는 통치 받는 자로 나누어지는 것, 이것이 정치의 시작입니다. 그러면 여러분은 어떻습니까? 통치하는 자가 되고 싶습니까? 아니면 통치 받는 자가 되고 싶습니까?"

"……."

선뜻 대답하는 학생이 없다.

"당연히 통치하는 자가 되고 싶을 겁니다. 이런 인간욕망의 최정점에 있는 왕위는 뭇 사람들이 우러러보는 자리이지만 뭇 사람들이 욕심을 내는 자리이기도 하니 끊임없이 그 자리를 넘보는 사람들이 있을 겁니다. 그렇게 호시탐탐 자리를 넘보는 야심가에 둘러싸인 자리가 왕위라는 것입니다. 그러니 칼이 머리 위에 아슬아슬하게 매달려 있다고 생각하고 항상 경계를 게을리 하지 말라는 뜻입니다. 절대자 하나님은 왕중의 왕이십니다. 세속의 왕들은 사치와 쾌락과 방탕의 삶을 누리기 위하여 권력을 추구하고 그 권력을 세습시키기 위하여 왕권을 강화하여 수백 년씩 왕조가 대물림하여 내려오고 있습니다. 그렇지만 어떤 왕조도 영원불멸한 왕조는 없었습니다. 오직 여호와 하나님의 왕조만이 유일하고 영원한 왕조입니다. 여호와 하나님은 쾌락과 사치스러움과 호화로움을 구하는 분입니까? 아니면 절제와 검소와 박애를 가르쳐주시는 분입니까?"

다같이 대답한다.

"절제와 검소와 박애를 가르쳐주시는 분입니다."

"그렇습니다. 참다운 삶을 우리에게 가르쳐 주고 계십니다. 세속의 즐거움과 쾌락을 누리고자 하는 인간들은 그들이 지은 죄 때문에 비록 그들이 최고의 권력을 가진 자일지라도 매일 노심초사 두려워하며 어느 날 칼 든 자가 나타나 해칠 줄 몰라서 불안한 삶을 삽니다. 그렇지만 우리 주 예수를 믿는 어린양들은 하나님의 말씀에 따라 행동하고 하나님을 찬양하고 하나님의 복음을 전파하고 하나님 나라에 가는 즐거움과 쾌락을 백 배 천 배 누려도 두려워할 것이 없습니다. 머리 위의 칼을 경계할 필요가 전혀 없는 겁니다. 오히려 이런 복락을 누리는 것을 하나님은 칭찬하며 기쁘게 내려다보고 계십니다. 이렇게 무한한 사랑을 베풀어 주시는 주 하나님을, 환난과 질곡에 허덕이는 어린양들과 항상 같이 하시는 하나님을, 우리는 당연히 섬기어야 된다고 생각합니다. 평생을 섬기어야 합니다. 주님과 동행하는 것보다 즐거운 일이 있다면 우리 믿음에 문제가 생긴 것이오. 우리에게 기도보다 더 큰 즐거움이 있다면 성경보다 더 좋아하는 책이 있다면 교회보다 더 좋은 곳, 주님이 베풀어 주신 식탁보다 더 좋은 식탁, 또 예수님보다 더 좋아하는 대상이 있다면 하늘나라보다 더 좋은 소망이 있다면 우리는 신앙에 경보를 울려야 합니다. 우리 성도는 그렇게 평생 동안을 주님께 밀착하여 살아가야 합니다.

기도하겠습니다. 아버지 하나님, 오늘도 당신의 어린양들이 당신의 성전 앞에 모였습니다. 세상은 날이 갈수록 어려워지고 삶은 힘들어지고 있습니다. 지배하는 자들은 세도를 부리고 부자들은 사치와 방탕에 빠져있고 배운 자들은 교만에 빠져 있습니다. 저들은 그들이 가진 권세가, 그들이 가진 황금이, 그들이 얻은 지식이, 하나님의 섭리 앞에서는, 하나님의 무궁한 영광 앞에서는 한갓 뜬구름이나 신기루에 지나지 않다는 것을 깨닫지 못하고 또 권력의 근본이, 그 금력의 근본이, 그 배움의 근본이 하나님에게 있다는 것을 깨닫지 못하고 안하무인하고 오만방자한 삶을 살고 있습니다. 옛날 그리스의 현자 디오니소스는 권력이라는 것은 마치 앉아 있는 권좌의 머리 위에 칼이 매달려 있는 것 같이 위험한 것이라 하면서 스스로를 낮추고 경계하기를 마다하지 않았습니다. 그렇게 경계를 하여도 한순간에 허깨비같이 사라지는 것이 권세이고 금력입니다. 오직 하나님의 권세만이, 하나님의 영화만이, 하나님의 말씀만이 영원무궁한 것을 오늘 당신의 말씀을 통해 다시 깨닫게 되었습니다. 오늘 이 자리에 같이한 우리 학생들에게 당신의 성령 임하시고 당신의 은총 가득하시어 그들의 이웃에, 그들의 가족들에게, 그들의 학교에 당신의 말씀과 사랑 널리 전파되어 곤고한 조선인들 삶에 큰 위로 주시고 큰 희망, 큰 즐거움 주시길 우리 주 예수 그리스도 이름으로 기도 드리옵나이다."

"아멘."

어떤 날은 성경을 봉독하지 않고 세계 4대 성인에 대해 설파하였다. 예수 그리스도와 소크라테스, 공자, 석가를 차례로 흑판에 나열하여 써 놓고 성인들이 태어났던 시절의 역사적 배경과 성인들이 시대적 소명에 의하여 인류에 기여하였던 커다란 깨달음에 대해 설명하였다. 학생들은 전혀 의식 없이 받아들였지만 나중에 알고 보니 대단한 파격이었고 엄청난 논란거리를 제공한 사건이었다.

"인류는 씨족단위에서 부족단위로 원시 공동체 생활의 범위가 넓어져 갑니다. 우리가 성경을 깊이 읽어보고 그 이면을 따져 본다면 이런 변화를 느낄 수 있습니다. 창세기에 나오는 카인과 아벨의 이야기, 노아의 이야기, 소돔과 고모라의 이야기와 아브라함의 이야기 등을 음미해 보면 그 배경인물이 많지 않다는 느낌을 갖게 됩니다. 아직 씨족사회 단계를 벗어나지 못했음을 분석할 수 있습니다. 그 다음 '출애굽기'에 들어가면서 모세와 사울왕, 다윗과 골리앗이 등장하는 시기에 부족국가의 틀을 엿볼 수 있습니다. 부족국가의 틀이 형성되면서 이민족과의 다툼이 생기고 서로 패권다툼을 위하여 살육도 피할 수 없는 상황에 이르게 됩니다.

그 뒤로는 끊임없는 영역 다툼과 피비린내 나는 분쟁의 역사가 시작됩니다. 중화문화권의 공자와 그리스의 철인 소크라테스와 인도 문명의 석가 역시 가장 혼란하고 다툼이 극심했던 시기에 거대해진 고대국가가 번성해갈 수 있도록 이념의 틀과, 도덕적인 가르침과, 새로운 시대에 맞는 이상국가의 실현에 부합하는 종교적 신성과 철학적 기틀을 마련하는 커다란 깨달음을 인류에게 만들어 주신 위대하신 성인들입니다. 이런 위대한 깨달음을 남기셨던 성인들은 가르침이 시대를 앞섰기 때문에 생전에는 커다란 호응을 얻지 못하고 오히려 박해를 당하여 예수님은 십자가에 매달리셨고, 소크라테스는 사약을 받았고, 공자나 석가모니 역시 생전에 따르는 사람들이 많지 않았습니다. 그 깊은 깨달음을 제자 몇 사람에게 전하고 이 세상을 하직하였습니다.

하지만 세월이 흐를수록 위대한 가르침은 빛을 더해 인류의 역사에 찬연한 등불이 되었지요. 이들 성인들이 태어난 배경국가들은 고대문명을 찬란하게 꽃피웠던 국가들이지요. 그리고 그들 국가가 고대로부터 당시까지 전해 내려왔던 기존의 종교나 도덕 그리고 정치에까지 심대한 영향을 주어 새로운 틀을 짜게 되었던 것은 커다란 깨달음이었습니다. 어느 국가나 민족이든지 그들의 오랜 선조들이 살았던 씨족사회의 삶은 그들의 이상국가였습니다. 우리 크리스찬에게는 에덴의 낙원이 있듯이 중국 사람들은 요순시절이 있었고 인도에는 서방정토가 있고 그리스인들에게는 신들의 시대가 있었습니다. 원시 인류는 일상에서 접하고 살아야 하는 자연에 대한 두려움과 생존의 영역에서 어쩔 수 없이 맹수들과 싸워야 하는 취약함 때문에 집단생활을 영위하지 않을 수 없었고 이렇게 공동으로 협력하여 수렵을 하거나 채취하여 얻는 소득물은 공동분배하였습니다. 같이 일하고 똑같이 나누게 되니 그만큼 다툼의 여지가 적었습니다.

공동분배는 충분히 이상적이었습니다. 그리고 오랜 옛날에는 인류의 개체수가 적었기 때문에 그렇게 수렵이나 채취한 것만으로도 충분히 삶을 유지할 정도가 되었을 겁니다. 하지만 세월이 흘러감에 따라 사람 수가 늘어나고 한 곳에 정착하여 경작을 하게 됨으로써 가진 자와 못 가진 자의 빈부 차가 생기고, 이 빈부의 차로 인하여 지배자와 피지배자가 생겨나고, 더 많은 땅과 더 많은 재화를 차지하기 위하여 다툼을 하게 되면서 인간의 끝없는 탐욕과 모든 죄악의 근원인 전쟁이 빈발하게 된 것입니다. 더 이상 씨족 중심주의나 부족 이기주의로는 계속하여 팽창하는 거대문명권 다수의 사람들과 다수의 민족들을 안고 갈 수 없는 것이지요. 더 큰 틀이 필요한 시점이 온 것입니다.

이런 시대의 요청에 맞추어 그 큰 틀을 새로 짤 수 있는 새로운 사회적 계약이나 도덕적 준거의 틀을 마련하고 새로운 이정표를 제시한 위인들이 앞에서 말한 성인들입니다. 우리 기독교도 민족 이기주의나 선민의식을 벗어던지지 못했다면 지금 같은 세계종교가 되지 못했을 것입니다. 이렇게 시대적 요청이 절실한 시점에 예수님이 메시아로 이 땅에 내려오시어 썩은 율법을 걷어치우고 부패하고 타락한 성직자들을 질타하시고 아집과 독선의 허울을 벗어던지시면서 '네 이웃을 사랑하라', '원수를 사랑하라' 외치셨던 것입니다. 여러분, 지금 우리가 경배하고 찬양하는 하나님이 이스라엘 민족에게만 은혜 축복을 주시는 하나님이십니까? 아니면 가난하고 핍박 받는 우리 조선 민족과도 같이 하시는 하나님입니까?"

모든 학생들이 이구동성으로 대답했다.

"우리 하나님이십니다."

"그렇습니다. 하나님은 이스라엘 백성만을 선택하시고 이스라엘 민족만을 위한 하나님이 아니고 전 인류의 하나님이십니다. 전 인류를 구원하기 위하여 예수님을 이 땅에 내려 보내신 것입니다. 그런 시대적 요청이 절실한 시기에 이 땅에 오셔서 복음을 전파하신 것입니다."

현성은 박인수 선생의 인류사를 꿰뚫는 안목에 통쾌하기 그지없었다. 은근히 박 선생의 속마음을 떠보고 골려주고 싶은 만심이 생겼다.

"선생님, 설교 중 질문을 해도 좋겠습니까?"

"예, 물어보세요."

"좀 유치한 질문이 될지 모르겠습니다. 선생님은 예수님을 세계 4대 성인 중 한 분으로 다른 사람과 같이 동렬에 놓고 비교를 하셨는데요, 예수님은 하나님의 독생자이시고 하늘에 계신 하나님이 이 땅에 내려오신 또 다른 모습이실진대, 신과 인간을 동등하게 비교해서는 커다란 불경을 범하는 것은 아니겠습니까?"

"오늘 내가 4대성인을 이야기한 것은 세계사적인 관점에서 시대적인 절실한 가르침이 있었다는 것을 예시하기 위한 것이지, 절대로 예수님이 다른 세 사람의 성인들과 동렬이라는 것은 아닙니다. 예수님의 가르침은 오늘 우리에게 가장 절실한 것이고 다른 세분들의 가르침도 그 시대 그 민족에게 있어 가장 절실한 가르침이었을 겁니다. 어느 성인의 가르침이 위대하고 더 낫고 하는 비교는 아주 유치한 것입니다."

기왕에 여기까지 이야기가 나왔으니 갈 데까지 가보자는 만심이 더 생겼다.

"유치한 질문 하나 더 드리겠습니다. 도저히 있을 수 없는 상상입니다만 만약 예수님이 다른 성인과 동 시대에 만나서 교류를 했다면 어떤 관계가 되었을지 궁금합니다."

"아, 이번 질문은 유치하지 않아서 다행입니다. 예수님은 다른 성인들과 좋은 친구가 되었을 겁니다. 밤을 새워 진리를 나누며 토론하는 좋은 친구 말입니다."

이렇듯 박인수 선생은 진리에 대한 겸허한 자세와 진지한 마음가짐으로, 현성 같이 과학적이고 이성적 사고를 가진 학생들에게도 신뢰받고 존경 받을 수 있는 인품을 갖추고 있었다. 하지만 교회 내에서는 적지 않은 물의를 일으켰던 것이다.

예배가 끝나고 별도로 박인수 선생이 현성을 불러 이런저런 성경과 종교에 관한 이야기들을 들려주며 다른 학생과는 차별적으로 현성에 대해 관심을 보여주었다.

처음 이종백의 권유로 교회에 나오기 시작하여 이종백의 배려에 의해 교회에 적응하기 시작했는데, 이제는 박인수 전도사와 별다른 관계를 유지할 정도로 자리를 잡아갔다. 이종백이 서운한 표정은 있었지만 원체 속내를 드러내지 않는 사람이기 때문에 특별히 감정 표시는 하지 않았다.

교회에서의 생활이 기도중심이고 기도가 끝나면 귀가를 하기 때문에 특별히 교우관계를 가질 시간이 없었다. 상당한 시간이 지나서야 출신학교와 이름 정도를 알 수 있었다. 그것도 남학생의 경우였다. 여학생의 경우는 윤희와 동생 윤경 정도였고 이름을 아는 여학생은 없었다. 사춘기의 소년 소녀 사이에 수줍음과 부끄러움 때문에 자주 보는 얼굴이지만 어쩌다 마주칠 때에도 내외하며 지나쳤다.

목사나 전도사의 설교에 늘 모든 하나님의 자녀들은 하나님의 전당에 오면 평등하다 했지만 결코 평등하지 않았다. 교회에도 인맥이 있어 부모들이 교회에 오래 나왔거나 사목들과 특별한 관계를 가지고 있으면 특별한 배려를 받았다. 그들 집안 사이에 교류가 있어 그들끼리 친하게 지냈고 그들의 테두리 안에 새로운 사람을 선뜻 포용하려 하지 않았다. 특히 학생부에 나오는 학생들은 끼리끼리 모이는 성향이 심했다.

그런 연고나 인맥이 없는 현성이 그들 사이에 물에 뜬 기름처럼 겉돌다가 차츰 적응해가기 시작했다. 다른 어디에서 접할 수 없는 서양음악을 교회에서 접할 수 있었고 독특하고 교양 있는 문화에 심취되어 교회에 발길을 하기 시작하였다. 독특한 교회의식에 압도되어 머리를 숙이고 교회의 기도에 동참하였지만 간절한 기도가 절로 터지고 감동적인 순간이나 형언할 수 없는 그 엄청나고 전지전능한 힘은 느껴보지 못했다.

박인수 선생의 권유로 일요일 대예배에 두어 번 참석했다. 4백석이 넘는 의자가 거의 만석이 되었다. 어른들은 자리에 앉자마자 확신에 찬 목소리로 기도하였고 기도소리가 예배당 안에 넘쳤다. 눈을 감고 크지 않은 목소리로 중얼거렸지만 단호하고 굳은 의지를 보여주는 표정은 그들의 확실한 믿음을 보여주었다.

사십이 넘어 보이는 김목사의 기도 중에도 '할렐루야', '믿습니다', 혹은 '아멘' 하는 것이 마치 판소리 장단에 추임새를 넣어주는 기분도 들고 탄성 같이 들리기도 하였다. 그런 추임새에 기도 소리는 더욱 확신에 확신을 다짐하는 신념을 높여갔다. 기독교 아닌 타종교에 대해 그리고 우리나라의 전통 조상숭배에 대해서도 거침없는 비난과 저주를 퍼부었다.

"불교나 힌두교는 사람이 죽으면 윤회한다고 거짓말을 합니다. 메뚜기, 새, 물고기, 파충류, 그 외 다른 짐승들로 다시 태어난다는 것입니다. 당신은 죽었다가 이 중 어떤 것으로 태어나고 싶습니까? 우리나라 유교 사상은 사람이 죽으면 조상의 뼈가 살아있는 후손들의 길흉에 영향을 미친다고 합니다. 그래서 조상의 뼈를 잘 간수할 양으로 명당을 찾습니다. 여러분은 조상님들의 뼈가 여러분들을 캄캄한 밤길에 잘 인도해 줄 것이고, 환난과 고통에서 구원해줄 것이고, 낙원으로 데려다 줄 것으로 믿습니까?"

"믿지 않습니다."

여기저기서 확신에 넘치는 큰소리가 들렸다.

"그렇습니다. 여러분을 어둠에서 광명으로 인도하시고, 환난에서 구해주시고, 낙원으로 인도하실 분은 오직 그 분 주 여호와 하나님 그 분 뿐입니다. 불교의 윤회사상이나 유교의 조상 뼈 모시는 것이나 알고 보면 사탄이 지어낸 거짓입니다. 그런 미신과 잡귀를 신봉하는 사람들은 말할 것 없이 죽어서 지옥에 갑니다. 영원히 꺼지지 않는 유황불 지옥에 던져져 영원히 불에 타는 고통을 당해야 합니다."

예배를 마치고 집으로 돌아오는 길에 현성은 마음이 영 편하지 않았다. 김 목사의 말대로라면 우리 집안 어른들은 다 지옥행이다. 그 선조들도 이미 지옥에 가 있을 것이고. 죽은 조상의 뼈를 믿는 유교사상이라……. 우리를 낳아주신 조상에 대한 숭배를 이렇게 무참하게 짓뭉개고 나면 시원한가. 그들은 무조건 믿으라고만 강요하고 있었다. 죽은 예수님이 사흘만에 무덤에서 나왔고 하늘로 올라갔다는데 어떻게 무덤에서 나왔고 하늘에 있다면 지금 어디쯤에 계실까. 그러다가 언제 재림할 것인가.

그 다음 대예배는 천주교에 대한 비난이었다.

"예수님 십자가에 매달려 못 박혀 죽으시고 사흘 만에 부활하여 승천한 후 천오백 년 이상을 로마 카톨릭이 아시아의 일부와 전 유럽을 지배해 왔습니다. 당시 사람들의 입장에서 보면 전 세계를 지배한 것이지요. 한때 교황은 유럽의 황제보다 더 막강한 권력을 가지고 있었습니다. 신성로마제국의 황제는 교황에게 자기의 잘못을 용서해 달라고 사흘이나 빌고 빌어서 용서를 받았습니다. 이것이 카노사의 굴욕이라는 역사적인 사건입니다. 교황은 썩을 대로 썩어서 각국 주교를 돈을 받고 임명하는가 하면 죄지은 자를 돈 받고 사면해 주었죠. 이것이 바로 면죄부라는 것인데 면죄부를 공공연히 돈을 받고 팔았지요. 그러니 죄를 저지르는 자는 어떤 죄를 짓더라도 돈만 있으면 걱정할 것이 없는 것이지요.

여기에 용기 있는 사제였던 독일의 마르틴 루터는 과감하게 외치게 됩니다. 그는 로마 교황청에서 파문되었지만 그를 따르는 신자들은 구름같이 모여듭니다. 그들이 힘을 합하여 종교개혁을 시작하게 되었던 것입니다. 그리하여 마르틴 루터로부터 우리 기독교는 새로 거듭나게 되어 오늘에 이르게 된 것입니다. 그 동안 카톨릭 교황과 사제들이 멋대로 해석하여 자기들 일신상의 영달만을 추구하였던 성경을 다시 원래 하나님이 주셨던 말씀 그대로 신실하게 공부하여 새로운 복음의 세계를 열게 된 것입니다. 면죄부를 팔았던 교황들, 성경을 제멋대로 해석하였던 사제들, 모두 지옥으로 떨어질 것입니다. 그들은 탐욕의 죄와 성경의 말씀을 훼손한 죄가 너무 큽니다. 카톨릭에서는 예수님의 어머니 마리아를 성모 마리아라 하며 신격화하고 있습니다. 마리아는 신이 아닌 인간입니다. 단지 하나님이 독생자인 예수님을 이 땅에 내리면서 마리아의 몸을 빌려 예수님을 잉태하게 하였을 뿐입니다. 마리아는 절대로 신이 될 수 없고 신격화 하여서는 안 됩니다. 그런데 성당은 마리아의 조상을 세우고 마리아를 우상화하고 있습니다."

김 목사는 1910년 경 미국에서 건너온 선교사로부터 목사 안수를 받았다는데 사고방식이 아주 보수적이고 지나치게 징벌과 지옥을 강조하고 있었다. 그리고 이 무슨 기막힌 억지인가. 예수는 하나님의 아들이라 신이고 그의 어머니는 사람이니 숭배되어서는 안 된다는 교리는 무엇을 어떻게 해석한 것인가. 세상에 모성보다 숭고하고 성스러운 것이 어디 있을 것인가. 만일 그들이 주장한 대로 하나님의 씨를 수태하였다 할지라도 열 달 동안 뱃속에서 키워냈고 죽을 산고를 치르면서 가까스로 출산하여, 젖을 먹이고 진자리 마른자리 골라 뉘여 키워 훌륭한 사람을 만든 어머니의 성스러움은 어떤 종교 못지않은 숭고함이 있는 것이다. 십자가에 못 박힌 예수가 하나님의 아들이라면 예수를 낳고 기른 마리아는 말할 것 없이 섬김을 받아야 한다. 그리고 예수의 태생에 대한 억지스러운 부정, 마리아와 같이 살았던 요셉은 예수와는 전혀 관계가 없는 머슴처럼 그려진다. 가난한 목수라서 그런가. 비천한 목수의 아들은 위대한 사람이 절대 될 수 없다는 전제에서 조작된 은폐는 아닌지. 예수의 입으로 요셉은 내 아버지가 아니라고 부정을 했을 것인가. 아니면 예수의 말씀을 기록하여 후세에 새로운 성경, 신약을 만든 예수의 제자들이 죽은 지 사흘 만에 부활하여 승천한 예수를 하나님의 아들로 짜 맞추다 보니, 과감한 생략 아니면 부득이한 건너뛰기가 필요했을 것인가. 무엇 보다 성경에 나오는 선지자들이나 영웅들, 즉 노아, 아브라함, 이삭, 이런 사람들이 우리의 선조라는 것을 인정할 수 없었다. 그 사람들이 주인 공으로 나오는 설화에 그려진 삽화에도 그들의 얼굴은 달랐다. 눈은 부리부리하고 콧날은 반듯하여 날카롭고 머리는 곱슬머리였다.

이런 여러 가지 융해되지 않는 종교와 문화의 부조화 때문에 약간 현기증을 느꼈다. 무조건 말씀을 믿고, 성경의 기적을 믿고, 예수가 하나님의 아들임을 믿고, 본디오 빌라도에 잡혀 십자가에 매달려 죽은 지 사흘만에 부활한 것을 믿고, 예수가 재림할 것을 믿고, 나 외에 어떠한 신을 숭배해서는 아니 되며, 여호와 하나님이 유일신임을 믿고 또 믿어야 하는데 믿지 못하고 끊임없이 의문이 일고 저항감이 생기는 이유는 무엇인가. 나의 마음은 사탄이 점하고 있단 말인가. 그러나 명징하게 따져서 내가 사탄에 기울어져 있지는 않은 것 같다. 지금 이런 갈등보다는 그들에 뛰어들어 예수쟁이가 되어 그들과 한 무리가 되어 버리는 것이 훨씬 수월하고 안락하고 즐거운 삶일 수도 있을 것이다. 다만 내가 바보가 되는 것 같아 주저하고 있을 뿐이었다. 그 다음부터는 대예배에 참석하지 않기로 결심했다. 박인수 전도사가 일요일 대예배에 같이 갈 것을 권유하면 완곡히 거절했다.

"저는 나이가 어리고 세상물정에 어두워서인지 목사님의 설교를 이해할 수가 없습니다. 후일 제가 확신이 서면 대예배에 나가도록 하겠습니다."

"아니, 이 박사 같이 총기가 뛰어난 학생이 목사님 설교를 이해할 수가 없다니 이해가 가지 않는구먼. 다른 이유가 있는 것은 아니고?"

"다른 이유는 없습니다. 제가 확신이 서면 대예배에 나가도록하겠습니다."

다른 이유야 있겠지만 어찌 감히 목사의 설교가 억지스럽고 맘에 들지 않는다고 말할 수 있을 것인가. 어느 날 박인수 선생이 예배 끝나고 이야기 좀 나누자고 시간을 청해 왔다. 다른 학생들이 예배당을 나서고 조용해졌을 때 가지런히 포장이 된 선물꾸러미 같은 것을 들고 왔다. 납작한 직육면체인 것이 책으로 보였다.

"이 군, 내가 오늘 좋은 선물 하나 드릴까 하네. 성경책이라네. 내 정성이 가득 담겨 있지. 이 군은 탐구적이고 독서력이 타의 추종을 불허하는 영민한 학생이니, 누구보다 깊이 이해하고 짧은 시간 내에 읽어 낼 수 있으리라 생각하네. 그 동안 이 군과 설교시간에 적지 않은 대화를 나누었는데 성경을 읽고 나서 우리 서로 좋은 대화 갖도록 하세." 하면서 책을 건넸다.

현성은 성경책이라는 것이 부담스러웠다. 지금은 신앙의 싹조차 움트지 않는데 받기가 거북했다. 차라리 서양사 같은 역사책이었다면 황송하게 생각하고 받았을 것이다.

"제가 받기가 송구스럽습니다. 아직은 신앙도 미진한 처지이고." 주저하고 있으니 그가 말했다.

"부담 갖지 말게나. 전 세계에서 가장 많이 읽힌 책이고, 평생을 살아가면서 읽어야 하는 책이고, 대를 물려 읽는 책일세. 교양서적을 읽는다고 생각하고 읽어도 괜찮을 것이네. 나는 이 군과 같은 책을 읽고 교감을 나누고 싶어. 나는 이 군이 지금 학생부 누구보다도 지적이고 예지력이 뛰어나다는 것을 알고 있지. 어떤 기탄없는 이야기도 나눌 준비가 되어 있다네. 신앙의 굴레를 억지로 씌울 생각은 없으니 부담 갖지 말고."

이미 선물로 준비해온 것이고 지나치게 사양하는 것도 예의가 아닐 것 같아 정중하게 받았다.

"고맙습니다."

"집에 가서 열어보시게."

마음에 드는 책을 구하거나 좋은 선물을 받았을 때처럼 발걸음이 가볍고 신나는 기분은 아니었다. 집에 가서 함부로 뒹굴려서는 아니 될 것이고 좋은 자리에다 모셔 두어야 할 것이다. 책을 준 사람 성의를 생각하면 가끔 읽어야 할 것이며 교회에 갈 때에는 꼭 지참해야 된다는 막연한 부담감이 있었다. 집에 가 포장을 뜯고 열어보니 표지를 넘긴 첫 장에 정성들여 쓴 글귀가 적혀 있었다.

"하나님은 당신을 사랑하십니다. 당신의 삶에 성령이 가득하시길 기원합니다."

방대한 분량이었다. 그 동안 읽었던 어떤 책보다 두꺼운 책이었다. 책 읽는 시간을 하루 네 시간 잡는다 해도 적어도 보름, 느긋이 잡는다면 한 달은 넘게 걸릴 것이다. 첫 날은 표지만 읽고 엄두가 나지 않아 덮어두었다. 그대로 가지고 있다가 토요일 학생예배에 성경을 들고 나갔다. 전에 없었던 일이라 어색했다. 늘 선배인 이종백의 성경을 같이 보았는데 오늘은 새로운 성경을 들고 교회에 오니 신앙생활을 일신한 듯이 보였다. 박인수 선생은 그 사이 성경을 읽었느냐는 의미심장한 미소를 보냈지만 어색하기만 했다. 그 다음 주에는 박인수 선생이 부담을 주지 않겠다는 듯 모른 체하고 지나갔고, 몇 주 후 지나가는 말투로 툭 던졌다.

"이 군, 독서 잘 되어 가나?"

특별히 대답할 말도 없고 해서 지나가는 말투로 대답했다.

"별 진전이 없습니다."

그렇게 시간은 지났다. 박인수 선생이 강요하지는 않았지만 마음에 자리 잡은 부채의식은 덜어버릴 수가 없었다. 몇 차례 성경책을 열어 창세기편을 뒤적거리다 다시 덮곤 했다. 주중에는 학과 공부를 소홀히 할 수 없고 주말에는 독서회에서 주제로 제시한 책을 읽고 독후감을 정리해야 했다. 시간이 넉넉지 않았다. 하루 한 시간 정도 시간을 내 성경을 읽자 하고 생활계획을 세웠지만 그것도 여의치 않았다. 하루 한 시간 정도로는 독서효율도 떨어졌다. 진도도 나가지 않고, 소설책 같이 어떤 스토리가 있는 것이 아니기 때문에 쉬 피로를 느꼈고 그렁저렁 달포가 지났다.

십일월 초 늦가을의 정취가 만연한 토요일 저녁녘이었다. 해가 많이 짧아져 가로에 어둠이 일찍 찾아왔다. 사람의 왕래가 잦은 가로에는 군밤이나 군고구마, 야끼모찌 등을 파는 노점상들의 가스등이 도심의 어둠을 밝혀 주고 있었다. 기온이 차가워져 목도리를 하고 집을 나섰다. 중간시험을 준비하느라 지난번 토요일에는 예배에 불참하였고 중간시험이 끝나 교회 학생회에 가는 발걸음이 가벼웠다. 늘 다니는 길이었지만 계절의 변화가 또 다른 정취를 느끼게 하는 절기였다. 도심의 가로를 지나 교회에 이르는 언덕길을 희미한 가로등이 비춰주고 있었다. 공원 광장을 지나 올라가는 완만한 언덕길이었다. 이파리는 떨어져 나뭇가지는 앙상하고, 낙엽은 바람이 불 때마다 광장의 구석으로 이리저리 굴러다니고 있었다. 소슬한 기분이 드는 늦가을 풍경이었다. 문득, 삶이라는 것이 허무하게 느껴졌고 근원을 알 수 없는 그 무언가 때문에 괜시리 슬퍼지게 되는 가을밤이었다.

교회에서 박인수 전도사의 반가워하는 인사도, 선배 이종백과의 인사도, 타교 학생부 회원들과의 목례도, 좀 떨어져 있는 여학생들의 도란도란거림도, 다 허무하게만 느껴지고 관심 밖이었다. 기도 시간도 예배 시간도 끊임없이 삶과 죽음에 대한 상념이 꼬리에 꼬리를 물고 일었다.

'내 나이 열아홉, 나는 왜 이 세상에 태어나 희노애락을 알아야 하고, 또 저 떨어지는 낙엽같이 언젠가는 이 세상을 속절없이 떠나가야만 하는 것인가. 왜 우리 부모님은 나를 태어나게 하였고 내가 태어나기 전에는 나는 무엇이었는가. 내가 죽어 갈 곳은 어디메인가. 나는 이렇게 삶이 슬픈데 내 주위에 있는 저 사람들은 전혀 슬프지 않은 것인지.' 근원을 알 수도 없었고 헤어날 수도 없는 슬픔과 우울함에 빠진 날이었다. 교회에서도 집에 돌아올 때도 집에 와서도 그 슬픔을 덜어낼 수가 없었다.

그렇게 삶이 우울한 것이라면 평생 어찌 살 것인가 했는데, 그 다음 날은 기분이 좋아졌다. 일요일 오전 학교에 가 땀나게 운동을 하고 나니 한결 상쾌해졌다. 학교 운동장에 가니 청홍팀 축구팀을 구성하고 있었다. 학교에서 축구를 잘하는 아이들 몇몇이 공차기 연습을 하다가 한쪽에서 시합을 제의하면서 팀이 구성되었다. 청홍 주축을 이루는 몇 사람을 빼고는 무작위로 동수를 채워 팀을 구성했다. 축구가 원래 한 팀이 11명인데 어떤 날은 아홉 명이 차기도 하고, 어떤 날은 열세 명이 차기도 했다.

축구는 현성이 잘하는 운동이 아니었다. 그냥 뛰어다니면서 운동하는 재미로 축구게임에 끼어들곤 했다. 뛰어다니기는 잘 하는 편인데 어쩌다 패스를 받게 되면 걷어차기에 바빴고 드리블을 하다 보면 으레 볼을 빼앗기기 일쑤였다. 말하자면 후보 선수 중 후보 선수였다. 한 시간 이상 운동장 구석구석을 격렬하게 뛰어다니며 땀을 흘리다가, 집에 와 씻고 점심을 먹고 나서 오침을 한 시간 정도 취했다. 그리고는 단단히 작심하고 성경책을 들었다.

구약 신약 총 1800페이지를 평일 100페이지씩 읽고 주말에는 300페이지를 읽자. 그러면 2주 만에 총 1800페이지를 읽을 수 있지 않은가. 감동적인 글귀는 밑줄을 그어가면서 읽고, 꼭 기억하고 싶은 구절은 비망록에 옮겨 쓰자. 인내와 극기를 요하는 글 읽기 작업이었다.

중간에 경식이 한 번 집을 찾아왔다. 일요일 오후에 몰두해서 책을 읽고 있는데 골목으로 난 들창을 두드리는 소리가 들리며 부르는 소리가 들렸다. 경식이었다. 이미 전부터 약간 거리감이 느껴지고 있는 경식에게 성경을 읽고 있는 것을 보여주고 싶지는 않았다. 그러나 갑자기 책을 치우고 다른 책을 책상 위에 올려놓는 것이 더 어색할 것 같아 그대로 놓고 나가 경식을 맞았다. 정색하지는 않았지만 애써 무관심한 듯한 표정으로 책 겉표지를 넘기며 물었다.

"성경을 보고 있었구나, 많이 읽었나?"

"성경에는 구약과 신약이 있는데 구약도 아직 다 읽질 못했다. 구약이 100여 페이지 남았다. 당초 계획에는 이번 주말까지 완독을 하려 했는데, 다음 주까지 가야 일회 독할 수 있을 것 같다."

늘 같은 책을 읽고 같은 생각을 나누고 지기로 지내왔던 사이였다. 하지만 오늘만은 경식의 겉돌고 있는 듯한 표정, 그리고 적응이 되지 않는 듯한 어색한 표정을 그의 얼굴에서 읽을 수 있었다.

"이종백 선배의 권유로 예배당에 나가기 시작했는데 아직 나도 그들의 사고방식에 적응이 되지 않은 상태다. 이 성경책은 우리 학생부를 지도하는 전도사님이 선물해주어 보고 있다. 꼭 절실하게 느껴서라기보다는 반은 의무감으로 보고 있지. 기왕에 읽기 시작했으니 끝까지 집중해서 완독하려 한다. 그리고 성경이 전 세계에서 가장 많이 읽힌 책이라 하지 않는가? 필독 교양서적이라고 생각하고 읽고 있다. 내가 성경을 완독하면 독후감을 꼭 쓸 것인데, 그 독후감을 너에게 제일 먼저 보여주고 싶다. 그 독후감을 보고 나하고 다시 이야기를 하자. 아직은 섣불리 이야기를 하고 싶지 않다. 어설피 이런저런 이야기를 하다보면 이 상태에서 책을 덮어버리기가 쉬울 것 같다. 내 뜻을 존중해 주었으면 한다."

경식은 처음에 냉소적으로 비아냥거리고 싶은 뒤틀린 심보가 있었으나 현성의 진지한 표정에 설핏 옹심이 사라지고 잠시 침묵의 시간이 흘렀다. 여러 생각이 오갔다. 이학년 때부터 서로 친교를 맺기 시작하여 외로운 객지 서울에서 서로 터놓고 지내기 시작하여 어언 두 해를 넘겼다. 거의 붙어 지내다시피 하여 독서회에도 같이 나가게 되었고, 휴일 원족도 같이 다니면서 잠자고 학교 수업을 받는 시간 외엔 거의 동행하며 지내왔었다. 서로의 제안에 쉽게 의기투합 되어 주위에서 시새움할 정도로 가까웠고, 배타적인 우정을 키워와 서로에 대해 알만큼 아는 지기로 지내왔다. 그런데 몇 개월 전 현성이 교회에 나가게 되면서 조금 소원해짐을 느꼈다.

현성이 매주 토요일 저녁 교회에 다니게 되니 만나는 횟수도 전보다 줄었다. 자존심이 강하고 논리적이고 이성적인 현성의 성품을 아는지라, 경식의 마음 한구석엔 저 친구가 얼마나 교회에 다닐 것인가 생각했다. 그런데 의외로 길어졌고 더구나 지금은 성경책을 앞에 놓고 진지하게 공부를 하고 있는 것이었다. 경식이 속으로, 아무리 친한 친구라지만 친구의 마음까지 이래라저래라 할 수는 없는 것 아닌가 하는 생각이 들었다. 서운한 마음을 억지로 털어보면서 경식이 자리에서 일어섰다.

"아니, 저녁이라도 하고 가지. 벌써 일어서면 어떻게 해?"

서먹해지려는 분위기를 없애려고 손을 잡아끌었다.

"다음에 만나자. 책 읽기에 아주 좋은 시간인데, 나도 집에 가서 미뤄두었던 책을 읽고 싶어졌다."

경식은 평소 성격이 이지적이고 냉철한 사람이라 말려도 되지 않을 것 같아 따라 나섰다. 골목까지 배웅하고 다시 책상에 앉았다. 경식을 보내고 아쉬움이 남았지만 다음에 더 허심탄회한 마음으로 대화를 나누리라 생각하고 다시 성경을 열었다.

그 다음 주 토요일 오후 늦게까지 성경을 완독할 수 있었다. 한 달에 두 번 하는 독서회 모임에 빠지고 교회에도 나가지 못하고, 성경책을 덮자마자 느껴지는 감상을 정리하여 바로 독후감을 써내려 갔다. 그 동안 정리해왔던 비망록도 뒤져가며. 결국 이 글을 써서 보여주고 싶은 사람은 성경을 선물해준 박인수 전도사였다. 물론 경식이도 포함되지만, 박인수 전도사에게 보내는 편지 형식의 독후감이 되었다.

성경을 권해주신 박 선생님께 드립니다.

거대한 전차에 대들어 맞서보겠다는 무모한 사마귀처럼, 도도한 서세동점의 물결을 거스르는 어리석은 이단아가 되어 이글을 드립니다. 창세기로 시작된 구약은 이스라엘 민족의 원시 씨족사회 신화와 구전되어 내려왔던 씨족 역사가 혼합되어진 장편 서사시였습니다. 창세기, 출애굽기, 레위기, 신명기까지는 모든 민족의 탄생설화에서 보듯 이스라엘 민족 태동신화의 영적인 신비함과 역사적인 일상이 뒤섞여 있었고, 사무엘상과 열왕기에 들어와 다윗과 솔로몬의 이야기가 엮어지면서 유대인들의 실제 상고시대 역사를 읽을 수 있었습니다. 수차례 반복되었던 누구는 누구를 낳고 누구는 누구의 아들이고 하는 대목과, 성막을 만드는데 천은 무엇을 쓰고 크기는 얼마로 하는 자질구레한 내용은 훑어만 보고 바로 넘겼습니다. 구약의 처음 천지창조에서부터 말라기까지 끊임없이 일관되게 강조되는 것은 죄 지음이지요. 그리고 우상숭배에 대한 벌 내리심입니다. 어떠한 영고성쇠도 따로 설명할 수가 없었습니다. 즉, 하나님이 보살펴서 잘되는 것이고 인간들이 하나님을 잘 섬기지 못해 시련을 주는 것이고 벌을 주는 것입니다.

역사에서 말하는 영고성쇠와 정반합의 사이클은 없고 다만 신과 어리석은 인간들의 주종관계에서 일탈과 벌 받고 되돌아옴만 있을 따름이었지요. 만약 이 상황을 거꾸로 뒤집어 이야기하면, 이스라엘 백성들이 죄짓지 않고 살았더라면 하나님은 전혀 할 일이 없고 존재할 필요가 없게 되는 것이지요. 어쩌면 하나님을 위해 죄를 지어야만 했는지도 모릅니다. 구약성서 전반에 그려지는 하나님의 존재감은, 성서에서 말하는 이방인인 저의 느낌으로는 이러했습니다. 원시로 돌아갈수록 경륜, 즉 나이든 경험이 우선되고 나이든 원로의 의사 결정이 그 사회의 정치, 종교, 문화의 모든 것을 주도해나갈 때의 상황입니다. 씨족이나 부족의 나이든 원로 족장, 그들의 권위는 절대적이었고 공평무사하게 일을 처리하지만, 완고한 편이고 편견이나 아집도 세고 질투도 마다하지 않는 고집쟁이 노인의 모습이 있을 수 있었을 것입니다. 한 시대를 대표하는 문화나 예술이나 역사의 모습은 그 시대를 그대로 투영하는 것입니다.

구약을 읽으면서 우상숭배라는 단어는 수천 번도 넘게 반복되면서 강조되었고 '나는 질투하는 하나님이니라' 하는 구절은 두 번 읽었습니다. 이 구절을 읽으면서 내가 생각했던 격 있는 하나님은 아니라고 생각했습니다. 머지않은 옛날, 아니 지금도 그런 문화의 잔재가 우리 고향 동네 주위에 남아 있습니다. 길흉화복을 마을사람들끼리 같이 나누고 사는 부락공동체에서 존경받는 원로 영감님의 이야기로 보았습니다. 그 분들은 오랜 경륜으로 세상을 내다보는 통찰력이 뛰어났고, 부락공동체를 유지하고 마을의 공동제례를 집전하는 등 대소사 처리에 뛰어나 마을사람들이 우러러 존경하는 분들입니다. 하지만 그 분들은 완고하고 남들이 하는 일에 질투도 심하게 부립니다. 그 시절 이렇게 절대적인 영향력을 가진 족장이나 원로들이 기도 혹은 묵상을 하던 중에 접신, 즉 하나님을 만나게 되어 그 감동의 순간순간을 기록하였고, 그것이 누대로 내려오면서 여러 선지자들의 손을 거쳐 기록되고 또 기록되어 성경이 되었을 것입니다.

제가 느끼기에 구약은 구약시대의 족장이나 원로들의 한계를 벗어나지 못하는 이스라엘 민족의 신화였습니다. 사울왕에서 다윗왕으로 넘어오면서 신화의 시대에서 역사의 시대로 넘어오는 느낌이었습니다. 여러 부족으로 나뉜 유대민족이 통일된 왕국으로 확립되어가는 과정을 읽을 수 있었습니다. 사울이 최초의 왕이 되었고, 다윗이 역성혁명을 통하여 왕권을 탈취하고, 왕위 세습과 왕가의 위치를 공고히 하기 위하여 사울의 자손들을 사그리 주살하고, 심지어는 자기를 결정적인 위기에서 몇 번이나 생명을 구해주었던 요나단의 자손까지 몇 가지 죄명을 뒤집어씌워 샅샅이 죽였습니다. 아버지의 후처 소생 아들까지 죽여 왕권을 공고히 하는 과정이 마치 우리나라 이씨조선 개국 시 방원의 모습을 떠올리게 하였습니다.

태종 방원은 아버지 이성계로부터 왕권을 탈취하는 과정에서 당시 세자였던 의붓동생들을 죽이고(1차 왕자의 난), 친형제들을 쳐서 몰락시키고(2차 왕자의 난), 어려운 변혁기마다 결정적인 힘을 보태어 주었던 처남들의 세력이 커지니 처남들에게까지 사약을 내렸습니다. 태종이 임종 시에 아들 세종에게 이런 유언을 남겼다 하지요. '악업은 내가 다 짊어지고 가니, 부디 성군이 되시오.' 이렇게 피의 숙청을 통하여 왕권을 공고히 해놓으니, 이조는 임진왜란과 병자호란을 겪으면서도 망하지 않고 오백년의 왕권을 유지할 수 있었고, 세종대왕은 역사에 찬란히 빛나는 성군이 될 수 있었지요. 방원과 세종대왕을 다윗과 솔로몬으로 대칭하여 비교할 수 있을 겁니다. 이렇게 유사한 역사적 사례는 중국의 역사를 보면 손으로 셀 수 없이 많습니다.

다윗은 자기 자손들이 세세년년 이스라엘을 다스리라는 천명을 받았다는 하나님(종교)의 힘을 동원하여 천세만세 자기 후손들이 이스라엘 왕위를 물려받을 수 있도록 통치권의 기초를 단단히 합니다. 왕권신수설의 전형을 보는 듯합니다. 모든 왕조는 이렇게 개국과정과 정권 안정화 과정에서 신화화 하는 과정을 거칩니다. 그렇게 만들어지고 확대 재생산된 이야기가 다윗과 골리앗의 싸움일 겁니다. 물론 다윗이 뛰어난 전사였고 지도자였음에 틀림이 없었겠지만, 다소 이야깃거리로 불려진 신화임에 틀림없다고 생각합니다. 다윗에 의해 쓰여졌으리라 생각되는 성서에서는 왕권의 정통성만 강조되었을 따름이지, 손에 묻은 피에 대해서는 한마디 반성도 없지요. 어떻습니까? 동서양 역사에 두루 통달하였고, 문사철에 뛰어난 목사님이 있어 설교시간에 이런 역사적인 성찰을 하는 분이 있으신가요. 참으로 외람된 말씀 여쭙니다.

다음은 바빌론 유배에 대해 한 가지 언급하고자 합니다. 이스라엘왕국이 당시 중동지방에서 거대한 왕국을 형성하고 있던 앗시리아와의 싸움에서 패퇴하여 바빌론으로 끌려갑니다. 민족적 굴욕이고 수치였고 말할 수 없는 고난의 시기였을 겁니다. 이 고난의 시기를 구원해준 결정적 역사적 사건이 있었지요. 앗시리아에 이웃하고 있던, 지

금의 이란 영토에 웅비하던 페르시아왕국이 앗시리아 왕국을 쳐서 물리치고 바빌론을
점령한 것입니다. 이렇게 해서 바빌론의 유폐에서 풀려나게 되는데요. 이때 페르시
아의 군주였던 고레스가 아주 위대한 군주였을 것으로 생각합니다. 중동 역사에 대해
일천한 저인지라 고레스라는 페르시아왕은 구약을 통하여 처음 듣는 이름이었습니다.
거대 왕국이었던 앗시리아를 물리친 것도 위대한 왕업이었지만, 당시 바빌론에 끌려
와 있던 이민족 이스라엘 사람들을 고향으로 돌아가도록 너그러움을 베풀었던 것은, 그
가 통찰력 있고 관용을 가진 위대한 군주였을 것이라는 생각을 갖게 하였습니다. 그
런 고레스를 구약에서는 하나님의 뜻을 좇아 하나님의 뜻을 헤아려 이스라엘 민족을
해방시켜 주었다고 합니다. 그 당시 페르시아였다면 고레스는 조로아스터교를 믿었
을 겁니다. 그랬다면 물론 그의 신이 다르게 있었을 것이고, 고레스의 종교가 조로아스
터였든지 아니었든지 그의 판단에 의하여 그의 기준으로 이스라엘 사람들을 고향으로
돌려보낸 것을 고맙게 생각하고 칭송해야 하는 것입니다. 지금의 페르시아 지역 사람
들은 그 역사적 사건을 어떻게 판단하는지 모르겠습니다.

다음은 신약으로 넘어갑니다. 신약에 들어서서야 고등 종교의 경전을 읽고 있다는 느낌
이 들었습니다. 기독교인들에게는 가상으로라도 전제될 수 없는 조건이겠지만, 만약
예수와 그의 제자들이 나타나지 않아 구약 그대로 율법의 틀을 벗어나지 못하고 배
타적이고 선민의식에 사로잡혀 있었다면, 유대교는 지금의 조로아스터교 같이 찌그
러져 유대민족 그들만의 종교로 남아 있었을 것입니다. 예수님이 나타나 세계종교의
틀을 만들었다고 볼 수 있을 것입니다. 율법의 굴레를 과감히 벗어버리고 유대인들에
게만 허락되었던 하나님의 사랑을 사마리아인에게도 다른 이방인에게도 과감히 벽
을 허물어 전파하고, 사회 신분 계급 고하를 막론하고 사랑의 메시지를 전합니다. 특
히, 율법이라는 것은 어느 시절이나 어느 사회에서도 마찬가지였지만 율법 안에 들어
와 있는 사람들에게 특권을 주는 것이라, 율법을 지키라고 강요하는 사람들로서는 대
단한 사회적 안전망이 되는 것입니다. 그러므로 기득권층이나 보수층들에게는 생명을
걸고 지켜야 되는 명분이 있지만, 그 경계선 너머에 있는 사람들에게는 삶의 족쇄가

될 수 있는 것이지요. 일상의 평범한 삶마저 힘든 것이 무지렁이들의 삶인데, 과중한 율법은 삶의 저주가 될 수 있는 것이지요. 이러한 율법의 틀을 과감히 깨버리고 구습을 타파해 버리는 혁명가로서, 새로운 시대에 새로운 이념을 선도해 가는 시대영웅으로서 예수님은 민중의 희망이 되고 빛이 된 것입니다.

이렇게 새로운 사회적 기운이 무르익어갈수록 불안한 계층이 있을 것입니다. 기득권층 보수계층 사람들일 겁니다. 위협을 느껴가기 시작하는 터에 이들이 예수를 죽이겠다는 음모를 꾸미기 시작합니다. 결국은 그렇게 되어 예수님이 십자가에 못 박히게 되는 것이겠지요. 이것이 필연적인 귀결이고 피할 수 없는 운명이었을 겁니다.

예수님이 탄생하고 성장하여 어른이 되어 40일 동안 광야를 방황하면서 커다란 깨달음이 있었습니다. 하나님의 아들로서 구원의 메시지를 전하고, 죽은 자를 살게 하고, 문둥병을 낫게 하고, 물 위를 걷는 등 여러 이적을 행하고, 사회적으로 소외된 자들의 벗이 되어 그들과 같이합니다. 사회적 명망은 점점 더 높아지지만 죽음의 위협도 점점 더 커지는 것 아니겠습니까. 시시각각 다가오는 죽음의 위협에도 차근히 마지막을 준비하고 정리하는 과정에서 성인으로서의 초연함을 느낄 수 있었습니다. 범인으로서는 상상할 수 없는 태연함이었을 겁니다. 어쩌면 모든 것을 예견하고 죽을 때를 기다리고 있었지 않았나 하는 생각도 듭니다. 이러한 일련의 과정이 여러 복음서에 반복적으로 기록되어 있더군요. 이런 초인적이고도 장엄한 죽음을 헛되이 하지 않기 위하여 제자들의 죽음을 불사한 노력이 오늘날 범세계적인 종교의 틀이 되지 않았나 하는 생각이 들었습니다.

특히 사도 바울의 헌신적인 노력과 눈부신 활동이 가장 큰 기여를 했다고 생각합니다. 그는 27편의 신약전서 중 14편을 저술한 예수님 제자들 중 가장 뛰어난 사도이기도 했고, 뛰어난 영감으로 많은 신도들을 감화시키기도 했습니다. 그의 전도서와 서신에서 예수님의 행적을 소상히 전달하여, 예수님의 말씀이 훨씬 더 가까이 민중에게 다가갈 수 있도록 한 것 같습니다. 마치 공자와 제자 자로, 소크라테스와 제자 플라톤의 관계라고나 할까요. 어쩌면 그들에게 뛰어난 제자가 있어 오늘날까지 온 세상에 스승의 이름이 칭송되게 되었을 겁니다.

예수가 십자가에 못 박혀 죽는 사건에 대하여 가장 불쌍한 역이 가롯 유다라는 생각이 듭니다. 사실은 그가 밀고함으로서 예수가 죽게 되는 것이 아니고, 설사 어느 누구의 고변이 없었다 할지라도 어떤 방법을 통해서라도 예수는 죽을 운명이 되어 있었습니다. 그런 죽음의 저주를 유다가 다 뒤집어쓰지 않았나 하는 생각이 듭니다. 예수님이 하늘나라에서, 아니면 재림하신다면 복음서를 썼던 제자들이 유다에게 했던 저주를 그대로 보낼 것인지요. 제 어리석은 소견으론, 어설픈 영화도 누리지 못하고 자살한 못난 제자 유다를 불쌍히 여기시어 예수님께서는 아마 용서하셨을 겁니다.

끝으로 제가 몇 주 전 극심한 허무감에 빠졌었습니다. 어린 나이에 무슨 인생무상이냐 하시겠지만 그 근원을 알 수 없는 슬픔에 빠져 허우적거렸습니다. 어느 날 밤 기다림 없이 예고도 없이 내려주시는 비님같이 찾아온 슬픔이었습니다. 해결할 수 없는 의문입니다. 나는 이 세상에 태어나기 전에는 무엇이었고, 어디서 왔고, 그리고 기필코 언젠가는 고향산천 정든 가족과 이별하여 이 세상을 하직할 것이다. 왜 나는, 그리고 모든 인간들은 이런 슬픔을 안고 태어났는가? 왜 나는 이렇게 슬픈데 세상 사람들은 저렇게 아무렇지도 않은지? 그래서 그 해답을 찾고자 성경을 열었습니다. 그리고 열심히 읽었습니다. 하지만 성경에서 해답을 찾지 못했습니다. 더 이상 무례와 불충을 범할 수 없어 교회에 나가는 것을 여기에서 접고 작별인사를 드리고자 합니다. 그 동안 저에게 베풀어주신 사랑과 저의 외람됨을 너그럽게 용서해주신 관용에 진심으로 감사를 드립니다. 박 선생님과 같이 했던 지적 교류를 잊을 수 없고, 박 선생님께서 가르쳐주신 예술가곡은 제 정서에 오랫동안 잊지 않고 정제된 아름다움으로 남아있을 겁니다. 안녕히 계십시오.

이현성 드림.

정성 들여 편지를 봉하고 경식에게 보여주리라 생각하고 한 부를 더 필사했다. 벌써 저녁 시간이 지났다. 그 동안 경식과의 관계가 적조해졌다는 느낌이 있어, 오늘 큰 숙제도 하나 해냈으니 찾아봐야겠다는 마음으로 길을 나섰다. 경식의 하숙집은 성북이었다. 혜화정에서 고갯길을 넘어 두 번째 골목길을 들어서면 경식의 하숙집이 나왔다. 인기척을 하고 왔다는 기별을 하자 아주 반가워하였다. 그 동안의 서운함이 일시에 풀려지는 듯한 표정이었다.

고보 2년 아래 후배와 같이 방을 쓰고 있었다. 그의 이름은 최영훈이라 했고 고향이 개성이라는데 아주 싹싹했다. 경식에 대한 존경과 의존도가 절대적이었다. 오랜만에 오는 귀한 손님대접을 하고 싶은 마음이 었는지, 아니면 현성과의 대화에 방해 받고 싶지 않아서였는지, 서랍을 열고 봉투를 열어 일 원짜리 지폐를 몇 장 꺼내더니 영훈에게 빵을 사오라 심부름을 시켰다. 왕복하려면 20분은 족히 걸릴 거리였다. 영훈이 나가는 것을 보고 잠시 침묵이 흘렀다. 현성이 무슨 말을 꺼내기 위해 뜸을 들이는 것이었다. 어색함을 깨트리고자 학생복 윗도리 안 포켓에서 천천히 독후감을 꺼내며 읽어보라고 건네주었다.

"내가 성경을 어제까지 완독하고 쓴 독후감이다. 나에게 성경을 선물해주신 박인수 전도사에게 드리는 글을 그대로 필사했다. 친구인 너도 나를 잘 알고 있었을 것이다. 전통에 대한 집착이 강하고 숭조정신이 남 못지않은 내가 기독교도가 쉽게 될 수 없다는 것을. 이 글을 읽어본다면 내 마음을 알 수 있을 것이다."

"……."

경식은 아무 말 없이 글을 읽어 내려갔다. 양면괘지 열장이 넘어가는 장문의 편지였다. 20촉짜리 백열등 아래 사각사각 편지지 넘기는 소리만 들렸을 뿐 조용했다. 시간이 더디게 흘렀다. 낯선 인명과 귀에 익지 않은 설화들과 전체적인 흐름을 파악하며 읽어 가는데 시간이 걸렸다. 앉은 자세로 십여 분이 흘렀다. 편지지를 덮으며 경식이 말문을 열었다.

"의지가 대단하다. 내가 알아왔던 내 친구 이현성이 그대로 임을 알겠다. 그리고 이 편지를 받는 박 선생이 괜찮은 분 같은데."

"일본에서 신학교를 나오신 분인데 이 교회의 김 목사와는 아주 딴판이지. 김 목사는 보수적이고 공격적인 면이 있어 두어 번 설교를 들어봤는데, 우리 조상숭배를 조상의 뼈다귀를 숭배한다고 비하하고, 불교나 유교 등은 순 거짓말이고 그 사람들 다 지옥에 간다고 하더라. 그의 설교는 다시 듣고 싶은 마음이 없어져버렸다. 반면 박인수 선생은 그렇게 배타적이고 파괴적인 설교는 하지 않았고 성경도 시대에 맞지 않고 사리에 맞지 않는 구절은 인용을 삼가는 신중함이 있었다. 그리고 박 선생은 아주 아름다운 선율의 좋은 노래를 가르쳐 주었다. 교회에서 노래 부르는 시간만큼은 즐거운 시간이었지."

"아하, 그래. 어떤 노래인데?"

"영국이나 불란서, 미국 사람들이 즐겨 부르는 서양 애창가곡이 있고, 우리나라 젊은 음악가들이 서양음악을 배워 우리 가사에다 곡을 붙여 부르는 노래인데 한 번 들어볼래?"

주머니 속에 있는 하모니카를 끄집어내 두어 번 들숨 날숨을 연습하고 연주를 시작했다. 첫 번째 곡은 명랑한 곡이었고, 두 번째 곡은 슬픔을 느끼는 곡이었다. 심부름 간 영훈이 돌아왔다.

"선배님, 밖에서 들리는 하모니카 소리가 너무 멋있었어요."

빵을 나누어 먹으며 곡 설명을 했다.

"첫 번째는 영국 사람들의 애창가곡인데 '즐거운 나의 집'이라는 곡이고, 두 번째는 '그 집 앞'이라는 가곡이다. 시인 이은상의 시에다 음악가 현제명이 곡을 썼지. 첫 번째 곡은 장조로서 명랑 쾌활한 가락이고, 두 번째는 단조로서 약간 애조를 느끼는 가락이지."

"선배님, 이 노래를 좀 가르쳐 주세요."

영훈이 졸라댔다. 으쓱한 기분이 들었다. 금세 가까워질 만큼 성격이 서글서글해 하는 짓이 얄밉지 않다. 귀여운 아이를 건드려보고 싶은 심정과 같았다.

"그럼 노래를 가르쳐 주는데 네 몫의 빵은 내가 먹어야겠다. 둘 중 하나를 택해라. 빵을 먹겠니? 아니면 노래를 배우겠니?"

녀석도 알고 있었다. 설마 저 선배가 빵 욕심 때문에 그러겠는가를.

"선배님, 저는 백 번 노래를 배우겠어요. 배부른 돼지보다는 가난한 악사가 되겠어요."

"하하하! 이 선배가 멋지게 당했구나. 잘못하면 내가 배부른 돼지가 되겠구나. 자 그럼 시작해볼까."

먼저 낭송하듯 가사를 불러주어 두 사람에게 적게 했다. 그리고 다른 하숙방에 피해가 가지 않도록 작은 목소리로 노래를 들려주고 따라 부르게 했다. 처음에는 한 소절씩 반복해 부르다 어느 정도 익숙해진 듯하여 전 곡을 같이 부르고, 그 다음 곡을 배우고, 그렇게 하여 두 곡을 더듬거리면서 부르는데 한 삼십 분 걸렸다. 경식과 영훈은 평소에는 위계가 엄격한 선후배로 지내다가 오늘은 같이 동문수학하는 입장으로 노래공부를 했다. 서울에 와 새로운 문물을 많이 접하고 경험해 봤지만, 오늘은 서양문화의 진수를 경험하는 짜릿한 순간이었다. 배우는 사람 가르치는 사람 모두 즐거움과 환희에 넘치는 순간이었다.

박인수 전도사에게 편지를 보내고 열흘 후쯤 이종백이 현성을 찾아왔다. 처음에는 이종백의 권고로 끌려가다시피 교회에 갔지만 교회에 다니면서부터 박인수 전도사와 현성이 가까워지니, 자연 그와는 서먹한 사이가 되어 있었다. 선배의 입장에서 그런 것을 내색할 수도 없었고 그런 차에 교회에 현성이 나오지 않아도 크게 신경을 쓰지 않았는데, 오늘은 박인수 전도사의 특명을 받고 현성을 찾아온 것이었다. 이번 주 토요일에 꼭 교회를 한 번 들르라는 전갈이었다.

해는 많이 짧아지고 날씨가 추워졌다. 이학년 겨울에 샀던 검정오버코트를 걸치고 교회에 갔다. 교회의 다른 학생들은 전혀 무엇을 느끼지 못했겠지만, 현성은 짧은 시간에 겪었던 여러 마음의 변화 때문에 감회가 새로웠다. 예배시간보다 일찍 교회에 도착했다. 박인수 선생이 반갑게 맞이했다. 그리고 현성을 데리고 상담실로 향했다. 평소에 학생들은 상담실에 들어갈 일이 거의 없었다.

교회 사역자들이 가끔 들어와 회의를 하곤 하는 장소였다. 창밖으로는 사철나무 울타리가 보였고, 벽에는 푸른 초원에 양 떼가 있고 지팡이를 든 목자가 양 떼를 몰고 가는 성화가 그려져 있었고, 둥근 원탁과 여섯 개의 나무의자가 놓여 있었다. 먼저 의자를 권하며 앉으라는 손짓을 하여 따라 앉았다. 조용히 현성의 손을 잡고 고개를 숙였다. 기도가 시작되었다.

"아버지 하나님, 오늘 당신의 어린 양 한 마리가 무리를 이탈하여 광야를 헤매고 있습니다. 이 어린 양 바른 길로 인도하시어 당신의 품에 들게 하시고, 그가 당신의 품에서 새로운 깨달음 얻어 그와 같이 길 잃은 어린 양들에게 좋은 길잡이 되도록 당신의 말씀으로 충만케 해주소서. 이 모든 믿음과 소망이 이뤄지도록 우리 주 예수님의 이름으로 기도 드리옵나이다."

"아멘."

기도가 끝나자, 박인수 선생은 반갑고 윤기 나는 눈빛으로 다가서며 말을 걸어왔다.

"그래, 성경을 길지 않은 시간에 다 읽느라 수고했어. 그리고 이 군과 같은 회의는 종교 생활 중 한 번은 다 겪는 것이라네. 다 그런 의혹의

함정에 한 번은 빠지게 되는데, 그 함정에서 빠져나오면 더 확고한 신앙인이 되는 거야. 그 유명한 예수님 제자 사도 바울도 처음에는 예수님을 부정하고 예수님을 믿는 사람들을 핍박하였던 사람이었지. 더구나 그는 예루살렘에 몇 안 되는 로마 시민권을 가지고 있는 유력자였어. 그가 어느 날 하나님의 부름을 받고 선교자가 되어 가장 열정적인 전도를 하였고 나중에는 순교의 길을 걷게 되었지. 이 군의 글을 여러 번 읽었고 이 군의 심정 충분히 이해하니 교회에 계속 나오도록 하시게. 이제 보름 있으면 우리 크리스찬의 가장 큰 명절인 크리스마스인데 우리 명절 같이 하세. 교회에서 할 일도 많고 하니."

"저한테 과분하게 신경을 써주시니 무어라 말씀을 드릴 수가 없습니다. 그렇게 외람된 말씀을 드렸는데 나무라시지 않고 이렇듯 감싸주시니."

"사람이 주어진 그대로만 한다면 발전이 없는 것이지. 이런 진통을 겪으면서 굵어지는 것이지. 앞으로 계속 나오도록 해. 그리고 나와 더 많은 이야기를 나누도록 하세."

"예, 알겠습니다."

이미 박인수 선생의 부름을 받고 다시 나올 때는 교회를 나오고 싶은 마음이 있었음을 부인할 수 없었다. 성경이야 어떻든, 말씀이야 어떻든, 새로운 노래 배울 때는 마냥 신이 났고, 노래 부르는 여신 뮤즈 윤희 자매, 특히 윤희를 먼발치에서라도 바라보는 것이 일주일의 즐거움이었던 것이다. 기도 시간에 다들 고개를 숙이고 있는데 가느다랗게 눈을 떠 윤희를 바라보았다. 반칙의 특권으로, 연모의 감정을 가득 담아 지긋한 눈빛으로 바라보았다. 다소곳이 고개를 숙이고 무엇을 염원하는 모습을 보면서 끝을 알 수 없는 여인의 마음에 한없이 밀려들어가고 싶은 마음이 일었다. 예배 중 박인수 선생의 과도한 칭찬이 현성을 당황하게 만들었다.

"여러분들 중 성경을 처음부터 끝까지 읽어본 사람 있으면 손들어 보세요."

아무도 없었다. 물론 현성이 손을 들 상황은 아니었다.

"이현성 군이 성경을 처음부터 끝까지 완독하고 그 소감을 나에게 보내왔습니다."

이 순간부터 현성은 얼굴이 붉어지기 시작했다.

"여러분들에게 그 소감을 읽어주고 싶지만 이 군 사생활과 관계가 있어 읽어줄 수는 없겠습니다. 저는 그 편지를 보고 많은 감동을 받았습니다. 여러분들도 성경 읽기를 시도해 보시기를 원합니다. 우리들 중 제일 먼저 성경을 읽은 이현성 군에게 다 같이 격려의 박수를 보냅시다."

시선이 쏠리고 일시에 박수소리가 터져 나왔다. 현성은 부끄러워 몸둘 바를 몰랐다. 박 선생에게 보낸 편지가 성경의 믿음을 부정하는 내용이었기에 박수 받을 일은 전혀 아니었다고 자책하였던 것이다.

그 해 겨울은 많이 추웠다. 12월 초에 눈이 내리더니 중순에 대설이 내렸다. 밤사이 온통 대지가 눈에 덮였다. 북악산에도, 더 멀리 도봉산에도, 남쪽으로 남산에도 눈이 수북이 내렸다. 눈 속에 파묻힌 대자연은 웅혼하며 안온하고 평안하기 그지없었고, 사람들에게도 휴식을 명령하는 듯 느긋함이 느껴지는 순간이었다. 눈은 세상사 온갖 희로애락을 다 품어 주는 듯 그 포근한 대지의 이불로 온 세상을 덮어주었다. 속스럽고 사스러운 일에서 벗어나 말끔히 살고 싶었다. 그 무엇에 쫓기지 않고, 스스로를 채근하지 않고, 천지의 섭리에 따라 살고 싶었다. 시간이 주어진다면 마냥 게으름뱅이가 되고 싶었다. 하지만 속계의 인간이 사는 세상은 다시 빠르게 돌아가고 있었다.

집 앞 골목에 나와 눈을 치우며 추위를 이겨가는 사람들, 발목을 넘는 눈길을 뛰어다니며 신문배달을 하는 소년들, 큰 길거리에는 전차가

굉음을 내며 굴러다니기 시작하였다. 학생들은 책가방을 챙겨 등굣길에 나섰다. 직장을 가진 가장들은 의복을 정제하고 출근길에 나서고, 인력거꾼들은 인력거를 챙기고 미끄러지지 않도록 신발에 새끼를 묶고, 지게꾼들은 지게를 지고 집을 나섰다. 가난한 사람들에게는 여름보다 겨울을 넘기기가 훨씬 더 어려운 것이다. 이렇게 추운 날 얼마나 배를 곯고 추위에 떨어야 이 겨울을 넘길 수 있을는지, 일터로 나가는 날일꾼들은 걱정이었다.

세계의 열강들은 자원 확보와 식민지 확장에 열을 올리고 있었고, 자국의 이해관계에 다툼을 보이기 시작하며 조금씩 미증유의 대 전쟁을 예고하고 있었다. 이탈리아의 무솔리니는 일당독재로 파시즘을 공고히 하여 '옛 로마의 영화를 되찾자' 면서 이탈리아 국민들을 배타적이고 이기적인 애국심의 광풍으로 몰아넣어 주변국들과 분쟁을 일으키기 시작하였다. 특히 옛날 마케도니아였던 유고슬라비아와의 영토 분쟁이 무솔리니 파시즘의 서막을 열었다. 소련 독재자 스탈린은 무자비한 정적 숙청에도 끊임없이 내부에서 쿠데타 조짐이 있어 그때마다 피바람이 일었다. 미국 루스벨트는 대통령 당선자가 되어 새로운 대통령으로 위대한 아메리카를 건설할 준비를 하고 있었고, 만주를 확보한 일본 군벌들의 야욕은 중국 본토에 마수를 뻗치기 시작했다. 그 해 12월 오사카 형무소에서 조선의 한 젊은이가 총살을 당했다. 신문에 이렇게 짤막히 보도되었다.

'상해 홍구공원의 살인범, 상해 군법회의의 사형언도를 받고 오사카 형무소에서 사형을 당하다.'

윤봉길이었다. 신문과 라디오에서는 흉악범이라 하였다. 그의 사형 소식을 보도케 한 것은 조선 민중, 특히 젊은이들에게 엄중하게 경고하는 의미가 있었다. 그러나 조선 사람 누구도 윤봉길을 흉악범이라 생각한 사람은 없었다. 언감생심 말도 못 꺼낼 이야기였지만 조선인민을 대신하여 일본 군부 괴수에게 폭탄을 던진 의사로 생각하고 있었다. 다만 얼마나 많은 조선의 젊은이가 죽어야, 얼마나 아득한 세월이 흘러야 조선인의 나라가 올 것인가. 한숨만 지을 따름이었다.

크리스마스가 다가오고 있었다. 레코드 가게나 카페, 양과점에서는 크리스마스 캐롤이 흘러나왔다. 서울 시내 사람들의 왕래가 잦았던 곳, 경성역전, 광화문통, 종로, 서대문 형무소 앞, 명동입구와 명동 전차종점 등에는 기독교 단체에서 자선모금행사를 벌이고 있었다. 구세군에서는 삼각대에 냄비를 매달고 손종을 딸랑이며 모금을 하고 있었고, 또 다른 기독교 청년회에서는 학생들이 '동정'이라 쓴 큰 모금함을 놓고 지나가는 행인들에게 작은 메달을 달아주고 있었다. 동정이라고 쓴 메달을 파는 것이었다. 정가는 20전이었는데 보통 삼십 전, 오십 전을 넣고 멋쟁이 신사들은 일 원짜리 지폐를 모금상자에 넣고 가는 경우도 있었다.

현성이 다니던 교회도 일손이 바빠졌다. 기독교인들에게는 일 년 중 가장 큰 명절이어서 학생들에게 총동원령이 내렸다. 22일 저녁부터 학생부에서 크리스마스 행사에 필요한 잡무는 다 맡아서 했다. 남학생들은 트리를 만드는데 필요한 나무를 구해오고, 여학생들은 목사관에서 떡과 서양식 쿠키를 굽는 일을 하였다. 전반적인 행사 준비를 박인수 전도사가 맡아 지휘 했는데 남학생들이 나무 꺾어오는 일을 배재 5학년 학생을 행동대장으로 하고 자원자를 뽑았다.

날씨도 춥고 거리도 멀고 나서는 학생이 별로 없었다. 현성은 어떤 일에 위험이 따르고 구차한 일을 마다하는 성격이 아니었다. 또 적당히 모험을 즐기는 성격이어서 선뜻 자원했다. 여섯 명이 행동대원이 되어 출발했고 나머지 학생들은 교회 대청소를 했다. 교회 가까운데서 좋은 나무를 구할 수 없어 삼청동까지 올라가야 했다. 삼청동 계곡은 공원 예정지역으로 부청에서 땅을 확보해 내년쯤에는 공원공사가 시작될 예정이여서 특별히 관리하는 사람이 없기 때문에 나무를 잘라 오는 데 어려움이 없었다.

톱과 낫을 구해 교회에서 이십 분 넘게 걸리는 삼청동 골짜기로 올라갔다. 박 선생의 지시는 네 그루를 잘라오라 했는데, 소나무가 무난하지만 될 수 있으면 노간주나무를 구해오면 좋겠다 했다. 노간주나무는 석회암 지역에서 잘 자라는데 우리나라에 전국적으로 분포되어 있다. 서양의 크리스마스트리인 전나무와 흡사하고 작은 침엽수의 나뭇잎이 아주 빽빽하다. 작은 가시가 있어 자르기와 이동하기가 쉽지 않았다.

현장에 도착하니 서로 좋은 나무를 구하려고 경쟁하였다. 처음 교회에서 출발할 때는 손발이 시려 주춤거렸으나 현장에 도착하니 서로 좋은 나무를 구하려 경사가 급한 곳, 나무가 울창한 곳을 가리지 않고 나무를 찾았다. 잎이 무성한 소나무 두 그루와 원추형으로 곱게 퍼져 수형이 좋은 노간주나무 두 그루를 골랐다. 나무를 베어 가지고 내려올 때는 추위가 가시고 등에 땀이 났다.

교회에 도착하니 열시 반이 넘었다. 트리 꾸미는 일은 다음날 하기로 하고 귀가할 시간이 되었다. 늦은 밤이라 여학생들을 안전하게 귀가 시키는 일을 남학생들이 맡아주어야만 했다. 이미 전차는 막차가 가버린 뒤였고, 늦은 시간에 과년한 처녀가 밖에 돌아다니는 것은 조선에서는 있을 수 없는 일이었다. 서울이라, 그것도 크리스마스라는 서양명절 덕에 교회에 다니는 가정에서나 가능한 일이었다. 그러니 당연히 교회에서 어떻게 하든 안전귀가를 책임져 주어야 했다. 서로 집에 가는 방향이 비슷하면 같이 어울려 보냈다. 이종백과 윤희, 윤경 자매의 집과 방향이 같아 한 팀을 이뤘다. 현성은 돈키호테의 산초처럼 보조기사로 박 선생이 지명하여 그들의 귀가 길에 합류하게 되었다.

이종백 집안과 두 자매의 집안과는 서로 아는 사이인 듯했다. 부모님의 안부도 묻고 아버지 사업에 대해서도 물어보았다. 주로 이종백이 묻고 성격이 싹싹한 윤경이 대답을 했다. 윤희는 평소와 마찬가지로 말이 없었다. 그 날 그 집안의 사정을 알 수 있었다. 아버지가 금광을 하여 돈을 모은 사업가였으며, 금광을 하면서 주위에 있는 미국인 선교사와 가까이 지냈는데, 그 선교사가 미국에 광산채굴 기계를 알선해주어 많은 도움을 받았고, 그런 친교로 집안이 교회에 다니게 되었다는 것이었다. 청운정까지 한 사십 분여를 걸어서 데려다 주었다. 청운정에서 제법 큰 일본식 기와집으로 행세깨나 하는 집으로 보였다. 윤경이 감기 기운이 있는 듯 콜록거렸다. 자정이 다 되어서 하숙집에 도착할 수 있었다.

다음날은 트리를 제작하였다. 금종이 은종이를 가위로 잘라 별을 만들고, 작은 등을 만들고, 여학생들은 트리 숫자만큼 산타클로스 인형을 만들고, 이제 트리를 세울 때가 되었다. 출입구 좌우에 소나무 트리를 세우고 연단 좌우에 노간주나무 트리를 세웠다. 트리의 꼭대기에 산타클로스 인형을 끈으로 보기 좋게 잡아매고 좌우로 금실 은실을 늘어뜨렸다. 그 실들을 세 군데 정도 홀맺어 작은 초가 들어갈 수 있도록 등을 달았다. 그리고 큰 별, 작은 별을 곳곳에 달고 솜을 뭉쳐 눈송이가 떨어지는 것처럼 나무 곳곳에 얹혀 주는 것으로 작업을 마쳤다. 시범적으로 초에 불을 붙이니 은은하고 아늑한 눈의 나라, 산타클로스가 산다는 북구 유럽의 분위기가 감돌았다. 박인수 선생의 격려의 말이 있었다.

"우리가 트리를 아주 멋지게 만들었습니다. 수고하셨습니다. 여러분이 수고하신 덕에 이번 성탄절이 은혜가 충만한 성탄절이 될 것입니다. 우리 모두에게 박수를 보냅시다."

박수를 치고 나서 각자 어제와 같이 귀가팀을 편성해주며 돌려보냈다. 이종백은 어제 허드렛일이나 하는 것을 마땅치 않게 생각하는 것 같더니 오늘 노력 동원에 불참하였다. 윤경은 감기 기운이 도져 오늘 같이 하지 못했다. 오늘 청운정 귀가팀은 어제 네 사람에서 두 사람으로 줄었다. 박인수 선생이 귀가팀을 확인 점검하고 나서 안국정에 살던 한 여학생을 이 팀에 같이 묶어 셋이 출발하도록 팀을 재편성하여 보냈다.

"두 공주님 집에까지 잘 모시도록. 이 박사, 건장한 청년이니 멋진 기사도를 보여주시게나."

처음, 두 사람만 같이 가야 하는 걸로 알고 웬 행운이냐 하는 생각이 들었지만 오히려 세 명이 가는 것이 잘 되었다는 생각이 들었다. 감당 못할 떨림을 어찌했을 것인가. 세 사람이 길을 나섰다. 두세 발 앞서서 두 여학생이 팔짱을 끼고 걸었다. 평소보다 유난하게 밀착한 모습이었다. 야심한 밤을 경계하여 그랬을까. 아니면 호기심이 가는 남학생 앞에서 여성성을 드러내 보이고 싶어서였을까. 은근하면서도 한껏 여성다움을 뽐내고 있는 것이었다. 순진한 숙맥 현성은 그 속내를 모르고 소외되었다는 생각만 하고 있을 따름이었다.

두 여학생의 도란거리는 이야기를 들으며 걸어가고 있었다. 언니라고 하는 것을 보니 윤희가 한두 해 위인 것 같았다. 오늘 여학생들이 만들었던 산타클로스 인형에 대하여 이야기했고, 학교 재봉시간에 배우는 양복 짓는 법과 지금 과제로 하고 있는 십자수에 대해 이야기를 주고받았다. 무엇이 그렇게 진지했던지 뒤에 따라오는 사람은 전혀 개의치 않는 듯했다.

십여 분 걸어가 안국정에서 그 여학생의 집으로 들어가는 골목까지 바래다주고 드디어 단둘이 걷게 되었다. 두 여학생은 무엇이 그리 아쉬웠던지 못내 손을 흔들고 헤어졌지만 현성은 혹을 떼어낸 듯 속이 시원했다. 두 사람의 걷는 간격은 아까보다 가까워졌다. 앞으로 주어진 시간은 반시간 정도, 무슨 말을 할 것인가. 멀리서만 지켜보았던 보랏빛 붓꽃, 은은한 향기가 풍기는 아이리스처럼 청초한 소녀와 같이 걷는 것이다.

이런 기회가 다시는 주어지지 않을 것이다. 무슨 말을 꺼내려 하니 얼굴이 화끈거리고 가슴이 쿵쾅거려 입안에서만 맴돌았다. 소리가 목안으로 오그라들어 나오질 않았다. 하, 이렇게 긴장이 되다니. 내가 그 무서운 일본놈 형사 요시라 앞에서도 할 말은 다했는데. 입안에 침이 바짝 말라 억지로 침을 삼키며 헛기침을 세 번이나 하고 드디어 말을 걸었다.

"저어기…… 오늘…… 산타클로스 인형 참 잘 만들었어요."

마지막 어미 두 자는 삼켜버린 듯 들리지도 않게 내뱉었다. 현성은 평소에 언변이 빠지지 않았는데 그 순간은 참 말도 못했다는 생각을 했다. 무슨 말을 나누고 싶었다는 듯, 그런 긴장감을 눈치 챈 듯, 윤희가 말을 편하게 받아 주었다.

"아, 그러셨어요. 시간만 더 주어졌다면 더 잘 만들 수 있었을 텐데 좀 아쉬웠습니다."

"솜씨가 참 좋으시더군요."

그렇게 밋밋한 대답을 하고 나니 또 할 말이 없어 한참을 걸었다. 이제는 제대로 이야기하고 싶었다.

"저어기…… 제가 교회에 나온 지 얼마 되지 않았을 때였는데요. 교회에서 동생하고 이중창을 불렀었지요? 그 때 그 노래가 너무 고왔습니다."

"그 때 몇 곡을 불렀었는데 이중창이라면 '희망의 속삭임'을 말하시는 건가요?"

"네, 맞습니다. 그 날 이종백 선배님이 교회에 조금 일찍 나오라 하여 한 이십 분 정도 빨리 교회에 나왔는데, 예배당 안에 들어서는 순간 소프라노의 투명한 음색이 최고음을 치고 나가고 있었습니다. 그 노래의 절정이었던가 봐요. 그것은 내가 세상에 태어나 들어본 적이 없었던 천상의 소리였습니다. 그것은 천사들의 노래였습니다. 그 때의 황홀함은 오래 기억에 남을 겁니다. 지금도 잔잔히 내 마음을 울려주고 있습니다."

긴장이 조금 가신 듯 이제야 하고 싶은 말이 술술 풀려나오고 있었다.

"과한 칭찬이신데요. 그날 성대 상태도 썩 좋지 않았거든요."

"아닙니다. 내가 그 날 느낀 감동을 그대로 말씀드린 겁니다. 그 '희망의 속삭임'이라는 노래 아주 좋은 노래이지요?"

반문하듯 물어보았다.

"미국사람 호손이 작곡한 노래인데요. 원래 여성 2부 합창곡으로 만든 노래입니다. 가사도 좋지요."

"아 참! 나중에 '희망의 속삭임' 가사 좀 적어 주실래요? 그 노래를 배우고 싶습니다."

현성은 그 노래 가사를 알고 있었다. 어떤 구실을 만들어서라도 인연의 고리를 계속하여 연결해 가고 싶었다. 그리고 어떻게 가사를 전달 받을 것인가 그 방법도 마땅치 않았다.

"알았습니다."

목소리가 명랑 쾌활했다. 이번에는 윤희가 현성에게 물었다.

"성경을 완독하셨다구요. 대단합니다. 며칠이나 걸렸어요?"

"한 이십 일쯤 걸렸습니다. 부끄럽습니다. 대단치 않은 것을 가지고 박 선생님이 공개하는 바람에 소문나 버렸습니다. 내 자신이 신실한 마음으로 성경을 읽지 않아 마음이 편하지 않았습니다."

속으로 생각했다. 스탕달의 '적과흑'에 나오는 주인공 쥴리앙 소렐은 신약을 처음부터 끝까지 줄줄 외워 당대의 명사들을 감탄시켰고 그 천재성으로 불란서 사교계 최고 미인들의 마음을 사로잡았는데, 나는 고작 성경을 한 번 읽고 이렇게 칭송을 받는다 생각하니 우습기 짝이 없었다. 화재를 돌리고 싶었다. 마음 한 구석에 께름칙한 것이 있었다.

"윤희 씨는 아름다운 노래로 주위 사람을 즐겁게 해줍니다. 저는 책을 읽음으로써 스스로를 즐겁게 하고 있습니다. 그래서 틈나는 대로 책을 읽습니다."

"박 선생님과 대화를 나누는 것을 볼 때면 두 분이 공유하는 지적 공간이 부러웠습니다."

"박 선생님이 일본에서 선진교육을 받으신 덕인지 설교가 목사님하고 다름을 느꼈습니다. 상당히 사고가 유연하고 논리가 정연하다는 느낌을 받았습니다. 물론 대단히 박식하시죠."

조금 낯가림을 면하게 되고 친근감이 생기니 대화의 방향이 신상에 관한 질문으로 이어진다.

"고향이 어디세요? 말씨가 기호지방은 아닌 것 같은데."

"남원입니다. 전라북도 내륙 산악지방이지요. 얼핏 개념이 잡히지 않을 겁니다. 경성역에서 기차 타고 남쪽으로 여덟 시간 이상 달려야 남원에 이를 수 있습니다. 남원을 가장 쉽게 소개하자면 춘향의 고을입니다. '춘향전'이 남원에서 만들어진 이야기이고 남원을 배경으로 이야기가 전개됩니다. 지리산을 끼고 있어 산이 깊고 물이 좋아 경치가 빼어날 뿐 아니라, 인근 물, 산이 다 모이는 곳이라 사는 것도 넉넉하여 인심이 좋은 고을입니다."

"저는 어릴 적부터 경성에 살아 그런지 향촌에 대한 동경이 많습니다. 그렇게 아름다운 고을을 고향으로 두어 부럽습니다. 그럼 경성으로 멀리 유학을 오신 건데, 처음에는 고향 생각을 많이 하셨겠어요."

"고보에 입학하여 1학년 내내 지독한 향수병에 시달렸지요. 고향 생각만 하면 눈물을 찔끔찔끔 짜곤 했지만, 지금은 서울생활에 적응이 되어 서울이 더 좋습니다. 윤희 씨 같은 참한 낭자도 만날 수도 있게 되었고."

"낭자라고 하시는 것 싫어요. 너무 고전적으로 들리고, 시집갈 나이 다 된 여인 취급 받는 것 같아요."

의도적으로 장난기 섞어 낭자라고 했는데 반응이 빨랐다.

"그럼 소저라고 하리까"

"소저는 더 싫어요. 그냥 학생이라 해주세요."

반응이 즉각 오는 것에 신이 났다. 현성이 아주 능청맞게 말했다.

"그럼 정정하겠습니다. 이 몸이 서울에 유학 와서 윤희 씨 같이 예쁘고 노래 잘 부르고 참한 여학생을 만날 수 있게 되었습니다."

"호호호."

간드러진 웃음소리가 들렸다. 경박하지 않으려는 듯 웃음소리를 자제했다. 그 사이 낯가림 벽이 많이 무너졌다. 효자정을 지나 청운정에 거의 다 왔다. 북악산 자락을 돌아갔다. 몇 백 미터만 내려가면 윤희네 집이었다. 불 켜진 집이 몇 채 안 되었다. 야심한 시간이고 인가가 드문드문했다.

어둠에 대한 두려움이 두 사람의 간격을 더 긴밀하게 하는 시점이었다. 그때였다. 저만큼 숲속에서 한밤중 어둠의 공포를 더하는 산짐승 소리가 들려 잠깐 주춤하던 사이, 이물스런 시커먼 물체가 튀어나와 이쪽으로 달려오는 듯하다가 길 건너로 사라졌다. 섬찟했다. 살쾡이인 듯 몸집이 제법 육중하고 파란 안광이 빛났다.

"엄마!"

윤희가 비명을 지르며 현성의 가슴으로 파고들었다. 혼비백산한 것이다. 얼굴을 묻고 쌔근쌔근 숨 쉬는 것이 사시나무 떨 듯 공포에 떨고 있었다. 그렇게 한참이나 가슴에 안겨 있었다. 아직 공포가 가시지 않은 듯 '무서워요.'를 연발했다. 야릇한 자세로 윤희를 품에 안고서 마음이 안정되기를 기다리고 있었다. 숨결이 골라지는 것을 느끼며 등 뒤로 감싸 안았던 손을 토닥거렸다.

"괜찮습니다. 큰 짐승은 아닌 것 같고 살쾡이나 되는 것 같습니다."

짐짓 여유 있게 남아다운 말투로 안심을 시켜주니, 그제야 정신을 차린 듯 품을 벗어나며 쑥스러움을 덜어냈다.

"너무 무서웠어요. 그것이 눈에 파란불을 켜고……."

그 순간 올려보는, 마치 당신을 신뢰한다는 듯한 눈빛이 너무 사랑스러웠다. 짐짓 어른스러운 말투로 말했다.

"고양이과 동물들이 밤에 안광이 납니다. 고양이나 살쾡이나 호랑이 등인데 서울에 호랑이가 출몰한 지가 백 년도 넘었을 겁니다. 서울에 호랑이는 없습니다. 살쾡이나 지나갔을 겁니다. 오늘 내가 같이 오길 정말 잘했습니다. 박 선생님 말씀대로 제가 오늘 기사 노릇을 제대로 하였습니다. 공주님!"

"네, 너무 고마웠습니다. 감사합니다."

그 사이 윤희 집에 거의 다 왔다. 짧은 시간이 아쉬웠다. 이제 돌아가는 사람의 고단한 여정만 남아있었다.

"길을 다시 돌아가야 하는데 어떡하지요."

"걱정 마십시오. 지난여름 방학 때 고향에 가서 이보다 훨씬 야심한 밤에 더 험한 산길을 걷기도 했습니다."

이런 시간에는 위험한 경험을 한 사내가 더 멋져 보이는 것이었다. 대문 앞에 도착하여 작별인사를 하려 하니 무섭다며 조금만 더 기다렸다 가라고 손짓했다. 늦은 시간인데 집안에 불이 환하게 켜져 있었다. 초인종을 누르니 안에서 신발을 끌고 나오는 소리가 들렸다. 서로 말을 주고받는 것을 보니 식모인 듯했다. 거의 문을 열 참이었다. 현성은 바로 작별인사를 하고 총총 걸음으로 돌아섰다. 조금 전 윤희가 품에 안겼던 그 길을 따라 돌아왔다. 순간순간이 마치 사진을 박아 앨범에 정리해 놓은 것 같이 너무 뚜렷하고 생생했다. 붕 뜬 기분에 사로잡혀 짧지 않은 밤길을 언제 왔는지도 모르게 집에 도착하여 쓰러지듯 잠이 들었다.

아침에 일어나면서부터 끝없이 밀려오는 상념, 떼려야 뗄 수 없는 괴로운 집착이 시작되었다. 아무것도 하고 싶지 않았다. 그 생각만 하고 싶었다. 어제 일이 꼬리에 꼬리를 물고 되새김되는 것이었다. 아침에 밥을 먹는 순간에도, 학교에 가서 수업을 받을 때에도, 등하교 길에서도, 교회에서의 크리스마스 행사에서도 윤희의 얼굴이 그려지는 것이었다. 같이 걸었던 그 길, 나눴던 대화 한 마디 한 마디, 그리고 품에 안겼던 그 순간. '아, 열락의 순간은 그리 빨리 지나가버리고 그리움과 애틋함만 느껴야 하는가. 아, 다시 그 길을 걸을 수 없겠지.' 하는 생각이 한시도 떠나지 않았다. 품에 안겼던 순간, 새끈새끈 숨을 내 쉬었던 것이 마치 할딱이는 작은 새를 손에 쥐고 있을 때의 느낌이었다. 포근함과 두려움이 동시에 느껴졌던 숨결이었다.

여름 장마에 요천수 물이 넘칠 듯 무섭게 흐르다가 비가 그치고 물길이 가라앉으면 물고기가 작은 지류를 타고 올라오기 시작했다. 비안쟁이의 작은 고랑에도 물고기가 생기 넘치게 돌아다니기 시작하는데 동네 꼬맹이들 신이 났다. 찰박거리며 물고기를 몰고 다녔다, 피리, 송사리, 붕어, 각시붕어 등을 잡았는데, 손속이 빠르고 감각이 뛰어난 아이들은 벌써 고무신에 물고기를 가득 담아 집 항아리에 부어놓고 다시 돌아왔다. 현성은 손재주도 없을 뿐만 아니라 물고기를 잡아 집에 가면 물장난하고 왔다고 혼부터 나니 물고기 잡는 일에 탐욕을 부리지는 않았다. 물고기를 서너 마리 잡으면 놓아주기도 하고 동네 동무들에게 주기도 했지만, 그 신나는 일에 빠질 수는 없었던 것이다.

보통학교 2학년이나 되었을 것이다. 물고기를 한바탕 잡고 나서 그 끝물을 찾아 수초 속을 더듬고 있을 때였다. 물총새 한 마리가 날아와, 그 끝물을 한축 끼어 같이 하자고 어슬렁어슬렁 기어 다녔다. 적정 거리를 유지하며, 가까이 있는 인간의 눈치를 살피며 식탐에 참여하고 있었다. 현성이 호기심으로 허실삼아 한 발짝을 빨리 옮겨 물총새를 낚아채

봤다. 현성은 손끝이 그리 빠르지 않아 말이 낚아챘다는 것이지 엉성하게 덮쳤다. 그런데 믿을 수 없는 일이 벌어졌다. 물총새가 잡힌 것이다. 있을 수 없는 일이 손 안에서 벌어진 것이었다. 물총새는 새 중에 가장 빠른 새였다. 순간속도는 제비 못지않게 빨랐다. 물 위를 스치듯 날아와 물 위에 노는 물고기를 낚아채는 물고기 잡는 명수였다. 물고기는 수많은 사람들이 잡았을지라도 물총새를 손으로 잡았다는 이야기는 없었다. 그런 어마어마한 일이 벌어진 것이었다. 그것도 영장류 중 제일 둔한 인간에게, 그 인간 중 비교적 굼뜨고 손속이 느린 어린 현성에게 잡힌 것이다. 물총새는 파랑새라고도 했다. 예로부터 사람들은 파랑새가 사는 곳이 낙원이라 하고, 파랑새는 행운을 가져준다 하였다. 파랑새는 참새나 박새보다는 몸집이 크고 부리가 길고 날카롭다. 몸 전체가 진한 남색 깃털로 덮여있고 아랫배 쪽으로 주황색 깃털이 나 있어, 진한 남색과 선명한 주황색의 영롱한 대비가 지극한 자연색깔의 아름다움을 보여주었다. 그 동안 봐왔던 새 중 이보다 더 아름다운 새는 없었다. 아, 그 황홀함이 손 안에 있는 것이었다. 보고 또 봐도 황홀했다.

그 황홀함이 손 안에서 할딱할딱 숨을 쉬고 있었다. 서로의 체온을 나누며 윤희가 품에 안겼을 때가 그렇게 황홀한 순간이었다. 도저히 있을 수 없는 황홀한 순간이었던 것이다. 마치 물총새가 손 안에서 할딱할딱 숨을 쉬듯이, 수밀도 익어가듯 농익어가는 처녀의 숨결이 현성의 품 안에서 가쁘게 숨을 골라가고 있었다. 그리고 서로의 체온을 느꼈던 순간, 온몸에 전율이 일었다. 다시 느낄 수 없었던 열락의 순간이었다. '신은 왜 찰나의 기쁨만 허락하고는 이렇게 영원한 그리움과 애달픔에서 허덕이게 하는가.'

그 날 잡았던 파랑새는 할아버지의 타이름에 따라 멀리 날려 보냈다.

12장

여자의 마음은 갈대였던가

양력 정월이었다. 방학이 막 시작된 시점이었다. 경식과 종로에 나오는 길에 동생 윤경을 만났다. 제 또래 친구와 같이 옷가게 구경을 하다가 눈이 서로 마주쳤다. 반가이 인사를 한다. 크리스마스 행사 준비하던 날 집에 바래다주었다고 금세 격의 없이 대했다.

"안녕하세요, 오빠."

자연스럽게 오빠라는 호칭을 사용했다. 윤경은 여고보 2학년이었다. 학년차가 뚜렷하게 보여 누가 보아도 어색하지 않은 사이로 보였다. 윤희는 쉽사리 접근하기 힘든 새침데기였지만, 윤경은 성격이 사분사분하여 평소에 누구한테나 친근감 있게 대해주었다. 날씨가 추워 어디 따스한 곳에 쉬고 싶은 오후 늦은 시간이었다. 속이 궁금하여 군것질이라도 하고 싶은 때에 만났다.

"윤경이, 모처럼 종로통에 나왔는데 근방에 양과자점이라도 갈까?"

"오빠가 사주시겠어요?"

"아, 그럼."

자연스럽게 양과자점에 들어갔다. 저녁녘이 다 되어 손님은 별로 없었다. 갈탄 난로에 주전자가 놓여있었고, 물이 끓어 김이 탐스럽게 솟아

오르고 있었다. 난로가에 자리를 하고 서로를 소개했다.

"여기는 신윤경이고 동덕여고보 2학년이네. 나와 같은 교회에 다니지. 여기는 내 친구, 나와 같이 중앙에 다니고 나와 가장 가까운 친구 김경식."

"제 친구에요. 같은 반 옆자리에 앉은 짝꿍이고 이름은 김순희라고 합니다."

고로케, 크림 빵 등 먹고도 남을 만큼 시켰다. 우선 허기를 달래고 나서 서로 이야기가 오고 갔다.

"윤경이는 피아노를 잘 쳐서 우리 교회 찬송가를 부를 때 반주를 곧잘 하곤 하지. 언니와 희망의 속삭임을 2중창으로 부르는 것을 들었는데 천사의 목소리 같았어. 내 친구는 중앙에서 공부를 아주 뛰어나게 잘하고 나와는 같은 독서회 회원이기도 하고, 장래에 의사가 되어 전조선의 질병을 구제하겠다는 데 뜻이 아주 장한 친구이지."

경식을 대화에 끌어들이기 위해 경식의 신상에 대해 늘어놓았다.

"의사 이야기는 아직 꺼내기 이르지 않은가. 아직 의전도 입학을 못했는데. 그나저나 그 천사의 목소리는 언제 들어볼 수 있나요?"

"과한 말씀이십니다. 천사의 목소리라니. 교회에 나오시면 들으실 수 있습니다. 현성 오빠와 함께 교회에 오시면 됩니다."

"아하, 그래요. 나도 교회에 한 번 나가볼까요?"

어림없는 이야기였지만, 짐짓 진지한 표정으로 서로 존중하고 배려해주는 화기애애한 분위기에서 대화는 무르익어갔고 어느덧 밖은 어두워졌다. 양과점을 나와 두 여학생을 데리고 서점에 가 독일 국민시인 하이네 시집을 한 권씩 안겨 주고 헤어졌다. 윤경은 대단히 자랑스럽고 흡족한 표정이었다. 여학생에게 하이네 시집이면 최고의 선물이었다.

"오빠, 고맙고 감사합니다."

윤경은 감사의 말을 서너 번은 하였고, 같이 온 친구 김순희에게도 퍽 자랑스러운 모양이었다. 흡족한 표정으로 헤어졌다. 돈을 아낌없이 쓰는 현성이 좀 과하다는 생각이 들었던지 경식이 허를 찔러 물어왔다.

"현성이 오늘 좀 과하게 쓰는 것 같다만, 저 윤경이라는 여학생에게 무슨 흑심이 있어서 그런 것은 아닌지 모르겠다."

미묘한 웃음을 흘리며 현성이 대답했다.

"그런 것은 아니고, 그럴 이유가 있다. 나중에 이야기 하마. 아직은 이렇다 저렇다 할 상황이 아니라 말 못하겠다."

멀리 보고 우회하여 응원군을 만드는 작업을 하고 있는 중이었다. 새를 잡으려면 둥지의 가시덤불을 더투어 몰아가는 것이다. 그 후로 윤경과는 교회에서 가까운 오누이 사이처럼 아주 다정하게 지냈다.

토요일이 되어 교회에 나갔다. 먼발치에서 속절없이 바라보다 예배 끝나고 마주쳐 무슨 말이라도 한마디 건네고 싶었지만 전보다 더 쌀쌀맞게 대하였다. 굳게 다문 입에 무어라 말을 붙일 수 없어 간단히 목례만 하고 돌아서 왔다. '자나 깨나 그리워하는 마음을 조금도 모른단 말인가. 이렇게 오매불망 애가 타는데 아무 일도 없었던 것처럼 천연스러울 수 있단 말인가. 여자의 마음은 바람에 날리는 갈대와 같다고 했다. 벌써 변해버렸을지도 모른다. 잊었을 지도 모른다. 저 여인의 마음을 어떻게 다시 사로잡아 그 날처럼 정겹게 이야기를 나눌 수 있을 것인가, 좋은 관계를 이어갈 것인가.' 그 날 이후 더욱 쓰라린 나날이 계속되었다.

그 다음 주 교회에 나가니 흑판에 '희망의 속삭임'이라고 노래 가사가 정성들여 쓰여 있었다. 현성은 누가 그 글씨의 주인공인가를 바로 알수 있었다. 지난번 그 노래를 배우고 싶다는 뜻을 전했던 것을 생각해내고 다시 마음이 뜨거워지는 것을 느낄 수 있었다. 희망의 불씨가 살아남을 느낄 수 있었다. 그 날 예배가 끝나고 박 선생이 웃으며 물었다.

"누가 이 노래 가사를 여기에 올렸지요?"

"제가 올렸습니다."

윤희가 나서서 대답했다.

"그래서요?"

명확하게 의사 표시를 하지 않았지만 의중을 묻는 듯했다.

"제가 지난 가을에 이 노래를 교회에서 부른 적이 있습니다. 좋은 노래라서 같이 부르고 싶어서 올렸습니다."

평소 새침데기이고 말수가 적어서 수줍기만 한 줄 알았는데 의외로 당찬 데가 있었다. 박 선생이 만면에 미소를 띠며 말했다.

"좋습니다. 그럼 윤희 학생이 나와 노래지도를 해주세요."

두 사람 사이의 사연을 아무도 눈치 채는 사람은 없었겠지만, 현성은 '희망의 속삭임'을 배우면서 가슴이 벅차오름을 느꼈다. '새침때기 낭자가 나를 잊지 않고 있구나. 그리고 나를 위해 노래를 가르쳐주고 있다. 나는 다시 희망의 노래를 부르고 있다. 그녀가 나를 하찮게 생각하지는 않았구나. 내가 소중히 생각하는 만큼 그녀도 나를 생각하고 있을지도 모른다. 나는 내가 가지고 있는 모든 숭고한 가치와 가장 고귀한 아름다움을 그려가며 그녀와 가까워지도록 할 것이다.' 이 간절함을 말로써 전하고 싶은데 말할 기회가 주어지지 않았고 먼발치에서 안타까이 쳐다보고만 있을 따름이었다.

그녀가 관심을 보여 왔다. 이 애타는 마음을 어찌해야 하는가. 그래, 편지를 써야겠다. 간절히 기도하는 마음으로 편지를 써야겠다. 정성들여 편지를 써내려갔다. 밤이 이슥하도록 편지를 써내려갔다.

윤희 씨, 당신의 이름을 외람되게 불러봅니다. 당신의 이름에서 빛이 납니다. 생각만 하여도 가슴이 벅차오릅니다. 교회에서 처음 당신의 노래를 들었을 때 당신은 나에게 생전 처음 느꼈던 감흥을 주었습니다. 신비스러움과 웅혼함과 경외스러움이 감동의 물결로 넘쳐오는 초유의 경험을 맛보았습니다. 당신은 나의 비망록에 보랏빛 붓꽃 아이리스로 적혀있습니다. 아이리스의 꽃말은 착하고 고귀한 성품입니다. 당신은 아름답지만 화려하지 않고, 착하지만 나약하지 않고, 뛰어나지만 교만하지 않고, 검박하지만 정돈되어 있고, 겸손하지만 자신감이 있고, 언제나 요조합니다. 보랏빛 아이리스같이 참하고 아름답고 은은한 기운이 당신을 감싸고 있어 감히 가까이 하지 못하고 범접하기 어려운 기품이 있습니다. 멀리서 당신의 모습을 지켜볼 수 있다는 것만으로도 큰 즐거움이었는데, 하늘의 도우심으로 크리스마스 이틀 전 나는 당신을 바래다주게 되었고, 당신과 같이 걷는 참으로 귀한 시간을 갖게 되었습니다.

아! 언제 생각하여도 당신과 같이 하였던 시간을 되돌려 생각해 보면 가슴이 벅차오릅니다. 내 길지 않은 삶에 있어 가장 황홀하였고 행복한 시간이었습니다. 백 번을 되돌려 생각해도 즐겁고, 생각할수록 신이 나는 시간이었습니다. 나에게 당신과 같이 하였던 짧은 시간은 다시 누릴 수 없는 축복의 시간이었습니다. 당신은 나에게 긴장의 끈을 푸시고, 편하게 담소를 주고받으며 때로는 깔깔 웃음을 웃기도 하였고, 정겨운 눈빛으로 눈웃음을 보내기도 하셨죠. 아, 못난 청년 이현성은 그 날 이후 열병을 앓고 말았습니다. 걷잡을 수 없이 밀려오는 당신 생각에 다른 것은 아무것도 생각하고 싶지 않고, 마치 정신을 잃은 사람처럼 멍하니 당신 모습을 그렸습니다. 당신과 만났던 짧은 시간을 수없이 되뇌고 또 되뇌이면서 그 날의 모든 것, 아주 사소한 것까지도 기억하고 있습니다. 나는 영혼이 당신에게 사로잡혀 버린 당신의 포로입니다. 나는 이 거추장스러운 육신 때문에 당신의 창가에 가지를 못합니다. 당신의 창가에서 당신을 바라보며 우는 새들이 한없이 부럽습니다. 당신의 부드러운 눈빛으로 쓰다듬어 주고, 때로는 따스한 손길로 보살핌을 받는 화초가 된다면 꽃 피우는 봄날 당신의 사랑을 독차지할 수 있겠지요.

아, 부럽습니다. 당신의 손길이, 당신의 사랑이. 옛날 그리스의 나르시스란 청년은 물에 비친 자기 모습에 반해 그 모습을 바라보다 물가에서 죽어 수선화가 되었습니다.

못난 청년 이현성은 아이리스를 그리다 점점 말라 비틀어져 가고 있습니다. 당신을 그리는 상사병이 깊어가고 있습니다. 이 마음의 병은 어느 명약으로도 고칠 수가 없습니다. 당신이 부드러운 눈길 한 번 주시면, 오매불망, 전전반측하며 끝없이 자탄만을 하고 있는 용렬하고 옹졸한 마음이 풀어질 수 있을 겁니다. 간절히 소청합니다. 한 번 만나주십시오. 다음 토요일 오후 세 시 종각 앞 나폴리 양과점에서 기다리겠습니다. 꼭 나와 주십시오. 아니 오시면 다음날 아침까지라도 기다리겠습니다.

필부 이현성 드림.

편지를 어떻게 전달할까 궁리하다가 윤경을 통해 전해주기로 마음 먹었다. 그럼 윤경에게는 무어라 말하며 전해달라 할 것인가. 고민 끝에 정공법을 택하기로 했다. 다눈치오의 시집을 구해 그 안에 편지를 넣었다. 토요일 예배 끝내고 나서 자연스럽게 인사말을 주고받다가 그녀를 불렀다.

"윤경이, 내가 전해줄 것이 있는데 이쪽으로 좀 오실까?"

말투가 어색했을 것이다. 예배당을 나와 사람들의 시선이 닿지 않는 약간 어두운 곳에 가 책을 내밀었다.

"이것은 다눈치오의 시집인데 읽어보고, 그 안에 편지 한 통이 있거든. 그것을 언니에게 전해주었으면 해. 그 동안 윤경이가 눈치를 챘는지 모르겠는데 솔직히 말하지. 나 언니를 좋아하고 있네. 윤경이가 중개 역할을 좀 해주었으면 하고. 어때, 기분이 나쁜가?"

그다지 싫은 표정이 아니어서 안도가 되었다.

"언니 때문에 애태우는 남학생들 많이 있어요. 하지만 아무에게도 마음을 준 것 같지는 않아요. 평소에는 언니가 착하고 너그러운 사람인데, 이성 관계만은 아주 표독스럽다 할 정도로 냉정한 사람이거든요. 다른 남학생들 같지 않게 현성 오빠는 처음부터 쓸 만한 사람이고 좋은 사람이라는 인상이 있었어요. 제가 심부름은 해드리겠습니다."

　속으로 그 동안 공들인 보람이 있구나, 하는 생각과 백만 응원군을 얻은 기분이었고 날아갈 듯한 기분이었다. 잠시 후 전차 타는 곳으로 두 자매가 내려가는 것을 보았다. 모든 면에서 만만치 않은 여성이라 쉽지 않으리라는 예상은 했지만, 기대와 흥분으로 일주일이 지나가 버렸다.

　전날부터 마음이 부산했다. 바지 펴서 요 밑에 넣어 밤새 누름 주어 마치 다림질한 것처럼 곱게 펴 옷걸이에 걸어 놓고, 외투와 중절모는 세탁소에 맡겨 맵시 있게 다려놓았다. 구두는 먼지와 흙을 털어내고 구두솔로 약을 칠하고는 잠시 말렸다가 젖은 면으로 광택이 날 때까지 문질렀다. 반질반질하게 윤이 났다. 그 동안 앉은뱅이 책상 서랍에 넣어두고 거의 휴대하지 않았던 회중시계를 꺼내어 태엽을 새로 감고 큰방에 가 시간을 맞추어 바지 괴춤에 차고 나니 안팎으로 모든 것을 갖춘 기분이 들었다.

　토요일 오후 좀 일찍 집을 나섰다. 정장을 처음 해본 기분이 묘했다. 걸음걸이나 앉아 있는 자세가 편안하지 못하고 어색하였다. 현성이 평소 그리 중하게 여기지 않았던 외양적인 것이었지만, 스스로 가꾼 격과 품위에 대해 중후한 긍지와 자존감을 느끼는 색다른 기분이었다. 집안 어른들이 의관을 정제하고 길을 나선다는 말을 실감하며 사뭇 어른이 된 기분이었다.

　나폴리 양과점의 구석자리를 잡고 앉아 기다리고 있었다. 시간이 지나도 나타나지 않았다. 상대방 사정을 고려하지 않고 시간과 장소를 일방적으로 정했기 때문에 나오지 못할 수도 있겠다는 생각이 들어 마음이 초조해지기 시작했다. 시간이 점점 흘러갔다. 출입구에 시선을 고정하고 있다가 가끔 괴춤의 회중시계를 꺼내보았다. 언제까지 이렇게 앉아 기다리고만 있을 수는 없지 않은가. 하지만, 편지 말미에 밤새도록 기다린다고 했으니 느긋하게 기다려보자 생각했다. 우선 한 시간까지만 기다리자 마음먹고 시계를 보고 있는데 삼십 분이 좀 지나서였다. 윤희가 문을 열고 들어서고 있었다.

한복을 입고 그 위에 펠러린 코트를 걸쳤다. 중세 기사들이 전투복 위에 갑옷을 걸친 모양의 펠러린을 덧붙인, 겨울용 오버코트가 겨울 분위기에 맞게 잘 어울렸다. 늘씬한 체형에 도도한 표정과 우아한 차림새, 어디에 가나 군계일학으로 눈에 들어왔다. 일어서서 맞으러 나가려하니 알아보고 이쪽으로 걸어오고 있다. 기다리고 있다가 먼저 앉기를 권하고 나서 현성도 앉았다. 눈빛이 새초롬했다. 그날 밤 보내주었던 신뢰의 눈초리는 아니었다. 하지만 얼마나 그리웠던 모습이었던가. 그렇게 그리던 정인이 앞에 있다는 것만으로도 무한한 회포가 밀려왔다. 순간이지만 즐겁고 행복했다.

"제가 일방적으로 시간과 장소를 정해서 오늘 못 오시는 줄 알았습니다. 와주셔서 감사합니다."

상대방 이야기에는 전혀 관심이 없는 듯했다. 대화를 만들어보자는 뜻도 전혀 없는 듯했다.

"이런 양과점에 처음 와봅니다. 마음이 불편합니다. 현성 씨의 편지가 하도 간절해서 한 번 얼굴이나 보고 가려니 생각했는데, 학생 신분으로 이런 곳에 와도 되는지, 교회 밖에서 이렇게 만나는 것이 도덕적으로 옳은 처신인지, 하는 생각도 듭니다."

윤희의 냉갈령은 서릿발이 치고도 남았다. 찬바람이 쌩쌩 불었다. 어디 밀고 들어갈 만한 틈이 없었다. 구구절절이 옳은 말이다. 그렇지만 교회 안에서 어디서 어떻게 만난다는 말인가? 어떻게 하든 얼어붙은 분위기를 바꿔보고 싶었다.

"번거로움을 끼쳐드려 죄송합니다. 윤희 씨를 한 번 보고 싶었는데 별다른 방도가 없어 여기에서 만나자고 했을 뿐입니다. 다른 불순한 생각이 있었던 것은 아닙니다."

"앞으로 동생 통해서 연락하지 마세요. 이런 심부름 했다고 나에게 혼이 났습니다."

완전히 통로를 막아버리는구나 하는 생각이 들었다. '왜 한 때 나에게 신뢰를 주었고, 정감 있는 대화를 주고받았던 여인이 이렇게 변할 수가 있단 말인가? 그 사이 나는 변한 게 하나도 없는데 저 여인은 저렇게 달라져 나를 이렇게 내몰아가고 있는가?' 현성은 무어라 할 말이 없었다. 죄인이 된 심정이었다.

"그리고 분명하게 말씀드릴 게 있습니다."

무언가 단단히 결심한 표정이었다.

"말씀하세요."

"그날 밤 저를 집에 바래다주셨을 때 시커먼 짐승이 튀어나와 정신이 없어 현성 씨의 품안으로 피했습니다. 그 후로 내가 무언가 더럽혀진 여자가 된 듯하여 견딜 수 없었습니다. 혹시 제가 부정한 여인이라서 그랬다고 생각하는 것은 아니겠지요. 혹시 그런 만만함 때문에 나를 만나자고 한 것은 아닌지요?"

"그날 이후 내가 만만하게 생각했다면 그렇게 고통스럽게 지내지 않았을 겁니다. 사무치는 그리움을 안으로 삭이고 삭이다가 감내할 수가 없어 이렇게 한 번 뵙자고 한 것입니다. 전 같이 따뜻하게 대해주시면 안 되겠습니까? 나는 그때와 어느 하나 변한 것이 없는데, 왜 윤희 씨는 이렇게 차갑게 대하시는 겁니까? 그 날의 일들을 내 삶에 있어서 어느 순간보다도 소중하게 생각하고 있습니다. 어떤 정결하지 못한 마음으로 그 소중한 기억들을 더럽히고 싶지 않습니다."

"네, 알았어요. 현성 씨는 그렇게 소중하게 간직하시고 저는 없었던 것으로 하고 싶습니다. 그 날 일 없었던 것으로 해주세요. 저는 하고 싶은 말 다했습니다. 이제 가도 되겠습니까?"

이렇게 야멸찰 수가 있단 말인가. 현성은 그냥 가라고 대답을 할 수가 없었다. 망연자실하게 보고 싶었던 얼굴을 물끄러미 바라보고만 있었다. 아, 절망이구나. 그렇게 보고 싶었는데 이렇게 보내고 나면 다시 만날 수 없겠지. 나는 내가 할 수 있는 수단을 다했다. 이제 윤희 주위에 있는 누구를 꼬드겨 무슨 명분으로 다시 만나자 할 것인가.

"조금만 더 앉아 계십시오. 지금 보내드리려니 내 마음이 잘 다스려지지 않습니다. 내키지 않는 걸음이었겠지만 오늘은 나라는 사람을 위해 발걸음을 하셨으니 이 사람 숨 돌릴 틈 좀 허락해주십시오. 조금만 더 앉았다 가십시오."

한동안 그렇게 앉아 있었다. 무슨 말을 꺼내고 싶어도 입안에서만 맴돌았을 뿐 내뱉지는 못했다. 지금 분위기에서 어떤 회유도 설득도 가망이 없었기 때문에 크게 한숨을 내쉬며 무겁게 입을 열었다.

"먼저 가시지요. 저는 좀 더 앉아 있다 가겠습니다."

그녀는 일어나 단정한 자세로 목도를 하고 돌아서서 나갔다. 낮은 굽의 단화에 마치 걸음을 자로 재듯 정확한 걸음으로, 곱게 딴 댕기 머리가 치렁치렁 흔들리며 홀을 걸어 나가고 있었다. 현성은 이제 모든 것을 억지로라도 잊어야겠다는 다짐을 하고 마지막이 될 모습을 지켜보고 싶었다. 어찌해야 한단 말인가. 모든 정성과 기대가 물거품이 되어버렸다.

어깨가 축 처져 터덜터덜 걸어 하숙집으로 돌아왔다. 이제는 잊어야 한다. 성처녀도 희망의 속삭임도 청초한 아이리스도 내 손바닥에서 할딱이던 파랑새도, 초저녁 별들이 구름 속으로 사라지듯, 아침 이슬 햇빛에 사라지듯 잠시 지나쳤던 풋 사랑으로 잊어야 한다. '이제 윤희는 나에게 사소한 연민의 정도 남기지 않았다. 더 이상 미련을 보이는 것은 구차한 구걸이다. 모든 것 다 희생하고서라도 얻고자 했던 열정도, 스스로에 대한 매몰도 헛된 집착이 되고 말았다. 스스로에 대한 자존도 이젠 세워야겠고 한바탕 홍역을 치른 아이처럼 강건해져야겠다.

교회에는 더 이상 나가지 않겠다. 나는 원래 무신론자이다. 우연한 기회에 교회에 나가게 되어 그들처럼 좋은 말씀에 감탄하고 경외를 느껴보고자 했지만 그저 공허할 따름이었다. 왜? 나는 감격에 무딘 인간인가. 아니면 감동할 줄 모르는 사람인가. 다른 사람들은 성경을 읽으면서 감동의 눈물을 줄줄 흘려가며 읽었다는데 나는 성경을 읽으면 읽어갈수록 우리 하나님이 아니라는 생각만 깊어졌다. 갓 쓴 노인에게 서양 사람들의 양복을 입혀 놓은 것처럼 맞지 아니하고 정서가 전혀 달랐다. 그들이 교회를 통해 전했던 서양문화는 감동적이고 내 마음을 설레게 했지만 신앙은 공감할 수 없었다.

하도 상사병이 깊어 밀려오는 그리움을 주체할 수 없어 내 소원만 들어주신다면 무엇이라도 하겠다는 마음으로 기도를 해봤다. 주의 종이 아니라 주님의 아궁이에 들어가는 쏘시개라도 되겠다는 간절한 마음이었다. 내 도덕률에 어긋날지라도, 내가 쌓아온 상식과 가치관에 배반하고 변절하는 행동이 될지라도. '너희 믿음이 작은 까닭이니라. 진실로 너희에게 이르노니 만일 너희에게 믿음이 겨자씨 한 알 만큼만 있어도, 이 산을 명하여 여기서 저기로 옮겨지라 하면 옮겨질 것이요. 또 너희가 못할 것이 없으리라' 했거늘, 나는 아무리 간절히 기도를 했어도 산은커녕 아녀자의 마음 하나 움직이지 못했다.

기도, 이 또한 얼마나 자기중심적이고 이기적인 욕망의 부채질인가. 세상 사람들은 저마다 각기 다른 욕망을 가지고 있다. 이 욕망을 성취하기 위해 기도하는 것이다. 가난에 허덕이는 사람은 흥부와 같이 재물 복이 터지기를 기도할 것이고, 병마에 시달리는 사람들은 건강하게 해달라고 기도할 것이고, 안방마님 눈치만 보고 사는 첩실들은 안방마님 빨리 죽게 해달라고 기도할 것이다. 권세를 추구하는 사람들은 권세를 얻게 해달라고 기도할 것이고, 상급학교에 진학하는 학생들에게는 더 좋은 학교에 들 수 있도록 기도할 것이고, 나 같이 사랑에 눈먼 청년들은 사랑을 얻을 수 있게 해달라고 기도할 것이다. 그러면 윤희는 나의 기억에서 자신을 잊게 해달라고 기도할 것인가. 아서라, 이 얼마나 부질없는 욕망의 배출인가. 세상 사람들의 소원대로 이 끝없는 욕망을 들어준다면 세상은 더 아수라장이 될 것이고, 지옥의 아귀다툼 장소로 변할 것이다.'

교회에 나가지 않았다. 원래 믿음이 부족하기도 했거니와, 설사 신심이 돈독했다할지라도 그렇게 무안을 당하고 무슨 염치로 두 자매의 얼굴을 대한 단 말인가.

2주가 흘렀다. 교회에 같이 다니던 고보 2년 후배가 학교 교실로 찾아왔다. 웬일인가 했는데 윤경이의 전갈을 전하러 왔다. 윤경이가 교회에서 꼭 한 번 보고 싶다 한다 하였다. '웬일? 아직도 내가 나무람을 받아야할 일이 있단 말인가.'하는 뜨악한 기분으로 교회에 갔다. 웬일로 2주 동안이나 교회에 빠졌냐고 주위에서 호들갑을 떨었지만 무심한 표정으로 둘러대고 자리에 앉았다. 예배가 파하고 나갈 때쯤 쪼르르 윤경이 따라 나왔다. 손에는 포장된 꾸러미를 들었다.

"오빠, 언니가 전해주라고 했어요. 지난주부터 준비해 왔는데 오빠가 교회에 오질 않아서 부득이 그렇게 연락을 드린 겁니다. 무슨 바쁜 일이 있으셨어요? 2주나 나오시질 않고."

예배당 입구를 나와 측백나무 울타리 쪽으로 비켜서서 둘이 대화를 주고받았다. 정확히 계산해보니 그 날 토요일 이후 세 번이나 교회에 나오질 않았다. 옹색하게 둘러댔다.

"학교 공부도 바빴고, 시골에서 부모님도 올라오셨고."

혹시 느낌이 지난번 보냈던 책을 되돌려 보내는 것이 아닌가 하는 생각이 들어 받아보니 책은 아닌 듯했다.

"내 심부름 했다고 언니에게 혼나지 않았어?"

"아닌데요."

그렇다면 과장해서 나에게 퍼부었구나, 하는 생각이 퍼뜩 들었다.

"이것이 무엇인데?"

신이 나서 자랑스럽게 늘어놓았다.

"무엇인지는 말해줄 수 없구요. 집에 가셔서 열어보세요. 언니 정성이 가득 담긴 선물입니다."

정성이 가득 담긴 선물이라고? 말없이 받아들고 집으로 왔다. 이 무슨 변덕이란 말인가. 병주고 약주는 격이지, 울컥하는 마음으로 포장꾸러미 채 시궁창에 던져버릴까, 하는 어리석은 충동에 사로잡혔다가 바로 거두었다. 하여튼 해괴하다고 생각했다. 이제 확인이 된 사실은 윤희의 마음속에 어느 정도 내가 자리를 잡았다는 것이고, 윤희의 묘한 심리 상태가 파악되었다. 가까워질 듯하다가 멀어지며 또 다시 다가오는 것이, 싫어하는 것은 분명히 아닐 것이다. 바람에 흔들리는 갈대처럼 오락가락하고 있었다.

이것이 세 번째였다. 처음 같이 걸었던 날 다음 만났을 때 언제 가깝게 이야기 한 사이었냐는 듯 샐쭉한 표정으로 대하였다. 그 때도 머쓱하였다. 그 다음은 '희망의 속삭임'을 가르쳐 주었을 때도 나의 마음을 얼마나 들뜨게 했던가. 그리고 나서 만나자고 편지를 보냈더니, 나를 그렇게 야멸차게 공박하고 돌아섰다. 그리고 정성이 가득한 선물을 보냈다고?

집에 가 전등불 아래에서 선물을 열어보았다. 목도리였다. 혹시 편지라도 동봉했을까 기대했지만 없었다. 차분한 느낌이 도는 로지 브라운 계통의 갈색 목도리였다. 그 가운데 금빛 마차를 끌고 가는 빨간 모자의 산타클로스 십자수를 놓아 솜씨를 뽐내 보였다. 바탕색과 산타클로스 그림이 아주 선명하게 대비되어 마치 한 폭 서양화를 보는 듯했다. 부드러운 양모의 촉감에 그윽한 여인의 손길이 찌릿하게 느껴졌다. 한 뜸 한 뜸 정성들여 짰을 것인데 얼마나 많은 시간이 걸렸을 것인가. 목도리를 짜면서, 목도리를 선물할 사람을 생각하면서 정성을 들였을 것인데, 설마 다른 사람을 생각하면서 이 목도리를 짜지는 않았을 것이다. 그렇지. 분명 내가 그녀의 마음에 깊이 자리 잡고 있을 것이다. 그렇다면 다시 그 여인을 만나자고 할 것인가. 그래서 바보같이 또 면박을 당할 것인가. 마치 고무줄에 튕겨나듯이 다시 내침을 당하고 가슴 아파할 것인가.

서로 마음의 중심은 확인되었다. 이제 내가 그 여인의 항복을 받아낼 때가 되었다. 여태껏은 내가 포로였지만 앞으로는 그 여인이 꼼짝 못하도록 만들어봐야겠다. 그러면 어찌할 것인가. 내 자신을 이겨내야 한다. 보고 싶어도 참고, 만나고 싶어도 참고, 내 자신의 욕망을 억누르고 그 팽팽한 긴장감을 이겨내면 언젠가 달콤한 순간이 올 것이다. 확신하며 옛날 장수들 같이 치밀한 전략을 짜서 그녀의 항복을 받아내는 것이다.

교회에 열심히 다니자. 그리고 교회에 가 활동을 열심히 하는 것이다. 전보다 더 의도적으로 교우관계도 넓히고, 특히 여학생들과의 관계를 더 흔연스럽게 맺어 자주 접촉할 수 있도록 하자. 윤희의 가시거리 안에서 다른 여학생과의 관계가 눈에 띄도록 하는 것도 윤희를 자극하는 방법이다.

열심히 교회에 다니면서 전혀 다름없이 전과 같이 활동하고 박인수 선생과의 좋은 관계도 유지했다. 단지, 관심을 두고 가끔 기도 시간에 넘겨보았던 윤희의 모습을 눈에서 지운 듯이 그쪽에 눈길을 주지 않았다. 예배를 파하고 나서 윤경과도 간단히 의례적인 인사만 나누고 집으로 돌아왔다.

　겨울방학이 시작되었다. 무슨 핑계라도 대고 서울에 머물러 있고 싶었다. 하지만 어른들의 성화 때문에 방학 동안 내내 여기서 버티고 있을 수는 없었다. 집안의 제일 어른인 할아버지도 많이 늙었다. 작년에 환갑을 지냈고 올해 진갑인데 해가 다르게 늙어 가는 것을 느낄 수 있었다. 노인들은 늙어가면서 노쇠해가는 당신들 걱정보다 건장한 자손들 걱정을 많이 했다. 보고 싶은 마음, 그리운 마음에서일 것이다.

　여덟 번째 귀향이라서 처음 한두 번 같이 감회가 깊은 것도 아니었다. 어른들에게 귀향 인사했고, 금리, 천거리 친척 어른들 찾아보고, 작은집 동생들 만나고 의례적인 귀향 행사 끝나고 멍하니 골방을 지키고 있었다. 평소보다 말수는 훨씬 적어졌다. 그 동안 서울생활에서 향수에 젖어 귀향할 때마다 고향 가서 하고 싶었던 일들을 챙겨 하기에 바빴지만 이번 귀향에는 아무것도 하고 싶지 않았다. 특별히 그 누구도 만나고 싶지 않아 집에 있었는데, 오랜만에 집에 와 말수가 줄어들고 바깥출입이 없으니 어른들 걱정이 더 많아졌다. 한시도 그녀의 생각을 떨쳐낼 수가 없었다. 다른 일은 시간이 흐르면서 얕아지고 흐려지고 기억에서 멀어지는데, 시간이 흐를수록 집착이 더 심해지고 생각이 깊어지니 상사병이 아닌가, 짝사랑의 병인가, 언제나 내 뇌리에서 사라져갈 것인가. 수시로 얼굴이 떠오르고 목소리가 들리는 듯했다. 무슨 일을 열심히 해보려고 작심하고 몰두를 하다가보면 또 어느새 그 생각이 스멀스멀 밀고 들어와 다시금 견딜 수 없는 그리움에 빠져들었다.

　그날 이후 하늘을 날듯이 기분이 좋은 때도 있었지만 극히 짧은 시간이었다. 이렇게 헤어날 수 없는 우울함에 줄곧 빠져있었다. 그리고 집안에서는 은근히 배필을 보았으면 하는 뜻이 있었다. 할아버지가 말했다.

"네 나이가 올해 설을 쇠고 나면 스무 살 이고나. 이제 배필을 찾아볼 때가 되지 않았느냐? 네 애비하고도 이야기하고 있다만."

"아직은 생각이 없습니다. 할아버님, 우선 학업을 마쳐야 하지 않겠습니까?"

"그런 소리 마라. 니 애비 장가보낼 때만 하여도 열 칠팔 살이면 다 결혼했다. 이미 네 나이면 늦은 나이야. 읍내 전주에서 고보 다닌다는 방앗간 집 양센 아들 이야기를 들으니 고보 4학년 되던 해에 결혼하여 벌써 손주를 보았다고 하더라. 너는 그리 못할 것이 무엇이냐. 그리고 네가 잘 알겠지만, 네 밑으로 아이가 없어 네 애비가 후처를 보았지 않느냐? 이 할애비 입장에서는 빨리 네가 결혼하여 적손을 보았으면 하는 마음이다. 니 애비가 후실에서 손을 본다 할지라도 그 아이들은 적손이 될 수 없지 않느냐?"

속으로 그놈의 적장자 타령 또 하는구나 했다.

"할아버님, 아직 학업을 마치지 못하였으니 학업을 마쳐가는 내년 가을이나 제 혼사문제가 거론되었으면 합니다. 고보를 마치고 더 공부를 하고 싶은 마음도 있습니다."

"학업하고 혼사하고 무슨 관계가 있다는 말이냐? 다른 집 아이들은 학교에 다니면서 결혼해서 아이를 보고 하던데. 송동에 윤 씨댁 하고 이야기를 하고 있으니 그리 알아라. 나중에 니 애비가 오면 다시 말해줄 것이다."

가슴이 철렁했다. 집에서 맺어준 여자와 결혼하여 억지로 엮여 살아가는 모습이란 뻔한 것이었다. 학교에서 보면 시골에 고향을 둔 동급생들이 방학이 끝나고 나면 장가를 들곤 하여 한 반에 장가든 학생이 대략 열 명이 넘었다. 드물게 집에서 맺어준 배필과 금실이 좋은 경우도 있었지만 대부분 소홀히 하고 살았다. 어떻게 하면 본처로부터 떨어져 살까 궁리하는 것이 도시에서 학교를 다닌다는 인텔리 기혼자 학생들의 모습이었다. 그러다가 일본 유학이나 가서 신여성을 만나게 되면 이중 살림을 꾸리게 되고, 집안이 완고하여 그런 것이 용인되지 않는 경우는 김우진과 윤심덕 같은 극단적인 길을 택하곤 하였다.

이렇게 조화롭지 않은 중복결혼의 적폐가 심했다. 봉건시대, 당사자 의견과 관계없이 집안 어른들끼리 서로 뜻이 맞으면 통혼하던 구습에 새로운 문화가 유입이 되고 새로운 서양식 교육을 받게 되면서 서양식 연애문화가 알려지고, 젊은이들이 자유연애에 눈을 뜨게 되면서 파생되는 세대 간 충돌이고 문화 간 충돌이고, 부작용이었다. 안방에서 내려와 곰곰이 생각을 해보고는 다시 안방에 올라갔다.

"할아버지, 저 현성이 꼭 말씀 좀 드려야겠습니다."

"그래, 말해 보아라."

"아버지가 충분히 알아보시고 결정하시는 것이겠지만, 제 혼사는 얼마 남지 않은 학업을 마치고 했으면 하여 이렇게 간절히 말씀드립니다. 제 주위 동급생들이 집에서 맺어준 대로 결혼하고 나서, 시골의 제 처들을 박대하는 모습을 보고 정말로 소홀히 해서는 아니 되겠다는 생각이 들어 이렇게 말씀드립니다. 그러다가 객지에서 직장이나 구하게 되면 이중생활을 하는 사람들이 적지 않습니다. 그리고 저는 어떤 경우에도 아버지 같이 작은집을 두고 싶지는 않습니다. 할아버님도 충분히 미루어 살피시겠지만, 작은어머니에게도 서동생들에게도 제 어머니에게도 있어서는 아니 될 불행한 일입니다."

"알았다. 그럼 니 애비하고 상의를 해보겠다."

할아버지도 현성이 어른들의 말을 잘 공경하지만 때로는 자신의 생각에 확신이 있으면 절대로 물러서지 않는다는 것을 알고 있었다.

집안에만 처박혀 있으려니 답답하고 소화불량 직전의 갑갑함이 계속되었다. 집안 어른들 결혼 독촉 성화에 무슨 내면의 심리적 변화가 있었던지 하루 저녁 잠자리에 몽정을 두 번이나 하였다. 보통학교 동창, 읍내 천거리에서 신발집을 하는 집 딸내미 금옥이, 금옥이는 조숙했었다. 보통학교 때 나이가 열너댓이나 되었을 것이다. 이미 키도 컸고 몸매도 굴곡이 잡혀 여인의 냄새를 느낄 수 있었다. 현성의 눈에는 착하고 별로 빈틈이 없어 보이는 아이였다. 그리고 연령적으로 남자를 알 수 있는 나이도 아니었고, 세거지가 남원에 있는 성씨도 아니고 한천한 가문으로 남원에 와 뿌리를 내리고 사는 집안이어서 집안 위세는 전혀 없었다. 그렇기에 허투루 알고 접근하는 사내들이 있었다. 그렇지만 금옥이는 그런 사내들에게 눈길 한 번 주지 않는 듯했다. 무책임하고 동물적인 흑심만 가득한 수컷들, 이런 부류들이 남의 말 하기를 좋아하는 호사가들이었다. 여기에 금옥이를 시기하는 못생긴 가스나들이 합세하여 멀쩡한 아이 창부 만드는데 가세를 했다. 마치 오르지 못할 감 쑤셔보기나 하겠다는 심보였다.

순사놈과 원골 보리밭에서 나오는 것을 봤다는 가스나들의 소문이 있었다. 한 놈은 금옥이 년이 금암봉 양지 바른 남쪽에 고보생과 같이 앉아있다 오는 것을 봤는데, 나중에 그 자리에 가보니 잔디에 피가 묻어 있었다는 소문을 퍼뜨리곤 했다. 그들은 한 결 같이 누가 보았다더라, 다른 사람의 말을 전하듯 하면서 으시딱딱하게 말을 꾸며댔다. 누가 대꾸라도 해주면 신이 나서 이야기를 늘어놓았다. 당사가가 들으면 얼마나 큰 상처가 되었을 것인가. 현성은 그런 조무래기들의 말에 대꾸도 하지 않았고 들은 시능도 하지 않았다. 대꾸를 하다보면 말이 더 보태질 것이 뻔하기 때문이다. 얼굴이 반반하고 신체가 조숙한 것이 죄가 되어 멀쩡한 처녀를 기생권번에 보내는 것은 순식간이기 때문이었다. 그런 금옥이가 꿈에 나타났다. 좋아해본 적도 없고, 그런 호사가에 끼기 싫어 마음 한 번 먹어 본 적이 없었는데, 꿈이라는 것은 참으로 허랑했다. 눈에 모습이 나타나는가 했는데 아랫도리가 뜨끈했다. 포옹도 하기 전에 무슨 성애도 느끼기 전에, 이 무슨 동물적인 배설인가. 아래 속옷이 축축하다. 어릴 적 잠자리에 오줌을 쌌던 때와 느낌이 흡사했다. 축축하고 끕끕하고 정도의 차이는 있었지만. 그 다음 몽정에 나왔던 여인은 여러 얼굴이 혼합된 잘 모르는 여인이었다. 처음으로 겪어 본 정신적, 육체적인 혼란이었다. 하루 저녁에 두 번이나 몽정을 한 것은······.

13장

눈 속에 길을 잃다.

불편한 나날이 계속되었다. 고향에 내려올 때 몇 권의 책을 가지고 왔는데 전혀 손에 잡히지 않아 어느 날 집을 나섰다. 오후, 잠포록한 날 씨였다. 잔뜩 흐린 날이었으나 눈은 내리지 않았고 바람도 불지 않았다. 학생복 바지에 윗도리는 잠바를 입고 그 위에 검정 오버를 걸치고 집을 나섰다. 어머니 어디 가냐는 말에 간단하게 대답했다.

"잠시 읍내 다녀오겠습니다."

집을 나와서는 읍내 쪽이 아니라 반대쪽으로 걸어갔다. 그냥 걷고 싶 었다. 목적지를 정하지 않고 정처 없이 걸었다. 송동면 쪽으로 가는 돌 네재를 넘어갔다. 보통학교 다닐 적 현철과 같이 걸었던 길이다. 그때 는 늦은 봄날이었다. 아지랑이 피고 녹음방초 우거졌고 소쩍새 울던 나 른한 봄날, 농부들의 일손은 바빴고 집안에서 어떠한 위대한 일을 할지 라도 자연의 유혹을 견디기 힘든 그런 날이었다. 동생과 함께 산을 넘고 물을 건너 고향 산천을 만끽했던 아름다운 기억이 있는 봄날이었다.

그 때는 호연지기가 넘쳐 산길을 곧바로 올라갔었다. 지금은 무언 가 달랠 수 없는 마음의 불을 끄고자 길을 따라가고 있다. 땔나무를 지 고 가는 지게꾼들이 가끔 지나갔고 신작로는 한가한 편이었다. 눈이 와

산록에는 아직 덜 녹아 희끗희끗하였고 길은 건조되어 질척하지 않아서 걸을 만했다. 우마차의 바퀴자국이 난 가운데가 걷기가 수월했다.

재를 넘어서니 마을이 나왔다. 기와집은 거의 보이지 않았고 초가집이 산자락에 옹기종기 모여 있었다. 마을 한가운데 있는 기와집은 규모가 커 보이는데 사람의 왕래가 거의 없었다. 사람 사는 집 같이 보이지 않았다. 조상을 모신 제각이었다. 싸릿대로 만든 울타리나 이엉으로 둘러 만든 울타리, 억새풀 엮어서 만든 울타리, 울타리는 집집마다 각각이지만 사립문만은 같은 모양이었다. 울타리 안으로 토방에 놓여있는 신발이 가지런했다. 집집마다 몇 식구가 사는지 헤아릴 수 있었다.

돌아오는 길을 챙기고 싶지 않았다. 그냥 지칠 때까지 걷고 싶었다. 두어 시간 걸었나, 다리가 뻐근하고 허기가 져 왔다. 작은 재를 두어 개 넘고 다섯 개의 마을을 지나 왔다. 저녁녘이었다. 여기저기 초가집 굴뚝에서 연기가 오르고 있었다. 산촌의 그윽한 정경이었다. 땔감 걱정과 식량 걱정이 있어도 밥상머리에 둘러앉아 오붓이 정감을 나누는 시간이었다.

산록에 깔리는 밥 짓는 연기를 보니 불현듯 집에 가고 싶은 생각도 나고 어머니 생각도 났다. 잔뜩 찌푸렸던 하늘에서 눈이 내리기 시작하더니 함박눈이 쏟아졌다. 눈이 쏟아지니 가까이 넘겨봤던 산촌 오두막살이 집들이 더 멀게 느껴졌다. 더 어두워지기 전에 집으로 돌아가야겠다는 마음으로, 마을 밖을 벗어나 느티나무까지 갔다가 오던 길을 돌아서 갔다.

그 동안 집에서 나와 줄곧 남쪽으로 내려왔으니 북쪽으로 가면 동네가 나올 것이라는 생각으로 반대방향으로 걸었다. 바람은 점점 거세지고 눈발이 굵어져 앞이 잘 안 보였다. 오던 길을 되돌아가고 있고 아직 어둠이 짙어지지 않아 걸을 만했다. 두어 시간이면 집에 도착할 것이다. 여덟시가 좀 넘겠지. 늦은 저녁이나 될 것이니 크게 걱정하지 않아도 되겠다고 생각했다.

재를 올라가 산허리를 돌아가는 길이었다. 예상했던 것보다 오랜 시간 산길을 올라갔다. 나중에는 길이 좁아졌다. 왔던 길에 이렇게 좁은 산길이 있었던가, 하고 의아스런 생각이 들었다. 날은 어두워졌고, 길을 잘못 들었다면 다시 돌아갈 길도 막막하였다. 어디로 가는 길이 옳은지도 몰랐다. 눈 오는 날 깊은 산속이라 누구에게 길을 물을 수도 없다. 인가를 떠나 온지가 벌써 한 시간이 넘은 것 같은 느낌이었다. 허기가 지고 추위가 느껴졌지만, '더 가보고 결정해야겠다. 이미 길을 잘못 들은 느낌이지만 조금 더 걸어가면 인가가 나올지도 모른다. 인가에 가서 길을 물어야겠다.'고 생각했다.

오르막길이 끝나고 내리막길에 들어섰다. 눈은 발목을 넘어 푹푹 빠지고 발을 헛디디면 허벅지까지 빠졌다. 눈이 내리기 시작한지 불과 한 시간 남짓밖에 안되었지만 지난번 내렸던 잔설 위에 폭설이 더해져 눈길은 더욱 험해졌다. 내리막길이라 땀은 식었고, 방한 장갑과 목도리에 신발을 가죽장화로 튼튼하게 무장하였지만 손끝 발끝이 시려오면서 추위가 더 느껴졌고 점점 더 고립되어 감을 느꼈다. 게다가 허기가 져서 걷기도 점점 힘들었다.

이제 완전히 어두워져 희끗한 눈빛에 의지해 길을 찾아갔다. 서서히 느껴왔던 공포가 엄습해 왔다. 그 무엇인가 혹독하게 자신을 괴롭혀 보겠다는 마음이 한계에 다다름을 느꼈다. 이렇게 폭설이 쏟아지는 산길에서 헤매다 보면 눈 속에서 죽을 수도 있겠구나하는 죽음에 대한 공포가 싸하게 밀려왔다. 스스로를 학대하는 마음으로 길을 나서서 길을 헤매고 있었지만 살아야겠다는 욕구가 솟구쳤다.

침착, 침착을 되뇌면서 당황하지 말 것을 스스로에게 주문했다. 어떻게 해야 이 눈구덩이를 벗어나겠는가. 다시 돌아갈 것인가. 아니면 무작정 더 걸어갈 것인가. 돌아서 아까 왔던 마을까지 갈려면 한 시간도 더 걸어야할 것 같았다. 그리고 고개를 다시 넘기에는 너무 허기에 지쳐있었다. '지금 전진하는 길은 내리막길이다. 내리막으로 가는 길이 인가에 빠르게 도착하는 길일 것이다. 만약 내려가서 인가가 나오지 않으면 어찌할 것인가. 거기까지는 생각하지 말자. 우선 이 어둠과 금방 무엇이라도 튀어 나올 것 같은 숲으로부터 벗어나야겠다. 억지로라도 담대해져야겠다. 여태껏은 사랑의 아픔을 주체 못하는 나약한 사내였지만, 이제는 힘산 준령을 넘고 어떠한 역경이라도 헤쳐나가는 영웅의 모습으로 이 어둠의 공포를 벗어나야겠다.' 굳세고 강건한 의지를 다지는 마음으로 군사훈련 시간에 배웠던 기합을 넣어봤다.

"어험! 어험!"

마침 길옆 굴참나무 관목이 손에 잡혀 발로 힘차게 밑둥을 가격해보니 쉽게 꺾였다. 겨울이라 나무가 잘 말라서 잘 꺾였다. 잔가지를 쳐내고 지팡이 크기로 잘라보니 한 손에 잡히는 몽둥이가 되었다. 몽둥이를 구하고 나니 천군만마를 얻은 기분이었다. 이제 귀신도 도깨비도 호랑이도 그 어떤 것도 무섭지 않겠다. 무엇이든지 나타나기만 하면 수호지의 무송처럼 일격에 해치워 버리겠다는 마음으로 기세당당하게 내려갔다. 그런 기세도 순간이었다. 어둠에 눈 쌓인 곳을 헛디뎌 한 길 반이나 계곡 쪽 길 아래로 미끄러져 내려갔다. 귀신이 끌어당기는 것은 아닌가 하고 등줄기에 식은땀이 흘렀다. 더 이상 아래로 끌어당기는 그 무엇은 없었다. 기진해가는 손에 마지막 힘을 보태 나무뿌리를 잡고 마른 풀을 움켜쥐고 간신히 올라섰다.

또 얼마간 걷다가 소스라치게 놀랐다. 소나무 위에 하얀 물체가 스르륵, 하고 내려오는 것이었다. 마치 소복한 여인이 내려오듯. 소나무 위에 쌓였던 눈이 제 무게를 감당하지 못해 자연 낙하한 것이었다. 기절했다면 열 번도 더했을 것이다. 자꾸 뒤돌아봐지는데 뒤를 보면 앞길이 더 무서웠다. 뒤돌아보지 않기로 했다. 가도가도 숲길에서 벗어나질 못하니 몽롱해지며 헛걸음질 하는 환각에 사로잡혔다. 지팡이를 들 기력도 없었다. 손발이 시렵기 시작하면서 발가락 손가락 끝에서부터 얼어가는 통증이 시작되어 점점 가중되고 있었다. 손발이 깨져버릴 것 같은 통증이 마비 증상을 보이며 몸 전체가 얼어감을 느꼈다. 의식이 몽롱해져 갔다.

잠시 소나무에 기대어 서 있으니 졸음이 밀려왔다. 지금 이 자리에 앉아버리면 몽롱한 상태로 세상만사 오욕칠정을 뒤로하고 편안하게 눈을 감을 수 있으리라는 자포자기에 빠져들었다. 생과 사의 경계에 와있는 듯했다. 지금 내가 죽었는가, 살아있는가를 가물가물해져 가는 의식 속에서 반문해 보았다. 명주실 같이 가느다란 의식이 남아 있어 고개를 흔들어보니 고개는 움직일 수 있었다. 손가락을 접었다 펴보려 하니 말을 듣지 않았다. 엄지와 검지만 움직였다. 머리는 아직 살아 있었다. 반사적으로 발걸음을 옮겨 앞으로 나아갔다. 이렇게 걷다가 쓰러지면 그곳이 내 마지막 숨을 내쉬는 곳이리라 생각하고.

눈앞이 조금씩 트여지다가 갑자기 환해졌다. 처음에는 환각인 줄 알았다. 영원히 벗어나지 못하는 어두운 굴속을 헤매는 줄 알았다. 어느 순간 숲의 어두움이 걷히니 스스로의 눈을 의심할 수밖에 없었다. 밭 사이 고랑을 따라 내려갔다. 조금 더 내려가니 다랑이 논이 나왔다. 눈은 여전히 내리고 있었고 그 사이 바람이 잔잔해졌다. 이제 숲길을 벗어났는데 언제나 인가가 보일런지. 산자락을 내려서니 길이 완만하여 걷기가 수월했다. 손발은 얼어 이미 감각이 없고 콧물은 줄줄 흘러내렸다.

커다란 바위를 돌아서니 저쪽 산자락에 게딱지 같이 작은 초가가 한 채 보였다. 더 이상 견디기가 힘들었다. 아무 집에나 들어가 추위를 피하고 싶었다. 배고픈 것은 두 번째 문제였다. 살고 싶었다. 고샅길을 따라 잠시 올라갔다. 고요한 외딴집이었으나 인기척이 없고 불빛 한 점 흘러나오지 않았다. 울 밖에서 잔기침을 몇 번 하고 다급한 목소리로 소리쳤다.

"계십니까? 계세요?"

얼굴 근육이 움직이지 않아 발음이 제대로 나오지 않았다. 대답이 없었다. 하지만 돌아설 수가 없었다. 이 어두운 밤에 어디로 어떻게 가야 한단 말인가. 여기서 어떻게든 이 춥고 고달픈 상황을 벗어나고 싶었다. 소리를 좀 더 높였다.

"안녕하세요? 지나가는 길손입니다. 추위를 좀 피할 수 없겠습니까?"

방안에서 문고리 끄르는 소리가 들렸다. 사립문을 열고 안으로 들어갔다. 불이 없어 윤곽은 뚜렷하지 않았지만 꺼벅머리 사내로 보였다.

"뉘슈?"

"남원 비안쟁이 사는 사람입니다. 길을 잘못 들어 이 야심한 밤에 산을 넘어왔습니다. 하도 추워 더 걸을 수가 없습니다. 어떻게 추위 좀 피할 수 없겠습니까?"

"우리 집이 비좁아서 재워줄 수 없으니 더 내려가 보슈. 조금만 더 내려가면 집이 두어 채 있을 거요. 거기 가서 물어 보슈."

"하도 추워서 그럽니다. 어떻게 몸이라도 좀 녹여갈 수 없겠습니까? 사례는 꼭 해드리도록 하겠습니다."

"여보슈, 우리가 사정이 안 된다 하면 알아들어야지. 그렇게 알고 내려가 보슈. 추워서 이만 문 닫겠소."

박절하게 문을 닫고 들어가 버렸다. 냉정했다. 사람이 얼어 죽어도 눈 하나 꿈쩍하지 않겠다. 허락만 해준다면 부엌이나 헛간이라도 추위를 피했으면 했는데 어쩔 수 없었다. 그가 말하는 가까운 집을 찾아서 또 무거운 발걸음을 옮겼다. 얼마나 더 걸어야 오늘의 핍절함이 끝날 것인가 아득하기만 하였다. 과연 이 추위와 허기짐을 견디어내고 어디든지 갈 수는 있을 것인가. 집에 간다는 것은 이미 현실이 아닌 꿈이 되었다.

조금만 내려가라는 말에 기대를 걸고 다시 걷기 시작했지만 인가가 눈에 들어오지 않았다. 고개를 넘어서니 산자락에 두 채의 집이 있었다. 길을 마주보고 각각 한 채씩 있었다. 눈 오는 산촌에 불빛이 있을 턱이 없다. 그 사이 상당히 야심해졌다. 캄캄한 첫 번째 집 밖에서 주인을 불렀다.

"주인어른, 계십니까? 계세요?"

잠시 후 인기척이 들리더니 문을 열고 남자가 마루로 나왔다.

"누구신가요.?"

정감이 있는 목소리였다.

"예, 비안쟁이 사는 청년입니다. 오늘 오후에 원족을 나섰다가 길을 잃어 여기까지 왔습니다. 추위를 피할 수 있게 해주시면 사례는 잊지 않겠습니다. 어디 쉴 만한 자리 없겠습니까?"

"그래요. 추울 텐데 어서 들어오시지요. 방이 아주 누추합니다만, 몸은 녹일 수 있을 거요."

마루 위로 오르라 권했다. 신발을 토방에 벗어 놓으니, 휘날리는 눈발에 신발이 젖지 않도록 마루 밑으로 들여 놓고 옷에 쌓여있는 눈을 털어주면서 방으로 안내하고는 아내를 깨웠다.

"여보, 폭설에 길을 잃은 손님 한 분 오셨어. 빨리 일어나. 아주 춥게 보이는데 정지부엌에 가서 부석아궁이에 장작도 좀 더 넣고."

이리저리 자는 아이들을 제쳐놓고 아랫목으로 앉으라 손을 잡아끌었다. 아랫목에 앉으면서 이제는 살았구나 안도했다. 아랫목이 뜨듯해서 금방 수족이 풀려왔다. 혈관이 확장되어 가는 것을 느낄 수 있었다. 마치 다리미가 지나가는 자리가 말끔해지듯이, 혈행이 쭉 길을 뚫어가는 것이 느껴졌다. 손가락을 움직여보니 제대로 움직였다. 손을 들어 안면근육을 풀어봤다. 그 사이 부엌에서 불을 가져와 방안에 설치되어 있는 코쿨 덮개를 벗기고 관솔에 불을 붙여 방안을 밝혔다. 석유등이나 남포는 상상할 수도 없는 벽촌이었다. 방바닥은 억새로 자리를 만들어 깔았고, 벽지는 바르지 않아 흙벽을 마감한 그대로였다. 천정이나 벽은 관솔불에 그을려 거무스레했다. 그을음만 많고 불빛이 약해 간신히 서로의 윤곽이나 알아볼 정도였다. 담배 냄새와 메주 띄우는 냄새가 섞여 퀴퀴하기 그지없었다.

한밤중에 불한당 같이 방문한 청년이 의복이 준수하여 집주인은 안심하고 놀라기도 한 눈빛이었다. 퀭한 눈빛을 보고 배고픔을 알아차렸는지 부엌에 불을 넣고 있는 아내에게 일렀다.

"여보, 이 손님 저녁을 안 하신 것 같은데 먹을 것 좀 챙겨 오지."

현성이 짐짓 미안했지만 사양할 여유가 없었다.

"너무 폐가 많습니다."

"우리 집에 먹는 것이 험해서 그렇습니다만 있는 대로 준비해드리겠습니다. 저녁에 고구마와 옥수수밥을 먹었거든요."

잠시 후 밥상이 들어왔다. 하얀 사기그릇에 고구마와 옥수수밥이 담겼고 배추김치와 동치미가 반찬으로 올라왔다. 주인이 어서 들라 손으로 재촉했다. 고구마는 물고구마로 집에서 먹는 밤고구마보다 단맛이 덜했고, 옥수수밥은 옥수수에 보리가 섞였는데 난생 처음 먹어보는 밥이었다. 옥수수 껍질이 그대로 있어 씹기도 삼키기도 불편했지만 오래 씹어 삼키니 찰기가 있고 고소해 먹을 만했다.

눈 깜작할 사이에 먹어치웠다. 속담에 쌀 한 톨이 귀신을 쫓아낸다고 했다. 어려서부터 음식 귀한 줄 모르고 살았던 현성에게 한 끼 식사가 그렇게 귀하고 고마울 줄은 몰랐다. 상을 물리고 그 때야 정신이 들어 바지 안쪽에 있는 회중시계를 보았다. 열한 시가 넘었다. 하루가 한 달이나 되듯이 길고긴 하루였다. 이제 말미를 얻은 듯 집 주인 남자가 말을 걸어왔다.

"집이 비안쟁이라고요? 여기는 곡성 고달입니다. 가까운 거리가 아니지요. 여기서 비안쟁이까지 한 삼십 리 됩니다. 어디서 길을 잘 못 들어 여기까지 왔을까요?"

서른은 넘어 보이는 꺼벙했지만 순박한 표정이었다. 서로 나이 차가 있으니 말을 내려 할 수도 있었지만 옷차림이나 생김새가 범상한 집안의 사람이 아니라는 것을 알고 존댓말을 썼다. 현성은 결코 짧지 않았던 하루를 뒤돌아보며 띄엄띄엄 말을 이어갔다.

"오후에 집에서 나와 송동을 지나왔던 것 같은데 마을 이름은 알 수 없었고 마을 끝나는 지점에 커다란 느티나무가 있었습니다. 저녁이 다 되어가던 시간이었고 왔던 길을 다시 돌아가면 저녁 시간에 약간 늦게 도착하리라 예상하고 돌아가던 길이었습니다. 그 동네를 지나 작은 고개 하나 넘고 두 번째 고개를 넘어가는데, 갑자기 눈이 내리기 시작하면서 길을 잘못 든 것 같습니다. 올 때 재를 몇 개 넘은 기억이 있어 고갯길을 따라갔는데 한없이 올라갔습니다. 나중에는 길이 좁아지길래 길을 잘못 든 것을 알게 되었습니다. 우선 산을 내려가겠다는 생각으로 여기까지 오게 되었습니다. 산에서 내려와 외딴집이 있어 우선 추위나 좀 피하자고 사정했는데 재울 수가 없다 하여 아저씨 집까지 오게 되었습니다. 고맙습니다. 이 은혜 잊지 않겠습니다. 거의 탈진한 상태였는데 만일 안 받아주셨다면 어찌 되었을지 모르겠습니다."

"여기는 곡성입니다. 고달면 대사리구만요. 여기서 십리 쯤 가면 송동면 연산리라는 마을이 있는디, 그 동네가 느티나무가 있고 마을 가운데 큰 제각이 있어요. 모든 집이 초가집이고 제각만 기와집이니 쉽게 알 수 있지요."

"맞아요. 마을 안에 큰 제각이 있었어요. 그 마을이 연산리였군요."

"아마 길을 잃었다는 곳이 송기리 넘어가는 고갯길이 아닌가 생각되는디요. 일본놈들이 들어와 신작로를 만들기 전 남원 장에 갈 때는 송기리로 넘어가는 고갯길로 다녔습니다. 그 고갯길이 연산리로 가는 길보다 훨씬 가까웠죠. 지금은 신작로로 구루마^{우마차}나 리아카가 다니기 때문에 가벼운 짐이 아니면 송기리 고갯길을 거의 다니지 않거든요. 송기리 고갯길에 삼거리가 있는데 거기에서 이렇게 폭설이 내리면 헷갈릴 수도 있었을 거여요. 그 외딴 집이라면 판근이란 놈일 텐데 세상에 그럴 수 있단 말입니까? 세상인심이 폭설에는 배고픈 짐승이 내려오더라도 잡지 않고 보살펴 되돌려 보내는 것인데, 항차 길 잃은 사람에게 어찌 그럴 수가 있단 말인가요? 그 놈이 멍청하고 제 욕심만 부려 인근에서도 좋아하는 사람이 하나도 없지요."

얼어 있다가 따뜻한 곳에서 몸이 녹고 허기진 배를 채우고 나니 피로가 물밀 듯 밀려왔다. 크게 하품을 두어 번 했다. 피로를 눈치 챈 듯 주인 남자가 말했다.

"피곤하실 텐데 쉬고 내일 아침 이야기하기로 하지요. 윗방에 우리 딸내미 둘이 자고 있는데 윗방으로 가서 주무시도록 하지요. 여보, 아이들 깨워 내려 보내." 아내에게 눈짓을 했다.

"윗방이 소 외양간이 뒤쪽에 붙어 있는 방입니다. 초저녁에 소죽을 쑤느라고 불을 많이 때서 새벽까지 뜨뜻할 겁니다."

큰방과 작은방은 쪽문으로 드나들게 되어 있고, 그 사이에 딸들을 깨워 큰 아이는 비몽사몽하면서 내려왔고 작은 아이는 애 엄마가 보듬어서 내려오고 있었다. 쪽문으로 허리를 굽혀 집 주인이 올라갔고 현성이 따라갔다. 외양간에 붙어 있는 방이라 소똥 냄새가 좀 났지만 역하지는 아니하였다. 억새풀로 덕석을 만들어 방바닥에 깔았고 천정은 큰방보다 낮았다. 아랫목에 이불 한 채가 가지런히 놓여 있었다. 바깥주인은 키가 크지 않고 작달막하였다. 아랫목에 손을 넣고 괜찮다는 표정을 지으며 말했다.

"이런 험한 방에서 잠을 잔 일이 없을 틴디, 하룻밤 묵어가는데 어쩔 수 없네요. 이렇게도 사람이 살아갑니다. 편히 쉬시고 내일 아침에 봅시다."

그 사이 안주인이 요강을 윗목에 놓고 나갔고 바깥주인도 쪽문으로 내려갔다. 겉옷을 벗고 자리에 누웠다. 하루 일이 주마등처럼 스쳐 지나갔다. 지금 따뜻한 아랫목에 누워있다는 것이 꿈만 같았다. 솜에 물 적신 것처럼 몸이 무거웠고 피곤했지만 깊은 잠은 쉬이 들지 못했다. 너무나 놀랐고 피곤했던 탓일 것이다. 가끔 경기가 일어나듯 깜작깜작 깨곤했다. 아직도 숲속 긴장감이 주위를 맴돌고 있었던지 방광을 자극하여 짧은 시간에 두 번이나 요강에 어둠의 찌꺼기를 털어냈다. 거기에 잊을 만하면 소가 벽을 들이받는 쿵쿵 소리가 들렸다.

두어 시간이나 뒤척거리다가 새벽녘에야 깊은 잠이 들었다. 아침에 일어나니 언제 그렇게 눈이 왔냐는 듯 말짱하게 해가 떳다. 햇빛이 눈에 반사되어 초가집의 작은 창을 통해 반사광이 눈부시게 밀려들어왔다. 어제 밤 끝이 없는 어둠 속에서 좌절과 죽음의 공포를 벗어나지 못하고 허우적거렸는데, 오늘 아침의 햇살은 그 어둠을 밀어내고 얼어붙었던 대지에 온기를 불어넣고 있다. 무력한 흑암의 세계에 활기를 불어 넣고 있었다.

이 집 식구들은 이미 거동하여 집 앞 눈을 치웠고, 아이들은 아침을 먹고 이웃집 아이들과 눈 놀이를 하는지 시끌벅적했다. 잠에서 깨어 방을 둘러보니 집이 아니라 토굴이라 해도 좋을 듯했다. 방에 천정은 없고 들보와 서까래가 다 보였다. 문을 빼놓고는 사면이 흙벽이고 바닥에 깔아 놓은 억새 멍석은 조금만 들썩이면 먼지가 일 것 같았다. 현성은 생전 처음 이런 방에서 하룻밤을 보냈다. 사람 사는 것이 천차만별이라는 생각을 새삼스레 하게 되었다. 자기부정과 회의에 빠져 시작했던 발걸음이 생사를 넘나드는 험난한 길을 자초하게 되었다. 그런 절제 없는 자신의 행동을 반성해보고는, 문득 부끄러운 생각이 들었다.

'내 생활은 이런 사람들에 비하면 얼마나 호화로운 삶인가. 내 일 년 서울 유학비라면 이 사람들 몇 년을 살 것이다. 공연한 연애에 안달이나 발광했던 것은 아닌지. 젊은 시절 귀중한 시간을 헛된 생각으로 허비하는 것은 아닌지. 서울로 처음 유학을 떠날 때만 하여도 고향을 빛내는 사람이 되겠다는 포부를 갖고 고향을 떠났는데 이 무슨 꼴인가. 다시 마음을 고쳐 잡고 꽉 찬 생활을 해야 한다. 앞으로 졸업이 일 년 남았는데 장래에 대해서도 어찌할 것인가 깊이 생각을 해야겠다.'

방에서 일어난 기척이 있으니 집주인이 기침을 하며 들어왔다.

"편히 쉬셨는지요. 우리 사는 것이 이렇습니다. 방이 참 험하지요?"

"그렇지 않습니다. 어제 참 잘 잤습니다. 덕분에 이렇게 좋은 아침이 되었습니다. 어제 받아 주시지 않았다면 어찌 되었을까 간담이 서늘합니다."

"누구라도 당연히 도왔어야 하지요. 판근이 그 놈이 아주 막되어먹은 놈이지요."

"하여튼 이 고마움 평생 잊지 않겠습니다. 어찌 잊을 수 있겠습니까? 어제 폭설이 내린 산속을 몇 시간 동안이나 헤맬 때 정말 이러다가 죽는구나 하는 생각도 들었습니다. 재워주셔서 고맙습니다."

"과분한 말씀. 아침에 깨울까 하다가 너무 깊이 잠드신 것 같아 우리 식구들 먼저 식사를 했습니다. 조반 드시게요, 큰방으로 가시지요."

쪽문을 열고 큰방으로 가니 밥상이 차려져 있다. 미역국과 옥수수밥에 삶은 계란이 하나 놓여 있었다. 아랫목에 앉아 아침상을 앞에 놓고 옆에 바깥주인이 앉았고 윗목에 부인이 앉아 있고, 대여섯 살 되어 보이는 사내아이가 밥상머리에서 밥 먹는 것을 지켜보고 있었다. 머리는 깎은 지가 오래되어 더벅머리인데다가 코는 들락날락하여 코밑 인중에는 콧밥이 덕지덕지 붙어 있었다. 소매 자락은 코를 닦아 번질번질했고 손등은 터서 거북이등 같이 갈라졌다.

어제 허겁지겁 먹어치웠던 강냉이밥이 아침에는 더 까끌까끌하게 느껴졌다. 쌀밥과 좋은 고기반찬에 먹던 집에서의 밥맛이 되살아난 것이다. 미역국에 억지로 밥그릇을 비웠다. 고마운 사람들의 정성에 함부로 할 수가 없었던 것이다. 삶은 계란을 벗겨서 먹는 시늉만 하고 아이에게 주니 얼른 손을 내밀었다. 애 엄마가 내미는 손을 사정없이 내려쳤다.

"버르장머리 없이 어디 어른 밥상에 손을 내밀어."

아이는 늘 그래왔다는 듯이 무표정하게 뒤로 물러나 앉았다. 좋다 나쁘다를 표현하지 못하고 모든 것에 순응하는 저 표정, 순간 서울의 이모집 아이들이 생각났다. '그 아이들은 자기 의사 표현이 얼마나 정확하고 확실한가. 저렇게 순하고 착하게만 살면서 모든 것이 운명이라 생각하고 배고픔과 헐벗음을 당연히 받아들이는 삶, 그들에게 더 절망적인 것은 앞날에 희망조차 걸어볼 수 없다는 것일 것이다.' 더 이상 먹을 수 없어 한 입 베어 무는 시늉만 하고 상 위에다 놓고 상을 물렸다.

해가 중천에 떴다. '이제 집으로 가는 것을 궁리해야겠다. 삼십 리 되는 거리라는데 지금 출발하더라도 점심시간은 지나겠다. 집에서도 걱정을 많이 하셨을 것이다. 귀갓길을 서둘러야겠다.' 아침을 물리고 나서 의례적인 몇 마디를 주고받고 길 나설 차비를 하였다. 현성이 아이들 엄마에게 말했다.

"아이들을 불러주십시요. 그리고 내가 호주머니에 몇 푼 있는 지전으로 하룻밤 묵은 정표시를 할 것이니 아이들 나무라지 마시고요."

"그러실 것 없습니다. 아이들 돈 쓸 데도 없거든요. 버릇 나빠져서......"

하면서 말끝을 흐렸다.

"제 뜻이니 받아주셨으면 합니다. 그냥 가기에 너무 서운합니다. 앞으로 기회가 된다면 한 번 더 들르겠습니다."

아이들에게 일 원짜리 지폐 한 장씩을 주었다. 큰 아이가 열두어 살 되었고 위로 딸 둘, 아래로 아들 둘이었다. 집을 나서는데 눈이 빛에 반사되어 눈부셔서 걷기가 힘들 정도였다. 너무 부셔서 눈이 적응이 잘되지 않았다. 바깥주인이 연산리까지 바래다주고 싶다고 길을 따라 나섰다. 신작로까지 그 집 식구들이 나와 배웅해 주었다. 정이 많은 사람들이었다. 그 고마움 오래 잊지 않을 것이다.

둘이 가면서 이런저런 이야기를 나누었다. 이름은 정돌쇠이고 나이는 서른 둘, 화전을 일구어 먹고 사는데 올봄에 송아지 한 마리를 위탁 받아 기르고 있다고 했다. 내년 말이나 새끼를 낳게 되면 새끼는 갖기로 했다고 했다. 곧 자신도 소의 주인이 될 거라고 희망찬 미래를 이야기했다.

현성도 자신에 대해 이야기를 하였다. 올해 설 쇠게 되면 스무 살이고 서울에서 고보를 다닌다고 했다. 서울에서 고보를 다닌다 하니 적지 아니 놀래는 표정이었다. 연산리 초입 느티나무 아래에서 돌아가라 했는데 굳이 마을 너머로 더 가겠다하여 고갯길에서 헤어졌다. 송가 삼거리에서 남원 가는 길을 신신당부 하였다. 배운 것 없고 가진 것 없지만 심성이 참 고운 사람이었다. 고달면 대사리 정돌쇠, 오래 잊지 않을 것이다.

그 이름에서 얼마나 빈한한 가정에서 태어나 얼마나 험하게 살아왔는가를 느낄 수 있었다. 그들이 어젯밤 베풀어준 호의를 생각하니 눈물이 왈칵 쏟아지려 했다. '저렇게 가난하게 사는 사람들이 조선 천지에 얼마나 많을 것인가. 그들은 아무리 열심히 살아도 대물려 온 가난을 벗어날 수가 없다. 나는 그들이 사는 십 배 이상의 돈을 쓰며 살고 있다. 나는 무엇을 추구하고 무엇을 위해 살 것인가.' 많은 생각을 하고 많은 것을 느꼈던 만남이었다. 그리고 명쾌하게 스스로에게 묻고 싶었다. '그래 죽고 싶어서 이 길을 나섰던가', '죽고 싶어서 이 길을 서지는 않은 것 같다', '그러면 왜 자신을 그리 학대를 하는가? 무엇 때문에 자신을 학대하게 되었는가?', '주체할 수 없는 것이 내 자신, 내 마음이다', '무엇이 주체할 수 없다는 말인가. 자신에게 솔직해보자', '그 여인, 그 여학생, 신윤희 때문이 아닌가?', '맞다', '앞으로도 이렇게 헤매고 살 것인가', '아니다. 오늘로써 과도하게 집착하는 것은 끝이다. 무엇보다 내 삶이 중요하다, 내가 내 삶의 주체가 되어야겠다. 내가 어제 눈 속 사경을 헤매면서 얼마나 살고 싶었는지 모른다. 앞으로 이런 우매한 행동은 없을 것이다', '그러면 그 여학생을 잊으면 될 것 아닌가', '아, 그것은 힘들다. 그녀는 쉽게 잊기에는 너무도 아름답고 사랑스럽다. 그리고 그녀도 나를 조금은 좋아하는 것 같다', '그러면 어찌할 것인가?', '맹목적 무모한 사랑의 감정에 절대로 휩쓸리지 않겠다. 냉철하게 내 자신의 감정을 이겨낼 수 있을 때만, 차가운 이성으로 대할 수 있는 확신이 있을 때만 관계를 키워가겠다. 이것은 스스로에게 다짐에 다짐을 하는 바이다.'

마음이 홀가분하였다. 오는 길에 송가 삼거리를 지나왔다. 대낮에는 너무 뻔한 거리였다. 그 어둠 속 산길을 생각하며 잠시 고개를 숙였다. 점심시간이 지나 집에 도착했다. 집 안팎에서는 행여 큰 변을 당하였는가 하고 난리가 나 있었다. 할머니와 어머니는 반가워 손을 잡고 눈물을 흘렸고, 아버지는 화가 잔뜩 나 있었지만 안도하는 눈빛이었다. 할아버지도 모든 것을 삭이듯 아무런 말이 없었다. 우선 노암리 작은집이나 성안에 일가 집들에 연락하여 현성이 무사하게 집에 왔다고 전갈하라 사람을 보냈다. 어젯밤부터 오늘 아침까지 갈만한 곳, 알 만한 사람들 모두에게 연락하여 기다리고 있었던 것이다. 할머니가 다그쳤다.

"그래 어찌된 영문인지 말 좀 해봐라. 이놈아! 어젯밤 그 큰 눈에 어디에 있었어?"

"배가 고픕니다. 점심을 안 먹었거든요."

"그래 알았다. 사람 잃어버린 줄 알고 온 집안사람들이 정신이 없었구나."

어머니가 상을 차리려고 부엌으로 들어갔다. 밥을 한 술 두 술 뜨면서 띄엄띄엄 이야기를 해나갔다.

"어제 오후 바람 좀 쏘이겠다고 집을 나서서 송동면 연산리 까지 갔는데, 오다가 눈을 만나 길을 잃어 곡성 고달까지 갔습니다. 거기 외딴집에서 재워주어 자고 아침에 출발하여 왔습니다. 아주 고마운 사람이었습니다. 고달면 대사리 정돌쇠라는 사람인데요. 그 사람에게는 꼭 사례를 하고 싶습니다.

"그런 고마운 사람이 있구나. 아먼 챙겨야지. 한센 불러라."

할머니가 머슴 한센을 불렀다.

"고달이 여기서 먼 거리이니 내일 아침 보냈으면 합니다. 지금 가면 밤늦게 돌아올 것이거든요."

"알았다. 내일 보내자."

다음날 아침 쌀 두 말을 지게에 실어 보냈다. 한바탕 집안을 뒤집어 놨던 실종 소동이 마무리 되어 가고 있었다. 집안에서 혼사 이야기가 나온 후 벌어진 일이라 혼담은 자연 뒤로 물려질 수밖에 없었다.

며칠 지나 서울에 가야겠다고 했다. 방학이 보름이나 남았는데 벌써 서울에 가야 하냐고 진안댁이 먼저 펄쩍 뛰었다. 올해 졸업반이 되니 상급학교 진학하려면 공부도 지금부터 서둘러 해야 되는데, 남원에서는 공부할 책을 구할 수 없다 했다. 핑계가 제대로 먹혀들어간 듯하였다. 다음 날 아침 첫차를 타고 서울로 올라왔다.

/14장/

사랑의 변곡점

교회 일정에 맞춘 귀경이었다. 삼월 중순이라 아직 찬바람이 가시지 않았다. 고향에 내려가 서울 올라오는 차안에서 내내 애지중지하며 목도리를 하고 다녔지만, 부러 목도리를 벗어던지고 교회에 나갔다. 2월말 교회에 나왔으니 3주만에 다시 나온 것이다. 다들 반가워했다. 특히 박인수 선생이 반갑게 대해 주었다. 학생부에 나오는 학생들도 많이 바뀌었다. 현성을 교회로 이끌었던 이종백은 올해 학교 졸업을 하게 되어 학생부에 더 이상 나오지 않게 되었다. 일요일 대예배에 나갔다. 자연 학생부에서 제일 고참 학년이 되었다. 박인수 선생이 말을 걸어왔다.

"이 박사, 3주나 빠졌지? 방학하여 고향에 다녀왔나?"

"예, 잘 다녀왔습니다. 방학이 끝나려면 두어 주 남았는데 박 선생님 뵙고 싶어 당겨 올라왔습니다."

말을 하면서도 빈말을 하는지 속마음을 말하는지 애매했다.

"하, 그래. 나도 이 박사 얼굴이 안 보여서 궁금했지."

"제가 올해 방학을 마치면 5학년이 되지 않습니까? 얼마 남지 않은 학창생활을 차분히 정리하고 진로에 대해서도 준비를 좀 해야 될 것 같은 생각도 들어 일찍 올라왔습니다."

"그러면 진로는 어떻게 생각하고 있는데?"

"정확한 것은 아직 정하지 않았고 전문학교 법과나 문과를 지망할 생각을 하고 있습니다. 제가 갖춘 실력이 원체 부족하여 마음먹은 대로 될지는 모르겠습니다만."

"이 군 실력이 탄탄하여 어디 가든지 잘해낼 수 있을 거야."

덕담을 주고받는데 윤희, 윤경 자매가 지나가고 있다. 고개를 숙이며 인사했다.

"안녕하세요."

박인수 선생에게 인사를 건넸다. 이구동성으로 예의 이중창을 하던 명랑하고 밝은 목소리였다. 스스럼이 없었다. 현성에게 얼굴을 돌려 인사를 건네려 하는데, 윤희에게는 얼굴을 가리는 사이처럼 어색하게 얼굴이 붉어졌다. 의도적으로 외면하면서 윤경에게는 반가운 표정으로 인사를 나누었다. 팽팽하게 끈을 당겨 긴장감을 조성해가는 것이었다. 윤희의 얼굴이 새초롬해졌다. 그렇게 두어 주 지나 방학이 끝나고 개학이 되었다.

4월 초가 되었다. 거리에 바람이 불더니 다시 겨울로 돌아갈 듯 날씨가 매섭게 추워졌다. 봄의 여신이 자기보다 아름나운 꽃이 피는 것을 시기하여 꽃샘추위를 내린 것이다. 검은 구름이 하늘을 뒤덮더니 비가 내리기 시작하였다. 먼지는 가셨다. 비가 멎으니 날씨가 한층 더 포근해졌다. 버들강아지 눈을 떴고, 살구꽃 복숭아꽃이 피어 바야흐로 대자연은 꽃으로 단장하기 시작했다. 아름다운 계절이 돌아온 것이다.

최고참 학년이 되자 독서회를 이끌어가는 중앙독서회의 회장이 되었다. 선배들이 늘 해왔던 것처럼 신입생을 2학년부터 모집했고, 독후감 발표 및 토론회를 주관했고 크고 작은 행사로 5학년 신학기가 지나가고 있었다. 윤희와는 냉각된 관계로 지내고 있었다. 어떤 계기가 주어져야 두 남녀의 관계가 진전이나 악화가 될는지 몰라도 팽팽한 그대로 지나가고 있었다.

이런 분위기를 반전할 커다란 행사가 4월 중순 동아일보에 대대적으로 게재되었다. 정훈모 여사 독창회였다. 정훈모 여사는 평양출신 여성 성악가로 선구자적 위치에 서 있는 여성이었다. 어릴 적 평양에서 교회 크리스마스 행사에 어린이역으로 출연하였을 때 행사를 참관하였던 숭실전문학교 교수 부인 루스여사의 눈에 들게 되었다. 재주를 아깝게 생각한 루스부인이 직접 지도하여 평양여고보에 진학시켜 노래공부를 하게 하였는데, 평양여보고를 졸업하자 일 년 동안 가사를 돌보게 되었다. 말이 가사를 돌보는 것이지 상급학교 진학을 단념시키기 위한 부모의 완고한 뜻이었다. 그런데 결국은 완고하게 반대하였던 아버지도 딸의 뛰어난 재주에 승복하게 되어 일본 유학을 허락하게 되었다. 동경에 있는 고등음악학원에 입학하여 음악공부에 정진하게 되었고 여기에서 조선의 기라성 같은 음악가들을 만날 수 있었다. 홍난파, 박계성, 안익태 등이었다. 고등음악학원을 마치고 제국음악학원에 진학, 졸업하게 되었고, 그 동안 그녀의 음악성과 성실성을 인정받아 이 학교 조교수 임명을 받게 되었다. 이 시기에 또 다른 행운이 그녀에게 왔다. 그녀의 평생 반려인 부군 김형량 씨를 만나게 되었던 것이다. 김형량 씨는 안악 출신 바이올리니스트였다.

개화기 인텔리였던 신여성모던 걸들은 음악이나 예술, 문학 방면이나 사회활동에서도 상당한 두각을 나타내다가 대부분 결혼 후 자기 모습을 드러내지 못했다. 끝까지 자기 길을 고집했던 여성들은 남성들의 완고한 권위의식과 집단 따돌림에 좌절되었고, 심지어는 사회적인 조롱거리까지 되곤 하던 시절이었다. 그런 시기에 정훈모 여사는 누구보다도 자신의 음악세계를 깊이 이해하고 어떤 상황에서도 격려를 아끼지 않았던 부군을 곁에 두었으니 천복이었다. 작년에 부부 음악회를 하였고 올해 독창회를 갖게 되었던 것이다.

동아일보 학예부에서 주관하여 이 음악회를 주최하게 되어 대대적으로 신문에 광고를 하였다. 공연 상세 일정과 공연하는 노래 가사까지 매일 너른 지면을 할애하여 게재하였다. 현성은 정훈모 여사 공연이 윤희와의 관계에 변곡점이 되리라는 생각을 하고 과감하게 행동으로 옮겼다. 정 여사 공연 입장권을 구입하러 종로통에 있는 경성악기점에 갔다. 경성악기점은 현성의 단골집이었다. 가끔 불고 있는 하모니카도 이 악기점에서 샀고 그 동안 십 수 장 모았던 레코드판도 여기에서 샀다. 입장권이 성인은 1원, 학생은 50전이었다. 성인권 한 장과 학생권 다섯 장을 샀다. 삼원 오십 전을 투자한 것이다. 과감한 투자였지만 투자효과가 있을지는 미지수였다.

처음에는 학생권 세 장을 사서 윤희 자매와 같이 갈까 생각했다가 작전을 바꿨다. 윤희에게 어떻게 무안을 당할지도 모르고 공공연한 장소에 가는 것인데, 좀 꺼릴 것 같아 여럿이 가는 걸로 한 것이다. 예배 전 박인수 선생에게 공연 안내문과 함께 성인권 한 장, 학생권 네 장, 합하여 입장권 다섯 장을 내밀었다. 같이 가자고 하니 아주 반가워하는 표정이었다.

"그렇지 않아도 꼭 보고 싶었는데 이 박사가 준비해 왔네. 좋습니다. 같이 갑시다. 성인권은 내 것이겠고, 나머지 네 장은 어떻게 할까?"

"공연을 같이 보러 갈 의향이 있는 학생에게 주시면 어떻겠습니까? 필요하다면 더 구할 수도 있습니다. 동아일보에 아는 사람이 있거든요."

필요하다면 서너 장 더 구입하는 것이 대순가. 혹시 추가로 입장권이 더 소요될지라도 같이 갈 사람들 부담을 덜어주기 위해 동아일보에 있지도 않은 가공 인맥까지 만들었다. 예배 끝나고 박 선생의 거동을 보니 공개적으로 하지 않고 표는 예상대로 여학생들에게 돌아갔다. 윤희 자매였고 나머지 두 사람은 집에서 공연장소가 가까운 여학생 둘을 따로 불러 건네주었다. 남학생들은 원래 이런 공연에 관심이 없었다. 현성은 동아일보에 게재된 노래의 번역 가사를 매일 정성들여 스크랩하여 공책에 정리하였다.

이렇게 신문에 게재된 가사를 정리해보니 총 열여섯 곡이었다. 보기에 곰살궂다 할 정도로 정리를 말끔히 해놓은 공책을 가지고 갔다. 공연시간보다 좀 이르게 만나자 하여 저녁을 먹고 일찍 집을 나서 공연장소인 정동 모리스 홀에 도착하니 일곱 시 반이었다. 공연장 건물 정면에 '경축 제1회 정훈모 여사 음악발표회'라고 써진 대형 현수막이 걸려 있고 많은 사람들이 입구에서 서성이고 있었다. 윤희 자매와 다른 여학생 둘이 먼저 와 있었다. 잠시 기다려 박 선생과 합류하여 입장하였다. 입장권을 확인하고 공연프로그램이 인쇄된 인쇄물을 한 장씩 받아들고 들어갔다. 단순히 순서만 나열되어 있는 프로그램이었다. 이런 공연에 문외한이긴 하지만 신문에 게재된 가사를 옮겨 놓은 인쇄물이 있으면 좋겠다는 아쉬움이 있었고, 가사를 스크랩해 놓은 노트를 가져온 게 잘했다는 생각도 들었다.

처음 들어와 보는 공연장이었다. 규모가 커서 천여 명은 수용할 수 있는 대규모 공연장이었다. 공연 단상은 높았고 단상 좌우로 대형 화환이 세 개씩 여섯 개가 세워 있었으며, 횡으로 다섯 개씩 놓여 진 의자가 네 줄로 정돈되어 있었다. 어른들은 앞자리에 학생들은 뒷자리에 앉도록 자리 배치가 되어 있었는데 박 선생은 자청하여 학생들 자리에 같이 앉았다. 대부분이 여성들이었다. 부인들은 낭자를 하여 비녀를 꼽았고, 여학생들은 머리를 곱게 땋아 댕기를 매었다. 뒷모습이 아주 정갈하게 보였다. 남자들은 열에 두세 명에 지나지 않았다. 여학생들 얼굴 표정에 환희와 설렘이 넘쳤다.

프로그램을 펼쳐보니 아는 노래는 거의 없었다. 박 선생이 정훈모 여
사에 대해 설명하기를 동경제국음악학교에서 공부할 때 독일인 우마르
교수로부터 사사를 받아서 이번 공연에 주로 독일가곡을 선택하여 부른
다 했다.

순서

제일부

　1. 슈베르트 곡-봄의 신념/그대는 안식/세레나데/사랑의 사자/그레첸의 노래
휴식

　2. 슈만 곡-호두나무/5월이라 좋은 시절/원망하지 않음/연꽃/
　　세상에서 제일가는 그이

제이부

　3. 브람스 곡-보람 없는 세레나데/연가/님 보러 가는 길/일요일/자장가
휴식

　4. 베르디-라 트라비아타/춘희에서

5월이라는 계절에 적절한 노래들로 구성되어 있었다. 현성이 준비해
온 가사집이 인기가 높았다. 박인수 선생이 가사집을 훑어보고는 넘겨
주니 뒷자리에 앉아있는 네 명의 여학생들이 서로 봤으면 하고 현성의
눈치를 보았다. 당연히 여학생 중 제일 고학년이 윤희였으니 어떤 상황
을 보더라도 윤희에게 먼저 건네져야 했을 것이다. 그러나 크리스마스
전전날 안국동에 데려다 주었던, 윤희에게 언니라 하던 여학생에게 의
도적으로 건넸다. 현성의 의도야 어떻게 되었든 눈치 있는 사람이라면

먼저 상급생에게 보여주고 다음 차례를 기다렸을 것인데, 잽싸게 공책을 받아서는 가사 집을 신나게 넘기고 있었다.

"어쩌면 곰살궂게 노래가사 정리를 잘 해 놓으셨을까?"

서로 호들갑을 떨었다. 현성의 의도가 기가 막히게 맞아갔다. 그것도 대충 보고 넘기는 것이 아니라 제목과 노래를 대조하며 심도 있게 음미하는 것이었다. 남들이 호기심을 갖고 주의를 기울이는 것을 보니 관심이 생기는 것이고, 나도 남들처럼 해봤으면 하면서 부러움을 갖게 되는 것이 사람들의 심리였다. 그 부러움이 순간 뒤틀리기 시작하면서 질투의 불꽃이 이는 것이다. 두 사람 사이에 팽팽한 긴장감이 있는 것을 제삼자는 모를 것이다. 그 자리에 있는 박 선생도 윤경도 그리고 가사집을 가지고 즐거워하는 안국동 여학생도 모를 것이다. 오직 당사자 두 사람만 알고 있는 것이다. 물론 나중에 넘겨주는 것을 받아보고 싶지도 않았겠지만 눈치 없는 여학생이 가사집을 뒤적이다가 음악회가 시작되고 말았다.

쪽빛이 선명한 통치마에 하얀 공단 저고리를 입은 개량식 한복 차림의 정훈모 여사가 무대에 올라왔다. 이십대 후반 단아한 여인의 자태가 한 송이의 수선화 같았다. 눈이 부시다고나 할까. 우레 같은 박수소리가 터져 나왔다.

첫 곡 '봄의 신념'이 시작되었다. 마치 봄날 대지 위에 맑은 기운이 퍼지듯 맑은 벨칸토 소프라노 목소리가 울려 나오면서 공연장을 순간 압도했다. 기교를 부리지 않고 올라가는 맑은 고음과, 음색이 달라지지 않고 자신 있게 내려가는 저음이 균형을 이뤄 안정감 있게 무대를 시작했다. 슈베르트의 마지막 곡 '그레첸의 노래'는 괴테 '파우스트'의 한 장면을 연출하여 슈베르트가 17세 때 작곡한 곡이었다. 노래와 피아노 반주가 마치 물레를 돌리는 소리를 연출하였고, 고음 영역에서는 곡마다의 곡예사가 마치 공을 굴리듯 노래를 가지고 노는 듯한 느낌이 들었다. 슈만이나 브람스나 슈베르트나 마찬가지로 독일의 가곡들이 다분히 낭만적이고 애조를 띠었다. 대부분 가사 내용을 모르고 곡조에 익숙지 않아 즉흥적으로 감동을 자아내기가 쉽지는 않았지만 들으면서 감동이 전해오는 노래였다.

2부 마지막 곡이 베르디의 '라 트라비아타' 중 여주인공 춘희가 부르는 '안녕 지난날이어'였다. 고난도의 곡임에 틀림이 없었다. 음역이 앞에 불렀던 가곡과는 비교도 안 될 정도로 높았고 기교 또한 화려했다. 마지막 곡은 봄날의 정서에 어울리는 곡이라기보다 정 여사가 그동안 갈고 닦아왔던 음악적 열정과 소양을 보여주는 뜻에서 선곡한 곡이었다. 공연이 끝나고 나와 시계를 보니 열시가 넘었다. 이제 귀가만 남은 상황이다. 박 선생이 여학생들의 귀가를 보살피겠다는 뜻으로 말했다.

"이 박사, 시간이 늦었는데 윤희, 윤경 자매를 집까지 바래다주도록 하지."

"제가 바래다주는 것은 어려운 일이 결코 아닙니다만, 윤희 학생이 저를 기피할 것입니다. 그래서 가고 싶지 않습니다."

정색하며 반대의사를 표명하였다. 박인수 선생은 그 동안 두 사람 사이에 무슨 일이 있었다는 것을 눈치 챘고 난감해하는 표정을 지으니, 윤희가 자존심이 퍽 상한 듯 불편한 심기를 드러내며 말했다.

"그러실 필요 없습니다. 동생하고 같이 가면 되겠습니다."

윤희가 윤경의 팔짱을 끼며 총총걸음으로 사라져 갔다. 분위기가 자연 어색해지니 현성도 박 선생에게 인사하고 빠른 걸음으로 사라졌다. 윤희와의 관계에서 최고의 긴장감을 조성한 것이었다. 악보집 돌려볼 때부터 지금까지 다분히 의도적으로 이런 분위기를 이끌어 온 것이다.

정훈모 음악회가 금요일이었고 다음날이 토요일이었다. 교회에 나가보니 어제 눈치 없던 안국동 여학생이 음악회에 대해 요란한 묘사를 하며 수다를 떨고 있었다. 본인들은 전혀 눈치 채지 못했겠지만 현성의 입장에서 보면 들러리였는데 횡재를 한 듯 자랑스럽게 떠들고 있었다. 윤희 자매는 같은 시간에 같은 자리에 있었지만 수다의 불꽃을 피워 올리는 데 불쏘시개가 되고 싶지 않다는 듯 반응하지 않고 먼발치에서 쳐다보고만 있었다. 예배가 끝나고 교회를 나서려는데 윤경이 현성을 한쪽으로 불렀다. 늘 현성이 메신저인 윤경을 면담할 때 불러냈던 장소, 측백나무 옆이었다.

"오빠, 어찌 그렇게 사람을 공개적으로 망신 줄 수가 있어요. 어제는 너무 하셨어요. 그 동안 오빠를 아주 좋은 분이라 생각했는데 어제 오빠 하는 것을 보고는 마음이 달라졌습니다. 언니 어제 엄청 속이 상했어요. 내가 무슨 말로 위로해도 소용이 없는 것 같았어요. 이것 언니가 전해주라는 편지에요."

윤경은 편지를 현성에게 건네주었다. 현성이 답했다.

"윤경에게는 늘 고맙지. 그리고 지금 이 자리에서 내가 어설피 몇 마디 내뱉는다면 변명같이 들릴 것 같아 아무 말도 할 수가 없네. 시간이 지나면 이해할 수 있을거야."

현성은 어떤 상황도 받아드릴 마음의 준비가 되어있었다. 그 동안 숱한 고비를 넘겨오면서 자신에게 다짐하며 스스로를 이겨왔다. 집에 와 전등불 밑에서 편지를 펼쳐봤다. 정성들여 쓴 글씨였다.

현성 씨에게,

어젯밤 음악회에서 돌아와 한숨도 잠을 이루지 못하고 뒤척이며 날을 세웠습니다. 동생은 옆에서 아직 자고 있고, 해는 뜨지 않아 어스름한 새벽입니다. 뒤척이기보다는 일어나서 내 마음을 글로 써보는 것이 마음을 정리하는데 도움이 될 것 같아 앉은뱅이 책상 앞에 앉아 있습니다. 이렇게 앉아 있으니 밤을 새워 번민하였던 나의 수치심이나 조바심이 이제 가시고 평안을 찾아가고 있습니다. 그 자리에서는 무안하기도 했고 창피스럽기도 했지만, 상황이 그렇게 전개될 수밖에 없었던 경위를 생각하고 내 자신을 많이 자책합니다.

매사에 대범하면서도 어진 품성을 가지신 현성 씨 마음에 상처를 안긴 저는 연약한 아녀자입니다. 작은 일에도 질투가 있고 타인을 배려하지 못하고 나를 먼저 생각하고 내 자신의 안일함만을 추구하는, 조선의 관습과 법도를 벗어나서는 살 수 없는 조선의 여인입니다. 그 날 현성 씨에게 모든 것 잊어버리라고 쏘아대고 돌아섰던 저는 행복했겠습니까? 현성 씨가 저를 오매불망하였다고 하였듯이 저 역시도 그리워하는 마음이 어찌 없었겠습니까? 용기를 내어 교회 칠판에 '희망의 속삭임'을 올렸습니다. 첫날, 같이 걸으면서 했던 약속을 지키기 위해서였습니다. 약속은 지켰지만 내 종교관이나 도의심은 당신을 향한 본심을 무섭게 질책하는 것입니다. 잘 아시겠지만 성서에서는 행동하지 않고 마음만 먹었다 할지라도 죄인이 되는 것입니다. 그런 본심과 도의심이 왔다 갔다 하는 사이에 당신에게 서신이 와 만나게 되었고, 당신을 잊으리라 결심하고 당신에게 무참하게 해대고 돌아선 것입니다. 당차고 표독스럽게 돌아섰습니다만 마음이 아파 견딜 수가 없었습니다. 내가 당신을 마음 아프게 하는 것은 또 다른 죄악을 저지르는 거였습니다. 그래서 목도리를 짜게 되었습니다. 한 뜸 한 뜸 뜨면서 정한을 다 쏟아 부었습니다. 열흘을 쉬지 않고 밤과 낮을 가리지 않고 만들어 당신에게 전했던 것입니다. 그렇지만 그 정성은 당신에게 전해지지 않았지요. 당신은 차갑게 식어 있었습니다. 당신은 매사에 통찰력이 있고 배려가 깊은 분인데, 설마 여인의 마음을 몰라주시는 것은 아니겠지요? 설마 무정하리라 작정한 것은 아니신지요? 여태껏 당신이 나에게 보여주었던 그 모든 것이 참되고 신독하였으리라 믿어 의심치 않으며 이번엔 제가 감히 만나자 소청합니다. 종로통 나포리 양과점, 다음 주 토요일 오후 세 시에 기다리겠습니다.

신윤희 보냅니다.

팽팽했던 긴장의 끈이 끊어져 내리는 순간이었다. 오래 참고 기다렸던 순간이 도래하였다. 성을 함락하기 위하여 지루하게 공성전을 벌이던 상대방으로부터 항복문서가 도착한 것이었다. 서양속담에 용감한 자만이 미인을 얻는다 했다. 용감한 자가 아니고 비굴하다할 정도로 참고 기다리며 욕망을 억눌러가며 이 순간을 기다려왔다. 더 조심스럽고 더 차분하게 윤희와의 관계를 맺어가야겠다고 마음을 먹었다.

토요일 오후 세 시 전에 도착하여 나폴리 양과점에 앉아 기다리고 있으니 정각에 나타났다. 여학생들이 많이 입던 개량식 한복 하얀 저고리에 검정치마를 입고 머플러를 두른 정갈한 차림이었다. 우아한 자태가 양과점에 앉은 사람들의 시선을 끌고도 남을 만했다.

윤희가 들어서자 일어서서 앉을 자리를 권하였다. 지난번 이 자리에 앉았던 기억이 두어 달 남짓이나 되었을 것이다. 많은 세월이 흐른 듯 그 사이 겪었던 수많은 감정의 변화와 좌절과 희망의 만감이 교차하며 스쳐 지나갔다. 그렇게 그리던 얼굴을 앞에 두고 서로 어색하여 말을 꺼내지 못하고 쳐다만 보고 있다가 현성이 말을 무겁게 꺼냈다.

"참으로 많은 시간이 흐른 듯합니다. 이 자리에서 윤희 씨를 만났던 것이 석 달도 지나지 않았을 것인데, 아주 가물가물하게 오래된 기분이 듭니다."

"저 역시 같은 느낌입니다."

공감하면서 그 길지 않았던 시간 서로에게 사무친 그리움이 있었음이 느껴졌다.

"그 동안 윤희 씨는 못 느끼셨겠지만 제 안에 많은 감정의 변화가 있어서겠지요. 하늘과 땅을 오가는 그런 험한 감정의 기복이 있었습니다. 나는 다시는 윤희 씨를 볼 수 없을 것이라는 좌절에 뜬눈으로 날을 새운 밤이 며칠 있었습니다. 이렇게 앉아 있는 것만으로도 지금 행복감이 밀려옵니다. 앞으로 서로에게 성실과 신의를 다하는 만남으로 우리의 관계를 키워갔으면 합니다. 저도 저의 속 좁은 소견머리를 자책하고 있습니다. 앞으로는 저 때문에 날 새우는 일이 없도록 하겠습니다."

"어찌 그렇게 하고 싶었던 수많은 이야기들이 입에서만 맴돌고 마는지 오늘은 제가 심하게 떨립니다. 제가 여태껏 살아오면서 지켜왔던 도덕률이나 가치관이 조금씩 변화를 겪는 듯합니다. 제 자신이 잘못되어 가는 것인지 아니면 도덕률에 너무 내 자신을 구속하는 것인지, 더 나가서 내가 내 자신을 속이고 있지는 않은지, 하는 의문에 방점을 찍지 못하고 이 자리에 나왔습니다. 직접적인 예로 제가 현성 씨가 아니면 이런 양과점에 나오는 일은 없을 것입니다. 학생 신분으로 이런 곳에 출입하는 것은 그 동안 제가 지켜온 법도를 어기는 것입니다."

"윤희 씨가 여기에 있는 것은 순수하고 정당한 욕망의 표현입니다. 제가 외람된 말씀 드리지요. 지금 윤희 씨 내면은 지성적이고 이지적이고 다분히 금욕적인 로고스와, 감상적이고 때로는 달콤하기도 한 에로스적 욕망이 엎치락뒤치락 하는 갈등을 보입니다. 이런 내면의 갈등은 현대인만이 가지는 갈등이 아니라 신이 인간의 모든 면을 지배하고 살았던 중세에도 있었습니다. 어쩌면 인본주의는 이러한 인간의 욕망을 자연스럽게 생각하고 욕망의 표출을 정당하게 생각하는 데서부터 시작되었을 겁니다. 내가 윤희 씨를 처음 알게 되었던 날이 '희망의 속삭임'을 불렀던 날입니다. 내 표현대로 천사 같은 윤희 씨의 모습을 처음 보았던 느낌은 한 마디로 로고스였습니다. 정갈한 로고스의 결정체였습니다. 그런데 어이 갈등이 없을 수 있겠습니까? 그러나 안심하십시오. 당신이 지켜온 로고스를 제가 더 고결하게 지켜드리겠습니다. 저와 같이 걸었던 그날 밤 같이 어둡고 먼 길 헤쳐 나가도록 도와드리겠습니다."

그녀는 안심하며 신뢰한다는 표정이었다.

"정말로 그렇게 해주시겠어요?"

"예, 믿으셔도 됩니다. 윤희 씨가 지금껏 살아왔던 삶에 누가 되지 않도록 정갈하게 보필하겠습니다. 서로를 소중하게 생각하고 서로를 지켜주었으면 하는 마음입니다. 저도 윤희 씨에게 하고 싶은 말이 있습니다. 지난 번 이 자리에서 만났을 때 저에게 이렇게 쏘아 붙이고 가셨지요. 그 날 일 없었던 것으로 해달라고 말입니다. 그 날 일은 누가 계획해서 생긴 일이 아닙니다. 더구나 불순한 의도는 더욱 없었습니다. 하늘이 저희에게 허락하신 천상의 시간이었지요. 두 사람과 하늘만이 아는 가슴속 깊은 곳에 비밀로 간직하고 싶습니다. 영롱하게 빛나는 보석처럼, 밤하늘의 별처럼. 앞으로 혹 제가 싫어 저를 떠난다고 하실지라도 그날 일은 소중하게 간직하도록 허락해 주십시오."

"네, 알겠습니다. 마음에도 없는 말을 쏘아 붙이고 얼마나 부질없는 일인지 생각해봤습니다. 그리고 결벽증 때문에 현성 씨 가슴에 깊은 상처를 안겨주었군요."

현성이 머뭇거리다가 말을 꺼낸다. 길게 한숨을 내쉬면서 긴장을 한껏 몰아갔다.

"어쩌면 내가 이 세상 사람이 아닐 수도 있었죠."

갑자기 소름이 돋았다.

"무슨 일이 있으셨어요?"

현성이 길게 한숨을 내쉬며 다음 말을 이어갔다.

"지난겨울 방학 때 집에 내려가 고향 인근을 걷다가, 갑자기 폭설을 만나 눈길에 길을 잃어 사경을 헤맸습니다. 눈길에 허기지고 어둠 속에 한 길이나 되는 허방에 빠져 기어 나오기를 수없이 반복하였습니다. 나중에는 기력이 쇠진하여 눈앞에 보이는 사물들마저 아득히 멀어져 보였을 때, 윤희 씨는커녕 다시는 이런 밝은 세상을 볼 수 없으리라는 절망의 사지에서 허우적거렸습니다. 가까스로 산중 외딴집을 찾아 살아나게 되었지요. 그때 생각을 하면 내가 이 자리에 이렇게 멀쩡하다는 것이 신기롭군요."

"아, 그런 일이 있으셨어요. 큰일 날 뻔했어요. 겨울이면 여자들은 바깥출입도 자주 아니 하는데 무슨 일로 그런 험한 길을 걷게 되셨나요? 어디 크게 다치신 데는 없었나요?"

윤희의 얼굴에 금세 안쓰러운 표정이 가득하다. 처음 말을 꺼낼 때보다 훨씬 가까워진 느낌이 들었다.

"여러 심사가 복잡하여 길을 나섰다가 변을 당할 뻔했습니다. 이런 말 해도 되나요?"

"예, 말씀하세요. 오늘은 현성 씨와 어떤 말이라도 나누고 싶어서 왔습니다."

"솔직히 말씀드리겠습니다. 저의 뇌리에서 가장 떨쳐버리기 힘든 것이 당신의 모습이었고, 가장 알 수 없는 것도 당신의 마음이었습니다. 어떻게도 추스릴 수 없는 마음을 안고 길을 나섰습니다. 어쩌면 내 자신을 학대하고 싶은 마음이었을지도 모르겠습니다. 그 귀기가 가득한 험한 산길에서 기함을 했어도 수십 번 했을 순간에도 당신의 생각은 나를 떠나지 않았습니다. 나중에 허기가 져 의식이 가물가물해져 가는 순간에도 당신의 모습은 내 곁에 있었습니다. 나는 아주 바보 못난이입니다. 그 사람은 나를 하찮게 생각하는데 나만 이토록 못 잊어 하는 것이었습니다. 그런 제 자신이 싫어 길을 나섰는데 끝내 당신에 대한 집착은 지울 수 없었습니다. 이율배반적인 느낌입니다만 당신이 주신 목도리는 그 혹독한 추위 속에서 나를 지켜주었습니다. 지금도 그 목도리는 수호신처럼 소중히 모시고 있습니다."

현성이 스스로 감정에 격해 목이 잠기어 더 말을 이어가지 못했다.

참으로 기다렸던 순간이었으며 그녀 앞에서 참으로 하고 싶었던 말이었다. 간절함이 가느다란 떨림으로 울림을 주었고 윤희의 눈가에 한 방울 이슬이 맺혔다. 그렁그렁하더니 주르르 흘러내린다. 고개를 숙이고 손수건에 얼굴을 파묻고 어깨를 들썩이며 흐느껴 울었다. 두 사람이 속절없이 무너지고 있었다.

두 남녀의 흐느낌 속에 강물이 흐르고 있었다. 각기 다른 골짜기에서 흘러왔던 강물이 아우라지에서 합쳐져 서로 깊은 속내를 휘감아가면서 소용돌이를 일으키고 더 큰 내를 이루어 흘러가고 있었다. 앞으로 여울을 만나거나 굽이를 만나더라도 크게 흔들리지 않을, 속 깊은 강물로 흐르고 있었다.

5월 말이 되어가는 금요일 저녁 윤희 자매가 새로 지어 완공된 기독청년회관에서 음악회가 있다고 입장권을 구해왔다. 박인수 선생, 윤희 자매와 현성이 같이 음악회에 참석했다. 이 음악회에도 여학생들이 대부분을 차지하고 있었다. 의자가 다섯 개씩 놓인 줄이 횡으로 삼열을 만들어 삼백여 명 들어갈 자리가 준비되어 있었고, 중간 쯤 되는 자리에 윤희 자매가 가운데 앉고 좌우로 박 선생과 현성이 앉았다. 현성이 윤희 옆으로 자연스럽게 앉은 셈이었다. 음악회는 독창회가 아니었고 남녀 테너와 소프라노가 네 막을 한 막씩 번갈아 불렀다. 사회자가 순서에 맞추어서 진행하였다.

1부

아 목동아/아일랜드/테너 윤영건

한 떨기 장미/독일

오 솔레 미오/이태리

구노의 세레나데/불란서/소프라노 박영자

즐거운 나의 집/영국

희망의 속삭임/미국

2부

동무 생각/이은상 시/박태준 곡/테너 윤영건

봉선화/김형준 시/홍난파 곡

나물 캐는 처녀/현제명 시/현제명 곡

그 집 앞/이은상 시/현제명 곡/소프라노 박영자

바위고개/이홍렬 시/이홍렬 곡

고향/정지용 시/채동선 곡

1부 외국 곡 중 '한떨기 장미'와 '즐거운 나의 집', '오솔 레 미오'는 박 선생으로부터 배워 귀에 익은 멜로디였고 '희망의 속삭임'은 현성과 윤희의 사연이 얽혀있는 곡이었다. '아 목동아'는 아일랜드 민요로 서정적이고 목가적인 분위기가 흐르는 노래였고 구노의 '세레나데'는 연인의 창가에서 부르는 경쾌한 멜로디였다. 전혀 익숙지 않은 노래였지만 멜로디 전개가 단순하고 첫 번 들어서 귀에 들어오는 노래였다. 꼭 배워서 애창하고 싶은 노래였다.

2부 곡들은 많이 불려지고 있는 창가들이었고 마지막 노래는 처음 들었지만 구슬프고 애조에 젖은 단조의 노래였다. 메조소프라노의 옥구슬 굴러가듯 티 없이 맑은 소리와 풍부한 성량에 물안개 일어나듯 감성이 피어났다. 현성도 문득 고향생각에 젖어 애상에 젖었는데, 노래가 끝나자 알 수 없는 슬픔에서 깨어난 듯 윤희가 말했다.

"마지막 불렀던 노래가 너무 슬펐어요."

고향

고향에 고향에 돌아와도
그리던 고향은 아니러뇨.

산 꿩이 알을 품고
뻐꾸기 제철에 울건만,
마음은 제 고향 지니지 않고
머언 항구로 떠도는 구름.

오늘도 뫼 끝에 홀로 오르니
흰점 꽃이 인정스레 웃고.

어린 시절에 불던 풀피리 소리 아니 나고
메마른 입술 쓰디쓰다.

고향에 고향에 돌아와도
그리던 하늘만이 높푸르구나.

음악회가 끝나자 너무 좋은 음악회였다고 입을 모았다. 윤희가 박 선생에게 총평을 원하는 것처럼 한마디 여쭈었다.

"박 선생님, 오늘 음악회 어떠셨어요?"

박인수 선생이 5월 초에 있었던 정훈모 여사 음악회와 이번 음악회에 대해 총평을 하였다.

"정훈모 여사는 천부적인 재질을 타고난 여성 성악가로 성악 체계를 갖추어 제대로 배웠어요. 앞으로도 우리나라에 서양 음악을 계속 가르치고 선도해야할 사도이지. 그 동안 배운 것을 보여주기 위한 음악회였기 때문에 다소 격이 높았고, 전문적인 음악지식이 있는 사람들에게 좋았던 음악회였지요. 오늘 음악회는 우리나라가 개화되어 보급되기 시작하여 우리 귀에 익숙해져가는 서양 창가와, 우리 젊은 음악가들이 우리 취향에 맞는 창가를 작곡하여 불리기 시작하는 노래를 소개하는 자리였고요. 듣기 쉽고 따라 부르기가 쉬워서 우리 수준에는 오늘 음악회가 더 공감하고 더 즐길 수 있는 음악회가 되었지요."

박 선생과 현성이 앞서고 윤희 자매가 뒤따르며 종로에서 운니동까지 걸어 올라갔다. 박인수 선생이 그동안 학생회를 지도하면서 가르쳤던 노래들을 콧노래로 부르면서 회상에 잠긴 듯한 표정으로 밤공기가 온화한 거리를 걸어갔다. 안국동 입구, 헤어질 자리에 왔다. 오늘은 당연히 현성이 윤희 자매 곁에서 바래다 줄 차비를 했다. 박인수 선생이 빙긋이 웃었다.

"이 박사, 지난번 음악회 때와 분위기가 천양지차인데, 오늘은 내가 특별히 부탁을 하지 않아도 되겠지?"

현성이 부끄러운 듯 고개를 숙이고 머뭇거렸다. 박 선생이 말을 이어갔다.

"실은 내일 토요일 예배가 마지막 예배가 될 것 같아."

깜짝 놀라 윤희가 물었다.

"선생님, 다른 데로 가시기로 하셨어요?"

"함경도 홍원으로 다음 주 떠나기로 되었지."

"아니, 그런데 그 동안 아무 말씀도 안하셨어요?"

"우리 학생회를 맡을 후임자를 계속 물색하여도 마땅한 사람이 없어 간다는 말을 할 수가 없었지. 그 동안 목사님이 내 후임자를 물색하여 다음 주에는 학생회 예배를 맡아 주관하실 분이 오기로 돼있지."

"그러면 내일 예배가 같이하는 마지막 예배가 되겠네요."

"꼭 마지막이라고 해야겠나? 내가 함경도 홍원에서 영원히 살 것은 아니니 언제고 다시 만날 날이 있겠지."

"선생님, 갑자기 떠나신다니 마음을 정리하지 못하겠습니다. 서운한 마음 금할 길 없습니다."

현성은 그들이 나누는 대화를 말없이 지켜보고만 있었다. 내일 박 선생과 이별한다 생각하니 막막한 서운함이 밀려왔다. 간단히 목례를 하고 박 선생과 헤어져 청운동까지 바래다주는 길에 두 자매의 대화에 끼어들지 않고 말없이 따라 걷기만 했다. 두 자매는 주로 박 선생에 대한 이야기를 나누었다.

언제나 편하게 옆에 있던 사람, 주말이면 늘 만나서 이야기하고 지내던 사람이 전설 속으로 멀어져 가는구나 하는 생각에 슬픔이 스멀스멀 밀려왔다. 우연히 교회에 나와 설교 중 오간 질의응답으로 서로 지적인 교류를 갖게 되었다. 노골적이진 않았지만 현성에게 후원자가 되어 주었으며, 윤희와 가까워질 수 있는 결정적인 기회도 박 선생이 마련해 준 것이었다. 그 후에도 은근한 후원을 아끼지 아니하였다. 종교적 견해가 다름을 확실히 알고 있었어도 배척하거나 설복하려 하지 않았던 박 선생은 언제나 현성에게 있어서는 너른 강이었다. 모든 것을 다 받아들여 소리 없이 흐르는 깊고 너른 강이었다. 서양 창가를 배우고 부르면서 얼마나 행복했던가. 윤희네 집에 다 왔다.

"윤희 씨, 박 선생님이 다음 주에 떠나신다는 말씀을 하시니 서운한 마음 그지없습니다. 내일 그냥 보내드리기 서운한데 간단히 송별 자리라도 마련했으면 합니다."

"그렇잖아도 어떻게 해야 할까 궁리를 하고 있었어요."

"아무래도 우리가 주관을 해야 될 것 같네요. 박 선생님이 특별히 다른 학생들에게 가신다는 말씀은 아직 안 하신 것 같구요."

"저희가 간단한 다과는 준비하겠습니다."

"그러면 제가 학생회 이름으로 송별선물을 준비하겠습니다. 그리고 송별기도를 제가 올리도록 하겠습니다."

다음날 토요일 현성이 바빴다. 학교를 파하고 나서 화신백화점에 가 만년필을 고르고 송별기도문을 준비했다. 교회에 나와 보니 윤희 자매의 손길이 바쁘게 움직이고 있었다. 언젠가 현성이 박 선생과 면담하였던 상담실에 송별의 자리가 만들어지고 있었다.

예배가 시작되었다. 예배의 제목은 '바울의 선교 기행'이었다. 박 선생이 직접 성경을 봉독하고 설교에 들어갔다.

"디모데후서 3장입니다. '내가 당한 고난과, 안디옥과 이고니온과 루스드라를 지나며 겪었던 일들, 그 곳에서 받은 핍박도 알고 있을 것입니다. 그러나 주님께서는 그 모든 어려움 가운데서 나를 구해 주셨습니다.' 오늘은 사도 바울의 선교 기행에 대해 말씀을 나눌까 합니다. 사도 바울은 지금의 지중해 연안을 따라 하나님의 말씀을 전하기 위해 선교 기행을 떠납니다. 여러분 사도라는 말이 무엇을 의미하는지 아십니까. 사도란 말은 그 어떤 중대한 임무를 띠고 특정한 곳에 가는 사람을 말합니다. 바울은 하나님의 말씀을 전도하기 위한 중대한 임무를 띠고 지금의 시리아와 터키 등 중동지역을 돌아다니면서 선교하는데 여러 차례 죽을 고비를 넘기기도 합니다. 설교 중 날아든 돌에 상처를 입어 피신하였고, 한 번은 수많은 돌 세례를 받아 거의 죽음에 이를 정도까지 되었지만 다시 일어나 굽히지 않고 선교를 계속합니다.

이때 선교를 방해하고 상처를 입히고 돌을 던졌던 자들이 예수님의 동족인 유태인들이었습니다. 그들은 율법에 매달려 구약에 써진 대로 배타적이고, 종족 이기적인 교리에 집착하여 새로운 하나님의 말씀을 거부하고 이단시 합니다. 하나님의 말씀을 전도하기 위하여 지중해 근방에 산재해 있는 유태인들을 방문한 바울은 동족들에게 혹독하게 배척을 당하고 박해를 받게 됩니다. 하지만 이에 굴하지 않고 하나님의 말씀을 전파하고, 믿음으로써 병든 자를 고치고, 앉은뱅이를 일으켜 세우고, 하나님의 말씀을 믿는 자들을 모아 최초의 교회를 세우게 됩니다. 거기가 바로 안디옥이라는 곳입니다. 안디옥교회는 해외포교의 금자탑을 세운 곳이기도 합니다. 사도 바울은 하나님의 말씀을 전하기 위하여 어떤 난관도 두려워하지 않고 정진하여 그 목표를 이루게 된 것입니다. 여러분들도 하고자하는 확고한 목표를 세우고, 그 목표를 향하여 정진하고 또 기도하면 반드시 하나님께서 여러분들을 인도하고 보살펴어 반드시 뜻을 이루게 하실 것입니다. 오늘 하나님의 말씀은 이것으로 마칩니다. 그 동안 여러분 고마웠고 즐거웠습니다. 제가 다음 주 멀리 함경도에 자리가 생겨 떠나게 되었습니다. 여러분들에게 하나님의 은총이 가득하시길 기도드리겠습니다."

간단히 기도가 끝나고 찬송가 '죄 짐 맡은 우리 구주'를 부르고 예배를 마쳤다. 예배를 파하고 삼삼오오 예배당을 나서는 학생들에게 현성이 나서서 광고했다.

"주목해 주세요."

주의를 환기시키기 위하여 박수를 두어 차례 쳤다.

"그동안 우리를 지도해주셨던 박 선생님께서 오늘 마지막 예배를 집전하셨고, 다음 주에는 멀리 함경도로 떠나십니다. 박 선생님과 석별의 정을 나누고 싶어 조촐한 자리를 상담실에 마련하였습니다. 한 분도 빠짐없이 참석하시어 먼 길 가시는 박 선생님께 격려를 주셨으면 합니다."

상담실에 들어가 보니 두 개의 길다란 탁자와 20여 개의 의자가 놓여있었다. 떡은 놋그릇에, 조청은 작은 사기그릇에, 양과자 쿠키는 넓은 사기 쟁반에 가지런히 놓여있었고, 각 의자마다 유리그릇에 수정과가 담겨 있었다. 윤희 자매의 정성이 한눈에 드러났다. 몇 가지만 더 갖추면 잔치라도 할 수 있을 정도였다. 박 선생은 좌석의 중앙에 앉아 있었고, 의자에는 스무 명 남짓한 학생들이 들어왔으나 머뭇거리고 있었다. 현성이 들어가 여학생과 고학년 순으로 자리에 앉히고 박 선생과 가까운 곳에 서서 송별회를 시작하였다.

현성이 자청하여 기도를 올렸다. 개척자의 앞길에 백절불굴의 용기와 흔들리지 않은 신념을 갖게 해주시고, 가난하고 소외된 사람들에게 하나님의 사랑을 전파하는 사도에게 은총과 영광이 있게 해달라는 간절한 마음을 기도에 담았다. 박인수 선생은 새삼 감회에 젖는 듯 학생들의 면면을 다시 한 번 둘러보고 자연스럽게 분위기를 이끌어 갔다.

"좋은 자리를 마련해주어 감사합니다. 내가 이렇게 과분한 대접을 받을 만한 사람이었는지 돌아보게 됩니다. 맛있는 음식 앞에 놓고 지켜만 보고 있으면 고통이지요. 어서 들도록 합시다. 아 참, 그리고 이 좋은 음식을 윤희, 윤경 자매가 준비했어요. 다 같이 박수를 보냅시다."

자연스럽게 뒤에 서 있는 학생들에게 음식을 건네주고 이야기가 오갔다. 떡보다는 쿠키가 인기가 좋았고 수정과는 계피향이 아주 은은하였다. 제일고보 3학년 학생이 안위를 걱정하듯이 물었다.

"선생님, 목회 활동을 하실 것이면 경성에서 가까운 곳에 하시지 어떻게 그 먼 곳으로 가시게 되셨어요?"

"함경도를 서북지방이라 하지요. 조선 5백년사에서 가장 소외되고 홀대 받았던 곳입니다. 자연적인 조건도 척박하지요. 들이 없고 산지가 대부분이어서 화전을 일구어 사는 화전민이 대부분이고 일 년에 쌀밥

한 번 못 먹는 사람들이 대부분입니다. 이런 조건 때문에 다른 어떤 곳보다 새로운 말씀을 갈구하고, 변화를 원하는 백성들이 많은 곳이 그 곳입니다. 여러분, 성경에서 보셨듯이 예수님은 언제나 소외되고 가난하고 불쌍한 사람들 편에 살다가 가셨습니다. 내가 그곳에 가게 되면 사는 것은 힘이 들지라도 하나님의 사도로서 보람이 있을 겁니다."

배재 4학년생이 질문을 던졌다.

"이런 말씀을 드려도 될지 모르겠습니다."

"어떤 질문이어도 좋습니다. 내가 모르는 것이 아니면 대답하겠습니다."

"제가 설교 시간에 느꼈던 것은 선생님 설교는 목사님 설교와 다르다는 생각을 가끔 했는데 특별한 이유가 있나요?"

"예, 역시 쉽게 나올 수 있는 질문은 아니군요. 성경을 해석하는 차이라고 할 수 있는데요. 성경의 자구에 너무 집착하면 모순이 생긴다는 것이죠. 성경을 넓게 보고 크게 해석을 하는 차이라고 할 수 있을 겁니다. 제가 일본 청산학원 신학부에서 훌륭한 교수님들을 많이 만났습니다. 그 중 미국에서 신학박사를 받은 분도 몇 분 있었습니다. 그 분들에게 영향을 많이 받았지요. 성경을 넓게 보고 크게 해석하라는 그 분들이 강조한 말씀이 있습니다. 사리에 맞게 풀이를 하는 것이 성경에 맞는 것이라고 했지요. 저도 그분들을 만나 성경공부를 하기 전에는 크리스찬으로서 지나친 율법과 도덕률에 사로잡혀 그리스도교와 다른 종교의 구별을 배타적으로 했고, 우리 전통의 제례나 숭조의식을 철저하게 배격하였습니다. 심지어는 우리의 풍습이나 문화를 후진되고 천박하다고 스스로 비웃은 적도 있습니다. 하지만 내가 그 분들에게 배운 것은 우리의 풍습이나 문화적인 토대 위에 성경말씀이 자리를 잡아 융화를 해야지, 그 모든 것을 철저히 배격하고 와해시켜 새로이 대체하려 해서는 아니

된다는 것입니다. 여러분들과 헤어지는 자리에서 너무 무거운 이야기를 하였습니다."

분위기가 어색하였든지 잠시 침묵의 시간이 흘렀다. 이화 여고보 3학년에 다니는 김영은이 물었다.

"지금 가시면 언제쯤 경성으로 돌아오실까요?"

"기약 없습니다. 십 년이 걸릴지, 아니면 더 많은 세월이 흐를지. 제가 그 곳에 꼭 필요한 사람이고 없어서는 아니 될 사람이라면 영원히 거기에서 살지도 모르지요. 마태복음 9장 37절에서 예수님은 이렇게 말씀하셨습니다. 추수할 것은 넘쳐나는데 일꾼이 적구나. 그것은 사람들이 마치 목자 없는 양처럼 내팽겨 쳐져 고통을 당하고 있기 때문이었습니다. 굶주림에 허덕이고 병마와 고통에 시달리는 사람들이 있기 때문에 예수님은 이 땅에 오셨습니다. 어쩌면 이 땅이 천국의 생활이라면 하나님은 예수님을 이 땅에 보내지 않으셨을 겁니다. 제가 목사로 처음 부임하게 되는 임지에 대해 아는 것이 전혀 없습니다. 단 한 가지 느낌으로만 알고 있지요. 하나님의 말씀에 대한 갈망은 봄날 새순이 올라오듯이 솟아나고 있지만 마땅한 일꾼이 없어 제대로 키워주지 못하고 있다는 것을 말입니다. 제가 부임하여 그곳 생활이 안정되면 편지를 보내겠습니다."

윤경이 당부했다.

"선생님, 꼭 편지 보내셔야 해요. 그 동안 선생님과 같이 했던 시간이 너무 소중했습니다. 그리고 제 학교 친구들에게 선생님 자랑을 많이 했지요. 성품이 온화하시고 세상사에 박식하시고 성경공부를 재미있게 가르쳐 주시고 좋은 노래를 가르쳐 주신 분, 그래서 제 친구 둘을 교회로 인도했구요. 선생님이 가시고 나면 빈자리가 클 것 같습니다. 이렇게 가시니 너무 아쉽습니다. 가까운데 가시면 자주 뵐 수 있을 것인데."

"아닙니다. 더 좋은 분이 오실 겁니다. 그리고 저도 여러분들을 만나 행복했습니다. 제가 가지고 있는 성경 지식이나 동서양의 여러 이야기를 여러분들에게 전할 때 마치 모래밭에 물 빨아들이듯 여러분들의 흡수력이 좋았습니다. 여러분들과 같이 지냈던 시간들을 저도 오래도록 잊지 못할 겁니다. 여러분들과 같이 했던 시간이 2년 여 그리 길지 않은 시간이었는데 감회가 새롭습니다. 제가 작년에 교회 입구에 전나무 두 그루를 심었습니다. 이제 뿌리가 착근이 되어 잘 자라고 있습니다. 나는 멀리서 이 나무를 떠올리면서 우리 학생들을 생각할 것이고, 우리 학생들은 저를 생각하듯 이 나무를 잘 보살펴 주시기를 부탁합니다."

벌써 몇몇 여학생들의 눈가에 눈물이 촉촉이 적셔오고 있었다. 분위기를 바꿔보고자 현성이 나섰다.

"선생님이 우리에게 편지 자주 쓰시라고 제가 여러 학생들의 뜻을 같이 하여 만년필을 하나 준비하였습니다. 이 만년필을 전해드리도록 하겠습니다."

"과분하고 고맙습니다. 어디에 가든지 여러분들의 뜨거운 사랑 잊지 않겠습니다."

만년필을 전달하고 나니 송별회가 끝나가는 분위기가 되었다. 박 선생의 마지막 소청이었다.

"자, 이제 다 끝나가는데요, 윤희 학생의 노래를 한 번 듣고 싶습니다."

음식 나누어주고 여기저기 빈 그릇에 수정과를 담아주며 잔치 뒤치다꺼리에 여념이 없던 윤희가 하던 일 멈추고 일어선다. 잠시 무엇을 생각하는 듯 머뭇거렸다.

"제가 이 노래를 선생님으로부터 배울 때는 이 노래를 선생님께 불러드릴 것이라고는 상상도 못했습니다. 어디 가시든지 하나님의 은혜와 보살핌 가득하시고 저희들 잊지 마시라고 '친구의 이별'을 불러 드리도록 하겠습니다."

친구의 이별

서편의 달이 호숫가에 질 때에
저 건너 산에 동이 트누나.
사랑 빛이 잠기는 빛난 눈동자에는
근심 띠운 빛으로 편히 가시오.
친구 내 친구 어이 이별할까나
친구 내 친구 잊지 마시오.

윤희는 마지막 소절 '친구 내 친구 어이 이별할까나'를 부르지 못하고 흐느끼고 말았다. 그 슬픔이 전염되어 자리가 온통 눈물바다가 되어버리고 말았다.

박인수 선생이 함경도로 가고 나서 다음 주에 새로운 학생부 지도 선생이 왔다. 이름은 구제창, 나이는 스물다섯이었고, 반듯하게 양복을 차려 입고, 포마드를 발라 왼쪽 가르마를 곧바르게 탔으며, 중키가 좀 못되는 키에 체구가 당당하였다. 입가에 엷은 미소를 띠며 말하는 태도가 자신이 넘쳤다.
일본 신학교에 유학을 다녀왔다고 하는데 설교 첫날부터 일본에 대한 예찬이 끝이 없었다. 일본사람들의 질서의식, 일본사람들의 청결함, 일본 사람들의 예의 바름, 약속시간을 잘 지키는 일본 사람들. 일본인들 예찬이 구 선생의 논리였다. 국민성이 우수한 일본사람들은 잘 살 수밖에 없고, 청결하지 못하고, 질서를 잘 지키지 못하고, 거짓말 잘하는 조선 사람들은 일본의 지배를 받을 수밖에 없다는 것이었다.

몇 주 지난 설교 시간이었다. 제목이 하나님의 벌 내리심과 죄 사하여 주심이었다. 이스라엘 민족의 이집트 탈출과 십계명, 번창하였던 이스라엘 왕국과 바빌론 유폐 등의 역사에서 우상숭배와 연관 지어 유대민족의 흥망성쇠를 예시하였고, 조선민족에 시련을 주심으로 이야기를 전개하고 있었다.

"여러분, 우리나라가 왜 이민족의 지배를 받아야하는 지 그 이유를 아십니까? 그것은 우리 삶에 하나님이 계시지 않기 때문입니다. 조선의 무지한 백성들은 하나님 숭배하기를 꺼려할 뿐만 아니라, 복음을 전하려는 하나님의 사도들을 경멸하고 심지어는 박해하기도 합니다. 지금 서양 문화와 문명은 동양을 압도하고 있습니다. 서양의 물질문명은 백년 전에는 상상도 할 수 없던 일을 해내고 있습니다. 기차가 달리기 시작하면서 옛날에는 보름도 넘게 걸리던 한양길을 지금은 하루 만에 갈 수 있게 되었고, 인천항과 부산항에는 거대한 화물선이 산더미 같이 외국 물자를 실어 나르고 있습니다. 전신 기술이 발달하여 하루면 수만 리 떨어진 외국 소식을 알 수도 있습니다. 이 모든 것이 서양의 우수한 기술에 힘입은 덕입니다. 서양사람들은 하나님을 섬기고 하나님의 말씀 속에서 일상의 삶을 살아갑니다. 신실한 서양인들에게 하나님은 능력을 주시어 오늘날의 권세와 영화를 누리게 해주신 것입니다. 세익스피어, 톨스토이, 나폴레옹, 금세기 최고의 과학자 아인슈타인 등 서양의 위대한 사람들은 다 예수를 믿고 하나님 앞에 경배를 드렸습니다. 왜 이렇게 훌륭한 믿음이 우리 옆에 있는데, 낡아 빠진 유교를 믿거나 불공을 드리려 절에 갑니까? 공자를 숭배하거나 석가모니를 믿어서는 우리나라는 절대로 구원 받을 수 없습니다. 공자나 석가는 사람입니다. 여러분 예수님은 누구의 아들이지요?"

"하나님입니다."

구 선생은 자신의 박학함과 유창한 말솜씨에 신이 났다.

"그러면 여러분들은 사람을 믿어야 합니까? 아니면 하나님을 믿어야 합니까?"

"하나님이요."

학생들이 동시에 답변할 때 현성이 일어섰다. 단호하고 진지한 표정이었다.

"선생님께 여쭈어 볼 말씀이 있습니다."

구 선생이 약간 의외라는 표정으로 물었다.

"무슨 말이에요?"

"오늘 설교 중 조선민족은 무지하다하고 하셨고, 예수를 믿지 않기 때문에 다른 민족의 지배를 받고 있다고 하셨는데요, 이것은 논리의 비약이 지나치지 않는가 하는 생각이 듭니다. 저는 이렇게 생각합니다. 어찌 그 격변기에 못난 위정자들을 두어서 우리 민족이 족쇄에 걸려 신음하고 있지만, 앞으로 우리 민족의 발전 가능성은 무궁무진하다고 생각합니다. 왜냐하면 우리는 솔로몬 못지않은 훌륭한 성군을 선조로 두었고, 다윗 못지않은 훌륭한 장군을 선조로 두었기 때문입니다. 세종대왕이나 이순신 장군 같은 이는 세계 어느 나라에 견주어도 부끄러울 것이 없는 훌륭한 선조라고 생각합니다. 그리고 구 선생님이 일본에 유학을 다녀오셨다니 저보다도 훨씬 잘 알고 있으리라 생각합니다. 일본은 우리나라보다도 훨씬 기독교인이 적다고 알고 있습니다. 선생님의 논리라면 기독교 신자가 많은 우리나라가 일본을 지배해야 맞지 않겠습니까? 제 말이 이치에 닿지 않는가요?"

"학생 이름이 어떻게 됩니까?"

애써 태연한 척하며 숨을 고르고 있는 모습이다.

"이현성이라고 합니다."

"학생, 박인수 선생에게서 교리를 잘못 배우셨구만. 어쩌 솔로몬과 세종을 비교할 수 있고, 다윗과 이순신을 비교할 수 있다는 말인가?"

"박인수 선생님과 저는 전혀 별도의 인격체입니다. 박 선생님 설교 시간에 세종이고 이순신이고 한 번도 말씀하신 적이 없습니다. 같은 사람으로 매도하는 것은 박 선생님에게도 모독이고 저에게도 모독입니다. 그리고 왜 세종대왕이 솔로몬보다 못하다는 것입니까? 이스라엘 민족에게 히브리어가 있듯이 우리에게는 한글이 있습니다. 솔로몬이 히브리어를 창제했습니까? 세종대왕은 한글을 창제해서 우리 조선 백성들에게 글을 깨우치게 하였고, 이순신 장군은 노량해전에서 전선 열두 척으로 백삼십 척이 넘는 일본의 대함대를 물리쳤습니다. 선생님이 우리 민족이 열등하다고 자꾸 까내리는 것은 겸손입니까? 자학입니까?"

"무슨 말을 그렇게 함부로 해요."

"제가 선생님의 확신에 찬 표정을 보니 선생님은 스스로 어리석거나 무지하지 않은데 선생님을 제외하고 다른 조선백성들이 어리석다는 것이지요. 제가 분석하기에는 누워서 침 뱉기인데 누워서 침을 뱉어놓고 피해버리니 옆 사람들에게만 그 더러운 가래침이 돌아가는 것입니다."

"내가 누구에게 피해를 주었단 말이에요."

"비유가 그렇단 말입니다. 선생님 말씀을 듣고 불쾌감을 느낄 때가 있었다는 것입니다. 제가 드릴 말씀은 다 드렸습니다. 이정도로 마치겠습니다."

한참 들떠 설교하다가 일격을 당한 꼴이 되었다. 구제창 선생은 무안한 빛이 역력하였다. 현성은 더 이상 논리를 전개하면 언쟁이 될 것 같아 제자리에 앉았다. 학생들은 약간의 동요가 있는 듯했다. 박인수 선생이 엊그제 이임하였고, 학생회 최고 학년인 현성이 정색을 하고 나서니

다소 수긍하는 분위기였다. 구 선생이 불쾌하고 멋쩍은 듯 큰 눈을 몇 번 깜박이며 잠시 어색한 침묵이 흘렀다. 서둘러 설교를 마치는 기도를 청하여 올렸고 찬송가를 부르고 예배를 마쳤다.

평소에는 윤희 윤경 자매를 종로5가 전차 타는 곳까지 바래주고 전송을 마쳤다. 그 날은 두 자매에게 청운동까지 걸어가자고 제의하여 사십여 분 되는 거리를 걷기 시작했다. 작년 크리스마스 전날 현성과 윤희가 걸었던 그 길이었다. 유월 중순 초여름의 거리였다. 해는 졌지만 아직 잔영이 남아 있고 바람은 온화하여 걷기에 제격이었다. 여기저기 가스등에 불이 들어오기 시작했다. 포근한 밤기운을 즐기려는 듯 가로변에는 평소보다 많은 사람들이 나와 번잡하지 않을 정도로 붐비었다. 현성이 먼저 말머리를 꺼냈다.

"오늘 날씨가 아주 좋은데요. 어떻습니까? 가로등이 하나씩 들어오고 어스름한 기운이 가시고 어둠이 짙어져가니 감상에 젖어들게 됩니다. 문득 고향집이 떠오르기도 하고 어머니 생각도 나고."

"어쩌면 사람이 같은 분위기에서 느끼는 감정이 이렇게 같을 수 있나요. 저도 그런 비슷한 것을 느꼈어요."

"오늘 설교 마지막 시간에 의사 표시가 좀 지나치지 않았나 후회가 됩니다. 그냥 지나갔어야 하는데요. 구 선생님이 처음 맡아서 낯설고 어설퍼 적응해가는 것이 쉽지 않을 것입니다. 내가 제동을 걸어 설교가 기분 좋게 끝나가는 참에 판을 깨버린 것이 되었지요."

"아니에요. 저도 구 선생님이 첫날부터 일본에서 지냈던 일을 자랑 삼아 늘어놓는데 싫었어요. 훌륭한 목회자의 모습은 아니었습니다. 그 어투나 표정이나 박인수 선생님과는 하늘과 땅 차이였습니다. 누구라도 지적을 해주어야 하는 쉽지 않은 일을 용기 있게 하신 겁니다."

윤희는 언제나 현성의 편이었다. 현성의 마음은 오히려 약간 직설적이지 않았는가 하는 지적을 해주었으면 하는 심정이었다.

"제가 감히 단언컨대 오늘 몇 말씀드렸다고 해서 구 선생님의 설교가 달라지겠습니까? 물론 신경이야 좀 쓰시겠지만 오늘 이렇게 시간을 내서 걷자고 한 것은 제가 여러 가지 심사를 정리해서 윤희 씨에게 전하고 싶어서였습니다. 다음 주부터 교회에 나오지 않겠습니다."

흠칫 놀라는 표정이었다. 윤경이 나섰다.

"안 돼요. 오빠가 교회에 나오지 않게 되면 밤길 누가 데려다주나요?"

"내가 교회 파할 때쯤 전차 타는 곳에 나와 기다리고 있을 거야. 귀가 걱정은 안 해도 되겠어."

"그래도 서운해서 어떡하지요."

윤경이 언니 마음을 대변했다.

"내가 이종백 선배의 권유로 교회에 나오기 시작했지만 솔직한 심정으로 믿음은 전혀 없었지요. 몇 번 나오고 그만 두려했는데 세 번째인가 당신들의 노래를 듣고 감동을 하게 되었고, 또 그렇게 시간이 흐르면서 박인수 선생님과 교류를 하기 시작했습니다. 당신들의 화음에서는 처음 경험하는 서양음악의 황홀함을 느꼈고, 박인수 선생님은 서양문화의 진수를 가르쳐 주셨죠. 박 선생님이 가르쳐 주셨던 서양 여러 나라들의 민요들은 그 동안 내 노래로 육화되었고, 박 선생님이 설교시간에 가르쳐 주셨던 서양의 문학이나 역사나 다양한 문화에 대해 들을 때는 팽팽한 긴장감을 갖지 않을 수 없었습니다. 그만큼 저에게 귀한 시간이었습니다. 박 선생님이 함경도로 가시고 나서 내가 느낀 절망감은 앞으로 그런 훌륭한 분을 만나기는 쉽지 않을 것이라는 것이었습니다."

"그래요. 우리 모두 중요한 사람을 잃은 기분이지요."

윤희가 찬찬히 현성의 말을 거들었다.

"조선민족은 비록 이 민족의 지배를 받고 있지만 잘 다듬어지고 정제되어진 고유의 역사 문화를 가지고 있지요. 서양에서 유입된 새로운 문화가 우리 조선의 문화에 접목되어 조화롭게 융화되려면 박인수 선생님 같이 폭넓은 안목과 식견을 가지신 분들이 두 문화의 중재자가 되어 역할을 해야 한다고 생각합니다. 교회도 마찬가지라 생각합니다. 우리 풍속과 문화를 인정하고 그 위에 예수님의 뜨거운 사랑의 복음이 전파되어야 한다고 생각합니다. 하지만 독선과 아집이 신앙심의 척도가 되는 지금 조선의 목회자로는 박 선생님은 어울리지 않았는지도 모르겠어요. 윤희 씨, 세계 4대성인 이야기 할 때 제가 터무니없는 질문을 드렸던 것 기억하실 겁니다."

"예 기억하고 있습니다."

"만약 예수님이 동시대에 다른 성인들을 만났다면 어떤 관계를 갖게 되었을까 하는, 예배시간에 도저히 해서는 아니 되는 질문을 했습니다. 내 얄팍한 지식과 식견으로 박 선생님의 속을 떠보고자 했던 오만방자함이 있었지요. 제 속마음을 솔직히 숨기지 않겠습니다. 그랬더니 박인수 선생님은 거침없이 답변을 하셨지요. 그 분들 모두가 좋은 친구가 되었을 것이라고 말입니다. 제가 들은 바로는 그 강론 내용이 문제가 되어 함경도로 가시게 되었다는 것입니다."

"아, 그랬군요."

"어찌 감히 하나님의 아들을 하찮은 인간들과 동등하게 비교를 하느냐는 것입니다. 불경도 이만저만한 불경이 아니라는 것이었죠. 신성한 교단에서 도저히 있을 수 없는 참담한 일이 있었다는 것이죠. 저는 박 선생님을 생각할 때마다 제 경솔했던 언행에 대해 부끄러움을 숨길 수 없습니다."

잠시 숨을 고르고 말을 이었다.

"저는 성격이 우유부단하고 모질지 못한데도 한 번 확신을 갖게 되면 쉽게 버리지 못하는 고집이 있습니다. 제가 일 년 가까이 교회에 나와 많은 설교를 듣고 감동적인 기도를 들었지만, 아직도 내가 참된 크리스찬이 되지 못함을 고백합니다. 아니 교회 주위를 맴돌고 있는 이교도입니다. 나는 내가 어려움에 처해 있을 때에도 나는 당신들처럼 오, 주여! 한다든지, 아버지 하나님! 하면서 기도를 올려본 적이 한 번도 없습니다. 이제 나의 이중적인 그리고 다분히 위선자적인 종교행각을 정리하고자 합니다. 조심스럽습니다. 다음 주부터는 교회 나오는 것을 쉴까 생각하고 있습니다. 혹시 저를 배교도나 이단아라고 생각하는 것은 아니겠지요?"

처음부터 줄곧 듣고만 있던 윤희가 입을 열었다.

"갑자기 이런 변화가 올 줄 예상을 못해서 저는 현성 씨 같이 정리해서 느낌을 전하진 못하겠고 주말마다 얼굴을 볼 수 있다니 다행입니다. 생각이 깊은 사람들이 그렇게 방황을 한 번씩 한다고 그래요. 더 탄탄한 믿음이 생겨서 다시 우리 곁에 오셨으면 합니다."

잠시 어색하지 않게 시간이 흘렀다. 윤경이 윤희의 팔짱을 끼고 밀착하여 걸으면서 일상의 수다로 들어갔다. 학교 선생님 이야기, 가까운 친구들 이야기를 나누며 효자동을 지나 청운동 윤희의 집이 얼마 남지 않았다. 북악산 자락이라 사람의 왕래가 많지 않았다. 작년 크리스마스 전날 걸었던 윤희와의 추억이 생생했다. 마침 벤치가 눈에 들어왔다. 윤경이 쉬어 가자고 제의를 했다. 두 자매는 벤치에 앉아 있었고 현성은 서서 두 자매의 다정한 모습에 눈길을 주고 있었다.

"오빠, 하모니카 불어줘요."

"아가씨, 한밤중에 하모니카를 부르면 산에 있는 짐승이 다 모여든답니다. 그래도 괜찮겠어요? 특히 뱀들이 하모니카 소리를 좋아하지요."

"건장한 오빠가 있는데 뭐 무서울 것 있겠어요."

"저는 불한당으로부터 아가씨를 보호해줄 수는 있지만 산짐승은 자신이 없습니다."

"장난 그만 하고 불어주세요. 하모니카 가져왔지요?"

현성이 호주머니에서 하모니카를 빼들었다.

"응 그래, 무얼 불어드릴까?"

"'오빠 생각' 불러주세요."

"그럼 '오빠 생각'과 언니가 가르쳐준 '희망의 속삭임'을 연이어 들려드리지."

밤하늘에 은은하고 구슬픈 가락이 울려 퍼졌다. 아주 어린 시절 이야기 속 산촌이 그려지면서 다시 리듬은 활기를 띠었다. 두 자매들은 속소리로 노래를 따라서 하고 언니는 높게 동생은 낮게, 아름다운 화음이 만들어졌다. 날카로운 고음부에서 손으로 울림을 만들어주니 더욱 하모니카 소리는 짜릿한 감동을 만들어 냈다. 세 사람 모두 잔잔한 음률의 여운에 젖어 있었다. 마지막 한 곡 박인수 선생 송별식에 불렀던 '친구의 이별'이 연주되었다. 그 새 얼마나 지났다고, 박인수 선생은 벌써 그리운 사람이 되었다. 세 사람의 눈시울이 촉촉이 젖었다. 며칠 후 윤희로부터 편지가 왔다.

현성 씨에게 편지 드립니다.

모란과 작약꽃이 지고, 화단에는 수국과 접시꽃 양귀비꽃이, 담장 밑에는 장미꽃이, 유월의 정원을 풍요롭게 해줍니다. 벌들이 잉잉거리며 날아드는 우리 집 꽃밭은 연중 가장 손님이 많은 계절입니다. 아직은 햇살이 무섭지 않아 뜰 앞 화단에 나가 한시도 쉬지 않고 무엇을 만들어 내고, 변화를 일으켜가는 수많은 생명들이 약동하는 축제의 마당에 서서 그들의 향연에 잠시 취해봅니다. 얼마 있지 않아서 비구름이 밀려오고 태양이 작열하게 되면 이 풍성한 향연도 끝나겠지요. 지난 몇 주간은 여러 가지 변화를 많이 겪어 흔치 않은 상실감도 맛보았고, 제 자신이 지켜온 가치관이 흔들리는 아픔도 겪었습니다. 내가 교회에 다니면서 가깝게 지냈던 두 분의 일이라 그냥 지나쳐 버리기에는 공허함이 너무 커서 이렇게 제 마음을 정리해보고자 편지를 드립니다.

저는 태어나기 전 어머니 뱃속에서부터 간절히 염원하는 기도를 받으며 제 생명을 하나님의 가호 아래 맡기어 키워왔고, 하나님의 조화로 이 세상에 태어나게 되었음을 믿고 또 믿으며 살아왔습니다. 저는 한 번도 제가 믿고 있는 신성을 의심해본 적이 없습니다. 천지 만물은 하나님의 영도 아래 생성되었고, 하나님의 의지 아래 소멸되어 가는 것이라고 믿어왔고, 지금도 그렇게 생각하고 있습니다. 그런데 제가 교회에서 보통 기독교인과는 다른 아주 독특한 분을 만났습니다. 그 분은 권유에 의해 거의 비자발적으로 교회에 나오게 되었다고 합니다. 그 분은 자신이 태어난 고향과 자신이 커왔던 삶의 배경과, 무시당할 수밖에 없고 천대 받을 수밖에 없는 조선 사람들과 그들의 삶에 대해 애착과 자긍심이 강한 분이었습니다. 그 분은 과학적으로 사고하고 이성적인 삶을 살고자 끊임없이 노력하는 분이었습니다. 어느 누구를 무시하고 함부로 대한 적이 없지만, 어느 누구에게도 비굴하지 않고 당당한 삶을 살고 싶어 하는 자존심이 강한 젊은이였습니다.

저는 그의 과학적 사고와 이성적 판단을 외람되다거나 그르다고 호도하지 않을 것입니다. 그를 설득하여 나의 신앙의 품으로 과도하게 끌어들이려고도 하지 않겠습니다. 왜냐하면 그의 치열한 삶, 고뇌하는 삶, 그리고 이성적 판단을 신뢰하기 때문입니다. 그의 자유로운 영혼과 무애한 그의 기백을 제가 가지고 있는 어설픈 종교적인 독단의 울안에 가두고 싶지 않습니다. 그렇지만 그 날이 언제이든지 문을 열어 놓고 기다리겠습니다. 제가 믿는 우리 주님의 품으로 다시 돌아와 같은 영성으로 기도를 드리고, 같은 염원으로 찬양할 날이 오기를.

당신의 아이리스 윤희 드림.

방학을 앞두고 현성이 브나로드운동에 참가하기 위하여 참가 신청을 하고 필요한 준비물을 챙기고 있는데 모처럼 경식이 찾아왔다. 오랜만이었다. 5학년 들어서면서 반이 달라졌고, 학교에서도 서로 지나치며 간단히 안부만 주고받는 정도였다. 경식도 바빴다. 본격적으로 의학전문학교 입학시험을 준비하느라 학교와 하숙집만을 오가며 밤늦게까지 공부에 정진했다. 모처럼 토요일 오후 시간을 내서 현성을 방문한 것이었다. 현성은 그 동안 윤희와의 관계를 경식에게 말하지 않았다. 서로 좋아하는 사이가 된 지도 얼마 되지 않았고, 냉가슴만 앓아온 처지에 부끄러움이 앞섰다. 경식은 현성이가 누이동생 옥선에 대해 관심을 가져 주었으면 하는 눈치가 있어, 가끔 만나면 묻지 않아도 누이동생의 안부를 전해주곤 했다. 그런데 누구를 짝사랑한다고 털어 놓을 염치도 없고 약간은 기대하고 있는 경식에게 실망을 주고 싶지 않았던 것이다. 이제는 교회에 나가지 않게 된 연유도 있고 친구 사이에 더 이상 말하지 않을 수 없는 상황에 이르렀다.

유월 말의 오후는 제법 더웠다. 방안에서 책을 읽다가 후덥지근하여 툇마루에 앉아 책을 보고 있는데 경식이 들어섰다. 잠시 툇마루에 앉아 이야기를 주고받다가 현성이 방으로 들어가자 하여 장지문을 열고 방안으로 들어갔다.

"경식아, 내가 그동안 여러 사정으로 내 생활에 적지 않은 변화가 있었는데 말을 하지 못했다. 이제는 이야기 해줄 때가 된 것 같다. 이 편지가 어떤 여학생으로부터 온 편지인데 읽어 볼래?"

윤희에게서 받은 편지를 건넸다. 예사롭지 않은 표정으로 편지를 받아 읽어가다 중간에 뭔가 짚이는 것이 있어 물었다.

"작년 연말에 양과자점에서 만났던 그 여학생이냐?"

"정확히 그 여학생의 언니다. 읽고 나서 이야기 하자."

약간 어색한 표정이 역력했다. 정작 아무렇지 않게 흔연스럽게 처신하고자 했으나 어색함은 여전했다. 동생 옥선에 대한 집착이 있어서였다.

"음, 두 사람의 관계가 상당이 진전되었구나. 그 여학생 예쁘고 아주 쾌활하던데 언니도 나무랄 데가 없겠구나. 학교는 어디 다니고 있어?"

"배화 여고보 5학년이다. 이름은 신윤희이고 작년에 만났던 동생 이름은 윤경이지. 너도 알다시피 내가 생각지도 않게 이종백 선배의 권유로 교회에 나가게 되었는데, 교회에 별 뜻이 없는 사람이 상당기간을 교회에 나가게 되었던 것은 그 여학생이 상당부분 차지하였다는 것을 이제야 친구에게 고백한다. 다른 하나는 우리를 지도해주셨던 박 선생과의 지적 교류였을 것이다. 박 선생은 우리 독서회 어느 선배들 못지않게 지적이었고 개방적인 사고를 가진 분이었다. 내가 몇 곡 부르고 있는 서양 노래는 그분에게 배운 것이다.

오늘은 그 여학생에 대해 이야기를 나누고 싶다. 내가 이 선배 따라 교회에 나간 지 세 번째나 되었을 것이다. 예배당 안에 들어서는 순간 천상의 소리가 들리는 것이었다. 대단한 감동이었다. 소름이 돋는, 아니 내 마음 저 아래 심연으로부터 주체할 수 없는 뜨거움이 용솟음치는 순간이었다. 내 생애 처음 겪어보는 감동의 순간이었다. 그것을 설명하기가 곤란하지만 예술가들에게 한 번씩 온다는 격렬한 체험 말이다. 어떤 미술가는 전람회의 어떤 작품을 보고 그 앞에 주저앉아 버렸다는 체험이나, 여행가들이 절경 앞에서 엉엉 울어버렸다는 그런 체험 말이다. 그때 들었던 노래가 요즘에도 내가 가끔 부르는 '희망의 속삭임'이라는 노래다. 그 노래의 주인공이 윤희 자매다. 그 때 이중창으로 불렀지. 그런 음악의 감동을 느끼고 교회에서 찬송가나 노래를 가르쳐 줄 때 따라 부르기는 했지만 노래에는 썩 자신이 없었고, 그 뒤로부터 하모니카를 열심히 배웠다."

"그래서 자네가 하모니카를 불었구나. 하모니카가 어려운 악기는 아니지만 자네 같이 구성지게 부르는 것도 쉽지는 않지. 그나저나 상당히 이지적인 여인이다. 뭇 여인들이 다 마찬가지이듯이. 물론 우리 어머님, 네 어머님도 마찬가지다. 여인들은 남정네들에 비해서 종교적이다. 종교적이라는 것은 맹신의 허점이 엿보일 수 있을 것인데, 편지를 보니 그렇게 맹목적이지도 않고 이지적인 면이 있다. 아주 매력적인 여인이다. 천하의 이현성이 마음을 얻어낸 여인이니 어련하겠나."

"나이는 자네나 나나 태생이 시골이라 학교에 늦게 입학을 했지. 우리보다 한 살 아래다. 올해 열아홉이지. 인물은 수수한 편이고, 마음이 참한 사람이다."

"수수한 인물에 참하다면 어른들이 아주 좋아하겠네. 그래서 앞으로 어떻게 할 것이냐?"

"그 동안 숱한 우여곡절 끝에 이제야 서로 신뢰하는 사이가 되었다. 어찌하기는 어찌하겠냐? 서로의 신뢰를 더 쌓아 가야 하겠지."

"작년에 그 동생이라는 여학생에게 네가 좀 과잉친절을 베푼다 하였더니 그런 심모원려한 작전계획이 있었구만. 여자를 홀리는 데도 육도삼략이 필요한 것이지. 네 녀석의 음흉한 속셈을 이제야 알게 되었구나."

"야, 윤자혁 선배가 그러더라. 마음에 드는 여인을 위해서는 모든 것을 바칠 각오로 여인의 마음을 사로잡아야 한다고. 오늘 저녁 우리 하숙집에서 먹고 나랑 같이 전차 타는 데까지 가보자. 전차 타고 집에 데려다 주는데 한 이십 분이면 족할 거야."

"그래, 그러면 같이 가자. 내가 마음이 설렌다. 역시 이현성 멋있어."

저녁을 먹고 이화정 거리로 나섰다. 여덟 시가 좀 지난 시간이었다. 좌측으로 올라가는 길 언덕 위에 교회가 있었다. 현성이 시계를 보더니 파할 시간이 다 되었다 하며 교회 쪽을 쳐다보았다. 잠시 후 삼삼오오 남녀학생들이 교회 정문을 나오고 있었다. 두 자매가 나란히 내려오는 모습을 보며 천천히 전차 승강장으로 발길을 옮겼다. 가로등이 있는 잡화상회 앞에서 서로의 마주침이 있었고, 자연스럽게 인사를 하고 윤희에게 경식을 소개하였다.

"내 절친한 친구를 소개합니다. 우리 고향에서 멀지 않은 전라남도 광양이 고향이고, 나와는 고보 2학년 때 같은 반으로 만난 중앙고보의 준재 김경식입니다. 공부를 뛰어나게 잘하고 저보다도 훨씬 더 이성적입니다. 윤경 씨는 작년에 자리 한 번 같이 했던 기억이 있지?"

눈치 빠르게 윤경이 대답했다.

"맞아요. 의학도를 지망하신다는 오빠이시네요."

"예, 김경식입니다. 별로 뛰어날 것이 없는 저를 이렇게 요란하게 소개해 주니 부끄럽습니다."

서로 목도를 하고 길을 걸어갔다. 경식의 시야에 들어온 윤희의 모습은 단아한 학의 자태였다. 날씬하게 큰 키, 맑은 눈망울, 오똑한 콧날, 고운 아미며 빠질 데 없는 미인이었다. 쪽물 들인 통치마에 짧은 옥양목 저고리 입고, 흑단 같은 머리칼은 허리까지 치렁치렁 늘어졌다. 붉은 바탕에 금박을 놓은 도투락댕기가 고혹적이었다. 잠시 걸어 전차를 타고 다시 전차에서 내려 집에 이르는 길에 들어서면서 현성이 말문을 튼다.

"이번 여름방학에 브나로드 운동에 참여하고 싶어 동아일보에 신청했습니다."

그때까지 주로 윤경이 조잘대고 있었는데 이번에는 윤희가 대꾸했다.

"어디에서 하시기로 하였는데요?"

"주관 단체에서는 고향으로 하기를 원하지요. 왜냐하면 계몽활동을 보름씩 하자면 여러 가지 필요한 것들이 많은데 아무래도 본인의 고향이라면 자체조달이나 지원 받기가 수월치 않겠습니까?"

"그럼 옆에 계신 친구 분도 같이 가세요?"

경식을 끌어당기면서 대화를 주고받도록 유도했다.

"자네가 직접 대답해."

"아닙니다. 꼭 같이 하고 싶었지만 저는 사정이 있어 방학 중에 그런 짬을 낼 수가 없어 뜻을 접었습니다."

현성이 나섰다.

"제가 부연해서 설명 드리지요. 아시겠지만 의전에 들어가기가 하늘의 별 따기 만큼이나 힘이 듭니다. 조선 내에 있는 일본인 학생들을 전체로 따진다면 조선학생들의 십분의 일도 안 됩니다. 하지만 경성제대나 의전이나 우수한 학생들이 들어가고자 하는 상급학교에 입학하는 학생 수는 일본인 학생들의 숫자가 절반이 넘습니다. 이것은 일본학생들에게 주어지는 온갖 특혜나 입학시험의 가산점 때문인데 조선인 학생들에게는 그만큼 기회가 줄어드는 것이지요. 일본인들에게 주어지는 특혜가 엄청나게 많습니다. 식민지 학생들이 당해야 하는 서러움이라고 볼 수밖에 없습니다. 이 친구가 학업성적이 뛰어나고 집념이 대단하지만 장담할 수는 없습니다. 시험이 얼마 남지 않은 시점에 보름이나 되는 시간을 낼 수가 있겠습니까? 말이 보름이지 준비하랴, 끝나고 마무리 하랴, 여름방학을 통째로 바쳐야 할 겁니다. 그래서 이번 여름방학은 내가 혼자 가고 나중에 의전에 들어가서 같이하는 것도 늦지는 않을 거라는 생각이 듭니다. 더 좋은 조건으로 계몽활동을 할 수 있을 것 같기도 하구요."

그 사이 두 자매의 집 앞에 이르렀다. 담이 높고 정원이 넓어 보이는 잘 다듬어진 일본식 가옥이었다. 작별인사를 하고 돌아섰다. 전차를 타지 않고 걸어가자는 뜻에 동의를 하고 같이 걸었지만 서로 말이 없었다. 현성이 말을 꺼내기에는 경박하게 보일 것 같아 조심스러웠다. 경식의 소감이 있어야 무슨 이야기가 풀려갈 것인데 경식의 심사가 좀 복잡했다. 옥선이 생각이 났고 현성이 오늘 보여준 여학생에 대해 시샘도 일었다. 누가 봐도 욕심을 낼만한 눈이 부실 정도로 예쁘고 품격을 갖춘 요조숙녀였기 때문이다. 모란꽃 같은 느낌이었다. 아름다웠지만 속스러움이 전혀 없고 정결한 기운이 온몸을 감도는 정숙한 여인이었다. 묘한 심리였다. 마음 한쪽 구석에서는 거염이 일기도 했다. 어떤 말을 건네야할지 몰랐다. 축하한다고 해야 하나. 이런 자리를 만들어줘 감사하다고해야 하나. 친구로서 거의 모든 것을 터놓고 지내는 사이였고, 서로 낱낱이 알고 지내는 친구로 알았지만 오늘은 순간 갑자기 달라진 모습이느껴져 낯설기만 했다. 경식이 침묵을 깨고 억지로 말을 꺼냈다.

"그 동생이라는 여학생은 올해 몇 학년이야?"

"우리보다 2년 아래 동덕 3학년이다."

"동생도 빼어나더라. 자매 사이가 아주 좋아 보이던데."

"언니는 말수가 적은 편이고, 동생이 훨씬 더 사분사분한 성격이지. 동생이 없었다면 우리 사이가 가까워지기가 쉽지 않았을 것이다. 동생이 가교 역할을 많이 했지."

"네 놈이 작년 말 동생에게 무리하게 돈을 써대는 것을 보고 확실히수상타 했다. 작년 일 년 교회에 다녀 가장 소중한 것을 얻었구나. 축하한다. 그리고 저 정도의 용모를 너는 수수하다고 표현을 했냐? 이 의뭉한 놈아!"

"경식이 이제야 말이 술술 풀려나오는구나. 밉상은 아니지만 절세가인 또한 아니잖아?"

"이 놈아! 너 정말 그렇게 뻐기고 싶냐? 저 정도면 절세가인이라고해도 손색이 없겠다. 너와 늘 같이 행동하면서 네가 교회에 다니던 동안같이 하지 못했는데, 그 사이 많이 성장을 했구나. 네가 늘 말했던 전도사 박 선생인가 하는 분은 어땠어?"

경식이 어색함을 벗어나려는 듯 말머리를 돌렸다.

"서양 역사와 문학에 해박한 지식을 가지신 분이셨다. 종교적 독선이나 아집을 지양하셨고, 특히 좋은 서양노래를 많이 가르쳐 주셨다. 가슴 아픈 이야기다만 박 선생은 경기도 교회에 나쁜 소문이 돌아 멀리 함경도에 가시게 되었다. 내가 원래 교회에 뜻이 맞았던 것도 아니었지만, 교회의 지도자라는 사람들이 박 선생에게 해대는 것을 보고 정나미가 떨어졌다. 우리나라 사람들이 미개한 것이 아니라 우리 조선 사람을 미개한 민족으로 만드는 사람들이 교계의 지도자란 사람들이다. 우리나라 무당이나 풍수쟁이나 모두 황당무계하고 혹세무민하다고 하는데 교회 사람들도 다 마찬가지다. 자기 말은 다 맞고 다른 사람 말은 무조건 틀리고, 그런 논리라면 과학이 무슨 필요가 있겠나? 세상사는 이치가 다 무슨 필요가 있겠나? 교회 목사들이 과학자도 하고 철학자도 하고 배 타는 선장도 하고 총칼을 든 군인도 하면서 세상사 모든 것 영향력 있고 힘 있는 것은 그들이 하면 되겠지. 그들이 믿는 하나님이 능력을 주시는 것이니."

"백 번 옳은 지적이다. 하지만 우리의 삶이 전적으로 무신론적으로 살 수는 없지. 지금 우리의 삶에도 종교적인 의식이 전혀 없는 것은 아니다. 제사를 모시는 것이나 성묘를 다니는 것이나, 숭배의 대상이 다를 따름이지 영적인 것은 마찬가지라 생각한다. 인간이기에 종교적이고, 인간이기에 영생에의 소망을 갖는 것이다. 서로 과잉된 환영의 세계를 용인하여 주고 때로는 격려하여 주는, 그렇게 하여 지친 삶을 위무해 가며 사는 삶이었으면 한다. 어차피 우리네 삶은 고해의 바다가 아니었던가."

이렇듯 오랜만에 서로의 안에 가두어 두었던 생각들을 풀어내놓으면서 어색함이 많이 사그라졌다. 경식은 옥선을 생각하며 현성에게 품었던 기대를 자연스럽게 내려놓았다.

/15장/

브나로드 운동

브나로드 운동은 19세기 말기에 러시아 지식인들이 이상사회를 만들기 위해서는 민중을 깨우쳐야 한다는 취지로 만들었다. '민중 속으로'의 러시아 구호이다. 1930년대 초반에 동아일보에서 브나로드 운동이라고 대대적으로 홍보하여 조선의 지식인 계층인 학생들을 중심으로 계몽대를 조직하도록 했다. 그들에게 교재를 제공하고 학습방법을 교습시켜 여름방학 중 향리에 돌아가 문맹의 아동들을 모아놓고 글을 가르치고 수리를 깨우치도록 하였던 농촌계몽운동이었다.

전부터 이런 농촌계몽운동이 없었던 것은 아니지만 일제는 조선민족이 깨우치는 것을 원치 않았다. 인민들이 깨우친 의식을 갖게 되면 반드시 조선독립을 추구할 것이기 때문에 우민정책으로 일관하였다. 인문학교보다는 실업학교 위주의 실무 중심 학교를 먼저 세웠고, 게다가 조선의 고보는 애매한 학력이었다. 중학교도 아니고 고등학교도 아니었다. 일본 유학을 하려면 조선에서 고보를 졸업하고 일본에 가 고등학교를 다시 나와야 제국대학 입학 자격을 얻을 수 있었다. 조선에서 고보 학력으로는 일본의 대학에 입학할 수 있는 자격이 없었다. 그들은 우리 민족문화를 말살하는 정책으로 일관해오다가 3.1운동이 일어나고서야 그 동안의 통치정책을 심각하게 고민하게 되었고, 그 결과 기존 강압적 통치에서 회유적 통치로 방향을 선회하게 되었다. 단체활동 및 언론활동이 허가되었고 초등교육이 확대되었다. 조선어 맞춤법 통일안이 나왔고, 소학교는 명색이지만 일면일교를 지향하였다.

이런 사회적 분위기에 편승하여 동아일보의 학생계몽운동은 활발하게 전개되고 있었다. 1934년 여름방학이 다가오는 6월 중순 경부터 학교에서 학생계몽운동에 참여할 학생들을 접수하고 있었다. 애초에는 브나로드 운동이라 했다가 학생계몽운동으로 명칭을 바꾸어 시행하였다. 현성은 2학년 때부터 시작된 동아일보 학생계몽운동에 관심이 있었다. 중앙고보는 학교의 주인이 동아일보와 같은 인촌 선생이어서 학교에서 적극 지원했다. 고보재학시절 봉사운동에 참여하리라는 뜻을 세우고 5학년 여름방학을 맞이하면서 학생계몽운동 참가 신청을 했다. 중앙고보 학생들의 지원율은 다른 학교보다 높았다. 대개 1, 2, 3학년 저학년에서는 신청률이 저조한 편이고 고학년이 되면 자원을 하는데 4, 5학년에서는 절반 가까운 학생들이 자원하는 높은 지원율을 보였다. 독서회에서도 적극 참여를 권유했다.

경식은 몇 개월 남지 않은 의전 입학공부에 전념하겠다며 신청하지 않았고 현성은 참가신청서를 제출했다. 학교에서 농촌계몽운동에 대한 교습방법과 유의사항에 대한 교육이 있어 강당에 가보니 백오십 명이 넘는 학생들이 모여 있었다. 4, 5학년 총수가 4백 명이 좀 못되었으니 백오십 명이라는 숫자는 높은 참여도를 나타내는 것이었다. 교재를 나누어 주면서 수신도덕 선생의 격려와 교습방법에 대한 지도가 있었고 '문맹퇴치가'를 배웠다. 노래가 어렵지 않아 두어 번 따라하니 바로 배울 수 있었다.

남원에 내려와 집안 어른들에게 귀향인사를 했고, 농촌계몽활동에 대해 할아버지와 아버지에게 설명 했다. 다음날 읍내에 있는 집안 어른들에게 인사도 할 겸 성안으로 들어갔다. 금리에 있는 작은집에 들러 인사를 했고, 동충리에 있는 동아일보 지국에 전화하여 위치를 물었다. 모교인 남원보통학교에서 그리 멀지 않은 곳에 있었다. 학교 후문에서 큰 도로를 따라가니 도로변 간판이 멀리서 보였다. 미닫이문이 열려 있고 발이 드리워져 있었다.

"계십니까?

문을 조심스레 두드려 방문을 알렸다.

"예, 누구신가요?

삼십대 중반 정도의 모시옷 입은 남자가 신문을 펴들고 앉아 있다가 신문을 한쪽에 접어놓고 일어섰다.

"여기가 동아일보 지국이지요? 지국장님 좀 뵈러 왔습니다."

"내가 지국장이요."

"안녕하세요. 저는 서울에서 고보를 다니는 학생입니다. 이번 학생 계몽대에 참여코자 자원하였습니다. 서울에서 출발할 때 동아일보 남원 지국을 찾아가라 해서 왔습니다."

"아, 그래요. 그렇지 않아도 기다리고 있던 참인데."

선뜻 악수를 청했다. 나이 차이가 많은데 악수를 청하는 것은 드문 일이었다. 모던한 사람이 아니면 생각할 수 없는 인사법이었다.

"비안쟁이 사는 이현성이라고 합니다. 중앙고보에 다니고 있습니다. 여기에 오면 계몽운동에 관한 구체적인 계획이 나와 있을 거라 해서 왔습니다. 학습용 교재도 도착했을 거라 하고요."

"비안쟁이 살면 아버님 함자가 어찌 되시는고?"

"상자, 옥자를 쓰십니다."

"아, 그러면 군청 다니는 한옥 씨가 작은아버지 되겠네. 자네 작은아버지하고 나하고 친구로 지내니 내가 편하게 말을 놓겠네."

"그러십시오. 꼭 그런 알음이 없을지라도 고향 어른이신데 말씀 편하게 하십시오."

"한옥 씨가 가끔 자랑했던 집안 장손에 재주가 뛰어난 젊은이가 자네였구만. 자네를 보니 숙부가 자랑할 만하겠네. 체격이 당당하고 인물이 아주 훤하네."

"과찬의 말씀 주시니 부끄럽습니다."

"이번 남원 학생계몽운동은 주생면에서 하기로 했다네. 배움을 신청한 사람이 삼십 명 남짓 되어 학교를 빌려서 해볼까 했는데 학교에서 이렇게 비협조적일 줄은 몰랐네. 이 핑계 저 핑계 대더니 안 된다는 거야. 옹졸한 생각을 가지고 그런 것이지. 학생들 가르치는 저희들 처지가 위축될 것 같아 비협조적이었을 것이네. 그게 말이나 되는 소린가. 우리나라에 보통학교 문턱을 밟아보지도 못하는 아동이 절반이네. 몇 번 찾아가 사정을 해도 어렵다는 소리만 해서 옛날 서당 자리를 쓰기로 했네. 교실로 넉넉하지는 않겠지만 장방도 있고 대청도 있어서 크게 불편하지는 않을 것이네. 자네 올해 몇 학년이지?"

"5학년 졸업반입니다."

"그러면 대장을 맡으면 되겠네. 자네 말고도 지원자가 둘 있지. 한 사람은 대산면 출신 전주 신흥고보 3학년이고, 다른 한 학생은 천거리가 집인데 전주고보 4학년에 다니고 있네. 언제 같이 만나서 상의를 해야지."

"연락이 된다면 오늘 저녁에 만나고 싶습니다. 저 혼자 다 할 수는 없는 것이라, 과목분담도 해야 할 것이고 준비물에 대해서도 상의하도록 하겠습니다. 오후에 주생면 지당리 우리가 사용할 서당에 다녀오고 마을도 한 번 둘러보고 싶습니다."

"그러소. 확실히 고학년이라 책임감이 다르네. 다른 학생들은 여기에 다녀가기만 했지 직접 현장에 가보겠다는 학생은 없었어. 그리고 집회신고를 해야 하니 자네 이름과 자네 부친 성함과 직업 등을 여기 기록해 놓고 가게나. 그리고 이따 여섯 시쯤 이리 오게나. 내가 이번 행사에 같이할 학생들을 오라고 할 것이니. 주생면 지당리 소지 마을 구장을 찾아가게나. 그 분이 모든 것을 안내해 줄 것이네."

곡성 가는 차를 타고 주생면 소재지에 내렸다. 먼지가 푸석거렸다. 도로변에 있는 초가집 울타리는 흙먼지에 절어있었다. 비가 한 번 쏟아져야 먼지도 없어지고 대기도 맑아지겠다 싶었다.

도로변에서 지당리 소지 가는 길을 물으니 버스로 왔던 길을 되돌아 좌측에 보이는 마을을 가리켰다. 찻길에서 한 마장은 족히 되는 거리였다. 도로를 따라가니 주생보통학교가 있었고 한참을 더 걸어가니 지당리 소지마을이 나왔다. 유환열 씨를 찾았다. 남원에 살아왔지만 주생면은 처음 와보는 생소한 거리였다. 야트막한 야산 자락에 마을이 있고 요천변으로 넓은 들이 형성되어 있어 편안한 지세였다. 마을사람이 마을 한가운데 마당이 너른 초가집을 가르쳐주었다. 문간에 붙어 있는 사랑채와 다섯 칸의 안채가 있는 넉넉한 시골집이었다. 유환열 씨를 찾아왔다고 하니 풍채가 좋고 인심이 후해 보이는 삼십대 중반 남성이 나타났다. 현성이 인사를 하며 말했다.

"이번에 여기 주생면에서 학생계몽운동을 하게 된 이현성이라는 학생입니다. 내일 모레 시작될 수업에 앞서 저희가 가르칠 교당을 둘러보고 싶어 찾아뵙게 되었습니다."

"아, 그래요. 우리 아이들 가르칠 선생님이시구만. 이리 앉읍시다."

마루에 앉을 것을 권하였다. 부엌 쪽을 바라보며 큰 소리로 말했다.

"여보, 손님이 오셨으니 미숫가루나 한 그릇 내오구려."

옻칠이 된 검은 바탕에 소나무와 학이 그려진 쟁반에 유기그릇이 담겨 나왔다. 행주치마를 두른 자그마한 체구에 소박한 얼굴을 한 시골 아낙네였다. 사양하지 않고 미숫가루 탄 물을 마셨다. 팔월 땡볕에 한 마장 이상 되는 길을 걸어와 땀도 많이 흘렸고 갈증이 나던 차라 아주 꿀맛이었다.

"이번에 몇 군데가 후보지로 물색이 되었는데, 우리 주생면으로 끌어오려고 내가 동아일보 최 국장에게 공을 많이 들였지. 면사무소에 가서 사정하여 칠판과 백묵도 얻어냈고."

생색과 공치사를 적당하게 하였고 동리 대표로서 자기가 하는 일에 사명감도 있고 신명이 나는 표정이었다.

"수고 많이 하셨습니다."

"수고는 무슨 수고. 당연히 해야 할 일이지. 그나저나 선생님들이 수고하셔야겠네. 최 국장 이야기 들으니 이번 대원들이 학벌이 아주 좋고 뛰어난 학생들이라던데."

"그렇지 않습니다. 저도 그렇고 다른 대원들도 특별한 재주가 있는 대원은 없습니다. 이런 일에는 재주보다는 열의와 정성이 있어야 하지 않나 생각합니다."

"그렇지. 한 자라도 더 가르쳐야겠다는 열의가 중요하겠지."

"모레부터 수업이 시작되는데 수업할 장소를 미리 둘러보고 준비도 하고 각오도 새롭게 할 마음으로 왔습니다. 그리고 최 국장님이 이번 대원들 중 학년이 제일 높은 저더러 대장을 하라 이르시더라구요."

"아, 그래요. 대장님이시구먼. 그럼 서당으로 가봅시다."

서당이 좋은 자리에 있고 초가집이지만 방이 제법 넓었다. 동아일보 지국에서 옛날 서당자리를 교실로 확보했다는 이야기를 듣고는 시골 서당이 어느 정도나 될까 심난했지만 생각보다 나은 편이었다. 한때는 제법 학동이 많았던 서당이었을 것으로 보였다. 보통학교가 생기니 자연

서당에 가는 학동들이 줄었을 것이다. 그리고 일본인 관료들은 정책적으로 서당을 폐쇄하도록 종용했다.

백묵과 흑판이 마루 한구석에 준비되어 있었다. 이틀 뒤 월요일부터 수업을 시작하는데 문제는 없어보였다. 집으로 돌아오는 길을 유 씨에게 물었다. 찻길을 따라 조산을 거쳐 남원읍내로 들어가는 길이 있고, 송동 가는 다리를 건너 요천수를 따라 올라가는 길이 있다고 했다. 송동으로 가는 길이 빠르다고 했다. 송동으로 다리를 넘어가는 길을 택하였다. 다리를 넘어 어찌 갈까 궁리하다가 냇가를 따라 올라가기로 하고 냇가를 거슬러 올라갔다.

강가나 바닷가나 1년 중 여름 풍경이 가장 풍성했다. 요천수는 아이들 세상이었다. 동네마다 아이들이 나와 미역을 감으며 시끌덤벙하였다. 은어철이라 낚시 하는 어른들도 간간이 있었고, 투망으로 피리나 모래무지, 붕어를 잡아 담아 놓은 어구를 들여다보는 것도 심심찮은 재미였다. 한쪽에서는 돌을 세워 냄비를 걸어놓고 매운탕을 끓이고 있었다. 자글자글 끓이는 매운탕에 침을 삼키며 지나갔다.

풀숲을 헤치고 모래밭을 지나 자갈이 깔린 너덜길을 넘으면 다시 모래밭이 나오고, 강변길을 걷다 보니 시원한 소나무 그늘이 나왔다. 바로 앞에 보이는 마을이 배동마을인 것을 알 수 있었다. 앞에 보이는 산이 동네 뒷산이었다. 강변길이 벌써 눈에 익었다. 산자락을 돌아서면 비안쟁이었다. 그 동안 요천수의 강물이 흘러가는 곳은 어디일까 하면서 낯선 고장을 그려보곤 했었다. 오늘 그 길을 거꾸로 걸어 올라온 것이다. 2년 전 여름 경식을 데리고 요천수에서 놀던 기억과 작년 겨울 송동에서 길을 잃어 눈 속을 헤맸던 기억이 삼삼했다. 평소 생활하고 늘 다녔던 길과는 정반대 방향에서 마을에 들어서니 전혀 느낌이 다른 동화 속 마을에 들어온 기분이었다. 한 시간 정도 걸리는 거리였다. 이른 아침에

서둘러 가면 더위도 피할 수 있고 넉넉히 교습시간에 맞출 수 있겠다는 가늠이 섰다.

집에 도착하여 아버지에게 오늘 하루 여정을 보고하고 계몽운동에 도움을 청하였다. 학생들에게 나눠줄 공책과 연필을 사기 위한 비용이 었다. 넉넉히 청구하였다. 상옥은 성인이 되어 가는 아들의 일을 적극 지원하였다. 교재는 학생계몽운동을 주관하는 동아일보에서 제공하였 지만, 학생들이 사용할 필기도구와 학습용품은 자체 부담 아니면 현지 협조 형식으로 진행해야 했다. 대개 강습실이나 흑판 분필 같은 학습재 료는 관에서 도움을 받고 공책과 연필은 그 지역 유지들이 후원하곤 했 다. 그것도 여의치 않으면 개인이 지참하도록 하는데 그렇게 되면 학습 효과는 반감되는 것이 당연하였다. 몇 푼 안 되는 월사금 때문에 학교를 나가지 못하는 아이들에게 학용품을 지참하라면 그것이 가능하겠는가. 현성이 이번 계몽운동에 준비해야 할 가장 중요한 것은 공책과 연필이 라 생각했다.

저녁녘에 동아일보 지국에 가 계몽운동에 같이 할 학생 두 사람을 만 날 수 있었다. 전주고보 4학년에 다니는 양정훈은 남원보통학교 1년 후 배로 금리가 집이고 현성에 대해 잘 알고 있었다. 신흥고보 3학년에 다 니는 장호성은 대산면이 집이고 대산에서 소학교를 나와 전주로 진학한 학생이었다. 과목을 분담하기로 서로 상의하였다. 지국장으로부터 계몽 대장으로 지명 받은 현성이 국어한글를 맡고, 양정훈이 산수를 맡고, 장 호성이 창가 및 체조를 맡기로 했는데 한 시간이 남았다. 역사 및 지리 시간이었다. 두 사람이 서로 역사와 지리에는 자신이 없다 해서 현성이 맡기로 했다. 현성은 역사와 지리가 가장 중요한 과목이라 생각했다. 교 재를 받을 때부터 해볼 생각을 가지고 있었고 교육재료도 필요한 것은 준비해 왔다. 장호성은 창가와 체조를 가르치고 남는 시간에 성경공부를 시키겠다고 했다. 미션 스쿨인 신흥고보에서 특별히 지시를 받은 임무라는 느낌이 들어 그렇게 하기로 했다. 호성은 그림책으로 만들어진 성경 삽화가 있는 한글 그림책을 준비해 왔다. 한글 익히기에 아주 좋은 교습서가 될 것임에 틀림없었다. 조선의 모든 책들은 한글보다 훨씬 어려운 한문을 많이 사용하고 있으나 유독 성경만 한문이 거의 없었다. 성경도 처음에는 한문을 썼다가 인쇄도 복잡하고 읽기도 어려워 한문을 줄여가다가 아예 한글을 전용하게 되었다. 한글 보급에는 성경이 한 몫을 톡톡히 한 것이다.

8월 3일 월요일 첫 수업이 시작되어 8월 25일에 마치고, 첫날은 아홉 시에 학동들을 만나 첫 대면을 하기로 되어 있었다. 동아일보 지국에서 첫날 수업에 필요한 교재를 자전거로 날라주기로 했다. 그 편에 현성은 공책과 연필을 가져오도록 했다. 학동이 20여명 된다는데 30명분을 준비해 넘겨주었다.

월요일 이른 아침밥을 먹고 교재와 도시락이 든 니꾸사꾸룩색를 메고 비안쟁이 집을 나섰다. 서당에 도착하니 남자 아이들은 남자 아이들대로 여자 아이들은 여자 아이들대로 삼삼오오 모여 있었다. 어쩐 일인지 여자아이들이 더 많았다. 나중에 계몽운동을 총결산하는 모임에서 들은 이야기를 종합해 보니 어느 곳이든지 여자 아이들이 많다고 했다. 그만큼 여자아이들이 보통학교 진학률이 낮다는 것을 반증하는 것이었다. 개중에는 제법 늙수그레한 총각들도 있었다. 여덟시 좀 넘어 도착했으니 같이 계몽활동 하는 동료들도 나오기 전이었다. 교복에 모자를 쓰고 나타나니 아이들도 남다른 눈으로 쳐다보았지만 데면데면하기는 마찬가지였다. 어차피 이런 어색함을 깨는 것은 가르쳐야 할 사람이 나서야 한다는 생각이 들어 박수를 치며 소리쳤다.

"자, 여기 모이세요. 이리 오세요."

학생들을 불러 모았다. 어린 아이들은 눈치 빠르게 모였지만 나이가 들어 보이는 떠꺼머리총각들은 쑥스럽다는 듯 뒷짐을 지고 어슬렁어슬렁 걸어왔다. 모이는 순서대로 흑판이 걸려있는 대청마루에 앉도록 했다. 첫날은 수업이 없고 강사진 소개를 시작으로 교재와 공책, 연필 등을 나누어주고 수업을 끝낼 예정이었다.

"내가 여러분들과 앞으로 3주 동안 한글공부를 같이할 이현성 선생님입니다."

선생님이라는 단어에 힘을 팍 주어 아이들에게 각인을 시키고는 흑판에 이현성이라고 큰 글씨로 썼다.

"여러분, 내가 쓴 글씨가 우리나라 글 한글인 것은 알겠지요. 그렇지만 어떻게 읽는 줄은 모르겠지요. 여기에 쓴 세 글자가 선생님 이름입니다. 앞으로 20일 동안 선생님하고 같이 공부를 하게 되면 이런 글 정도는 술술 읽어갈 수 있습니다. 따라 하세요. 이현성."

서너 번 따라 하게 했다. 그리고 소개를 했다.

"선생님은 5년 전 남원 읍내에 있는 보통학교를 졸업하고 서울에 있는 중앙고보에 들어가서 지금 5학년입니다. 노암리 비안쟁이가 우리집이에요. 여러분 비안쟁이가 어딘 줄 잘 모르지요? 주생에서 요천수를 건너면 송동면인 것은 알고 있지요?"

"예."

입을 모아 대답했다.

"송동면에서 올라가면 우리 동네 비안쟁이가 나옵니다. 여러분, 서울 가본 적 없지요?"

"예."

"선생님은 서울에서 5년 살았습니다. 서울에는 사람도 많고 차도 많고 높은 건물도 많아요. 으리으리하고 삐까번쩍한 집들도 많아요. 여러분들이 공부를 열심히 하면 서울 이야기 많이 해줄 거예요. 재미있겠어요? 재미없겠어요?"

"재미있겠어요."

"그래요, 재미있을 겁니다."

처음 여덟 시간 차를 타고 서울 올라갔던 이야기와 경성역에 내렸을 때 놀랐던 일, 창경원과 남산과 한강 이야기 등 아이들 호기심을 충동하는 이야기보따리를 풀어 놓았다. 그 사이 동아일보 지국에서 교재를 실어온 자전거와 두 명의 동료들이 도착했다. 동료 선생들에게 현성이 하던 식으로 각자 소개를 하도록 했다. 신흥고보 장호성이 좀 더 여유 있고 자신 있게 자기소개를 하였다. 현성의 느낌으로 교회에서 활동을 해봐서 발표하는 경험이 많았을 거라는 생각이 들었다. 두 사람이 자기소개를 하는 사이 교재에 나와 있는 '문맹타파가'를 흑판에 적었다.

귀 있고도 못 들으면 귀머거리요, 입 가지고 말 못하면 벙어리라네. 눈 뜨고도 못 보는 글의 소경은 소경에도 귀머거리 또 벙어리라네. 듣는 대신 보란 글을 보도 못하니, 귀머거리 가 아니고 그 무엇이며. 말하듯이 써낸 글을 쓰도 못하니, 벙어리가 아니고 그 무엇이리. 남과 같은 귀와 눈과 입 다 가지고서 한 평생 이 설움 어찌 받으랴. 알기 쉬운 우리글을 맘만 먹으면 아무리한아무리 어리석은 이라는 뜻둔재라도 다 깨치리라.

낫 놓고 'ㄱ'자를 누가 모르리. 뒤집어 놓으면 'ㄴ'자 절로 알리니. 자들고 세로 재면 'ㅡ'자 되고 홍두깨 가로 놓으면 'ㅣ'가 되네. 질맛가지 'ㅅ'에 코뚜레 'ㅇ' 지겟다리 'ㅠ'자를 뒤집으면 'ㅛ'. 고무레 쥐고 보니 'ㅜ'자가 되고, 거꾸로 놓고 보니 다시 'ㅗ'잘세. 세발 가진 소시랑을 'ㅌ'자라면, 자루 빠진 연감개는 'ㅍ'자 되리. 'ㅋ'은 두 발 가진 모지랑 갈퀴, 허리 동인 집게는 'ㅂ'이라군.

팔다리를 벌리고선 'ㅊ' 보아라. 뱀처럼 몸을 서린 'ㄹ'도 있네. 측량판 벌려 노니 'ㅈ'자로세. 동이 위에 솥뚜껑은 'ㅎ' 아닌가. 꺽쇠는 'ㄷ'인데 모말은 'ㅁ'. 눈에 띠는 문고린가 가락진가 'ㅇ'자로세. 눈에 띠는 물건마다 글자로 뵈니 아무리 잊으려도 잊히지 않네.

낫처럼 생긴 'ㄱ', 지겟다리 'ㅏ', 가로 맞춰 놓으면 '가'자가 되고, 모말 같은 'ㅁ'을 그 밑에 대면 새빨간 먹기 좋은 '감'자가 된다. 꺽쇠 같은 'ㄷ'과 광명루 'ㅗ'를 우 아래로 이어 노니 '도'자가 아닌가. 그 아래 'ㄴ'자를 놓아라. 죽을 놈도 살려내는 '돈'이란 자다. 이와 같이 이리저리 둘러맞추면 입으로 하는 말은 못 쓸 것 없네. 하루 한 자 이틀 두 자 새새틈틈이 이러구로 익혀가면 내중 다 알터.

현성이 흑판에 가사를 쓰면서 입가에 빙긋이 미소가 돌았다. 올 초 방학 전 윤희가 흑판에 적었던 '희망의 속삭임'이 생각나서다. 서울을 떠나 내려올 때 윤희가 호주머니에 넣어주었던 편지봉투를 열어보니 편지지에 곱게 싸인 10원 짜리 한 장과 몇 줄의 글이 정성들여 쓰여 있었다.

'참된 일에 같이하지 못해 안타깝습니다. 제가 드리는 작은 정성이 열 배 이상 값진 곳에 쓰이기를 바라며, 방학이 끝나면 검게 그을린 구릿빛 얼굴로 뵙기를 고대합니다. 당신의 아이리스 윤희 드림.'

갑자기 뜨거운 무엇이 회오리바람처럼 전신을 휘감는 느낌이 들었다. '그렇다. 이번 계몽활동의 모든 것을 윤희에게 바치는 기분으로 임할 것이다. 제물을 바치는 기분으로 임하자. 내 가슴에 자랑스러운 마음으로 벅차오를 때까지.'

교재와 공책과 연필을 나누어주니 아이들은 대단히 자랑스럽고 날아갈 듯한 기분이었다. 학교에 다니지 못한 열등의식을 벗어던지고 공부를 열심히 해 글자를 깨우치겠다는 눈빛이 역력했다. '문맹타파가' 총

11절을 흑판에 적어 놓고 첫날은 4절까지만 가르쳤다. '문맹타파가'를 흑판 한쪽에 작은 글씨로 적어 수업이 끝나는 날까지 지우지 않았고, 매일 한글 시간이 끝나면 한 절씩 가르치고 복습하여 완전히 외워서 익히도록 했다.

4절에서 'ㄱ'자와 'ㅡ'자와 'ㅣ'를 부를 때는 실제의 모형을 놓고 노래를 가르쳤다. 교재를 배포하고 보니 참석인원이 예상을 웃돌아 4명분이 모자랐다. 현성이 주의를 환기시키기 위해 교재를 못 받은 네 사람 손을 들어보라 했다.

"오늘 우리가 예상한 인원이 스물네 명이어서 여유 있게 삼십 권을 준비해 왔는데 열 명이 더 와 네 명분이 모자라게 되었습니다. 내일 꼭 챙겨 줄 것이니 오늘 못 받은 학생 꼭 내일 나와야 합니다. 그리고 여러분 주위에 공부를 같이 하고 싶은 친구가 있거든 데리고 오세요. 알았지요?

"예."

힘찬 대답이었다. 아이들을 보내고 양정훈이 말했다.

"선배님, 오늘도 준비한 책자가 모자랐는데 내일 또 준비해 와서 모자라면 어쩌실려구요?"

"교재는 동아일보에 말하면 더 줄 것이고 공책과 연필은 내가 책임질 것이니 열 명분만 더 준비해 오시게. 읍내에 사는 아우님이 심부름은 좀 해주어야 되겠고."

첫날 일정은 이렇게 끝났다.

둘째 날 일정이 시작되었다. 어제보다 네 명이 더 불어 총 38명으로 첫 수업을 시작하였다. 아침 여덟시부터 시작하여 'ㄱ, ㄴ, ㄷ. ㄹ'의 자음과 'ㅏ, ㅑ, ㅓ, ㅕ'의 모음을 흑판에 적어놓고 강단의 선생이 선창을 하면 학생들이 따라 하도록 했다. 그리고 '문맹타파가'에 나오는 대로 낫을 가지고 'ㄱ' 자를 만들어 보여주고, 낫을 뒤집어 'ㄴ'자를 만들어 가면서 자음에 대한 개념을 익히도록 하였다. 대나무 지팡이를 뉘여 'ㅡ'를 만들고, 세워서 'ㅣ'를 만들어 모음에 대한 개념을 세웠다. 그리고 흑판에 쓴 글자를 공책에 열심히 베껴 쓰도록 했다. 처음 해보는 수업이라 진땀이 났지만 한 시간이 어떻게 흘렀는지 모르게 지났다.

다음 산수 시간은 양정훈이 맡아서 했다. 1, 2, 3, 4, 5, 6, 7, 8, 9, 10까지의 숫자를 써놓고 익히도록 했다. 모든 수업이 마찬가지지만 한 사람이 전담하지는 않았다. 옆에서 지켜보며 보조자료가 필요하면 대령하였고, 학생들의 이해나 대답이 시원찮으면 대신하여 수업 분위기를 돋아주곤 했다.

세 번째 시간 창가 시간이 제일 쉽고 흥겨웠다. 장호성이 '학도가'를 흑판에 써 놓고 손바닥으로 박자를 쳐가며 노래를 가르쳤다.

학도야 학도야 청년학도야 벽상의 괘종을 들어 보아라.
소년은 이로에 학난성하니 일촌광음도 불가경일세.

청산속에 묻힌옥도 갈아야만 광채나고,
낙락장송 큰나무도 깎아야만 동량되네.

공부하는 청년들아 너의직분 잊지마라.
새벽달은 넘어가고 동천조일 비쳐온다.

노래를 삼십 분 하고 나머지 시간은 체조를 하여 한 시간 수업을 마쳤다.

네 번째 시간은 현성의 역사 및 지리 시간이었다. 큰 닭 모양으로 생긴 중국 대륙을 그리고, 그 동쪽에 조선반도를 그리고, 제주도와 호랑이 꼬리라는 경상북도의 호미곶까지 표시했다. 그리고 섬나라 일본을 그려 놓고 각 나라의 지형적인 특징과 국민성에 대해 설명하였다. 우리나라가 대륙과 섬나라 사이에 끼인 반도국가라는 설명도 곁들이면서, 이런 지형적인 위치 때문에 옛날부터 북으로부터 오랑캐의 침입과 동쪽으로는 섬나라의 침략이 잦았다는 이야기까지만 하였다. 그리고 우리나라의 조상인 단군왕검과 단군신화에 대한 이야기를 들려주었다. 이렇게 둘째 날 수업을 마쳤다.

셋째 날에는 자음과 모음을 복습하고, 자음과 모음이 합쳐 어떻게 단음절이 되는가를 보여주었다. '가나다라마바사'와 '아야어여오요'를 가르치고, 흑판의 글자를 보고 따라 외우게 하였다. 산수는 백, 100, 천, 1,000, 만, 10,000, 십만, 100,000, 그리고 백만, 1,000,000까지 단위를 높여가면서 수의 개념을 확장해 갔다. 창가 시간에는 어제 배운 '학도가'를 복습하고 '권학가'를 새로 배웠다. '권학가'는 어제 '학도가'보다 어려웠다.

소년은 이노하고 학문은 난성이고 일촌의 광음인들 불가경이라. 지당의 춘초몽을 미각하야서 계전에 오엽을 기추성이라.

'학도가'와 중복되는 부분도 있고, 노래를 따라 하기는 하였지만 말뜻이 어려워 무슨 말인지도 모르고 따라 하기만 했다. 현성은 이 구절이 '명심보감' '권학절'에서 따온 것을 알 수 있었다. 쉽게 가사를 번역하여 부르게 하였다.

소년은 쉽게 늙고 학문은 이루기 어렵나니 어찌 시간을 허비하리오. 봄이 오는지도 모

르는 사이 벌써 오동잎이 떨어지는 구나.

역사 시간에는 고구려 시조, 천하의 명궁 고주몽 이야기와 알에서 태어난 신라 시조 박혁거세의 이야기를 해주었다. 역사와 위인들의 이야기에 현성은 자신이 있었다. 이모네 아이들을 가르치면서 해주었던 이야기이니 재미있게 해줄 수 있었다. 고주몽이 장난꾸러기 시절 이야기 '주몽이 동네 아주머니가 물을 길어 이고 가는 물동이에 활을 쏘아 맞추었다. 물이 흘러내리니 노발대발하는 것을 다시 활을 쏘아 구멍을 명중시켜 메웠다.'를 해주니 아이들이 박수를 치며 좋아했다. 이야기를 끝내고 조선 지도를 흑판에 그려 놓고 조선 팔도가 십삼도가 되어가는 것을 보여주었다. 우리 고향 남원이 전라북도의 남쪽에 위치하고 있고, 주위에 곡성과 구례와 임실과 장수가 있고, 경상도 함양과도 이웃해 있다는 것을 설명해 주었다.

이렇게 나흘이 지나고 닷새가 되는 날 아이들이 열 명이나 빠졌다. 예정대로 수업을 진행하고 수업이 끝난 뒤 조사해보니, 나이가 좀 들어보이던 청년들이 주로 빠져 있었다. 그 원인을 캐물으니 그들은 낮에 일을 해야 먹고사는 처지였다. 남의 집에 머슴 사는 사람도 있고, 아니면 집안 가장 노릇을 할 수밖에 없는 청년들이었다. 유환열 씨 집에 머슴 사는 청년도 둘이나 있었다. 서른여덟 명에서 열 명이나 빠지게 되니 자리가 휑해졌다. 심각함을 느끼지 않을 수 없었다. 계몽대원들과 상의한 뒤에, 더 정확한 사정을 파악하기 위해 현성이 유환열 씨를 찾아가 만나보기로 했다. 나머지 두 사람은 서당에서 기다리기로 했다. 유환열 씨를 찾았더니 반갑게 맞아주기는 했지만, 처음에 좋은 일을 해보겠다고 이집 저 집 찾아다니며 독려하던 때와는 달리 대꾸가 없었다.

"구장님, 저희들은 이번 방학에 모든 것을 접어두고 이 계몽활동에 매달리고 있습니다. 그래서 한 사람이라도 더, 글을 깨우치게 하고 싶은 마음에 이 더운 날씨에도 땀을 흘리고 있습니다. 오늘 갑자기 열 명이나 빠져버리니 우리 대원들 의욕이 많이 저하되어 있습니다. 그 사람들을 만나 정확한 이야기를 듣고 싶습니다."

"자네들 애쓰는 것을 내가 어찌 모르겠어. 고맙게 생각하지. 그렇지만 사정을 뻔히 아는데 직접 찾아가 만난다고 해도 뾰족한 수는 없을 것이네. 당사자들이야 한 자라도 배우고 싶은 마음이 간절하겠지만, 가족이나 주위 사람들이 자꾸 충동질을 한다는데 나도 할 말이 없네. 당장 글을 배워 밥이 나오냐, 쌀이 나오냐, 아니면 보리쌀이라도 나오냐, 하는 것이지. 일을 해야 먹고 살 것이 나온다는 것이지."

"구장님께 정확히 여쭙고 싶습니다. 글 배우러 가는 바람에 일을 못한다는 것이겠지요. 그럼 제가 구장님 댁에 오면서 궁리 한 것인데요. 저희가 낮에 일하는 청년들을 위하여 별도로 시간을 내어 저녁시간에 공부를 가르치는 것은 어떻겠습니까?"

"그렇다면 핑계거리가 없어지니 내가 다시 설득을 해볼 수가 있네. 하지만 자네들에게 너무 폐를 끼치는 것은 아닌지 모르겠어. 낮에 힘들게 가르치고 또 밤에 가르치려면."

"아닙니다. 저희는 이미 각오가 되어 있습니다."

"그럼 내가 돌아다니면서 다시 설득을 하도록 해보겠네. 당장 우리 집에서 일하는 장정들 먼저 가서 공부하라고 해야컷어. 여러 집을 다녀야 하니 내일 아침까지 결과를 알려주겠네. 고맙네. 이렇게 성심 성의껏 해주는 사람이 어디 있것어. 자네들 정성에 모두 탄복허것네."

"그럼 내일 아침에 다시 뵙는 것으로 알고 돌아가겠습니다."

돌아오는 길에 곰곰이 생각해보니 다른 대원들의 이야기는 들어보지도 않고 멋대로 결정해버렸다. 두 사람이 싫다고 하면 어찌할까 하는 생각이 들었다. 정 싫다고 하면 혼자서라도 해보겠다는 생각으로 돌아와 두 사람의 의견을 물었다. 양정훈은 기꺼이 같이 하겠다고 했으나 장호성은 부정적 반응이었다. 두어 번 더 같이 하자고 했지만 궁색한 변명만 계속 늘어놓아 더 이상 같이할 의사가 없는 것으로 생각할 수밖에 없었다. 두 사람이 야간반을 이끌어 가기로 하고 구체적인 시행계획을 세웠다. 낮에 고단하게 일하는 사람들이니 아동반처럼 네 시간을 하는 것은 무리였다. 한글과 산수를 한 시간씩 하고 창가와 역사, 지리를 한 시간에 하도록 하여 세 시간에 야간수업을 마치는 것으로 정리했다.

두 사람이 기숙을 해야 하는 문제도 생겼다. 밤 열시에 끝나 집으로 갔다가 아침 여덟시까지 다시 오는 것은 너무 힘든 일이었기 때문이다. 장호성을 먼저 보내고 두 사람이 숙의한 끝에 다시 유환열 씨를 찾아가기로 했다. 집에 없었다. 부인이 평상에 앉아 기다리라 하면서 다시 미숫가루를 내왔다. 집안이 제법 넓었다. 집은 동향이었고, 안채를 나와 마당으로 나서면 문간채, 문간채에 대문, 마당좌우로 텃밭, 부엌 앞에 샘, 샘 옆에 장독대가 있었다. 장독대 옆에는 오동나무가 튼실하게 자리 잡았고, 남쪽 마당에는 감나무가 넓은 그늘을 펼치고 있고, 그늘에 대나무 평상이 놓여 있었다. 헛간에는 농기구가 잘 정돈되어 있고, 그 옆에는 멍석이 차곡차곡 쌓여 있으며, 여름 마당에 깔리는 멍석은 새것으로 평상 옆에 가지런히 펼쳐져 있다. 주인 내외가 부지런한 사람들임을 알 수 있었다. 집안 안팎살림이 정돈되어 있었고 깔끔했다. 양정훈이 말을 걸어왔다.

"선배님, 보통학교 때 여러 가지 기억이 떠오릅니다. 선배님은 저를 잘 모르셨겠지만 저는 선배님을 잘 알고 있습니다. 공부뿐만 아니라 웅변과 달리기도 아주 잘 하셨지요. 운동회날 이어달리기를 할 때였습니다. 마지막 주자로 나서서 십여 미터나 뒤졌던 것을 뒤집었을 때 얼마나 우리가 열광했던지 모릅니다. 웅변 실력 또한 뛰어나셨지요. 선배님이 경성 중앙고보로 가셨다기에 저도 서울로 보내달라고 졸라댔다가 아버님에게 혼이 났습니다. 집안 사정도 모르고 터무니없는 소리 한다고 하셨지요. 그래서 전주로 갔습니다. 선배님은 제 친구들의 우상이었지요. 이렇게 뵙게 될 줄은 몰랐습니다."

"아우님이 너무 거창하게 치켜세우니 몹시 쑥스럽네. 후배들에게 선배들은 항상 범례가 되는 것이기 때문에 처신을 잘해야 된다는 것을 다시 느끼네. 그래, 자네의 거창한 우상이, 이렇게 만나고 보니 형편없이 구겨지지는 않았나?"

"아닙니다. 여전하십니다. 가까이 있으니 더욱 듬직한 마음이 듭니다."

"기왕 같이 일을 시작했으니 호성이랑 이 자리에 같이 왔으면 하는 아쉬움이 있네. 내가 일을 너무 크게 벌리지 않았나 하는 자책감도 드네. 이 일을 구장님과 결정하고 나서 자네들이 못하겠다고 하면 무슨 낭패일까 걱정하면서 자네들을 만났다네. 다행히도 자네가 선뜻 동의해 주어 안도를 했네만."

"호성이는 저희랑은 생각이 좀 다른 것 같았어요. 제가 며칠 겪어보지는 않았지만 귀찮은 일은 아예 나서지 않으려고 하더라고요. 저런 마음으로 무슨 계몽활동을 하자는 것인가 하는 생각이 들었어요."

"속단하지 말고 더 지켜보세. 이제 시작이네. 그리고 내 사촌 동생이 전주농업학교 3학년이지. 내년에는 이 농촌계몽활동에 꼭 같이하자고 했네. 농업학교는 우리보다 더 의미가 크겠지. 현철이라고 하는데 자네보다 한 해 아래이니 잘 아는지 모르겠네. 전주에서는 어떻게 지내는가? 동향이라고 한 번씩 만나는 기회가 있는가?"

"특별히 만날 기회는 없습니다. 한 해 후배라면 저도 얼굴은 알고 있을 겁니다. 집에 올 때 같은 기차를 타고 다니기 때문이지요. 전주에서 전고와 전농은 가까운 거리에 있습니다. 같은 공립학교이기 때문에 운동시합도 하곤 하는데요. 재작년 축구 시합을 하다가 시비가 붙어 패싸움이 붙었지요. 혈기 방장한 젊은이들끼리 싸움이 붙어 놓으니 선생들이 말릴 수가 없어서 경찰이 와서야 싸움이 끝났지요. 몇 사람이 유치장에 들어갔고요, 후유증이 심했습니다. 전농에서는 두 사람이 퇴학까지 당했으니까요."

"그래, 재미있었겠는데. 그 패싸움 한 이야기나 들어보세."

"전농하고 우리는 불과 500미터도 되지 않은 거리에 있습니다. 그래서 봄, 가을에 한 번씩 축구 시합을 해왔습니다. 그 해 가을 우리 학교에서 축구시합이 있었는데, 전농에 센터포드 맡은 친구가 발재간이 좋고 돌파력이 좋았어요. 그 친구가 시합에 나왔다 하면 거의 지는 걸로 알았지요. 네 번 싸워 한 번 가까스로 이겼으니까요. 그러니 우리 학교 선수들은 집중적으로 그 친구를 괴롭혔지요. 몇 번 걷어차는 것이 눈에 띄었는데, 결정적인 것은 그 친구가 헤딩을 하기 위해 몸을 띄운 상태에서 고의적으로 발을 걸어버린 것이지요. 일어나지 못하고 벌렁 나자빠져 있으니 응원하던 농고생들이 운동장에 뛰어들어 반칙한 친구에게 몰려들었지요. 고보생들이 다시 가세를 하였고, 여기에서 어떻게 무마가 되었으면 문제가 크게 확대되지는 않았을 거예요. 아무래도 고보생들이 학생 수가 많고 교내에서 싸우니 농고생들이 밀릴 수밖에 없었지요. 싸움이 불리하니 일부 학생들이 학교 실습장에 달려가 몽둥이나 괭이, 삽, 곡괭이 등을 들고 나타난 것입니다. 그렇게 되니 유혈이 낭자하게 되고 경찰이 나서지 않으면 수습이 안 될 지경에 이른 겁니다. 이 사건 이후 축구 시합은 없어졌습니다."

"좀 지나쳤구만. 서울에서도 운동시합을 하다가 패싸움이 없었던 것은 아니지만 그렇게 흉기가 동원되고 유혈사태까지 가지는 않았지. 그래서 아우님도 그 싸움에 가담했어?"

"저희는 그때 저학년이라 구경만 하고 있었습니다. 만약 제 친구들이 얻어맞았다면 저도 구경만 했겠습니까."

그런저런 이야기를 나누고 시간가는 줄 모르는 사이에 유환열 씨가 나타났다. 얼굴에 자신감이 넘치는 것이 일이 잘 되어 가는 모양이었다.

"허 참, 내가 누구 좋으라고 이렇게 아쉬운 소리를 하고 다니는지 모르겠네. 지 새끼들 눈 뜨게 하는 것인데, 내가 무신 빚 얻어 쓴 사람 같이 사정을 하고 다녀야 하다니."

유환열 씨를 처음 만나서부터 느낀 것이지만 그는 공치사는 아닐지라도 자기가 하는 일에 생색내기를 좋아했다. 어린아이처럼 칭찬받는 것을 싫어하지 않았다.

"제가 구장님에게 무리한 말씀을 드려 불편을 끼쳐드린 것 같아 면목 없습니다. 너무 수고하시는 것 같아요. 일은 어떻게 되었습니까?"

"잘 되었어. 다 내일 저녁부터 다시 나오기로 했고. 그런데 선생님들 어찌 다른 할 말이 있으신가?"

"예, 저희들끼리 의논하다가 예견되는 일이 있어 찾아뵙게 되었습니다. 수업을 밤에는 세 시간만 하기로 하였습니다. 낮에 일하는 사람들이기 때문에 너무 늦게까지 공부를 시키면 다음날 일에 지장이 있을 것 같아서요. 그런데 저희가 그 동안 집에서 다녔는데요, 수업을 밤 열시에 파하게 되면 집에서 다니는 것이 어려울 것 같아서요. 숙식문제를 상의하려고 찾아뵙게 된 것입니다."

"그렇지. 그렇게 늦게 파하면 집에 갈 수가 없지. 야밤에 멀기도 하거니와 청사초롱을 들고 다닐 수도 없는 것이고. 이런 문제는 선생님들이 부담할 수는 없는 것이라 우리 동네에서 해결해야 되는 것이고 구장이 알아서 해야 할 일이네. 누추하지만 우리 집에서 지내는 것으로 하지. 안채 장방을 보통학교 다니는 큰 아이하고 둘째 아이하고 쓰고 있는데, 여름이니 대청에서 자라하고 선생님들이 그 방을 쓰면 되겠네. 우리 아이들도 선생님하고 같이 지내면 공부하는데 도움이 될 것이고. 음식이 입에 맞을지 모르겠지만 집사람도 선생님들이 우리 집에 있을 거라면 좋아할 것이네."

대답이 막힘이 없이 시원시원하였다.

"선뜻 문제를 해결해 주시니 감사합니다. 이번 계몽운동은 처음부터 끝까지 구장님 힘이 없었다면 성사되기가 어려웠겠어요. 애 많이 쓰셨습니다."

"애는 무신 놈의 애. 내 속 알아주는 놈 동네에서는 아무도 없네. 선생님들이나 하니 내 이야기 들어주지. 그 놈들 말대로 내가 이 일을 해서 밥이 나오는가 쌀이 나오는가. 그리고 우리 아이들은 다 학교에 다니고 있지 않은가. 한글이야 벌써 떼어버렸지. 내가 무신 부귀영화나 바라고 이 일을 하는 것처럼 아쉬운 소리 하고 다니고. 그 작자들은 혀 짧은 소리를 하고, 나중에 뒷소리나 하고, 속이 터질 뻔했네."

"구장님, 큰일을 하다 보니 그런 것이죠. 나무가 크면 바람을 많이 타는 것 아니겠습니까. 작은 나무는 바람 탈일도 없겠지요."

"하긴 그렇지. 확실히 배운 사람들이라 생각하는 것이 달라. 고맙네."

"열심히 하라는 격려의 뜻으로 알고 열심히 하겠습니다. 오늘 집에 가서 짐 정리해서 내일 뵙도록 하겠습니다."

하고 구장 집을 떠났다.

다음날 집에서 출발하려는데 아버지, 어머니가 나서서 쌀말이라도 챙겨 보내고 싶어 했다. 어머니가 일렀다.

"현성아, 박센에게 쌀 두 말 실어 보낼 것이니 그렇게 알아라. 네 집도 같이 들어다 줄 것이고. 보름씩이나 남의 집 신세를 지는데 부모 된 입장으로서 그냥 보낼 수는 없구나. 오늘은 박센하고 주생까지 같이 가라."

"어머니, 그러실 필요 없어요. 그 집에서 알아서 해주는 것이고, 보통 봉사활동에 이런 비용은 동리에서 해결 해줍니다."

"그래도 조석으로 밥을 해주는 그 집 아낙의 입장을 생각해서 그럴 수는 없다. 아낙들 여름 손님에 대해 하는 말이 있다. 얼마나 손님 치르기가 힘이 들었으면, 손님 가는 뒷모습이 구랭이 남의 집으로 가는 것같이 고마웠다고 했겠냐."

"어머니, 그래도 그런 것은 싫어요. 그 동네에 돈 없어서 공부 못하는 사람들 가르치러 가는 사람이 유세하듯 머슴 앞세우고 가는 것은 싫습니다."

이 말을 듣고 있던 아버지가 나섰다.

"현성이 말이 틀린 말은 아닌데, 빈손으로 보낸다는 것은 도리가 아니다. 어쩌냐? 내가 생각하기엔 너도 얻어먹고 지내고 싶지는 않을 것 아니냐?"

"제가 매고 가는 니쿠사쿠에 쌀 몇 되 담아가고, 지난 번 지원해주신 금액 중 남은 돈이 한 오원 남짓 있으니, 그것을 전해줄까 생각하고 있습니다."

현성은 윤희에게 받았던 돈을 생각하고 있었다. 계몽활동하는 데 쓸 수 있다면 용처가 어디든지 요긴하게 쓰면 되었다.

"그러면 그렇게 해라."

쌀 닷 되 넣고 나머지 짐을 꾸려 묵직한 니쿠사쿠를 매고 십리 길을 출발했다. 그 날 오전 수업을 끝내고 정훈과 함께 구장 집에 갔더니 구장은 없고 구장댁이 점심을 해놓고 기다리고 있었다. 구장댁이 안내하는 방에 짐을 풀고 점심식사를 하고 나서, 가져온 쌀과 어머니가 전해드리라 하셨다며 봉투를 내밀었다. 놀라는 표정이었다. 봉투를 처음 받아보는 눈치였다. 돈이 들었다는 것은 알아차린 듯했다.

"이런 것 받아도 되는지 모르것어요."

한사코 물리쳤다.

"어머니가 그러시는데요. 여름 손님은 구렁이보다 더 무서운 거라고 하시대요. 본의 아니게 폐를 끼쳐서 죄송합니다. 그것이라도 받아주셔야 저희들 마음이 덜 불편합니다."

"그러면 내가 결정할 수는 없구요. 바깥양반하고 상의해 보겠어요."

여름 한낮 더위가 극성을 부렸다. 뒤안 대나무 그늘이 벌써 초가지붕에 이르렀다. 가져온 짐을 정리하는데 정훈이 머리를 긁적였다.

"선배님, 저는 당연히 마을에서 준비 해주어야 되는 걸로 알고 빈손으로 왔습니다. 면목 없습니다."

"그럴 거 없네. 계몽대가 숙식을 해야 되는 경우 마을에서 부담하는 것이 당연하지만, 우리 집에서는 어른들이 쌀말이라도 가져가라는 것을 어찌 이 먼 길 가져올 수 있겠는가. 그래서 돈으로 대신했으니 정 서운하거든 아우님도 다음에 집에 다녀올 때 쌀이나 좀 가져오시게나. 아까 줬던 쌀이 다섯 되야. 알았지? 그 정도 준비해 와."

저녁 반 수업준비를 했다. 좀 있어 유환열 씨가 나타났다.

"아니 선생님들, 이게 무신 돈이야. 이러면 아니 되지. 내가 이런다면 욕먹을 처신을 하는 거야. 다시 돌려드릴 것이니 그렇게 알아."

의지가 확실한 표정이었다. 그대로 밀고 받고 하느니보다는 대안이 있어야 할 것 같았다.

"이것은 우리 아버지가 주신 것입니다. 제가 다시 아버님에게 드릴 수는 없구요. 정 그러시다면 이번에 공부하는 학생들에게 뭐라도 해주시는 게 좋겠습니다. 나중에 필요한 것이 있으면 말씀드리겠습니다."

간신히 설득해서 보냈다. 저녁 시간이 되니 구장댁 머슴 사는 청년들도 일터에서 돌아왔다. 이 집에 이번 농촌계몽학교에 신청한 사람이 둘이나 되었다. 그들은 문간방에서 지냈다. 씻고 저녁을 먹고 쉬고 있었다. 아무래도 그들에게 먼저 가서 낯가림을 트는 것이 순서인 것 같았다. 그들이 거처하는 방 문간채에 두 사람이 찾아가 아는 체를 했더니 면구스러워 했다. 그들을 뒤로 하고 먼저 교실로 가 준비를 하고 있는데 여기저기서 학생들이 오기 시작했다. 하루 얼굴을 보지 못했던 것이 며칠이나 된 듯한 느낌이었다.

"여러분, 짧은 시간이지만, 여러분들의 얼굴을 다시보지 못한다고 생각하니 마음 아프기 그지없었는데 이렇게 다시 만나니 반갑습니다. 여러분 모르는 것은 이제 부끄러운 것이 아니라 자신에게 죄를 짓는 것입니다. 우리가 몰라서 얼마나 손해를 보고 불이익을 당하는지 모를 겁니다. 글을 모르면 눈을 뜨고 있어도 장님이나 차이가 없지요. 다시 만나게 되었으니 전보다 더 굳은 각오로 글을 깨우칠 것을 다짐하도록 하겠습니다. 여러분 어떻습니까? 저하고 다짐을 하겠습니까? 다짐을 한다면 크게 대답해주시기 바랍니다."

"예."

모두 큰소리로 다짐했다. 다섯 군데에 황초를 피워 불을 밝혔다. 방에 모기장을 발랐지만 문을 닫고 공부를 해야 하니 앞에서 가르치는 사람이나 배우는 사람이나 땀이 줄줄 흘러내렸다. 그래도 배우겠다는 의지는 넘쳐흘렀다. 한글은 이제 자음 모음을 조합하여 글자를 만드는 단계로 접어들었다. 가갸 거겨, 가기구게고, 나니누네노를 배웠고, 내일 준비물로 가마니, 나무, 다리미, 버드나무, 머리카락, 바지, 사다리, 자두와 초를 각각 하나씩 골라 가져오라 했다. 사물에 글자를 써서 익혀가는 방법이다. 산수는 수 노래를 새로 가르쳤다.

1, 2, 3, 4, 5, 6, 7, 8, 9, 10의 숫자, 이것들로 모든 것을 셀 수 있다네. 아, 이것을 알아야 한다네. 보태거나 빼는 것은 가감법이며 곱치거나 쪽 내는 것은 승제법이네. 아, 이것이 계산법이란다. '메타'의 자와 '리터'의 되와 '그람'의 저울, 온 세상 사람들이 써나간다네. 아, 우리도 세계인이란다.

그 날 저녁 역사 시간 주제는 서양의 전쟁 영웅 나폴레옹이었다. 칠판에 나폴레옹이라고 크게 써놓고 나폴레옹의 삶을 이야기 했다. 그는 '코르시카라는 프랑스 남쪽 섬나라에서 태어나 군인이 되기 위해 파리의 포병학교에 진학했다. 시골뜨기라고 같은 사관생도들에게 따돌림을 받고 외로운 생도 시절을 보냈다. 하지만 훌륭한 군인이 되어 유럽전역을 정복하는 위대한 정복자가 되었다. 그는 전쟁 중에서도 항상 책을 손에서 떼지 않고 지냈으며 하루에 두세 시간 자면서 전쟁을 이끌었다. 나폴레옹이 치렀던 전투 중 가장 힘들었지만 훌륭했던 전투는 오스트리아와의 전투였다. 프랑스에서 오스트리아로 가는 길은 이탈리아를 거쳐 가는 길 밖에 없었다. 나폴레옹은 이 길을 택하지 않고 알프스산맥을 넘었다. 눈 덮인 알프스를 넘어오리라고는 아무도 예상을 못했다. 무방비 상태에 있던 오스트리아는 허를 찔려 싸움도 제대로 해보지 못하고 패배했다. 사람이 급소를 맞으면 그 자리에 쓰러지듯이 오스트리아는 급소를 맞아 전쟁에서 패퇴하여 나폴레옹에게 항복하고 말았다.'

현성의 시간에는 조는 학생들이 없었다. 이야기에 아이들이 빠져버린 것이다. 현성은 마치 연극이나 하듯이, 긴박한 장면에서는 속삭이듯이, 전쟁터에서 대승을 하게 되면 웅변하듯 통쾌한 장면을 묘사하곤 하니, 아이들이 좋아하지 않을 수 없었다.

다음날은 한글 시간에 각자가 학습재료로 준비해온 가마니, 나무, 다리미 등에 글자를 써놓고 단어를 익히는 실습을 하였다. 산수의 계산법은 곱셈과 나눗셈 개념을 익혔는데, 초여름에 수확하여 저장해 놓은 감자를 가져다 곱셈과 나눗셈의 기본을 가르쳤다. 감자 스무 개를 다섯 사람이 네 개씩 나누면 20 나누기 5 하여 4가 되고, 한 사람이 다섯 개씩 여섯 명이 모이면 5×6=30, 그렇게 첫 번째 주말이 지나갔다.

다음 월요일 아침 일찍 집을 나서서 지당리에 도착하여 수업은 예정대로 진도를 나갔다. 한글은 차, 처, 초, 추, 치, 카, 코, 키, 타, 터, 토, 파, 피, 푸, 하, 허, 호, 후 등의 격음, 즉 닿소리를 가르치고, 산수는 구구단으로 들어갔다. 흑판에 2단, 3단을 써놓고 따라서 외우도록 했다. 역사는 고구려의 광개토대왕과 을지문덕 장군 이야기를 했다. 창가는 '태산이 높다 하되 하늘 아래 뫼이로다.' 하는 양사언의 시에 곡을 부친 노래를 가르쳤다. 이 노래도 말하자면 '권학가'였다. 호성이 창가를 가르치고 남은 시간에 성경이야기를 하였다.

수요일은 어제 배운 닿소리 복습을 하고 문장 응용으로 들어갔다. 키가 크다, 터가 너르다, 차타고 가려하오, 차표부터 사려하오, 추수하러 가려하오, 이야기 하나 해주시오, 서로 이러니 저러니 하면서 다투지 마오, 등등. 산수는 2단, 3단을 복습하고 4단, 5단으로 들어갔다. 역사는 삼국통일을 이룩한 신라 무열왕 김춘추와 김유신 장군에 대한 이야기를 하였다.

목요일, 한글은 된소리경음를 공부하였다. ㄲ, ㄸ, ㅃ, ㅆ, ㅉ 까, 끼, 꼬, 꾸, 끼, 따, 떠, 또, 뚜, 빠, 삐, 뿌, 싸, 써, 쏘, 쑤, 씨, 짜, 쩌, 쪼, 쭈. 문장 응용, 까치가 우오, 여우꼬리가 기오. 토끼가 두 마리요, 포도 따러 가오, 기차가 빠르오, 나무뿌리가 기오. 산수는 구구단을 6단, 7단을 할 참인데, 그 동안 배웠던 구구단이 시원찮아 다시 복습하였다. 역사는 백제의 계백장군 이야기를 하였다.

금요일, 한글은 이중 모음을 공부하였다. 개, 게, 계, 귀, 내, 네, 래, 레, 배, 베, 뵈, 세, 새, 쇠, 쉬. 문장 응용으로, 개 두 마리가 싸우오. 시계가 네 시 치오, 귀가 크오, 아이가 노래 부르오, 모레 다시 오시오, 새가 지저귀요, 세수 대야 가져오너라. 역사는 후백제의 견훤과 고려의 왕건에 대한 이야기를 해주었다. 2주째 가 되니 그 동안 공부해왔던 것을 점검하기 위해 시험을 치러야 되겠다 하고 시험공고를 했다.

"여러분, 그 동안 공부해 온 것을 여러분들이 얼마나 제대로 알고 있는지 확인하기 위해 내일 시험을 보겠습니다. 시험은 절대로 어렵지 않으니 선생님이 하라는 대로만 하면 모두 백점을 맞을 수 있을 겁니다. 한글은 여러분들이 살고 있는 집 주소와 아버지, 어머니 이름과 식구들 이름과 여러분 이름을 쓰면 되고, 산수는 구구단을 2단에서 5단까지 외워 쓰면 됩니다. 오늘 여러분들 공책에 이 자리에서 한 번 써보는 겁니다. 쓰기가 어려운 사람들은 선생님이 이 자리에서 가르쳐 주겠습니다. 내일 시험에서 여러분들 모두가 백점을 맞는다면 일요일 날 용투산 자락 요천수로 놀러가겠습니다."

"와아."

환호성이 터졌다.

"맛있는 음식은 선생님이 준비하겠습니다. 단 여러분 모두가 백점을 맞아야 됩니다. 한 사람이라도 빠지면 안 됩니다."

신이 나서 모두들 공책을 펴고 꼬물꼬물 열심히 쓰고 있었다. 제대로 쓸 줄 아는 아이는 몇 되지 않았다. 이리저리 돌아다니면서 지도해주고 수업을 마쳤다. 한 사람이라도 빠지면 안 된다고 엄포는 놓았지만 몇 사람이 백점을 맞을 수 있을 것인지는 궁금했다. 이미 일은 벌려 놓았다. 뒷감당은 현성이 해야 했다. 계몽대 회의를 소집했다. 일요일 용투산 자락으로 천렵 가는 문제에 대해 두 사람에게 의견을 물었다. 사전에 협의

하지 않고 아이들에게 먼저 공표해 버린 것을 사과했다.

"내가 먼저 두 사람에게 상의하지 않고 일을 벌인 것에 대해서 미안하게 생각하네. 나 혼자만의 생각이지만 우리가 귀한 시간 땀 흘려가며 애쓰고 있는데 성과가 있어야 할 것 아닌가 생각해서, 그리고 아이들 학습효과를 높이기 위해서 생각해낸 것이네. 내가 벌려놓은 일이라 비용은 내가 감당할 것이니 아우님들의 의견을 듣고 싶네."

생각을 정리하는지 잠시 침묵이 흘렀다. 정훈이 먼저 입을 열었다.

"선배님 뜻에 저는 동의합니다. 하지만 한두 명도 아니고 사십 명 가까이 되는 아이들을 데리고 물놀이 가려면 준비도 만만치 않고 비용도 한두 푼으로 될 사항이 아닌 것 같습니다. 계획이 있으시니 아이들에게 제안을 하지 않았겠습니까. 선배님 계획을 듣고 싶습니다."

"내가 야간반 개설하기 전 며칠 요천수를 따라 오르락내리락하면서 집에 다녀올 때, 간간히 요천수 용투산 자락에서 천렵을 하는 사람들을 보았지. 매운탕을 끓이는데 아주 맛있게 보이고 무척 즐거워 보이더라구. 천렵 준비를 해오고 집에서 닭 몇 마리와 쌀을 가져와 닭백숙 끓여 먹고 물놀이나 하면 어떨까 생각했네."

"그 많은 인원에게 백숙을 끓여 먹이려면 큰 가마솥이 있어야 하고, 그릇도 있어야 하고 준비할 것이 한두 가지가 아닙니다. 단순한 문제는 아닌 것 같습니다."

"그런저런 시행상의 문제는 하나씩 해결해가면 되는 것이고, 호상이 아우는 어떻게 생각해?"

장호상의 의견을 물었다.

"제가 매번 열외자가 되어야 하는 상황이 되어서 저는 마음이 불편합니다. 성경에 안식일은 범하지 말라고 되어 있습니다. 저는 일요일 교회에 나가 예배를 드려야 합니다. 어떤 일이 있어도 안식일만은 지키고 싶고 지켜야 합니다. 그리고 왜 성스러운 일요일 아이들을 데리고 놀러 가야 합니까. 저는 아이들을 모두 데리고 예배당에 가고 싶습니다."

의외의 일격을 당한 것이다. 그 동안 누적된 불만이 있음을 직감할 수 있었다. 의도적으로 호성을 열외 시키고자 한 적은 없었다. 일이 진행되는 과정에서 그렇게 된 것이었다. 그렇지만 호성의 입장에서는 '꼭 하지 않아도 될 일을 벌여서 그렇게 된 것이다'라고 생각할 수 있을 것이다. 하지만 저 당당함과 오만함은 어디에서 오는 것일까. 아이들을 데리고 교회에 가고 싶다니. 현성은 자신의 마음을 정리해서 전해야 될 것 같아 입을 열었다.

"사람에게는 일하고 공부하는 것이 가장 중요하지. 자네 입장에서 말하자면 성경공부는 더 중요하겠지. 하지만 일하고 남은 시간을 어떻게 보내고 어떻게 즐기느냐가 사람다움을 결정하는 중대한 요인이라고 생각하네. 공부 열심히 하여 글을 익히고 또 남은 시간 재미있게 노는 방법도 보여 줄 필요가 있다고 생각한 것이네. 열심히 일하고 남은 시간 편하게 쉬고 즐겁게 노는 것이 안식이 아니겠는가?"

"일요일 유희에 빠져서 노는 것이 어떻게 안식이란 말입니까? 안식일에 성경을 앞에 놓지 않고, 찬양하지 않고 어찌 편안할 수가 있겠습니까?"

"자네가 아이들을 교회에 데리고 가고 싶다고 하니 자네에게 물어보겠네. 아이들에게 교회 갈 것인가, 아니면 요천수에 천렵을 갈 것인가, 선택하라면 어느 것을 택하겠어?"

"그야 하나님 무서운 줄 모르는 아이들은 당연히 요천수 놀러가는 것을 택하겠지요. 태초부터 환락과 즐거움에 빠진 민족들은 하나님의 무서운 벌 내리심이 있었습니다."

"너무 어조가 강하네. 우리가 땀 흘려 하는 계몽활동의 효과를 높이기 위해 물놀이 가자는 것을 그렇게 환락, 천벌 운운하는 것은 비약이 심하지 않은가. 자네 사정이 그렇다면 참석하지 않아도 되겠네."

"알았습니다."

하면서 핑하고 가버렸다. 두 사람 모두 멍하니 호성이 멀어져 가는 것을 지켜보고 있었다.

"저런 당돌함이 어디에서 나오는 것인지 모르겠어요."

"우리나라에 기독교를 전파하는 지도자들이 어설프게 서양 사람들을 맹목적으로 흉내 내는 것에서 생긴 아집이고 독선이지. 그것을 무분별하게 그대로 받아들여 대단한 깨달음이나 얻은 듯 저렇게 거침새가 없으니. 쯧쯧, 그건 그렇고 일을 벌려 놨으니 방법을 강구해야지. 구장 댁에 가서 상의를 해보세. 아이들에게 빈말을 할 수는 없지 않은가? 내가 모레 쓸 닭하고 쌀은 집에 가서 구해볼 것이니, 어떻게든 솥과 그릇만 해결하면 되겠어."

"장소는 적당한 데를 보아놓은 데가 있습니까?"

"요천수 건너편 용투산 자락 거기가 송동일 거야. 강가에 소나무 숲이 우거져 있는데, 사람들이 거기에서 모여 놀며 천렵을 하는 것을 보았지. 모래사장이 있고, 숲이 있고, 장소가 괜찮아서 나이가 조금 든 아이들은 알고 있을 것 같은데?"

숙소로 돌아가 유환열 씨를 찾았다.

"웬일이신가?"

"오늘도 계몽대에서 일을 하나 저질렀습니다. 이번 공일날 공부하는 아이들하고 요천수에 놀러가기로 했습니다. 저 강 건너 송동으로 요천수를 따라 올라가면 소나무 숲이 있지 않습니까?"

"건너편 용투산 자락 솔숲 말이지?"

"예, 거기 용투산 자락에 가서 아이들하고 천렵도 하면서 하루를 보낼까 계획하고 있습니다."

"아이들 글은 많이 늘었는가?"

"글 깨우치는 속도가 빠른 아이들은 많은 진척이 있습니다. 그리고 내일 시험을 봐서 모두 백점을 맞으면 데려간다 하니 더욱 열심히 하는 것 같습니다."

"그렇지 않아도 지난번 이 선생이 준 돈 때문에 마음이 영 께름칙했는데 잘 되었네. 내가 무엇을 도와주면 되겠는가."

"저희 계몽대에서 소풍에 필요한 음식은 다 준비하기로 하였습니다. 그런데 솥이나 그릇을 저희가 먼 곳에서 가져오기가 힘들어서요. 인원이 사십 명 가까이 되니 음식보다 솥과 그릇을 준비하는 것이 더 큰 일입니다."

"솥과 그릇을 준비하는 일은 동네 사람들에게 협조를 부탁하면 큰일이 아닌데, 우리가 음식을 장만하면 어떻겠는가?"

"저희가 사전 준비 없이 어찌 이런 일을 도모하겠습니까? 그릇만 준비해주십시오."

"그러면 나는 되돌려 줄 기회가 없네. 그런다고 이제 와서 돌려줄 수도 없고."

"그러시면 다음 주 저희 수업을 마칠 때 책거리 턱으로 떡을 준비해 오시면 어떻겠습니까? 사실 우리 학생들은 그 동안 기회가 주어지지 않아서 책거리 같은 것을 해본 적이 없을 겁니다. 구장님이 책거리 턱을 준비해주신다면 학생들이 대단히 기쁘고 고맙게 생각할 겁니다."

"그럼 책거리를 내가 하도록 하고 우리 아이들 편에 솥과 그릇을 보내기로 하겠네."

우리 아이들이란 구장집에서 일하고 있는 판술이와 대순이를 말하는 것이었다. 유환열 구장의 표정이 어설프게 속이 보이는 말 대접으로 하지 않고 꼭 되돌려줘야 직성이 풀리겠다는 듯이 진지하였다. 손님 대접을 잘하면 복을 받고, 소홀히 하면 화가 온다는 전래의 풍습이 있었다. 이에 훈습되어 신앙 같이 굳어져 당장 식량 걱정을 하는 집에도 손님이 오면 소홀히 하지 않았다. 그러기에 손님 대접을 책임지는 주부 입장에서 얼마나 힘이 들었으면 여름 손님이 호랑이보다 더 무섭다고 했을 것인가. 그렇지만 구장 내외의 손님에 대한 예우는 극진했다. 유환열 구장은 동아일보 지국의 계몽대 활동지를 물색할 때부터 적극적으로 나서서 지당리로 유치하였다. 그 후로도 그의 열정은 여전하였다. 좋은 마음으로 좋은 일을 하겠다는 작은 공명심도 있었고, 아내 대산댁은 지극 정성으로 남편을 보필하였다. 그간 계몽활동을 주관하고 지원해 오면서 적지 않은 우여곡절이 있었다. 하지만 계몽대원들이 적극적으로 나서서 성과 있게 진행되어 가는 것에 본인 스스로도 만족했을 뿐만 아니라 대원들에게 고마움을 느끼고 있었다. 현성도 유환열 씨도 마찬가지로 서로 좋은 인연을 만났다고 감사하게 생각했다. 유환열 씨가 동네일을 맡아 하면서도 큰 불평 없이 해내고 있지만, 그 모든 것을 감당할 정도로 여유 있게 사는 것은 아니었다. 지당리에서는 그나마 나은 살림이었지만, 논 스무 두락에 밭 여섯 두락, 간신히 토지겸병소작을 면한 정도였다. 내외가 천성이 모질지 못하고 착한 사람들이었다.

저녁 시간에 학생들의 반응은 더욱 좋았다. 나이가 열다섯에서 열여덟까지의 소년에서 어른이 되어가는 청년들이어서 무슨 일을 꾸미기 좋아하는 나이였다. 그리고 어른들 흉내 내는 것을 제법 그럴싸하게 해내는 나이였다. 지금 야학을 다니지 않는다면 또래들끼리 모의를 하여 남의 밭 참외나 수박 등을 서리하러 다녔을 것이다. 대지에 사는 영식이가 나섰다. 물고기 잡는 데는 자신이 있다며 족대와 투망을 가져온다고 했고, 매운탕 재료로 고추장과 애호박을 같이 준비해 오기로 했다. 공부에는 굼뜨고 더디던 영식의 얼굴이 활짝 피고 활기가 돌았다. 아침반과 같은 시험문제를 주고 풀도록 했다.

다음 날 토요일 그 동안 공부해 왔던 것을 복습하고 마지막 시간에 시험을 치러보니 스물여덟 명 중 스물두 명이 만점이었다. 나머지 여섯 중 세 명은 사소한 착각이 있었다. 아직 문자에 익숙하지 못해 발음과 낱말을 연결 지어 연상하지 못하는 실수였다. 격음과 경음을 구별하지 못하고 'ㅊ'를 'ㅉ'를 착각하여 재천리에 사는 아이가 '재쩐리'라 써서 교정을 해주었고, 이중 모음을 구별하지 못해 효동리에 사는 학생이 주소를 '호동리'라 써서 교정하였다. 구구단 4단에서 4×8=30이라 하여 쉽게 정정하였다. 나머지 세 사람은 글자의 개념과 숫자의 개념을 갖지 못한 상태였다. 단순히 교정해서 납득할 수준에 아직 이르지 못했다. 오늘 시험문제를 집에 가서 다섯 번씩 다시 써 오도록 했다. 남은 것은 어떻게 소풍계획을 발표하여 아이들의 기쁨을 극대화 시키느냐 하는 것이었다.

"여러분, 여러분들이 오늘 시험에서 모두 백점을 맞게 되면 물놀이를 가기로 했는데, 백점을 맞지 못한 학생들이 있어 물놀이 계획을 없었던 것으로 해야겠습니다."

"안 돼요."

한 학생이 어리광을 부렸다.

"내일 안 가면 큰일 나요. 꼭 가야 돼요."

"그래요? 그러면 오늘 백점을 맞지 못한 친구들에게 다음에는 더 잘해오도록 박수를 보내고 내일 물놀이를 가도록 하겠습니다."

"와아!"

함성과 함께 요란한 박수소리가 터져 나왔다. 오전반 수업을 마치고 내일 천렵을 준비하기 위해 비안쟁이 집에 들렀다. 마침 아버지 상옥이 집에 와 있었다. 그 동안 주생면에서 전개되었던 농촌 계몽운동 경과와 오늘 집에 오게 된 경위를 이야기하니, 말없이 듣고만 있던 상옥이 말을 꺼냈다.

"그래서 큰일을 저질렀구나. 사십 명이나 되는 아이들의 배를 채우려면 적지 않은 식량이 소요될 것인데, 일이 여기까지 왔으니 애비가 나서서 도울 수밖에 없겠다."

"솥이나 그릇들은 지당리 구장이 준비하기로 하였습니다. 집에서 닭 서너 마리와 쌀 반말 정도 도와주시면 안 되겠습니까?"

"그 정도로는 어림없다. 그리고 잔치라고 사람 불러 놓고는 음식이 모자란다든지, 무엇을 소홀히 하여 사람들 빈축을 사게 된다면 아예 벌이지 않는 것만 못한 것이다. 물론 네가 잔치라고 이 일을 벌이지는 않았겠지만 일이 이렇게 되고 보니 만만치 않겠구나."

하면서 어머니 진안댁과 상의를 했다.

"오늘 저녁 집에서 자고 내일 가면 되겠구나."

"아닙니다. 오늘밤에 또 공부를 시켜야 합니다. 아까 말씀드린 대로 청년들 야간반 공부가 있습니다."

"그러면 서둘러 저녁을 먹어야겠구나. 집에서 큰 닭으로 네 마리와 쌀 한 말을 준비해 놓을 것이니 내일 가져가거라. 이것을 너 혼자 가지고 가기가 힘들 것인데. 집에서 도와주랴?"

"아닙니다. 노암리 현철이와 같이 가겠습니다. 현철이도 내년에는 계몽운동을 같이 해보겠다고 합니다."

"그래라. 그리고 내년이면 너는 상급학교에 진학할 것인데. 그때도 이 일을 한단 말이냐?"

"예, 내년도 여건이 되면 같이 해볼 생각입니다. 저희가 하는 농촌계몽운동에 전문학교생, 일본 유학 중인 대학생들도 많이 참여하고 있습니다."

"알았다. 네 어머니가 많이 바쁘겠구나. 잘난 아들 둔 덕으로 생각해야지."

　이른 저녁을 먹고 집을 나섰다. 노암리 작은집에 들러 현철을 만나고, 요천수를 건너 조산을 거쳐 한 시간 남짓 걸어서 지당리에 도착한 후에 저녁 수업을 준비하였다.

　저녁반 두 시간 수업을 하고 마지막 시간에 예고된 시험을 보았는데 실망스런 결과가 나왔다. 네 명만이 시험을 통과하였다. 아침반과는 너무 대조적인 시험결과였다. 시험결과를 발표하지 않고 틀린 부분만 고쳐주고 월요일까지 다섯 번씩 써오도록 하였다. 다소 충격적인 결과였지만 전혀 예상치 못했던 것은 아니었다. 낮에 힘들게 일하고 지친 몸을 이끌고 밤에 나오는 사람들이 언제 시간을 내서 복습할 수 있었을 것인가. 과연 예정된 진도를 나갈 수 있겠는가 생각했다. 그 동안 실력이 많이 늘었다고 의례적으로 간단히 시험결과에 대해 말했고, 내일 천렵을 하면서 해야 할 일을 분담해 주었다. 구장집 일꾼 두 사람을 중심으로 한 사람 더 추가해 운반조를 편성하였다. 그릇과 솥 거는 일까지 맡아서 하도록 하고 화목조 세 사람은 불 땔 나무 긁어모으도록 하였다. 천렵조 네 사람은 영식을 중심으로 편성하였다. 각자 임무가 주어지니 벌써 냇가에라도 가 있는 듯이 신이 났다. 다음 날 아침반 아이들도 이렇게 나누어 배치하고 여자 아이들에게 밥 짓고 백숙 만드는 일을 맡기기로 했다.

　아침에 일어나 정훈에게 아이들을 열 시까지 냇가에 데려 오도록 하고 현성은 조반을 마치자마자 집으로 갔다. 요천수를 따라 올라가는데 물길이 아주 상큼하였다. 지난주에 큰비가 왔고 엊그제 두어 차례 비가 와서 수량이 풍부하고 물빛이 투명하고 고왔다. 오늘 용투산 솔밭정이에 있을 향연에 벌써 마음이 부풀어 올랐다. 집에 도착하니 벌써 현철이 와서 짐을 꾸려 놓았다. 쌀 한 말은 새끼로 묶어 어깨에 멜 수 있도록 하였고 닭 네 마리는 잡아 손질을 끝냈다. 물기를 없애고 백지에 싸서 니

쿠사쿠에 포개 담아 놓았고, 그 위에 별도로 두 개의 봉투가 얹혀 있었다. 진안댁이 백숙 요리법을 설명해 주었다.

"먼저 닭을 삶는다. 닭을 초벌 삶을 때 저 아래 봉투에 있는 것을 넣어서 같이 삶는다. 닭 살이 푹 익을 때까지 삶아야 해, 저 아래 봉투에는 대추, 은행, 엄나무가 들어있어잉. 한 시간 정도 고은 후 닭을 꺼내 살을 발라 잘게 쭉쭉 찢어 놨다가, 두 번째 봉투에 들어 있는 잘게 썬 애호박과 당근과 통마늘에 씻은 쌀을 넣고 다시 끓이거라. 그러면 누렇게 잘 익은 색깔의 맛있는 닭백숙이 된단다. 가자마자 쌀을 씻어 놓도록 하고, 어머니 말 잘 알아듣겠지?"

마치 먼 여행길 떠나는 아들에게 요술주머니를 주며 어려운 일이 있을 때 펴보라 하듯 두 개의 주머니를 건네며 요리 비결을 전수해 주었다. 현철이 닭을 메고 현성이 쌀을 메고 출발하였다.

솔밭정이에 도착하니 정훈이 이미 아이들을 데리고 와 일을 벌여 놓았다. 솥을 큰 돌 위에 걸어놓고 물을 끓이고 있었고 냇가에는 천렵조가 신이 났다. 쪽대로 수초 사이를 더듬어가면서 물고기를 잡아 양철통에 털어 놓았다. 양철통을 보니 피리나 송사리, 모래무지, 꺽지, 빠가사리 등 크고 작은 고기들이 파닥거리고 있었다. 천렵조 선봉대 영식이 뒤로 꼬마들이 줄줄이 따라다녔다. 화목조들은 열심히 땔감을 찾아다니고 있었고, 운반조는 할일을 다 마치고 나무그늘에 앉아 있었다.

도착하자마자 커다란 가마솥에 닭 네 마리와 첫 번째 봉투에 있는 대로 대추, 은행, 가시가 돋힌 엄나무 조각을 넣고 닭을 삶기 시작했다. 현성은 오늘의 주식인 닭백숙 끓이는 것을 보고 있다. 취사조를 편성하였는데 불을 때고 있던 순덕이 조장을 맡고 취사조에 다섯 명의 여자 아이들을 지명하였다. 조장 순덕은 불을 때고 솥뚜껑을 열어보며 닭이 익어가는 것을 지켜보았다. 순덕이 일하는 솜씨가 제법 야물었다. 여름날 불

때기가 보통 어려운 일이 아니었다. 온몸이 땀이 젖고 얼굴이 발갛게 충혈 되어도 정성으로 가마솥을 잘 달구어냈다. 얼굴이 예쁘지는 않았지만 밉상은 아니었고, 열다섯이라는데 또래에 비해 덩치도 커서 조숙해 보였다.

지난주에 큰 비가 오고 난 후여서 강변에는 땔감 천지였다. 강변에 굴러다니는 나무 조각들도 안에 있는 송진이나 수액이 다 빠졌고, 바싹 말라 태워도 연기가 나지 않고 불이 잘 붙어 땔감으로는 아주 좋았다. 처음에는 마른 덤불이나 긁어오다가 취사조장인 순덕이 굵은 나무를 해오라 화목조에 지시하니 앞 다투어 굵은 나무를 해왔다. 점심을 책임지고 있는 중임을 수행하는 취사조장으로서 순덕이 제법 당당했다. 굵은 나무를 아궁이에 집어넣으니 장작 못지않게 화력이 좋았고 불길이 오래 갔다. 한 식경 정도 지나니 푹 익어 고소한 냄새가 흘러나왔다. 순덕이 솥을 열고 나무가지로 이리저리 찔러보니 쑥쑥 잘 들어갔다. 충분히 익은 것이다. 닭을 들어내어 식힌 후 살을 발라내는데, 찬물에 손을 식혀가면서 잘게 찢어내는 솜씨가 능숙하였다.

2단계 닭백숙이 나올 차례였다. 닭고기를 다시 솥에 넣고, 두 번째 봉투에 든 당근과 잘게 썬 호박을 넣고, 물에 불린 쌀을 넣어 주걱으로 저어주었다. 싸게 밑불을 올려주어 백숙을 만들어 가고 있었다. 다른 한쪽에서는 작은 솥을 걸고 오전 내 잡은 물고기 매운탕 끓일 준비를 하고 있었다. 영식이 물고기의 배를 따서 건네주니 순덕이 백숙 주걱을 다른 아이에게 넘겨주고는 준비해온 애호박과 풋고추를 숭덩숭덩 썰어 넣고 고추장을 풀어 끓였다. 냇가에서 물장난을 치며 놀던 아이들도 시장기가 돌았다. 달짝지근한 고추장에 매운탕 냄새가 진동하니 하나둘 모여들기 시작했다. 벌써 점심때가 다 된 것이다. 일찍부터 지켜보고 있던 아이들도 있어서 더 이상 배를 곯리면 안 되겠다는 생각이 들어 배식을 개시하였다. 솥 앞에 우르르 몰려드는 것을 주의를 주어 일렬로 서도록 하였다. 순덕이 그릇에 죽을 퍼 담아주었다. 처음에 작은 아이들은 주는 대로 받아 갔는데 영식을 필두로 큰 아이들은 한 번씩 더 퍼달라고 졸랐다. 한 번씩 더 얹어 주다보니 뒤의 아이들이 다 따라서 했다. 그러다보니 양이 모자랄 것 같아 다시 원래 양으로 줄였는데 여유가 없었다. 뒤에 선 아이들에게는 간신히 솥바닥을 긁어 배식을 마쳤지만 순덕은 울상이 되어버렸다. 노암리에서 운력을 해온 현철과 순덕이 굶게 된 것이다. 빈 솥을 원망스럽게 내려다보며 말했다.

"선생님, 죄송해요. 제가 가늠이 없고 손속이 모질지 못해서 이렇게 되어버렸습니다. 썩을 놈들이 욕심을 부리는 바람에."

말끝을 흐렸다. 현성의 눈에도 처음에 배식할 때 더 달라고 때를 부리는 영식이 탐욕스레 보였지만 나서서 나무랄 수는 없었다. 그리고 오늘 행사에 천렵조장으로서 중요한 역할을 하지 않았던가. 온당한 모습은 아니었지만 오늘 이 자리에서는 제 밥값 이상을 했으니 더 달라고 하는 것이 크게 엇나가 보이지는 않았다. 문제는 그 뒤에 서 있는 녀석들이 줄줄이 더 달라고 한 것을 통제하지 못한 미숙함에 있었던 것이다.

"오늘 하루 잘 먹고 잘 놀자고 마련한 자리인데 누구를 나무라겠는가. 너무 속상해 하지 말고, 쌀은 남은 것이 있나?"

"예, 아까 좀 남겨둔 것이 있습니다."

"그럼 다시 밥을 지으면 되겠네. 꼭 백숙이 아니어도 물가 소나무 아래에서 밥을 먹는다는 것도 신나는 것이 아니겠어? 그리고 단배를 곯린다는 말이 있어. 적당히 시장할 때 음식을 들게 되면 더욱 맛이 있다는 말이지. 아직 점심시간이 그리 늦지 않았으니 조금 더 기다리는 것이 대수 있겠나. 빨리 반찬과 매운탕을 나눠 주도록 하지."

구장집에서 준비해준 묵은 김치와 매운탕을 나눠주면서 이리저리 돌아보니 그 사이 절반이나 먹어치웠다. 왕성한 식욕이었다. 누가 오는지 쳐다볼 사이도 없었다. 이제 늦여름이 되어 구황식인 감자도 수확을 끝냈다. 햇보리가 나오기 시작하면서 보릿고개를 넘겨 굶는 걱정은 면했지만 쌀밥은 꿈에도 그리지 못했다. 꽁보리밥만 먹는 때에 흰쌀만 들어간 닭백숙이라니 호사 중 호사였다. 식사 시간이 되니 그렇게 시끌벅적하던 강가가 조용해졌다. 가끔 그릇 달그락거리는 소리만 들릴 뿐이었다. 그러나 조용했던 시간은 잠시 뿐 밥그릇을 놓자마자 다시 소란하기 시작했다. 현성은 아이들에게 철저히 교육을 시켰다. 자기가 먹은 밥그릇과 수저는 각자가 씻어오도록 했다. 물가에 나가 어설픈 작은 손으로 그릇을 씻고 있는 모습이 앙증맞아 보였다. 냇가에 널려 있는 마른 풀잎을 뭉치고 가는 모래를 비벼서 문질러 씻어내고는 악동들은 다시 물속으로 들어갔다.

밥솥이 놓인 자리가 오전에는 그늘이 좋았는데, 해가 중천을 넘어가니 햇빛이 들기 시작하여 두 번째 밥 짓는 일은 더 힘이 들었다. 취사조 다른 여자 아이들은 쉬고 있고 순덕이만 남았다. 다시 불을 살리려다 재까지 뒤집어써 순덕은 땀범벅에다 때 구정물이 줄줄 흘렀다. 꼴은 그래도 열심히 일하는 모습이 미덥게 보였다.

늦은 점심 단배를 골린 것이 아니라 허기에 지쳐버린 시간이었다. 점심을 끝내고 보니 햇빛이 하루 중 가장 강한 시간이었다. 사내아이들은 물가에 놀다 지쳐 나무그늘을 찾아서 쓰러지듯이 낮잠을 청하는 아이들이 많았고 물놀이는 시들해졌다. 한낮의 땡볕이 내리쪼이니 여자 아이들에게 강물이 허락되었다. 손발을 씻고, 얼굴을 씻고, 그제야 순덕이도 때 구정물을 씻어내 얼굴이 말끔해졌다. 모두들 나무그늘을 찾아 쉬고 있었고, 쪽대로 물고기를 잡는 아이들은 저 멀리 위로 올라가서 물고기를 잡고 있다. 하지만 아침나절만큼 소득이 좋지는 않은 것 같았다. 아침처럼 물고기를 잡는 것이 신이 나지도 않았다. 팔월 오후의 태양에 모든 것이 주춤해지고 시들해지는 시간이었다.

현성도 현철과 정훈과 소나무 그늘을 찾아 쉬고 있었다. 몸이 천근만근 무거워 졸음이 밀려왔지만, 아이들 앞에서 벌렁 드러누울 수가 없어 소나무를 등 뒤로 하고 기대어 눈을 붙이고 있었다. 바람이 시원하고 좋았다. 팔월 하순이라 대기의 기운이 많이 누그러졌다. 처음 공부를 시작할 때만 해도 무척 더워 바람이 불어도 그리 시원하지 않았는데, 그 사이 절기가 바뀌어 바람이 아주 시원해졌다. 오전에 밥 짓는 것을 감독하느라 물에도 한 번 들어가지 못했다. 오늘은 아이들 노는 것을 지켜보는 것만으로도 흐뭇했다.

그렇게 숨을 돌리고 있는데 여자 아이들이 노래 부르는 소리가 들렸다. 여럿이 모여 같이 부르는 노래가 아주 정겹게 들렸다. '문맹타파가'를 1절부터 부르고 있다. 순덕이 주도하여 부르는데 처음 몇 절은 같이 하다가 뒷 절은 잘 모르는 듯 순덕이 먼저 선창하면 다른 여자아이들이 따라하는 식으로 이끌어 가고 있다. 여자 아이들이 이렇게 정돈되어 재미있게 노래를 부르니, 소나무 그늘 아래 잠을 자고 있던 사내아이들이 깨어나 여자 아이들 노래 부르는 곳으로 모여들었다. 사내아이들도 같이 끼어 노래를 부르고 싶은데 여자 아이들이 거들떠보지도 않는 것 같았다. 이런 곳에서도 남자 아이들과 여자아이들의 속성이 그대로 드러나 보였다. 여자아이들은 모여 놀기를 좋아하고 정돈되어 있고 정적이고, 사내아이들은 따로 노는데 익숙하고 무슨 일에도 이기고 싶어 하는 호승심이 많다. 동적이며 산만했다. 이런 순간 여자들 노는데 남자들이 관심을 보이면 여자들은 더욱 콧대가 높아져 더욱 도도해지는 것이다. 그런데 사내아이들의 심술이 헛물만 켜고 물러날 것인가. 아니나 다를까 잠시 후 사달이 났다. '문맹타파가'가 끝나고 '숫자노래'를 부를 때쯤

이었다. 여자 아이들의 비명소리가 들리고 소동이 났다. 순간 무엇에 놀라 우는 소리까지 들렸다. 순덕이 분이 나서 씩씩거리며 계몽대 선생들이 있는 곳으로 달려왔다.

"선생님, 노래 부르고 있는데 영식이가 심술을 부렸어요."

드디어 녀석이 일을 저질렀구나 하는 생각이 들어 현성이 짐짓 화난 표정을 지으며 나섰다.

"그래? 무슨 심술을 부렸는데?"

"우리 노는데 개구리를 던졌어요."

"저런 못된 녀석이 있나? 알았어."

긴한 표정을 지으며 그쪽으로 갔다. 아이들이 다 모여 있고, 마치 패싸움이나 난 듯 여자 아이들 남자 아이들이 나눠져 있었다. 당사자인 여자 아이들은 선생님에게 동정심을 유발하려고 더 놀란 표정을 꾸며 보이며 훌쩍이고 있었다. 사건의 주인공인 영식은 일이 이렇게 확대되리라 전혀 예상을 못한 듯 당황하여 안절부절 못하고 있었다. 부러 화가 난 목소리를 냈다.

"윤영식, 왜 여자 아이들 노는데 개구리를 던졌나? 대답해봐."

"······."

대답이 있을 수 있겠나. 여자 아이들 재미있게 노는데 끼어주지 않아 심술을 부렸다고 할 수는 없었을 것이다.

"영식이, 선생님 따라와 봐."

영식을 데리고 한쪽으로 갔다. 조용한 어투로 물었다.

"영식아, 괜한 심술이 나서 그랬지?"

그제야 기어들어가는 목소리로 대답했다.

"예."

"선생님이 남자이기 때문에 사내아이들의 심술을 이해할 수 있다.

영식을 크게 나무라고 싶지는 않다. 네가 전혀 예상을 못했겠지만 일이 이렇게 요란하게 되어 여자아이들이 모두 나서서 분해하고 있다면 사과를 해야 한다고 생각한다. 남자가 실수를 얼마든지 할 수 있는 거야. 선생님이 실수를 나무라지는 않겠다. 하지만 본인의 실수를 솔직히 시인하고 사과하는 것도 남자다움이라 할 수 있어. 선생님이랑 지금 같이 가서 공식적으로 사과를 하는 거다. 알았지?"

"예, 그런디 어떻게 말해야 되는디요?"

"고개를 숙이고 나서 심술을 부려 대단히 죄송합니다. 앞으로는 이런 일이 절대로 없도록 하겠습니다. 이렇게 하면 되는 거야."

"예, 알았습니다."

영식을 아이들 있는 곳으로 데려갔다.

"여러분, 영식이 여러분들 앞에서 사과하기로 했습니다. 진심 어린 영식이의 사과에 여러분들은 용서를 해주어야 하겠습니다."

그쯤 해서 속이 풀렸는지, 아니면 선생님의 현명한 해결책에 동의를 하였는지, 일제히 '예' 하는 대답 소리가 숲속을 울렸다. 영식이 크게 허리를 굽혀 인사하고 뭐라고 말을 하기는 하는데 웅얼웅얼하여 잘 들리지 않는다.

"윤영식, 무슨 소리 하는지 잘 들리지 않는다. 다시 해. 알아들을 수 있도록."

영식은 배포가 좀 큰 사내였다. 큰 소리로 외쳤다.

"여러분, 이 윤영식이 오늘 심술을 부려서 대단히 죄송합니다. 앞으로 이런 일 절대로 없도록 하겠습니다. 이 자리에서 맹세합니다."

시원했다. 남자아이들 있는 쪽에서는 폭소가 터졌다. 현성이 분위기를 잡아야 할 것 같았다.

"자, 선생님을 중심으로 다시 앉도록 하겠습니다. 남자 여자 패싸움

하는 것 같이 떨어져 있지 말고 서로 땡겨 앉아요."

경사진 솔숲을 따라 자연스럽게 앉도록 하고 현성이 뒷주머니에서 하모니카를 끄집어내 두어 곡을 불렀다. '매기의 추억'과 '오빠 생각'이 었다.

"여러분, 금방 들은 하모니카 소리 어때요. 좋았지요?"

"예 좋았어요."

"선생님이 하모니카를 한 번 더 불어주고 이 노래를 여러분들에게 가르쳐 주도록 하겠습니다. 첫 번째 노래는 미국 사람들이 부르는 민요이고, 두 번째 노래는 우리나라 사람이 만든 창가 입니다. 오늘 여기에서 노래를 배우고 나중에 교실에서 한 번 더 부를 수 있도록 하겠습니다."

하모니카를 한 번 더 뽑고 나서 노래를 한 소절씩 떼어서 가르치고 어느 정도 가락에 익숙해지면 전곡을 따라서 부르는 방법으로 노래를 가르쳤다. 아이들이 가사를 잘 이해하지 못하는 대목이 있을 것 같아, 정훈과 현철에게 아이들 사이로 들어가 따라 부르기를 하도록 했다.

매기의 추억
옛날의 금잔디 동산에 매기 같이 앉아서 놀던 곳
물레방아 소리 들린다. 매기 내 사랑하는 매기야
동산 수풀은 우거지고 장미화는 피어 만발하였다.
옛날의 노래를 부르자 매기 내 사랑하는 매기야

오빠 생각
뜸북 뜸북 뜸북새 논에서 울고
뻐꾹 뻐국 뻐꾹새 숲에서 울 때
우리 오빠 말타고 서울 가시면

비단 구두 사가지고 오신 다더니.

노래를 다 가르치고 나서 노래에 대한 해설이 있었다.

"첫 번째 노래의 매기는 우리나라 연못과 강에 사는 매기가 아닙니다. 미국의 아름다운 여자 이름이 매기입니다. 알았습니까?"

"예."

"두 번째 '오빠 생각'은 우리나라 사람이 만든 노래입니다. 구슬프고 정겨운 가락입니다. 오빠와 여동생 간에 서로 아끼고 사랑하는 마음이 지극하지요? 영식이 오빠 같이 심술을 부리면 안 됩니다."

폭소가 터졌다. 같은 노래를 부른다는 것은 같은 감정을 공유한다는 것이다. 금방 원수 같이 대하던 악감정도 많이 가셨고, 영식을 문제의 인물로 희화화 시키니 미웠던 마음도 누그러졌다. 아이들 얼굴에 즐겁고 행복함이 넘쳐흘렀다. 두 곡의 노래를 끝으로 요천수 천렵행사가 끝났다. 모든 뒤처리를 하고 솥 걸은 자리까지 말끔히 치우고 짐을 챙겨 정훈이 아이들과 함께 지당리로 넘어가도록 했다. 현성 형제는 요천수를 따라 올라갔다.

현철은 그 동안 계몽활동을 지켜보고 오늘 천렵행사에 따라와서 느낀 것이 많았다. 어릴 적부터 보통학교에 다닐 때까지 줄 곧 같이 지낸 현성에 대해 누구보다 많이 알고 있다고 생각했는데, 경성으로 학교를 간 몇 년 사이에 달라진 것이 너무도 많아졌다. 왜 그렇게 못 배운 아이들에게 관심이 많고 진지한 것인지 궁금했다. 현철의 눈에 비치는 아이들의 모습은 불결하고 누추했다. 머리는 쑥대처럼 제대로 깎지도 않은 데다가 부스럼이 있어 가까이 가기도 꺼려지고, 이빨은 아예 닦지도 않은 듯 누랬다. 입만 열면 냄새가 풀풀 났고, 씻지 않은 듯 목덜미 주름 잡힌 골에는 때 구정물이 배어있다. 계몽학교에 나오는 아이들은 형편이 어려워 보통학교에도 들어갈 수 없는 아이들이기 때문에 위생이나 청결하고는 거리가 멀 수밖에 없을 것이 뻔했다.

현철은 동생들이 많아서 그런저런 모습에 익숙해 있지만, 현성은 누이조차 없는 종가댁 외아들로 어릴 때부터 형제자매 없이 혼자 자랐으며 귀하게 자랐다. 적지 않은 땅을 소작을 주고 농사일이 많았지만 손에 농기구 한 번 들어보지 않고 귀하게 자랐다. 그러니 가난하고 없이 사는 사람들의 실정도 알 수 없었을 뿐만 아니라 특별히 관심을 갖고 살아오지도 않았을 것이다. 그런데 이렇게 불결하고 누추한 아이들 사이에 기꺼이 들어가 한 무리가 되어 있는 것을 보게 된 것이다. 물론 현철이 알고 있는 현성은 세상사 온갖 일에 관심이 많고 인정이 많았다. 그런 것만으로 이렇게 사람이 달라지길 기대할 수는 없지 않은가. 별 말없이 걷다가 현철이 무겁게 입을 열었다.

"형, 이런 말 해도 되는지 모르겠어. 나는 저 아이들을 직접 가르치지 않아서인지 모르겠지만 형처럼 정이 생기질 않더라고. 특히 오늘의 문제아 영식이 같은 녀석은 나한테 걸렸다면 주먹으로 쥐어박았을 거야."

"그 녀석은 내 눈에도 거슬렸지. 나라고 좋게 생각하지는 않았지만 그렇다고 벌을 줄 수는 없었다. 오늘 하루 좋은 마음으로 아이들 즐겁게 해주고 더 나가서는 아이들에게 존재감과 자존감을 가질 수 있도록 하고 싶어 마련한 자리이기 때문에 잘 달래어 오늘 행사를 갈무리지어야 했어. 그 정도 나무랐어도 충분하게 반성을 했을 것이고."

"형이 그렇게 인내하며 너그럽게 아이들을 이끌어 가는 모습이 내가 알고 있던 형의 모습하고는 많이 달라. 그래서 생소하게 느껴지기도 하고, 아니면 내가 알지 못한 형의 진면목이 새로이 부각되는 게 아닌가 하는 생각도 들고. 나는 솔직히 브나로드 운동에 호기심은 가지고 있지만 형이 가르치는 아이들에게 친근감은 아직 없더라구. 머리에는 부스럼이 다닥다닥 붙어 있고, 목주름에는 때 구정물이 흐르고, 아이들이 그렇게 예의범절 없이 천하게 구는 것도 마뜩하지 않고."

"그 예의범절이라는 것이 무어야? 아이들이 항상 제대로 먹지도 못하고 배고프게 사니, 눈앞에 먹을 것이 있으면 검치_{욕심}를 내고 추한 모습을 드러내 보이는 것이다. 모든 것을 우리들 기준으로 생각하면 네가 말한 대로 범절 없이 구는 망나니 같은 천한 것들이지만, 너나 나는 남원에서 상류층 가정에서 태어났고 유복하게 자라서 배고픔을 모르고 자랐다. 모든 예의범절은 곳간에서 나온다는 말이 있다. 헐벗고 굶주린 사람들에게 어찌 염치가 있고 체면이라는 게 있겠나. 우리 학생 중 한 아이는 소원이 무어냐 하니 원 없이 흰쌀밥을 먹어보는 것이라 하더라. 그 아이들은 크게 잘되고 훌륭하게 되는 것은 꿈도 못 꾼다. 그저 배나 고프지 않았으면 하는 것이 간절한 희망일 뿐이다.

너도 알다시피 우리 학생들 중 야간반이 별도로 있다. 문제의 영식이가 야간반이다. 야간반에 속해 있는 아이들은 나이가 든 편이지. 하루는 그 아이들 열 명이 동시에 결석한 거야. 웬일인가 그 이유를 알아보니 낮에 일을 해야 하기 때문에 그랬다는 것이지. 그래서 내가 궁리하여 다른 계몽대원들과 구장을 설득하여 야간반을 급조하여 만든 것이다. 그 후로 내가 구장댁에서 잠을 자게 된 것이고. 그 전까지는 집에서 다녔다. 그때 계몽대에 나가지 못하게 하는 부모들 하는 말이 한시라도 들에 나가 일을 해야 먹고사는 것이지 공부가 밥을 먹여 주냐는 것이었다. 그런 아이들에게 배불리 먹여주고 싶었고, 희망이 없는 아이들에게 존재감을 깨우쳐주고 싶어서 어른들만 하는 천렵을 흉내 내본 것이다. 모든 아이들이 그렇게 검치를 내지는 않았지. 그 아이들 중에서도 유독 심하게 검치를 내는 녀석이 영식이었지만 크게 나무람을 주고 싶지는 않았다."

"알았어. 그런 면에서 형이 독특하다는 생각도 되고, 하지만 현실적으로는 이해가 되지 않는 면이 있기도 하지. 내가 할 수 없는 일을 해내는 것을 보면 존경스럽기도 해. 여름방학을 몽땅 바쳐서 아이들 가르치는 것도 모자라 또 적지 않은 비용과 헌신적인 노력이 들어가는 천렵행사까지 벌여 아이들을 즐겁게 해주려 하고. 형이 평소 사람 사귀기 좋아하고 인정이 많은 것은 알고 있지만, 형이 경성에서 학교를 다니면서 엄청 많은 변화가 있고 성장하였구나 하는 마음도 들어. 지난 여름방학만 해도 친구와 함께 지리산 별장을 다녀오고 전라남북도를 유람했던 형이 올 여름방학에는 이렇게 농촌에 파묻혀 거친 삶을 같이하는 것이 얼른 이해가 되질 않네."

"올해가 고보생활 중 마지막 학년이고 주위에 뜻있는 친구들과 선배들이 참여해왔던 브나로드 운동에 나도 꼭 한 번 참여해보고 싶었다. 아다시피 브나로드 운동은 러시아 지식인들이 '대중 속으로 그리고 농촌으로 들어가자'는 운동이다. 그들 속에 들어가 그들의 무지를 일깨워주고 궁극적으로는 그들의 삶을 개선하자는 운동이다. 그런 운동을 하려는 사람들이 스스로를 낮추지 않는다면 전혀 뜻한 바를 이룰 수 없을 뿐만 아니라 오히려 나서지 않은 것보다 못할 것이다. 내가 학교를 다니면서 많은 사람들을 만나고 여러 가지 책을 소개받으면서 많은 사상들을 접하게 되었는데 그 중 내가 몰입하게 된 것은 사회주의 사상이다.

사회주의 사상의 가장 기본적인 핵심은 평등이다. 모든 사람은 동등하게 태어났다는 것이지. 사람이 가진 유전적 요소나 교육적 환경 더 나아가서는 자연적 환경에 의해서 능력이 대별되고, 그 능력의 집적에 의해 계급이 만들어지지. 너나 나 또한 마찬가지지만 우리 마음에 내재되어 있는 계급의식이나 서열의식을 부정할 수가 없을 것이다. 우리는 배우지 못하고 가난하게 살아서 우리보다 못 사는 사람들보다 무엇인지는 모르지만 우월하다는 선민의식을 가지고 있다. 생래적으로 우리는 우월한 혈통이라는 의식을 가지고 있다. 그런 우월의식이 세세년년 내려와 양반과 상놈으로 계급이 대별되고 사농공상의 사회적 계급이 형성되어 있다. 우리의 의식에는 이런 뿌리 깊은 서열의식이 자리 잡고 있지. 심지어는 학교 성적의 우월로도 그렇지만 체육시간 달리기 실력으로도 서열의식을 가지고 있다.

형이 질문 하나 던져 보겠다. 우리가 누리고 있는 특권, 즉 여유 있는 부모님을 만나 나는 서울로 유학을 가게 되고 너는 전주에서 학교를 다니고 있다. 만약 이런 부와 부모들의 지원 없이도 우리가 학도가 되어 있을 것인가. 상급학교에 진학을 하지 못한 사람들 중 만약 재정적인 지원과 부모들의 향학에 대한 열의가 있어 뒷바라지를 아끼지 않았다면, 그들이 지금도 무지에서 해매고 있을 것인가?"

"언뜻 쉽지 않은 가정이긴 하지만 그런 조건에 처해 있다면 지금의 내가 있다고 자신 있게 말할 수는 없을 거야. 그리고 내 주위에 있는 친구들 중 나와 같은 기회가 주어졌다면 몇몇은 나보다 못하지 않았을 거란 생각이 들기도 하고."

현철은 현성이 어떤 방향으로 대화를 이끌어 가려는 지를 짐작하고 있다.

"바로 그것이지. 네가 보기에 비루먹은 강아지처럼 머리에 부스럼이 가득하고, 이빨은 누렇고 입 냄새가 풀풀 나는 아이들이지만, 그 아이들에게 기회가 주어진다면 어떤 가능성을 보여줄 것인지는 아무도 속단하지 못한다. 조선의 인민이 깨우쳐야 된다는 생각에 계몽운동에 동의를 하게 되었지. 조선의 인민이 깨우쳐야만 조선인 스스로 힘을 갖게 되는 것이고, 조선인민이 힘을 갖게 되면 일본제국주의에 맞서 대항할 수 있게 되는 것이다. 하찮아 보이는 노력이지만 이런 작은 것에서부터 시작하여 조선의 인민들에게 조선의 혼을 깨우치는 것이다. 우리는 전 조선의 청년들 중 5부의 선택을 받아 고등교육을 받고 있고 고보생이라는 배타적 사회적 특권을 누리며 살고 있다. 스스로 조선의 청년으로서 자각을 해야 하고, 역사가 우리 세대에 요구하는 것이 무엇인지를 깊이 깨달아 시대적인 사명감을 가져야 한다고 생각한다. 그냥 아무런 의식 없이 고보를 졸업하여 시류에 따라 판임관 시험을 치르고 일제의 관료가 되거나, 교원자격을 얻어 선생이나 하면 얼마든지 편하게 살 수 있을 것이다. 그렇다면 우리의 손자의 손자까지 영원하도록 일본군국주의 발굽 아래 조선의 인민은 허덕이고 살아야만 할 것인가. 아니다. 우리 조선의 젊은이들은 혼백이 살아 있다. 끊임없이 거대한 일제에 맞서 대항하고 있다. 조국의 독립을 부르짖으며 일신의 목숨을 초개 같이 여기고, 불 속에 뛰어드는 조선의 젊은 혼들이 꺼지지 않는 불빛으로 혼암한 식민지 조선을 비추고 있다.

나는 조선의 젊은이로서 가만히 지켜보고만 있을 수는 없다. 아주 작고 전혀 관계가 없어 보이는 일이지만 내 나라 내 조국의 장래를 위하여 작은 일이라도 해야겠다는 다짐으로 이 일을 시작했다. 최선을 다해 마무리를 지으려고 마음먹고 있다. 아주 겸허한 마음으로 내가 가르치는 아이들을 내 삶의 여정에서 만난 소중한 손님으로 생각하고 정과 성을 다하여 가르칠 것이다."

그러저럭 비안쟁이까지 다 왔다. 노암리로 가는 삼거리에서 현철을 보내고 집으로 들어왔다. 아버지 어머니는 두 장정의 어깨에 메어 보낸 일이 어떻게 잘 되었을까 하고 궁금해 하는 표정이었다. 잘 마무리했다는 보고를 하고 나서는 피곤함이 밀려와 저녁밥 숟가락을 놓자마자 쓰러지듯이 잠에 들었다.

새벽녘에 잠이 깨어 소피를 보고나니 잠이 가셨다. 서녘으로 지는 열엿새 달빛이 방안에 가득하였다. 이리저리 뒤척거리다 윤희 생각에 사무쳤다. 그리움이 밀려왔다. 방을 뒤져 촛불을 켜고 편지를 썼다.

윤희 씨, 달빛이 좋습니다. 어제 공일날 우리 계몽대에서 교육을 받고 있는 학생들과 함께 우리 고향을 가로질러 흐르는 요천강의 솔숲에서 좋은 시간 보내고 일찍 잠에 들었습니다. 지금 새벽시간에 깨어나 맑은 정신으로 윤희 씨에게 편지를 씁니다. 여름이라 기후의 변화가 무상합니다. 지난주에는 폭우가 내려 요천강이 넘치듯 흘러 강을 건너지 못해 발을 동동 구르다가, 한나절 수업을 빼먹고는 오후 강물이 잔잔해져 밤 수업에 간신히 들어갔지요. 일주일 사이에 검붉은 흙탕물이 가라앉아 맑고 깨끗한 명경지수가 되었습니다. 적당히 수량이 늘어 물놀이하기에 최적이었고, 무성하게 자란 수초 사이엔 물고기가 수월찮게 있어 천렵을 즐길 수 있었습니다. 우리 학생들 중에는 닭백숙과 밥을 잘 짓는 똑순이가 있고, 물고기를 잘 잡는 재주꾼이 있어 여러 아동들을 즐겁게 해주었습니다. 지난번 후원해주신 금일봉은 아주 소중한 곳에 잘 쓰였습니다. 워낙 짧은 시간에 열악한 여건에서 사십 명 가까이 되는 아이들을 가르치다보니 급하게 비용이 소요되는 곳이 한두 군데가 아니었습니다. 수업 시작할 때 아이들에게 배포한 공책과 연필을 구입하는 데 주신 돈을 사용하였습니다. 아이들이 받아들고 기뻐하는 것을 보면서 고마움 깊이깊이 새기게 되었습니다. 서울의 천하일색, 춘향이보다 더 예쁘고, 천사와 같이 아름다운 노래를 부르는 낭자가 이 선물을 여러분에게 주었다고, 툰수 같이 자꾸 자랑하고 싶은 마음을 간신히 억제하였지요.

어제는 날씨가 화창하였습니다. 극성을 부리던 여름은 지났고 나무 그늘은 제법 서늘해졌습니다. 남원은 사방이 산으로 둘러싸인 분지이고, 그 분지의 처음에서 끝까지 관통하여 요천강이 흐릅니다. 멀리 북쪽으로 남원 들을 지나 교룡산이 보입니다. 교룡산은 서울의 남산처럼 남원의 진산입니다. 때마침 교룡산에는 흰 구름이 기류를 따라 북쪽으로 흘러가고 있었습니다. 저 구름은 윤희 씨가 계신 서울까지 갈 겁니다. 저 구름에 보고 싶은 마음 가득 담아 보냅니다. 앞으로 일주일이 지나면 계몽대 활동은 끝이 납니다. 계몽대 활동이 끝나면 거의 방학도 끝나 서울로 올라가겠지요. 길지 않은 시간이었지만 적지 않은 우여곡절도 있었고 전혀 새로운 경험이었습니다. 윤희 씨를 만나면 해줄 이야깃거리가 수북합니다. 한 자라도 더 배우겠다고 초롱초롱한 눈빛으로 배움에 전념하는 아이들을 대할 때마다, 내 삶이 무엇을 추구하고 무엇을 위하여 살아야 할 것인지를 생각게 하는 소중한 경험이었습니다. 늘 해오던 생활에 정진하시고, 밝은 모습으로 근간에 볼 수 있기를 기원합니다.

먼 남쪽 고을 남원에서, 현성 드림.

월요일 아침 첫 시간에 아이들을 대하니 눈빛에 즐거움과 믿음이 넘쳐흘렀다. 느슨해진 마음을 추스르고 첫 시간 한글을 가르쳤다. 지난 시간에 이어 이중모음 과, 궈, 놔, 눠, 뭐, 봐, 쏴, 와, 워, 화 등을 가르치고, 산수 시간에는 구구단 6, 7, 8, 9단을 가르쳤다. 역사 시간에는 고려 왕건과 후백제 견훤 이야기를 들려주었고, 창가 시간에는 어제 솔밭정이에서 불렀던 '매기의 추억'과 '오빠 생각'을 흑판에 가사를 써주고 다시 배우도록 했다.

다음날 한글 시간에는 국, 떡, 눈, 돈, 손, 글, 말, 밭, 들, 감, 밥, 섬, 솜, 밤, 신, 칼, 삽, 벗 등의 받침 글자를 가르쳤고, 산수 시간에는 구구단을 반복하여 가르쳤고, 역사시간에는 권율 장군 이야기를 해주었다. 창가 시간에는 '문맹타파가'를 가르쳤고 성경이야기를 해주었다.

수요일에는 어제 배운 받침글자를 응용하여 문장을 만들어 써보도록 했다. 국이 맛있다, 떡을 먹다, 눈이 아프다, 돈을 벌다, 손이 크다, 글을 배우니 재미있다, 밭에 나가 일을 하다 등이었다. 산수는 곱셈과 나눗셈에 입문하였다. 나눗셈은 12나누기 4, 18나누기 6, 같이 단 단위로 나누어떨어지는 가벼운 나눗셈을 반복하여 가르쳤다. 산수는 이 정도에서 더 진도를 나가지 않고 반복하여 복습하였다. 역사는 황금 보기를 돌같이 하여 평생 가난하게 살았던 고려 최영 장군 이야기를 들려주었다. 창가는 반복하였고, 호성은 성경 속의 새로운 이야기를 계속 전개하였다. 다윗과 골리앗, 삼손과 데릴라, 솔로몬의 지혜 등 먼 나라 오랜 역사

속의 인물들이 신화로서 새로이 다가오는 것이었다.

목, 금요일에는 장터에서 파는 '심청전', '춘향전', '장화홍련전', '흥부놀부전' 등 순 한글로 되어 있고 쉽게 읽을 수 있는 책을 구해서 한 소절씩 읽도록 했다. 쩔쩔매는 아이들도 있었고 문리가 트인 아이들은 제법 잘 읽어 내려갔다. 그 동안 땀을 흘리며 애쓴 보람이 느껴지는 순간이었다. 조금씩 문맹에서 벗어나가는 아이들의 얼굴에는 환희의 빛이 넘쳐나고 있었다.

새로운 것을 알아간다는 것은 언제나 마음 설레고 흥분되는 일이었다. 금요일이 수업의 마지막 날이었다. 마지막 날 역사 시간에는 이씨 조선 5백년의 통치기간 중 가장 국력이 융성했고 백성들이 태평성대를 구가했던 시대의 위대한 한글 창제자 세종대왕에 대한 이야기를 해주고 시간을 마쳤다.

마지막 날 토요일은 책거리를 하는 날이었다. 유환열 구장이 가장 바빴다. 대산댁이 새벽부터 일어나 쌀을 씻어서 불을 때기 시작했다. 아침에 일어나니 커다란 시루에 떡이 익는 김이 벌써 모락모락 나기 시작했다. 유환열 씨는 본인의 열성에 과중한 의미 부여를 하고 과시하기를 즐겨하는 사람이었다. 이 동네 저 동네 돌아다니면서 책거리 한다고 광고하여 아이들과 부모들이 몰려들기 시작했다. 일이 이렇게 되니 책거리로 간단히 떡이나 돌리고 끝을 맺을까 했는데, 낯내기 좋아하는 유환열 구장을 추겨 세워주어야만 될 상황이 온 것이다. 아이들이 사십 명 가까이 되고 부모들 열두어 명이 되어 거의 오십 명이었다. 남원읍 동아일보 지국장도 계몽운동 결과를 취재하기 위하여 자전거를 타고 도착해 있었다.

먼저 순덕이와 아이들을 동원해 떡을 돌렸고 간단한 학예발표회를 가졌다. 순덕이, 영식이를 포함해서 남녀 아이들 두 명씩에게 엊그제 읽었던 이야기책을 읽게 하였고, 호성이가 지휘하여 전 학생들이 '학도가', '문맹퇴치가'를 불렀다. 그리고 나중에 현성이 3주 동안의 계몽운동에 대한 경과를 보고하고 학동들의 부모들에게 치하를 드리기 위해 앞으로 나섰다.

"안녕하세요. 저는 이번 계동활동의 대장을 맡아온 이현성입니다. 여기에 와주신 학동들의 부모님들께 고맙다는 감사의 말씀 드립니다. 그리고 오늘 이 자랑스런 책거리 자리를 마련해주신 지당리 유환열 구장님께 깊은 감사의 말씀 드립니다. 오늘 이 자리의 떡을 구장님께서 준비해 주셨고, 저희 계몽대원에게 숙식을 제공해 주시어 성황리에 계몽운동을 끝낼 수 있게 지원해 주심에 대단히 고맙습니다. 여기에 계신 학부모님들도 구장님께 뜨거운 감사의 박수를 보내주셨으면 합니다."

유환열 구장은 단단히 준비를 하고 나온 느낌이었다. 눈에 띄도록 손질이 잘된 모시옷을 입고 나왔다. 이름이 호명되고 사람들에게서 박수가 쏟아지니 순간 당황하는 빛이 보이더니 곧 즐기는 표정이 되었다. 일어서서 좌우를 돌아보며 손을 흔들었다. 현성이 말을 이었다.

"동아일보 남원 지국장님이 이 자리에 오셨습니다. 이 농촌계몽활동은 동아일보에서 주관한 행사로써 지국장님의 도움으로 이곳 주생면에서 착수하게 되었습니다. 동아일보 최 지국장님께 감사의 박수 부탁드리겠습니다."

최 지국장이 인사를 마치자 말을 이어갔다.

"저희 계몽대원 세 사람이 인사드립니다. 제가 한글과 역사를 맡았고, 제 옆의 양정훈 군이 산수를 맡았고, 그 옆의 장호성 군이 창가와 체조와 성경공부를 맡아서 했습니다. 올여름 무더웠고 모기도 극성을 부렸지만, 어떻게 해서든지 까막눈을 벗어나야겠다는 일념으로 공부에 매진하여 상당수 학생들이 이름 석 자와 주소를 쓸 줄 알게 되고 이야기책을 읽어낼 수 있게 되었습니다. 저희가 여러분들과 더 공부를 같이 하여 편지도 쓰게 되고 신문도 줄줄 읽을 수 있도록 지도하지 못하고 떠나게 됨을 대단히 아쉽게 생각합니다. 하지만 올여름 여러분들이 보여주었던 열성으로 스스로 글을 익히고 배워간다면 글자를 보고도 못 읽는 소경을 벗어나는 것은 어려운 일이 아닙니다. 여러분들 열심히 공부하겠다고 선생님하고 약속합니까?"

힘주어 다짐을 강요하니 아이들이 큰 목소리로 화답하였다.

"예."

"여기에 와 계신 부모님들에게 부탁 말씀 드립니다. 이제 아이들이 조금씩 글을 깨우치기 시작하였습니다. 인내를 가지고 지켜봐 주시고 격려해 주시면 훌륭한 청년으로 커갈 수 있을 겁니다. 저희는 여기서 작별인사를 드리고 떠나겠습니다."

유환열 구장에게 먼저 인사를 드리고 책거리에 참석한 아이들의 어버이에게 인사를 하고 다녔다. 사고뭉치 영식이 옆자리에 영식이 아버지가 자리를 같이하고 있었다. 영식이 아버지라는 것을 한 눈에 알아볼 수 있었다. 눈이 부리부리하고 체격이 좋았고 영식이의 모습이 그대로 보였다. 고맙다고 하면서 연신 고개를 끄덕였다.

"지가 영식이 애비 되는 사람인데요. 고마워요. 순 까막눈이던 녀석이 어느 날 신문 쪼가리를 주워다가 줄줄 읽더라구요. 고맙습니다."

"아, 영식이 아버님이시구먼요. 영식이가 뚝심 있고 재주 있어서 잘 키우시면 좋은 청년이 될 겁니다."

"이 애비가 뵐 면목이 없습니다. 벌건 대낮에 일을 해야지 무슨 공부냐고, 학당에 못 나가게 했던 것이 부끄럽구만요."

"그렇지 않습니다. 밤에라도 공부할 수 있게 되어서 다행으로 생각합니다."

이제 계몽대원들과도 작별할 시간이 되었다.

"호성이 아우님은 여기서 헤어져야 겠구만. 더운데 애 많이 쓰셨네. 내가 중간에 이런저런 일을 벌려 아우님들이 고생 많이 했지. 수고했네. 학업에 정진하시고 훗날 어디선가 볼 날이 있겠지. 건강하시게."

"제가 충실하게 보필하여 드리지 못한 것 미흡하게 생각합니다. 같이 하였던 시간 보람 있었습니다. 안녕히 가십시오."

지당리 어른들과 작별인사를 했고 정훈과 함께 남원읍으로 가는 길을 따라 나섰는데 아이들이 따라오고 있었다. 자꾸 돌려보내도 가지 않고 따라오고 있었다. 마치 어미젖을 뗄 시기가 된 강아지처럼 쫓아내도 따라붙고 있었다. 순덕이, 영식이도 같이 따라오고 있었다. 효동리 동구 밖을 벗어나는 지점에 느티나무가 있었다. 느티나무를 벗어나지 않도록 아이들에게 단단히 이르고 느티나무 아래에서 잠시 쉬고 있었다. 오전 열한 시쯤 햇살이 강렬해서 눈이 부시었다.

"더 이상 오면 안 된다. 여기에서 헤어지는 것이다. 이젠 돌아가야 한다. 부모님이 기다리고 계신다."

"선생님, 우리 언제 다시 만나요? 언제 다시 오실 거예요?"

"……."

"다시 온다고 약속해 주세요. 그렇지 않으면 선생님을 따라 갈 거예요."

현성이 귓속말로 정훈과 주고받더니 말했다.

"내년에 학생계몽대가 조직이 되면 그 때 지당리로 다시 오겠다. 그땐 더 재미있는 이야기를 준비해서 올 거다."

"꼭 다시 오시는 거예요. 꼭요."

"암, 그렇고말고."

그렇게 다시 오기로 다짐을 하고 헤어졌다. 두 사람은 뒤도 돌아보지 않고 길을 재촉하여 갔다. 다시 아이들이 따라 올까봐서였다. 아이들은 느티나무 그늘 아래에서 두 사람이 멀어져 가는 것을 지켜보고 있었다. 밀짚모자에 니쿠사쿠를 맨 두 사람이 가방뜰 너머로 사라질 때까지 계집아이들은 훌쩍거렸다. 사내아이들은 같이 울고 싶었지만 계집아이들 앞이라 눈물을 보이고 싶지 않아 하나씩 돌아갔다. 지당리 아이들에겐 이때의 이별 장면이 오래도록 큰 상실의 아픔으로 남게 되었다.

현성은 다음해 약속을 지킬 수가 없었다. 1935년도 일제가 농촌계몽운동을 전면 금지시켰기 때문이다. 브나로드 운동은 현성이 고보 5학년이 되는 해에 4회 째로 마지막이 되었다. 일제가 문화 회유정책을 허락한 것이 여기까지였다. 3.1운동 이후 잠시 밝아졌다가 다시 우민정책으로 돌아간 것이다.

16장

사랑의 노을 빛

그 해 겨울방학이 돌아왔다. 현성은 졸업을 앞두고 상급학교에 진학하기 위하여 고향에 내려가지 않고 서울에 머물렀다. 상옥은 바짝 서둘러 이번 겨울에는 기필코 결혼을 시키겠다는 뜻을 가지고 서두르고 있었다. 장문의 편지를 어머니 진안댁에게 보냈다. 이번에 상급학교 입학 시험을 치르고 내려가겠다는 내용이었다. 가끔 남원에서 이모집에 상옥으로부터 전화가 걸려왔지만 전화는 여러 전화국을 거쳐 연결이 되기 때문에 잡음도 심하고 소리도 잘 들리지 않았다. 간단한 의사소통 이외는 쉽지 않았기 때문에 용건만 간단히 주고받았다. 집안일이나 사생활에 관련된 통화는 꺼릴 수밖에 없었다. 소리를 높여 대화를 주고받아 모든 사항이 낱낱이 드러나기 때문이었다.

현성은 겨울을 그렇게 서울에서 머물렀고, 2월 초 시험을 치러 보성 전문현 고려대학교 법과에 진학하게 되었다. 경식은 최선을 다한 시험이었지만 낙방하였다. 의전 시험은 워낙 조선 학생들에게 바늘구멍만한 자리였기 때문에 준비할 때부터 쉽게 생각하지는 않았다. 하지만 막상 낙방을 하고보니 충격이 컸다. 경식은 냉정한 성품이라 짧게 패자의 변을 남긴 뒤 머리 식히겠다며 바로 고향에 내려갔고, 현성은 그대로 서울에 머물렀다.

　그 동안 윤희와 터놓고 말을 나눈 적은 없었다. 하지만 현성이 상급 학교 진학이 확정된 후 두 사람의 혼사문제를 진행시켜주기를 바랐던 시간이 왔다. 현성이 나서서 윤희의 부모를 설득하여 인륜지대사를 이뤄야 하는 시점에 이른 것이다. 꿈에나 그려볼 수 있는 황홀한 그림이었다. 그저 바라보기만 해도 행복하고 즐거운 여인이 아내가 된다는 것, 밥을 지어주고, 옷을 챙겨주고, 잠자리를 같이하고, 살을 섞고, 그리고 세월이 흘러 자신을 닮은 아이를 낳아준다는 것은 너무나 가슴 설레는 일이었다. 도저히 일어나리라고 기대할 수조차 없는 일이었다.

　먼저 윤희네 집과 집안 간 교류가 있다는 이종백을 찾았다. 그런데 이종백의 눈치가 석연치 않았다. 처음에는 쓸 만한 후배로 생각하여 현성을 교회로 이끌었지만, 교회에 나오면서 박인수 선생과 가까이 지내게 된 것에 약간의 소외감과 시기심이 없을 수 없었다. 게다가 그가 윤희를 전혀 관심 밖 대상으로 두지는 않았을 것이라는 생각이 들었다. 사전에 우호적인 분위기를 만들어 보자는 심산으로 종로2가에 있는 이종백의 상점을 찾았다. 지난 가을에 한 번 들린 적이 있었는데 지방으로 출장을 갔다고 하여 서기에게 학교 후배라고만 전하고 상점을 나온 적이 있었다. 종로2가 사거리 모퉁이에서 세 번째 한옥의 기와 2층 건물이었다. 전면 세 칸의 근방 점포 중에서는 제법 넓은 가게였다. 전면에 대동상회라는 커다란 간판이 붙어있고, 빈지문 문턱 안에 유리창으로 된 미닫이문이 있다. 미닫이문 안에 공단 나단 등 화려한 옷감과 피륙이 진열되어 있고, 그 안쪽으로는 명주, 모시, 무명, 광목, 옥양목 등이 종류별로 가지런히 쌓여 있었다. 사무실에는 책상과 의자가 두 개 놓여있고, 종백이 가게를 바라볼 수 있는 위치에서 일을 하고 있었다. 그 옆으로 작은 의자와 책상이 있어 지난번 만난 서기가 앉아 있었고, 사환이 난로 옆 장의자에 앉아 있었다.

　현성이 종백과 인사를 나누니 사환이 의자를 내어주고 밖으로 나갔다. 종백이 앉은 의자 뒤로 온돌방이 있었다. 책상 왼쪽 뒤로 대형금고가 있고 책상 위에는 전화가 놓여있다. 벽에는 커다란 괘종시계가 걸려있었다. 종백은 주판알을 튕기며 열심히 일하고 있었다. 현성이 유리문을 열고 인사하니 종백이 깜짝 놀라며 반가워했다.

　"야, 현성이 멋진 신사가 되어 왔구나. 그리 앉아. 그리고 지금 내가 매입매출을 확인하고 있으니 조금만 기다려."

　열심히 주판알을 튕기며 가감을 확인하더니 검토가 끝났는지 장부를 닫고 일어서서 난로 옆으로 다가왔다.

　"선배님, 작년 졸업 후 근 일 년 만에 뵙는 것 같습니다. 지난 가을에 한 번 들렀더니 지방 출장을 가셨다고 해 못 만나고 갔습니다."

　"그래, 그때 다녀갔다는 말은 들었어. 졸업이 얼마 남지 않았고만. 현성이는 공부를 잘했으니 상급학교에 진학했을 것이고. 어디로 가기로 했어?"

　"예, 보성전문 법과에 가게 되었습니다."

　"잘 했어. 나는 원래 공부에 별재주가 없어 진학을 포기했는데 현성이를 보니 부럽구만. 그래도 어설피 공부한다고 일본에 가서 3류학교나 다니면서 일본 유학생입네 하고 돈이나 쓰고 허송세월 보내는 것보다는 아버지 일 도우는 것이 훨씬 실속 있다고 생각했네. 아버님이 하시던 일을 내가 몽땅 맡아서 하니 바쁘지. 한 달에 열흘은 지방출장을 다니고 있어. 우리 거래처가 조선팔도에 있으니 저 위 함경도에서부터 전라도까지 방방곡곡 안 다닌 곳이 없지."

　"선배님, 아주 튼실한 실업인으로 틀이 잡혀 있습니다. 그럼 선배님이 사장입니까? 아니면 취체역_{중역}입니까?"

"그런 것은 아니고, 내가 대동상회의 차인 정도 일을 맡아서 본다고 해야 되겠지."

"차인이라는 단어가 생소합니다. 무슨 뜻인지요?"

"사장을 대신하여 업무를 총괄하는 주무라고 생각하면 되네. 나는 아버님의 사업이 커져서 대외적인 일을 많이 하시게 되어 총독부나 경성부청 일이나 무역 업무는 아버님이 직접 하시고, 나머지 대내적인 업무는 내가 맡아서 하지."

윗호주머니에서 담배를 꺼내 현성에게 권하며 궐련 하나를 피워 물었다.

"담배 피우지?"

"예, 작년 가을부터 피우기 시작했습니다."

성냥갑을 꺼내 불을 붙이고 현성의 담배에도 불을 붙여주었다. 두어 번 빨아들이니 제대로 담뱃불이 붙었다. 담배연기를 깊게 빨아들이는 모습이 진지하고 심각했다. 무엇인가를 가슴속에 담고 있거나 대단한 사명을 실천하며 사는 사람처럼 보였다.

"우리 아버지는 마코를 피우시는데 마코는 연해서 별로야. 나는 피존을 피운다네."

"저도 피존을 피우지만 선배님처럼 담배 맛을 아는 것은 아닙니다. 저렇게 수북이 쌓인 원단들은 어디서 가져오는가요. 국내에서 생산이 됩니까?"

"국내에서 생산되는 것은 기껏해야 무명, 모시, 삼배 등인데 아주 소량이네. 중국, 인도, 일본 등에서 수입해 오는 것이 대부분이지."

"그럼 대동상회에서 직접 수입해 오는 겁니까?"

"우리나라에서 직수입하는 업체는 없어. 다 일본 사람들 통해서 수입해 오는 것이지. 우리 같은 도매업자들이 수요를 예상해서 주문을 하면 일본 수입상들은 그 주문을 취합해 영국이나 중국 같은 대규모 생산업자에게 주문해서 배로 실어오는 것이지. 우리 물품은 주로 인천항을 통해서 들어오는데 일본 업자들은 인천항 부둣가에 엄청나게 큰 창고가 있어 보관도 하고 출하도 하지."

"선배님 하시는 일이 놀랍습니다."

종백은 그동안 학교에서나 교회에서나 만만하게 대할 수 없었던 후배 현성이 놀라워하고 부러워하는 모습에 신이 났다.

"우리 창고에 가볼까."

하면서 담배를 재떨이에 비벼 끄고 목조로 된 이층 계단을 올라갔다.

"여기 쌓여 있는 것이 광목과 옥양목인데 광목은 중국에서 수입해 온 것이고, 옥양목은 영국에서 수입해 온 것이네. 원단은 인도에서 생산하여 가공만 영국에서 한 것이지. 영국은 면화를 재배하는데 기후도 맞지 않을 뿐 아니라 면화를 재배할 대규모의 농장 용지도 없지."

다시 내려와 뒤채로 갔다. 뒤채 마루와 방에도 원단이 수북이 쌓여 있다. 마당 한 구석 헛간에 자전거 한 대와 인력거 한 대가 세워져 있었다.

"자전거와 인력거는 시내 배달용으로 사용하고 있네. 지금 자전거 두 대와 인력거 한 대는 배달 나가 있지. 배달부가 총 다섯 명이야. 나는 안채에서 서기와 같이 자고 배달부와 사환들은 뒤채에서 지내지. 뒤채에 밥해주는 아주머니가 있고, 아버지는 효자동에 계시는 것 알고 있지? 내가 학교 다닐 때 있었던 내 본가 말일세."

"예, 알고 있습니다. 몇 년 전 크리스마스 때 지나갔던 기억이 있습니다."

한 바퀴 둘러보고 다시 사무실로 돌아왔다. 현성은 종백에 대해 그동안 느낄 수 없었던 경외감이 일었다. 종백이 상급학교에 진학하지 않고 가업을 잇겠다 하여 너무 이른 나이에 저자거리에 뛰어들었다고 생각했다. 좀 속되게 보였다. 오늘 와서 이야기를 들으니 느낌이 아주 달랐다. 업무에 정통한 노련함이 풍겨나는 거상의 위엄이 느껴졌다. 쉽게 돈 잘 버는 장사치 정도로 생각하고 왔었다. 그런데 그의 사무실에 들어와 이야기를 들으면서 느끼는 것은, 역동적인 꿈틀거림과 보이지 않는 거대한 흐름이 있었다. 그 무형의 꿈틀거림과 흐름을 그가 조정해가고 있는 것이었다.

현성이 그 동안 추구해왔던 철학이니 과학이니 문학이니 하는 형이상학적인 관념의 세계와는 사뭇 달랐다. 땀 냄새 나는 사람들의 움직임과 물산의 이동이 한 눈에 들어오는 사업의 현장이었다. 종백과 맺은 인연이 독서회와 교회였으나 그는 학교에서나 교회에서나 그리 빼어나지 못한 평범한 선배였다. 그러나 오늘 그의 상점에 와보니 사업가로서의 수완이 괄목할 만큼 성장해 있음을 느꼈다. 사람마다 잘할 수 있는 일이 각기 다르다는 것을 새삼 느꼈다.

기억을 되살리려는 듯 현성이 학창시절 이야기를 꺼냈다.

"독서회가 옛날 같이 활기 넘치지는 않는 것 같습니다. 제가 작년에 오학년이 되어 독서회를 맡아 이끌었습니다. 하지만 제가 능력이 많이 모자라서였던지 독서회 분위기가 옛날 선배님 계실 때 같지 않습니다."

"현성이 잘해냈을 것이라고 생각하네. 하지만 시대적 분위기가 점점 더 어두워지고 있고 치안 유지법이 강화되고 있으니, 전 같이 활발하리라 생각은 되지 않네."

"졸업하신 선배님들이 한 번씩 오셔서 후배들 격려해주곤 하는데, 선배님 기회 되시거든 한 번 후배들 찾아 좋은 말씀해주시는 것도 괜찮겠습니다만."

종백이 손사래를 친다.

"아니 되네. 내가 학창시절에는 객기로 항일이니 반일이니 그런 위험한 생각을 가지고 혈기를 돋웠네만, 지금은 그럴 수도 없고 그러고 싶지 않네. 그리고 나중에 사회주의동맹 체제로 강화하는 시점에 나는 독서회를 나왔지 않은가. 더구나 우리 사업이 일본 사람들 협조 없이는 도대체 운영될 수가 없네. 아버지는 거의 총독부나 부청의 일본 관리들을 만나 좋은 관계를 가지려고 노력을 하시는데 내가 아버지 뜻을 거를 수는 없지. 우리나라 관료들이 없는 것은 아니지만, 실권을 쥐고 있는 자리마다 일본사람들이 앉아 있으니 그럴 수밖에는 별 수가 없지."

서로 이야기를 전개해 오다가 종백의 일도양단하는 단호한 의사 표시로 순간 분위기가 서먹해졌다. 현성은 그가 사업수완만 능숙해진 것이 아니고 무섭게 세속화 되었다는 것도 느끼게 되었다. 어쨌든 현성이 여기에 온 목적은 앞으로 전개될 윤희에게 구혼하는 과정에서 우호세력을 확보하자는 뜻이었다. 독서회 때문에 온 것은 아니니 더 이상 이야기를 확대시킨다든지 분위기를 거슬릴 이유는 없었다. 더구나 그의 집에 손님으로 온 것이 아닌가. 순순히 종백의 입장에 응해주었다.

"선배님 입장이 그렇기도 하겠습니다."

종백은 물었다.

"교회는 열심히 잘 다니고 있어?"

"박인수 선생님이 멀리 가신 후 교회와 좀 멀어졌습니다."

"내가 학생회를 떠난 지기 일 년이 넘어서 분위기가 어떤지 잘 모르겠네. 참, 박인수 선생이 그만두고 함경도로 가셨다는 이야기를 들었네."

"예, 박 선생님이 가시고 상실감이 컸습니다. 훌륭한 분이셨는데요, 모든 학생들이 대단히 서운케 생각했지요."

"박인수 선생이 교리를 왜곡하여 말이 많았지. 선무당이 사람 잡는다고 일본에서 신학대학을 나왔다는 사람이 그렇게 물의를 일으키고."

더 이상 대화를 진전시킬 수 없었다. 또 마음 한 구석에서 나와 별로 뜻도 통하지 않고, 별로 잘났다고 생각해본 적이 없는 그와 이렇게 구차하게 앉아 있어야 하는가 하는 교만한 마음이 들기도 했다. 종백이 짐짓 어른스럽게 신앙인의 기본적인 자세를 설파했다.

"우리가 신앙을 가질 때 하나님의 말씀으로 믿어야지 사람에 의해 좌우된다는 것은 기독교를 근본적으로 잘못 이해하고 있는 것이지. 왜냐하면 성경은 하나님 말씀이기 때문에 오직 하나님 말씀에만 의지하고 성령이 임하시기를 기도해야지. 사람의 말을 믿고 어떤 사람에 현혹되어 신앙을 갖게 되는 사람들은 신앙의 깊이가 얕을 수밖에 없는 것이라네. 자네도 알다시피 사람이라는 것이 얼마나 모순투성이인가. 우리가 살면서 얼마나 과오를 많이 저지르고 얼마나 죄를 많이 범하게 되는지 잘 알지 않는가. 그러니 당연히 우리는 하나님의 말씀을 따라야 하는 것이지."

대단히 어른이나 되고 큰 깨달음이나 얻은 것처럼 거들먹거리는 것이 꼴사나웠지만 겉으로는 흔연스럽게 말했다.

"선배님 덕에 교회에 다니면서 좋은 것을 많이 배웠습니다. 어디에서도 배울 수 없는 서양문화를 접할 수 있었던 것은 큰 복이라고 생각합니다. 다 선배님 덕이지요."

"어찌 그런 것만 있겠는가? 내가 교회에 다니면서 받은 은혜는 말할 수 없이 크다고 할 수 있을 것이네. 현성이도 교회에 다니면서 그런 은혜를 입었다고 생각한다면 앞으로 더 신독하게 신앙에 정성을 쏟을 수 있도록 하시게. 더 많은 은혜를 받을 수 있을 것이네."

이쯤해서 화제를 바꿔야겠다는 생각이 들었다.

"선배님, 이렇게 두루두루 갖추고 계신데 장가는 언제 가실 건가요? 장안에 좋은 혼처 자리가 줄을 서겠습니다."

"장가? 내가 일 배우느라 아직 그럴 정신이 없다네. 내 나이가 스물 둘인데 아직 늦은 나이는 아니고 마음에 썩 들어오는 규수감도 없네. 부모님은 서두르시는데 올해는 넘기지 않을 것이라고 말씀 드렸다네. 아 참, 현성이 자네 윤희를 만난다는 소문을 들었네만 어떻게 잘되고 있는가?"

갑자기 얼굴이 화끈거리기 시작했다. 사랑과 연기는 숨길 수 없다는 속담이 있다. 무엇을 훔치려다 들킨 도둑처럼 가슴이 두근거리며 얼굴이 붉어졌다. 말을 어색하게 더듬었다.

"재작년 교회 크리스마스 행사 때문에 몇 번 만났습니다만 제가 윤희 상대가 되겠습니까? 원체 자존심이 강하고 콧대가 높아서⋯⋯. 저는 학교만 서울에서 다녔지 순 시골뜨기 아닙니까."

"현성이라면 신언서판이 훤하겠다, 좋은 상급학교에 진학도 했겠다, 상대가 되지 않을 것도 없지. 윤희네 하고 우리 집하고는 오래 전부터 교분이 있네. 내가 옆에서 도와주면 일이 쉬이 될 수도 있으니 도움이 필요하거든 기탄없이 이야기 하도록 하게."

"오르지 못할 나무는 쳐다보지도 말라 했는데, 저한테 그런 일이 있을 수 있겠습니까?"

"자네 얼굴을 보니 그렇지 않은 것 같네. 하하하, 하여튼 자네가 부럽네."

이 쯤 이야기하고 종백과 헤어졌다. 대동상회가 바빠져 더 이상 가게에서 한담을 나누고 있을 상황이 아니었다.

윤희와 만나 여러 상황을 주고받았다. 현성은 부모님이 여러 차례 혼담을 꺼내는 것에 손사래를 쳤다. 상급학교 진학을 구실로 미뤄왔는데 이번 고향에 내려가서는 어느 정도 언질을 해주어야 될 상황에 이르렀다. 마냥 어른들의 뜻을 거스를 수만은 없었다. 그래서 어떻게든 윤희의 부모님을 만나고 내려가야겠다는 입장이었고, 윤희도 장안의 괜찮은 집에서 혼담이 밀려들어왔지만 학생이라는 이유로 거절했다. 여학생은 학칙에 결혼하게 되면 자동 퇴학이 되었기 때문이었다. 그런데 졸업이 목전에 다가오니 혼담이 무르익을 시점이 되었다. 더구나 윤희는 상급학교 진학을 접었으니 결혼 적기가 되었던 것이다. 현성이 어떻게 윤희의 부모님께 인사를 드리러 가느냐가 문제였다. 가장 편한 것은 윤희가 부모님께 소개시켜주는 것이었지만 쉽지 않은 일이었다. 더구나 새침데기 윤희에게는 상상하기도 어려운 일이었다. 연애라는 단어가 익숙해진 것이 얼마 되지 않는 시대였다. 불과 몇 십 년 전만 해도 연애라는 단어는 없었다. 남녀는 혼인 전에 만나는 일이 없었고, 결혼 적령기가 되면 부모들이 정해주는 배필을 만나 사는 것이 결혼생활이었다. 그러나 개화가 되고 새로운 문화가 들어오게 되면서 신식 인텔리 계층 남녀들 간에 결혼 전 만나는 기회가 주어졌다. 남녀 간 정이 싹트면서 연애라는 선망이 있었지만 사회적으로는 부도덕한 애정행각으로 지탄 받았다. 정숙하고 얌전하기 그지없는 윤희가 그런 부담을 감수하는 것은 어려운 일이었다.

그 날은 결론 없이 헤어져서 현성은 밤새 고민하다가 마침내 결심하였다. 다음날 본인의 결심을 윤희에게 전했다. 윤희 아버지를 직접 찾아가기로 한 것이다. 집으로 찾아가는 것은 어색할 것이라 사무실을 찾아가기로 했다. 주소와 약도를 그려주면서 윤희는 내심 현성이 어떻게 돌파할 수 있을까 궁금해 했다. 한편으로는 현성의 당당한 기상이 듬직했다.

이모부 양복을 빌려 입었다. 이모에게 긴장된 표정으로 의미심장한 미소를 남기며 집을 나섰다. 이모도 현성이 심상치 않은 일을 벌이려 한다는 것을 어렴풋이 눈치 챈 듯하였다. 윤희 아버지 신준식의 사무실은 정동 대로변에 있었다. 일본식 목조 건물 일층 입구에 단천금광이라는 입간판이 세워져 있고, 문을 열고 들어가니 서기와 잔심부름하는 아가씨 둘이 앉아 있었다. 사무실 분위기가 종백의 대동상회하고는 사뭇 달랐다. 사장님을 찾으니 잠시 나가셨는데 오후에나 오실 것이라 했다. 현성은 스스로를 보성전문대생이라 소개했고 오후에 다시 오겠다며 사무실을 나왔다. 잔뜩 긴장하고 갔는데 그 숨 막히는 대상이 자리에 없었다. 당장은 안도가 되었으나 맥은 빠졌다.

집에 돌아가 쉬었다가 오후에 다시 방문하였다. 사환 아가씨가 사장님 계신다 하며 실내용 슬리퍼를 내어주었다. 슬리퍼로 갈아 신고 문을 조심스레 밀고 들어서니 책상에 앉아있던 중년 신사가 신문을 보고 있다가 인기척에 고개를 돌리며 의자에서 일어섰다.

"안녕하십니까. 절 받으십시오."

앞뒤도 없이 바닥에 넙죽 엎드려 큰절을 올렸다. 그는 약간 놀라는 기색이긴 하지만 싫지 않은 표정으로 접객용 의자에 앉으라 손짓했다.

"뉘신가?"

"저는 올봄 보성전문 법과에 입학한 이현성입니다."

"우선 그 의자에 앉게."

"앉아도 되겠습니까?"

"그래, 어떻게 찾아오셨는가?"

"외람되고 주변머리 없는 말씀 드리고자 찾아뵙게 되었습니다. 제가 어르신의 큰따님과 이화정 교회에서 만나 교분을 갖게 되었습니다. 그래서 인사를 드리러 왔습니다. 철없는 젊은 것들의 행동이 지나쳤다고 생각되시거든 어떤 나무람을 주셔도 달게 받겠습니다."

극도로 긴장하여 입이 바짝바짝 타올라 소리가 안으로 오그라들었다. 하지만 오늘 이 자리에 오기 전까지 웅변 원고라도 외우듯 수없이 연습하였던 한마디 한마디였다.

"허 참, 망측한 일이로구만. 내가 우리 딸들을 얼마나 엄하게 키웠는데 어른들 눈 피해 가며 이런 일이 벌어지다니, 참 고연 것들 같으니라고. 시집갈 나이가 된 딸을 가진 애비로서 심히 심기가 불편하네. 그렇지 않아도 지금 여기저기서 혼담이 들어오고 있는데."

"아닙니다. 따님은 잘못이 전혀 없습니다. 모두 제 잘못입니다."

"그래, 고향은 어디신고. 말투가 기호지방은 아닌 것 같네."

"전라도 남원입니다. 남원은 잘 모르실 것이고, 제일 가까운 큰 도시가 전주입니다. 전주는 아실지 모르겠습니다."

"내가 금을 캐는 사람이라 전주는 잘 알지. 전주 옆 모악산에 금광이 있고, 모악산 자락 금구에서 사금이 많아 그 근방은 잘 알고 있지. 남원도 귀에 설은 지명은 아닐세. 그래 아버님은 무엇을 하시는고?"

"특별히 하시는 일은 없으시고 선대에 물려받은 전답 관리를 하고 지내십니다. 군정 협의회 의원으로 활동하고 계시지요."

"군의원 말인가?"

"네, 그렇습니다."

"일본 사람들하고 관계가 좋으시겠네. 그런 자리 아무나 하는 것은 아니지. 재력도 있어야 하고 그 지방 사람들에게 인심도 얻어야 가능한 자리. 자네 집안이 남원에서는 명문세족에 들어가지 않겠나?"

"그렇지 않습니다. 근자에 저희 집안에서 큰 벼슬한 어른은 계시지 않습니다. 남원에 터를 잡고 산지가 오래되어 타문에 괄시는 받지 않는 정도입니다."

"자네는 경성에 온 지가 얼마나 되나?"

"제가 고보에 진학하면서 왔으니 오년 되었습니다."

조금은 경계를 풀은 듯하였다. 대화가 풀려가는 것을 느낄 수 있었다.

"고보는 어디를 다녔지?"

"중앙고보를 다녔습니다."

"경성에 친척이 있던가?"

"혜화동에 이모네가 사십니다. 이모부가 오래 전에 경성에 올라와 장사를 하시어 이모집에서 다녔습니다."

"이모부가 무슨 사업을 하시는데?"

"미곡 도매업을 하십니다."

"미곡 도매업이라. 나하고 업종이 달라 알아보기는 쉽지 않겠네. 자네 이름이 뭣이라 하였지?"

"이현성이라 합니다."

"자네 인상이 나쁘지 않아. 하지만 경성에서 천리 떨어진 시골 태생인 자네를 이렇게 한 번 보고 믿을 수 있겠나. 자네 이름 석 자와 자네 본가 주소, 아버님 함자를 적어 놓고 가시게. 내 알아볼 것 알아보고 연락하겠네."

'본가 주소 전라북도 남원군 남원읍 노암리 비안정 73번지 불초(不肖) 이현성의 부친 이상옥.' 정성 들여 써 올리면서 이제 반은 성사되었다는 안도감에 긴장이 풀렸다. 모든 일이 이렇게 풀려 가리라 생각하고 이종백의 도움을 얻어 볼까 하는 생각이 스쳐갔다.

"어르신, 종로에 대동상회라고 아시는지 모르겠습니다."

"알고 있지. 내가 대동상회 주인을 바로 아는 것은 아니고, 우리 안사람이 그 집 댁네와 가깝게 지내고 있다네."

"대동상회 큰 아드님이 저희 고보 일 년 선배라서 가까이 지내고 있습니다."

"종백이라는 청년 말인가?"

"알았네. 내가 대동상회에도 알아봄세."

"이제 물러가겠습니다."

큰 절을 다시 올리고 단천금광 사무실을 나섰다. 행길을 걸어가는데 발걸음이 그렇게 가벼울 수가 없었다. 세상을 다 얻은 듯한 기분이었다.

이제 모든 시험이 다 끝난 기분이었다. 다음날 대동상회 이종백을 찾아 갔다. 종백도 낌새를 알아차린 인상이었다. 현성이 전번과는 사뭇 달라 진 태도로 털어놓았다.

"선배님, 솔직히 말씀드리겠습니다. 어제 제가 윤희 아버님을 찾아 뵈었습니다."

그의 안색이 바로 달라지는 것을 알 수 있었다. 지난번에는 그저 대 수롭지 않게 생각했다가 이제 상황이 급진전 되고 있다는 것을 느낀 것 이다. 현성이 계속 말을 이어갔다.

"저 같은 시골뜨기를 무엇으로 믿으실 수 있겠습니까. 선배님 말씀 을 드렸더니 잘 아시더라고요. 혹 저에 대해 물어 오신다면 말씀 좀 잘 드려주십시오. 선배님 덕에 맺어진 인연이 여기까지 왔습니다. 선배님 고마움 평생 마음에 새기고 살겠습니다. 간절히 부탁드립니다."

"내가 자네를 잘 알고 있으니 잘 말씀드리지. 자네 사람 됨됨이가 뛰 어난데 무슨 걱정이 있겠는가. 걱정 마시게."

자연스럽게 축원해주어 걱정 없이 뒤돌아섰다. 그러나 이것이 운명 의 갈림길이 될 줄 누가 알았겠는가. 그 뒤로 윤희를 만나 집안 분위기 를 들어보았다. 그 전부터 아버지나 어머니는 어떤 청년에게서 편지가 오는 것을 알았는데, 그 청년이 엊그제 인사를 드리려 찾아왔다는 것을 알게 되었다. 그 날 첫 대면에 아버지에게 좋은 인상을 주어 혹 부모님 이 경성에 오시거든 뵙고 싶어 한다는 낭보를 받았다. 뛸 듯이 기뻤다. 그렇지 않아도 머지않아 고보 졸업식에 아버지가 올라오시기로 했다. 그 동안 집안 어른들이 노심초사하던 혼사문제를 이제 확실히 해결할 수 있는 기회가 온 것이다.

졸업식이 일주일 남았다. 고향 아버지에게 어떤 기별을 해야 될 것 같아 전보를 쳤다. '아버님 상경 시에 상견례를 요망하는 경성의 규수댁이 있음. 현성 드림.' 현성의 전보를 받고 집에서도 경사라도 난 듯 들떴다. 상옥이 진안댁에게 전보를 보여주며 말했다.

"여보, 그 녀석이 속을 썩이더니, 무슨 꿍꿍이속이 있었던가 보오. 그러면 그렇지, 원래 그 녀석이 보통은 넘었지 않소?"

"전보에 무어라 되어있는데 그래요?"

"이번 졸업식 때 상경하거든 경성의 규수댁과 상견례를 하도록 하겠다는 것 아니겠소."

"아니, 그러면 우리 경성에 사는 사람들과 사돈을 맺을 수도 있다는 말이에요?"

"아직 속단하기에 이르지만 그럴 수도 있다는 거요."

"그러면 그렇지. 우리 현성이 어디에 내 놔도 언변이나 인물이 빠지지 않아서 누가 봐도 사윗감으로 욕심낼 만하지요."

내외간에 궁금증이 만발했다.

"내가 읍내 작은집에 가서 경성으로 그 동안 무슨 이야기가 어떻게 진행이 되었는지 전화를 해보겠소."

그날 오후 경성에 전화를 걸어보고 왔는데 신통치 않은 표정이었다.

"아, 그 녀석이 확실한 이야기를 해주지 않고 경성에 올라오시면 말씀을 드린다고만 합디다."

사흘 후, 윤희의 어머니 김 여사가 한복 두루마기에 나단 목도리를 두르고 종로 2가의 포목상 대동상회에 나타났다. 종백은 기다리고 있었다는 듯 깜짝 반갑게 김 여사를 맞이하였다. 그리고 다른 말 꺼내기도 전에 잘 진열된 원단들과 창고 뒤채까지 안내하였다. 사업현황을 설명했고 가겟방 아랫목으로 정중히 모셨다. 두툼한 이불이 덮인 아랫목의 온기가 따스했다. 이미 계획된 각본이었지만 시치미를 떼고 말했다.

"어떻게 누추한 저의 가게를 찾아주셨는지 궁금합니다."

"누추하기는……. 아주 잘 정돈되어 있네. 종백이도 이제 훌륭한 사업가가 되었어."

손가방을 열고 현성의 자필 이름과 주소가 적힌 쪽지를 내보이며 물었다.

"이 청년 잘 아는가?"

종백은 쪽지를 건네받고 심각한 눈빛으로 대답했다.

"이현성, 잘 압니다. 고보 다닐 때 제 일 년 후배였고, 같은 학생모임에서 활동했고, 제가 교회에도 데리고 나갔습니다."

"종백이 때문에 우리 윤희와 교회에서 만나게 되었구만."

"예, 그렇게 되었습니다."

"이 청년이 우리 애 아버지를 찾아와서 인사를 했다는데, 태생이 멀리 떨어진 시골이라 어디 무엇을 알아볼 수 있어야지. 제 아버지 이야기로는 생김새나 말하는 것이나 별로 빠진 것이 없는 청년으로 보인다고 하더군. 겉모습만 보고 사람을 믿을 수는 없는 것이고, 사람마다 자라온 가풍이 있고, 부모에게 물려받은 천품이라는 것이 있는 것이 아닌가. 한 번 보고 쉽게 결정할 수 없는 것이 인륜지대사라서 잘 안다는 종백이를 찾아왔네. 그 청년 어떤가?"

"인물이 훤칠하고 언변이 뛰어나고 공부도 잘하고 나무랄 데가 없는 좋은 청년입니다. 다만 아주머님이 교회에 다니시는 분이라 무엇보다도 신앙이 중요할 것인데, 믿음이 좀 부족한 게 흠이라 할 수 있고요. 아마 지금은 교회에 나가지 않을 겁니다."

"그래?"

김 여사의 얼굴빛이 달라지기 시작했다.

"올 초에 설교에 물의를 일으켜 멀리 쫓겨난 박인수 전도사와 이현성하고는 죽이 맞아 아주 가깝게 지냈습니다. 하나님을 숭배하는 시각이 저와는 많이 다른 것 같았습니다. 박인수 전도사가 나가고는 교회에 나가지 않는 걸로 알고 있습니다."

그가 한때 따르고 존경했던 박인수 전도사를 폄하하는 것은 무슨 의도가 전개되고 있다는 것이었다.

"그리고 현성이한테 시집보내면 고생 좀 하실 거예요. 현성이가 사회주의자거든요. 저하고 같은 독서회 회원이었는데, 그 회원들이 모두 사회주의자가 되어 저는 빠져나왔습니다. 하지만 현성이는 그 모임 회장까지 했습니다. 말하자면 괴수인 셈이지요."

김 여사의 얼굴색이 흙빛으로 변했다.

"사회주의자라면 부잣집 돈 털어다 가난한 사람들끼리 나눠쓴다는 그 불한당들 아닌가?"

"노서아에서는 사회주의자들이 부잣집만 털었던 것이 아니고 왕족을 다 죽였습니다. 가난한 사람들 세상을 만들어 놓고는 좋은 세상이 된 줄 알았는데 저희들끼리 쌈박질만 하고 있습니다."

"믿음이라면 타일러서 어떻게 사람을 만들어보겠지만 사회주의자라면 어떻게 할 수 있겠는가. 아니 되겠네. 패가망신을 사서 하는 것이지. 그 청년 집안은 어떤가?"

"아버지가 행세깨나 하는 유지 같은데 첩실을 두었다고 합니다. 현성이가 첩 소생이라고 합니다."

"제 어미가 첩이란 말인가?"

"맞습니다. 현성이 미목이 아주 수려하지 않습니까? 제 어머니가 색향 진주의 기생 출신인데 아주 뛰어난 미인이래요. 현성이가 제 어머니를 닮아서 그렇게 훤칠하답니다."

기가 막힌 사기극이 연출되고 있었다. 종백은 현성의 집안 내력에 대해서 아는 것이 전혀 없었다. 체구가 작고 볼품이 없어 열등의식에 사로잡혀 있던 그가 누가 들어도 믿을 수밖에 없는 거짓을 만들어내고 있었다.

"첩의 자식이라면 더 이상 말할 필요가 없지. 앞으로 어떤 일이 있어도 더 이상 못 만나게 해야지. 솔직히 말해주어 고맙네."

어느 날부터 느낌이 달라졌다. 그 동안 연락을 수월하게 해왔던 윤희와의 연락이 두절되었다. 여태껏은 윤희가 전화기 옆에 있어 쉽게 대화를 할 수 있었다. 오전 열시경이나 오후 서너 시까지 윤희집에 전화하면 으레 윤희가 받았다. 어른들이 옆에 있으면 '전화 잘못 걸렸다'고 둘러댔고 시간이 지나 다시 걸었다. 윤희는 봄에 졸업하게 되니 자연 집에 있게 되었고, 늘 전화를 받아 의사 전달이 수월했다. 그 전화를 받질 않았고 대부분 윤희 어머니와 식모가 받았다. 번번이 집에 없다고 했다. 한 번은 김 여사가 받았는데 노골적으로 불쾌감을 표시하였다.

"뉘신지 모르지만 과년한 규수가 있는 집이니 함부로 전화하지 말라."

그 동안 메신저 역할을 해왔던 윤경이 마저도 전화기 옆에 얼씬거리지 못하는 것을 알 수 있었다. 현성은 초조해졌다. 혹시나 동생 윤경이라도 만나볼 마음으로 토요일 학생예배 파할 시간에 나가봤지만 윤경은 없었다. 다음날 일요일 대예배에도 나가봤지만 자매의 모습은 없었다.

다음주 화요일이면 졸업식이었다. 그 하루 전 월요일 저녁에는 아버지가 서울에 올라올 것이다. 어떻게 상견례의 틀이라도 잡아 놓아야 할 텐데, 점점 일이 잘못되어 가고 있다는 낭패감이 깊어가고 있었다. 윤희 아버지를 한 번 더 만나고 아버지에게 연락을 했더라면 하는 후회도 있었다. 그동안 혼사문제로 여러 차례 어른들 애를 태운 것을 누구보다 잘 알고 있는지라 더 신중했어야 했다.

설마설마 했지만 아무리 생각해도 상황이 급변하게 된 것은 종백을 빼놓고는 있을 수가 없었다. 윤희 아버지 사무실을 찾아갔을 때 믿음의 눈길을 주어 방점을 찍는다 생각하고 종백을 신용조회처로 내세웠는데, 그 일이 잘못된 것으로 생각할 수밖에 없었다. 더구나 윤희집에서 상견례를 제의해 왔다가 이렇게 급변한 것이었다. 되짚어 생각해보니 종백을 천거해서 굳이 신뢰를 더할 필요도 없었다. 윤희 아버지에게 보였던 첫인상이 가히 나쁘지 않았었고, 긍정적인 의미로 고향집 주소를 청하였던 것이었다. 흥신소에 알아본다 해도 크게 문제 될 것은 없었을 것이다. 이종백과는 독서회 선후배 이외에 특별한 관계가 아니었다. 그리고 물리치기 쉽지 않은 그의 권유로 교회에 나가면서 가까운 사이가 되었는데, 교회에서 이런저런 인연이 맺어지고 현성이 두각을 드러내면서부터 종백의 눈빛이 달라지기 시작했었다. 더구나 종백은 상급학교를 진학하지 못하고 장사치가 된 것에 적지 않은 열등의식이 있었을 것이다. 그가 교회 학생부를 떠난 일 년 사이에 둘 사이가 가까워졌고, 현성이 둘 사이의 관계를 털어났을 때 질투하지 않을 수 없었을 것이다. 더구나 윤희는 어디에 가든지 화사한 꽃이었다. 교회에서도 눈이 부실 정도였지만 등하굣길에서도 수많은 제2고보 학생들과 경기상업학교 학생들의 눈길을 끌었던 것이다.

수많은 우여곡절을 겪어가면서 조금씩 윤희에게 가까워져 갈 때 얼마나 스스로 대견해하며 황홀함에 사로잡혔던가. 현성의 자존감만큼이나 연심을 품었던 사내들은 현성에 대해 시기심이나 적개심이 있었을 것이다. 시기심이나 패배감을 가지고 있을지도 모르는 종백을 믿고 신용조회인으로 추천하다니. 비로소 스스로 발등을 찍은 어리석음을 한탄하였다.

윤희의 부모들은 현성이 수많은 후보자들 중 하나라고 생각하고 단호하게 선을 그을 수 있다. 하지만 그 동안 수많은 사연을 쌓아왔던 윤희는 어떻게 이렇게 달라 질 수 있단 말인가. 누구보다 윤희는 잘 알고 있지 않은가. 깊은 신뢰를 쌓아온 사이였는데 도대체 어떤 공작으로 이렇게 상황이 나빠졌을까. 너무나 자신에 대한 확신이 지나쳤던 것은 아니었을까하고 현성은 스스로 반성도 해봤다. 그런 중에도 실낱같은 희망을 가지고 기다렸지만 아무런 연락이 없었다.

아들이 무난히 전문학교에 진학하여 경성 사람과 사돈까지 맺게 되었다고 지인들을 만나 자랑을 늘어놓고 상경한 상옥은 즐거운 기색이 역력하였다. 주로 한복을 입고 다녔는데 오늘은 드물게 양복을 말끔하게 차려입고 경성역을 나섰다. 마중 나온 아들을 따라 전차를 타고 오면서 무슨 이야기든 듣고 싶어 안달이었다.

"야야! 현성아, 그 규수댁 바깥어른은 뭐 하시는 분이냐?"

"광산업을 하신다고 들었습니다."

"원래 경성분들이고?"

"원래 경성에서 태어나 자랐고, 지금 함경도에 광산을 가지고 있다고 합니다."

"넉넉하게 살겠구나?"

"예, 부유하게 사는 사람들입니다."

"그 집 규수는 어디서 만나게 되었지?"

"친구 따라 교회에 가서 만나게 되었습니다."

"교회에 다닌다고 조상 몰라보고 불학무식한 짓을 하는 것은 아니겠지?"

"아버지, 그런 것은 걱정 아니 하셔도 됩니다."

"규수는 그렇게 만났고, 규수 부모님은 한 번이라도 본 적이 있냐?"

"규수네 아버지를 뵌 적이 있습니다."

"그럼 네가 그 집에 갔던 것이냐?"

"사무실에 찾아가서 인사를 드린 적이 있습니다."

"그래서 양가 상견례 이야기가 나왔던 것이구나. 그래서 언제 어떻게 만나기로 약속을 하였더냐?"

"상견례에 대한 것은 집에 가서 말씀드리겠습니다."

더 이상 말없이 혜화동 하숙집에 도착하였다. 저녁을 먹고 현성은 아랫방으로 내려왔다. 오랜만에 환담을 나누는 것을 현성은 아랫방에서 들었다. 큰 고민이었다. 아버지는 안방에서 이모부와 이모에게 아들 자랑을 늘어놓으며 곧 만나게 될 사돈 될 사람들에 대한 기대감에 부풀어 있었다. 주안상이 차려지고 이모부와 아버지 사이에 술잔이 오가고 있었다. 이모와 이모부는 아버지의 들뜬 기분에 맞장구를 치고 있었다. 풍선처럼 부풀어진 기대감은 바늘로 건드리기만 하면 일시에 터져 쪼그라들 것이다. 상옥이 거나하게 취해 아랫방으로 내려왔으나 현성은 취한 아버지의 기분을 상하게 하고 싶지 않았다. 잠자리를 깔아주었고 현성도 잠에 들었다. '내일 아침 말씀드리자. 더 이상 둘러댈 핑계거리가 없다.'

아침에 평소보다 일찍 일어나 아버지가 기침하기를 기다렸다. 아버지 앞에 무릎을 꿇고 말머리를 꺼내었다.

"아버지, 드릴 말씀이 있습니다."

상옥은 적이 놀래는 눈치였다. 무릎을 꿇고 앉은 자세가 심상치 않았기 때문이다.

"무슨 말이냐?"

"졸업식만 보고 가셔야겠습니다."

"상견례는 어찌 되고?"

"좀 힘들 것 같습니다."

"상견례는 규수집에서 먼저 제의한 것이 아니었더냐?"

"맞습니다."

"이런 괴이한 일이 있나? 우리가 시골 사람이라고 함부로 하는구나."

"그런 것은 아니구요. 제가 규수의 아버지를 만나서 인사를 드렸더니 제 성명과 아버님 함자와 그리고 고향 주소를 적어 달라 하시기에 적어 드리고 왔습니다. 저나 제 집안에 대해 알아보고 결정하겠다 했습니다."

"그럼 앞뒤가 안 맞지 않느냐? 언제는 상견례를 하자고 제의를 해오더니."

"제가 규수 아버지를 만난 다음날 규수에게서 연락이 왔어요. 그때까지만 해도 저에 대해 인상이 나쁘지는 않았던 것 같습니다."

"그러면 그 뒤로 뒷조사를 해보고 무슨 일이 벌어졌다는 것인데."

"그런 것 같습니다. 그 뒤로 사달이 난 것 같습니다."

"흥신소에 알아봤다 해도 우리가 남원에서 인심을 잃지 않고 살아왔는데, 뭐가 잘못될 일이 있겠느냐?"

"아닙니다. 뭔가 일이 단단히 잘못되어 가고 있는 느낌입니다. 규수네 부모가 아주 철저히 입단속, 몸단속을 시켜 일체의 연락이 두절되었습니다. 규수의 집 밖 출입조차 통제하여 만날 수가 없게 되었습니다."

"전에는 네가 규수를 한 번씩 만났단 말이냐?"

"그렇습니다. 남들의 눈을 피해서 만났지만 가끔 만날 수 있었습니다."

"참 알 수 없구나. 네가 어디 내놔도 축에 빠지는 청년이 아니다. 우리 집안도 향리에서 대대로 부끄럽지 않게 살아왔고. 사람의 일이란 알 수 없는 것이니 기다려보자. 내가 하루 더 머물다가 갈 것이니, 그리 알아라."

현성은 거의 종백의 협잡 때문에 일이 이렇게 꼬였다고 심증을 굳혔으나 아버지에게 그런 구차한 경위까지 설명할 수는 없었다. 서울에 올라올 때 아버지가 얼마나 큰 기대감에 젖었으면 저렇게 미련의 끈을 놓지 못하는가 하여 더욱 죄스러운 마음만 커졌다. 상옥은 하루 더 머물다가 귀향하였지만 면구스러운 현성의 얼굴만 바라보다가 내려갔다.

졸업시즌이 지나고 신학기가 돌아와 현성은 전문학교 부근으로 하숙을 옮겼다. 새로운 생활에 적응하는 데 바빴지만 뇌리에 항상 떠나지 않는 얼굴은 윤희였다. 윤희집에서 급박한 일이 진행되고 있음을 느낄 수 있었다. 이미 산산조각이 나 수습하기에는 너무 늦어버린 인연이 되었지만, 어떻게 해서든 그녀를 꼭 한 번은 더 만나고 싶었다. 죽을 고비를 넘겨가며 맺어왔던 사랑이었다. 돌탑을 쌓아 올리듯 견고하게 다져왔던 믿음이었다. 그런데 이렇게 허무하게 무너질 수 있단 말인가. 아무리 되씹어 봐도 받아들일 수 없었다. 어떻게라도 만나고 싶었다. 아니면 먼발치에서 얼굴이라도 한 번 봤으면 싶었다. 하지만 시간은 점점 흘러가고 있었다.

고보 시절보다 훨씬 자유롭고 넉넉한 전문학교 생활에 익숙해가고 있었지만 마음은 항상 공허했다. 몇 주 동안 속절없이 교회 학생예배 끝나는 시간에 이화동 골목에서 기다려보기도 했다. 일요일 대예배가 파하는 시간에 먼발치에서 교회를 나오는 신도들 사이를 샅샅이 훑어보기도 했다. 그러나 윤희 자매의 모습은 없었다. 교회를 다니지 못하도록 금족령이 내렸거나 교회를 아예 다른 곳으로 옮기는 등 특단의 조치가 있음이 확실했다. 불과 달포 전까지만 해도 스스럼없이 연락을 주고받던 사이였다. 또 그렇게 되기까지에는 얼마나 깊은 유대가 있었던가. 불과 얼마 전까지의 일상이 새삼스럽기도 했다. 그러나 이렇게 변한 인심을 마냥 한탄만 하고 지낼 것인가. '그래, 이렇게 한숨만 내쉬고 있을 것이 아니라 먼발치에서 얼굴이라도 보려면 그녀 집 가까이 가보자. 기다리다 보면 어쩌다 대문 밖 출입이라도 하겠지. 그때 보는 것이다.'

오월 초 날씨가 많이 포근해지고 해도 많이 길어졌다. 저녁 시간이 덜 된 여섯 시경부터 그 집 문 앞을 서성였다. 윤희가 아니면 동생 윤경이라도 볼 수 있겠지, 하는 기대감에서였다. 행인들에게 이상하게 보이지 않도록 언덕을 오르락내리락하며 대문을 주시했다. 식모인 듯한 아주머니가 두어 번 대문을 들락거렸다. 어두워진 여덟시가 좀 지나 지난번 사무실에 찾아가 인사하고 대면했던 윤희 아버지가 초인종을 누르고 대문 안으로 들어갔다. 퍼뜩 이런 생각도 떠올랐다. 내일 다시 와서 지난번 처음 만났을 때처럼 길바닥에 엎드려 절하고 무엇이 잘못되어 퇴출되었는지 가르쳐 주시고 해명할 기회도 달라고 애걸해 볼까. 하다가 바로 다시 마음을 고쳐먹었다. 어리석은 짓이다. 구차함만 더할 뿐이다. 더구나 내가 자신 있게 내밀었던 신용조회처에서 사달이 나지 않았는가.

밤이 이슥할 때까지 기다렸지만 밤이 깊어갈수록 행인도 줄어들고 대문 밖 출입은 가능성이 점점 희박해졌다. 열시까지 기다리다가 발길을 돌렸다. 언덕길을 내려오면서 언제까지 이렇게 기약 없이 기다려야 하는가를 생각하다가 스스로 기한을 설정하였다. '이번 금요일까지다. 금요일까지 기다려보는 것이다. 기회는 기다리는 자에게 오는 것이고 하늘은 스스로 돕는 자를 돕는 것이다. 그 안에 어떤 돌파구가 마련될 것이다. 그리고 어떻게든 윤희에게 내가 왔다는 신호를 보내고 싶은데 소리를 지를 수는 없는 것이다.' 그때서야 하모니카 생각이 떠올랐다. '내일은 하모니카를 가져오자. 너무 늦으면 아니 되고, 초저녁에 하모니카를 불면 내가 왔다는 것을 알 것이다.'

다음날 저녁식사 이후 일곱 시가 좀 넘어 어스름한 어둠이 깔리는 시간이었다. 윤희집 들어가는 골목길 아래에서부터 하모니카를 불면서 천천히 올라갔다. '희망의 속삭임', '아 목동아', '오빠 생각' 등의 멜로디가 마치 고향 잃은 나그네의 구슬픈 가락처럼 애잔하게 담을 넘어 초저녁 그녀의 집에 흘러들어 갔다. 하모니카 소리가 사라질 만한 곳까지 올라갔다가 숨을 돌린 후 편안하게 언덕길을 다시 내려오며 하모니카를 불었다. 내가 왔다는 것을 알았을 것이다. 대문이 열릴 때까지 기다려 보자. 점점 밤은 깊어갔지만 대문은 열리지 아니하였다. 낙담하여 청운동 골목길을 내려갔다. '이것으로 윤희와의 관계는 끝난 것인가. 그렇게 까맣게 나를 잊었단 말인가. 우리는 이렇게 영영 다시 만나지 못하고 말 것인가. 금요일까지 다짐했으니 내일 다시 오는 것이다. 그리고도 결과가 없다면 그때 가서 절망하자.'

다음날 그 시간 청운동 골목에는 다시 하모니카 소리가 울려 퍼지기 시작했다. 고단한 하루 일과가 끝나고 몸과 마음을 쉬려하는 시간이다. 이 때 들리는 하모니카 소리는 심상의 저류에 깔려있는 비애감이 배어있는 음률이었다. 처음에는 가까이 들리다가 끊일락 말락 멀어지면서 더 아스라이 느껴지는 간절함이 미세한 떨림으로 전해졌다. 세상사람 아무도 모를지라도 윤희 자매는 이 하모니카 소리가 누가 부르는 소리인지 알았을 것이다.

골목을 올라가면서 소리가 들릴 듯 말 듯한 지점에서 다시 돌아 내려올 때쯤, 대문이 열리면서 한복을 입은 성숙한 여인의 모습이 나타났다. 잠시 사방을 두리번거리더니 하모니카 소리 나는 쪽을 주시하고 있었다. 윤희라는 것을 직감할 수 있었다. 순간 가슴이 터질 듯한 희열이 용솟음쳐 왔다. 현성이 하모니카를 멈추고 성큼성큼 걸어가 윤희 앞에 섰다. 얼마나 기다렸던 순간인가. 오매불망 그리던 모습이 지금 눈앞에 서 있는 것이다. 윤희는 눈시울이 촉촉이 젖어 있었다. 서로 마주 서서 망연자실하며 쳐다보고만 있었다. 이것이 과연 현실인가. 믿어지지 않는 순간이었다.

"당신이 언젠가 꼭 찾아오리라 기다리고 있었습니다."

윤희의 젖은 목소리가 금방이라도 울음이 터질 듯했다.

"죽기 전에 당신을 한 번 더 만나보리라는 심정으로 여기를 배회한 지가 오늘로 사흘 째 되는 날이라오."

윤희가 현성의 품에 안기며 울음을 터트렸다. 그녀를 두 번째 가슴에 안는 순간이었다. 처음에는 순간적으로 닥쳐온 위험에 엉겁결에 뛰어들 었고, 지금은 다시 볼 수 없다는 단말마적인 절망감을 떨치기 위해 뛰어 드는 것이었다. 이런 상태가 영원히 지속되었으면 하는 실현 불가능한 염원이 담겨있는 것이다. 꿈에 그리던 할딱이던 숨결을 다시 느껴보았 다. '아, 이대로 사라져 버렸으면. 아, 이대로 죽어도 좋으련만……'

아직 골목길에 사람들의 왕래가 간간이 있어 포옹을 풀었다. 둘이 처 음 만났을 때에도 걸었고, 그 뒤로 가끔 함께 걸었던 효자정과 삼청공원 가는 길로 나섰다.

"어제 오신 것을 알았습니다. 하지만 아버지의 감시가 하도 엄중하 시어 잠자리에 드시는 것을 보고서야 문을 열고 나왔더니 이미 아니 계 셨지요. 하모니카 소리를 듣고 상당한 시간이 흐른 뒤여서 저도 설마 하 는 마음으로 문을 열었습니다만."

"첫날은 행여 당신이 대문 밖 출입을 할 수도 있을까 하여 세 시간 정 도 골목을 배회하다 갔었고, 돌아가면서 하모니카 생각을 하게 되었지 요. 하모니카 소리를 들으면 내가 왔다는 것을 알 수 있으리라 확신했어 요. 어제 하모니카를 불고 나서 삼십여 분 정도 기다리다가 내려갔습니 다만 아무런 기척이 없었지요. 점점 더 절망이 깊어갔죠. 이제 다시 윤 희 씨를 볼 수 없겠다는……. 하지만 이번 주 금요일까지는 이렇게 하모 니카를 계속 불어볼 것이라고 다짐했었죠. 마지막 희망을 하모니카에 걸고, 전쟁터에 나가 생사를 모르는 아들을 기다리는 어머니의 막막한 심정으로……."

"오늘은 마침 아버지가 지방에 출장을 가셨어요. 그래서 쉽게 나왔습니다. 윤경이는 어제부터 사실을 알고 있어 터놓고 이야기했어요. 어머니에게 뜨개질 재료 사러 간다고 나간 것으로 해달라 일러놓고 왔습니다."

어느 새 두 사람의 손이 굳게 잡혀 있었다.

"윤희 씨, 우리 두 사람의 관계가 이렇듯 급히 나락에 떨어져 버린 것은 종백 선배 때문이겠죠?"

"예, 그렇습니다. 오래 전부터 종백 오빠가 나에게 관심이 많다는 것을 알았습니다만 이렇듯 비열한 사람인지는 몰랐습니다. 어머니가 당신의 신상에 대해 알아본다고 종백 오빠를 만나고 나서 우리 집 식구들이 낙담에 빠졌습니다. 저는 말할 필요도 없었고, 윤경이도 아버지도 많이 허탈해 하셨어요. 당신이 아버지 사무실에 찾아가 인사를 드렸을 때의 인상이 좋았던가 봐요."

잠시 숨을 돌리며 말을 이어갔다.

"어머니가 종백 오빠 사무실에 다녀오신 지 일주일이나 지나 그 집에서 우리 집에 매파를 보냈어요. 어머니는 종백 오빠를 어느 정도 염두에 두고 계셨던 것 같았어요. 그러나 아버지가 협잡꾼으로 생각하여 극구 반대하셨고, 나는 종백 오빠하고 결혼하라 한다면 차라리 죽어버리겠다고 했어요."

예상한 대로였구나. 그렇게 좋은 낯빛으로 대하던 그가 나의 등에 비수를 꽂았구나 생각했다. 차라리 실제 비수를 꽂아 죽여버렸다면 이렇게 날마다 가슴 아리는 고통은 없었을 것인데 하면서 서서히 분노가 끓어오르기 시작했다.

"종백 선배가 뭐라고 했던가요. 여기까지 왔는데 내가 무슨 말을 감당하지 못하겠습니까? 들은 대로 말해주세요."

머뭇거렸다. 그대로 몇 걸음 걷다가 결심한 듯 입을 열었다.

"종백 오빠와 당신은 독서회에서 만났고, 독서회 회원들이 모두 사회주의자가 되었다고 하였습니다. 종백 오빠는 그 그룹에서 탈퇴하였고……."

"내 흠을 들춰냈다고 할 수 있지만 틀린 말은 아닙니다. 4학년 중간에 독서회가 재편되었지요. 남을 사람은 남고 떠날 사람은 떠나고, 제 친구 의사가 되겠다는 경식도 그때 독서회를 떠났습니다."

"아버지는 사업가이기 때문에 사회주의자는 쉽게 용납하지 못하셨습니다."

"그것이 전부입니까?"

"그것이 전부는 아닙니다만 더 이상 말씀드리는 것은 좀 그렇습니다."

의혹이 증폭되었다.

'내가 사상이 불온하다 하자, 그러면 그보다 더한 흠결은 무엇이란 말인가. 무엇인가 있다. 견딜 수 없다.'

"우리 다시 만나지 못할지도 모릅니다. 나에 대한 어떠한 모독도 험담도 받아들일 용의가 있습니다. 당당히 해명할 것은 해명하고 또 인정할 것은 인정하겠습니다. 우리 집안에 대한 이야기입니까, 아니면 저 자신에 대한 또 다른 흠결입니까. 꼭 저의 의혹을 털어주셔야 합니다."

"……."

"오늘이 마지막이라고 생각하더라도 평생 더럽혀진 모습으로 당신과 관계를 매듭짓고 싶지 않습니다. 어떤 모욕도 감수할 용기가 없었다면 당신 집골목에서 몇 날 며칠을 견디면서 당신을 만나리라는 마음조차 먹지 않았을 겁니다."

"……."

"이 몸이 비록 한천한 시골 태생이지만 어릴 적부터 엄하게 훈도 받으면서 커왔습니다. 제가 고향을 떠나 서울에 올라올 때 다짐한 것이 있습니다. 고향과 가문의 명예에 누를 끼치는 사람이 되지 않겠다는 자존감이었습니다. 여태껏 그래왔고 앞으로도 그렇게 살아갈 것입니다. 나의 삶에 불명예스럽고 추한 것은 없을 겁니다."

더 이상 입을 닫고 있을 수는 없었다. 윤희가 몇 번 잔기침을 하며 조심스럽게 입을 연다.

"제가 평생 가슴에 담고 살려고 했습니다. 아니면 서로 잘못 만난 인연으로 알고 살아가야지 했습니다. 사람에게는 숙명이라는 것이 있지 않습니까? 보이지는 않지만 거역할 수 없는 어떤 힘, 교회에서는 하나님이 주시는 시련이라고도 합니다. 내가 아무리 발버둥 쳐봐도 이겨낼 수 없는 삶을 생각하며 한탄했습니다. 그런 무력함과 피동적인 현재의 삶 속에 잊어버리고 살아 갈 수밖에 없었고, 잊어버리려고 노력했던 당신이 제 앞에 다시 나타났습니다. 당신은 매사에 당당하고 거침이 없습니다. 당신을 만나니 다시 마음이 흔들립니다. 당신에게 묻습니다."

잠시 머뭇거린다.

"현성 씨, 첩실 소생이 아니시죠? 아니겠지요?"

현성이 그제야 고개를 끄덕였다. 화기가 충천한다. 화를 다스리려 부러 또박또박 말을 이어갔다.

"예, 아닙니다. 분명히 아닙니다. 나에 대한 모략이 얼마나 엉뚱하게 꾸며졌는지 이제 알겠습니다."

"아아, 이 일을 어찌해야 한다는 말입니까?"

"열 길 물속은 알아도 한 길 사람 속은 알 수 없다고 하였지요. 이렇게 지악스러운 것이 사람 속이라는 것을 오늘 다시 알게 되었습니다. 나 이현성은 우리 집안의 적자이고 우리 가문의 대를 이어가야 할 종손입니다. 내가 어느 누구를 만나서도 나 자신에 대하여 과장하거나 나 자신을 포장하여 허위로 꾸미거나 한 적이 없습니다. 윤희 씨도 이 점을 잘 알고 있을 겁니다. 오늘 참 어처구니없는 적자, 서자 논란에 휩싸여 괴로운 꼴을 당하게 되니 분노가 치밀어 오릅니다. 나에게 더 솔직하게 속을 뒤집어 보여 달라 원한다면 우리 어머니를 서럽게 만든 서모가 있다는 것을 이야기하겠습니다. 별로 꺼내어 이야기하고 싶지는 않습니다만 나의 태생에 대해 시빗거리가 되니 말씀드립니다. 차라리 근거 있는 우리 아버지의 취첩첩을 얻는 것이 문제가 되었다면 달게 받을 수도 있겠습니다. 종백 선배 아주 나쁜 사람입니다. 내 어찌 그렇게 어리석었을까요. 그 사람을 신용조회처로 추천하지만 않았어도 이 괴로움을 당하지 않았을 것인데.”

분하고 억울함을 이기지 못해 몸을 부르르 떨었다.

“알았습니다. 하지만 너무 늦었습니다. 모든 것이 결정되어버렸습니다. 우리 운명은 어찌 이렇게 가혹할 수 있단 말입니까? 우리를 도와주는 의인은 없단 말입니까?”

눈물로 더 이상 말을 잇지 못하고 흐느끼고 있었다. 현성은 이미 돌이킬 수 없는 상황으로 치닫고 있는 것을 느낄 수 있었다. 윤희는 벤치에 앉아 수건에 얼굴을 묻고 하염없이 울고만 있었다. 평소에는 다소 차갑다 할 정도로 이성적이었고, 감정을 쉬이 드러내지 않아 학처럼 고고했다. 범람하는 강물처럼 도도했던 그녀의 고아한 인품이 속절없이 무너져 내리고 있었다. 마치 장마철에 돌담이 무너져 내리듯이.

‘우십시오, 실컷 우십시오. 눈물이 강물이 될 때까지.’

상당 시간 흐느꼈던 윤희는 오열을 멈추고 손수건으로 눈물자국을 닦아낸 뒤 몸을 추스르고 입을 열었다.

“저와 연락이 두절된 지가 달포 되는 것 같은데요. 느낌은 수년이 지난 기분입니다. 그 길지 않은 시간에 제 신상에 엄청난 변화가 있었습니다. 그 동안 부모님이 현성 씨와 서신 왕래나 교회에서 만났던 것을 알기 때문에 다니던 교회를 즉시 바꿨습니다. 어머니로서는 교회를 바꾸는 일이 쉽지 않았습니다. 저희들 아주 어렸을 때부터 다녔던 교회이기 때문이지요. 그리고 두 분이 번갈아가면서 주야로 저를 감시하기 시작하셨습니다. 문 밖 출입이 금지되었고, 긴한 일이 있으면 어머니가 저를 따라 나오셨습니다. 물론 일체의 전화 통화도 금지되었지요. 어머니가 늘 전화기 옆에 있어 저를 감시하셨어요."

"저도 분위기가 심상치 않게 돌아간다는 것을 알아차렸지요. 전에 윤희 씨와 연락하던 식으로 집에 전화했다가 된통 혼이 났으니까요. 우리 집안 어른들에게 얼굴을 들지 못할 정도로 무렴했지요. 아버지는 저의 고보 졸업식에 올라오시면서 상견례에 많은 기대를 걸고 오셨거든요."

"이제 생각해보니 상견례 이야기가 오고갈 때만 해도 좋은 시절이었습니다. 가슴이 아픕니다. 먼 길 오신 아버님께 그렇게 낭패를 안겨드렸으니. 저의 부모님은 저간에 이렇게 어지러운 일이 생겨버리니 저를 몸단속 단단히 시켜 얼른 시집을 보내버리려는 뜻을 가지고 계십니다. 그 사이 매파가 집에 다녀가고 남대문 근처 약국집 총각의 어머니 되는 분이 저를 보러 저의 집에 왔었습니다. 두 집 부모들 간에 통혼하기로 뜻이 맞아 사주단자가 저의 집에 왔습니다. 이미 택일을 하여 보냈고, 앞으로 보름 후면 저는 시집을 가게 되어 있습니다. 남의 눈을 피해 가며 당신을 만났던 대가를 이렇게 톡톡히 치르고 있습니다. 저는 제 일생일대의 운명을 결정하는데 아무것도 할 수 있는 일이 없습니다. 어머니는 저에게 이르십니다. 특별한 남자란 없다고. 약국이 잘 되어 부자로 살고 있고, 아버지가 나이 들어 아들이 약국을 맡아서 할 것이라고 합니다. 약학고를 졸업한 아주 착하고 성실한 청년이라고 합니다. 부모님이 어떤 뜻을 가지고 계실지라도, 또 무슨 말씀을 하실지라도, 내 마음에 새겨진 당신의 모습은 어느 누구도 지울 수 없습니다. 조선 팔도에 어떤 남자가 나타날지라도 당신을 대신할 사람은 아무도 없습니다. 당신을 가슴에 품고 이렇게 억지로 끌려가 원하지 않는 사람과 평생을 살아야 합니까?"

"……."

"나를 아무도 모르는 먼 곳으로 데려다 주세요. 깊은 산골이어도 좋고, 외딴섬이어도 좋습니다."

"……."

"내가 윤희 씨 아버님을 다시 한 번 더 찾아뵙는 것은 어떻겠습니까?"

"우리 아버지가 이런 상황에 설득될 수 있겠습니까? 아버지는 차가운 분이십니다. 어린 나이에 금전판을 돌아다니면서 금광을 일구신 분이에요. 잇속에 밝으신 분이고 아주 냉철한 분이십니다. 여기까지 진행된 결정을 절대 번복할 분이 아니십니다."

"……."

"현성 씨, 우리 도망가서 살아요. 비 가릴 움막 있고, 삼시 세 때 밥 굶지 않고, 추위에 떨지 않을 정도로 피륙 짜서 옷 해 입고……. 당신은 집 짓고 밭 갈고 나는 밥 하고 베 짜고, 현성 씨는 그런 일도 잘해낼 수 있을 거예요."

그 동안 윤희를 만나오면서 전혀 느낄 수 없었던 횡설수설이었다. 이런 식의 전혀 절제되지 않은 말투와 감정 표출은 전에 없던 일이었다.

'아, 이 운명의 물꼬를 어떻게 잡아 돌릴 수 있단 말인가. 도피? 생각지도 않은 일이다. 오늘밤에는 어떻게 할 수 있는 방법이 없다. 더 늦어져 집에서 나를 만난 것을 알기라도 한다면 다음에는 영영 볼 수 없을지도 모르니 이제 집으로 돌려보내야겠다.'

그 사이 시간이 흘러 밤바람이 더 차가워졌다.

"윤희 씨, 우리 두 사람의 마음이 이렇게 간절한데 어떤 방법이 있지 않겠소. 나도 기구해진 우리 운명의 실타래를 어떻게든 풀어보겠소. 이제 내려갑시다."

벤치에서 일어섰다.

"그래요, 현성 씨. 그런데 나 자꾸 마지막이라는 생각이 들어요. 나좀 안아줘요. 지난 번 단성사에서 봤던 활동사진에서처럼."

그 때 활동사진 제목이 '크리스티나 여왕'이었다. 국왕의 급작스런 사망으로 어린 나이에 스웨덴 여왕으로 등극했던 크리스티나는 지적이고 통찰력이 뛰어나 훌륭한 국왕이 되었지만 외로웠다. 평민으로 가장하여 저잣거리에 가끔 들리곤 했는데 한 선술집에서 멋진 신사를 만나게 되어 사랑에 빠진다. 그가 스페인 대사였다. 서양 최고의 여배우 그레타가르보와 최고의 미남 배우 존 길버트가 주연했던 영화였다. 그들처럼 포옹하였다. 하지만 애정 표현에 익숙하지 못한 숙맥, 조선의 총각 현성은 입맞춤을 어찌해야 하는지 몰라 활동사진에서 본 대로 입술만 포개고 멋쩍은 시간이 흘렀다.

"좀 더 세게 안아줘요."

가벼운 신음이 터져 나왔다. 해면체처럼 부드럽고 말랑말랑한 혀가 조금 밀려들어왔다. 속살이 느껴지는 순간 온몸이 찌릿하며 전율하였다. 마치 온몸을 받아들이겠다는 듯 격렬하게 흡입하였다. 여인의 육체가 쓰러지듯이 벤치에 다시 앉았다. 긴 애무가 시작되었다. 이제 가르쳐주지 않아도 본능적으로 찾아가는 사랑의 몸짓으로 남녀의 스스럼을 허무는 육체의 불덩이 같은 교감이 이뤄지고 있었다. 거칠게 입술을 탐닉하던 숨결이 숨을 돌리고 부드럽게 황홀경을 더듬어 갔다. 마치 도원경에 취해 물길을 거슬러 올라가는 어부처럼 저고리 옷고름을 풀고 뜨거운 손길이 젖가슴을 더듬어갔다. 잘 익은 수밀도처럼 터질 듯 터질 듯 농익은 새색시의 젖가슴이 오랜 기다림을 풀어놓고 비밀의 정원에 손님

을 맞는 순간이었다. 가볍게 환성이 터졌다. '이대로 이 세상이 끝나버
린다면, 이것이 깨어나지 않는 꿈이라면 좋겠다.'

밤은 점점 깊어가고 대기는 차가워져 가고 있었다. 윤희가 가볍게 몸
을 밀고 일어나 흐트러진 매무새를 고치고 머리를 가다듬었다. 다시 이
성적이고 새침데기인 원래의 모습으로 돌아왔다. 일어서서 먼저 길을
내려갔다. 언제 그랬냐는 듯 적당한 간격을 유지하면서 내려갔다. 집 앞
대문에서 아무 일 없었다는 듯 가벼운 목례만 하고 대문을 열고 나왔던
모습 그대로 집으로 들어갔다.

그날 밤부터 현성은 고민에 빠졌다. 지금은 두 사람이 줄행랑을 치
는 수밖에 이 고단한 현실을 타개하는 방법이 없었다. 그렇다면 학업을
포기하고 윤희를 데리고 집에 내려간다? 고향에 웃음거리가 될 것이다.
마치 보쌈해온 산도둑처럼 떳떳하지 못한 것은 그 다음이다. 내가 가지
고 있는 청운의 꿈은 다 포기를 해야 할 것이다. 아무도 모르는 곳으로
도망을 친다? 그런 다음에는 어떻게 얼마나 견디어낼 것인가? 그렇다면
이대로 주저앉아서 낙담하고 말 것인가? 이틀 동안 고민 끝에 내린 결심
이 우선 같이 도피를 하자는 것이었다. 서울에서 먼 곳으로 도피해서 일
주일 동안만 지내고 오자. 일주일 동안만이다. 그러면 장소는 어디로 할
것인가. 함경도 안변 석왕사로 가자. 고보 시절 급우였던 한복동의 고향
이 안변이라 했다. 석왕사 가는 길이 경치가 빼어나다고 했고, 여름에는
피서지로도 유명하여 서울 신혼부부의 여행지로도 각광받는 곳이었다.
우리의 도피 행각을 알게 되면 엄청난 파란이 일 것이다. 어쩌면 서울의
이야깃거리가 될지도 모르겠다. 어떤 경우에도 도피하여 극단적인 방법
은 택하지 않겠다.

김우진, 윤심덕과 같은 정사는 남자가 심약하기 때문에 택할 수밖에
없던 비극적인 방법이었다. 두 사람이 여행에서 무슨 일이 있든 없든 간

에 최후의 승자는 내가 아닐 것인가? 누가 두 사람을 갈라놓을 것인가? 그 뒤로 일어나는 어떤 일이라도 내가 감당할 것이다. 물의를 일으키고 창피를 당하고 무렴을 당하는 것은 일순간이지만, 두 사람의 사랑은 영원한 것이기 때문이다. 무릎을 꿇고 두 뺨을 맞는다고 할지라도 부끄러울 것이 무엇인가? 나에게는 이 세상에 단 하나 뿐인 사랑이 있지 않은가. 그렇다면 빨리 일을 감행하자. 우선 도피생활에 가장 중요한 것은 자금이다. 돈을 마련하자. 두 사람이 일주일을 지내려면 백 원 정도는 있어야 할 것이다. 집에서 부쳐준 용돈은 거의 바닥이 났다. 급전을 빌려야겠다고 마음먹고 이모집을 향해 나섰다. 기왕에 작심한 일이니 한 시라도 서둘러야겠다는 긴박감이 일어 다음날 점심을 먹자마자 오후 수업을 빠지고 이모집에 갔다. 이모가 깜짝 놀라며 반가워했다. 오년 동안이나 한 식구로 지내다가 안암리로 간지가 한 달여밖에 되지 않았다. 하지만 오랜 시간이 흐른 듯 반색하며 맞이하였다.

"이삿짐 싸가지고 간 후 연락이 없어서 변한 줄 알았다. 그동안 잘 지냈어?"

"그럴 리야 있겠어요. 일이 있어 연락 못 드렸어요."

"동생들이 얼마나 보고 싶어 하는지 알아?"

"죄송합니다. 동생들뿐만 아니라 이모부님께도 한 번이라도 인사드리러 왔어야 하는데, 상급학교 진학하고 보니 너무나 달라진 것이 많아 정신이 없었습니다."

이모의 수다가 많아 이런저런 이야기를 늘어놓는데 현성은 마음이 바빴다. 눈치 살피다가 어렵게 이야기를 꺼냈다.

"이모, 실은 제가 돈이 급히 필요해서 왔습니다."

"그래, 내가 눈치가 없어서 실없는 말만 늘어놨네. 얼마나 필요한데."

"백 원 정도 입체해 주셨으면 합니다. 사정이 급합니다."

"백 원이라면 당장 수중에는 없으니 이모부 오셔야 할 텐데, 내일 아침에 오면 준비해 놓을게. 그런데 이렇게 적지 않은 돈을 어디에 쓸려고?"

　"지금은 말씀드릴 수 없고 나중에 말씀드릴게요."

　"미더운 사람이니 허튼 일에 돈 쓸 사람은 아닐 것이고."

　"제 인생에 있어 중대한 일에 쓸려고 합니다. 그 정도만 아시고 나중에 어느 정도 성과를 이룬 후 말씀드리겠습니다."

　다음날은 5월 14일이었다. 책상 앞 월력에 붉게 동그라미를 그려놓고 그 위에 건곤일척의 순간이라 써놓고는 결의를 다졌다. 생각할수록 손에 땀이 나는 팽팽한 긴장의 순간이었다. 처음으로 일탈을 시도하는 것이다. '그동안 지켜왔던 윤리와 도덕과 순리를 거스르는 도발을 저지르는 것이다. 나 자신의 가장 순수한 욕망에 충실을 기하는 것이다. 그동안 살아오면서 망설이는 순간마다 행동의 지침으로 삼았던 다짐이 있다. '무슨 일을 저지르고 나서 후회를 하자. 해보지도 않고 나중에 후회하는 바보는 되지 말자.'

　운명의 순간은 다가오고 있었다. 오전 수업을 마치고 동료들에게 집안에 무슨 일이 있어 고향에 일주일 정도 내려갔다 올 것이라 일렀다. 점심을 먹고 이모집에 들러 준비된 돈을 받아 넣고, 먼저 경성역에 들러 경원선 석왕사역 차표를 끊었다. 좌석이 지정된 특급 열차표 두 장, 밤 열시 경성역 출발, 내일 아침 여섯시 석왕사역 도착.

　'1936년 5월 15일 이전과 이후의 이현성은 완전 다른 사람일 것이다. 5월 15일 이후부터는 성난 파도, 험산을 같이 헤쳐 나갈 사람이 내 곁에 있게 되는 것이다. 어느 누구도 우리 두 사람을 떼어놓지는 못할 것이다.' 준비는 착착 진행되어갔다. 일주일 묵을 여행 가방을 챙기고, 세탁소에 맡겨놓은 양복을 찾아 입고, 중절모를 쓰고, 회중시계를 바지 괴춤에 넣고 저녁을 먹은 후에 하숙집을 나섰다. 종로에서 전차를 내려 하이야 택시대절택시를 불러 타고 청운동 입구에 대기시켜 놓고 윤희집으로 올라가는 길에 들어섰다. 초조한 기분으로 시계를 보니 아홉시가 되어가고 있었다. 밤기운은 차가웠고 행인들이 간간이 있었다. 바지 뒤 호주머니에서 하모니카를 꺼내고 첫 음을 잡아보기 위해 들숨 날숨을 내쉬면서 불어보고 있던 중이었다. 순간 하모니카를 움켜쥐는 억센 손길이 있었다. 덜컥 불길함이 느껴졌다. 날쌔게 하모니카를 움켜쥐고는 금방이라도 가격할 자세로 노려보았다. 어제오늘 학교에서 한두 번은 본 듯한 얼굴이었다.

"누구요? 당신은."

"나는 흥신소 직원 김 모라고 하오."

단정한 신사복 차림의 청년이었다.

"당신이 누군데 이렇게 무례한 행동을 하고 있는 것이요?"

"그것을 당신이 몰라서 묻는 것이오? 우리는 단천금광 신준식 사장님이 부탁하여 어제부터 줄곧 당신의 일거수일투족을 지켜보고 있는 사람이요. 당신이 다니는 학교와 당신의 하숙집, 그리고 당신이 경성역에 다녀온 것까지 속속들이 파악하고 있소. 당신이 그저께 그 댁 규수를 홀려내어 그날 밤 그 댁이 얼마나 소란했는지 아십니까? 오늘 양가댁 요조숙녀를 홀려내는 당신의 교졸한 수법을 알아냈소."

"여보시오. 말씀 삼가시오. 내가 날도깨비나 되는 것처럼 그 집 규수를 홀려냈다고 하는데 그게 말이나 되는 소리요. 그 댁 규수와 나는 원래 좋아하는 사이란 말이요."

"그쪽 사정은 내가 알 바가 아니요. 그만 소란을 피우고 내려가도록 하오. 저간의 사정이야 어떻든 당신은 신 사장님이 거부한 것 아니요. 이 사실은 당신도 잘 알고 있을 것 아니요."

"내가 여기까지 왔는데 당신이 내 앞을 가로막는다 해서 물러가겠소? 비키시오. 당신 정도면 일격에 날려버릴 수 있소."

"하하하, 걱정 마소. 우리가 그렇게 만만한 줄 아오."

그가 휘파람을 부니 힘깨나 쓰게 생긴 장정 둘이 나타나 간단히 현성을 제압하여 버렸다. 양손을 비틀어 등 뒤로 돌리고 겨드랑이를 밀착하여 잡으니 꼼짝할 수가 없었다. 품값이 제법 높은 쌈꾼들이 고용된 것이었다. 완력이 뛰어났고 솜씨가 능숙한 자들이었다. 현성이 눈을 부라리며 소리쳤다.

"이 자식들이 비겁하게. 이것 놓지 못해!"

"야 임마, 우리는 조선 밑바닥을 훑고 사는 천한 놈들이다. 네 놈들 몇 자 배웠다고 세상의 모든 일이 너희들 마음대로 될 줄 알지? 그래 이 잘난 놈아, 법보다 주먹이 어떻게 가까운가를 보여주마."

날카로운 구두로 정강이를 사정없이 걷어차고 복부를 두어 번 가격하니 "악"하는 비명소리가 절로 터지며 팽팽하게 지탱하던 힘이 축 처져 버렸다. 흥신소 김 모가 주머니에서 하모니카를 꺼내 발로 밟아 짓이겼다. 마치, 놈이 그동안 선망하였던 조선의 인텔리층에 대하여 분풀이를 하듯이. 더구나 이 녀석은 저희들로서는 감히 꿈도 꿀 수 없는 지체 높은 상전의 딸과 연애를 하는 놈이 아니었던가. 눈꼴이 시어서 눈알이 돌아갈 지경이었다. 그래도 분이 덜 풀렸는지 하모니카를 시궁창에 처박아 버렸다. 오늘만은 이 잘난 놈의 운명이 내 손에 달려있다는 듯, 그러나 지금 이 불쌍한 놈에게 커다란 은전이라도 베풀어야겠다는 듯, 졸개들에게 명령하였다.

"이 자식 더 손대지 말고 큰길가에 쫓아버리고 와. 이 정도면 어쩔 수 없다는 것을 알겠지."

두 놈이 끌다시피 하여 전등불 환한 대로에 밀쳐버리니 그대로 나자

빠져 버렸다. 일어나 동물적인 충동으로 놈들과 일전을 버릴까 생각하기도 했다. '어차피 저 놈들은 하수인이고 결국은 신준식과의 수 싸움에서 내가 진 것인데 패배를 인정할 수밖에 없지 않은가? 쉽게 생각하면 도둑질을 하려다 들킨 것이다. 내 자신을 합리화하자면 거대한 자본의 힘에 밀려 저자거리에 내팽겨진 것이다. 마르크스가 설파한 괴물, 그 지긋지긋한 거대자본에 속수무책으로 당한 것이다.'

이제 윤희와의 관계는 극복할 수 없는 불가항력의 힘에 의하여 갈라질 수밖에 없는 숙명이 되었다. 마치 지진에 의해 지각이 갈라지듯이. 속절없이 시간은 흘러갔다. 언제일 것인가? 윤희가 시집가는 날이. 막연히 며칠 남지 않았다는 추측을 해볼 뿐이다. 이제 내가 할 수 있는 일이 전혀 없다. 언제나 아름답게 그렸던 청운정 골목은 이제는 굴욕의 장소가 되어버렸다. 소중한 악기 하모니카는 청운정 시궁창에서 썩고 있을 것이다. 윤희의 부친 신준식은 무서운 사람이었다. 윤희가 마지막 날 전해주었던 대로 금전판을 돌아다니면서 자란 사람이라 한 치의 빈틈도 없었다. '시골 한천한 가문 출신인 내가 장안의 부잣집에 장가들려고 했던 것도 터무니없는 망상이 아니었던가. 단 한 가지 후회 막급한 것은 윤희를 마지막 보았던 그 날 집에 들여보내지 말고 줄행랑을 감행했어야 했다. 만약 그랬다면 지금쯤 모든 일이 결정되었을 것이다.'

줄곧 담배만 피워댔다. 술 생각도 했지만 술을 마시고 나면 일시적으로 괴로움을 덜 수야 있겠지만 술이 깨고 나면 더 견디기 힘들었다. 차라리 일상생활을 차분히 하면서 마음을 가다듬어야 했다. 억지로 운동도 하고 손에 잡히지 않는 책도 읽어가며 생활의 틀을 잡아가고 있었다. 보름 후쯤이었다. 학교에 편지가 한 장 도착했다. 윤경으로부터 온 편지였다.

현성 오빠 보세요. 해가 서산에 지고 있습니다. 한 시절 열정적이었고 아름다웠던 젊은이들의 이야기가 어둠 속으로 가라앉고 있습니다. 언니 그저께 시집을 갔습니다. 매일, 창가에 서서 하모니카 소리를 기다리며 한숨짓던 언니의 모습이 눈에 선합니다. 마지막 날 결국 눈물을 보이면서 이렇게 된 운명을 한탄했지요. 오빠를 원망하지는 않았습니다. 언제나 미덥고 기상이 당당했던 오빠가 무엇이 두려워 끝내 청운정 골목에 모습을 보이지 않았는지 안타깝기 그지없었습니다. 설마 닥쳐올 앞날이 두렵고 헤쳐 나갈 고난에 가위 눌려 뒷걸음을 쳤던 것은 아니었을 겁니다. 오빠는 어떤 경우도 비겁하지는 않았으리라 믿고 싶습니다. 두 사람의 풀릴 듯 풀릴 듯 풀리지 않던 운명이 결국은 영영 실마리를 찾지 못하고 말았군요. 오빠가 선물하셨던 호박빛 부로우치와 책 몇권, 시집 두어 권은 저에게 주었고 편지는 불살라 버렸습니다. 본인의 새로운 삶에 어떤 흔적도 남기지 않고 싶어서였을 겁니다. 참, 우리 형부 인상이 아주 좋았어요. 그리고 결혼식 내내 좋아서 입을 다물지 못했습니다. 집례를 하시던 분이 핀잔을 주시더라구요. '너무 웃으면 딸을 본다.' 언니는 이성적이고 의지력이 강한 여인이기 때문에 슬기롭게 잘 적응해갈 것이라 믿습니다. 언제나 뜨거운 가슴으로 치열한 삶을 사시는 현성 오빠, 앞으로 당신이 하고자 하는 삶의 여정에 늘 하느님의 가호가 있으시길 빕니다.

윤경 드림.

드디어 오고 말았다. 실낱같은 희망을 붙잡고 세상이 뒤집어지더라도 오지 않기를 간절히 바랐던 악마의 발걸음이 드디어 오고 만 것이다. 더 이상 아무것도 하고 싶지 않았다. 그야말로 찢어지는 듯한 가슴 아림이었다. 누가 나의 애절함을 같이 할 수 있을 것인가. 혼자 이겨낼 수밖에 없었다. 오후 강의를 더 이상 들을 수 없어 집으로 돌아왔다. 사케를 한 병 사들고 하숙집에 들어와 혼자 따라 마셨다. 죽음의 독배를 드는 기분이었다. 술기운이 온몸에 퍼지자 그제야 울음이 터졌다. 벽에 머리를 찧어가며 젊은 베르테르처럼 흐느끼고 또 흐느꼈다. 잊겠다고 다짐하면서, 이제 어쩔 수 없는 운명을 받아드릴 수밖에 없다고 한탄하지만 어찌 잊을 수 있단 말인가. 무 자르고 두부 모 자르듯 사람의 인연을 잘라버릴 수 있다면 얼마나 편리할 것인가. 그렇다면 이렇게 아픈 날은 없었을 것 아닌가.

　며칠 동안 술에 절어보기도 했지만 술에서 깨어나는 순간이 더 힘들었다. 마치 아편에서 깨어난 아편쟁이와 같았다. 마음은 공허하고 속은 쓰리고 머리도 지근거렸으며 육체적으로도 더 괴로웠다. 술로 끝장을 볼 자신이 없으니 술은 제켜졌고 줄곧 담배를 피워댔다. 이른 새벽, 잠에서 깨어 밖으로 나가 찬 기운을 느끼며 담배연기를 깊숙이 들이마시면 저 단전 아래에서 찌릿하게 빨려오는 마취의 순간을 느낄 때가 있다. 아주 짧은 순간이지만 그 순간만이라도 망각에 들고 싶어 담배를 입에 물었다. 담배꽁초가 쌓여갈 때마다 담배연기처럼 홀연히 사라질 수 있다면, 하는 마음도 쌓여갔다. 미련이야 담벼락을 뚫고도 남지만 이를 어찌하겠는가.

17장

두 번째 시련

질풍노도의 시간이 흘러가고 있었다. 격정의 순간순간 일을 도모하면서 어렵기도 하였지만 외로움도 많이 느꼈다. 누구와도 상의 할 수 없었다. 혼자 궁리했고, 혼자 결정해서 일을 처리해왔다. 그리고 쓰라림만이 남아있었다. 평생의 지기 경식 생각이 많이 났다. 경식은 고보를 졸업하고 가을에나 올라오겠다는 결의로 고향에 내려가 내년에 있을 의전 시험에 몰두하고 있었다. 광양 인근 구례 문척면 사성암으로 거소를 옮기겠다면서 시간이 되면 한 번 들르라고 편지가 왔다. 그 사이 철도망이 넓혀지면서 이리, 전주, 남원을 거쳐 곡성이 종점이었던 열차길이 구례, 순천까지 연결 되어 구례가 남원하고 많이 가까워졌다. 경식이 보고 싶었다. 윤희와의 관계가 발전하면서 몸과 마음이 달아올랐을 때는 전혀 관심 밖이었다. 하지만 이처럼 낙백하고 보니 경식의 여동생 옥선의 생각이 가끔 떠오르기도 했다. 경식에게는 뻔뻔하게 보일수도 있겠지만 누구보다 현성을 잘 알고 있는 친구 사이인데 어떠랴 싶어, 목요일 저녁 구례에 도착하겠다고 경식에게 전보를 보냈다. 그리고는 아침 첫차를 타고 구례에 내려갔다.

구례구역에서 내렸다. 승주군 황전면에 위치한 역인데 구례의 입구

라 해서 구례구역이었다. 황전면 사람들이 항의를 거칠게 하였지만, 구
례가 광양으로 내려가는 뱃길이 아니면 외부와 연결되는 교통망이 없어
구례구역으로 확정되었다. 경식이 말한 대로 역을 나서니 구례로 들어
가는 버스가 기다리고 있었고 강 건너 남쪽으로 우뚝 솟은 바위산이 보
였다. 그 산이 오산이라는데 오산의 정상 가까이에 암자가 있다고 했다.
멀어서 암자가 뚜렷이 보이지는 않았다. 구례 차부에서 버스를 내려 나
루까지 한 오리 정도의 거리였다. 강 건너가 문척이었다. 진안에서 발원
한 섬진강이 임실 순창을 거쳐 곡성에 이르면, 남원에서 내려오는 요천
강과 보성 승주의 물을 모은 보성강과 합류하여 커다란 물줄기를 형성
한다. 다시 구례에서 황전천과 합류하여 거센 여울물을 이루다가, 여울
물이 잠잠해지고 강폭이 넓어지고 강심이 깊어진 곳에 나루가 있었다.
차를 내려 앞뒤로 가던 서너 명 행인들의 발걸음도 나루로 향하고 있었
다. 먼저 와 기다리던 두어 사람과 같이 예닐곱 사람이 나룻배에 올라탔
다. 이른 아침 서울을 출발하여 해질녘이 다 되어서야 나루를 건너고 있
었다. 초여름이라 온통 초목이 무성하고 물빛도 맑고 강바람은 시원했
다. 강물을 바라보며 떠오르는, 지워지지 않는 얼굴을 니코틴에 의존하
여 망각으로 밀어 넣었다. 두 모금, 세 모금 더 빨아드리는 횟수가 거듭
될수록 깊은 강바닥에 가라앉는 듯 아스라함에 빠졌다. 사공의 노 젓는
소리가 잦아지며 죽연나루가 가까워졌다. 옆 사람에게 사성암 가는 길
을 물으려 하는데 나루터에서 경식이 손을 흔들고 있었다. 배가 뭍에 닿
자마자 껑충 뛰어내려 서로 부둥켜안고 기뻐했다. 불과 삼개월여 떨어
져 있었는데 꽤나 적조한 느낌이 들었다. 현성으로서는 짧은 기간이었
지만 생애에 쉽게 겪을 수 없는 굴곡을 겪고 난 후라 더욱 간절하였다.

"미안해, 현성아. 전보가 조금 전에 도착했다. 오늘 오전에라도 전보
가 도착했다면 구례역에 마중 나갔을 것인데, 심산유곡에 있는 절이라

이렇게 소식이 더딜 수밖에 없단다. 그래도 나루터까지라도 마중 나올 수 있어서 다행이다. 조금 있으면 어두워질 텐데 산길로 한 시간이나 올라가는 길이야. 초행길에 혼자 오기에는 쉽지 않았을 거야."

"나도 구례역에서 혹시나 하고 자네 모습을 찾았는데 없어서 그러려니 했다. 내가 요즈음 낙백이 된 상태라서 매사에 기대를 하지 않는다. 사소한 기대조차도 내려놓고 사는데 익숙해 있다. 어두운 산길이라고 두려울 게 있겠냐. 차라리 호랭이라도 나와서 잡아갔으면 좋겠다."

의기소침하고 침잠된 심리상태를 읽을 수 있었다.

"낙백? 천하의 대장부 현성이 무슨 일로 낙백을 했어? 나 같은 낙방거사도 기죽지 않고 열심히 살고 있다. 전문학교에 입학해서 한참 좋을 시기에 무슨 일이 있었어?"

"음, 이야기가 좀 길고 사연이 복잡하다. 정돈된 마음으로 이야기하고 싶다. 올라가 차분히 이야기를 나누도록 하자."

"설마 연애사건이 잘못된 것은 아니겠지?

"올라가서 이야기 하자."

나루터 근처 주막집에 들러 저녁을 시켜 먹고 사성암 가는 길에 올라섰다. 하지 전이라 해가 길었다. 암자로 향하는 길은 북쪽 사면이라 어두웠지만 구례 쪽과 노고단 성삼재 쪽 지리산은 불그스레했다. 덜 달궈진 초여름 햇빛의 잔영이 남아 있는 탓이었다. 어두웠지만 걸을 만했다.

잠시 걸으니 등줄기에 땀이 흥건히 젖어왔다. 오늘은 평소와는 달리 경식이 열심히 지껄여대고 있었다. 암자의 스님 이야기 와 안살림을 꾸려가는 보살님 이야기, 초하루 삭망에 불공드리러 오는 신도들의 모습 등 일상적인 이야기를 늘어놓았고 현성은 주로 듣기만 했다. 숲속 오솔길을 한 시간 남짓 올라가니 작은 암자가 보였다. 기암절벽 바위 사이 아슬아슬한 공터에 암자가 서있고, 암자 뒤쪽 거대한 바위를 돌아서니 억새로 지붕을 이은 허름한 띠집이 나왔다. 사방이 틔어진 바위에 올라서니 기온이 사뭇 차가웠다. 등골에 젖었던 땀이 식기 시작했다. 이른 봄 정도의 선뜻한 차가움이 남아있었다. 구례 쪽에 작은 불들이 깜박이고 있었다. 사방은 완전히 어두워졌다. 요사채에 들러 주지스님에게 인사드리고 경식이 기거하고 있는 골방으로 들어갔다. 경식이 어두운 방에 들어가 이리저리 뒤적이더니 초와 성냥을 찾아 불을 켰다.

"현성아, 여기서는 촛불도 사치다. 다 등잔불을 쓴다. 내가 밤눈이 어둡고 밤늦게까지 책을 봐야 하니 나만 예외로 초를 쓰고 있다."

"산사에 촛불을 켜니 아주 고즈넉하고 쓸쓸한 느낌이 드는구나."

서로를 쳐다보며 웃음을 지었다. 한쪽 구석에 책이 대여섯 권 쌓여있다. 걸상과 상판을 댄 책상이 있고 책 옆에 이불 한 채가 방안 살림의 전부였다.

"오늘 날씨가 맑고 그믐이 가까워서 별빛이 아주 좋더라. 여기는 평지보다 높아 별 관찰하기가 아주 좋거든. 밖에 나가 별 구경이나 해볼까?"

경식을 따라 암벽 오솔길을 올라가니 평평하고 널찍한 바위가 있다. 바위 위에 비스듬히 누워 하늘을 바라보니 별이 가까이 보였다. 안드로메다에서 남십자성을 연결하는 마치 다이아몬드 가루를 뿌려놓은 듯 무수한 성운의 은하수가 북쪽에서 남쪽으로 띠를 이루고 펼쳐져 있다. 마치 하늘에서 별이 금방이라도 쏟아질 듯하다.

"햐!"

탄성이 절로 터졌다. 경식이 밤하늘을 가리키며 별자리를 설명하였다.

"저기 북두칠성, 그리고 그 옆에 홀로 떨어져 있는 북극성, 그리고 카시오페아가 있지. 저 카시오페아 별자리가 하루에 한 번씩 위아래가 바뀐다는 것 알고 있나?"

"이야기 해 봐. 처음 듣는다."

"아마 지구의 자전에 의해 일어나는 착시현상이겠지. 하루에 한 번씩 저 위아래가 바뀐단다. 그리스 신화에 카시오페아라는 여신이 나오지. 카시오페아는 너무나 자신의 미모를 자랑해서 자연의 정령인 님프에게 미움을 받아 저렇게 하루에 한 번씩 거꾸로 매달리는 벌을 받게 되었다고 한다."

"아하, 그리스의 신들은 저렇게 오욕칠정을 다 가진 인간의 모습이지. 터무니없이 금욕을 강요하거나 권위적이거나 과대하게 징벌을 내리지도 않고."

현성이 머리 뒤로 손깍지를 끼며 길게 한숨을 내 쉬었다.

"은하수가 아주 선명하구나. 견우직녀가 건널 수 없는 강이야. 일 년에 한 차례 칠월칠석날에만 까마귀들이 다리를 놓아주어 만날 수 있지. 칠석날에 비가 오는 것은 헤어짐이 서러워 흘리는 눈물이라지. 그래도 견우직녀는 일 년에 한 번씩이라도 만날 수 있지만."

"무슨 일이 있구나. 처음 볼 때부터 안색이 썩 밝지 못하다 생각했다. 바람이 차가우니 방으로 내려가자."

방으로 돌아와 이부자리를 펴고 누워 그 동안 밀린 이야기를 펼쳐 나갔다. 현성이 겪었던 음모와 그 음모를 극복하려 했던 간난고초와 결국은 슬픈 운명을 극복하지 못한 탄식이 술술 풀려나왔다. 경식이 더 비분강개하며 이종백을 매도하였다.

"그 인간 아주 비열하고 간악한 배신자구만. 제 친구도 아니고 후배한테 그런 파렴치한 간계를 꾸미다니 믿어지지 않는다. 그리고 제가 아무리 발버둥 쳐 봐도 언감생심 가당치도 않은 일이지. 아무리 돈 많은 갑부일지라도 그렇지. 그 풍신에 어찌 감히 윤희 씨를 아내로 맞이하겠다고. 결국은 못 먹는 잔칫상에 재 뿌린 격이 되고 말았네. 그런데 경치고 포도청 간다고, 윤희 씨 아버지가 그렇게 샤일록 못지않은 독한 사람인 줄 어찌 알았겠어?"

"그 날 불량배들에게 얻어터지고 나서 억하심정이 있었지만, 윤희 아버지와 대결에서 내가 진 것이니 패배를 인정하고 싶다. 솔직히 나도 비정상적인 방법으로 윤희 씨를 내 사람으로 만들고자 했으니 할 말은 없지. 노회한 사업가, 거대 자본가와의 수 싸움에 내가 진 것이지. 이런 자위도 해본다. 못난 내 깜냥으로 할 수 있는 최선을 다 해보았다고."

"내가 너를 동무 삼게 된 이후 항상 느껴왔던 놀라움이지만, 어떤 일에 처했을 때 그 일을 헤쳐 나가는 네 돌파력은 나의 상상력을 항상 능가했다. 이번 일에도 내가 똑같은 경우에 처했더라면 가슴 아리지만 현실로 받아들이고 말았을 것이다. 어찌 하모니카를 불어서 홀려낼 생각을 할 수 있었지? 그 대목이 생각할수록 기막힌 대목이다."

"너는 마치 내가 사람 홀리는 술수에 능한 사람처럼 말하는데, 얼마나 간절하고 절박했으면 그런 궁리를 해냈을까 생각해 봐라."

"그래, 그랬을 것이다. 슬픈 현실이지만 너의 정열이나 너의 사랑이 참으로 아름답구나."

산사의 밤은 점점 더 깊어만 갔다. 처음 자리에 누웠을 때 잠시 졸리는 듯했으나 이야기에 몰두하다 보니 잠이 달아나 정신이 초롱초롱해졌다.

"현성아!"

경식이 나직한 목소리로 불렀다.

"왜."

"내 동생 옥선이 너 좋아한 것 알고 있지?"

"눈치는 채고 있었지. 그리고 네가 엮어줄려고도 했었고."

"그런데 너는 옥선이를 어떻게 생각했어?"

"나야 윤희 생각에 사로잡혀 있었으니 딴 마음 먹을 수가 없지. 하지만 옥선이 좋은 규수감이라고는 생각했다. 야물고, 시골 큰애기 같지 않게 향학열도 높고 참한 색시지."

불감청인데 고소원이라고 이 친구가 내 뜻을 헤아렸을까 생각하고 있는데 바로 망상은 깨졌다.

"미안하다. 우리 옥선이 내가 사성암에 올라오기 전에 약혼했다. 순천 남자인데 지금 순천농업학교 5학년에 재학 중이야. 올가을 손 없는 날을 택일하여 결혼식을 올리기로 했어."

어둠 속이라 경식이 눈치 채지는 못했지만, 현성은 얼굴이 후끈 달아올랐다. '올해는 되는 일이 하나도 없구나. 내 당치도 않은 기대를 가지고 내려왔지.'

"고보 삼학년 때 네가 우리 집을 다녀갔고, 그 뒤로 우리 집안 사정 이야기를 할 기회가 별로 없었구나. 큰형은 광포 주막집 과부댁 딸내미에 물려 장가를 갔고, 바로 위 순식이 형이 네가 다녀간 다음해 봄 장가를 갔다. 그런데 애당초 무망한 일을 우리 부모님이 벌렸다는 생각을 지울 수가 없다. 둘째 형수 되는 사람이 일 년을 못 살고 도망가 버렸다. 누가 드러내 놓고 발설하는 사람은 없지만 대충 미루어 짐작하고 있지. 순식이 형이 남자의 기능에 문제가 있을 것이라고. 그 다음, 내 결혼을 거론하시길래 내가 단호하게 아니 된다고 말씀드렸어. 학업이 어느 정도 마무리 되는 시점에 말씀하시라고. 아버지는 내 말을 존중해 주시는 편이다. 그래서 옥선이를 먼저 시집보내기로 결정하신 것이다. 옥선이 이른 것도 아니다. 나이가 벌써 스물이다."

새벽예불을 드리는 소리가 들렸다. 서로 눈을 부치기로 하고 잠에 들었다.

아침에 눈을 뜨니 경식은 아직 깊은 잠에 들어있었다. 문고리를 조용히 비틀어 밖에 나오니 벌써 해가 중천에 떠 있다. 불당과 요사채는 아주 자그마했다. 감로암보다 훨씬 작았다. 암벽을 따라 전개되는 전경은 가히 천하 절경이었다. 섬진강이 용틀임하며 흘러가는 것이 한눈에 들어왔다. 계곡이 아름다운 곡성을 지나 구례에 이르면서 거대한 산맥을 만난 강물은, 우측으로 꿈틀하여 흐르다가 구례평야를 지나면서 좌측으로 꿈틀한다. 그러다가 지리산 자락과 광양 백운산 자락을 헤집으며 남해로 흘러들어 간다. 구례평야 건너편은 지리산 자락이다. 화엄사 계곡과 노고단, 천은사 들어가는 계곡도 눈에 들어오고, 노고단 아래 왕시루봉은 아주 가깝게 보였다. 저 북쪽으로 남원 앞 밤재 넘어가는 견두산이 아스라이 보였다. 산천경개가 한눈에 들어오는 명소였다. 그렇게 넋을 잃고 경치에 취해 있는데 젊은 스님이 다가와 가볍게 합장하며 인사를 건넸다.

"어젯밤에 오신 처사님이시지요. 잠자리는 불편하지 않으셨는지 모르겠습니다."

"아닙니다. 아주 편안하게 잤습니다. 경치가 좋습니다."

"경치가 좋습니다만 절이 산 정상 가까이에 있으니 불편한 점도 있습니다. 주위가 온통 바위산이어서 물을 머금을 만한 데가 없지요. 물이 귀한 곳입니다. 여름 장마철을 제외하고는 물을 저 아래 샘에서 길어 와야 합니다. 여름에는 모기 한 마리 없이 시원한 곳이지만 겨울에는 추위가 매섭습니다."

"제 친구 경식이 대단한 각오로 사성암에 왔는데, 이렇게 좋은 곳에서 경치에 취해 공부가 잘될지 모르겠습니다."

"아하, 김 처사님은 아직 안 일어나셨네요. 그런 걱정 안 하셔도 됩니다. 집념이 대단한 청년입니다. 어제 밤늦게까지 두 분이 정담을 나누셨지요. 오늘은 친구 분이 오셔서 늦은 것 같습니다만, 아침 일찍 일어나 밤늦게까지 집중력이 대단하지요. 그리고 우리 사성암 자리가 온통 바위로 되어 있어 다른 곳보다 지기가 세다고 합니다. 이 기운을 감당하지 못하는 사람은 여기에서 배겨나질 못합니다. 그러나 이 기운을 감당할 수 있는 사람은 그 기운을 잘 받아들여 다른 곳에서보다 훨씬 더 내공을 깊게 쌓을 수 있습니다. 그래서 이 작은 암자에서 우리나라 불교계 성인 이라 할 수 있는 네 분의 고승이 득도할 수 있었던 것입니다. 원효, 도선, 진각, 의상의 큰 스님들이 이곳에서 득도를 하셨다 합니다. 그래서 사성암이 된 것입니다. 김 처사님도 그 뜻을 필히 이룰 것입니다. 지금 보이는 것 이외에도 이야기 거리가 많이 있으니 아침 공양 드시고 두 분이 같이 돌아다녀보세요."

스님은 합장하며 불당 안으로 들어갔다. 경식은 아직 기척이 없었다. 암벽을 따라 올라가니 정상이 멀지않은 곳에 있었다. 정상을 다녀오니 경식이 일어나 있었다.

조반을 들고 나서 경식이 사성암 주위 명소를 안내했다. 불당 아래 거대한 느티나무는 600년이 되었다고 했다. 이런 바위틈에 뿌리를 내리고 오랜 세월 비바람을 이겨내고 살아왔다는 것이 경이로웠다. 백제 성왕 때 창건하였다 하는데 깎아지른 듯한 바위에 마애불이 새겨져 있었다. 원효대사의 염력으로 손톱으로 파서 만들었다는 전설이 있었다. 그리고 더 위로 올라가면 옆모습이 부처의 형상인 소원바위가 나왔다. 소원바위에 기도를 드리면 소원이 이뤄진다 하여 많은 불자들이 올라와 초하루 삭망에 치성을 드린다고 하였다.

어제 올라가 별자리를 보았던 곳이 원효대사가 좌선했던 원효바위였으며 이 산이 자라를 닮았다 해서 오산이었다. 오산의 정상에 다시 올라 사방 산세를 둘러보았다. 남쪽에 멀리 솟아있는 높은 산이 광양의 백운산이다. 백운산 남쪽 자락이 경식의 집이 있는 옥곡면이다.

"오늘은 날씨가 좋아서 사방이 눈 아래로 들어오지만 운무가 하루 종일 끼이는 날이 있는데, 그런 날은 완전히 고립된 섬에 있는 기분이어서 외로움을 느끼는 날도 있다. 하지만 공부에 열중하다 보면 어떻게 하루가 지나고 일주일이 지났는지 모르게 살고 있다."

"아침에 스님이 그러더라. 여기는 온통 바위투성이라 지기가 아주 강하다고. 그런 것 못 느꼈어?"

"특별한 기운은 못 느꼈어. 나는 여기 사성암에 오길 잘했다고 생각한다. 집에 있을 때보다 집중이 훨씬 잘되고 능률이 아주 좋아. 여름이 지나고 찬바람 불 때까지 여기에 있다가 늦가을에나 서울에 올라갈까 생각하고 있다."

"하루에 몇 시간이나 앉아 있지?"

"보통 열서너 시간이다. 기분 좋은 날은 열여섯 시간이 넘게 앉아있을 때도 있다."

"집중력이 대단하구나."

"저 암벽 사이 토굴에서 수행하셨던 고승 한 분이 계셨지. 겨울 불당에서 며칠이 지나도 기척이 없길래 문을 살짝 열어보니 눈썹에 하얗게 서리가 내려 있더라는 거야. 기겁을 했겠지. 범인들이야 상상도 할 수 없는 경지야. 한 편으로는 그렇게 독공하기 좋은 기도처라고 은근히 내세우기도 한단다."

"너도 공부에 매진할 때는 그렇게 서릿발이 서겠구나."

"당치 않은 말이다. 나 같은 위인은 흉내 낼 수 없는 일이지."

"너는 항상 의젓하고 사려 깊은 친구였어. 언제나 나보다 어른스러웠지. 자네를 만나러 와서 많은 것을 느끼고 간다. 서울에 올라가게 되면 나의 생활도 변화가 있어야만 하는 필연성을 안고 간다. 무슨 변화가 있어야 하지 않겠나. 나에게 젊음이 언제까지 주어지는 것도 아니고."

서서히 어떤 결심이 다가오는 느낌이 일고 있었다. 스스로 결단을 촉구하고 있는 것이다. 사성암을 내려와 구례구역까지 배웅하겠다는 경식을 문척나루에서 돌려보냈다. 역까지 다녀오면 저녁나절까지 시간이 소요될 것이 뻔했기 때문이었다. 현성도 혼자만의 생각을 정리하고 싶었다. 모든 것을 접고 인생의 거시적 목표에 몰두하여 무서울 정도의 집념으로 독공에 들어간 경식이 새삼 경외롭게 보였다. 여자 문제에 빠져 허우적거리는 자신의 모습이 초라하게 느껴진 것이다. 이 절, 저 절 침을 흘리고 돌아다녔지만 빈 배를 채우기는커녕 더 허기만 깊어진 강아지 신세나 다름없게 된 것이다. 구례구역에 도착하여 상행열차에 올랐다. 당초 남원집에 들러올까 하는 일정이었으나 그냥 지나쳐 귀경의 길을 택했다. 어서 서울로 가고 싶었다. 시끌벅적한 열차 안에서 지그시 눈을 감고 앞으로의 삶을 정리하였다.

'경식은 늘 나에게 호락호락하지 않은 동무였다. 그의 서릿발 같은 의지와 삶의 자세가 부러웠고, 같은 사내로서 지고 싶지 않은 호승심이 일었다. 나도 서울에 가게 되면 경식의 삶을 흉내 내 새로운 도전을 해보자. 당장의 삶의 목표는 변호사가 되는 것이다. 인도의 간디 같이, 미국의 링컨 같이, 아니면 고보 1학년 때의 김 변호사님 같이 어려운 사람들을 위하여 헌신하며 살 수 있을 것이다. 집중하여 공부에 몰두하자.'

서울에 올라온 다음날 학교 운동장에 나가 철봉에 매달리고 운동장을 몇 바퀴 돌아보았다. 그 동안의 무질서하고 무계획했던 생활에도 체력은 많이 녹슬지 않았다. 아직 한창 젊은 나이이고 늦지 않았다는 자신감이 붙었다. 턱걸이 열 개를 거뜬히 넘겼고 속력을 내어 달려보아도 쉬 지치지 아니하였다. 다행이었다. '조금씩 생활의 강도를 높여가면 되겠다. 그 동안 게으름에 빠졌던 생활을 일신하자.'고 마음을 먹었다. 아침에 일어나 냉수마찰과 운동을 삼십분 하고 매일 목표와 시간을 정해 놓고 일정을 관리했다. 도서관에 가 선배들을 만나 교재를 추천받아 구입하고 시험일정에 대한 정보도 입수했다. 학교 수업이 있는 날은 여섯 시간, 수업이 없는 토요일과 일요일은 열네 시간을 목표로 세우고 공부에 임했다. 책상에 달력을 그려놓고 목표에 이른 날은 청색으로 '〇'표를 하고 목표에 이르지 못한 날은 붉은색으로 '×'표를 하여 스스로 분발을 촉구했다. 책상 앞에 앉으면 꼬리를 물고 일어나는 망상에 책장을 넘기기가 쉽지 않았지만 차츰 안정을 찾아 면학하는 자세를 잡아가기 시작하였다.

그 해 여름방학에는 구례 천은사 서암산장에서 꼬박 한 달을 보냈다. 단 한 번 외출은 사성암에 있는 경식에게 연락하여 구례면 소재지에서 만난 것이다. 사뭇 달라진 현성의 면학태도에 집안 어른들도 대단한 신뢰를 보여주었다. 할아버지는 '우리 집에 서광이 비치는구나.' 하였고, 아버지는 '현성이 이제야 철이 드나보다.' 하였다. 어머니는 '감로암 대장바위에 드린 공덕이 이제 효험을 보여주는구나' 하면서 감로암에 드리는 치성이 더욱 더 깊어져갔다.

어디에 있거나 항상 책을 옆에 끼고 다녔고 학교와 도서관을 다니는 일상이 계속되었다. 주위 고등문관 시험을 준비하는 학우들이 있어 서로 격려해주고 정보도 교환하였다. 그 해 가을 도서관 옆자리에 같이 앉아 공부하는 학우가 고등문관 시험 준비하는 구락부에 한 번 가보자 했다. 각 학년 별로 서너 명씩 구성되어 있는데 명칭이 고문연구반이라 했다. 이 자리에 참석하게된 것을 영광으로 생각하라며 이미 관료로서 출세길에 접어든 것처럼 치기가 등등하였으나 대화는 속되기 그지없었다. 과연 저들이 조선에서 선발된 지성인 집단인 전문학교에 다니는 학생인가 하는 생각이 들 정도였다. 하는 말들이 고문반의 선배 누구누구는 고문시험에 합격하여 지방의 대지주 무남독녀에게 장가를 들었다는 둥,

누구는 총독부의 고위 관료 귀족인 남작의 사위가 되었다는 둥, 판검사가 되면 지방의 경찰은 물론 경찰서장까지 슬슬 긴다는 둥, 친일은 거론할 필요도 없고 출세와 권력의 불빛만을 좇는 부나방들의 모임처럼 보였다. 조선의 젊은이로서 어려운 시절을 살면서 동시대에 약간은 문제의식이나 책임의식을 가질 만한데도 그런 것이 전혀 없었다. 오히려 고보시절 독서회 선후배들이 지성인으로서, 가치관이 귀감이라는 생각이 새삼 들었다. 다시는 나가고 싶지 않은 모임이었다.

2년 전부터 총독부 시험요강이 새로이 하달되어 고등문관 예비시험이라는 제도가 새로이 제정되었다. 대학의 예과를 수료하였거나 내지일본본토의 고등학교를 수료하면 면제를 받을 수 있었다. 그런데 현성의 학력으로는 지금 다니는 전문학교 법과를 졸업하여야 예비시험을 면제 받을 수 있었다. 그래서 앞으로 3년을 넘게 기다려 예비시험을 면제 받느니, 지금 예비시험을 치러서 합격해야 하는 것이 당면과제가 되었다. 과목이 국어일본어 논술 시험과 영어, 독어, 불어 중 택일하는 외국어 시험이 있었다. 현성은 고보시절부터 영어를 잘 한다는 평을 들었기 때문에 영어를 택하였다. 2학년 예비시험을 끝내고 졸업 이전에 본시험에 합격해 보겠다는 목표를 세웠다. 정말로 쉽지 않은 목표였지만 그리 어려운 것만은 아니었다. 세월은 큰 변화 없이 흘러가며 현성은 가을에 짚 낟가리 쌓듯이 지식을 두뇌의 창고에 차곡차곡 쌓아갔다.

그 다음해, 경식은 원하던 대구의전에 우수한 성적으로 입학하였다. 서로의 일에 바빠서 일 년에 두어 차례 방학 때나 만나곤 했다. 예정대로 고문 예비시험을 2학년 때 통과하였고 그 해 말 겨울방학 때 고향에서 결혼식을 올렸다. 스물두 살 되던 해였다. 봉건적인 혼인 풍속이었고, 서로의 얼굴도 모르고 부모들이 결정한 혼인이었다. 왕정리 윤씨네 집으로 장가를 가는 것이었다. 시생일 사주를 맞추어보고 합을 정하고 그 결과에 따라 진행된 중매결혼이었다. 그렇기 때문에 천생연분, 백년해로, 부귀다남 이런 축원들이 그냥 귀에 스쳐지나갔다. 초례 때 처음으로 신부의 얼굴을 볼 수 있었다. 설렘이야 있었지만 큰 기대는 하지 않았으니 혼례식 절차에 끌려 다니는 기분이었다. 신행을 다녀와 대엿새 있다가 공부를 해야겠다고 서울로 올라왔다.

평생 한 번 치르는 대사였지만 며칠 손에서 책을 놓고 지내니 불안한 마음이 생겼다. 늘 공부에 대한 강박이 떠나지 않았다. 집안 어른들도 눈치가 마땅치 않았지만 공부라는 대의에 크게 나무랄 수는 없었고, 한 달에 한 번씩 내려오기로 약속하였다. 어머니가 제일 서운해 했다. 어떻게 하던지 처마에 둥주리를 튼 제비집에 제비새끼 짹짹거리듯 집안에 끊어진지 오래된 아이 울음소리를 듣고 싶었던 것이다. 한 달에 한 번씩 집에 다녀오면서 정이 트이기 시작했다. 함께 지내지 못하는 미안함과 시부모와 시조부모까지 모시고 살아야 하는 아내에 대한 애틋함이 자리 잡아 가고 있었다.

날씨가 많이 포근해졌다. 나른함이 밀려오는 유월이었다. 고보 독서회 후배들로부터 강사로 초청을 받았다. 현성이 고보 5학년 재학시절 2학년 신입회원으로 선발했던 박병철이 독서회를 이끌고 있었고 헌책방 부민서점 2층을 아직도 빌려 쓰고 있었다. 병철과 함께 부민서점 2층에 올라가니 열두어 명 되는 후배 고보생들이 앉아 있고 호기심에 눈빛이 초롱초롱하였다. 간단히 인사하고 책 소개에 들어갔다.

"안녕하십니까? 제가 고보에 들어와서 이런저런 인연으로 중앙독서회에 몸을 담았습니다. 제 삶에 있어 아주 중요한 지식의 자양분을 공급받은 제2의 인생학교가 독서회였습니다. 여러분들이 독서회의 일원이 된 것을 축하드립니다. 소중한 인연을 독서회를 통해 갖게 되었으니 열심히 갈고 닦아서 조선의 훌륭한 사람이 되기를 기원합니다. 오늘 제가 귀한 책을 소개하고자 합니다. 레이몬트가 쓴 '농부들'이라는 대하소설입니다. 대하소설이라면 장편소설보다 더 분량이 많은 소설이지요. 톨스토이의 '전쟁과 평화', 빅토르 위고가 쓴 '레미제라블' 등이 대하소설입니다. '농부들'은 가을로 시작해서 겨울, 봄, 여름에서 끝나는 연작소설입니다. 먼저 작가에 대해 설명해야겠습니다. 파란폴란드의 국민 작가 레이몬트입니다. 여러분들 레이몬트라 들어보셨습니까?"

"……."

처음 들어보는 작가인 듯했다. 반응이 없었다.

"생소할 겁니다. 이렇게 소개하면 더 쉽게 이해할 수 있을 겁니다. 1924년 노벨상 수상작가인데요, 이 '농부들'이라는 소설이 바로 노벨상 수상작입니다. 그 해에 후보자로 물망에 오른 다른 작가들이 쟁쟁합니다. 버나드 쇼, 토마스 만, 토마스 하디 등 모두 세계문학의 거장들입니다. 그 거장들을 물리치고 수상자가 된 것이지요. 만약 레이몬트의 조국이 약소국 파란이 아니고 노서아나 영국이나 불란서 같은 서방의 강대국이었다면 훨씬 더 유명한 작가가 되었을 겁니다. 파란의 역사에 대해 설명 드리자면 파란은 1차 대전 이전에 1세기 동안이나 독일과 노서아의 분할 식민통치를 받는 나라였습니다. 1차 세계 대전이 끝나고 미국의 대통령 윌슨이 주창했던 민족자결주의 덕으로 식민통치를 벗어난 나라입니다. 여러분 민족 자결주의가 무슨 뜻인가요?" 저학년 학생이 일어서서 답변하였다.

"각 민족은 정치적 운명을 스스로 결정한다는 뜻입니다."

"예! 맞습니다. 역시 중앙의 독서회 회원은 다릅니다. 당시 파란은 패전국인 독일과 서방국의 강력한 견제를 받던 노서아가 분할 통치를 하고 있었지요. 한때 조선반도를 흔들었던 3.1운동도 그 전해에 파리 강화조약에서 윌슨이 주장했던 민족자결주의에 대한 기대를 업지 않았으리라고 생각할 수는 없습니다. 하지만 허망하게 끝이 나고 말았지요. 아시아, 아프리카의 식민통치에 허덕이는 수많은 약소국가들에게는 눈길 한 번 주지 않고 말았습니다. 그 민족 자결주의 덕으로 식민통치에서 벗어난 나라가 파란이라는 것을 상기시켜 드립니다. 제가 이 '농부들'을 읽으면서 느낀 감상을 몇 가지로 요약해서 정리해드릴까 합니다.

첫째, 이 작품을 발표할 때는 그들이 식민통치에서 아직 벗어나지 못한 상태였습니다. 그러나 이 소설의 전면에서 식민통치의 찌들음이나 혹독한 착취 등은 전혀 느낄 수 없습니다. 지금 우리 조선이 전 세계에 유래 없는 혹독한 식민통치를 받고 있다는 반증이라고 말할 수 있겠습니다. 특히 지나사변 이후 일본은 그 수탈적인 행태가 더욱 악랄해져 가고 있다는 것을 피부로 느낄 수 있습니다. 자작농은 소작농으로 전락하고, 소작농은 그 알량한 소작지마저 빼앗겨 만주로 유랑하고 있습니다. 저는 인간의 삶의 형태 중 가장 처참한 것이 종노릇하는 것이라고 생각합니다. 그러나 종노릇을 하면 주인이 굶겨 죽이는 일은 없습니다. 왜냐하면 종이 없으면 주인이 그 힘든 일을 해야 하니까요. 지금 우리 조선 인민들은 종보다도 못한 삶을 살고 있습니다. 춘궁기에 굶는 백성들이 속출하고, 굶주림에 부황이 나 누렇게 뜨고, 굶어 죽는 사람이 속출하고 있습니다. 과연 여기에서 어떻게 해야 하느냐 하는 답을 드릴 수는 없습니다.

둘째, 주인공들의 농부로서의 자부심과 긍지를 읽을 수 있었습니다. 우리는 오래 전부터 '농자천하지대본農者天下之大本'이라 하며 농사짓는 사람이 으뜸이라는 말을 뻔질나게 하고 있습니다. 하지만 과연 우리 사회에서 농사짓는 사람이 최고의 대접을 받는지 스스로 반성해 봐야 됩니다. 이것은 일본에 합병되기 이전부터 내려오는 적폐입니다. 왕조 시절 거의 모든 농지는 지배계급 즉 글을 읽을 줄 아는 '사농공상士農工商'

의 최 상위계층인 선비계급에 의해 장악되었습니다. 그들은 농사를 지을 줄을 전혀 모르고 농사짓는 것을 천하게 여기는 착취계급이 되었습니다. 그들은 겉으로만 농자천하지대본이라 떠들어대지만 그들 중 농사를 지을 줄 안다거나 노동을 할 줄 아는 사람은 하나도 없었습니다. 세세년년 내려오면서 착취계급을 세습하게 되고, 농자천하지대본이라는 말은 지배계급이 피지배계급을 부려먹기 위한 사탕발림에 불과하다는 것을 다시 깨닫게 되었습니다. 우리도 그들 같이 농부들이 열심히 일하여 부를 쌓고, 그렇게 쌓여진 부에 의해 명예도 얻고, 후손들에게 물려주는 자랑스러운 가업이 되었으면 합니다. 그러기 위해서는 농사를 짓는 사람이 농지를 소유하는 그런 사회구조가 되어야 한다고 생각합니다.

셋째, 저자의 고국 파란에 대한 애국심을 깊이 느낄 수 있었습니다. 리프카 라는 파란의 한 농촌 마을을 무대로 하여 각 계절에 따라 자연의 변화하는 모습, 주민들의 온갖 희노애락, 카톨릭 전통에 바탕을 둔 갖가지 풍습들이 작가의 풍부한 언어 구사력에 의해 생생하게 묘사되어 있습니다. 작가는 토지에 의존해 살아가는 농민들의 순박한 모습과 그들의 미덕 뿐 아니라, 쉽게 편견에 빠져들고 죄악에 빠져들기 쉬운 인간의 약점들을 적나라하게 보여주고 있습니다. 적극적이고 늠름한 농부, 자기희생적이면서 예언자적인 통찰력을 가진 노인, 끊임없이 염문을 뿌려 결국은 집단 마타도어와 추방령을 받게 되는 젊은 재취 부인, 순박한 머슴 등 다양한 유형의 인간 군상들을 등장시켜 파란 농촌의 모든 모습과 농민들의 삶의 모습을 그려 놓았습니다. 이 책을 읽으면서 파란의 희망을 농촌에서 찾으려 하는 작가의 의도를 읽을 수 있었습니다. 기개 있고 정열적이고 적극적인 자세로, 조상 대대로 내려오는 삶의 터전인 고향을 사랑하고 토지를 사랑하고 조국을 사랑하고 대지와 자연을 사랑하는 자랑스러운 농민상을 그려갑니다. 자신의 땅에 피땀 흘려 경작하여 곡식을 거두고, 그 곡식을 곳간에 그득하게 채워놓아 식솔들을 배불리 먹이고, 남는 잉여물을 이웃과 사회에 나눠 쓰고, 그 넉넉함과 너그러움에 존경과 명예를 얻게 된다면, 자기가 경작하는 농토가 얼마나 소중하게 생각되겠습니까? 자신이 농부라는 것이 얼마나 자랑스러울 것이겠습니까? 우리 조선도 이렇게 농부들이 자신의 직업에 대해 자존심과 긍지를 가질 수 있어야 한다고 생각합니다. 하지만 현재 우리가 처한 환경이 너무 어렵지요. 앞으로 깊이 생각해 봅시다.

레이몬트의 '농부들'에 대해서는 이 정도로 작품 소개를 마치겠습니다. 제가 스토리를 간략하게 정리해드릴 수도 있지만 생략하고 여지를 남긴 것은, 여러분들이 직접 읽어보고 감동을 느껴보라는 것입니다. 레이몬트의 걸작 '농부들'의 마력은 매 한 장씩 페이지를 넘길 때마다 느끼는 긴장감이, 약 천팔백 페이지의 제4권 여름편의 마지막 장을 덮을 때까지 팽팽하게 유지된다는 것입니다. 그 팽팽한 긴장감을 느껴보십시오. 여기까지 작품 소개를 마치고 여러분들의 질문을 받겠습니다."

잠시 후 약간 상기된 얼굴로 여드름 빡빡하게 돋아난 체격이 건장한 학생이 일어나 질문을 던졌다.

"저는 4학년 문학철이라 합니다. 좋은 책 소개해 주시어 감사하다는 말씀 먼저 드리고 싶습니다. 용서하십시오, 당돌한 말씀을 드릴까 합니다. 선배님은 고보시절에 누구보다도 열혈청년이었고 정의감에 불타는 학생이었다는 전설적인 이야기를 들었습니다. 하지만 오늘 선배님 말씀을 듣고 보니 그 동안 고보를 졸업하시고 많이 세속화 되셨거나, 아니면 유약해졌다는 느낌을 지울 수 없습니다. 오늘 '농부들'이라는 책을 소개해 주시면서 현재 우리 민족이 처해있는 당면문제를 여러 가지 제시를 해놓고는 그 해결책에 가서는 명쾌한 길을 제시하지 않고 흐렸습니다. 단도직입적으로 질문 드리겠습니다. 한 나라와 다른 나라의 합병이 가능하다고 생각하십니까?"

순간 현성의 가슴이 뜨끔했다. 약간 불쾌감도 일었지만 제대로 허점을 찔린 것이다. 스스로도 결론을 얼버무렸다는 것을 부인할 수는 없었다. '뛰어난 청년이다. 역시 중앙의 독서회 회원은 아무나 될 수 있는 것이 아니지. 그리고 아무리 뛰어난 문학이고 훌륭한 철학이라 하더라도 현실을 에둘러 피하고, 관념적이고 현학적이 된다면 그 무엇에 쓸 것인가. 내선일체에 대한 질문이구나. 진실을 말하자.'

"좋은 질문입니다. 문학철 군이라고 했지요. 문학철 군 맞습니까?"

"예."

"일시적으로는 몰라도 영원한 합병은 불가하다고 생각합니다. 더구나 하늘이 열린 이래 수수만년을 조상대대로 물려받은 강토가 있고, 조상의 얼이 담긴 고유의 언어를 쓰는 민족을 합병한다는 것은 어려운 일입니다. 바람이 세차게 불어오면 나뭇가지들은 바람에 휘고 풀잎들은 땅에 잠시 눕기도 하지만, 바람이 잔잔해지면 다시 일어나는 것이 세상의 이치입니다. 지금 총칼의 위세에 눌려 굴복하고 있지만 우리 영혼마저 정복당했다고는 절대로 생각하지 않습니다. 영혼이 살아있는 민족은 다시 일어나게 되어있습니다. 오늘 소개드렸던 '농부들'의 작가 레이먼트의 조국인 파란은 백 년 동안 러시아 지배를 받아왔지만 독립할 수 있었습니다. 그 이유는 민족혼이 살아있었기 때문입니다. 여기에 비하면 우리나라는 일본의 속국이 된지 불과 몇 십 년 되지 않았습니다. 우리 젊은이들이 민족혼이 살아 있다면 기필코 나라를 되찾을 수 있을 겁니다. 지금 일제는 지나사변 이후 우리 민족문화의 말살정책을 획책하고 있습니다. 전 교과과정에서 조선어를 빼버리고, 모든 수업은 일본말로 하고, 심지어는 집에서 조차도 일본말을 쓰라 강요하고 있습니다. 우리의 영혼을 완전히 짓밟아 버리겠다는 발상입니다. 그것이 가능하겠습니까? 여러분들 집에 가서도 일본말을 쓸 수 있겠습니까? 그렇게 되면 꿈도 일본말로 꾸어야 할 것입니다. 가당치 않은 일입니다. 여러분들의 영혼이 살아 있다면 조선의 독립은 언제든, 머지않은 미래에 이뤄질 것입니다. 이것으로 이야기 끝내겠습니다."

분위기가 다소 상기되어 있었다. 특히 문학철은 큰길까지 따라 나와 연신 인사를 했다.

"선배님, 감사합니다. 저희에게 희망을 주셨습니다."

그런데 이 날의 모임 발언으로 훗날 현성의 운명이 어떻게 바뀌게 될 줄은 꿈에도 예상치 못했다.

삼 개월이 지난 후 가을학기가 시작되고 나서 얼마 되지 않았을 때였다. 예비시험은 합격이 되었고, 현성은 내년 봄에 있을 고등문관 시험에 응시하기 위해 촌음을 아껴가며 공부에 매진하고 있었다. 산뜻한 기운이 청량감을 주는 오후였다. 학교 도서관에 앉아 있는데 학교에서 처음 보는 건장한 체격을 가진 젊은 사람이 옆자리에 앉으며 정중히 말을 걸어왔다.

"혹시 이현성 씨 맞습니까?"

"예, 그렇습니다."

"드릴 말씀이 있습니다. 밖에 좀 나와 주시겠습니까?"

"예, 그러지요."

거리낌 없이 신발을 고쳐 신고 따라 나갔다. 도서관을 나서서 한쪽 모퉁이로 돌아서니 두 명이 더 기다리고 있었다. 현성을 불러냈던 놈이 돌아서고 또 옆에 한 놈이 가세하여 체포하려 한다. 순간 반항을 하니 나머지 남은 한 놈까지 가세하여 양 어깨를 끼어 꼼짝달싹하지 못하게 되었다.

"뭐하는 놈들이냐?"

고함을 질렀다.

"종로경찰서 특고과 형사들이다."

"특고과 형사들이 공부하는 학도에게 무슨 행패냐?"

"서에 가보면 안다."

한 놈이 수갑을 호주머니에서 꺼내 채워버렸다. 그리고 아까부터 눈짓으로 지시를 하던 놈이 다시 지시했다.

"허 형사, 저놈이 학교에서 떠들면 복잡해지니 솜으로 주둥이를 막아버리고 색안경을 씌워 호송하라."

바로 솜을 대고 마스크를 덮어씌우고 짙은 색깔의 색안경을 걸치게 하고는 교내를 빠져 나갔다. 전차를 타고 종로 경찰서까지 끌려갔다. 처음에는 도대체 이게 무슨 날벼락인가 의아하게 생각하였지만 어슴푸레 방학 전 후배들에게 해주었던 말들이 상기되었다. '후배들이 무슨 일을 저질렀구나' 하는 직감이 밀려왔다. 종로서 지하실로 데려가 의자에 앉히더니 아무 말도 없이 문을 닫고 나가버렸다. 고보 1학년 소년시절에 당했던 기억이 되살아나는 취조실이었다. 그 때와 마찬가지로 햇빛이 들지 않는 먹방이었다.

문이 닫히고 나서 한참 후에 처음에 압송할 때의 두 녀석들이 나타나 아무 말도 없이 무조건 두들겨 팼다. 배, 가슴, 정강이를 두 놈이 번갈아가면서 팼다. 바닥에 나뒹굴면 위에서 발로 밟아 짓이겼다. 두 놈이 이마에 땀을 닦아가면서 윗옷을 벗어던지면서 진지한 표정으로 성스러운 작업을 해내는 자세로 구석구석을 골라가면서 팼다. 그것도 죽도록 무작위로 때리는 것이 아니라 죽지 않고 최대의 고통을 자아내도록 가격하였다. 놈들은 고통에 자지러지는 비명을 지르고 고통에 일그러지는 몸짓을 보면서, 자신들이 해내는 작업에 긍지를 느끼는 표정이었다. 의식이 몽롱해져갈 때까지 구타는 계속되었고, 가물가물해질 때 멈추고 어딘가로 사라졌다. 전혀 마음의 준비가 없이 닥쳐온 상황이었기 때문에 그대로 밀려가는 수밖에 없었다. 놈들이 다시 나타나더니 마스크를 풀고 양 반장이라는 작자가 나타나 책상에 앉혔다.

"이현성, 이제 정신이 좀 드나?"

"예, 정신이 드는 것은 아니고 몽롱합니다."

폭력에 순치되어 존댓말이 절로 나왔다. 평소 같았으면 사람 취급도 하지 않았을 저급한 인간들이었다.

"몽롱하다고? 아직 덜 맞았구만. 입에서 신소리가 나오는 걸 보니."

"왜 이렇게 맞아야 하는지 이유를 알고 싶습니다. 그리고 변호사를 접견할 수 있게 해주십시오. 내가 왜 이렇게 이유를 모르고 두들겨 맞아야 하는지 알고 싶습니다."

"변호사 접견이라. 많이 배운 놈이라 아주 유식하구만. 지금은 준전시이고 네 놈은 치안유지법을 어겼기 때문에, 그런 기회는 이미 박탈당했다. 그리고 네 놈이 왜 여기 잡혀와 있는지 모른다고?"

"예, 잘 모르겠습니다."

"이 자식이!"

책상을 치면서 벌떡 일어나더니 호주머니에 있는 삐라 한 장을 끄집어내 현성 앞에 내밀었다. 동맹휴교를 선동하는 고보생들의 삐라였다. 내용은 '학도들이여 분연히 일어서자. 우리는 우리의 말 조선어를 배우고 싶다. 조선어 시간을 다시 살려내고 조선어로 수업을 받고 싶다. 우리 문화를 말살하지 말라. 파란은 백년 통치를 벗어나 독립이 되었다.' 마지막 글이 눈에 바로 들어왔다. 자신이 후배들에게 들려준 말이기 때문이었다.

"네 놈은 국체를 부정하는 불온한 사실을 공공연하게 유포하고 다녔다. 이래도 할 말이 있는가? 네가 선동해서 중앙고보에 동맹휴교사태가 벌어졌고, 관련 학생들이 다 지금 구속되어 있다. 이래도 발뺌을 할 것인가?"

"후배들이 좋은 책을 추천해 달라 해서 파란의 작가 레이몬트라는 작가를 추천해주고 파란의 근세역사에 대해 설명해준 적은 있지만, 동맹휴교를 선동한 적은 없습니다."

"뭐라고? 네 놈이 선동을 아니 했어? 그리고 파란이 독립되었다는 것은 누구를 통해 들었어?"

"파란이 1차대전 후 독립이 되었다는 것은 연전에 출국한 미국인 목사로부터 들었습니다. 그리고 파란의 독립에 대해서는 알 만한 사람은 다 알고 있습니다."

"뭐? 이자식이! 말끝마다 독립 독립하고 있어. 대일본제국이 그렇게 호락호락한 줄 알아? 어디서 감히 독립이야, 독립은. 대일본제국이 세계를 호령하고 있는데."

볼태기를 좌우로 사정없이 내갈기고 그래도 분이 덜 풀렸던지 구둣발로 정강이를 걷어찼다. 정강이뼈가 구두앞코에 가격되어 뼈가 으스러지는 듯이 아팠다. 아악, 하는 비명소리와 함께 몸이 앞으로 수그러졌다. 고통으로 일그러진 모습으로 놈을 쳐다보았다. '저 놈은 일본놈보다도 더 대화혼에 경도 되어 사는 조선놈이구나. 내가 저런 놈하고 같은 민족이라니.'

"네 놈의 배후는 누구냐? 배후를 대라."

"배후는 없습니다. 내가 후배들에게 아는 체를 좀 했을 뿐입니다."

"배후가 없다 이거지. 그래, 네가 아는 체한 대가를 톡톡히 치러 봐라."

처음에 체포할 때 동원되었던 졸개들을 불렀다.

"야, 이자식 동태 좀 만들어 봐."

두 놈이 수갑을 풀어주었다. 이미 힘이 다 소진되어 수갑을 풀어줘도 반항할 힘도 없었다. 반항해도 도망갈 구멍도 없으니 죽고 살기를 돌보지 않는다면 몰라도 이 자리에서 의미가 없었다. 옷을 벗기고 중의 한 조각만 남기고는 취조실 뒤뜰 오동나무에 묶었다. 그 사이 밤이 제법 이슥해졌고 바람이 아주 차가워졌다. 손을 뒤로하여 묶고는 세숫대야에 찬물을 가져와 머리에서부터 끼얹었다. 온몸에 물기가 번지며 뼛속 깊이 추위의 통증이 파고들었다. 그리고 십여 분 있다가 다시 물을 끼얹고, 다시 십여 분 후에 물을 끼얹고, 손이 묶여 있으니 몸을 움직여 비벼볼 수도 없었다. 놈들의 말대로 동태가 되어가는 것이었다. 그것도 순간에 얼어버리면 통증이 덜할 것인데, 서서히 물을 끼얹으며 강제로 얼려가는 것이다. 극한의 통증에 온몸이 떨리기 시작했다. 허벅지 살과 팔이 부들부들 떨렸고 특히 턱이 덜덜 떨렸다. 턱이 떨리는 것은 의지로도 참을 수 없었다. 놈들은 이런 한계와 신체적 반응을 익히 알고 있는 듯했다. 그때 놈들이 나타났다.

"그래, 참을 만한가? 이제 똑바로 이야기 할 수 있겠나."

세상에 이런 고통을 이겨내는 사람은 아무도 없을 것이다. 무슨 짓이라도 하라면 하겠다. 비굴해도 좋다. 어서 이 참담한 고통을 벗어나고 싶다.

"예, 있는 대로 이야기하겠습니다. 이것 좀 풀어주십시오. 죽을 것 같습니다."

놈은 득의만만한 표정으로 잔인하고, 간악한 웃음을 지었다.

"죽어? 니 맘대로 그리 쉽게 죽을 수 있을 것 같아? 우리가 그렇게 만만하게 놔둘 것 같아? 삶과 죽음의 경계선을 계속 오락가락하게 만들어 줄 것이다. 이것 말고도 네 놈을 괴롭히는 고문기술은 수십 가지가 더 있다. 네 놈이 하는 행동거지를 봐가면서 거기에 합당한 대우를 해줄 것이다. 이봐, 김 형사 이 놈 좀 풀어줘."

김 형사라고 불리는 놈이 줄을 풀어주고 다시 취조실로 데려가 옷을 입게 하고 의자에 앉으니 아직도 몸이 덜덜 떨리는 것을 이를 악물고 참아내고 있었다. 현성을 취조하던 형사반장 김 모 앞에 고양이 앞의 쥐마냥 쪼그리고 앉아 있었다. 형사반장이 눈짓하니 한 놈이 따스한 물 한 잔을 현성 앞에 놓았다.

"마셔."

"예."

감지덕지한 자세로 찻잔을 잡아들고 김이 모락모락 피어나는 따스한 물을 마셨다. 따스한 액체가 식도를 따라 위장에 도착했다. 그 따스함이 온몸에 퍼지니 수축된 혈관이 이완되고 몸의 떨림이 가셨다. 사람이 이렇게 완력에 무력한 것인가? '나는 저놈들에게 불법으로 체포되어 이렇게 처참한 육체적 학대를 당하고, 저 놈들의 완력에 제압되어 벌써 이렇게 벌벌 떨고 있구나. 내가 배우고 익혀서 약자들을 위해, 정의로운 사회를 위해 써먹어보고자 했던 법이라는 것이 이렇게 권력 앞에 허무하게 무용의 지식이 되어버리는구나.' 놈의 목소리가 부드러워졌다.

"이현성, 이제 우리의 법망을 벗어날 수는 없다. 어차피 밝혀질 것이다. 우리의 수사에 협조를 해주면 신사적으로 대해줄 수도 있다. 다시 묻는다. 너의 배후가 누구냐?"

"배후는 없습니다. 고보 다닐 때 독서회 활동을 했었고, 전문학교 진학 이후에는 그런 모임에 나간 적이 없습니다. 1학년이 지나면서 시험 준비하느라 다른 생각할 여지가 없었습니다. 단지 후배들이 찾아와 강연을 해달라고 해서 특별강연을 했을 따름입니다."

"무슨 시험준비를 하고 있나?"

"고등문관 시험 준비를 하고 있습니다."

"고문시험 준비하는 놈이 이런 불령한 짓을 해. 이 따위 언행을 하면서 고위관료가 되리라 생각했어?"

"저는 고위관료보다 변호사를 하고 싶습니다."

"변호사도 너 같이 불손한 생각을 가지고 있는 놈에게는 어림도 없다. 그건 그렇고. 고보 독서회에 만났던 선후배들과 졸업하고도 계속 연락하고 있을 것 아닌가?"

말투가 한결 누그러졌다.

"고보 졸업 후 몇몇 친구들과 연락은 하고 있지만, 독서회에서 맺은 인연과 특별한 연락 관계를 갖고 있는 사람은 없습니다."

선배 윤자혁이 떠올랐지만 고보 졸업 후 한 번도 만난 적이 없었다. 원래 열혈청년이었던 윤자혁은 전문학교 졸업 후 만주로 떠났다는 소식만 들었다.

"이 자식이 아직도 그대로. 그만, 김 형사! 오늘 취조는 이 정도하고 이놈 유치장에 갖다 처넣도록 해."

종로경찰서 유치장에 수감되었다. 매일 심문은 계속되었고, 불령이라는 낙인은 벗어날 수 없도록 점점 자료가 강화되었다. 하숙집을 수색하여 마르크스의 '자본론'과, '공산주의 선언', 고리끼의 '어머니', 레닌의 '인민의 벗이란 무엇인가' 등 불온서적을 압수하였고, 그 동안 써온 일기를 보고 낱낱이 분석까지 마쳤다. 일기가 사건의 증거자료가 된다는 것은 있을 수 없는 일이다. 마치 복비법이나 마찬가지기 때문이다. 통치자에 대한 불온한 마음조차 먹어서는 아니 되고 그런 불손한 마음조차도 처벌의 대상이 된다는 것이다. 현성의 일기에 조선의 독립이라는 단어가 적어도 수십 번은 나왔을 것이고, 일본놈들의 횡포와 악랄함과 군국주의의 멸망을 수 없이 뇌까렸을 것인데, 어이 불온타고 아니할 수 있을 것인가. 조선의 젊은이 중 진실로 일본의 내선일체 정책을 적극 환영하고 신뢰하며, 조국의 미래를 일본과 같이 해야 한다고 생각하는 사람이 몇이나 될 것인가.

'설사 지금의 폭압정치가 아니고 일본놈들이 유화정책을 써서 조선 민족을 아주 잘 먹고 잘 살게 해준다 할지라도 섬나라 사람들과 동족이라는 생각을 가진다는 것은 절대로 불가능한 일이다. 본마누라 밀어내고 들어온 첩실이 사분사분하고 수완이 뛰어나 아무리 본실 소생 아이들을 잘 구슬린다 할지라도 아이들이 제 엄마 생각을 아니할 수 있겠는가. 마찬가지 이치였다. 더구나 일제 군국주의자들은 지나전쟁 이후 조선 인민들의 등골을 빨아대고 있는 지경인데 어찌 억압을 벗어나고 싶지 않겠는가. 저 놈들은 내 마음속을 들여다보면서 나에게 죄를 추궁하는 것이다.'

종로경찰서 특고과 형사들도 더 이상 추궁할 혐의가 없다고 판단이 되었는지 그 정도에서 자술서를 꾸몄다. 고보 후배들을 모아놓고 특강을 한 경위와 그들이 대단히 불온하다고 지적하는 불순한 강의 내용을 자술하였다. 마지막으로 학생들이 동맹휴교를 하도록 선동하였다는 문구를 삽입하도록 강요받았다. 물론 현성이 선동한 적은 없었다고 버텼지만 고문에는 속수무책이었다. 다시 고문실에 끌려가 고초를 당하고 나서야 그들이 원하는 대로 써주었다. 그리고 나서 서대문 형무소 구치소로 이감되었다. 서대문 구치소 사상범 감옥에서 스쳐지나가는 후배들을 만날 수 있었다. 독서회의 박병길과 문학철이었다. 두 사람이 주동이 되어 동맹수업거부를 한 것이다. 박병길이 고개를 숙이며 말했다.

"선배님께 누를 끼쳐 죄송합니다. 저희들 어설픈 공명심 때문에 선배님이 이렇게 불편하게 되었습니다. 후회스럽습니다."

"후회할 것 없네. 나는 절대로 어설픈 공명심으로 생각지 않네. 어찌 뜨거운 열정이 없다면 가능할 일인가. 내가 고보시절에 용기가 부족해서 감행하지 못했던 일을 자네들이 대신해주어 자네들의 용기를 가상하게 생각하네."

어깨를 다독거려주었다. 나중에 그들로부터 들었다. 부민서점 주인도 장소를 제공해주었다는 이유로 경을 쳤다는 것이다. 심문과정에서 집요하게 서점주인의 후원관계를 파고들었지만 특별한 혐의가 없어서 다시는 학생들에게 장소제공을 하지 않겠다는 다짐을 받고 풀려났다는 것이다. 검찰로 송치되었고 그때부터 집안에 연락이 되어 아버지와 이모부가 면회를 왔다. 사상범이어서 간수가 면담하는 것을 기록하고 있다. 상옥은 사상범으로 몰려 감옥에 들어가 있는 아들의 모습이 믿어지지 않는다는 표정이었다.

"현성아, 이게 무슨 꼴이냐? 네가 현성이가 맞냐?"

"……."

"그렇게 공부에 몰두하던 네가 이게 무슨 꼴이냐? 네가 고보생들을 선동했다는 것이 맞는 말이냐?"

그제야 입을 뗀다.

"제가 고보 후배들을 한 번 만나서 이런저런 이야기를 주고받은 적은 있지만 선동한 적은 없습니다."

"그렇다면 어떻게 이런 꼴을 당하고 있어?"

"일이 꼬여서 그렇게 되었습니다. 이 자리에서 자세한 것은 말씀드릴 수가 없구요. 나중에 법정에 가서 밝히도록 하겠습니다. 지금은 치안유지법이 강화되어 제가 여기를 벗어날 가능성은 희박합니다. 법정에 가서 따져봐야겠습니다."

"그렇다면 감옥살이를 한다는 말이냐?"

"그렇습니다."

"혹여나 이르는 말이지만 일본 사람들에게 맞서서 싸우는 것은 아주 어리석은 일이다. 계란으로 바위 치는 격이지. 그 사람들의 뜻에 맞추어 가면서 내가 하고자 하는 일을 해야지. 그 사람들을 거슬려서 될 것은 하나도 없어. 개화된 이후로 조선이 발전된 것을 봐라. 철도 만들어 경성에 한 달씩 걸리던 길을 하루 만에 오가게 되고, 전기회사 만들어 불 밝혀주고, 저수지 만들어 농사짓는데 물 걱정 없이 해주었다. 일본 사람들 아니었으면 우리 조선 백성들은 백년이 가도 이런 일 해내지 못한다. 일본 사람들을 안 좋게 생각하는 사람들이 많은데 일본 사람들도 사람들이다. 인정도 많고, 신의를 목숨 같이 지키는 사람들이다. 이것은 애비가 일본 사람들을 많이 겪어봐서 잘 안다."

상옥은 남원읍 조선인으로서 몇 명 되지 않는 군협의회 의원이라서 관청과 경찰서 고위직들과 친분이 깊은 편이었다. 지역 유지로서 군수나 경찰서장이 바뀌면 으레 연회자리를 마련하여 친분을 돈독히 하곤 했다. 그리고 집안 대소사가 관에 관련된 일이면 맡아서 해결하곤 했다. 말이 협의회 의원이지 거수기 역할에 지나지 않지만 군수나 서장이 지역 유지로서 존중해 주는 자리였다. 자연 친일적 사고를 갖지 않을 수 없었던 것이다. 현성은 아무 대꾸도 하고 싶지 않았다.

"……."

"네가 학생들을 선동하지 않았다면 법정에 가서 검사, 판사들과 맞서 따질라 하지 말고 어떤 방법을 찾아보자. 건강해야 한다. 몸조리 잘 하고. 걱정이 태산이구나. 집안의 종손이 감옥에 있으니."

상옥은 시골에 살고 있지만 권력자들과 교류하고 그들과 관계를 맺으면서 권력의 속성을 감각적으로 꿰뚫고 있었다. 옛말에 교활한 아전은 형벌을 두려워하지 않고 탐욕스러운 관리는 뇌물을 피하지 않는다고 했다. 일제의 통치 후 압제가 심해질수록 뇌물이 잘 먹혀들어간다는 것도 상옥의 경험으로 체득하고 있는 사실이었다. 어떻게든 아들을 구하겠다는 심정으로 동서집에 머물고 있으면서 경성법원의 담당검사를 알아내었다. 그 밑 서기를 찾아가 신분을 밝히고 조용히 만나자고 하니 법원 근방의 요정을 지정하고 기다리라 하였다. 요정에 가서 후원의 조용한 방을 잡고 기다리고 있으니 퇴근 시간이 지나 나타났다. 요정의 단골손님인 듯 마담을 불러 조용히 일렀다. 오늘은 식사나 하고 갈 것이니 저녁식사 준비하고, 기생은 말고 시중 들 여급이나 보내라고 했다. 이렇게 청탁을 받고 일을 처리하는데 이골이 나 보였다.

본인 소개를 김 모라고 하였다. 위에 모시고 있는 검사는 요다라는 검사인데, 김 모가 제 상관 요다 검사 부르기를 영감이라 하였다. 상옥은 김 모가 서기라는 것을 알지만 직급을 올려서 과장님이라 불렀더니 싫지는 않은 눈치였다. 취기가 어느 정도 오를 시간에 상옥은 여급에게 일원짜리 두어 장을 쥐어주며 나가 있으라는 손짓을 하고 내보냈다.

"김 과장님, 제가 자식놈을 잘못 두어 부끄럽기 짝이 없습니다. 그래도 제 자식인데 어떻게든 사람을 만들어야 하지 않겠습니까?"

"재주가 좋은 젊은이인데 아깝습니다. 하필 시국이 이런 때에 일을 벌여가지고 수습이 쉽지 않겠습니다."

김 모가 뜸을 들이는 것이 역력했지만 더 낮은 자세로 어렵다는 것에 동조를 해야 그 다음 보따리를 풀 것 같았다.

"제가 아들놈 면회하고 나서부터 쉽지 않겠다는 생각이 들었습니다. 요다 검사님이 제 아들의 생사여탈권을 쥐고 계신 것을 압니다. 김 과장님께서 혜량하시어 어떻게 방법을 강구해 주십사 하고 이렇게 간청을 드립니다."

"쉽지 않습니다. 결혼을 하였다 하였지요?"

"올봄에 결혼을 시켰습니다. 그 동안 속을 좀 썩였지만 결혼해서 마음잡고 차분히 공부를 한다고 해서 퍽 기특하게 생각을 하였는데 이런 일이 벌어졌습니다."

"결혼까지 한 사람이 이렇게 무책임한 처신을 했군요. 이렇게 말씀하시니 도와드리기는 해야 할 텐데 마땅한 방법이 떠오르지 않습니다. 내가 내일 사무실에 가서 우리 영감 뜻을 한 번 떠 볼 것이니 내일 한 번 더 뵙는 것은 어떨까요? 별로 낙관적이지는 못합니다만 제가 수완 껏 영감의 의중을 움직여 보도록 하겠습니다. 먼 시골에서 오셔서 하루 더 묵는 일이 쉽지 않을 것인데, 오늘 확실한 답을 드리지 못해 미안합니다."

"여부 있겠습니까. 내일 이 시간에 이 자리에서 뵙도록 하겠습니다. 제 손 아래 동서가 혜화동에 살고 있어서 하루 더 묵는 일은 어렵지 않습니다. 괘념 마십시오. 그럼 내일 뵙도록 하겠습니다."

김 모가 뜸을 들였지만 일은 어떻게든지 돌파구가 있을 거라는 낌새가 있었다.

다음날 그 장소 그 시간에 김 모를 만났다. 용의주도하고 빈틈없는 몸가짐을 갖춘 상옥의 행색을 보고 김 모는 돈 냄새를 맡았다. 어제 충분히 조건 제시를 할 수 있었음에도 하루 더 뜸을 들인 것이다. 현성의 뒷조사 결과 지방 토호의 자식이고, 아버지가 군협의회 의원 정도이면 재력도 튼튼하다는 것을 금방 알 수 있다. 한 번 더 흔들어 본 것이다.

"더 이상 기다리기가 어려우실 것 같으니 단도직입적으로 말씀드리지요. 이 일을 해결하는데 오천 원이 필요합니다."

"오천 원이요!"

상옥은 얼굴 표정이 바뀌지 않았지만 흠칫 놀랐다. 순간 계산으로 쌀값 이백 가마가 넘는다. 경성에 집 두어 채는 사고도 남을 금액이었다.

"적지 않은 금액입니다. 그래서 처음부터 제가 이 일이 쉽지 않다는 것을 여러 차례 말씀드린 겁니다. 사정이 여의치 않다면 여기서 일어서겠습니다."

일어나려는 시늉을 했다. 상옥이 황급히 손을 잡았다.

"자리에 앉으시지요. 제가 내려가서 바로 마련해 오겠습니다. 언제까지 준비해 오면 되겠습니까?"

"시간 여유가 많지 않습니다. 앞으로 보름 이내에는 조치를 해주셔야 합니다. 그리고 저는 이 일에 심부름만 해드린다는 것을 아십시오. 이 일이 원만하게 해결되려면 우리 영감뿐만 아니라, 법원의 판사에게도 손을 써야 원활하게 해결될 겁니다. 가장 쉽게 해결하는 방법은 기소를 하지 않으면 되지만, 사상범은 엄벌하라는 상부의 지시가 내려왔기 때문에 기소를 하지 않을 수는 없습니다. 판사의 판결을 받아야 되는데 실형을 받지 않도록 손을 써보겠습니다."

"실형을 받지 않는다는 것은 무엇을 뜻하는지 잘 모르겠습니다."

"집행유예라고 하는데 감옥살이를 시키지 않고 일정기간 보류한다는 뜻입니다. 그 기간에 다시 범법행위를 하면 가중처벌을 하게 됩니다. 대개 집행유예기간에 재범을 하는 경우는 거의 없습니다."

"방편을 강구해 주시어 감사합니다. 빨리 내려가서 준비해 오도록 하겠습니다."

김 모와 헤어져 요정을 나서는 상옥의 심정이 착잡하였다. 기소니 집행유예니 처음 듣는 법률용어도 생소했거니와, 김 모 서기 그 놈 그렇게 뜸을 들이더니 본색이 드러난 것이다. 아주 저질이었다. 당초 이 일을 도모할 때 가늠으로 많아야 천 원 정도로 생각했는데 이런 거액을 요구하다니. 죄 지은 자식 때문에 볼모로 잡힌 기분이었다. 오천 원이면 상옥이 거두는 일 년 소작료를 다 합해도 안 되었다. 쌀값이 정미 한 가마에 이십삼 원 하는데 오천 원이면 이백 가마가 넘기 때문이다. 작년 소작료 수입을 금전으로 환산해보니 사천 원 남짓 되었다. 은행에 맡겨 놓은 돈도 몇 푼 안 되는데, 일시적으로 융통해서 해결될 문제가 아니었다. 다음날 서둘러 남원에 내려왔다.

가을걷이가 이제 막 시작되어 소작료를 거두어들일 때도 멀었고 소작료로는 거금을 감당할 수도 없었다. 하는 수 없었다. 논을 팔아야 했다. 가방뜰에 있는 팔십 마지기 중 열여섯 마지기 두 필지를 정미 삼백 가마에 내놓았다. 광한루에서 흘러내려오는 물을 대어 농사를 지을 수 있고 금리에 가까워 농사짓기도 수월했다. 풍년에는 한 필지에 쌀 스물다섯 가마도 넘게 수확하여 소작료 열두 가마에도 서로 달라고 줄을 서는 옥토였고 문전옥답이었다. 운봉 박부자네 집에서 한 번 다녀갔으나 소식이 없었다. 돈이 급한 줄 알고 가격을 더 내려 보려는 심산이었다. 거간꾼을 보내 삼십 가마를 깎아주겠다 하니 그 편에 답이 왔다. 삼십 가마를 더 내려달라는 것이었다. 사정이 급하니 그렇게라도 하겠다고 사람을 보내니 다시 사십 가마를 더 내리라는 것이었다. 당초 삼백 가마 시세에서 이백 가마로 내려간 것이다. 아무리 급해도 그렇게 할 수는 없었다.

동생들을 불러 집안회의에 부쳤더니 둘째 동생 용옥이 평소 거래가 있는 일본인 상인에게 알아보겠다고 하더니 곧 연락이 왔다. 필지 당 백삼십 가마 총 이백육십 가마 가격으로 사겠다고 했다. 즉시 매매계약을 체결하였다. 돈 문제는 해결이 되었지만 마음이 착잡했다. 선대로부터 물려받은 땅이었고 스스로 존엄을 지키는 바탕이었다. 기둥뿌리 하나가 뽑혀간 것처럼 허탈한 기분을 감출 수 없었다. 그러나 어떻게 하든 이놈을 살려놓고 봐야 한다는 생각뿐이었다.

돈을 여행용 가방에 담아 경성행 야간열차를 탔다. 가방을 밤새도록 품에 안고 잤다. 전화로 김 모 서기와 지난번 요정에서 만나기로 약속하였고, 돈 가방을 건네주었다.

"말씀하신 오천 원 준비했습니다. 적지 않은 금액이고, 지금 햅쌀이

출하되기 전이라 시골에 돈이 귀해서 애를 많이 썼습니다. 제 아들놈 선처를 부탁드립니다."

"수고하셨습니다. 일은 차질 없이 해결해 드리도록 하겠습니다. 일이 마무리 될 때까지 우리 긴밀하게 연락을 해야 되겠습니다. 경성에 계실 때 연락처와 남원 연락처를 적어주시고, 가급적 연락 가능한 전화번호를 주시면 더 빨리 연락이 되도록 하겠습니다."

돈 가방을 통째로 넘겨주고 요정을 나설 때 마음이 허탈하기 그지없었다. 촌놈 서울 가서 눈감으면 코 베어간다고 했는데 꼭 그 꼴을 당한 기분이었다. 스스로 자위를 해보았다. '아들을 위한 일이다. 누가 시킨 것도 아니고 내가 스스로 자청한 일이 아닌가.'

남원에 내려와 있는데 객주를 하는 동생 가게로 경성법원에서 급히 다녀가라는 전화가 왔다. 다음날 아침 일곱 시에 출발하는 열차를 타고 경성에 가서 혜화동 동서집에서 묵고 다음날 법원을 찾아갔다. 이제는 서로가 떳떳하고 당당한 만남이 되었다. 김 모 서기가 사무실 구석진 방으로 안내하더니 일을 진행하는 애로사항을 털어 놓는다. 말씨가 많이 부드러워졌다.

"아드님 고집이 대단합니다. 사상범이 감옥을 살지 않으려면 전향서를 써서 판사에게 보여줘야 하는데 절대로 쓰지 않겠다는 겁니다. 아버님이 설득해 보시는 것은 어떻겠습니까? 어떤 경우도 전향서가 있어야 그 다음 일이 진행되겠습니다. 그리 아시고 아드님을 설득해 주십시오."

돈이 양반이라고 김 모의 말투가 확실히 달라졌다. 죄 지은 사상범에서 아드님으로 바뀐 것이다. 경성법원을 나와 서대문 구치소에 가서 현성을 만났다.

"지낼 만하냐?"

아들이 밉기도 했고, 그 동안 진행되어 왔던 일이 싫기도 했다. 현성이 내뱉은 말이 거칠었다.

"말이 감옥인데 지낼 만하기야 하겠습니까?"

"왜 검찰에서 하라는 대로 하지 않고 억지를 쓰는 거냐?"

"전향서 때문에 오셨군요. 저는 제가 사상범이라고 생각해본 적이 없습니다. 후배들 데리고 몇 마디 한 것을 가지고 후배들을 혹독하게 다그쳐 저를 불온집단 수괴로 만들어버렸습니다. 제가 여기 와서 취조를 받고 있는 동안 형사들은 제 하숙집을 뒤져 책 몇 권과 일기장을 증거로 사상범이 되었습니다. 그렇다면 조선의 젊은이치고 사상범이 아닌 사람이 없을 겁니다. 마음만 먹고 있다고 해서 사상범이 될 수 있는가를 법정에 가서 따져보고 싶습니다. 그 동안 저는 공부만 하고 있던 학생입니다. 제가 무슨 비밀결사활동 같은 것을 했겠어요. 그리고 절대로 후배들의 동맹휴교를 교사하거나 배후 조종하지 않았습니다."

"그래서 어찌 하겠다는 것이냐."

"그냥 돌아가셨으면 합니다. 저도 당할 만큼 당했으니 놈들에게 제 입장도 내세워 무죄를 강변하고 싶습니다. 우리가 지켜야 되는 법이 있다면 우리를 보호해줄 법도 있을 겁니다."

상옥은 화가 치밀었다.

"그래, 알았다. 네 멋대로 해라. 선무당이 사람 잡는다 하더라. 네가 법조문 몇 줄 공부했다고 세상 일이 법대로 되는 줄 알아? 애비도 네 녀석 때문에 애간장이 탈만큼 탔다. 이제 남원으로 내려가야겠다."

하면서 구치소를 나섰다. 언덕길을 내려오면서 지난번 검찰의 김 모 서기에게 돈 가방을 주고 나올 때보다 더 허탈한 마음을 감출 수 없었다. '저 녀석이 저렇게 애비 마음을 몰라주는가.' 하는 마음도 들었다. 바로 경성역으로 가 남원에 내려갈까 하다가 마음을 고쳐먹고 다시 혜화동 동서네 집으로 갔다.

다음날 다시 서대문 구치소에 가 면회를 신청하여 현성을 대면하였
다. 밤사이 많이 누그러져 있었다. 현성도 그 동안의 변화를 감지하고
있었다. 표독스럽던 김 모 서기의 태도가 눈에 띄게 달라졌던 것이다.
사세 판단을 잘하고 굴신에 능한 아버지가 어떤 일을 꾸미고 있다는 것
을 충분히 짐작할 수 있었다. 아버지의 화를 돋워 보낸 것이 후회스러워
밤새 잠을 제대로 이루지 못하고 뒤척이면서 날을 세웠다.

"밤새 생각을 좀 해봤느냐. 어제 바로 내려가려다 발길을 돌렸다. 옛
말에 자식 둔 죄인이라는 말이 있다. 네가 이런 꼴을 하고 있는데 애비
가 어디 가서 편하게 발을 뻗고 잘 수 있겠느냐."

"죄송합니다. 저도 아버님 그렇게 가시고 나서 마음이 많이 아팠습
니다. 어제 잠을 제대로 이루지 못했습니다. 이렇게 다시 찾아주실 줄은
생각지도 못했습니다. 불효 막급함만 되새김질 하고 있습니다."

"그래, 알았다. 처음 네가 취조를 받는다 해서 얼마나 놀랐는지 아느
냐? 네 이야기를 들어보니 이제야 상황이 이해되기도 한다. 하지만 어
찌 하겠냐? 사람이 살면서 억울한 일을 당하는 것이 어찌 한두 번이겠
냐? 너는 어렸을 적부터 구설수가 많았다. 의협심이 있어 남의 일에 나
서기를 좋아했지. 더 이상 버티지 말고 재수 없이 당한 구설수라 생각하
자. 집안 꼴이 말이 아니다. 어머니, 할머니는 말할 것도 없고 네 집사람
볼 때마다 눈물 바람이다. 그 사람들이 하라는 대로 해라. 남원과 경성
을 오가는 니 애비도 마음고생이 심하다. 더구나 시국이 지나사변으로
전시가 아니냐. 나라 사정이 다 어렵다. 모두 몸 조심해야 될 때다."

현성이 성인이 되어 처음으로 아버지에게 부정을 느끼는 순간이었
다. 청년으로 자라오면서 존경보다는 원망, 사랑보다는 반항심이 더 컸
던 아버지였다. 그리고 그 동안 사상범으로서 종로서 특고과 형사들에

게 잡혀와 치른 곤욕과 고문을 생각하니 치가 떨렸고 속이 울렁거렸다. 그 무엇이 북받쳐 올라오고 있었다. 말없이 고개를 숙였다. 상옥은 더 이상 말이 필요할 것 같지 않아 자리에서 일어섰다.

"애비 간다. 금명간에 좋은 모습으로 만나자."

현성은 감방에 들어와서 곰곰이 생각해 봤다. 어차피 요시찰 인물에서 벗어날 수는 없는 것이고, 전향서 한 장이 무슨 대수일까. 내가 나라를 팔아먹는 것도 아니고 부모형제와 동지를 배반하는 것도 아니었다. 그들이 원하는 대로 써주고 나가자. 다음 날 검찰에 불려가 취조실에서 김 모 서기를 만났다. 지난번부터 대하는 태도가 아주 놀라울 정도로 부드러워졌다.

"깊이 생각 좀 해봤나?"

"전향서 말입니까?"

"그래."

"예, 알겠습니다. 써 드리죠."

"마치 나를 위해 쓰는 것 같이 말을 하는데 그렇게 써서는 인정이 아니 되고, 진심으로 우러난 전향서를 써야 하네. 그래야 법정에서 전향을 인정하여 관대한 판결을 내려준다네."

"저는 원래 글재주가 부족한데다가 전향서 같은 것은 써 본적이 없어 어떻게 써야 진심이 우러난 전향서가 될지 모르겠습니다."

"그럼 내가 몇 가지 범례를 보여줄 테니까 참고하여 쓰도록 하게나."

하면서 몇 가지 정리된 전향서의 범례를 보여주었다. 훑어보고 잠시 문맥정리를 하고 나서 본인의 전향서를 써나갔다.

'청운의 꿈을 안고 경성에 유학했던 고보 시절, 좋은 친구와 훌륭한 선배들을 만났습니다. 그들과 교류하고 장래를 토론하며 자연스럽게 사회주의에 동참하게 되었습니다.

기개 있는 젊은이로서, 시대의 아픔을 외면할 수 없는 젊은이로서 사회주의는 이상이었고, 앞으로 우리가 지향해 가야할 정토의 세계로 그려졌습니다. 그 나라는 다 같이 부자가 될 수는 없지만, 다 같이 가난하게 살지는 않습니다. 그 나라에서는 더 많이 일하여 더 가져가는 자는 항상 덜 가져가는 자를 배려합니다. 많이 가져가는 자는 뻐기지 않고 적게 가져가는 자는 부끄럽지 않습니다. 서로 신뢰와 사랑이 가득한 나라이기 때문입니다.

저는 그런 이상 속의 청학이 날고, 복사꽃이 피는 신선의 나라를 꿈꾸며 사회주의에 젖어 지내왔습니다. 그리고 그런 이상의 나라가 되기 위해서는 조선이 독립되어야 한다는 무모한 생각도 갖게 되었습니다. 하지만 사회주의란 이 얼마나 허황되고 가능이 없는 이상주의입니까. 사회주의는 인간의 가장 기본적인 욕망을 외면하고 있습니다. 인간은 쌀 한 톨이라도 남보다 더 가지고 싶은 욕망을 가지고 있습니다. 이것은 누구에게도 속일 수 없는 적나라한 욕망입니다. 정말 물욕이 없는 성자라 할지라도 무상 수행이라도 더 잘하고 싶은 것이 사람의 욕망인데, 최고의 선을 실천하는 성자의 집단은 이 지구상 어느 곳도 있을 수 없다는 현실을 이제 깨닫게 되었습니다.

지금부터 사회주의를 강하게 배척하겠습니다. 그리고 조선의 독립, 이 얼마나 허무맹랑하고 무모한 철부지 짓인지요. 작금에 서양의 거대 제국들이 동양을 호시탐탐 노려보는 서세동점의 시대에 살고 있습니다. 동양, 즉 아시아에서는 일본만이 서양의 거대세력을 막아낼 수 있는 힘을 가지고 있습니다. 일본이 주축국이 되어 대동아 공영권의 넉넉한 그늘 아래 우리가 버티어 내고 있는 것을 천운으로 생각해야 합니다. 우리가 내지와 같은 국민으로서 멸사봉공을 하다보면 더 많은 자치권을 허락하는 날이 있을 겁니다. 천황폐하께서 그런 은혜를 내리실 때까지 우리는 황국신민이 되었다는 긍지를 가지고 더욱 충성을 다해야 할 것입니다. 또한 위대한 대화혼이 아시아 뿐 아니라 전 세계를 뒤덮을 날이 머지않았다는 것을 감축하고 있습니다. 한때의 어리석은 충동을 뼈저리게 후회하고 또 하며, 앞으로는 바른 길을 살겠습니다.

이현성 올림.'

/18장/
민완 형사

완산고개 넘어서는 곳에 범상치 않은 느낌을 주는 두 사람이 서 있다. 땅딸막한 체구, 춘추복 정장에 남색 체크무늬 넥타이를 매고 감색 폴로 코트를 걸쳤고 도리우찌사냥모자 모자를 썼다. 다른 한 사람은 당당한 체격에 밤색 점퍼를 입었고 포마드를 발라 머리를 올백으로 넘겼는데, 훤칠한 이마에 기름기가 번들거렸으며 어딘가 불량기가 있는 얼굴이었다. 그들 옆에는 새 자전거가 세워져 있다. 차대 가운데 일본 자전거 최대 제작소인 미요다의 영문자 M이 굵은 글씨체로 박혀있다. 가을 햇살에 스텐레스 바퀴살과 경량 강철에 크롬 도금된 은빛 림이 빛나고 있었다. 뒷바퀴 축에는 빨강, 파랑, 노랑 색깔로 곱게 장식된 원형의 먼지털이가 달려 있었다. 새로 구입한 싱싱함이 그대로 살아 있어, 마치 경마장 출발지점에 서있는 경마같이 늠름하고 늘씬해 보였다. 두 사람의 행동이나 말투로 보아 체격이 크고 정장을 입은 사람이 땅딸막한 사람에게 굽실굽실하는 것이 엄격한 상하관계인 듯 보였다.

전주 장날이었다. 고구마를 소쿠리에 가득 인 아낙들, 옹기를 새끼로 단단히 묶어 지게에 짊어진 옹기쟁이, 두 마리의 닭을 대바구니에 담아 인 할멈, 짚으로 묶은 계란 대여섯 꾸러미를 어깨에 멘 중년 남자, 네 발

앞뒤로 묶은 돼지새끼 두 마리를 거꾸로 양손에 든 청년, 장꾼들의 차림새가 다채롭고 소란스러웠다. 가끔 돼지 멱따는 소리도 들렸다. 고개를 넘어서는 이들은 두 사람의 관심사항이 아니었다. 무엇인가 기다리고 있는 듯했다. 놈들은 돈 냄새를 기막히게 맡았다.

후줄그레한 한복을 입고 벙거지를 쓴 서른 넘어 보이는 남자가 꺼벙한 모습으로 걸어오고 있었다. 이서 애통이에 사는 정판식이었다. 소를 사러 소전으로 가는 길이었다. 김제장, 삼례장보다 전주장이 좋은 소가 많이 나오고 소 값이 헐하다는 소문을 듣고 전주 우시장으로 향하는 길이었다. 남의 집 머슴을 살았는데 매 해 세경으로 받는 일곱 석으로는 아내와 어린 자식 둘과 늙은 어머니 입에 풀칠하기도 빠듯했다. 그래도 아내가 착하여 길쌈을 하고 삯바느질을 하여 7, 8년 모았다. 만경 처가에서 쌀 두어가마 값을 빌려 열두 가마 값을 돈으로 바꿔 우시장으로 향하는 길이었다. 올겨울에 잘 먹여 내년부터 논밭도 갈아주고 달구지도 끌며 소작이나 두어 군데 붙여서 머슴살이를 벗어나겠다는 마음으로 소를 사러 온 것이었다. 물론 한두 해가 더 지나면 송아지도 생겨날 것이다. 오래 전부터 그려왔던 자립자족하는 삶의 첫발을 내딛기 위해 완산 용머리 고개를 넘는 참이었다. 도리우찌 모자가 올백의 사나이에게 눈짓했다. 올백의 사나이가 정판식이에게 다가가며 불렀다.

"어이."

나이는 들어보였지만 단숨에 기를 제압하겠다는 독심으로 말을 사정없이 낮추었다. 집게손가락을 까닥이며 이리 오라는 손짓을 했다. 이마는 깊게 주름이 파이고 볼에는 흉터가 있었으며 눈은 작고 날카롭게 찢어져 인상이 고약해 보였다. 읍내의 되바라진 바닥쇠가 부르자 정판식은 가슴이 철렁했다. 못 이겨 하는 걸음으로 다가갔다.

"우리는 전주 경찰서 형사인데 어제 경찰서 관내에서 큰 사건이 벌어졌거든. 우리 주임님에게 가보자."

옷깃을 잡아끌 듯 데려가려 하니 뒷걸음을 쳤다.

"내가 아무 잘못이 없는디, 왜 나를 잡고 이런디어."

올백이 험상궂은 눈을 위아래로 부라리며 윽박질렀다.

"야이 자식아! 그렇게 가서 잘못이 없으면 잘못이 없다고 하면 될 것 아니여."

팔소매를 잡아끌렀다. 시끌덤벙하니 사람들이 웬일인가 힐끗 쳐다보기는 하였지만, 형사 나부랭이라 하니 무슨 불똥이라도 튈까 하여 모른 체하고 지나쳤다. 올백은 도리구찌 앞에 정판식을 데려가 짐짓 심각한 표정으로 보고했다.

"이 자가 거동이 수상해서 데려왔습니다."

도리우찌는 우선 안심시키려는 듯 부드러운 웃음을 지었다.

"부산을 떨게 해서 미안헌디, 엊그제 관내에서 육혈포를 들고 부잣집을 턴 강도 사건이 발생하였단 말이여. 그런디, 그 놈들이 독립운동하는 조직이라고 신원을 밝히고 사라졌어. 시방 전라북도 경찰에 비상이 쫘악, 하고 깔렸어."

다시 지시를 내렸다.

"어이, 강 형사! 몸수색을 해보아."

몸을 뒤지니 바로 허리에 묶여있는 전대가 손에 잡혔다. 전대를 풀라 하고 돈을 세어보니 십 원짜리 스물다섯 장, 일 원짜리 삼십 장, 총 280원이었다.

"이 돈 어디서 났어?"

"새경 받은 돈이요. 애통이 방앗간에서 쌀값 잡아 온 것이구만요."

"어디다 쓸라고?"

"오늘 전주장에서 소 살라고요."

애면글면 소 살리고 모은 돈이 확실한데 말꼬리를 잡기 시작했다.

"그러면, 이 꼬깃꼬깃한 돈도 방앗간에서 받아온 것이여."

"아니, 그것은 우리 마누라가 길쌈하고 삯바느질해서 한 푼 두 푼 모은 돈이라우."

올백이 끼어들며 분위기를 더욱 험상궂게 만들었다.

"이 자식이 거짓말 실실하고 있어. 금방 방앗간에서 가져왔다 하더니, 또 금방 마누라한테 받아왔다 하고. 야, 임마! 누구 심부름으로 이 돈을 가져왔어?"

"아니라오. 누구 심부름 한 적 없어라오. 일 원짜리는 우리 마누라가 모은 돈이고, 큰돈은 방앗간에서 가져온 것이 확실하구만요."

도리구찌가 오버코트 윗단추를 풀어 옷자락을 열면서 안주머니에서 봉투를 꺼냈다. 올백에게 넘겨주면서 돈을 담으라 지시한다. 허리에 맨 가죽혁대에 육혈포 권총를 차고 있었고 누런 봉투 겉면에는 전주경찰서라고 인쇄되어 있었다. 물론 일자무식인 정판식이 글씨를 알아볼 수는 없지만 거역할 수 없는 위압감에 압도되어 분위기에 짓눌려갔다. 정판식이 울상이 되어 싹싹 빌며 애원했다.

"나는 아무 잘못 없구만요. 내 돈 돌려주오. 그 돈은 내 살 같고 피 같은 돈이구면요. 애통이 방앗간에 가서 물어보면 확실하구면요."

도리구찌가 적당히 달래서 마무리를 지었다.

"알았어. 여기서 시끄럽게 해봤자 아무 소용이 없으니 본서에 가서 밝혀주면 돼. 본서에서 현금을 많이 가지고 다니는 사람은 무조건 잡아들이라 했으니. 아, 본서에 가서 애통이 방앗간에서 가져왔다면 되잖아. 그리고 정 나중에 힘들면 방앗간 주인 데려와 확인시켜주면 되고."

"어이, 강형사! 저 밑 완산다리 앞 점방에 가서 본서에 전화하도록 해."

하고는 자전거를 끌고 내려갔다. 한참 따라오던 올백은 전화를 하는 듯 옆으로 사라져 갔고, 도리구찌는 정판식을 데리고 남부시장을 거쳐 풍남문을 지나 전동성당을 지나 경기전 앞에 섰다. 멀리 오목대와 경찰서가 빤히 보이는 지점이었다.

"나 정보과 박 형사인데, 서에 가서 보고도 하고 준비할 일이 있어 먼저 가니 이층으로 나를 찾아와."

바로 자전거를 타고 사라졌다. 처음에는 천천히 가더니 나중에는 빠른 속도로 페달을 굴려 경찰서로 들어갔다. 정판식이 따라 정문을 들어서는데 경비가 출입을 제지한다.

"어디 가시오."

"금방 들어온 정보과 박 형사님을 따라왔습니다."

"정보과에 박 형사라고는 없고 금방 들어온 사람도 없소."

"금방 자전거 타고 온 형사님 말이요."

"금방 자전거 한 대가 경찰서로 들어온 것이 아니고 쏜살같이 지나 갔는데 경찰서 옆 골목으로 가 보시오."

빠른 걸음으로 골목으로 가보니 휑하니 찬바람만 불고 아무것도 보이지 않았다. 그 시간에 골목으로 들어갔다면 보일 리가 만무하였다. 정판식은 아차, 그때서야 무엇이 크게 잘못되었다는 것을 알아차렸다. 다시 경찰서 정문으로 가서 경비에게 사정 이야기를 하고 이층 정보과에 가서 박 형사를 찾았다. 정보과에 박 형사는 없었다. 정판식은 생살 같은 돈이 날아가 버린 것을 알았다. 가짜 형사에게 사기를 당한 것이었다. 정판식은 실신한 사람처럼 '내 돈, 내 돈.' 울부짖으며 전주경찰서 위아래층을 오르내렸다.

하도 사정이 딱하여 일본인 정보과장이 정판식을 불러 경위를 들었다. 경찰서 간부들도 혀를 내두르는 간 크고 단수 높은 사기꾼이었다. 어떻게 경찰서 정문까지 활용할 생각을 했을까, 기막힌 사건이었다. 경찰서 속사정을 잘 알지 못한다면 도저히 벌일 수 없는 일이었다. 한두 사람이 이런 생각을 했다. '키가 작달막하다면 혹시 고주석이 아닐까.' 하지만 잠시 후 '그럴 리 없다.'고 다시 고개를 가로 저었다.

그때 고주석은 싸전 다리 아래 전주천변 난장 상인들을 너무 혹독하게 착취한 것이 문제가 되어 주재소에 내려가 있었다. 고주석은 착취에 능했지만 또 상납을 잘해 큰 문제를 일으켜도 뒤를 보아주는 사람들이 있었다. 잠시 주재소에 내려가 있던 터였다.

그날 저녁 어스름해져가는 시간, 한벽루 아래 도린결에서 그날 낮에 있었던 대 사기극의 주인공과 조연인, 고주석과 양성준이 만났다. 양성준은 고주석이 전주경찰서에 근무할 때 그의 정보원, 말하자면 밀대였다. 고주석에게 전주 시내 저잣거리 온갖 정보를 제공해주고 그 대가로 난전이나 노점상들을 등쳐먹었다. 당연히 양성준의 발호에는 고주석의 비호가 있었다.

"양가야, 옛다. 오늘 바람잡이 해준 수고료다."

제법 두툼한 봉투를 건넸다. 양성준이 으레 해왔던 관례로 봉투를 받아 주머니에 넣질 않고 금액을 세어보니 십 원짜리 두 장에다 일 원짜리 삼십 장, 총 오십 원이었다.

"형님, 오늘 수확한 돈이 얼만데 오십 원만 주십니까? 너무 적습니다. 안 받은 걸로 하겠습니다. 형님 도로 갖다 쓰십시오."

돈 봉투를 되돌려 내민다. 이들은 신의나 정리情理보다 철저히 계산속으로 맺어진 관계였기 때문에 체면이나 품격은 없었다. 수확물 분배시에 늘 해왔던 밀고 당기기가 시작된 것이다.

"야 임마, 그럼 얼마나 더 달라는 거야. 오늘 네가 무슨 대단한 일을 했다고."

"제가 한 일이 없으니 형님 다 가져가라는 겁니다. 그런데 내가 안 도와줬다면 가능이나 할 일이에요?"

볼멘소리를 하는 양의 불량기가 흘렀다.

"그래 알았다. 그러면 얼마나 더."

"오늘 수입이 이백팔십 원이니 저한테 팔십 원은 주셔야죠."

"야, 임마! 내가 그 돈 다 쓰는 줄 알아? 최소한 절반은 상납할 것이다. 이렇게 정성을 들여야 곧 본서로 들어갈 것이고, 본서로 들어가야 네 놈한테도 좋은 일이 있을 것 아냐?"

"형님이 본서로 가는 것이 저를 위해 가는 것처럼 말씀하시는데, 형님 위해 가는 것이지 저를 위해 가는 것은 아니잖아요. 사실 이번 일 같이 어리숙한 촌놈 등치는 것도 형님이 꾸미고 신이 나서 하는 일이지만 꼬스까이꼬붕인 저는 영 마음이 편치 않습니다."

제 몫을 위해 은근한 협박이 아닌 인지상정까지 동원했다.

"아나, 여기 있다."

십 원짜리 석장을 건네주었다.

"너 이 자식, 내 본서에 들어가면 국물도 없을 줄 알아라."

하지만 어림없는 일이었다. 고주석의 바람잡이를 양성준 만큼 해내는 놈이 없었다. 또한 고주석의 비리를 누구보다도 양성준이 잘 알고 있기 때문에 악어와 악어새의 관계로 공생하고 있는 것이다. 고주석은 주재소에 있게 되면서 좀 한가하였다. 고주석의 가치기준으로 한가한 시간을 이용하여 여가를 선용하는 셈이었다. 새 꺼리로 가끔 양성준과 짜고 이런 후안무치한 일을 꾸며서 호주머니를 채우곤 했다.

고보 시절 엄청난 파문을 일으켰던 고주석의 시계 도둑질은 단순한 호기심이나 충동으로 일어난 우발적 사건이 아니었다. 도둑질은 고주석의 즐거움의 원천이었다. 그는 흔적 없이 말끔하게 해내는 자신의 솜씨를 대단히 자랑스럽게 여겼다. 이런 점을 누구보다도 양성준이 잘 알았다. 일을 꾸밀 때 약간 긴장하면서도 신이 나서 하는 모습이나, 일을 끝내고 나서 자랑스럽게 떠들어대는 모습이 마치 내림굿하는 무당처럼 보였다. 세속적인 도덕이나 일말의 양심 혹은 부끄러움이 전혀 없었다.

고주석의 지론은 세상에 먹을 것과 누릴 것은 한정되어 있기 때문에 내가 누리기 위해서는 어느 누가 그 만큼 피해를 보는 것이 당연하다는 것이었다. 즉 이웃이 부자가 되면 내가 절대로 부자가 될 수 없다는 논리였다. 피도 눈물도 없는 냉혈한이었다. 양성준이 파악하는 고주석이 보통사람과 다른 점이었다. 그리고 같은 일을 절대로 반복하는 일은 없었다. 어리석게 꼬리가 잡힐 일은 하지 않았던 것이다. 일제 강점기 식민통치를 위하여 필수적인 조직이 경찰조직이었다. 그런데 인성이나 정의심보다는 조선인 경찰에게는 무조건 복종과 충성을 선발기준으로 삼았기 때문에 고주석같은 자가 쥐새끼 같이 요리조리 피해가며 권력의 폭을 넓혀갈 수 있었던 것이다.

정판식은 피땀 흘려 모은 돈을 허망하게 사기 당하고 졸지에 떨거둥이가 되자, 자책감을 이기지 못해 양잿물을 먹고 자살하고야 말았다. 이 사건이 신문에 보도되어 알 만한 사람은 다 아는 사건이 되었다. 하지만 주범인 고주석은 눈썹하나 까딱하지 않았고, 스스로 흠 잡을 데 없는 솜씨가 자랑스럽기만 할 뿐이었다.

현성은 그 해 가을과 겨울을 유치장과 구치소에서 보내고 법원에서 집행유예를 받았다. 출옥하여 서울 살림을 정리하고 남원으로 내려온 지가 4년이 흘렀다. 사상범에게는 더 이상 서울생활이 의미가 없다. 가을에 잡혀가 다음해 2월, 4개월의 옥고를 치르고 나오니 학교는 퇴학이 되어 있었고, 고등문관 시험은 자격을 박탈당해 치를 수가 없게 되었다. 더 이상 서울에 머무는 것은 시간 낭비이고 의미가 없었다. 그렇게 8년이 넘는 서울생활을 정리하고 고향으로 내려왔다.

고향에 내려온 첫해를 룸펜으로 보냈고 그 해 겨울 첫아이를 보았다. 현성도 집안에서도 단단히 기대를 하였는데 딸이었다. 어른들의 실망하는 표정이 역력했다. 아내는 송구스러운 듯 몸가짐이 더욱 조신해졌고, 부부 사이는 층층시하 어른들의 눈치도 있고 하여 데면데면하게 지내다가 뜻하지 않게 귀향하자 많이 가까워졌다. 결혼하고 바로 서울로 올라가 학교를 다녔고 한 달에 한 번 정도 내려왔다. 방학 때도 진득이 지내지 않고 잠시 있다가 공부 핑계 대고 서울로 줄행랑 하다시피 올라갔고, 감옥에서 넉 달을 보냈으니 정이 들래야 정들 시간도 없었다.

어린 것이 손가락을 꼼지락꼼지락하고 조그만 주둥이로 옹알이를 하면서 부녀간의 정은 깊어갔다. 딸이면 어떤가. 아들은 또 낳으면 되는 것이고, 우리 집 큰딸을 누구 못지않게 키우겠다고 다짐했다. 저 아이가 장성할 때는 우리나라가 독립이 되어 더 좋은 환경에서 교육 받을 수 있을 것이라는 상상에 잠겨보기도 했다.

한겨울을 날 때까지 집안일을 돌보다가, 좀이 쑤셔 집안에만 박혀있을 수가 없어 무언가 일자리를 찾아 나섰다. 전문학교 중퇴 학력이면 소학교나 고보나 훈장이야 하고도 남을 실력이지만 요시찰 인물이 되어 허락되지 않았다. 판임관이나 칙임관이나 공무원 시험에 응시조차 할 수 없었고 군청에서 고용하는 임시직만 자리가 허락되었다. 남원군청에 임시직 자리를 하나 얻어 매일 도시락을 싸가지고 출퇴근을 시작하였다.

작은집 현철은 농업학교 5학년 재학시절 결혼하여 3년 전에 아들을 보았고, 농업학교를 졸업하자마자 판임관 시험에 합격하여 임실군청에 다니고 있었다. 어머니는 작은집을 볼 때마다 시새움을 갖지 않을 수 없었다. 손자를 2년 먼저 본 현철은 군청 정식 공무원으로 발령 받아 근무하고 있었다. 하지만 현성과 현철의 존경, 신뢰 관계는 여전히 돈독했다. 토요일 임실에서 넘어오면 제일 먼저 현성을 찾았다. 그리고 대소사 모든 일을 현성과 상의했다.

군청 임시직은 창의력이 필요하다거나 대단한 업무지식을 요하는 자리가 아니고 그저 단순 업무였다. 때로는 허드렛일이나 잔심부름도 마다하지 않고 해내었다. 필체가 좋고, 글을 잘 쓰고 문리에 트여 2년이 지나고부터는 군청 주요부서인 내무과의 서리 일을 하게 되었다.

불령선인의 딱지는 어디가나 뗄 수가 없어 전주경찰서에서 한 번씩 전향자들을 모아 전향간담회를 가졌다. 한때 사상운동에 가담했던 것을 뼈저리게 후회하며, 앞으로 어떻게 살 것인가를 연구하고 다짐하는 연찬회 성격의 모임이었다. 억지로 전향한 것도 뜨악했지만, 비겁한 전향자가 된 것도 스스로 용서할 수 없는 낙인이었다. 아무리 마음이 내키지 않더라도 참석하지 않는 것은 언제든지 그들이 전향자들을 옥죄일 수가 있어 전향간담회에 빠질 수는 없었다.

전향자를 유형별로 보면 현성 같이 학생운동에 관련된 자, 적색 농민운동에 관련된 자, 아니면 교원 중 학생들에게 불온한 학습을 시켰다고 교단에서 퇴출된 자들로 구성되어 있었다. 전향했으니 어떻게든지 공민권을 회복하겠다는 의지로 대화혼이니 황국신민을 외쳐가면서 대 일본제국에 충성을 다짐하는 자들도 있었다. 현성은 될 수 있으면 말을 삼가고 조용히 앉아 있다가 돌아오곤 했다.

19장

비밀결사 고려광복단

1944년 봄이었다. 서울에서 전보가 왔다. '4월 9일 오전 11시, 전주역에서 상봉 요망. 완악.' 돌아오는 일요일 오전이었다. 발신자가 누구인지 즉시 알 수 있었다. 고보 선배였고 어려운 삶의 기로에서 정신적 지주가 되었던 윤자혁이었다. 놀랐다. 항상 의기가 충천하던 그가 일상적 부귀다남의 평범한 삶을 접고 풍찬노숙 어려운 혁명가의 길을 택하여 만주로 갔다는 소식을 들은 지가 6, 7년이 지났다. 현성은 독립이니 민족해방이니 사회주의니 하는 대의명분에 살던 시절이 아득히 멀어진 시점이었다.

태평양전쟁이 가속화되면서 전시 식량배급제가 실시되어 일제의 식량수탈은 극에 달했다. 급기야 금속동원령까지 내려 집안에 있는 놋그릇과 교회나 절에 있는 종까지 전시물자로 동원되는 세상이었다. 세상은 그만큼 전보다 더 어려웠다. 그럴수록 한숨은 터져 나왔다. 전시체제는 더욱 강화되어 조선백성의 삶은 억압당했고, 산 입에 거미줄을 치지 않으려 초근목피로 간신히 목숨을 이어갔다. 일제는 승승장구 동남아를 다 집어삼키고 미국과 전쟁을 벌여 연전연승한다고 하니, 마치 가도가도 끝이 없는 어둠을 헤매는 듯한 암울한 시절이었다. 절망과 자포자기의 연속이었다.

이 시련이 우리 젊은 시절에 끝나는 것이 아니고 자라고 있는 아이들마저 짊어지고 살아야 하는 질곡이라고 생각하니 더욱 희망 없는 삶이었다. 희망이 없다 보니 술주정뱅이, 노름쟁이, 아편쟁이들은 늘었고 유리걸식하다 얼어 죽거나 굶어 죽은 시체들이 길가에 나뒹굴었다.

작년에는 지원병제도를 발표하더니 올해는 급기야 징집령까지 내려 전시동원체제를 강화하였다. 지원병, 징집병 환송 걸게막이 대로마다 걸렸고 역전에는 환송식이 대대적으로 전개되었다. 지원을 독려하기 위해 아들을 육군이나 해군에 보낸 집 문패 옆에는 '애국병사의 집'이라는 패를 함께 걸어주었다.

완악頑嶽은 윤자혁의 아호였다. 그가 산을 좋아해서 악嶽이라했고, 완고하다는 의미가 아닌 둔하고 어리석다는 뜻의 완頑을 써 스스로 낮추어 '어리석은 산'이라는 의미를 현성은 기억하고 있었다. 일상에서는 잊혀졌지만 기억에는 너무나 생생한 이름이었다. 윤자혁 정도라면 거물이 되어 수배자 명단에 들어 있을 것이다. 순간 긴장이 되었지만 망설이지 않았다. 다시 가슴이 뛰기 시작하였다. 그리고 다짐했다. '다소간의 어려움이 닥칠지라도 꼭 만나리라. 현재의 무미건조한 내 생활에서 진정한 삶의 의미가 되살아나는 것이다.' 현성의 내면에 잠재하고 있던 혁명가 기질이 꿈틀거리기 시작했다.

남원에서 아침 첫 기차를 타고 전주역에 내리니 열시가 좀 넘었다. 역사의 나무의자에 앉아 기다리다가 설레는 마음으로 현관 밖으로 나가 보기도 하며 윤자혁이 나타나기를 기다렸지만 시간이 지나도 나타나지 않았다. 역사에 앉았다 문밖으로 나와 두리번거려도 기척이 없다. 삼십 분이나 지나 때 묻은 중절모에 행색이 남루한 사람이 어슬렁어슬렁 걸어와 쪽지를 주고 갔다. 쪽지를 열어보니 윤자혁의 필체였다.

'자네를 멀리서 바라보며 인편에 이 쪽지를 보내네. 다가정 청요리집 태화루로 오시게.' 전주 지리를 잘 모르니 인력거 신세를 지는 수밖에 없었다. 태화루에 도착하니 이층 다다미방으로 안내하였다. 실로 8년만의 재회였다. 그는 고생을 많이 하여 야위어 보였으나 건강한 모습이었고 신념과 확신에 찬 표정은 여전하였다. 감격스러운 순간이었다. 이렇게 윤자혁을 만나게 되리라는 것은 상상도 못했다. 너무 반가워 두 손을 맞잡고 서로의 얼굴만 바라보다가 현성이 먼저 입을 열었다.

"선배님, 반갑습니다. 참으로 오랜만에 뵙게 되었습니다. 그 동안 어찌 지내시는지 궁금했고 바람결에 멀리 가셨다는 소식을 들었습니다."

"미안하네. 내가 드러내놓고 활동할 처지가 아니어서 이렇게 사람 만나는 것을 조심해야 한다네. 비교적 중국 사람들이 하는 청요리집이 안전하다네. 그래서 자네를 이리 오라 한 것이네. 자네에게 어찌 연락해야 닿을까 고심했네. 혹시나 하고 옛날 고보 시절 고향집으로 전보를 보냈는데 이렇게 연락이 되었구만. 나와 주어 고맙네."

"그 동안 어디 계셨어요?"

"만주와 모스크바 등을 돌아다녔지. 이야기가 길어지니 차차 하도록 하고, 자네는 어찌 고향에 내려왔는가?"

"후배들 반제동맹휴교에 연루되어 보성전문 3학년 때 퇴학을 당하였고, 4개월 구치소 생활을 하고 난 후 서울생활을 정리하고 고향에 내려왔습니다. 불령선인이 된 것입니다. 지금은 남원 군청 임시직 자리를 하나 얻어 그럭저럭 세월만 보내고 있습니다. 그 동안 결혼하였고 딸아이도 하나 두었습니다."

"오래 전 기억으로 자네가 고보 5학년 때 어떤 여학생 문제로 나를 찾았던 기억이 있는데, 지금 그 여인하고 같이 사시는가?"

"서로 좋아하였지만 장안의 부호집 따님과 저 같이 한천한 시골뜨기 촌놈이 배필이 된다는 것은 언감생심 당치도 않은 일이었습니다. 결국 그 집 부모님의 반대로 어쩔 수 없이 헤어지게 되었습니다. 한때 저도 사랑하는 사람이 있었다는 정도로 기억하고 있습니다."

"자네가 조선의 남아로서 어디 빠진 데가 있는 청년이었던가. 그 집 어른들도 사람을 제대로 볼 줄 몰랐군. 아깝네."

"선배님은 결혼하셨어요?"

"내가 결혼할 겨를이 있겠는가. 나는 조국하고 결혼했다고 생각하고 살아왔네."

"선배님, 제 가늠으로 올해 서른이 넘으신 걸로 아는데요."

"서른넷이네. 조선의 모든 사람이 일신상 안락함과 행복을 추구하면서 언제 우리 조국이 해방되기를 바라고, 언제 요순의 태평성대를 바라겠는가. 나는 오래 전 가시밭길을 선택해서 살아왔네. 내가 남자로서 건강한 편에 속하고 정상적으로 살아왔기 때문에 독신주의자는 아니지만, 꼭 절실한 사람이 나타나지 않는다면 억지로 결혼할 생각은 없네. 내 삶이 결혼에 좌우되지는 않을 것이라는 말이지."

말을 듣는 순간 온몸에 강한 소름이 뻗쳐왔다. 범접할 수 없는 위엄이 압도해 왔다. '얼마나 각오가 다져지고 다져지면 저렇게 초연할 수 있을까? 얼마나 조국을 사랑하게 되면 스스로의 안락을 저렇게 초개 같이 여길 수 있을 것인가? 나는 무엇인가? 아무것도 아닌 장삼이사에 지나지 않는다. 그렇다면 처자를 지극히 아끼고 사랑하는가? 그렇지도 못하다. 그러면 조국에 대한 열정은 어떤가? 아주 미미하다.'

커다란 바위덩어리가 물에 잠기듯 묵직한 무엇이 마음 깊은 곳에 가라앉고 있다. 잠시 침묵이 흘렀다. 조국, 독립, 오랜만에 들어보는 단어들이었다. 대화혼, 내선일체, 대동아 공영, 전대미문의 창씨개명과 징병과 학병, 그리고 날이 갈수록 거세지는 전쟁의 광풍 속에 묻혀 지내왔던 것이다. 자혁도 속에 다지며 감추고 살았던 소중했던 것을 내뱉어 버리고나서는 발설의 경솔함을 후회하는 순간이었다.

"선배님께 고개가 숙여집니다. 지금의 제 삶에 도저히 다스릴 수 없는 갈증이 있었습니다. 그 동안 나의 삶이 너무 의식 없이 흘러가는 것을 스스로 탄식하면서 서울 하늘 쪽을 바라보곤 했습니다. 과연 이렇게 살아도 되는지 자책도 하였습니다. 학창시절 선배님은 제 마음의 등불이었는데 오랜 세월이 지나서도 꺼지지 않는 등불입니다. 저를 찾아 주신 것에 감사드립니다."

"그렇지 않네. 오히려 내가 자네에게 감사하다고 해야 할 것이네. 내가 국내에 들어와 옛날 알음알음을 찾아 연락하는데 나를 만나주는 사람이 반에 반도 안 되네. 거기에 더군다나 의기투합되는 옛 동지들은 드물었지. 내가 이렇게 비밀리에 들어와서 움직이는 것은 분명 어떤 일을 도모하고 있다는 것을 눈치로 알고 있을 것이네. 단 동지들에게 고마운 것은 나의 행적에 대한 것은 절대 비밀로 지켜주고 있지. 자네도 지켜주었으면 하네.

"예, 알겠습니다. 명심하겠습니다. 선배님이 도모하시고자 하는 일이 어떤 일인지 여쭤 봐도 되겠습니까?"

"자네는 지금 일본 침략전쟁에 대해서 어떻게 생각하고, 국제정세는 어떻게 돌아가고 있다고 생각하는가?"

"대화혼이 아세아를 넘어서 대국인 미국까지 덮치고 있다고 생각합니다. 거대 중국도 일본군에게 맥을 못추고, 미국도 휘리핑^{필리핀}에서 패퇴하여 줄행랑을 치고 노서아는 일찌감치 나가 떨어졌으니, 강대국도 이런 판에 약소민족인 우리는 힘에 눌려 숨죽이고 있을 수밖에 없다고 자조자탄 합니다."

"그렇지 않다네. 전황에 대해서는 철저히 제 놈들 유리한 것만 보도

하도록 통제했다네. 지금 전세가 아주 불리한데도 계속 승전하고 있다고만 떠들어대니, 조선민족이 숨을 죽이고 있을 수밖에 없네. 내가 노서아 모스코바에서 교육을 받았으니 노서아의 전황부터 이야기를 할까? 자네도 알다시피 오래 전 노일전쟁에서 노서아가 패퇴를 했지. 당시는 1차대전이 발발하기 훨씬 전이었고, 독일이 이태리, 일본과 조약을 맺어 저지른 2차대전에서의 국제상황은 판이하게 달라졌다네. 파죽지세로 전 유럽을 점령하였고, 그 맹렬한 기세로 남은 영국마저 침몰시키려던 독일군이 최초의 패배를 당한 전투가 소련과의 스탈린그라드 전투였지. 무패를 자랑했던 독일군이 전사 15만, 포로 9만 명이라는 참담한 패배를 당하였고, 전투 사령관 파울루스 장군은 항복하고야 말았지. 승승장구하던 독일군에게 결정적인 타격을 소련, 즉 소비에트 인민공화국이 안겨준 것이지. 그 전투를 전환점으로 미영 중심의 연합국에서 노서아의 영향력이 막강하게 된 것이지. 이것이 불과 1년 전 상황이었다네. 지금 자네는 잘 모르겠지만 일본에게 전황이 아주 불리하게 돌아가고 있지. 일본군이 태평양 모든 해역에서 패퇴를 하고 있어. 2년 전 미드웨이 해전에서 대패를 하였고, 미군이 작은 섬들을 하나씩 점령해가면서 점점 더 일본 본토에 가까워지고 있고 미국의 전폭기들이 일본 본토를 초토화 시키는 것은 시간문제라는 것이지. 그리고 소련이 만주나 몽고의 일본군들을 공격하는 것도 아주 가까워졌네. 만약 이렇게 된다면 연합군이 일본 본토에 상륙하는 것이 빠르겠나? 아니면 조선을 밀고 들어오는 것이 빠르겠나?"

"그야, 당연히 조선이 빠르지 않겠습니까?"

"그렇지. 그런데 연합군이 조선을 점령하게 될 때까지 멍하니 기다려서야 되겠는가?"

"그러면 어찌 해야 합니까?"

"이렇게 기울어져가는 전세를 조선 인민에게 알리고, 인민의 역량을 결집시킬 수 있도록 계몽하고, 저항 조직을 만들어 훈련을 시켜 유사시에 연합군과 협공하여 일본놈들을 몰아낼 준비를 할 계획이네."

"아, 선배님 놀랍습니다. 선배님은 그 옛날에도 언제나 저희들에게 희망과 자신감을 심어주셨죠. 지금 듣고 있는 이야기는 정말로 꿈같은 이야기입니다. 그리고 지금 태평양전쟁의 전황이 그렇다는 것을 누가 알겠습니까? 우리가 알고 있는 것은 몇 년 전 1차대전의 전쟁 영웅 미국 맥아더가 휘리핑^{필리핀}에서 일본군에 패퇴하여 부하들을 버리고 뺑소니쳤다는 것만 알고 있을 뿐입니다."

"그 놈들이 눈을 가리고 귀를 막으니 어쩔 수 있겠는가. 이제 시대적 분위기가 바위에 계란 던지기만은 아니라는 것일세."

현성은 마른 논에 물이 들어가듯 새로운 소식과 자혁의 산전수전 겪어온 경험담에 빠져 들어갔다. 윤자혁은 만주와 모스크바를 오가며 대갈마치가 되어 온 것이었다. 그의 삶에 무한한 존경과 신뢰가 일었다. 자리를 카페로 옮겨 옛날 고보시절 같이 마셨던 사케를 주문하여 목을 축였다.

저녁시간이 되어 다가정 식당으로 자리를 옮겨 저녁식사를 할 때까지도 집에 돌아갈 생각을 하지 않고 끊임없이 물어보았다. 시종여일 진지하였으며 심각한 표정이 변치 않았다. 이미 남원으로 귀가하는 막차는 놓쳐버렸다. 집에 돌아갈 생각을 버린 것이다. 고사정 여관에 자리를 정하고 누워서도 이야기는 계속되었다.

"선배님, 지금 소속되어 있는 조직의 실체에 대해 알고 싶습니다."

"'고려광복단'이라고 하네. 나라를 되찾고 인민이 주인이 되는 새로운 국가를 세우겠다는 사회주의 이념을 가지고 있는 비밀결사단체일세."

"단체의 지도자는 누구입니까?"

"나도 잘 모를 뿐만 아니라 설혹 안다 해도 발설하게 되면 비밀결사라 할 수 없지. 지금은 일제가 발악적으로 모든 사회주의자들을 탄압하기 때문에 지하조직으로 운영될 수밖에 없네. 그렇기 때문에 선과 선을 연결하는 비선 조직으로 운영되는 것이지. 극히 조심스럽게 활동을 하고 있으며 세포조직을 넓혀 가고 있지. 내가 처음에 전제했던 대로 시기가 무르익어 내전을 감행해야 할 때가 되면 조직이 드러나겠지만, 지금 자네를 만나 이렇게 오랜 시간 사담을 주고받으며 옛 시절을 회상하고 약간은 감상에 젖기도 하는 온정주의는 조직 강령으로 엄격히 금지 되어있네. 내가 자네를 잘 알고 있고 믿기 때문에 내가 우리 조직 내에 가지고 있는 재량권을 자네에게 할애하는 것이지. 어떤가? 자네 우리 조직에 가입하여 생사고락을 같이 할 뜻이 있는가?"

"선배님과 같이 라면 무슨 일을 못하겠습니까? 어디엔들 못가겠습니까?"

"자네 의지가 중요한 것이지. 나를 믿어서는 아니 되네. 내가 많은 사람을 만나고 숱한 경험을 하면서 체득한 것은 사람을 믿어서는 안 된다는 것이네."

"조국을 위해 쓸모 있는 사람이 되고 싶습니다. 선배님의 뜻에 같이하겠습니다."

"알겠네. 오늘은 내가 자네와 사적인 관계로 만나 이야기를 나누고 있지만, 입회는 엄격한 심사가 있게 되고 조직 강령을 따라야 하네. 상부 오르그에서 입회 허락을 하게 되면 숭고한 입회식을 가지게 될 거야."

"오르그가 무슨 뜻입니까?"

"러시아 말인데 조직 활동자라는 뜻이지. 비밀결사에서 자네의 상부 오르그는 아주 중요하네. 자네에게 모든 지령을 내리고 자네는 절대적으로 그 지시를 따라야 하네."

"선배님이 제 상부 오르그가 되는 것인가요?"

"반드시 그렇지는 않을 수도 있지. 자네 입회가 허락 되면 자네를 조직에서 어떻게 쓸 것인지는 조직에서 판단하는 것이니."

"알겠습니다. 제가 조직에 가입 하게 되면 선후배로 대하는 사적인 만남은 오늘이 마지막이 될 것 같습니다. 제가 앞으로 해쳐 나가야 할 사항이나 궁금한 사항은 낱낱이 여쭈어 보도록 하겠습니다. 지금 전주에 계신데 전주에도 '고려광복단' 조직이 있습니까?"

"당연히 있지. 전북에 두어 군데 더 있지. 남원은 자네가 처음이지만. 아까 말한 대로 동향이지만 누가 조직원인지 서로 모르고 지낼 것이네. 다만 어떤 사건이 벌어졌을 때 우리 조직에서 벌린 일이라는 것은 느낌으로 알 수 있을 것이네. 나중에 자네가 남원에서 조직할 때 조직원 간 서로의 신상에 대해 알지 못하게 관리를 해야 되네. 어쩌다 얼굴을 마주친다 해도 서로 아는 체 하거나 알려고 하지 않는다는 비밀결사의 행동강령을 철저히 주입시켜야 하지."

"선배님은 고문을 어찌 이겨내셨습니까? 제가 고보 시절 한 번, 전문학교 시절에 한 번, 모함에 휘말려 경찰들에게 고문을 당한 적이 있습니다. 고문에는 속수무책이었습니다. 선배님은 저보다 많이 경험하셨을 텐데 어떻게 이겨내셨습니까?"

"누가 그 고문을 이겨낼 수 있단 말인가? 아무에게도 가능한 일이 아니지. 될 수 있으면 그런 일을 당하지 않도록 해야지. 참으로 소름끼치는 일이지. 죽음의 문턱 바로 앞에서 죽지 않을 정도로 가학하는데 누가 견딜 수 있단 말인가. 그러다가 죽음의 문턱을 넘어버린 동지들도 많았지. 드물게 고문을 이겨낸 사람도 있지. 그 악독한 고문경찰들이 혀를 내둘러대는 대단한 투사들도 있긴 한데, 누구더러 그런 혹독한 고문을 이겨내라 강요할 것인가. 고문을 당해보지 않은 사람들은 모르지. 나도 죽음의 문턱에서 차라리 죽여라 하는 마음으로 버텨본 적이 있지만, 다시 살려놓고 죽였다 살렸다 하면 손을 들 수밖에 없어. 내가 자네에게 충고해줄 수 있는 것은 될 수 있으면 고문을 당하지 않도록 해야 하고, 어쩔 수 없이 조직의 비밀을 불 때에는 조직과 동지들에게 최소한의 피해만 가도록 해야 한다는 것일 뿐 더 해줄 이야기는 없네."

"사회주의 지도자 중 박헌영은 어떤 분입니까?"

"학생시절 사회주의를 갈망하던 학도들에게 영웅이고 횃불이었지. 이론에 밝으시고 실천력이 뛰어난 분이고, 투쟁경력도 어느 누구에 못지않아. 가까이 접할 기회가 두어 번 있었는데 성품이 온화한 분이야. 나중에 우리 민족이 독립되어 그런 분들이 지도자가 된다면 좋은 세상을 만들 수 있을 거라 생각하네. 몇 번 옥고를 치르고 부부가 소련으로 극적으로 탈출했다는 것은 잡지에 실려 알고 있을 것이네. 국내에 잠입한 것까지는 알고 있는데 그 후로는 모른다네. 아마 국내 모처에서 우리같이 비밀활동을 하고 있을 것이라고 막연히 추측할 뿐이지."

"학창시절 독서회에서 만난 동무들 중 사회주의 사상과 이념에 능한 학우들이 있었습니다. 어떤 사업을 진행하면서 부르주아니, 뿌띠 부르주아니, 혹은 출신 성분이 어떻고, 어떤 단체에서 주도하는 사업이니, 하면서 다툼이 있었습니다. 일을 집행하는데 어려움을 여러 번 겪었습니다. 저는 논리도 중요하고 이념도 중요하지만 가장 중요한 것은 실질이라 생각합니다. 일제에 항거하는 독립운동도 같은 논조에서 평가하고 싶습니다. 십여 년 전 상해 홍구공원에서 윤봉길의 폭탄투척사건에 일본 놈들은 얼마나 간담이 서늘했을 것이고, 우리 조선민족은 얼마나 속이 후련했습니까. 그것을 노선이 다르다 해서 죽음 장사를 한다고 폄하하는 사람들이 있었습니다. 제법 유력한 사회주의 명사들이 공공연하게 그런 말을 하고 다닐 때 약간 환멸 같은 것을 느끼곤 했습니다. 이런 점은 어떻게 생각하십니까?"

"그거야 실질이 우선이지. 우리 민족 최대 숙제인 독립을 놓고 이념과 노선이 다르다 해서 서로 백안시 하는 것은 본받아서는 안 될 일이지. 그분들 나름대로 우리가 모르는 애로가 있겠지만 나는 분명히 말하네. 우리 조직에서는 출신 성분을 따지지 않고, 애국심과 열정으로 평가하여 동지를 구하고 있다네. 염려 마시게."

"김일성 장군에 대해서는 알고 계신지요?"

"알고 있지. 그를 직접 만난 적은 없지만 그와 동북항일연군에서 같이 투쟁한 사람을 통해 들었지. 훌륭한 유격대 사령관이라고 하네. 자네가 풍문으로 들었던 그에 대해 먼저 말해보게. 거기에 대한 답변을 할 것이니."

"제가 아는 것은 동아일보에 보도되었던 보천보 사건의 두목이고, 만주일대에서 동에 번쩍 서에 번쩍하는 신출귀몰한 백전노장이고, 일본에서 제국대학을 나온 인텔리 사회주의 혁명가라는 것입니다. 그가 통솔하는 유격대는 백전백승한다고 소문이 나서 함경도에 사는 혈기 있는 젊은이들은 김일성 장군 밑에서 항일운동을 하고자 무작정 월경하여 만주로 떠난다고도 들었습니다."

자혁이 지긋이 미소를 지었다.

"노장은 아니고, 임자생으로 나와 나이가 같지."

"선배님과 나이가 같다는 말입니까? 놀라운 사실이군요."

"그래, 그리고 제국대학을 나올 사정이 아니 되었을 것이네. 소년병사로 항일 투쟁에 참여하여 옥고도 치르고 했으니, 인텔리는 아닐지라도 일자무식은 면했을 것이고. 수많은 전투를 치러봤으니, 백전백승하는 명장임에는 틀림이 없지."

"그래도 우리가 들은 장군의 모습하고는 차이가 납니다."

"왜 그렇게 실망스러운 표정을 짓지? 전설 속 영웅의 모습이 평이한 이웃 모습으로 전락하여 버린 것인가?"

"예, 그렇습니다."

"김일성 장군이 그렇게 그려진 것은 조선민중의 꿈이 그 전설 속에 담겨져 있다고 생각되네. 우리 민족이 독립에 대한 소망을 키울 수 있는 곳은 만주벌판밖에 없는데, 청산리 전투의 명장 김좌진 장군이 자객의 흉탄에 가버린 지 오래되어 희망을 접고 있던 중 김일성이 나타난 것이지. 실제 그의 모습을 본 사람도 극히 드물 뿐 아니라, 본 사람이 설사 많다할지라도 덧씌우고 덧씌워져 조선 인민의 가슴에 맺힌 원한을 그렇게 신원해 보고 싶은 것이 아니겠나. 김좌진 장군의 백전노장 모습에 최고 인텔리 제국대학 출신으로 포장되어 지금 일제치하에서 최고의 자질을 갖춘 항일 장군의 모습이 탄생한 것이지. 지적이고 용감한 장수라고. 아마 김일성 장군이 축지법을 한다는 사람도 있을 것이네. 임진왜란 때 김덕령이나 병자호란 때 임경업이나 두 장수 모두 못난 임금을 만나 제대로 힘 한 번 못쓰고 모함에 휘말려 죽었지. 그런 명장들이 제 역할을 하지 못하니 인민들은 숱한 곤욕을 치러야 했고 그런 아쉬움이 새로운 신화를 만들어 냈지. 그래서 김덕령전이나 임경업전 같은 민중소설이 탄생하게 된 것이 아닐까 생각하네."

"선배님 논리가 아주 명쾌합니다. 인민의 꿈이 덧씌워진 것이 신화가 되었겠군요. 옛날 고보 시절 선배님의 특강을 듣던 기억이 새롭게 떠오릅니다."

"하하하! 나도 자네를 만나 이야기를 장시간 하다 보니 옛 생각이 절로 나네. 이제 잠에 드세."

두 사람은 신새벽까지 이야기를 나누고 잠에 들었다.

며칠 후 자혁으로부터 편지가 왔다. 짧은 내용이었다. '새옷을 입고 전주 풍남소학교 앞에서 만납시다. 다음주 토요일 오후 네 시.' 지난번 자혁과 헤어질 때 자혁으로부터 언질 받은 암호문이었다. 새로운 옷은 고려광복단에 입단하기 위하여 강령 및 행동지침을 교육 받는다는 것이다.

긴장하고 전주로 향했다. 풍남소학교에 도착하니 정확한 시간에 윤자혁이 나타나 어디론가 데려갔다. 언덕길을 올랐다. 농업학교 정문이 나왔고 정문을 돌아 울타리를 따라갔다. 교사와 운동장이 보였다. 점점 더 올라가면서 계단식 작물을 재배하는 밭이 나왔고 더 멀리 축사에 소, 돼지 등 가축들이 소란을 떨고 있다. 농업학교 교정을 지나 산자락에 이르렀고, 서울의 도시 빈민촌 토막집이나 별반 차이 없는 초가집들이 산자락을 따라 오밀조밀하게 밀집되어 있다. 손바닥만한 마당에 울이라고 쳐져있지만 엉성한 짚 나래로 엮여져 집안이 다 보였다. 궁한 서민들의 삶이 부끄러워할 염치도 없이 그대로 드러나 보였다. 골목길을 올라 맨 뒷집으로 들어섰다. 시누대가 산과 집의 경계를 만들었고 앞마당도 마루도 없이 댓돌에서 바로 방으로 들어가는 북방의 폐쇄식 구조였다. 인기척을 했다.

"아이들아, 아저씨 왔다."

안방에서 한 아이가 빼꼼이 문을 열고 내다보았다. 머리는 부스스하고 얼굴에는 마른버짐이 피어 하얀 반점이 볼썽사납게 알록달록했다. 무엇에 주눅이 든 것처럼 맥없는 표정이었다. 문만 열어봤을 뿐 인사도 하지 않고 다시 문을 닫았다.

"이 시간이면 아이들 부모들은 일하러 나가 있을 시간이지. 이 집에서 하숙을 하고 있다네. 아주 옹색하고 누추하지?"

"아닙니다. 이보다 더한 곳에서 하룻밤을 지새운 적도 있습니다."

"이런 곳이 감시를 피하기에도 좋지. 내가 전주에 상주하는 것이 아니고 수시로 거소를 옮겨야 하니까. 그리고 우리가 혁명에 뜻을 두고 있다면 이렇게 빈곤하게 사는 사람들의 삶을 알아야 하네. 방으로 들어가세."

건넌방 댓돌에 신발을 벗고 방으로 들어섰다. 횃대에 몇 가지 옷이 걸려있고 아랫목에는 이불이 깔려있으며 윗목에는 책이 여러 권 쌓여있다.

"오늘 이 방에서 우리 '고려광복단' 행동지침과 조직 강령을 교육받고 다음 주 특정 장소를 정하여 줄 것이네. 비밀결사는 시간을 엄중하게 지킨다네. 조금이라도 늦으면 사고가 난 것으로 간주하고 연락을 두절해 버릴 것이네. 시간 엄수하고 지정하는 장소, 지정하는 시간에 도착하게 되면 입단식을 갖게 되는데 아주 엄숙하고 경건한 의식이 치러질 것이네. 입단식을 치르기 전 어느 때라도 자네 마음이 주저해진다면 그대로 포기하고 돌아가면 되네. 하지만 일단 입단식을 치르고 나면 무거운 책임이 뒤따르지."

"예, 알겠습니다. 절대로 입단을 포기하는 일은 없을 것입니다. 그리고 무거운 책임감을 느끼고 임무를 수행하겠습니다."

조직강령 교육이 시작되었다.

조직 강령
 1. 우리의 첫째 목표는 조국광복이다.
 2. 지주들로부터 토지를 몰수하여 농민들에게 무상으로 토지를 분배한다.
 3. 남녀는 평등하며, 가정에서나 일터에서나 남녀평등을 위하여 끊임없이
    노력한다.
 4. 전 국민이 의료보험 혜택을 받고, 노령 연금을 받도록 한다.
 5. 도시 노동자는 하루 여덟 시간 노동을 관철한다.

행동지침

1. 누구를 대하든 겸손하고 어느 자리에서든지 솔선수범한다.

2. 기밀 유지에 만전을 기한다.

3. 매일 노동을 2시간 한다.

4. 물질로서 이웃을 억압하지 않는다.

5. 우리 풍속을 고양하고, 우리 노래를 부른다.

6. 일상생활에 있어 절대로 일본말을 쓰지 않는다. 꼭 한글을 쓴다.

7. 조국광복을 같이할 수 있는 인재 발굴과 조직의 확장을 위해 지속적인
   노력을 한다.

입단식 개요에 대해 설명해 주었다. 다음 주 토요일 밤 아홉 시까지 남고산성 서문 성벽 아래에서 기다리고 있으면 상부 오르그가 나타나 입단식을 거행할 것이고, 밤에 찾기 쉽지 않은 길이니 낮에 사전 답사를 하여 지형을 익혀 놓으라 했다.

다음 주 오후 전주에 도착하여 역에서 남고산성을 물어보니 제대로 아는 사람이 없었다. 좌판을 깔아놓고 사주를 보는 노인에게 물어 길을 알아냈다. 역전을 나서서 교동 은행나무 골목을 따라 쭉 내려가 남천교를 넘어가면 사범학교가 나오고, 사범학교 뒷산이 남고산인데 사범학교쯤에 가 한 번 더 길을 물어보라 했다.

전주천을 넘어가니 사범학교가 나왔고 사범학교 앞에서 남고산성을 물으니 쉽게 가르쳐 주었다. 사범학교 담장 끝에 작은 개울이 나오는데 개울을 따라 올라가라 했다. 작은 개울물을 따라 올라갔다. 산기슭에 마을이 형성되어 있고 한 마장이나 올라가니 성곽이 나타났다. 허물어진 성문의 잔재가 남아 있고 성문 사이로 들어갔다. 성안에 열대여섯 호 정도 되는 마을이 있고 경작지도 있었다. 사당 같이 보이는 유일한 기와집

이 있어 문을 밀고 들어가니 전면에는 사당이고 아래채 삼간의 작은 초가집에 사람이 살고 있었다. 현판에 관왕묘라 예서체로 쓰여 있다. 관우를 모신 사당이었다.

남원에도 관왕묘가 있는데 이렇게 궁벽진 산속에 있는 것이 아니고 읍내 좋은 자리에 위치하고 있었다. 성안 마을을 보니 남원 교룡산성의 산성마을이 생각났다. 사는 것이 비슷했다. 논은 저지대에 몇 다랑이 있었다. 산등성이를 일구어 밭을 만들고 밭곡식에 의지해 사는 가난한 사람들의 모습이었다. 더 돌아볼까하다가 오늘은 진지한 일이 기다리고 있고 유람 기분을 내서는 안 된다는 생각이 들었다. 주위 지형 정찰을 마치고 내려가면서 앞으로의 일정을 생각했다. 저녁 아홉 시면 인적이 끊어지고 깊은 밤이 될 것이다. 무너진 성곽에서 숭엄한 입단식이 치러진다는데 으스스한 기분이 들었다.

시계를 보니 아홉 시까지 세 시간이 남았다. 남문 시장에서 식사를 하고 인근 다가정 찻집에서 기다리고 있었다. 초조하여 담배를 연신 피워댔다. 꽁초가 수북이 쌓였다. 숭엄한 입단식이란 무엇일까. 누가 나타나서 어떻게 입단식이 치러질까. 긴장감이 마음 깊은 곳으로부터 차근히 밀려오고 있었다.

시계를 다시 확인하고 여덟 시 이십 분에 다가정 찻집을 나섰다. 완전히 어두워졌다. 시내는 상점마다 전깃불이 있어서 어둡지 않았지만 사범학교를 지나 계곡을 따라 올라가는 서정서학동 산성마을 신작로는 전기가 들어오지 않았다. 토담집 들창에 희미하게 비치는 등잔불이 어두운 밤길에 적지 않은 위안이 되었지만 그마저도 하나둘 씩 꺼져가고 있었다. 밤이 깊어가는 시간이었다. 마을이 끝나는 지점에 비각이 있고 큰 은행나무 고목이 서있다. 마침 바람이 불어오니 나뭇잎 부딪치는 소리가 사사삭 나면서 음산한 분위기를 더했다. 그믐께였든지 달빛은 전혀 없었다. 마을을 지나면서 오르막길이었는데 집에서 새어 나오던 등잔불빛마저 끊어져 완전한 어둠이었다. 하지만 칠흑은 아니어서 희미하게 길 자취를 따라 올라갔다. 등에 땀이 베일 무렵 무너진 성문 윤곽이 눈에 들어왔다. 담배를 피워 물며 시계를 보니 아홉 시 십 분 전이다. 벌겋게 빨려오는 담배불빛을 보며 긴장을 이완시켰다. 담배를 비벼 끄니 다시 암흑의 세계가 되었다. 멀리서 소쩍새 우는 소리가 산간의 적막감을 달래 주었다.

정확히 아홉 시가 되니 저쪽 산비탈에서 발자국 소리가 나면서 인기척이 들려왔다. 머리가 쭈뼛하게 섰고 극도의 긴장감과 공포심이 더해지는 순간, 몸을 바로 하고 앞으로 전개될 상황에 대비하였다. 스스로 담대해지리라 각오를 다져가고 있는데 점점 가까이 오면서 희미했던 암영이 뚜렷해졌다. 혹시나 했는데 윤자혁은 아니다. 어두운 그림자의 첫 일성이었다.

"그대가 이현성이오?"

"예, 그렇습니다."

"조금 전 당신이 담배를 피웠지요?"

"예, 그렇습니다만."

약간 더듬거리며 대답했다.

"왜 담배를 피웠소."

"긴장도 되고 초조함도 있어 피워 물게 되었습니다."

"그렇게 두려우면 지금이라도 늦지 않았으니 돌아가시오."

"아, 아닙니다. 앞으로 그런 일이 없도록 하겠습니다."

"야간에 담뱃불이 얼마나 위치를 쉽게 노출시키는지를 모른단 말이요? 앞으로 각별히 유의하도록 하시오."

"명심하겠습니다."

"따라오시오."

"예, 알겠습니다."

그는 성벽이 가파른 곳에서 멈춰 섰고, 마주보면서 말했다.

"이 자리에서 이현성의 '고려광복단' 입단식을 거행한다."

존칭이 사라졌다.

"예, 알겠습니다."

"왜 이 산속 성벽에서 입단식을 거행하는지 알겠는가?"

"잘 모르겠습니다."

"성은 상고시대부터 자신이 속해있는 씨족, 부족 또는 고을의 삶의 터를 지키기 위한 보루였다. 이 성을 쌓기 위해 수많은 사람들의 피와 땀이 성벽에 서려있고, 이 성벽에는 자신의 땅을 지키겠다는 굳은 결의가 스며있다. 또한 외적의 침입을 막아내면서 수많은 생명이 이 성루에서 쓰러져 갔다. 오늘 이 성벽에서 우리 조국과 인민들을 위하여 싸우겠다는 맹세를 하고 다짐을 받기 위해 여기에 섰다. 이현성, 그대는 조국과 민족을 위하여 한 목숨 바칠 각오가 되어 있는가?"

"예."

"그러면 이 성벽에 두 손바닥과 가슴을 대고 맹세하라."

차디찬 성벽에 손바닥과 가슴을 대고 심호흡을 하며 가슴속 깊이 맹세하였다. 조국과 민족을 위해 모든 것을 바치겠다는 결연한 의지를 다졌다.

"이현성, 그대는 자신보다 조직의 동무들을 먼저 생각하고, 조직을 끝까지 지키겠는가?"

"예."

"그러면 내 두 손을 잡고 맹세한다."

두 손을 잡았다. 따스한 온기가 느껴졌다.

"이현성, 그대는 조직의 명령에 절대 복종하겠는가?"

"예."

"우리 조직에서 그대의 이름은 버린다. 그리고 새로운 이름을 내린다. '고려광복단'에서 내린 그대의 이름은 홍경래다."

천천히 또렷하게 발음했다.

"홍경래, 따라 하시오."

말씨가 여기서부터 달라졌다.

"홍경래."

"홍 동무, 조국광복의 대업에 일원이 된 것을 환영합니다."

두 손을 더 두텁게 잡았다.

"나의 조직명은 정여립이오. 홍경래나 정여립이나 우리나라의 혁명가들이오. 그들의 혁명가로서의 기개와 애민정신을 기려 조국광복에 큰 힘을 보태라는 뜻으로 이런 이름을 내린 것이오. 다른 한편, 새로운 이름을 써서 기밀을 유지하도록 하자는 이중의 뜻이 있소. 내가 홍 동무의 상부 오르그라오. 우리 조직 내에서는 어느 누구에게도 존댓말을 사용합니다. 물론 지시를 내리고 받고 하는 조직이 있지만 서로 평등하고 귀천이 없다는 뜻입니다. 내려가면서 이야기합시다."

정여립이 앞장 서 산성을 내려갔다.

"앞으로 조직 내에서 모든 활동을 나와 긴밀히 연대하여 추진해 나갑시다. 지금 가장 시급한 것이 홍 동무가 활동할 남원에서 기본조직을 만드는 것이오. 기본조직이란 선전부, 교육부, 체육부, 세 개 조직을 말합니다. 그 동안 편지로 연락했지만 앞으로 모든 연락은 이렇게 만나서 합니다. 장소를 지정하여 만나고 약속한 장소에 십 분 이상 기다려도 나타나지 않으면 사고가 난 것으로 간주하고 연락을 포기하는 겁니다. 시국이 급변하고 있소. 일본놈들이 가장 두려워하는 것이 그들 본토에서나 조선에서 생기는 내부 반란이라오. 해외에서 계속 패퇴하고 있는데 내부에서 소요가 일어난다면 걷잡을 수 없는 상황이 생길 것이라, 내부 단속이 아주 심해서 내지의 사회주의 사상가들도 반란 혐의를 뒤집어 씌워 처형하기도 했지요. 특히 의식 있는 지식인들의 움직임을 경계하고 있으니 각별히 행동에 주의하고 이미 행동지침에서 교육 받았겠지만, 기밀 유지에 최선을 다해야 합니다."

"예."

오르그 정여립은 지난 번 윤자혁에게 조직강령과 행동지침을 교육받았을 때 묵었던 집으로 현성을 데려갔다. 현성이 가장 궁금한 것은 자신을 입단시킨 윤자혁의 조직 내에서의 역할이었다. 잠자리에 들기 전 무안을 당하기로 작정하고 물어보았다.

"정 동무, 앞으로 이런 질문 절대로 삼가겠습니다. 저를 입단시켜주신 윤자혁 동무는 이 고려광복단에서 어떤 역할을 하시는지요?"

"아, 김 동무 말이요? 우리 조직에서는 김개남으로 불리고 있소. 우리 광복단의 중앙상임위원 세 사람 중 한 분이요. 그 이외에는 아는 것이 없소. 조직에 대해 물어보는 것이 금기로 되어있는 것을 아시죠. 앞으로 우리 조직 활동이 활발해지면 어차피 알 것이니 이 정도 합시다."

편하던 사람이 갑자기 멀어진 기분이었다. 혁명전사가 되기로 마음먹었다면 사사로운 정실에 얽매여서는 안 되는데 하면서도, 자혁이 가까운 데에서 끌어주기를 바랐는지도 모르겠다.

다음날 정여립과 헤어지면서 조직 확충에 대한 지시를 받고 남원으로 내려왔다. 우선 비밀 단원을 교육시킬 방이 필요하고, 교육부는 당분간 본인이 맡기로 할지라도 선전부장과 체육부장을 할 인물들을 생각해봤다. 브나로드 운동을 할 때 같이 아이들을 훈도했던 정훈이 떠올랐다.

정훈은 고보를 졸업하고 사범학교 속성과를 나와 소학교 선생을 하고 있었다. 남원에 내려온 후 가끔 만나는 사이였다. 그때나 지금이나 현성을 믿고 따르는 것은 여전하였다.

보절소학교에 근무하고 있어 그를 만나려 주말에 동충리 집을 찾아 갔는데 없었다. 숙직이라 해서 학교에 전화를 걸어 긴한 일이라 하고 학교로 찾아가겠다고 하였다. 보절소학교를 찾아 나섰다. 보절면은 초행 길이었다. 걸어서 두어 시간 되는 거리였다. 보절면사무소에서 가까운 곳에 보절소학교가 있었다. 정훈이 교무실에서 기다리고 있다가 반갑게 뛰어나와 맞아 주었다.

"선배님이 이렇게 누추한 저희 학교까지 찾아주시고 황송합니다. 그렇지 않아도 요즘 뵌 지가 깨나 되어 어찌 지내시는지 궁금했습니다."

"내가 찾아와 수선스럽지는 않은지 모르겠네."

"그렇지 않습니다."

"어디 조용히 이야기 나눌 데는 있겠는가?"

"숙직실로 가시죠. 지금 낮이라 교직원들 다 퇴근하였고, 소사가 있는데 밤에나 옵니다."

"그러세."

정훈을 따라 현관을 지나 교사 뒤쪽으로 복도를 따라가니 숙직실이 나왔다. 일본식 가옥구조로 유리 밀창을 열고 들어가니 현관이 나오고, 작은 툇마루를 올라 문을 여니 다다미방이 나왔다. 다다미방이라 온기는 없지만 그리 썰렁하지는 않았다. 방에 앉아 이야기가 시작되었다.

현성이 현재 일제가 몰려있는 국제정세며 앞으로 예견되는 전황을 주욱 설명해주니 정훈이 놀라는 표정을 지었다. 이야기가 진행될수록 점점 빠져 들어갔다. 하지만 광복운동에 같이 참여하자는 권유에는 선뜻 대답하지 못했다. 잠시 생각을 정리하는 듯하더니 무겁게 입을 열었다.

"선배님, 저는 그런 일을 감당할 만한 그릇이 되지 못합니다. 그리고 의지도 약하구요. 저보다는 제 주위에 문득 떠오르는 사람이 있습니다. 애국심이 남다르고 의식이 뚜렷한 청년입니다. 제가 남원소학교에 근무할 때 옆자리에 있던 교사인데 열혈청년입니다. 나이는 저보다 아래여서 호형호제하고, 친하게 속 털어놓고 지내던 사이라 이런저런 이야기를 많이 나눴습니다. 언젠가 선배님 이야기를 한 적이 있는데 선배님을 알고 있는 저를 무척 부럽게 생각하는 눈치였습니다. 제가 연락해서 선배님을 한 번 찾아뵈라 하겠습니다. 좋아할 것입니다."

"그 선생 어디에 살고 성씨가 어떻게 되는가?"

"죽항리에 살고 이름은 조상혁이라 합니다. 다음주 군청으로 찾아가 뵙도록 이르겠습니다."

"나는 아우님이 같이 해주었으면 했는데 좋은 사람이라니 기대가 되네. 그리고 오늘 내가 만나서 자네에게 했던 이야기는 엄정하게 비밀로 해주시게나."

"예, 어김이 없도록 하겠습니다."

"우리 조선 백성들이 이렇게 도탄에 빠져 허덕이는데 누구라도 나서야 하지 않겠는가? 비록 같이 하지 못할지라도 따뜻한 마음으로 성원해 주시게. 다시 한 번 이야기하겠네. 비밀 지켜주시고 나는 더 어둡기 전에 남원으로 넘어가야겠네. 고맙네."

이틀 후 퇴근 시간 쯤 현성을 찾는 젊은이가 있었다. 체격이 당당한 젊은이였다. 첫 인상에 이 친구하고 일을 같이 하게 되면 체육부장을 시키면 적당하겠다는 느낌이 섰다. 예의가 깍듯했다. 집으로 데려갔다. 저녁을 물리고 건넌방으로 넘어가 긴한 이야기를 건넸더니 굳은 각오로 같이하겠다고 하였다.

"선배님과 같이 라면 어디든지 따라나서겠습니다."

상부 오르그에 보고하여 입단시키도록 합의하고 엄숙, 단정한 입단식을 가졌다. 교룡산성의 동문에서 성벽에 맹세를 하고 조직에서 이름을 내려주었다. 이름은 현성이 작명하여 주었다. 정유재란 때 남원성에서 산화했던 장군 이복남의 이름을 썼다. 고향에서 싸우다 죽은 옛 장수들의 기개를 되새겨 투쟁의 기상을 드높이겠다는 뜻이었다. 직책은 체육부장을 부여했다. 다음은 식량영단에 다니는 스무 살 미혼 총각이 포섭되었다. 강인철이었다. 문학청년으로 글을 좀 쓸 줄 알았다. 조직에서 내린 이름은 임현, 정유재란 시 남원부사였다. 이렇게 점점 결사요원들이 늘어나 열 명이 되었다. 체육부 3명, 선전부 3명, 교육부는 현성이 조직원 3명과 함께 맡아서 하고 현성은 남원의 오르그로서 조직원들을 다 알고 있지만 다른 부서끼리는 서로 모르게 조직을 이끌어 갔다.

현성은 읍내로 이사를 왔다. 조산의 마을 구석에 있는 집인데 초가였지만 깨끗하였다. 읍내에서 좀 떨어져 있지만 한갓지고 감시의 눈을 피하기 좋았다. 방이 두 칸이었는데 건넌방은 현성이 조직 교육시킬 때 유용하게 활용하였다. 아내는 열심히 손님맞이하고 식사준비를 했지만 어떤 사람들과 만나는 지는 전혀 모르게 했다. 가끔 무엇 하는 사람들이냐고 물으면 야학하는 사람들이라고 대답했다.

담력훈련과 체력훈련을 병행하였다. 담력훈련은 향교리에 있는 공동묘지를 한밤중에 다녀오는 과제를 수행토록 했다. 낮에 다녀올 묘지를 정하여 놓고 자정 가까운 한밤중에 그 묘지에 표석을 놓고 오는 일이었다. 상부 오르그의 교육방침에 따라 훈련하는 것이라 현성이 맨 먼저 솔선하여 과제를 수행하였다. 마침 열하룻 날이라서 달빛의 박명이 있어 희미하게 물체를 식별할 정도는 되었지만 파리하게 조영되는 삼라만상이 더욱 귀기가 서려보였다. 공동묘지라는 것이 일정한 묘역이 있는 것이 아니고 손바닥만한 자투리땅에 봉분을 틀어 세운 것이라서 봉분의 구석구석을 한 발씩 조심스럽게 옮겨 낮에 지정한 봉분에 도착할 수 있었다. 묘지사이를 한발 한발 옮길 때마다 등에 식은땀이 흘러내렸다.

얼마나 많은 귀신 이야기가 공동묘지에서 흘러나왔던가. 대 낮에도 공동묘지 곁을 지나면 등골이 오싹했다. 한밤중에 귀신이 바야흐로 활약하는 귀기 창창한 시간에 무덤을 넘고 넘어 공동묘지 한가운데에 갔다 온다는 것은 담력의 한계였다. 이십여 분 되는 시간이었지만 극도의 긴장 속에 서너 시간은 헤매고 돌아온 기분이었다. 아무 탈 없이 다녀온 것이 꿈만 같았다. 이렇게 담력훈련을 마치면서 광복단은 더욱 큰 긍지와 자부심을 갖게 되었다. 조국광복을 위해 어떤 고난과 역경도 헤쳐 나가겠다는 의지를 다지고 다지는 고급단원이 되어가는 절차였다.

체력훈련은 남원 인근의 산들을 틈나는 대로 찾아다니며 지형과 지세를 익혔다. 덕음봉, 교룡산, 고상봉과 장백산까지, 유격전에 대비하여 산악지방의 지형을 파악하는 것이 필수였다. 강한 체력을 기르기 위해서도 강한 담금질을 해야만 했다. 공일에는 더 멀리 남원 분지를 싸고 있는 산악을 돌아다니며 정찰하고 지형 파악을 하였다. 지도를 입수하여 도상 거리와 시간거리를 구분하여 기록하였고, 걷는 시간은 무섭게 강행군을 하였으며, 잠시 쉬어가는 시간에는 사상교육, 정신교육을 하였다. 사회주의의 기본이념과 조선 역사와 외적을 물리쳤던 위대한 조상들의 이야기, 그리고 지금 현저하게 밀리고 있는 대동아 전쟁에서 일본군의 전황 등, 이러한 과업을 정찰이라 하였다. 정찰 인원은 절대로 인솔자 포함 4명을 넘지 않았다. 조직의 기밀을 유지하기 위한 조치였다. 한 번 정찰교육을 받게 되면 2인 1조로 별도의 정찰활동을 하도록 임무를 부여하여 쉴 새 없이 조직을 가동하였고 훈련을 시켰다.

남원과 구례를 경계 짓는 산줄기: 앞 밤재에서 견두산과 천마산까지 왕복 백 리, 열두 시간.

금지면과 대강면의 산줄기: 고리봉, 삿갓봉, 문덕봉. 왕복 백리, 열두 시간.

대산면과 사매면의 산줄기: 응봉, 풍악산, 노적봉. 왕복 팔십 리, 열 시간.

보절면과 산동면이 갈라지는 산줄기: 갈치, 약산, 연화산, 천황산, 왕복 팔십 리, 열 시간.

지리산과 연결되는 용담을 거쳐 호경리, 고기리, 정령치를 넘어 반야봉 기슭 심원에 이르는 길: 왕복 백이십 리, 이십사 시간.

특히 지리산은 유격대가 본격적으로 조직되고 활동할 시기가 되면, 유격대의 본거지로서 최적의 조건을 갖추고 있어 지리산과 연결되는 길은 확보하라는 상부의 지시가 있었다. 광복단에 가입하는 것은 교룡산성에서 입단선서를 하고서였지만 광복단의 고급단원이 되는 것은 담력훈련을 거치고 또 지리산 반야봉을 다녀온 후부터였다. 녹초가 될 정도의 고된 여정이었지만 이 정도를 감당하지 못할 것 같으면 광복단의 임무 수행도 어렵다는 뜻이었다. 다행히도 광복단 지원자 중 낙오한 사람은 없었다. 담력훈련과 체력훈련을 마친 단원들은 마치 댕돌같이 육체나 정신이 단단해졌다.

현성이 어릴 적 남원 어른들의 행보를 보면 반야봉에 가는 데만 이틀이 걸렸는데 하루에 다녀온다는 것은 대단한 용력이었다. 그만큼 남원 광복단 단원들은 조국을 찾겠다는 의식이 고조되어 있었고 용기백배했던 것이다. 현성도 남원에 내려와 가장 바빴고 삶의 의욕이 충만하게 넘쳤다. 그 만큼 보람찬 시절이었다.

윤자혁을 만나고 3개월이 흘러 여름이 되었다. 광복단 첫 번째 임무가 주어졌다. 일본의 불리한 전황을 알리고 조선독립에 대한 민중의 깨우침을 선동하는 내용이었다. 실행계획은 등사물을 작성하여 전주로 이동하고, 전주의 남자고보, 여고보, 농업학교 등 교정과 교문 앞에 이른 새벽 살포하고 기차로 철수하는 것이었다. 이렇게 다른 지역을 맡아 하는 것은 해당 지역 조직력이 미약한 경우도 있지만 추적을 감쪽같이 피하기 위한 계산이었다. 서로 쌍방 교차식으로 유인물을 살포하는 것이다. 수사기관이 거기까지 생각이 미칠 수는 없었기 때문이었다.

등사물의 내용이다.

'조선의 학우들이여! 각성하자! 일본 군국주의는 승승장구하는 것이 아니라 패퇴의 길을 걷고 있다. 일본해군은 미드웨이 해전에서 미군에 대패하여 괴멸 당하였다. 항공모함 네 척, 병사 6천명, 항공기 3백 대가 수장되었다. 고려광복단.'

건넌방에 등사기를 들여놓았다. 손바닥만 한 전단지를 교육부 요원과 같이 천 부를 만들었다. 첫 번째 거사 일주 전, 세 곳 학교를 돌아보았고 묵을 여관자리를 둘러보고 사전 정찰을 마쳤다. 전주에는 고등교육기관이 세 군데 있다. 신흥고보는 일제에 의해 폐교조치를 당하여 문을 닫은 지가 오래되었다. 천 장의 유인물을 가방에 담고 일요일 밤차를 타고 전주 가는 상행선 열차에 세 사람이 몸을 실었다. 선전부원 두 명을 대동하고 전주행 기차에 올랐다. 사르르 살 떨림이 있어 변소간을 자주 드나들었다. 현성은 애써 태연한 척하며 조직원들을 안심시키려 했지만 긴장되는 것은 어쩔 수 없었다.

전주역에 내리니 열 시가 넘었다. 역에서 멀지 않은 여인숙에 자리를 잡고 바로 잠에 들었다. 같이 온 조직원들은 금세 잠이 들었지만 현성은 잠을 이룰 수 없었다. 뒤척이다가 새벽녘에야 잠시 눈을 붙였는가 했는데 눈을 뜨니 네 시 반이었다. 서둘러 조직원들을 깨워 작업준비를 시켰다. 전단지를 보자기에 삼등분 하여 나누어 싸고 각자 맡은 학교를 향해 출발했다. 제일 먼저 현성이 전주고보 앞에서 조직원들을 보내고 작업에 착수했다. 여름이라 다섯 시가 되자 벌써 어둠이 가셔 조금씩 밝아지기 시작했다.

교문을 밀쳐보니 쉽게 열렸다. 교문 안에 백여 장의 전단지를 뿌렸고, 본관 입구 주위와 뒷 교사 입구 주위에 이백여 장을 뿌렸다. 보자기를 주머니에 넣고 뒷담을 넘어 고보 옆 담 길을 따라 농업학교 쪽으로 올라가 정기원이 나오기를 기다리고 있으니 쉽게 나왔다. 그리고 임현도 여섯 시까지 주어진 일을 다 마쳤다. 전주역으로 다시 돌아가 열차를 기다리는 것은 위험천만이었다. 전주역 바로 앞에 주재소가 있었다. 그 자리에서 남문시장으로 가 아침 요기를 하고 신리역으로 가는 차로를 따라 걸었다. 열차를 신리역에서 타고 남원역에 도착하니 열한 시 반이었다. 이렇게 첫 번째 임무를 탈없이 수행하였다.

전주경찰서에서는 난리가 났다. 그 동안 사상범이 전혀 없었던 것은 아니지만 이렇게 노골적으로 일본의 패퇴를 까발렸던 불온단체는 일찍이 없었다. 일본인들도 군 수뇌부나 아는 일본의 패전을 이렇게 상세하게 파악하고 있는 것은 다분히 국제적 배후조직이 있을 것이라고 분석하였다. 이런 소문이 퍼진다면 도탄에 허덕이고 있는 인민들에게 독립의 환상을 심어줄 것은 너무 명약관화하였다. 더구나 가장 혈기 방장한 학생들 반향은 심대하다 하지 않을 수 없었다.

경찰서 관내에 비상이 걸렸다. 하지만 오리무중이었다. 신 새벽에 일을 벌이고 남원으로 줄행랑 쳤는데 누가 알겠는가? 급기야는 전라북도

전역에 비상을 걸었지만 텅 빈 들녘에 바람 지나간 흔적만 있었다.

학생들의 동요도 적지 않았다. 일본의 전선이 중국에서 동남아로 확대되면서 필리핀제도에서 인도차이나 반도, 그리고 태평양 연안까지 확대되었다. 징병제도가 강화되었고 급기야는 학도병까지 강제 차출을 하게 되었다. 학생들의 군사훈련은 해가 갈수록 강화되어 군용 각반을 차고 등하교를 하였다. 장거리 도보행군과 야영훈련을 하는 등, 전황이 날이 갈수록 심각해지는 것을 피부로 느껴가던 상황이었다. 그 동안 신문이나 라디오를 통하여 연일 승전보만 접하였지 대일본제국의 무적함대가 이렇게 처참하게 패퇴했다는 것은 상상할 수 없는 일이었다. 진주만의 승리로 미국이 곧 무너지는 것으로만 알고 있었는데 전황은 정반대였던 것이다.

많은 전단지가 회수되었지만 상당수는 학생들이 보관하고 있었다. 고려광복단에 대한 호기심과 선망도 아주 높았다. 만약 단원을 공개모집한다면 수십 명이 그 길로 달려 나와 자원했을 것이다. 현성은 얼마 되지 않아 남원에도 비슷한 전단지가 장터와 천거리에서 광한루에 이르는 대로에 뿌려져 어느 단체의 소행인지 바로 알 수 있었다.

검문검색이 강화되었고 순사들의 악행은 더 심해졌다. 일제는 전세가 불리할수록 자국내, 또는 식민지 보안을 강화하면서 극심한 탄압을 가했다. 일본 군국주의자들이 가장 두려워하는 것이 후방의 반란이었으니 어쩌면 당연한 수순이었는지도 모른다. 그 해 여름 인력수탈까지 자행되었다. 일본 후생성이 여자 정신근로령을 공포하고 시행하였다. 사탕발림과 교언영색으로 속였지만 여자정신대가 무엇 하는 것인지 알 만한 사람은 다 알았다. 백전백승의 신군이라 착각하여 전쟁에 광분한 일본군 군벌들도 그들의 한계를 알게 되었지만, 누구도 자신들의 종말을 인정하고 싶지는 않았다. 마지막 한 사람까지 싸우다 죽는 것을 애국심이라 하고 옥쇄를 택하는 장군들이 많았다. 그들에게 그들의 지시를 거부하는 것은 용납할 수가 없었다. 일본 군벌들이 내리는 발악적인 지시를 누가 거부할 수 있을 것인가. 아무리 좋은 말로 꾸며댄다 하여도 아무리 일본놈들의 대화혼에 넋이 빠진 자라 해도 나이 어린 제 여동생과 제 딸을 군 위안부로 보내고 싶은 사람은 없었을 것이다.

정신대의 숭고한 뜻에 같이하라고 독려했던, 여성계의 친일인사들 황 모, 박 모 여사들 그들의 친인척들이 정신대에 보내졌을 리는 단연코 없었다. 가지고 있을 수도 내려놓을 수도 없는 뜨겁고 더러운 불을 돌리고 돌리다보니, 결국은 이 추악한 음모를 알 길 없는 힘없고 줄 없는 서민층 여식들이 다 뒤집어썼다. 저 세상에 가서도 씻을 수 없는 상흔을 입게 되었다. 그 내용을 알고 있는 공무원들 중 장성한 딸이 있는 사람들은 딸들을 서둘러 시집을 보내곤 하였다.

일본은 태평양 전쟁에서 패색이 점점 짙어져가고 있었다. 일본 본토를 비행기로 공습하기에 아주 적정한 거리에 있는 마리나 제도의 사이판이 미군에 함락되어 버렸다. 이제 되돌릴 수 없는 패배의 나락으로 떨어지는 순간이었다. 제해권을 잃고 제공권마저 내줘버린 셈이 되었다. 1차대전은 탱크와 지상군의 싸움이었다면 2차대전은 제공권 싸움이었다. 전투기뿐만 아니라 폭격기로 공중에서 포탄을 내려 쏟아버리는 무시무시한 공중전에서 속수무책으로 당해야만 될 운명이 된 것이다.

사이판의 패배에서도 일본군 사령관은 옥쇄를 선택하였다. 지하동굴에서 버텨보았지만 식량이 바닥나고 더 싸울 여력이 없게 되자 자살을 선택하였다. 민간인을 포함한 수천 명에게 바닷가 벼랑에서 뛰어내리는 집단 자살을 강요하고 저희들도 같이 뛰어내렸다. 여기에 징병된 조선 병사는 둘째치고라도 같이 죽음을 강요당한 강제 징용된 노무자들과 정신대 소녀들은 무슨 죄업으로 그들과 같이 순장의 길을 가야 했던

가. 노예 같이 부려먹고 짐승보다 더 가혹하게 학대하고 착취하였다면 죽음이라도 본인들 선택에 맡겨야 하지 않았겠는가. 참으로 치가 떨리는 일이었다. 부관참시를 해도 속이 풀리지 않을 추악한 일본 군국주의자들의 만행이었다.

그 해 9월 두 번째 과업이 시달되었다. 이리역과 이리농림학교, 여자고보에 전단지를 뿌리는 일이었다. 사전에 이리역 지형정찰을 다녀왔다. 그 동안 서울에 다니면서 이리는 수없이 지나쳤지만 한 번도 내려본 적은 없었다. 목포까지 가는 호남선과 순천 여수까지 가는 전라선, 그리고 지선으로 군산 가는 열차로의 교차점이고 교통의 중심지여서 이리역은 엄청나게 컸다. 대합실과 역전 광장도 전주역의 두 배는 되었다. 산과 내가 없는 들판에 철도역이 들어서면서 만들어진 고을이라 황량한 느낌이 들었다. 역에서 동쪽으로 5리 정도 구릉지대에 농림학교가 있었고, 여자고보는 역에서 두어 마장 거리에 있는 것을 확인했고, 도주로를 걸어 돌아보고 귀가하였다. 이번에는 좀 더 기민하게 거동하기 위하여 이복남만 데리고 이리역에 내려섰다. 전단지 숫자를 600장으로 줄였다. 상부에서 지시받은 대로 전단지를 등사하였다.

'학도들이여! 일본제국주의자들은 패망하여 쫓기고 있다. 지난 7월 사이판에서 일군 4만 명이 전쟁의 제물이 되었다. 사이판에서 이륙한 미군 비행기가 일본 본토를 폭격하기 시작하였다. 우리 모두 희망을 가지자. 식민지 폭압을 벗어날 날이 머지않았다. 고려광복단.'

이리역 근처 여관에 묵고 지난 번 전주에서와 마찬가지로 다섯 시에 행동을 개시했다. 그 사이 해가 많이 짧아졌다. 여섯 시가 다 되어 희뿌옇게 여명이 오기 시작했다. 한 번의 도둑질에 간에 바람이 들어갔던지 이번에는 좀 과감하게 일을 벌였다. 이리역 대합실에 수십 장을 살포하고 재빠르게 빠져나와 이리여고보와 농림학교에 뿌리고는 이리 시장통에서 아침 식사를 하고 대장촌역에서 열차를 기다렸다. 아침에 군산에서 전주까지 가는 열차가 있었지만 다음 차를 타고 귀갓길에 올랐다. 이복남과 다른 칸에 별도로 떨어져 앉았고 허름한 촌부의 차림 이었다. 검정물을 들인 한복에 고무신을 신고 수염은 며칠 깎지 않아 까칠하였다. 손에 들고 왔던 보자기를 버려버리고 홀가분하게 차에 올랐다.

전주에 도착하니 차장을 대동한 경찰과 헌병이 열차 안으로 들이닥쳤다. 비상 연락망이 가동된 것이었다. 열차 출발을 지연시키고 차표 검사를 하여 이리에서 출발한 여객들은 남녀노소를 불문하고 그 자리에서 하차시켰다. 현성은 가슴을 쓸어내렸다. 보이지 않는 무엇이 점점 더 옥죄어 오고 있었다. 다음에 이런 일을 다시 벌일 수 있을까 하는 불길한 마음도 들었다.

1944년 가을, 경성트로이카의 한 축이었던 이재유가 감옥에서 옥사하였다. 사상범에 대한 단속은 강화되었고, 헌병과 경찰의 포학함은 더욱 기승을 부렸다.

그 동안의 활동상황을 보고하고 조직의 지시사항을 받으러 전주에 갔다. 전주역에 내려서 오르그와 접선 장소인 역전통 송파사진관 앞에 접선 시간인 열한 시에 도착하였는데 아무도 없었다. 느낌이 심상치 않았다. 잠시 자리를 옮겼다가 다시 십 분 후에 그 자리에 갔지만 선을 댈 수가 없었다. 조직에 가입 활동한 이후 처음 당하는 일이었다. 순간 털이 쭈뼛해졌다. 여기서 더 이상 머뭇거려서는 아니 되겠다는 생각이 들었다. 그 날 오후기차를 타고 남원에 가 신변을 정리했다. 전단지를 찍어냈던 등사기를 텃밭 한쪽에 묻고 그 동안 남아있던 서류 일체를 모아 태워버렸다.

그 날 밤 아내에게 그 동안 비밀로 해왔던 조직활동에 대해서 간단히 언급해 주었고, 언제 어디로 갈지 모르는 운명에 대해 마음의 준비를 하라 일렀다. 아내가 전혀 알아듣지 못하는 말을 했다. 왜놈들이 곧 물러갈 것이니 조금만 기다리라고. 아내는 밤새도록 울었다. 왜놈들이야 가든 말든 얼기설기 싹터왔던 정이 이제 자리 잡혀 갈 무렵인데, 앞으로 닥칠 일이 무섭기도 하고 남편을 생각하면 서럽기도 했다.

언제든지 도피할 준비를 해놓고 일상생활을 태연하게 했다. 군청 내무과 서리 일도 그대로 수행하고 있었다. 전향 경력이 있는데 갑자기 잠적해버린다면 의심을 살 것이 너무 뻔하니 자리를 지킬 수밖에 없었다.

겨울이었다. 일기가 불순하여 바람이 불규칙적으로 불어대며 도로의 흙먼지를 몰아 일으켰다. 간간히 눈발이 흩날렸고 하늘은 잔뜩 찌푸렸다. 어쩐지 예감이 좋지 않은 날이었다. 남원군청 내무과에 건장한 체격의 사나이 셋이 들어서고 있다. 현성이 일어나 천연스럽게 일을 보는 것처럼 문으로 나가면서 그들과 마주치니 산하현성이 누구냐고 묻는다. 현성의 창씨 개명한 이름이다. 천연덕스럽게 구석 빈자리를 가리키며 곧 들어 올 거라 하니, 두 놈이 그 쪽으로 가고 한 녀석이 문에 버티고 서 있다.

문에 서 있는 놈에게 기습적으로 턱에 일격을 가하니 한쪽으로 폭 꺼꾸러진다. 여닫이문을 발로 차고 전광석화 같이 달아났다. 미리 예상하고 그려왔던 도주로인 군청 뒤뜰로 도망쳐갔다. 한 길이 넘는 돌담이었다. 이제 막다른 골목으로 생각하고 순사들은 독안에 든 쥐로 생각했다. 웬 걸. 말의 배에 박차를 가하듯 도움닫기를 하여 순간 속력을 높여 담장의 모퉁이를, 한 걸음, 두 걸음, 세 걸음 만에 파바박 차고 오르면서 손을 짚으니 사뿐히 담장 위에 올라섰다. 순사들이 권총을 뽑아 갈겼지만 애꿎은 기왓장만 박살이 났다. 이미 시야에서 사라져버린 뒤였다. 그야말로 닭 쫓던 개가 된 격이었다. 아무리 생각해도 도저히 오를 수 없는 높이였다. 신출귀몰한 솜씨였다. 정문을 돌아 골목에 가보니 흔적은 없고 찬바람만 휑하니 불었다. 전주경찰서의 순사들이 혀를 내두를 정도였다. 몸이 비호 같이 빨라서 수없이 반복된 훈련으로서만 가능한 도주였다.

그 날 오후 현성은 낡은 화물자전거를 끌고 비홍재를 넘고 있다. 순창에 가려면 넘어야 하는 고개였다. 털모자를 쓰고 속에 털이 달린 가죽 장갑을 끼고, 때가 탄 누비바지에 검은 저고리를 입고, 두툼한 점퍼를 입은 꼴이 영락없이 장사꾼의 모습이다. 자전거의 짐받이에는 산수유, 당귀, 구기자, 황귀, 백지, 방풍 등 한약재가 대여섯 근씩 백지 봉투에 구분되어 마대자루에 담겨 있었다. 짐바로 단단히 묶어 하루 수백 리를 달려도 끄떡없었다. 한 삼십 근 정도의 말린 약재라 부피는 제법 컸지만 자전거로 싣고 가기엔 적당했다. 한약재를 팔러다니는 약종상으로 변복한 것이다. 비홍재를 넘어가는 길이 구절양장, 십 리가 짱짱하였다.

자전거를 끌고 고갯마루를 넘어서는데 이마에 땀이 송글송글 맺혔다. 며칠 전 눈이 내렸고 내린 눈이 녹았다 얼었다 하니 햇볕 드는 쪽은 질퍽하였고 응달진 곳은 얼음이 얼어 반질반질하였다. 곳곳에 얼음이 얼어 내려가는 길도 수월치 않았다. 적성강을 넘어 야트막한 산자락을 따라 서쪽으로 가는 길이 편안하였다. 산모퉁이에 자전거를 세워놓고 바람이 잦아진 곳에서 숨을 돌리고 담배를 빼어 물었다. 멀리 산자락에는 옹기종기 모여 있는 초가에 연기가 피어오르고 있다. 저녁밥 짓는 시간이었다.

타향 생활을 할 때 저녁연기 피어오르는 이 맘 때가 제일 고향생각이 사무치는 시간이었다. 결혼 전에는 어머니 생각을 했지만, 지금은 도망쳐온 집에 남겨둔 아내와 딸 생각이 절로 났다. '과연 내가 가는 저 길 끝에 내가 그리는 그런 세상이 올 것인가? 지나온 세월이 오늘 하루처럼 굴곡지고 고달팠다. 그리고 수많은 소망 속에 부대끼며 살아왔던 삶이라는 것이, 언제고 내가 원하는 대로 한 번이라도 충족되어준 적이 있었던가. 없었다. 그렇다면 삶은 절망적이고 비관적인 것인가. 아니다. 수많은 패배와 좌절 속에서도 조금씩 나아져 가는 것이 내 삶이었다. 그 조그마한 가능성을 믿고 앞으로 나가는 것이다.' 다시 목도리로 얼굴을 감싸고 찬바람을 이겨내며 페달을 힘차게 밟아 나갔다.

순창을 들어서는 고개를 넘어서니 어둠이 짙게 깔렸다. 허름한 여인숙을 찾아 숙소를 정했다. 한밤중에 보조순사들의 불심검문이 있었으나 위조한 국민증과 장삿짐을 보고는 그냥 통과 되었다.

다음날 아침 일어나보니 자전거에 펑크가 나 있었다. 자전거포에 가서 타이어 빵구를 때우고 자주 벗겨지는 체인을 땡겨 바로 잡고 손을 보는데 오전 나절이 다 지나갔다. 오후에 출발하여 담양에 도착하여 하루를 더 묵었다. 장꾼들 틈에 끼어 들어가는 것이 경계의 눈을 피하기 쉬울 것 같아 장날에 맞추어 광주에 입성했다. 서석정에 병원을 운영하고 있는 경식을 찾아가는 길이었다. 경식을 찾아 어떻게든 엄동설한을 넘기고 나서 다시 방법을 강구해보기로 했다.

오후 세시쯤 서석정 대로변에 터덜거리는 자전거를 타고 현성이 나타났다. 자애의원이라는 간판이 눈으로 식별할 수 있을 만큼 가까워졌다. 사람들의 왕래가 비교적 잦은 곳이어서 군데군데 노점상이 있고, 병원 앞 도로변에 구두닦이와 야끼모군고구마 장수가 앉아 손님을 기다리고 있다. 현성이 나타나자 자못 긴장하는 눈초리였다. 위장 잠복근무 중인 형사들이었다. 서로 눈짓을 주고받더니 현성이 자전거를 세워놓고 병원 건물 안으로 들어가자, 구두통과 구루마 안에서 권총을 빼들고 병원 안으로 따라 들어갔다. 복도에는 환자들이 줄지어 서있다. 경식이 환자를 물리고 현성을 맞아 안부를 묻기도 전에 형사들이 원장실로 권총을 들고 들이닥쳤다. 전주경찰서의 고주석이었다.

"꼼짝 마! 손들어!"

현성의 옆구리에 총부리를 쑤셔댄다.

"허튼 짓 하면 네 옆구리에 바로 총알이 박힐 줄 알아라."

경식은 놀랍기도 했지만 어안이 벙벙했다.

"아니, 이 사람 자네 고주석이 아닌가?"

고보 졸업 십년 만에 보는 얼굴이지만 변한 것은 없고 살집이 더 늘어 옛날보다 더 작아 보였다.

"그래, 고주석이다. 아니 전주경찰서 특고과 가네야마 순사부장이다. 내가 여기 악질 사회주의자 한 놈을 잡으러 왔다."

경식이 사정조로 팔소매를 잡아끌었다.

"주석아, 절대 도망갈 일은 없으니 권총 거두고 좀 앉아 이야기 좀 나누고 가면 아니 되겠냐?"

말이 끝나기가 무섭게 경식의 뺨을 후려쳤다.

"이 자식이, 대 일본제국의 순사부장을 어떻게 보고 이 따위 짓을 하고 있어. 네놈도 같이 감옥에 가고 싶어? 야마카와^{현성의 창씨개명한 이름} 이 자식은 악질 사회주의자야. 전향하여 속을 차리고 사는 줄 알았는데 다시 비밀조직에 가담하여 활동을 하다 발각되었지. 심문하러 간 특고과 형사의 턱뼈를 부러뜨리고 담을 타고 넘어 달아난 악질 중 악질이야. 도저히 용서할 수 없는 악질이다. 야, 호시야마, 저 자식 수갑 채워."

수갑을 채우고 원장실을 나갔다. 그 사이 퇴로를 지키고 있던 한 명이 더 합세하여 세 명이 현성을 앞세우고 병원을 나갔다. 환자들과 직원들 앞에서 망신을 당한 경식은 잡혀가는 친구의 뒷모습을 망연자실하여 바라볼 뿐이었다. 고주석이 어디에서 순사하고 있으리라는 막연한 추측은 하고 있었지만, 이런 자리에서 이렇게 만나리라고는 꿈에도 생각지 못했던 것이다. 역시 놈은 피도 눈물도 없는 놈이었다. 하필 일제가 발악하는 이 시점에 잡혀가는 현성의 뒷모습이, 마치 형장에 끌려가는 죄수처럼 절망적으로 느껴졌다.

광주에서 열차를 타고 전주로 호송됐다. 겨울이라 승객도 한산하였고, 좌우로 자리를 비우게 하고 주석이 현성과 자리를 마주보고 단둘이 앉았다.

"야마카와!"

"……."

"야마카와"

"……."

"이 자식이."

"내 이름 불러라. 내 이름은 이현성이다."

"그래 이현성, 수배자 명단에 네 이름이 올랐을 때 대수롭지 않게 생각하고 내 부하들을 보냈다. 내가 갔다면 네 놈이 도망칠 수가 없었을 것이다. 내 실수였다. 그러나 실수는 두 번 반복하지 않는다."

여기까지 말을 끝내고 담배를 피워 물었다. 담배를 내뿜으며 다음 말을 이어갔다.

"네 놈이 그 동안 상당히 굵어졌더구만. 어찌 그렇게 비호같이 도망갈 줄 알았겠나. 하지만 어리석게 도피처로 친구를 찾아가다니. 너는 잠행이나 도피의 기본도 모르는 놈이다. 네 놈이 줄행랑을 하기 전에 네 여편네에게 전주로 간다 하고 사라졌지. 내가 그 정도에 넘어갈 줄 알았냐?"

얼굴에 확신과 득의가 넘쳤다.

"학창시절부터 네놈들의 관계가 유별났고 경식이 의사되었다는 소문은 들어 알고 있었다. 나는 내 육감을 믿는다. 바로 전남북도 의사 명단을 확인해보니 광주에 김경식이 있었다. 그 다음날부터 위장잠복을 했다. 오늘이 사흘째다. 실은 오늘까지 잠복근무하고 철수할까 했는데 네놈이 나타난 것이다. 네놈 운도 이것밖에 되지 않는 줄 알아라.”

백척간두의 낭떠러지 위에 서 있는 기분이었다. 고보 졸업 후 십 년 만의 만남이었다. 현성이 동급생 중 가장 싫어하고 경멸했던 학우가 고주석이었다. 피할 수 없는 외나무다리에서 만난 것이다. 시계 절도 사건의 당사자였던 김인수는 자퇴하고 일본 유학을 떠났지만, 정작 절도범이었던 고주석은 2주의 정학을 감내하고 뻔뻔스럽게 학교에 다녔다. 마치 언제 그런 일이 있었냐는 듯, 정말로 아무 일도 없었다는 듯, 학우들의 경계심을 의식하지 않고 학교에 다녔다.

그의 지향은 거리낌 없는 돈과 권력이었다. 그는 언제나 학교를 졸업하면 순사를 하겠다고 떠벌리고 다녔다. 고보 학력을 가진 인텔리라면 그래도 가치관이나 자존심이 있어, 설사 천하의 권력을 손에 쥐어준다 해도 자기 입으로 순사를 하겠다고 발설하지는 못했다. 적어도 그 정도가 지식인의 자존심이었다. 하지만 그런 점이 고주석의 실질적이고 솔직한 면이라고 할 수는 있겠지만, 동류의식을 나누는 학우라고 하기에는 너무 추한 속물이었다. 그 사건 전에도 이질감이 있어 꺼려했지만, 그 사건 이후에는 인간이 저렇게 밖에 살 수 없는가 하는 경멸의 대상이었다. 그 경멸의 대상이 현성의 운명을 거머쥐고 나타난 것이다. 앞이 캄캄했다. 칠흑의 어둔 밤길에 발을 헛디뎌 수렁에 빠진 기분이었다. 절망의 막다른 골목에 이른 것이다. 저 놈에게도 일말의 정리가 있을까, 하고 헛된 기대를 하다가도 다시 마음을 돌렸다. 놈의 표정이 평생 이 순간을 기다려왔다는 아득한 눈빛이었다.

다음날 전주경찰서 유치장에서 취조실로 끌려나갔다. 어제 체포조에 같이했던 호시야마星山, 히로다廣田가 옆에 서 있다. 두 놈 다 한국인 순사였는데, 호시야마라고 개명한 놈은 지난번 남원에서 현성에게 턱주

가리가 부셔진 녀석이었다. 아직 턱이 부어 있었다.

"이 자식, 무릎을 꿇려 봐."

두 놈이 양팔을 잡아 강제로 무릎을 꿇렸다.

"사회주의! 조국해방! 네 맘대로 해 봐라."

놈이 허벅지를 구두 뒤축으로 위에서 아래로 질근질근 밟아 내렸다. 허벅지가 찢어지는 듯 아팠다. 경멸의 대상 고주석 앞에서 굴하지 않겠다는 각오로 이를 악물고 참아냈지만 어쩔 수 없이 신음소리는 터져 나왔다.

다음엔 구두짝을 벗어들더니 구두바닥으로 뺨을 갈겼다. 발은 신체 등급 중 하급이다. 얼굴을 닦는 수건은 뽀송뽀송하고 하얀 수건을 사용했지만 발 닦는 수건은 때가 타 거무스름해서 걸레와 같이 사용한다. 신발 바닥은 세상의 모든 더러운 것을 밟아 주어야만 길이 나게 되어 있다. 가장 더러운 것을 밟아대는 신발 바닥으로 얼굴을 치는 것은 그만큼 모욕을 주는 것이었다.

일언반구 대꾸도 없고 반응도 없이 이를 악물고 참아내는 것을 보니 놈은 더욱 화가 나는 것 같았다. 협잡이나 모사에는 누구 못지않다고 자부하고 있으며 어린 아이의 울음도 뚝하게 만드는 천하의 순사부장을 이 자식은 우습게 생각하는가 하는 자괴감도 들었을 것이다.

눈에 광기가 돌았다. 몽둥이를 들고 와 패기 시작했다. 물푸레나무로 된 곡괭이자루였다. 온몸을 가격하였다. 퍽, 퍽, 궁둥이를 패다가 몸을 비틀고 돌리면 허벅지, 복부를 팼고 등과 팔을 무차별로 가격했다. 놈은 그 동안 조선을 지배해왔던 조선의 가치관이나 계급구조, 특히 하층 천민 출신으로서 선대부터 겪어야 했던 모멸감과 치욕을 새로 치환된 일본의 권력으로 복수하는 것이었다. 더러운 조선 놈들, 노예근성을 버리지 못하는 조선 놈들, 미개하기 그지없는 조선 놈들을 속으로 되뇌면서 매질했다.

불과 십여 년 전만 해도 현성과 저는 비교할 수 없는 처지였다. 같은 급우였지만 나이가 두어 살이나 덜 먹은 현성에게 말을 놓지 못했다. 그만큼 체격도 차이가 있었고, 학우들 사이에 비중도 천지 차이로 격이 달랐다. 더구나 자신은 시계 사건의 주범이었고, 현성은 누명을 뒤집어 써 엄청난 고통을 감내해야 하지 않았던가. 당연히 정당한 학우 대접을 받을 수 없었던 것이다. 고주석은 자신이 겪어왔던 모든 열등감과 자신을 옥죄어왔던 사회적 위계나 권위를 짓밟아버리는 후련함에 스스로가 자랑스러웠다. 이렇게 놀라울 정도로 성장했고 당당해진 스스로에 대해 감격스러움을 주체할 수가 없었다.

　괄목상대라 했나. 아니면 천지개벽이라 했나. 땀을 흘려가며 가학하고, 여태껏 자신을 가위눌러 왔던 대상과 그와 관련된 무엇을 짓밟아버리는 일에 더욱 신명을 돋워 갔다. 더군다나 이놈은 패죽여도 거리낄 것이 없다. 전시에 일본 경시청에서 가장 경계하는 범죄자가 사상범 아닌가. 더구나 이놈들은 겁도 없이 대일본제국 멸망 운운하고 조선독립을 외치는 무리가 아닌가.

　'나, 가네야마는 의리, 인정 이런 것은 가소롭게 아는 사람이다. 돈이 되면 인정이 필요한 것이고, 출세를 위해서라면 의리가 필요한 것일 뿐이다. 그리고 애국? 나는 대 일본제국이 나의 조국이다. 나는 일본국에 애국하고 있으며 대화혼에 내 자신을 바칠 것이다. 일본 사람들이 아니면 누가 나를 이렇게 대접하겠는가. 우리 아버지, 할아버지는 백정이라고 해서 아들보다 더 어린 새끼들에게 평생 하대를 받고 살았다. 내가 어디에 가서도 고향 이야기를 하지 못했고 출신을 밝히지 못했던 것은 백정의 자식이기 때문이었다. 그리고 나보다 못 사는 놈, 나보다 힘이 없는 놈은 가혹하게 짓밟아도 된다. 그 놈들이 언제는 이 고주석에게 너그러웠던 적이 있었던가. 언제 나를 사람대접을 해주었던 적이 있었던가.'

처음에는 통증이 참을 수 없을 정도로 극심했지만 어느 한계점을 넘어서니 점점 무디어져 갔다. 의식도 흐려져 갔다. 아내와 딸의 얼굴이 떠올랐다. 여기가 마지막인가 하다가 가물가물해져 의식을 잃어버리면서 몸이 축 늘어져 버렸다. 주석의 광기가 멈췄다. '뒤처리 잘해.' 곡괭이자루를 집어던지고 취조실을 나갔다. 물을 끼얹으니 의식이 되살아났다. 첫날은 취조보다도 고주석의 원풀이로 끝나고 유치장에 처넣어졌다. 온몸이 쑤시고 아파서 견딜 수가 없었다. 통증에 신음하면서 한숨도 눈을 붙이지 못하고 밤을 새웠다. 기막힌 악연이었다. 고보 1학년 때 저놈의 농간 때문에 종로서에서 취조를 받았는데, 이제 백척간두에 처해진 상황에서 다시 놈을 만났다. 살아서 햇빛을 볼 수 있을까?

다음날, 고주석은 나타나지 않았고 어제 취조실에 들어왔던 호시야마와 히로다라고 하는 형사 둘이 취조를 했다.

"여기서 살아나갈려면 묻는 말에 순순히 대답하라. 남원에 조직된 고려광복단의 명단을 대라. 너의 상부 조직원으로부터 이미 자백을 다 받아 냈다. 숨겨봐야 곧 들통이 날 것이다. 너와 같이 일을 벌인 공범자들을 대란 말이다."

"조직원의 명단이 없소. 상부의 지시에 따라 움직였고, 나 혼자 다 했소."

"이 자식이 아직도 혼이 덜 났구나. 전주 여러 학교와 이리역에 뿌린 삐라를 너 혼자 했다는 것이 말이 되냐?"

"……."

"히로다, 이놈 저 송판 위에 묶어."

송판에 뉘여 발을 묶고 팔을 아래로 제껴 묶으니 옴짝달싹도 할 수 없게 되었다. 우선 송곳으로 손등을 쪼아댔다. 제가 남원에서 당한 분

풀이를 하는 것이다. 손톱 끝을 바늘로 찔러대기 시작했다. 참을 수 없는 통증이었다. 아무리 이를 악물어도 신음이 절로 터져 나왔다. 다음엔 물고문이다. 얼굴에 수건을 뒤집어 씌워 묶고 물을 붓기 시작했다. 숨이 막히고 물이 숨구멍으로 넘어가니 사래가 들려 콜록콜록하고, 얼굴을 좌우로 틀어 피하려하니 고개를 붙들어 움직이지 못하게 하고 물을 계속 부어댔다. 기도에 물이 가득 차고 폐에 물이 들어가니 가슴이 찢어지는 듯 아프고 숨을 쉴 수가 없다. 마지막 숨을 쉬지 못하여 단말마적인 몸부림을 한다. 살고 싶다. 하지만 놈들은 멈추지 않는다. 내가 물로 죽게 되는구나. 어릴 적부터 어머니가 물을 조심하라 하셨는데. 의식이 가물가물해졌다.

숨이 넘어가자 고문을 하던 놈들이 재빨리 움직였다. 세워서 복부와 흉부를 뒤에서 잡아당겨 압박하니 코로 입으로 물과 아침에 먹은 음식물 찌꺼기가 같이 쏟아져 나왔다. 그래도 다시 숨을 쉬지 않으니 뉘여 가슴을 누르면서 입 주위 찌꺼기를 씻어내고 입을 빨아대면서 숨을 불어넣었다. 그제야 창백한 얼굴에 핏기가 돌며 숨이 돌아왔다. 놈들에게는 사람을 죽였다 살렸다 하는 기술이 있다. 고문에 도가 튼 놈들이었다. 호시야마는 그때서야 일을 끝냈다는 듯 이마에 땀을 닦으며 담배를 피워 물고 밖으로 나간다. 잠시 뜸을 들이고는 히로다가 취조에 나섰다.

"죽고 싶지 않다면 너와 일을 같이 도모한 조직원을 대라."

"……."

"다시 손에 물을 묻히지 않고 싶다. 이제 숨이 넘어가면 다시 살 수 없다는 것을 알아라. 목숨은 귀한 것이다. 누가 대신해 살아줄 수 없는 것이 아니냐?"

어차피 피할 수는 없다. 내 죽음으로 모든 것이 끝나는 것이 아니고, 내가 죽을래야 내 맘대로 죽을 수도 없다. 몸이 내 몸이 아니고 걸레가 된 것이다. 너덜너덜해진 누더기 같은 걸레가. 온몸이 쑤시는 것은 둘째 치더라도 기침이 끊임없이 나오고 선혈이 한 움큼씩 가래에 섞여 나왔다. 이 고문을 이겨낼 수는 없다. 마지막 선택으로 선전부원 둘을 댔다. 강인철과 양문규였다. 조직명으로는 임현과 정기원, 다른 조직원은 현성 외에는 아는 사람이 없으니 그대로 버티기로 했다. 그것이 현성을 믿고 결사를 같이해준 고향의 아우들, 후배들을 위해 수사의 마수가 뻗치지 않게 해줄 마지막 한계선이었다.

바로 두 사람이 체포되어 전주서로 올라왔다. 다시 악랄한 취조가 시작됐다. 현성은 유치장에 있다가 취조가 시작되면 그 옆방에 붙들려가 처절한 신음소리를 다 들어야 했다. 놈들이 간접적으로 공포심과 죄책감을 느끼게 하려는 저열한 수법이었다.

다음날 다시 취조실에 붙들려갔다. 이번에는 가네야마, 고주석이 직접 나섰다. 의자에 상체와 손을 묶고는 핸들이 달린 원통기계를 가져왔다. 기계를 조작하는 보조원이 옆에 따라왔다. 이동식 전기 고문기였다. 자석의 양극에 코일을 감고 자석을 회전시키면 교류 전기가 발생하는 장치였다. 손끝에 집게를 물리고 시운전을 했다. 핸들을 돌리니 찌릿찌릿한 전기가 통했다. 핸들을 심하게 돌리면 돌릴수록 전압이 올라가 통증이 심해져 견딜 수가 없었다. 뱃속에 있는 장기가 다 타버리고, 핏줄이 끊어지고, 피가 말라가는 것 같은 통증이었다. 고주석은 입술을 다물면 입술이 약간 비틀렸다. 야릇한 표정으로 비웃음을 흘리며 말했다.

"야마카와, 이 어리석은 놈아. 네 놈의 자백을 우리가 그대로 받아들일 줄 알았냐? 네 주위에 가까이 지내던 놈들을 모조리 잡아들여 조질 것이다. 남은 조직에 대해 정확히 대라."

"고주석."

묵직한 목소리로 불렀다. 여태껏 없었던 태도라 고주석이 적지 않게 의외라는 표정이었다.

"이 자식이 어디서 더러운 조센징 이름을 함부로 불러."

"이렇게 괴롭히지 말고 차라리 죽여다오. 너야말로 어리석은 자다. 네 말대로 대 일본제국이 영원할 줄 아느냐?"

"뭐! 이 자식, 그렇게 당하고도 정신이 덜 났구나. 돌려!"

발전기를 사정없이 돌렸다. 견딜 수 없어 비명이 절로 났다.

"어림없는 소리 말아라. 일본은 하늘이 내린 민족이다. 세계 어느 민족도 일본을 당할 민족은 없다. 가미가제도 못 들어 봤냐? 이 멍청한 놈아. 옛날 몽고놈들도 바다 속으로 가라앉았고 러시아놈들도 마찬가지다. 미국놈들도 곧 바다속으로 가라앉을 것이다. 나는 너 같은 놈을 가장 증오한다. 코털만큼 아는 것을 가지고 어리석은 백성들을 선동하는 놈들. 야, 이 자식 물 한 바께스 끼얹어!"

물을 끼얹으니 고문에 더 효과가 있다. 온몸으로 전류가 흘러 전신이 타는 듯했다. 신음 소리가 처절했다. 오 분, 십 분이 지나가면서 고문 조수가 힘이 들었던지 속도가 느려졌다. 전압이 낮아져 고문의 세기가 줄어들었다. 갑자기 현성이 단말마적인 힘으로 벌떡 일어서서, 고주석의 얼굴에 침을 뱉으며 쏟아낸다. 낯빛에 핏기가 번졌다.

"야이, 추한 자식아! 쥐새끼 같은 놈아! 조선 사람들이 너 같이 추하고 비겁한 놈만 있는 줄 아느냐? 일본놈들은 반드시 쫓겨난다. 나는 비록 제 몫을 다하지 못하고 가지만, 때가 되면 조선의 기개 있는 젊은이들이 너 같은 놈들을 잡아서 족칠 것이다. 아니, 네 놈뿐만 아니라 너의 자자손손이 저주를 면치 못하리라. 차라리 나를 죽여라."

의자를 몸에 매달은 채로 벽에 머리를 받아 버렸다.

그리고 혼절하였다.

고주석은 밑에 있는 하수인들을 시켜 현성의 아버지 상옥에게 돈을 두어 차례 갈취하였다. 하지만 무리한 요구를 계속하니 상옥이 거부해 버렸다. 상옥도 지쳐가고 있었다. 그 동안 잘난 아들 덕에 수탈당하는 것에 진저리가 나 있었다. 전시라 돈 융통도 어려워 금쪽같은 문전옥답을 내 놓을 수밖에 없었다. 그 좋던 살림도 점점 쪼그라들고 있었다. 더 이상 고주석의 요구에 대꾸하지 않았다. 애비로서 할 만큼 했고, 이제는 아들이 아니라 원수였다. 그렇게 어렵게 살려놓으니 애비 말을 듣지 않고 다시 사회주의운동에 끼어든 것이다.

고주석의 고문은 널을 뛰었고 한 생명은 점점 쇠잔해갔다.

20장

해방, 그리고 그해 겨울

　세월이 흘러 1945년 봄이 되었다. 일제의 패망은 점점 더 가까워지고 있었다. 괌과 사이판에서 출격한 미국의 폭격기들은 일본 본토를 강타하기 시작하였고, 일본과 동맹을 맺었던 추축국 수괴였던 이태리의 무솔리니는 유격대에 잡혀 사살 당했다. 히틀러는 권총으로 자살했다. 일본군의 수뇌들도 그들의 종말을 준비해야 하는 것을 알고 있었지만 조선 식민통치의 말단에 있던 일제 하수인들은 더욱 악랄해졌고 부산해졌다. 일제의 패망은 도저히 있어서는 안 되는 일이었고 있을 수 없는 일이었다. 그들이 일제 대동아공영에 이바지하는 길은 터무니없는 독립운동자나 사회주의자들을 무자비하게 탄압하는 것이었다.

　고려광복단은 전국적으로 일망타진 되었다. 중앙위원 3명 중 한 사람은 취조 중 고문 사망하였고, 윤자혁은 자결하였다. 남은 한 사람은 사형언도를 받아 집행이 되었고, 현성의 오르그였던 정여립본명 강중식과 현성은 5년형을 받았다. 남원의 조직원들은 초범이고 개전의 정이 있다 하여 1년형을 받았다. 현성은 대전형무소에서 1945년 5월 말 병보석으로 출옥하였다. 현성은 이미 사상범이 아니었다. 지독한 고문으로 사고능력을 잃어버렸기 때문이다. 특히 관자놀이에 전기고문을 가하여 완전히 백치가 되어 형무소를 나왔는데, 신변을 인도하러 갔던 현철을 알아보지 못할 정도였다. 폐인이 되어 내보내도 정상적인 활동이 불가능할 뿐 아니라, 얼마 살지 못할 것으로 보고 감옥에서 뒤치다꺼리하기가 귀찮아 내보낸 것이었다. 몸이 바짝 말라서 눈이 휑하여 초점이 없었고 뼈가죽만 남아 앙상하였다. 끊임없이 기침을 하고 피를 토하곤 했다.

집안에서는 살려보려고 백방으로 노력했지만 백약이 무효였다. 가장 가슴 아픈 것은 그의 기억에서 모든 것이 지워져 버렸다는 것이다. 그리고 거기에 따른 실어증이었다. 아스라이 기억하는 것은 어머니 정도이고 그것도 의사 표시가 없는 눈빛 정도였다. 아내와 딸마저도 기억에 없는 듯했다.

여름에 접어드는 저녁녘 바람이 서늘하게 불어오니 노암리의 아낙들이 앞 냇가 버드나무 그늘 아래에서 빨래를 하고 있었다.

"아이 운봉댁, 저 비안쟁이 석봉 양반 손자 있잖우."

"서울서 전문학교 다녔다는 그 멋쟁이 서방 말이유?"

"그래, 그이가 사회주의 하다 걸려서 전주경찰서에 잽혀갔는데 아주 못쓰게 되어 나왔다는구만."

"어떻게?"

"얼병 들어 말을 제대로 못하는데다가, 사람도 잘 알아보지 못하고, 기침을 계속하고 가끔 선지피를 한 움큼씩 토하는데, 오래 못살 것 같다고 그려."

"세상에나! 그래서 어찌야 올이야!"

"남부러울 것 없는 사람 아닌개벼. 부잣집에다 많이 배웠겠다, 인물 헌칠하겠다."

"그렁게."

"그런 것 보면 우리 같이 없이 살고, 잘난 것 없는 사람들이 신간은 편한 것이어."

"글씨, 그 말도 틀린 말은 아니네."

"그 순사 놈들이 얼마나 몹쓸 짓을 했는지는 몰라도, 사람들이 집에만 오면 벽장이고 다락이고 들어가 숨고, 달뜨는 날은 집안사람들 모르게 집을 나가 아무 데나 돌아다녀쌌는다는 구만. 매일 밤 잠자리에 들 시간이면 처절한 신음소리를 질러대는데 얼마나 속탈 일인가."

"긍게, 우리야 감히 시새움할 처지도 못되어 우러러 보기만 했는데, 그렇게 되었다니 안쓰럽기 짝이 없네."

주말이면 광주에서 경식이 무슨 일이 있어도 남원에 왔다. 어른들이나, 현성의 처나, 얼굴 대하기에 면구스럽지만 지푸라기라도 잡는 심정으로 가족들은 그의 묘방에 기대를 걸었다. 하지만 그에게도 뾰족한 방법은 없었다. 주사만 한 대 놓아주고는 갔다. 처음에는 주사를 거부하더니 약의 효험을 느꼈는지 거부하지는 않았다. 마약 성분의 몰핀이었다. 전쟁 말기에 구하기 힘든 약이었다. 친구에게 잠시나마 고통을 잊게 해주려는 것 이외에 다른 방법은 없었다.

그렇게 해방을 맞이했다.

삼천리 방방곡곡에 만세의 물결이 넘쳤지만 현성은 이 기쁨을 몰랐다. 아무 사고능력이 없는 그에게 해방은 남의 이야기였다. 통탄할 일이었다. 해방이 되자 일본 사람들이 철수를 하고 그 동안 일제에 빌붙어 호가호위하던 친일 모리배들은 곧 그들에게 닥쳐올 재앙에 대해 전전긍긍하고 있었다. 남원읍에서도 친일 앞잡이들을 단죄하였다. 경찰 중 양민들을 가장 괴롭혔던 순사 세 명이 성난 민중들에 잡혀 남원읍내에 조리가 돌려졌다. 세 놈을 일 열로 묶고 앞뒤에 한글로 '나는 악질 ○○○

순사입니다.'라고 써 붙이고 남원 읍내를 한 바퀴 돌았다. 지나가는 사람들이 얼굴에 침을 뱉기도 하고 악연이 있는 사람들은 따귀를 갈기기도 했다. 그대로 놔두면 그들이 생명의 위협을 받을 것 같아 원로 한 사람이 나서서 성난 군중을 설득하고는 풀어주었다. 그들에게 무슨 큰 죄가 있냐는 것이었다. 일본놈들이 나쁜 놈들이지.

하지만 큰 죄가 있는 놈은 전주에 있었다. 이놈은 반드시 처벌을 받아야 한다. 그것도 아주 잔인하게 당해야 한다. 그때서야 남원의 광복단들이 움직이기 시작했다. 그 중 일 년형을 받고 수감 중 해방이 되자 풀려난 양문규와 강인철이 있었다. 두 사람이 전주서에 가 고주석을 찾았으나 이미 줄행랑을 놓은 지 오래였고, 아무도 그의 흔적을 아는 사람이 없었다. 고주석은 해방 후 일본이 아직 치안을 확보하고 있을 때 잽싸게 짐을 꾸려 전주에서 도망을 갔다. 숨어 지내다가 후에 미군정에서 일제의 앞잡이 노릇을 했던 경찰을 찾게 되자, 옛 직급으로 복직하여 서울에서 민완경찰로 그 더러운 촉수를 다시 뻗치기 시작하였다.

현성이 저녁녁에 지르던 괴성이 줄었고, 손님들이 집에 오면 도망가던 버릇은 그해 초가을 쯤 조금 나아졌다. 하지만 얼굴은 거무죽죽해갔고 각혈은 심해졌다. 현성의 세 식구가 살았던 사랑채에서는 기침소리가 끊이지 않았고, 혹시나 어린 것에 못된 병이 옮겨질까 상옥내외가 지내는 안채로 보내졌다. 그의 몰골은 오래 알아온 지인들도 쉽게 알아보지 못할 정도였다. 광대뼈가 도드라졌고, 양 볼에 볼 살이 빠져 합죽해졌다. 얼굴에서 눈이 차지하는 부분은 더 커졌다. 퀭한 눈동자에 초점을 잃은 눈빛이 그의 삶을 말해주었다. 그는 아무것도 그의 의지로 할 수 없었고, 그의 말은 사라져버렸다. 뭇 사람들을 설득하고 감동을 주었던 사자후 같았던 그의 말은 더 이상 들을 수 없었다. 그를 알아왔던 사람들이 그를 보고 나면 절망만이 깊어질 따름이었다. 체구가 건장했던 그가, 알아볼 수가 없을 정도로 쇠약해졌다. '내가 알던 이현성이 아니다.', '얼마나 몹쓸 짓을 했으면 사람이 저렇게 되었을까.'하고 치를 떨었다. 어떤 이들은 고개를 저으며 돌아갔고, 어떤 이들은 눈물을 흘리며 돌아갔다.

현철은 군청에 근무했다. 매일 큰 집에 들려서 현성을 보고 집으로 가는 것이 일과가 되었다. 형수는 눈물바람을 했지만, 큰 어머니는 필사적으로 아들을 되살리려 매달렸다. 어혈에 좋다는 백작약 뿌리와 도인복숭아 씨, 홍화이꽃를 감초와 함께 아침저녁으로 달여 먹였고, 요천수 다리 밑에 사는 땅군 집에 가서 뱀탕을 달여와 먹였다. 아들을 어떻게든 살려보려 했던 어머니는 강했다. 한 번도 지나쳐 본적이 없던 거지 굴에 가서 그들의 묘방에 따랐다. 양센이라 불렸던 거지왕초는 말을 더듬고 어눌했는데 뱀 다루는 데는 도사였다. 뱀을 잡아 놓은 나무 상자에서 통통하게 살이 오른 살모사. 칠점사들을 수십마리 솥에다 잡아넣고 끓이는 것을 보여주었다. 평소에는 뱀이 멀리서 지나가는 것만 보아도 기겁을 했다. 지금은 아들을 제대로 살려 놓을 수만 있다면 뱀의 모가지라도 비틀 수 있었다.

현철이 갈 때마다 현성이 달라진 모습을 진안댁은 늘어놓았다. "에미에게 무슨 이야기를 하려는 것 같더라. 입을 오물오물하고, 손짓을 했어. 곧 말이 트일 것이다.", "뱀탕을 먹여놓으니 살이 올랐다. 내년에는 우리 현성이하고 시제에도 가고 서암별장에도 같이 가라 잉." 그것은 큰 어머니의 소망이었을 뿐이었다. 현철이 느끼기에는 더 야위어 갔고, 도저히 말을 다시 할 수 있을 것 같지 않았다. 자신을 보았던 눈빛이 한 번도 제대로 돌아온 적이 없었다.

그러던 어느 날 아침, 큰집으로부터 급한 연락이 왔다. 아침에 일어나니 현성이 흔적 없이 사라졌다는 것이다. 현철은 집에 있던 다섯째,

여섯 째 동생들을 데리고 큰 집으로 갔다. 큰 아버지 상옥은 집에 없었다. 성안에 일갓집들을 찾아보겠다고 이른 아침에 집을 나섰던 것이다. 집안 분위기는 큰일이 난 집처럼 썰렁했다. 할아버지는 곰방대에 엽초를 쟁여넣고 불을 붙이고는 연신 담배를 피워댔다. 할머니는 현철의 손을 잡고 "현성이 그놈이 핵교 다닐 때도 집을 나가 식구들 속을 썩이더니. 또 이렇게 집을 나갔구나. 어디가 무신 고생을 하는지."하면서 한숨을 내 쉬었다. 머슴과 동생들에게 송동이나 수지쪽으로 찾아보라하고 출근을 했다. 현철은 군청 식산과 양정계에 근무를 했다. 가을걷이가 끝나서 좀 한가해질 때였다. 도청에 추곡수매 현황을 작성해 보고서를 꾸며 놓고는 다른 일은 손에 잡히지 않아 미뤄놓고 있었다. 집안일 핑계를 대고 일찍 퇴근을 해 큰집을 가보니 아무런 소식이 없었다. 어느 쪽으로 갔는지 흔적조차 남기지 않았다.

이렇게 속절없이 며칠이 흘렀다. 날이 갈수록 절망적이었다. 살아 있으리라는 가느다란 희망조차도 꺼져갈 때였다. 현철이 그날을 생각하면 그 무엇인가 형과 운명적인 것이 있었던 것으로 느껴졌다. 다른 날과 달리 오전 근무만하고 큰집에 가서 어른들을 뵙고 있었다. 오후 세시경이나 되었다. 눈에 익은 청년 하나가 뛰어와 마당에서 숨을 헐떡이고 있다. 진평전에 있는 선산의 산지기 아들이었다. 현철은 드디어 올 것이 오고 말았구나 하는 생각이 스쳐 지나갔다. 긴장하고 놀래서 말을 띠지 못하고 "저그, 저그"만 하고 있었다. 현철이 마당에 내려가서 그에게 말을 걸었다.

"자! 이거 물 한 모금 자시고 편안하게 이야기해요."

현철이 사기대접에 담은 물을 건넸다. 물을 벌컥벌컥 두어 모금 들이키더니 한숨을 들이쉬고 나서 힘들게 말문을 열었다.

"진평전 박센 아들인디요. 여그 서방님 오셨능가요?"

"아니요."

"우리 동네 나무꾼들이 나무를 하러가서 시체를 보았다는 디요. 여그 서방님 같아요. 양복을 입고. 키가 크고."

"그래, 얼굴은 봤어요?"

"아니요. 엎드려 있어서 얼굴은 못 봤어요. 여그 서방님이 맞을 거요. 우리 동네, 이웃 동네에도 하이카라양복 입은 사람는 없당게요."

"알았습니다."

현철이 산지기 집 아들과 같이 나갈 차비를 하자 집안의 여인들이 동시에 울음을 터뜨렸다. 큰 어머니와 형수가 울면서 현철을 따라나섰다.

"아직 확인되지 않았으니 집에 계셔야 합니다. 거기 오시면 더 큰 일이 벌어질 수 있습니다."

현철은 대문간에서 못 나오도록 두 여인을 간신히 말렸다. 진평전 까지는 시오리 길이었다. 현철은 그 길을 뛰면서 걷고 다시 뛰어서 갔다. 그 길은 현성과 현철의 추억이 많이 얽혀져 있던 길이었다. 서암산장에 가던 길이었고, 현성이 서울 유학시절 남원에 내려오면 곧잘 둘이 유람을 다녔던 고향산천이었다. 예상은 하고 있었지만 참담한 마음 감출 수 없었다.

언제나 포근했던 고향산천이, 눈감으면 떠올랐던 고향산천이, 그날은 무참했고 원망스러웠다. 눈물을 찍으며 그 길을 갔다. 마을을 지나 산으로 올라갔다. 사람이 거의 다니지 않던 길이었다. 관목을 헤집고 가시 넝쿨을 제치며 한 마장이나 올라갔다. 견두산 정상이 바로 보이는 깊은 산속이었다. 나무꾼이 아니라면 아무도 올 것 같지 않는 음습한 숲이었다. 떡갈나무 잎이 수북이 쌓인 곳에 형이 엎드려 있었다. 검은 바지에 밤색 오버 코트가 눈에 바로 들어왔다. 확인할 것도 없었다. 형의 것이었다. 엎드려 있는 것이 너무 불편해보였다.

시신을 돌려 편하게 눕히곤 한참 울었다. 날이 저물고 있었다. 오래 지체할 수는 없었다. 시신을 업고 산에서 내려왔다. 바짝 야위어 무겁지는 않지만, 몸이 굳어 통나무를 업은 기분이었다. 한참 내려왔을 때쯤이었다. 시신에서 "우 우"하는 소리가 들렸다. 뒤 따라오던 박센 아들이 기겁을 했다. 현철은 시신을 내려놓고 눈물을 흘리며 "형님, 하고 싶은 이야기 있으면 해요"했지만, 어림없는 일이었다. 그것은 배에 찬 가스가 출렁거리며 빠지는 소리였다.

현철은 실성한 사람처럼 시신과 이야기를 나누며 내려왔다.

"형님, 그 고통스러웠던 삶을 이토록 벗어나고 싶었소? 이제 어두웠던 것, 힘들었던 것, 다 내려놓으시고 너끈한 걸음으로 가소."

"말 한 마디 내뱉지 못하던 사람이 어찌 이렇게 깊은 산속에 와서 드러누웠소. 스스로 구차한 삶을 정리하고 싶어서 그런 것 아니요? 천하의 이현성 다운 죽음이었소."

"나도 형님의 생전의 모습을 따라 모두가 잘 사는 세상 만드는 데 같이하겠소. 형님과 형제의 인연을 맺고 여기까지 살아온 것을 자랑으로 생각합니다. 무거웠던 짐을 내려놓으세요. 남은 일은 살아남은 자들이 해낼 것이오."

"다행입니다. 형님의 마지막 가는 길을 내가 배웅할 수 있다는 것이. 당신 같은 남아는 다시 만나기 어려울 겁니다. 당신은 너그러웠고, 겸손했으며, 정의로웠고, 열정이 넘치는 사람이었습니다. 우리는 당신 옆에만 가도 신이 났소."

세 번을 쉬고 신작로까지 내려왔다.

비안쟁이 현성의 집에 빈소가 마련되었다. 광복단과 계몽운동 학생들 그리고 고향친구들이 모여들었다. 감로암 법운스님이 밤새도록 독경을 했고, 현철이 상주가 되어 조문객을 맞았다. 광주에서 경식이 내려와 빈소를 지켰다.

사흘 째, 빈소에서 차려주는 마지막 식사를 올렸다. 독경을 한 후 널을 상여로 옮기고 정든 집을 떠나갈 차례였다. 만장이 열두어 개 앞장을 섰다. 광복단원들과 친구들이 망인이 평소에 자주 쓰던 경구를 한글로 써서 걸었다.

눈에 보이는 것은 일시적이지만
눈에 보이지 않는 것은 영원하다.
결단을 내려 떠나지 않는 자는 결코 바다를 건널 수 없다.
용기 있는 사람으로 살아가며, 담대하게 역경에 맞서라.
인간은 시련을 겪지 않으면 자신을 알 수 없다.
해는 저물고 갈 길은 멀다.
현명한 새는 나무를 가려 둥지를 튼다.
조국, 그것은 영생불멸의 가치이다.
귀족과 농민의 차이는 그가 입는 바지 기지 차이일 뿐이다.
내 이웃이 불행한데 어찌 나만이 행복할 수 있겠는가.

광복단과 사촌들과 친구들이 상여꾼이 되어 상여를 메고, 체육부장이었던 조상혁이 나서서 앞소리꾼으로 요령을 잡았다.

"오늘 남원에서 가장 고향을 사랑하고 촉망 받았고 의기에 넘치던 젊은이 하나가, 세상을 하직하여 저승으로 가게 되었습니다. 생자필멸이라 하지만 어찌 젊은 사람이 뜻을 펴지 못하고 타계하는데 슬픔이 없겠습니다. 하늘도 울고 땅도 울고 삼라만상이 슬픔에 잠겨있습니다. 슬픔이 망극하기 그지없습니다. 비록 그는 떠나지만, 그의 넓은 사랑과 뜨거운 정열 그리고 좋은 세상을 향한 간절한 소망은 우리의 가슴속에 영원히 남아 있을 겁니다. 그가 그토록 원하던 조국의 독립과 상하 빈부 차별이 없는 사회는 살아남은 자들이 만들어 가겠습니다."

소리꾼 스스로 목이 메어오고 있다. 가족 친지들은 물론 조문객 모두가 오열을 숨기지 못했다. 다시 조상혁이 목소리를 가다듬고 선소리를 풀어나갔다.

"상여가 나가기 전에 먼저 선소리를 하고 상여를 끌고 나가겠습니다. 선소리는 허망하게 세상을 하직한 망자의 애달픔과 살아남은 자들의 서러움을 갈무리하는 상여 노랫말입니다."

가네, 가네, 떠나가네, 남겨 두고 떠나를 가네
다시 못 올 머나먼 길, 저리 홀로 떠나를 가네
설운 세상 살던 사람, 황천길은 꽃길인가
진달래 핀 언덕에는 벌, 나비도 있단 말가

"자 그럼, 지금부터 상여가 나가겠습니다."

만장이 앞서 나가고, 상여 뒤에는 어머니와 미망인, 그리고 일곱 살 된 어린 딸과 사촌 동생들이 굴건제복하고 따랐다. 머리에는 새끼 두르고 짚신 신고 손에는 대나무 지팡이를 짚었다. 그 뒤로는 경식과 남원의 친구들, 친척들, 광복단원들, 그리고 농촌계몽활동브나로드 운동 학생들이 따르고 있다.

조상혁의 목소리가 막걸리나 한 잔 들이켰는지 걸걸하였다. 요령을 흔들며 메기는 소리를 했다.

"봄날 세상사 그립거들랑 양지쪽에나 쉬었다 가소."
상두꾼들이 소리를 받았다.
"어노 어노 어이 넘자 어노."
"하도 그리워 못가겠거든 마른 풀이라도 뜯으시구려."
"어노 어노 어이 넘자 어노."
"앞산도 첩첩하고 한밤중에 야심한데."
"어노 어노 어이넘자 어노"
"이 세상을 하직하고 어딜 그리 급히 가오."
"어노 어노 어이넘자 어노"
"북방산천 멀다더니 그 모두가 거짓이네."
"어노 어노 어이넘자 어노"
"혼백이야 훨훨 날아 황천으로 가시지만."
"어노 어노 어이넘자 어노."
"우리야 빈방 안에 흔적 남아 어찌 살꼬"
"어노 어노 어이넘자 어노."
"못가것네. 못가것네. 어린자식 두고 못가것네."
"어노 어노 어이 넘자 어노."

미망인이 목 놓아 울다가 그 자리에 주저앉아 버렸다. 상여는 한참이나 움직이지 못하고 빈 걸음만 했다. 어찌 하겠는가. 여기서 주저앉는다 해서 황천길을 되돌릴 수는 없지 않은가. 주위 친지들이 미망인을 다시 일으켜 세웠다. 통곡 속에 상여는 다시 움직였다. 소리꾼이 소리를 마무리해 갔다.

"어화세상 벗님네들 생자필멸 회자정리라."

"어노 어노 어이 넘자 어노."

"기왕지사 가시는 길 가시밭길 밟지 말고."

"어노 어노 어이 넘자 어노."

"꽃길이나 밟고 가소 은하수 길 밟고 가소."

"어노 어노 어이 넘자 어노."

구슬픈 앞소리꾼의 매기는 소리에 울지 않는 사람이 없었다. 날씨가 추운데다가 음울해 하늘도 울고 땅도 우는 날이었다. 상여는 비안쟁이를 떠나 앞 냇가를 넘어 노암리를 거쳐 쑥고개에 올라 요천수를 내려다보고는 금암봉으로 올라갔다. 일본놈들이 세웠던 신사 자리 옆을 돌아 양지 바른 곳에 묻혔다. 고향마을 비안쟁이와 노암리가 내려다보이고, 요천수와 앞 냇가가 합수되는 지점이 바로 발 아래였다. 어릴 적 죽은 여동생 계화에게 들려준, 이야기 속 산신령의 붉은 지팡이가 숨겨있다던 금암봉에 묻혔다.

몇 년 후 봄날이었다. 노암리 쑥고개에 두 명의 여인과 경식이 택시에서 내렸다. 한 여인은 검은 벨벳의 투피스 정장을 입었고 검정 모자를 썼다. 모자에 장식으로 달린 붉은 색 붓꽃아이리스이 바탕색의 색감을 더해주었다. 다른 여인은 아이보리색 원피스에 연한 풀빛의 쇼울을 걸쳤다. 남원에서는 보기 힘든 귀부인들이었다. 그들은 금암봉에 올라 현성의 묘 앞에 붓꽃을 한 다발 올렸다. 검정 벨벳의 여인이 무덤에 엎드려 일어날 줄 모르고 울고 있다. 윤희였다. 동생 윤경이 옆에서 언니를 달래고 있다. 실로 십수년 만에 연락이 되어 경식이 여기까지 안내하게 된 것이다.

"현성아! 네 삶은 안타깝지만, 네 사랑만은 영원할 것이다."

(위) 중앙고보 졸업 후 전주역에서
(아래) 중앙고보 졸업이별시